流金

Carpe Diem

唐隐 著

上海文艺出版社
Shanghai Literature & Art Publishing House

无力爱人的煎熬就是地狱。

——
陀思妥耶夫斯基
——

序章

我预感到，这将是一件具有特殊价值的咨询案例，有必要从一开始就详细地记录下来，以便日后回顾和研究。

咨询对象是一个中国人。

我的意思是：他并不是我经常打交道的那类在美国文化环境下长大的ABC，而是一个地地道道的中国人。

但是，当他第一次走进我的咨询室，在开始交谈的最初几分钟里，我完全没有意识到这一点，因为他的外表、举止、风度，尤其是他所说的英语，都堪称西方教养下的典范，而他接下来的自我介绍，更令我对他产生了超出一般来访者的特殊兴趣。

他毫不讳言地说，自己在就诊表格上填写的姓名和职业都是假的，他不希望暴露自己的真实身份，除了来自中国上海这一点。

我表示理解，许多来访者都会有所顾虑，不过为了提升治疗效率，我还是建议他对我尽量开诚布公，作为一个专业的心理咨询师，保护好来访者的隐私是我的职责所在，是基本的职业操守。

他点点头，但立即引开了话题："我还是先谈谈我遇到的问题吧。"

我洗耳恭听。

他说："我好像是有了语言障碍症。"

第一次出现问题是在半年前，他正在酒店里准备一次重要的会议演讲。突然，他发现自己看不懂电脑屏幕上的演讲稿了，这篇稿件是他自己一个字、一个字地敲出来的，几乎能够倒背如流。可是就在那个可怕的时刻，满屏字母对他失去了意义，他就像在看一种自己从不认识的语言。

他本能地翻看其他文件，还有电脑网页上的内容。都一样，没有一个字认得出来。他又打开电视，主持人抑扬顿挫的播讲也变成了没有任何意义的噪音。

整个过程持续了大约几分钟，但他感觉仿佛有一个世纪般漫长。

"很绝望。"他说，"当时我真的以为，我完了。"

更可怕的是，自那以后这种情况又发生过好几次，尽管最长不超过一小时，却也足够令他困扰。

我思考了一下，说："你所说的这种语言，是英语。"

"当然。"

"英语是你的母语吗？"

"不是，我的母语是中文。"

"这种现象是仅仅发生在英语上，还是中文也有？"

"仅仅是英语。"

大脑语言中枢的损害是造成语言障碍最常见的原因，但这种生理上的疾病不会区分语种，所以很显然，我的病人遇到的是心理上的麻烦，而且他自己也认识到了。

直觉和经验告诉我，这个案例大有可为，尤其是显而易见的文化特征，令我的兴趣愈发浓厚。于是，我改用宽慰的语气说："如果母语没有问题，我建议你保持轻松的心态，就当从没有学过英语这门外语。尽管语言障碍会造成生活的不便，却不等于是灾难。心理上的过分恐惧，反而会造成情况的恶化。你说对吗？"

他微微皱起眉头，如我所料地感到了被轻视。对于高智商且掌控欲强的来访者，我会在必要时采用这种略微冒犯的方式使其暂时放下戒心，不再和我"兜圈子"。

果然，他回答："我恐惧，是因为我不知道问题的症结在哪里，我来就是为了找出它。"

那么，就让我们来找一找问题的症结。

——摘自大卫·希金斯的心理咨询档案

第一章

戴希在她26岁生日那天，第一次遇到李威连。

那是2008年圣诞节前，戴希去美国斯坦福大学攻读心理学专业三年后第一次回国，她在上海市中心一家名叫"双妹1919"的怀旧咖啡馆，等候男朋友孟飞扬来为自己庆生。

可是直到那天深夜，戴希离开"双妹1919"时，孟飞扬也没有来。

在戴希苦苦等待的几个小时里，孟飞扬与她的直线距离并不超过五百米。就在"双妹1919"的后门对面，隔着一条窄窄的弄堂，有一座老上海的花园洋房，名叫"逸园"。孟飞扬陪同自己所在伊藤株式会社的日本老板——有川康介前往"逸园"。

美国西岸联合化工有限公司大中华区的精英年会正在"逸园"中热烈举办。有川康介被西岸化工的塑料产品部总监张乃驰请进二楼办公室，孟飞扬料想他们的会晤不会很快结束，便独自下楼走走。

老洋房的底楼大厅特别高阔，淡香的空气清爽流动，挤满了参加年会的来宾，却没有丝毫气闷的感觉。墙壁、地面和天花一色雪白，纤尘不染，几乎予人以圣洁之感。晚会的灯光极为考究，错落交织的淡金色光晕将现场渲染得如同一场温暖的绮梦。

对一家从事商业活动的公司来讲，这个空间绝对至美而无用。正如孟飞扬从"逸园"的院门走到主楼建筑时，需要穿过的那一片相当于半个足球场大的草坪，坦然横陈在上海寸土寸金的市中心区，仿佛只为维护草坪中央一棵掉光了叶子、在寒风中瑟瑟发抖的丁香树。如此奢侈，实在让人惊叹。

"咦？你怎么站在这儿？从这个角度什么都看不见啊。"

孟飞扬一惊，意识到身旁有人在向自己问话。他扭过头去，一张妆容精致的面孔落入视线，无边框的眼镜上反光灼灼，薄薄红唇从两头翘起，弧度恰到好处。

"我……呃，前面都站满了。"其实孟飞扬是特意找了个不引人注目的角落藏身，他心事重重，本没有凑热闹的兴致。

红唇的小舟轻轻一荡，她向孟飞扬招招手："来，跟我来。"

女人带着孟飞扬在人群中穿梭，七拐八弯，好一阵眼花缭乱，才突然站下："这里看得很清楚……你是第一次参加西岸化工的年会吧？"

"是。你呢？"

她转过脸来说："Maggie，西岸化工大中华区的人事总监。"

"幸会，我叫孟飞扬，伊藤株式会社的。"孟飞扬有些尴尬，Maggie女士身上的香水味很浓烈，让他止不住地想打喷嚏。

Maggie又开口了，带着广东口音的普通话："你觉得怎么样？"

"你指什么？"

"他的演讲啊，我们的李威连总裁——William Lee。"

到这时孟飞扬才注意到，前方不远处的柔金色光环中，一个男人正在用英语侃侃而谈。

"哦，应该很不错吧。"

"应该很不错？"她眯起眼睛重复，语调在末尾不经意地上扬，极富礼仪的反问和香气一起抛过来，孟飞扬连忙抬手揉了揉鼻子："我学的是日语，英语很一般，看看文档、写写邮件还行，听这样的演讲就不太行了。不过我看大家都听得津津有味，所以应该很不错。"

Maggie盯着孟飞扬，露齿而笑："你失去了一个多么好的机会。William的演说向来为人称道，尤其是他的英语演讲，不仅充满真知灼见，语言也精致优美，是非常难得听到的高雅文辞。你看，今天的来宾以中国人为主，但很多都是专程来听他的英文演讲。"

她的语调中充满难掩的骄傲，她的容貌原本精巧有余，却不够生动，这时也在真情洋溢中焕发出可爱的感染力。

孟飞扬没有搭腔，拼命夸耀老板的下属他见过很多，有假意吹捧的，也有盲目崇拜的，Maggie 的溢美之词即便出于真心，尚不足为奇，但她成功地引起了孟飞扬对那位演讲中的总裁的兴趣。

认真观察后的第一印象差点儿让孟飞扬脱口发问："你们的总裁是老外吗？"李威连总裁有一张轮廓分明、肤色洁净的面孔，很容易让人误会为乌眸黑发的白种人，尤其是高昂的眉宇和清朗的双颊，是中国男人的相貌中极其罕见的。这张脸的线条在刚硬中蕴含柔和，正是这种东方式的温文感帮助孟飞扬及时纠正了错觉。

李威连的微笑从容不迫，演讲时情绪饱满而热忱适度，体现了强大的掌控力，也泄露了他的实际年龄——虽然外表看去还不到四十岁，但如此自信自持需要丰富的阅历和经验，他应该已届中年。笑容冲淡了他面貌中天生的冷峻，但也完全可以想象他严肃时会如何令人敬畏，不过现场气氛很好，来宾们时时欢笑鼓掌，可以猜出李总裁的妙语连珠。

李威连总裁的魅力相当显著，又与孟飞扬见识过的其他商界精英很不同。他的笑容平淡，不虚伪、不讨好、不自满，也没有夸张的激昂。处于被瞩目的中心，他丝毫没有失去平衡感，这使他显得卓尔不群，也暴露出个性中的清高。

"你以前没见过 William 吗？"

孟飞扬猛醒到，身边的西岸化工人事总监 Maggie 一直在观察自己。

"是，今天是第一次。"孟飞扬承认。红唇小舟仿佛驶入旋涡，微笑停滞在脸上。孟飞扬连忙加了一句："李总裁的声名在化工贸易圈子里如雷贯耳，我虽然一直没机会见到真人，传说也听了不少。"

这番发自真心的客套并没有让 Maggie 满意，职业化的笑容已经稀薄得遮不住满脸狐疑："精英年会邀请的都是西岸化工大中华区最重要的合作伙伴和客户，你怎么会没见过 William 呢？"

西岸化工位列全球三大化工企业之一，是极具实力和规模的跨国企业。早在上世纪八十年代，西岸化工美国总部就决定进入中国市场，在深圳建立办事处和分公司。近三十年来，西岸化工在中国境内先后成立了二十多家独资和合资企业,大中华区的总部则选址上海,下辖中国公司在金山的老化工基地建有大片合作厂区,又在淮海路的核心商圈租用了最顶级商务楼里的好几层楼面办公。有趣的是,西岸化工大中华区总部的办公地点并未设在任何一座现代商务楼中,而是租用了这栋位于原法租界内的旧上海老洋房——"逸园"。

如果说李威连总裁就是今夜"逸园"真正的主人,丝毫也不夸张。

所以,Maggie的语气让孟飞扬深感自己犯了错,可究竟是错在未经邀请擅自闯入呢?还是错在到了人家的地盘上却不识真神?

"你刚才说伊藤株式会社……今晚的客人名单里似乎没有这家公司?还是我记错了?"

"我是陪我的老板有川康介先生来的,他并没受邀参加年会,只是与贵司的张乃驰总监有约,今晚过来谈些事情。他们十分钟前进了二楼办公室,我就下楼来随便走走。"不等Maggie答话,他往二楼的方向指了指,"老板们估计快谈完了。对不起,失陪。"

"唉,马上要在花园里放焰火,先去看焰火吧。"

孟飞扬对背后飘来的话音置之不理,急匆匆走向乳白色大理石的旋转楼梯。刚跨上几级台阶,大厅里传来噼里啪啦的鼓掌声,李威连改用字正腔圆的普通话招呼众人去花园观赏焰火表演。孟飞扬停住脚步,探头向楼梯下望了望,正瞧见Maggie满脸热忱地望向前方,如同小女孩般直白的崇拜之色好似绯靡的火焰,点燃了她的双颊。

顺着她的目光,孟飞扬看见李威连独自站在金色的灯光中央。来宾开始往门口散去,李威连并未领头前行,而是沉默地伫立在众人背后,像是守候,又像是送别。孟飞扬居高临下,只觉大厅被骤然分成两个部分,一部分是熙熙攘攘骚动的人群,另一部分则是完全隔绝在光环中的沉静身影,宛然一位身披金缕的孤漠君王。

孟飞扬转身向上走去。其实华宴、君王和女粉丝均与他无关,他只期待有川老板赶紧谈完。寒潮来袭,今晚异常寒冷,看起来马上就要下雪,孟飞扬真不愿意让戴希再等下去了……

大理石楼梯上铺着深灰色的羊毛地毯,质地高贵得让人不忍心践踏。孟飞扬记得刚才张乃驰领着有川进了自己的办公室，应该就是正对楼梯的这间吧。

乳白色的房门紧闭着，孟飞扬在门前犹豫，突然听见一声含糊不清的呼噜从屋内传来，好像濒临绝境的野兽发出的哀鸣。他吓了一跳，赶紧跨步凑到门前，再想仔细听听，楼下响起了爵士风格的钢琴曲，和着宾客们的谈笑，紧闭的房门里又变得寂寂无声了。孟飞扬的鬓角有点冒汗，举起手刚要敲门，门开了。

"唔，是飞扬啊？有事吗？"

开门的正是西岸化工的塑料产品部门总监张乃驰，他笑容可掬地向孟飞扬问话，还亲切地眨了眨眼睛。张乃驰主持的塑料产品部和伊藤株式会社的生意往来比较多，并且他和有川康介本人似乎也有些私交，因此孟飞扬曾见过他好几次。在孟飞扬的印象中，张乃驰是"力图让所有人喜欢"的那种人，心思细腻，很能照顾他人的感受，与人相处时从不吝啬溢美之词。就连他那张和港星张国荣酷似的脸也令人，尤其是女人平添几分好感。可惜他虽有一副好相貌，气质却太过阴柔，有点儿"娘娘腔"，以至于张乃驰是同性恋的流言蜚语传得沸沸扬扬。

"张总，我来看看你和有川君谈完了吗？李总的讲话刚刚结束……"

张乃驰打断孟飞扬的话："是啊，是啊，谈完了，正好谈完。呵呵，花园里马上要放焰火了吧？"他轻捷地从孟飞扬的旁边闪身出屋，一边还兴致勃勃地招呼："走，一起去看看。老洋房花园里的焰火，可是难得一见的哦。"

孟飞扬朝屋内看去，有川康介肥胖的背影埋陷在皮沙发里，一动不动。他随口答应："马上就去，您先请。"随即迈步进了办公室。有川面朝办公桌而坐，背冲着门口，孟飞扬在他身后叫了两声，没有应答，只好转到前方。

孟飞扬看见了一张濒死之人才有的脸。通红的双眼嵌在惨白的面庞上，汗珠从光秃的额头不停淌下，原来肥厚的面颊全部松垮下来，好像整张面皮虚挂在脸上，随时都要脱落似的。孟飞扬大吃一惊，连忙躬身轻唤:"有川君,有川君!"

一连叫了好几声,有川康介才费力地抬起眼皮,看了看孟飞扬。

"唔?你怎么还在这里?"他的声音虚无缥缈,仿佛来自另一个空间。

"我……"不是你要我来陪你的嘛!孟飞扬问:"有川君,你和张总谈得怎么样?他肯帮忙吗?"

有川康介突然双手抱头,从喉咙挤出一声呜咽,好似承受着锯齿挫骨般的痛楚:"完了,全完了!他……这一切全都是他……"

"什么全完了?"孟飞扬的手心汗湿了,紧张地连连追问,"有川君,您说什么?什么他?"

有川康介终于抬起头来:"你走吧,快走吧。快离开这里。"

"可是……有川君,您没事吧?需要我送您回去吗?"

"我没事,没事。"有川康介扭动嘴唇,露出狰狞的笑容,"张总答应了送我回酒店。"

孟飞扬迟疑了一下:"那……好吧。"向外走了两步,又转回去,从口袋里掏出封特快专递:"差点儿忘了,这是日本来的特快专递,今天中午刚送到公司的,我就给您带过来了。"

有川康介直勾勾地瞪着孟飞扬,好像不明白他在说什么。孟飞扬等了一会儿,有川康介才将特快专递接过去,手抖得几乎托不住封套,虚弱地嘟囔了一句:"走吧……"

花园里的焰火表演已经开始,二楼左侧大露台边的落地长窗上映出五彩斑斓的图景,伴随着轰鸣和尖啸,仿佛只要推开窗户就能见到炮火纷飞的战场。孟飞扬走上露台,有川康介的样子令他很担心,他打算稍等会儿再去看看,确认没事以后再离开。

孟飞扬就职的伊藤株式会社是一家以化工产品为主的日本贸易公司,公司老板有川康介是个中国通,二十多年前就开始和中国做生意。孟飞扬三年前跳槽到伊藤,有川老板对他颇为器重,很快就把他提拔到了华东业务负责人的位置上。孟飞扬干得兢兢业业,业绩十分出色,有川康介信赖之下,更是逐渐把中国绝大部分的业务都交给孟飞扬打理。

可就在临近今年年底的时候,伊藤的一桩大业务出了问题。一个星期前,有川康介从日本赶赴北京,似要为此项大单亲身一搏。不过在孟飞扬看来,这个年逾六旬的日本人显得力不从心:始终灰白的脸色,时常前言不搭后语,稍微多走几步路就气喘吁吁,手脚颤抖不停,还不时咳得前仰后合,搞得孟飞扬跟在旁边紧张兮兮,老是担心他会突然体力不支倒下。

这笔供给中国最大的石油化工企业——中华石化的生意一直是有川康介独自处理的,直到大批货物在智利的瓦尔帕莱索港口上船发运,孟飞扬才得到有川的通知,当时他就感到费解甚至隐隐不快。但后来这笔交易出现问题的时候,孟飞扬还是按照有川的指示竭尽全力地操办补救,以至于连女朋友戴希出国留学三年后第一次回沪,都只能在机场接到她后又立即出差,去北京与中华石化总部接洽,以及和相关银行打通关节,可惜全都劳而无功。

因为西岸化工和中华石化的关系相当深入,今天有川康介突然提出要找西岸化工的张乃驰总监帮忙,还让孟飞扬陪他来一试。万万没想到,谈话结束后有川康介会是这么个可怕的模样。

从二楼的露台往下看,大草坪上已经站满了翘首观赏的宾客,不知何时下起的大雪漫天飘舞,一束束焰火升入半空,在白色雪雾中瞬间绽放,随即又落英缤纷,硝烟弥久不散,给半白的夜色增添了一股硫磺火气。人群中欢声笑语此起彼伏,好一阵才安静下来。

孟飞扬想给戴希打个电话,掏出手机一瞧,没有信号。正在懊恼,露台之下飘来轻言细语,不可阻挡地钻入耳窝。

"William!你现在就要走吗?年会还没结束呢。"

"我的任务已经完成了,后面的程序由你们来执行。"

"可是William,来宾们都希望和你多聊聊……"

"你们知道该如何处理。精英年会这个说法不就是你提出的吗,Maggie?"

"……William,我请示过你的。"

"是啊,可笑的提法。不过看来效果不错,来宾们很喜欢被称为精英。Maggie,干得不错,所以还是由你继续招待他们吧——可爱的

9

精英们。"

"……Richard 今晚一直在和日本人谈话，你知道是什么事吗？"

"塑料产品部的事情由 Richard 全权负责，既然你这样好奇，可以直接去问他。"

"可你……再等一会儿走吧，雪下得好大。"

"我现在必须走。"

"William，你又要去那个地方吗？就是从边门过去的……"

"你在监视我？"

"不！我只是偶然看见……让司机开车送你去吧？步行会冷的。"

"没关系。"

最后的这句话沉着地关闭了隐秘之门，整晚在"逸园"里感受到的不自在达到了顶峰——此地不宜再留，孟飞扬决定马上离开。

院落里，最后几束焰火啸叫着升上夜空，在白色的雪雾中砰然炸开，又徐徐湮灭。户内灯光骤灭，有人在喊："焰火结束了，大家去前厅吧，最后一个节目是 Richard 亲自为大家演奏钢琴曲！"孟飞扬瞥了眼手表，已经过了十点，他看看漆黑一片的室内，微微觉得诧异，即使灭了大灯创造气氛，刚才自己离开张乃驰的办公室时，记得并没有关门，怎么没有灯光从那里透出来？难道有川康介已经离开了？

一楼大厅里面点起星星亮亮的烛火，宾客们三三两两从室外返回，孟飞扬借着从楼下传来的微光前行，很快又摸到了张乃驰的办公室外。

他举手一推，房门就开了。里面一样黑暗，只有窗上透进雪夜特有的灰色。孟飞扬竭力朝内张望，办公桌前的皮椅上已经看不见人影，看来确实离开了……他松了口气，刚一转眼却发现靠近右侧门的墙边横躺着一个人！

孟飞扬的心狂跳起来，那分明就是有川，肥胖的身躯和在一片漆黑中银闪闪的西装都是孟飞扬再熟悉不过的。

孟飞扬本能地伸手到墙上，摸到开关接连按了好几下，灯没有亮。他咽了口唾沫，低低喊了几声："有川君！有川君！"耳边只有楼下传来的鼓掌声,好像表演要开始了。孟飞扬往前跨了一步,脚下"咔嚓"声响,一只破损的酒瓶从他的脚旁滚到门前。他惊惧地缩回脚,依稀看到地毯上长出深浅不一的瘢痕……孟飞扬突然意识到了什么,深吸口气,快步跑向栏杆,冲着楼下的大厅高喊一声:"出事了,快开灯!"

楼下大厅里,身穿全套黑色燕尾服的张乃驰正端坐到钢琴前,微笑着掀起琴盖。头顶上猛然响起的喊叫声吓了所有人一大跳。大家齐齐望向二楼,还没看清楚扑在栏杆上挥舞着双手的孟飞扬,钢琴前又是一声撕心裂肺的狂叫,人们再次齐刷刷地把惊恐的目光投到前方,荧荧的烛火跳动在张乃驰的脸上,这张英俊的面孔扭曲得完全变了形。张乃驰像见了鬼似的直盯着掀起的琴盖。站在最前排的人们发现,黑白相间的琴键上似乎有什么东西在闪着可怖的光芒。

片刻令人窒息的寂静之后,琴凳轰然倒地。张乃驰全身颤抖,倒退着发出嘶喊:"是他!就是他!他想害死我!一定是他!"

十点刚过,"双妹1919"里的客人就已经走光了,整间店堂里只剩下戴希孤零零的一个人。其他桌上的蜡烛熄灭以后,本就昏暗的空间更显得阴森。

戴希第N次拨了孟飞扬的手机号,录音回复从最初的"您所拨打的用户暂时无法接听"变成"您所拨打的用户已关机"。戴希攥牢手机,听到自己的牙齿在打战,真的不想再等下去了。可窗外连一丝光亮都见不到,她将脸紧靠在冰凉的窗玻璃上,密集的雪花编成大网,寂寂无声地等待着猎物投怀——这时候出去绝对叫不到出租车。

戴希后悔极了,今天根本就不该来等孟飞扬——他究竟在干什么?为什么还不来!

孟飞扬中午才从北京出差回来,晚上又要陪日本老板参加合作方的年会,本来他想等晚上忙完后就去戴希的住处,可是她非要过来等他。于是孟飞扬才想了这么个地点,就因为"双妹1919"离开举办年会的西岸化工的总部不远。

"双妹1919"是上海一处颇有名气的怀旧主题咖啡馆,创办十年来始终是时尚杂志上津津乐道的怀旧符号。咖啡馆的生意很好,戴希

11

三小时前刚到的时候，就只有垂纱落地的窗下还剩一张空桌。

孟飞扬发来短信，说日本老板情况不佳，自己一时无法脱身，让戴希先吃些东西。戴希虽然百般不情愿，也只好在那张唯一的空桌坐下。她环顾四周，光线黯淡的户内满座，只有一名黑衣服的店员在其间忙碌，根本无暇看她一眼。漆黑的护墙板从天花板一直延伸至地面，满满地装饰着殖民时期上海的标志物品：唱片封套、报纸影印件、黑白炭精画上的女明星看起来比老照片里更加眉目生动。

正对着戴希的这面墙上是一连三幅的月份牌，她百无聊赖地念起那个年代的商品广告：阴丹士林布、美丽牌香烟、双妹雪花膏。双妹雪花膏——画面上两个搔首弄姿脸蛋绯红的民国女人容貌和服饰都一模一样，所以"双妹1919"的双妹就是指这个咯？

戴希觉得饥寒交迫，还是先吃点东西吧……可桌上居然找不到菜单！她不满地抬起头，刚想招呼店员，却发现桌前站了个身穿旗袍的女人。

深赭色旗袍竖领上是一张中年妇女的脸孔，她居高临下地打量着戴希，像在审视一只误闯家院的小野猫："这张桌子有预订，你不能坐。"

"哦，我……不知道，对不起。"戴希局促地弓起身，又坐下，"可是刚才一直没人对我说啊，而且旁边都没空位了。"

"那你也不能坐这个座位。"中年女人的语气生硬极了。戴希朝窗外瞥了一眼，玻璃底色更黑了，还隐隐地泛起白光，是不是已经开始下雪了？戴希感到心情烦躁，突然就赌起气来："你是谁？人家店里的人都没说什么，你凭什么不让我坐？我就要坐……"

"小姐，这个座位确实有预订。这位是我们的老板娘。"满脸慌乱的店员出现了，声音压得低低的。中年女人把双手往胸前一拢，颐指气使地申斥："你是干什么的？还要我来管这种事，跟你说过多少遍了，今晚这个座位必须空出来！"

戴希有点儿坐不住了，恰好旁边一桌客人起身离店，玻璃门开合之间风卷冰花，整间屋子都被寒气扫荡了一遍。"下雪了啊！"惊叹声零落入耳，戴希站起来："我换那桌吧，给我菜单。"

"小姐，晚餐已经结束了。"

戴希瞪着老板娘比冰霜还冷的脸，又一屁股坐了回去："我要咖啡，咖啡你们总有吧？除非你告诉我现在就关门！"

"唔？我这里十一点关门。"老板娘的脸上板出乖张的神色，愈加显得老气横秋，"不过小姐，今天晚上降温，外面已经开始飘雪花了。你看看人家都在买单，咖啡嘛我劝你就不要喝了，早点走，省得晚了打不到车。"

早走？可我要等人啊，而且还不知道要等到什么时候！这一刻戴希简直恨透了孟飞扬，于是故作姿态地昂起头："我就在这里喝咖啡，晚了有人来接我。"在桌子底下踢了踢穿着高筒皮靴的双腿，戴希又加了一句："他就在后面那条街上的'逸园'开会呢，否则我也不在这儿等！"

"你说'逸园'？"

"嗯？"戴希不解地瞅瞅老板娘忽然变白的脸色。

"'逸园'？……原来是这样，很好。"老板娘嘟囔着扭身就走，又从牙缝里挤出句话来，"那你就坐这个座位吧，算是给你留的。"

戴希一头雾水，倒也不好再挪动了。

"小姐，您的咖啡。"

店员放下咖啡杯，戴希啜了一小口，竟是难得一品的上好咖啡，醇香的味道刚刚在齿颊间漫开，端杯的手却情不自禁地颤抖起来。

难以言说的不安令戴希的心微微发紧，她从包里掏出手机，有些慌张地拨了孟飞扬的号码。"嘟，嘟，嘟……"一连拨了几个都是无人接听。

漫长的三个小时就这样过去了，戴希从高朋满座等到一室凄凉。她一直在故作镇定地小口啜饮着咖啡，可是再小口这杯咖啡也终于喝光了。她想再要一杯，扬手招呼时，黑衣店员踪影全无，回应她的只有旧式留声机里的老唱片循环往复，单调的歌声让她全身发凉，大半个世纪前的青春和爱情已如烟而逝，再难追回……

"小姐，这张台子有预订，能不能请你换一张？"

怒火腾地冲上头顶，就算戴希平时是个很好脾气的姑娘，也几乎嚷起来:"有预订有预订,不是你们老板娘自己让我坐的嘛!这里马上就要关门了,哪个预订的还会来?除非是鬼吧!"

更多的抱怨被生生咽了回去,戴希张口结舌地看着面前站着的女人,宝蓝色旗袍上一张端秀的脸,黯淡光线柔化了岁月的痕迹,使年龄感不再那么触目。她看着戴希的眼神有些惊讶也有些不解:"小姐,你这是?这张座确实有人订了,他马上就会过来,所以……"

"所以才让她在这里等!阿姐,你就别操心了,我全都安排好了!"深赭色的旗袍如鬼魅悄现,一刹那戴希有点儿头晕目眩,在她面前并排着两张相同的脸孔,以及全无二致的身材,却散发着迥然相异的气息:一个温顺、一个乖戾。

哦,双妹……戴希把目光转向对面墙上的月份牌,原来是这样!

"文忻,你说的什么呀?怎么叫安排好了?"

"阿姐?你又糊涂了?还不是老一套?这个小姑娘老早就来这里,等到现在了!"

"不,不可能的。他说好今天专门来看我们……"

"不相信,那好。"深赭色旗袍的女人冲戴希阴惨惨地一笑,"小姐,你是在等'逸园'里的人吧?"

"我,是啊……可是这和你们有什么关系?"戴希彻底糊涂了。

"有,当然有!他总是这样,随便约一个人到这里来,我们两姐妹就得做老妈子,伺候吃伺候喝……"

"住口!"一个男人的声音。顷刻间,双胞胎姐妹敛息凝神,一起向那人转过身去。他的头发和黑色大衣上都粘了一层雪花,如同白雪勾勒的影子般诞生于墨黑的店堂深处。他径直走到戴希面前,面无表情地朝戴希点了点头:"小姐,请问你在等'逸园'里的什么人?我刚从那里过来,也许可以帮忙?"

"我……"戴希思考乏力,因为她能肯定这个男人不是从店门进入的,此情此景怪异到了让她只想赶紧脱身,便坦白地说,"我在等我的男朋友,他叫孟飞扬,是去那里参加西岸化工公司的年会。"

双胞胎姐妹在旁边发出轻轻的吁气声,此起彼伏。那个男人却皱起眉头:"孟飞扬?年会的邀请函都由我亲自签名,我不记得邀请过这么一个人。"

"不可能!"戴希急得脸通红,抓起手机,"我这就给他打电话。"手机适逢其时地铃声大作,是陌生的电话号码。戴希犹豫着接起来:"喂?啊,飞扬!你到底在哪里?在干什么?你……"

"小希,小希!你别着急,你先听我说,我还在'逸园',这里手机信号很差,我用的是固定电话。小希,告诉你出大事了,有川康介死了!"

戴希觉得,自己已完全置身于恐怖片的场景中了。

店堂里又响起另一种手机铃声,那个男人走到一边,声音压得很低接电话。

双胞胎姐妹愣愣地站在原地,面面相觑没了主意。很快男人讲完了电话,重新走到戴希桌前,彬彬有礼地说:"原来孟飞扬是陪同伊藤株式会社的有川康介去的'逸园',他们两人都不在年会邀请的名单上,刚才是我误会了,对不起。"

他朝戴希的手机微微抬了抬下颚:"是孟飞扬打来的电话?他的老板出事了,刚刚被发现死在我们塑料部门总监的办公室里面。"

戴希垂下脑袋:"嗯,他刚才跟我说了。"

男人点点头:"已经报了警,今天晚上估计你们见不了面了。"他的语气变得很温和,"赶紧回家吧,快十一点了。"

戴希挽起皮包,谁都不看就朝门口走。

"等等,"男人快步来到她身边,"你不是开车来的吧?"戴希摇摇头。"让我的司机送你回去吧,外面雪下得非常大。"

他推开磨砂玻璃门,风卷着雪花飞扑到戴希脸上,她伸出左手,几片雪花落在掌心,真的好大,却又那么轻盈,瞬间就化成数点清波,微凉而已。身后,男人在用低沉而命令的口吻说话:"文忻、文悦,你们把店关了,早点休息吧,再见。"

正对店门的街沿上,不知道什么时候趴了只毛茸茸的白色大兽。从它的形状和高高竖立在前端的标牌能够看出,这是辆黑色的奔驰车,只是从上到下覆了一层雪。

男人拉开了右后侧的车门,戴希略一迟疑,就坐了进去。他紧跟

15

着坐到戴希的右侧,"砰"地关上车门,向前排的司机说:"周峰,先把我送到'逸园',然后你送这位小姐回家,再回来接我。"

车子缓缓启动,男人微侧过头来:"'逸园'和'双妹'只隔着一条街,但两边都是单行道,开车的话就要绕一圈,等我在'逸园'下车以后,你告诉司机地址就行了。"他向戴希伸过右手:"这是我的名片。"

戴希接过来,润滑如玉的纸张上微凸的字体,带给指腹凝练有致的感觉:美国西岸联合化工有限公司大中华区总裁——李威连。

警笛的鸣叫划破雪夜的寂静,接连有几辆闪着黄灯的摩托车超过他们,李威连低声说:"上海警方的办事效率倒是提升了不少。"

突然一个急刹车。

"怎么?"

周姓司机平静地回答:"前面封路了。"

透过前方的车窗,可以看见好几辆警车堵住了去路,闪烁的警灯下,有几个警察正在拉起路障,飘飞的雪花让他们看起来活像舞台上的剪影。

短暂的宁静后,李威连问:"你来过'逸园'吗?"

戴希猛然意识到他是在和自己说话,"我……没有。"

"怎么没有?听你的口音是本地人吧?"

"我家离得比较远,很少来这个区域,也不懂这些老房子。"

"那你现在倒是可以好好看看它——'逸园',很美的巴洛克式样建筑,并不多见。"

戴希往前探了探头,看见绵绵厚厚的大雪中一栋乳白色的庞大建筑,高高矗立在围墙的上方,每个窗口都大放着光明,在深沉的暗夜中犹如灯塔般壮丽辉煌。

"上海很久没有下这么大的雪了,今夜倒有些像好多年以前。"李威连推门下车,又绕到另一侧,敲了敲戴希身旁的车窗,"请问你的姓名?只是以防万一,也许警方会要我出示不在场证明。"

"我叫戴希。"

"好的,戴小姐,我尽量不麻烦你,再见。"他踏着有力的步伐,缓慢而坚决地走向橙黄色的警戒线。

雪还一直下着,高架道路的入口都封闭了。周司机开得很小心,用了一个小时才把戴希送到家。一踏进家门,戴希就把小小两居室里的灯全部打开了。她蜷缩着身子在沙发上坐了好久,今夜的寒冷深入骨髓,超过了她经历过的所有冬季。

不知过了多久,戴希突然从半梦半醒中惊觉过来,奔过去一把拉开门:"飞扬!"

孟飞扬转过身:"小希,你还没睡?我……就是过来看看。"

"我在等你。"

她把门敞开得更大些,孟飞扬苍白的脸好像红了红,随即跨进屋来。房门在他身后合拢,他们紧紧拥抱,期待了这么久之后,暖意终于开始在他们的身体间传递。孟飞扬在戴希耳边轻轻说着:"小希,对不起,对不起……"

"又不是你的错。"戴希把脸贴在他那依旧冰冻的肩头。从美国回来以后,她还是头一次感受到他的怀抱,原来一切并没有改变,只是他们无暇体会罢了。

"如今的警察还挺人性化的,问了一遍话以后就让我们先回家了。否则真不知道要等到什么时候。"

孟飞扬轻轻放开戴希,扯下羽绒服的拉链,探手从西装口袋里摸出个深蓝色的丝绒小盒子:"小希,祝你生日快乐。"又瞥了眼墙上的挂钟,"唉……都是昨天了。"

盒子里装着施华洛世奇的水晶化妆盒,戴希打开玲珑剔透的镜盒,冲着镜子里的自己笑笑,几小时前精心准备的发型和妆容都已黯然失色,她的26岁生日就这样过去了。

第二章

　　清晨七点半,孟飞扬摁掉铃声,眼睛慢慢适应卧室中的幽暗,模模糊糊地看到枕边堆着黑乎乎的一团,那是戴希的长发。
　　"唔……你走啦?"她迷迷糊糊地哼着,气息里带出甜睡的馨香。孟飞扬借助想象而非视觉捕捉到她那因为酣眠而红扑扑的脸蛋,不能自已地迷醉在这幅画面里,三年的离别之痛就这样烟消云散,他的宝贝又回来了。
　　虽然总共才睡了三四个小时,出门时凛冽的寒气迎面激来,孟飞扬有些昏沉的脑袋立刻就清醒了。尽管昨夜的雪下得很大,地上依旧没能形成白色的积雪,融化后的雪水流得遍地都是,又被行人踩踏得污秽不堪,从人行道到绿化带,到处都是黑乎乎的脚印。太阳有气无力地照着,风不如昨夜那般刺骨,刮在脸上还挺疼的。
　　在这个老式的住宅小区里,几十栋六层公房像士兵列队般整齐划一,所有房子难分彼此的灰色外墙无疑是丑陋的,而它们的实用性和丑陋恰恰成正比。最初是附近那所名牌大学为教职员工专门兴建的住宅小区,后来学校在稍远的近郊建了气派的新校园,又补贴教职员工在新校园旁购买崭新的商品房。就这样原先的住户陆续搬走了,空出来的房子尽管面积不大,但交通便利,成为刚开始职场打拼的"新上海人"的抢手货。
　　戴希的父母都是大学教授,在新校区旁买了三室两厅的敞亮新居后,就把这套两居室的旧屋给了戴希独住。她和孟飞扬都很喜欢这里的氛围:小区里没有精心设计的绿化景观,但生长了几十年的树木形成真正的绿荫,春天有小鸟做窝、夏季有蝉虫鸣唱;楼道里没有光可鉴人的大理石墙面,却一日三次不变地飘散出饭菜的味道,充盈着真实生活的烟火气。

戴希去美国留学前的那几个月,孟飞扬每天下班后都会过来,他俩相拥在小小的阳台上,常常从夕阳晚照一直待到繁星坠落,夏夜的风吹不干身上的浮汗,湿湿地黏在皮肤上,好像每个细胞都舍不得分开。他们看着白发苍苍的老人手牵手在楼下蹒跚而过,年轻夫妇带着幼童嬉戏,狗儿撒欢地跑来跑去,晚归的鸽子在头顶盘旋,听着鸽哨声远远响起又落下……过去的三年中,这些时光凝固在孟飞扬的头脑里,直到昨夜今晨才被戴希真实的妩媚所取代,静默的画面再度鲜活起来。

孟飞扬在戴希家的阳台下抽完了一根烟,手指冻得僵直。他本可以继续消磨时光在楼上那间黑暗小屋的温柔乡里,但是有一个人死在他的面前,这迫使孟飞扬依依不舍地走出罗曼蒂克,现实生活总是喜忧参半的。

孟飞扬把双手插入衣兜,慢悠悠地拖着步子朝地铁站的方向移动,不时被步履匆忙的上班族超越。刚刚接待过爱情和死亡的造访,孟飞扬发现,准时上班变得不那么重要了。他的脚步有些虚浮,因为缺乏睡眠,也因为短暂地失去了人生的重心。

半个小时以后,孟飞扬来到了伊藤株式会社的楼下。这是一栋三十多层的办公楼,玻璃幕墙的款式略显老旧,整体还算气派,伊藤株式会社总共才十人不到,就在十六层租了一个百多平米的单元。

孟飞扬走出电梯,一眼就看见伊藤株式会社的玻璃门半开着,前台没人,高亢的话音从里间传出来。

"好,太好了!哎呀,这可是帮了我们的大忙了呀。我马上报告有川老板,这次必须要好好谢谢……啊,要的,要的,怎么能不谢呢……好,好,你先忙,再见。"

挂断电话,秃顶的主人柯正昀意气风发地扭过脸来:"飞扬!好消息!"

"老柯,什么事这么兴奋?"

"还不是那批低密度聚乙烯粒子,总算搞定了!"

19

孟飞扬站到柯正昀的隔板前："搞定了？银行终于同意打款了？"

"那倒不是。不过刚才海关的小曾打电话来，说他们昨晚加班把这批货验完了，今天走一下流程，最晚下班前就会把报告提交给中华石化。这样银行方面就再没有理由拒付了！"

"哦。"孟飞扬点点头。

柯正昀如释重负似的叹了口气："唉！一千万美金的大单子啊，真是好事多磨，没想到一直拖到今天。飞扬，这段时间我们在银行那里碰了多少钉子啊，哈哈，看来还是西岸化工在海关说得上话，昨天有川老板去找他们算是找对了，果然立竿见影！"

柯正昀是从国有贸易公司退休后又出来打工的，在伊藤株式会社担任办公室主任兼财务。平常业务员们在外跑单，有川康介通常要隔几个月才来一次，孟飞扬也是四处出差，就只有老柯和前台小姐雷打不动地留守这间办公室。柯正昀以上海男人特有的细心照顾着公司的一切杂务，事事料理得井井有条，为人也如同他身上从冬到夏一丝不苟的西服衬衫和领带：老套、圆滑、谨小慎微。在孟飞扬印象中，老柯还是头一次这样眉飞色舞。

"……飞扬，有什么问题吗？"柯正昀总算发现孟飞扬的神色有些异样。

"老柯，昨天是我向有川老板建议，他才给海关的左处长打了电话，请他们帮忙快点清关——和西岸化工没关系。"

"噢，是嘛？"老柯笑笑，"也对，还是飞扬你的脑筋好啊。反正无论如何，有川老板这回可以松口气，我们也可以好好过个新年了。昨天我看他的样子，好像生了重病似的，这批货金额那么大，他先垫资肯定也使出吃奶的劲了，难怪那么紧张……"

"老柯，"孟飞扬朝老柯凑过去，压低声音说，"有川康介死了，就在昨天晚上，西岸化工的年会现场！"

将发未发的惊呼堵在嗓子里，柯正昀半张开嘴，下巴像中风病人似的悬空着。

孟飞扬继续低声说："还是我第一个发现的。事情蛮蹊跷的，当场就报了110，说不定今天警察还要来公司调查呢。好在几个业务员出差的出差、休假的休假，都不在公司，就先不让他们知道吧。我只跟你说一声，咱们得商量商量下面该怎么办。"

柯正昀的面色有些泛白，点点头，从抽屉里摸出包上海牌香烟来，又满脸茫然地扔到桌上："他……是突发疾病？"

"不是。"孟飞扬皱起眉头，昨夜那幕恐怖的场景再次浮现眼前，"看上去……他像是触电死的。"

"触电？这怎么可能？"

"就是触电，他的手伸在一个老式保险丝盒里，当时整栋房子都短路了……"孟飞扬终于下了决心，有些费力地说，"老柯，我觉得有川康介是自杀的！"

"自——杀！"柯正昀用拖长了的上海口音念出这两个字，听上去尖利刺耳。

孟飞扬情不自禁地叹了口气，他不愿意详细描述昨晚的一切，只说："确切的死因还是等警方的结论，我不想随便乱说。反正，谁也不会无缘无故地把湿手伸到保险丝盒里去吧？唉，快到年底了，居然出了这种倒霉事！"

"老柯！飞扬，你今天来得真早啊！"

是前台小姐齐靓儿娇滴滴的声音。紧接着，一张圆脸出现在两个男人面前，血色丰盈的脸蛋上那对大眼睛直对着孟飞扬闪闪烁烁："早知道你今天来公司，我就不带饭了。快到新年了，飞扬君该请吃饭咯。"

孟飞扬好像咳嗽似的说："好，一定请，一定请。"转手推开小办公室的门，将呆若木鸡的老柯推进去。

小办公室的一侧放着老板桌和皮椅，背后是朝街的明亮大玻璃窗，长条会议桌摆在中间。这里既是有川康介的私人办公室，也兼做大家的会议室。

孟飞扬关上小办公室的门，又将玻璃隔断上的百叶帘放下。回过身，老柯已经呆坐在会议桌边。孟飞扬也倚靠到桌旁，皱了皱眉："老柯，我们现在该怎么办呢？"

"啊？飞扬，你问我吗？"老柯弓起肩膀，脑袋整个缩进肩窝里，和早上的亢奋模样简直判若两人,"我想,我想……"他突然抬起头,好像在嚷:"那个单子怎么办?!低密度聚乙烯的单子怎么办?!"

"老柯,你真觉得这笔单子能成?"孟飞扬的反问和他的脸色一样阴沉。

柯正昀直瞪他:"飞扬?你什么意思?怎么不能成?这不已经快成了吗?海关把货都查完了,中华石化要提货就必须付款,再拖几天到年底,银行就要停止处理了。所以我想这两天一定会收到货款的。"

他也不管孟飞扬明显敷衍的表情,继续说下去:"真不懂有川康介到底有什么想不开的?只要再多等几天,这么大笔业务就做成了,多少困难都熬过来了,怎么会……怎么会……"

孟飞扬看着他苦笑:"老柯,先不管这个单子成不成,首先我们是不是该通知日本方面?"

柯正昀听懂了孟飞扬的意思。伊藤株式会社是有川康介私人开办的贸易公司,总部设在日本东京,除了康介本人之外,公司的主要管理者就是他的长子有川信一。孟飞扬去日本出差时和信一见过面。这次有川康介在中国猝死,于情于理都应该立即通知他的家人,况且公司后续的安排也需要信一来接手。

"飞扬,还是你打电话吧,你的日语最好。"

孟飞扬走到老板桌前,看了看桌上的日历钟——9:45,这个钟永远调的是东京时间,比上海早一个小时。

孟飞扬深吸一口气,拨通了伊藤株式会社东京办公室的电话。振铃、音乐、录音,一遍又一遍……奇怪,怎么没有总机接电话?他又看了眼日历钟,早就过了上班时间啊。孟飞扬直接拨了总经理办公室的分机,依旧无人接听。

"怎么回事?"柯正昀紧张得秃顶前端的头皮全发青了。

"老柯,你有有川信一的手机号吗?"

"我没有……不过,靓儿那里应该有!"老柯腾地跳起身冲了出去,一转眼又冲了回来,把写着号码的纸条放在孟飞扬面前。孟飞扬几乎能够看到齐靓儿那满腹狐疑的样子,他顾不上别的,立刻拨了出去。

这次才振两回铃，对方就接起来了："莫西莫西？"

"是有川君吗？我是上海公司的孟飞扬。"孟飞扬急急地说。

好一阵沉默。"噢，是孟君，有什么事吗？"语气出人意料的冷淡，孟飞扬甚至从中听出了愠怒和粗鲁，可他记忆中的信一是个相当有礼貌的年轻人啊。

孟飞扬尽量把语气放得平缓："有川君，对不起，有件不幸的事情要告诉你。有川康介先生昨天晚上在上海猝然过世了。"

"什么？他死了？！"对方猛地提高声音，似乎很受震动。孟飞扬正打算应付一连串又急又痛的追问，却从话筒那端流淌过来长时间的沉默，重如铅液，孟飞扬听到自己的心脏在压迫下怦怦跳动。

"他是怎么死的？"

"呃，这个……我感觉是自杀，不过不好说，要等警方的正式结论……"

"什么？这不是警方的结论只是你的个人看法？你感觉是自杀？难道你认为怎样就可以随便胡说吗？！这样的言论未免太不负责任了！"

"我……"孟飞扬把话筒拿开些，那头滔滔不绝的日语好像开闸放水似的，孟飞扬头皮发麻，一时无法构造出完整的日语句子来。不过显然对方也无意听他解释，只是高声叫嚷自己要说的话："你告诉警方，让他们正式和我沟通，你说的话我难以置信！家父为什么会突然死亡？！太令人意外了！我警告你，休想拿家父的死做什么文章！不要再给我打电话，从现在开始我只和中国官方接触！"

"啪哒！"电话挂断，孟飞扬冲着话筒直发愣。

"怎么啦？"老柯在一旁悄声发问。

孟飞扬无言以对，只能把话筒搁回底座。宽大的办公桌上，一个深棕色的木质相框里嵌着有川父子的合影，二人均是全身黑色西装，衣冠楚楚，笑容惊人相似。

"到底怎么啦？"老柯又问了一遍，屋里再无第三者，他把声音压得那么低，倒像怕被照片上的人听见似的。孟飞扬还没开口，桌上的电话忽然铃声大作。

"喂？"孟飞扬一把抓起电话，"谁找我？不见，我没空！"

他看看老柯苍白的脸："是靓儿，说外面有人找我，大概是来谈业务的。唉，现在哪里顾得上这些！"

老柯吐了口气："哦，我还以为是信——……"

"孟、孟经理！"小办公室的门上响起两记怯怯的叩门声，孟飞扬和老柯一起瞪着悄然开启的门缝，齐靓儿涨红的圆脸上有种很像哭的表情："这位警官先生找你。"

孟飞扬站起身，门开得更大了，一个陌生的青年男子把齐靓儿挡到后面："是孟飞扬吗？你好，我叫童晓，是上海市公安局刑侦总队的。"

他伸过右手，掌心里捏了张贴着照片的证件。孟飞扬推了推老柯："老柯，麻烦你先出去。"

等孟飞扬关上门再转回身时，姓童的警官已经气定神闲地坐在了会议桌边，还饶有兴致地四下打量了一圈，这才冲孟飞扬点点头："我是市局刑侦总队第五支队的，专门负责涉及外国人的案件。"阳光从他的背后照来，映出还十分年轻的面庞。孟飞扬判断，他最多也就是三十出头，应该和自己差不多年纪，穿的是便装，神态也显得很放松。

童警官继续周到地解释来意："外国人在中国死亡，只要是死亡地点在医疗机构之外、属于非正常死亡的，原则上都需要我们参与确认死因。涉及外事嘛，总要慎重的。"

"当然。"孟飞扬坐到童晓的对面，"那么童警官，有川康介先生的死因确定了吗？"

童晓从身上斜挎的皮包里掏出一个塑料文件夹，煞有介事地翻了几页："还没最终确定，否则我也用不着来这里忙乎了。"他戳了戳文件夹里写满字的纸："昨天晚上是你第一个发现有川康介的尸体的，你当时就对派出所的警察说有川是自杀？"

孟飞扬咽了口唾沫："直觉的反应而已，警察问我怎么想，我就坦白说了。"

"嗯。"童晓很认真地点了点头，分不清是表示赞赏还是同意，脸上依旧挂着微笑,"我看了这份记录,但上面写的比较简略……能不能请你再说一遍你的想法?"

"我的想法?"

"就是你关于有川是自杀的直觉,为什么这么肯定?你的依据是什么?"

孟飞扬迟疑了一下:"我的直觉不一定准确,你们反正要出结论的,我怎么想的无关紧要吧?"

童晓注视着孟飞扬没说话,目光并不犀利,却显得好奇而友善。孟飞扬连忙凝神叙述起来:"我刚发现有川倒在地上时,开了好几次灯都开不亮。后来才知道当时整栋房子都断电了,有川是把被酒浇湿的手伸到保险丝盒子里去的,造成了短路。他这样做,除了自杀我真的找不到别的解释。"

"嗯,他不仅浇湿了手,身上也浇透了酒。真可惜,那些可都是二十年以上的陈年威士忌啊。不过……"童晓又戳了戳文件夹,"当晚的宴会上只供应葡萄酒和香槟,没有威士忌。"

"应该是西岸化工的张乃驰总监的藏酒吧?我看到他的办公室里有个小酒吧,放满了各种威士忌。可是昨晚有川死后,那里变得一片狼藉,所有的酒瓶都砸碎了,酒流了一地。"

"是啊,今天早上我去现场时,还能闻到一股浓烈的酒气,呵呵,确实都是些好酒呢。"

孟飞扬附和:"想必都是张总的珍爱收藏吧,他可真够触霉头的。"

"对,对,昨晚上除了有川康介,就数这位张总最倒霉了。"童警官的语气里多少有点幸灾乐祸的味道,似乎对张乃驰这类以外貌见长的同性,男人都会有种出自本能的轻视,"不过咱们待会儿再谈张乃驰,现在还是继续说有川。那么说你就是因为有川把湿手伸入保险丝盒,被电击致死得出他的自杀结论?"

孟飞扬皱起眉头,一边思索一边回答:"我最后一次见到活着的有川老板,他是一个人待在张乃驰的办公室里。之后所有人都去花园里看焰火,等焰火放完我再去找有川,他就已经死了。况且他的死法,先要在屋子里找到那个老式保险丝盒子,然后砸开酒瓶把全身浇上酒，最后还把湿手伸到保险丝盒里面，应该是执意寻死才会如此吧——"他突然想起什么来，把目光对准童晓，"对了童警官，你知道那个屋子里怎么会有老式保险丝盒子吗？我从昨晚起就想不通，虽说'逸园'是一所老洋房，可我看见里面全都重新装修过了的。"

童晓一本正经地点了点头："西岸化工租下'逸园'做办公室时，的确对整栋房子做了全面改造，尤其是电路系统，毕竟现代化办公室对用电的要求非常高。不过据说'逸园'本来的电路系统就很不错，而西岸化工的李威连总裁又崇尚老派风格，喜欢搞什么整旧如旧云云，所以才在二楼的几间办公室里都保留了老式的陶瓷保险丝盒，就是因为款式特别雅致。呵呵，你说一个保险丝盒子能有多雅致，还给当成古董了。"

孟飞扬恍然大悟："难怪，这样就为有川自杀提供了技术条件啊。"

童晓意味深长地说："不能仅凭技术条件来下结论，通常认定自杀的话，还需要找到充分的心理条件。"

"我明白你的意思。"孟飞扬说，"童警官是想问我，有川是否有自杀的动机，对吗？说实在的，这还真不好说。我从昨晚想到现在，并没有找出有川必须要舍弃生命的理由。"

"他最近有什么异常表现吗？"

"……异常倒是有一些。一方面，这次他来中国后，似乎健康状况很差，具体是否生病我不清楚，也没听他谈起过；另一方面，就是我们公司最近的一笔大生意出了点问题，有川对此十分担忧，他到中国来就是亲自处理这件事。哦，他昨晚上去找西岸化工的张乃驰，也是想请张总帮帮忙。怎么？张总没有告诉你们他和有川的谈话内容？"

"大致说了说，不过昨晚上张乃驰受惊不小，没能谈得很详细。所以还得请你尽量把这桩生意的情况解释一下，警方会保护你们合法的商业机密，这一点你尽管放心。"

商业机密？本来还真算得上是个重量级的商业机密，但是现在，至少对有川康介来说已经什么都不是了……

孟飞扬按捺下嘲讽的冲动，让自己看上去尽可能的郑重严肃，表现出专业人员的素养："简单来说，这笔生意就是我们公司为中华石化从国外进口一批高质量的低密度聚乙烯。"

"低密度聚乙烯是？"

"一种比较常用的塑料原材料，主要用来生产高强度大幅面的塑料薄膜。中华石化这个订单的最终用户是农业部，你知道今年的冬天特别寒冷，这批低密度聚乙烯粒子就是农业部委托中华石化进口的，用来生产覆盖农作物暖棚上的塑料薄膜。"

"原来是这么回事。可是，"童晓指了指窗外，"冬天已经开始一个多月了，北方都来过好几次寒潮，你们的货来得及交付给农业部吗？"

"应付北方的寒潮肯定是晚了，做北方大棚的塑料粒子几个月前就该到货了。我们的这批货针对的是长江中下游地区，比北方要迟将近一个月降温，这两天才来了第一次寒潮，恰好我们的货物也到岸了，海关这两天正在加速清关，加工成塑料薄膜只需要几天时间，再花一两天发往周边农村，理论上说时间刚刚好。"

"哦，这笔生意不小吧？"

"是的，总金额不便透露，但确实是笔大生意，而且利润丰厚。"

"因为是部委的单子，所以利润特别好吗？"

"那倒不是，主要是因为这批低密度聚乙烯粒子的单子比较特殊。其实每年冬季，中国长江以北的农村都需要大量的塑料暖棚保护农作物过冬，相比之下，北方的冬季干冷，而长江中下游的冬季阴湿，农作物的品种也比较精细，因此这个区域暖棚上的塑料薄膜质量要求非常高。符合要求的国产塑料粒子产量有限，碰到像今年冬天这种特殊情况，就需要从国外进口。进口产品的价格比国产的要高出一大截，利润空间相应的也就比较大。"

童晓一个劲地点头，紧接着又连连摇头："既然是这么好的生意，那所谓的麻烦又是什么呢？"

"问题出在了付款环节。按照国际贸易的惯例，货物在发货地港口装运以后，由船运公司出具提单，我们将提单交给我方银行，再由它们转给买方银行，买方银行审核单据后付款，整个过程就是这样。可是，这批货的提单几个星期前就送到买方银行了，但他们却总是百般挑剔我们提供的单据，为了一些无关紧要的字面问题就拒付，甚至连标点符号都不放过。我们来来回回改了好多次单据，银行就是以'单据与合同有不符点'为由，死活通不过，结果一直拖到今天，货都到外高桥码头了，我们还没收到货款呢！"

"这个……国际贸易我不太懂了。"童晓伸手抓了抓头发，他那用摩丝精心撑起的时髦发型这下子惨遭蹂躏，"你是不是在暗示银行方面故意刁难，存心不给你们及时付款？"

孟飞扬平静地回答："我可没这么说。不过货物到达目的港，买方都未支付货款的情况，在国际贸易的案例中也算屈指可数了。银行没有理由刁难，他们都是听买方，也就是中华石化的指示。当然，要说中华石化故意拖延付款也很牵强，严冬就在眼前，农业部急等着这批货用在塑料暖棚上，万一耽误了时间，导致大批农作物遭寒潮受损，这个责任谁来承担啊！"

"但是你刚才提到货物已进入清关程序，是不是中华石化就一定会付款呢？"

"不付款就不能提货，这是最后的底线了。况且货都运到了，寒潮也马上要来，我想中华石化绝对会立马付款提货的。"

"那问题不就解决了？"

"准确地说是胜利在望——只要钱没到账，就不能松最后一口气。"

童晓似乎在思考什么，沉默片刻又问："那么，有川康介找张乃驰帮什么忙呢？"

"西岸化工和中华石化的关系非常深，有川老板想请张乃驰去和中华石化负责这个单子的人说说好话，让他们尽快通知银行付款。其实我个人觉得这样做有点多此一举，因为前天货物就到港了，只要海关验货合格，中华石化总归要付款提货。就算要找张总帮忙，也该早点找，拖到现在才找没意义。"

"你跟有川说了吗？"

"说了，但他还是坚持要找张乃驰。谁想到竟发生了后面的事情。"孟飞扬顿了顿，又加了一句，"无论昨晚他和张乃驰谈得如何，都不影响大局。这笔单子虽然过程波折，也算快熬到头了，所以我觉得，有川康介的死和这笔单子并没有关系，他不至于连最后两天都等不了吧。"

"嗯，了解，了解。"童晓如释重负般地拍拍文件夹，目光在有川父子的合影上一掠而过，又回到孟飞扬的脸上，"我问话比较直接噢，伊藤株式会社这个代表处的规模不算大，中华石化怎么会把这么重要的大单交给你们？"

孟飞扬微笑了，童晓警官肯定不像他声称的那样对国际贸易外行，他的问题针对性很强，无一不具备鲜明的意图。不过孟飞扬还是耐心解释："贸易公司的规模和业务额不一定直接相关。有些公司一年做一大堆的小单，加起来的金额也未必比人家一单的金额大，利润就更不成正比了。伊藤株式会社从八十年代起就在日本和中国之间做贸易，虽然规模不大，做的却都是比较高端的生意，始终保持较高的利润率。最近这些年，市场上竞争越来越激烈，中日贸易难度增大，公司的业务确实有些萎缩。但光凭几十年来积累下来的客户资源，也可以活得不错了。所以我们现在并不追求规模，而是盯着几个长期大客户做，其中就包括中华石化。生意也不局限在中日贸易范围内，这次的低密度聚乙烯粒子就是从南美进口的。"

"听起来孟经理对伊藤的业务了如指掌啊，有川一出事，压力都到你的身上了。"

又是一次明显的试探，孟飞扬统统当作好意收下："还好，伊藤在日本有总公司，由有川康介的儿子信一坐镇。再说将近年底，公司就这一单业务悬而未决，其他也没什么大事。"

"有川的儿子叫信一？就是那个人吗？"童晓把下巴朝相框抬了抬。

"是的，他们长得很像吧？"

"嗯，你有他的联系方式吗？我们还要负责上报出入境管理局，再由他们联系日本领事馆，通知死者家属。"——原来这就是所谓的官方途径。童晓拉过挎包，从里面找出一支水笔和一个皱巴巴的记事本，询问到现在他居然一个字都没有记录。

孟飞扬把写着有川信一手机号的字条递过去："这就是他的手机

号。很抱歉我不懂这里面的规矩，已经给信一去过电话了。"

"没事，你那是私人渠道，也应该通知的。"

孟飞扬本想对他讲讲信一的反应，看着童晓满不在乎的样子，又打消了这个念头。童晓把字条塞进文件夹，又把文件夹、笔和记事本一股脑扔进挎包，心满意足地拉上拉链："这就差不多啦。"

孟飞扬跟着他松了口气："童警官，看样子刑侦工作比我想象的要轻松嘛。"话刚一出口他就后悔了，冲动是魔鬼，真想扇自己一个耳光。

童晓倒是毫不在意："呵呵，干我们这行的就要有张有弛，否则用不了多久就该精神崩溃了。哎哟！张乃驰，差点儿忘了他了。"

"张总昨天究竟出了什么事？"孟飞扬很高兴能够转换话题。

"他嘛，孟经理，他可是非常感激你啊。要不是你发现有川死了，从二楼吼了那一嗓子，张乃驰倒的霉可就不光是几瓶老酒那么简单了。"童晓满脸的忍俊不禁。

"什么意思？"

"哈哈！昨晚你在楼上叫唤时，他正好要表演钢琴独奏，哪里想到钢琴的琴键上撒满了碎玻璃碴，当时现场为了营造气氛，只点了蜡烛，光线非常黯淡，他根本没有发现异常。听到你从二楼的那一声吼，他才注意看了看琴键，及时避免了十指被扎透的惨剧。"

孟飞扬目瞪口呆："真的？！……哪来的碎玻璃碴？"

童晓点了点自己的额头："你试试推理嘛，其实蛮简单的。"

孟飞扬把眼睛越瞪越大，一直撑到了眼眶边缘："难道是——那些酒瓶的碎片？！"

"回答正确！另外，这些酒瓶的碎片上还沾满了鲜血。"说到这里，童警官简直有点得意扬扬了。

孟飞扬越发诧异："鲜血？这也太恐怖了吧，谁的血？"

"根据化验结果，都是有川康介的血。"

"啊！"没想到事情远比孟飞扬的所见所知诡异太多！他对于有川康介之死原先所持的半厌恶半感伤的情绪彻底消失了，取而代之的是强烈的好奇心。

认真地思忖了一小会儿，孟飞扬兴致勃勃地问："难道有川砸碎酒瓶后还捧着沾满自己血的碎片下楼，把碎片撒在琴键上，然后再回到张乃驰的办公室里摸电门？"

"这算是一种相对合理的推断。当然还存在另一种可能，就是有人在有川死后，将他砸碎的酒瓶碎片收集起来，放到楼下的琴键上。不过正如你刚才所说，当时全部参加年会的人员都在花园里，而放焰火的响声又遮过了其他的声响，所以到目前为止，还没有任何人说目击到或者听到什么。"

"这……真是太匪夷所思了。"孟飞扬连连摇头，"莫非是张乃驰拒绝帮忙，有川怀恨在心想报复？可是……也不至于啊。"

童晓盯住孟飞扬："当时大家都听到张乃驰叫了一句：'他想害死我！'你不是也听到了？"孟飞扬头一次感觉到对方目光中那种清晰的理性，从整个上午的散漫举止中凸现出来，显得特别鲜明有力。他情不自禁地回应："我听见了，现在联系起来看，张乃驰确实认为是有川要加害他。"

"张乃驰的说法和你的一致。但这里面还有一个疑点：就算让碎酒瓶碴把手刺破，也不至于有生命危险。张乃驰昨晚表现出的恐惧太过激了，似乎另有隐情。"

孟飞扬沉默了，看来童警官所面对的谜团还挺复杂的。

童晓从椅子上站起来，把挎包斜背好，正对窗外投入的阳光眯了眯眼睛："涉外案子中最困难的是揣摩当事人的心理，民族特性不同嘛。日本人尤其令我头疼，所以今后我大概还要麻烦你。"

"没问题，公民的责任嘛。"孟飞扬陪着童晓往外走，办公室里依旧没有其他人，只有齐靓儿和柯正昀的两道目光死死地粘在他们身上。

来到电梯口，童晓朝孟飞扬伸出右手："非常感谢你的时间。这是我的名片，如果想起什么来，随时可以联系我。"孟飞扬接过名片，两人用力地握手，电梯门打开，童晓跨了进去。

电梯门徐徐合拢时他俩目光相错，都看出彼此眼中的樊篱在悄然松动。到底是三十岁左右的年轻人，三言两语就能觉察到脾性相投，

31

对孟飞扬来说，童晓正是那种可以邀在周末一起打篮球、玩游戏和带上女朋友吃饭的人，读书的时候这类人似乎随手就能抓到，上班之后却变得越来越少。时间不够哇，常常有人这么抱怨，孟飞扬突然想到，其实不够的是空间。人生保持着动态平衡的状态，要获取那些就必然会丧失这些……

"飞扬，那个警察来干什么？"

柯正昀缩着脖子站在走廊里，好像一个上午变矮了不少。

"老柯，咱们一起吃午饭去。边吃边聊。"

他们在隔街的一个台式餐厅找到了座位。从昨晚到今晨真是消耗巨大，孟飞扬觉得自己的胃都饿空了，一口气点了四个热菜三个凉菜，压根不去理会柯正昀莫名惊诧的表情。点饮料的时候孟飞扬犹豫了一下："老柯，喝点啤酒怎么样？"

柯正昀苦着脸："太凉了胃不舒服。"

"哦，也是。"孟飞扬端详着柯正昀的脸，"老柯，你的肝最近怎么样？脸色不好看。"

"一般，一般。"

孟飞扬招呼服务小姐："来壶龙井，哦，再来两杯咖啡，一条七星。"

狠狠地吸了几口烟之后，孟飞扬觉得身心舒畅了许多。他简单地把和童警官的谈话对柯正昀复述了一遍。柯正昀始终沉默地抽着烟，菜上来了他一口没动。孟飞扬讲完，赶紧埋头吃个半饱，这才长出口气，又点起一根烟："老柯，关于有川康介的死你有什么想法？"

柯正昀捏着香烟的手抖得厉害："我……不知道。"

孟飞扬安抚地说："老柯，你也不用太担心。不管有川康介的死因是什么，对我们来说最多就是公司未来走向的问题。这个嘛就交给我，等官方正式通知有川信一以后，我会找他好好聊聊。老子没了，儿子可以继续干嘛，伊藤株式会社在中国也能生存下去。就算退一万步说，信一要把代表处关了，咱们这些业务员都能找到地方去。至于老柯你，今年有六十五了吧？如果公司真的关门，我劝你就别干了，回家养老得了，还是身体要紧。"

柯正昀没有答话,仍然一味抽烟,烟雾缭绕在黑黄的面庞四周。孟飞扬挥了挥面前的烟:"老柯,最好烟也少抽点。"他想活跃下气氛,就开玩笑地说:"你每月就那么点零花,干脆把烟也戒了吧。"

柯正昀对孟飞扬的笑话毫无反应,却哑着喉咙问:"飞扬,你说公司真的没希望了?"

孟飞扬一愣:"啊?我没这么说啊。咱们的业务不是一直挺正常的吗?低密度聚乙烯粒子的单子还能大赚一笔……"

"那有川为什么一定要寻死呢?"柯正昀激动地打断孟飞扬。

"这我怎么知道!唉,小日本的脑筋爱出问题,再说有川康介这人的名声一向不大光彩,那些道听途说什么的我今天都没告诉童警官,可是谁知道其中有没有关联呢。老柯,咱不去管那些闲事,免得惹一身骚。"

"不好,不好!"柯正昀拼命摇头,"我有种大难临头的感觉,大难临头……"他一把抱住头,痛苦地扭动着脖子。孟飞扬倒给他吓了一跳:"老柯,你太紧张了,别这样,自己吓自己要出人命的。"

"我不是自己吓自己!"

"那是?"

柯正昀哆哆嗦嗦地抬起头,眼圈发红:"今天上午你和警察谈话的时候,我一直在拨海关小曾的电话,想问问他流程的进展。可是他一次都没接,每回都是直接掐断。我很担心……"

"咳!"孟飞扬被烟呛了一口,"人家不是说了今天要走流程嘛,你又打电话干什么,他一定是在忙。"

"不会的,不会的。我们打了几年交道,我很清楚的!小曾过去从来不这样,肯定有问题,绝对有问题!"柯正昀几乎叫起来,周围桌上好几个人朝他们看过来。孟飞扬把咖啡杯往老柯面前推了推:"老柯,喝咖啡。"柯正昀端起咖啡一饮而尽,黑色液体直接从嘴里跑到脸上。

孟飞扬皱了皱眉:"老柯,你今天精神不好,干脆下午回家休息吧。聚乙烯粒子的事情我来处理,我和海关的关系不比你差,曾航我也很熟的,怎么样?"

柯正昀不再开口，孟飞扬结完账推着他往外走，他软塌塌地在地上移动双脚，举步维艰。回公司的路上经过地铁口，孟飞扬直截了当地问："老柯，你要是在公司里没什么重要东西，现在就乘地铁回家吧？"柯正昀还在恍惚，孟飞扬记得柯正昀有一双成年儿女，前段时间似乎还拜托过有川康介帮女儿找工作，就又随口提出："要不让你的儿子或者女儿来接你？"

柯正昀猛然惊跳，瞪着双发红的眼睛直摆手："不、不用了。我自己能回去。"往地铁站口走了两步，回头苦笑："小孟，你今天无论如何要给我一个消息啊。"

孟飞扬在附近找了家咖啡馆，在吸烟区坐下后就开始吞云吐雾。每吸完半支烟，他就给海关的曾航打一个电话，老柯说得没错，电话始终处于无法接通的状态，这是明确拒绝通话的意思，但孟飞扬不想放弃，就继续拨下去。大概在下午五点一刻左右，孟飞扬的坚持不懈终于得到了回应。

"嘀！"他的手机上跳出一条即显信息，"海关总署得到举报你们的货以次充好总署和中华石化已组成专案组今早突击调查我和左处要被你们害死了再别给我打电话切记否则你也没有好下场！！！！！！"

孟飞扬抓手机的动作过猛，胳膊肘把咖啡杯打翻在地，他一口气读了几遍这条全篇没有标点符号，却在尾部出现惊叹号集合的短信，脑袋里嗡嗡地响成一片。咖啡店招待满脸不悦地往他脚下伸来拖把，孟飞扬跳起身，手机上又是"嘀"的一声，再看时已了然无痕，那条短信就像幻觉似的消失了。

但孟飞扬从心底里认识到，这是极其可怕的现实。

第三章

位于上海市区中东部的"富丽新城"始建于上个世纪末，历经前后五期将近二十年的开发，终于形成了由几十栋超过三十层的高层住宅楼组成的超大规模居住区。"富丽新城"中的居民总数过万，区内环境相当优美：绿化环绕、流水潺潺，学校、幼儿园、银行、餐馆、便利店和美容院一应俱全，住户不出小区就可以满足基本的生活需要，堪称城中之城。

许多头一次来到"富丽新城"的人都会对成排的水泥森林和整个住宅区的井然有序感到印象深刻，他们当然不会立刻察觉到，表面秩序正如明丽的阳光，在巨大的楼群中投下层层叠叠的阴影，令此地的藏污纳垢更甚于市井喧哗的陋巷棚户。因为只有在"富丽新城"这样的地方，坐拥千万财产的富豪才可能和群租于双层铁床上的农民工相安无事，同居一个屋檐之下又老死不相往来，生活在此地，没有人知道自己的隔壁住的是谁，正在干些什么。

于是这天，就算是在大中午的时间，"富丽新城"三期某栋某层某室所有窗户上的窗帘都拉得严严实实，自然也不会引起任何人的注意。

正在干燥的冬季里，化纤质地的窗帘迅速合拢时会爆出细微的静电，拉窗帘的男人感到自己手背上的汗毛密密地竖起来。他摘下头上一年四季都戴着的黑色棒球帽，搁到窗下的茶几上。几缕光线从窗帘间的缝隙里漏进来，恰好照在男人的头顶，浓黑短发因为静电的关系微微摆动，其中好几大块斑秃特别鲜明，像是沼泽中引人失足的旋涡。男人伸出手又用力扯了扯窗帘，屋子里终于漆黑一片了。

他对这里非常熟悉，朝左边跨出小半步，就稳稳地坐在一张扶手椅中。房间里面几乎伸手不见五指，他却胸有成竹地往前探身，将面孔缓缓凑向黑暗的虚空，仿佛那里潜伏着什么引诱他的东西，无可名状，又难以抗拒……

随着极其轻微的"吧嗒"一声，像风折残柳的细响，若隐若现的光芒映在他的脸上，照不出半分表情，只是那双眼睛中的贪欲之色，犹如古井微澜，渐渐抑制不住来自最底处的暗流翻涌。

那是一张液晶显示屏，屏幕里呈现另一个晦暗房间的角落。阴影重重叠叠，光线自上而下，切割出细碎的光斑和色块，无法辨识，唯有正中央的大块白色一阵接一阵地激烈变换着清晰触目的图景。

两个赤裸人体的局部扭出通常状态下不可企及的古怪姿势，在画面里起伏翻腾，却没有一点点声音。肉体绷得几近变形，在极度紧张中曝光过度，全部刷上白花花的浮点，仍然没有一点点声音。

男人吞咽着唾液，喉咙里咕噜咕噜地直响，头在屏幕前不规则地摆动，操纵机器的手指不住颤抖，终于——他找到了期待已久的时机和角度，用尽全身的力气按下了拍摄键！

从机器里传出的都是女人的声音。

"今天开心吗？"

"……"

"你看我是不是又老了啊？"

"……"

"你还欢喜我吗？欢喜吗？"

"我要走了。"

女人打了个冷战，他用那么动听的声音讲出的话，每每都叫人心碎。

"再多待一会儿吧……"她无望地看了看床头柜上的钟，他却已经坐起身来。女人跳下床，从角落的衣架上取衣服给他。他接过去，又随手搁到床上，展开胳膊把女人搂到怀中。

"你儿子对新学校习惯吗？"

"好像还行。"女人略作迟疑，"建新这个小人，就会闷皮，我也不晓得他成天在想什么。哎哟，他功课一塌糊涂的，能上现在的学校已经是烧高香了，轮不到他挑三拣四。"

他点了点头，开始穿衣服。领带、袖扣、皮带、手表……女人把这些闪着光泽的精致物件一样一样递给他，看着他把它们有条不紊地穿戴起来，人类想象力和审美的结晶犹如流星汇入银河，瞬时融入他自身的华彩。她喜忧参半地眼睁睁看他从亲近变到冷峻，终于成为一个陌生人，然后远离她而去。

她的才智有限，领略不了这变身过程中荒诞而又悲哀的意味，幸好如此——否则她该怎么忍受同样的变化在日复一日、年复一年里。

"你休息吧，我走了。"

摄像机前的男人突然跳起身来，惊慌失措地向液晶屏中看了看，"咔嗒"一声，他关上了摄像机开关，又飞快地把摄像机和支架、电线等等收起，扔进脚边的矮柜，仔细地锁上柜门。紧接着，他扭亮了墙上的壁灯，昏黄的灯光下小屋里杂物横陈，他在满是灰尘的地面上迅速走动，鞋底拖出深深的脚印。靠近门边的墙上挂着面小镜子，他对着它匆匆整理好衣服，戴上帽子，开门出去。

大约十分钟以后，一辆黑色奔驰轿车缓缓开出"富丽新城"地下车库的 VIP 区，沿着车道驶向小区西部的大门，很快就消失在滚滚车流中。

小区的西侧有个儿童乐园，大中午的，卡通图案的滑梯上没有一个孩子在玩耍。围绕乐园是一整片的矮黄杨，边上竖着两个乳白色的秋千架，左面的秋千上坐着个男孩子，他已经坐了很长时间，看来连中午饭都没顾得上吃。

男孩有一张清秀的面孔，皮肤很白，嘴唇上沿浅浅的黑色绒毛表明他已进入青春期。厚厚的天蓝色羽绒服紧裹着他的纤瘦身体，他纹丝不动地坐在冬日的暖阳之下，脸蛋上是少年人特有的孤独表情，似乎在观察和等待着什么，又似乎目空一切。当黑色的奔驰车从儿童乐园前面驶过时，男孩的眼皮稍微眨了眨，便垂下了头。片刻之后他将头重新抬起，奔驰车的尾部恰好掠过青黄色的灌木丛外，看不见的轻烟飘过来，男孩揉了揉眼睛，纵身跳下秋千架。不远处的高楼之上，刚才遮得严严实实的窗帘全部拉开了。

男孩飞快地跑过枯黄的草坪，一头冲进门厅。电梯直上十六层，他走到1603的门前，从口袋里掏出钥匙打开了门。

"是谁啊？"一个懒洋洋的女声从里间传出来，跟着是趿拉拖鞋的声音。男孩站在门口，只管死瞪着走过来的女人。她一边走，一边抬起双臂束着卷曲的头发，头顶堆着大蓬蓬的浓密鬈发，好像伏着一只小狮子狗。她还披着粉色的长睡衣，从领口到下摆全是茸茸的人造毛，这么一来整个人都像只狮子狗了。

看见男孩，女人也是一惊："建新，你怎么回来了？"

男孩没有答话，却冷冷地打量着自己的母亲，身上散发出的寒气对她非比寻常。

宋采娣朝前移了两步，抬起手去探男孩的额头："哎呦，我的乖儿子，你是不是生病了呀？啊？"

"别碰我！"

"你怎么……"宋采娣看看自己被儿子打落的手，一脸茫然。

"他又来过了！"

"他？"

男孩昂起头，咬紧牙关逼视她，很满足地看到母亲在一瞬间里已经面无人色。

"你……你瞎说什么？"她还徒劳地想掩饰。

"我没瞎说！我看见了，我全都看见了！"

高喊声把她有气无力的申辩全部堵回去："你……看见了？！"她在莫大的恐惧中倒退了一步，脚后跟踢到茶几的脚——"咚"！

宋采娣在沙发前摇晃了好几下，重新站稳了，血色又回到双颊上，连眼圈都红通通的。

"好好的学不上，你偷偷死回来干什么？快别瞎搞了，赶紧回学校去，要是让你爸看见了，打死你！"她铁板着脸说出这席话，虚张声势，拿出父母的地位来恐吓儿子，盼望着他马上落荒而逃。

她立刻就失望了。周建新的眼中聚起屈辱的泪光，声嘶力竭地冲她嚷起来："对！还有我爸！我爸也在！你们，你们两个都在！你给他做奴隶！我爸当乌龟！"

"啪！"一记响亮的耳光结结实实地落到周建新的脸上，宋采娣指着儿子破口大骂："小赤佬，你不想活了啊！我们是你的妈、是你的爸！没有我们哪有你！辛辛苦苦把你养这么大，让你吃好穿好，哪一样亏待了你！上学上的都是贵族学校！你老娘是奴隶，你老爹是乌龟，好啊，那你算什么！你说啊！"满头鬈发遮住了大半张脸，她涕泪横流地扑过来，揪着儿子的肩膀死命摇晃。

周建新奋力向后一推，宋采娣几乎坐倒在地上。

泪珠滚满了男孩的脸，他一字一句地说："你给我听清楚了，如果下次再让我看见他到这里来，我就杀了他！"

他转身而去，用力扇上家门，门内立刻传来号啕大哭的声音。周建新站在楼道里注意倾听着，泪痕未干的脸上渐渐露出似笑非笑的古怪表情。

因为有川康介在精英年会上猝死，"逸园"暂时被封，西岸化工只得将大中华区的办公场所转移到位于淮海路上的办公楼内。所谓大中华区本来就只有几个最顶层的高管和他们的秘书，"逸园"为他们提供舒适的超大间独立办公室，和豪华的会议室，讲究的就是气派和品位。如今迫不得已只好降低标准，在淮海路的中国公司办公区里腾出一些独立小间来，权做临时之用。

今天午后的阳光特别好，刚刚经历了寒潮，好不容易见到晴空万里，大家都不愿待在室内，所以午饭时间过了很久，外出用餐散步的人们才陆续回到办公楼里。大中华区的人事总监朱明明本来在"逸园"有单独的办公室，今天也只好在自己的临时隔间里坐下，才拿出香奈儿的粉盒补妆，头顶上就响起醇厚的男中音："Maggie, Richard今天来上班了吗？"

朱明明的手一抖，小镜子里出现了类似小丑的苍白鼻翼，她没有信心抬头了："他……呃，早来了！"

"在哪儿？"

朱明明气喘吁吁地抹着粉，李威连就站在桌边等她回答，目光和身影无形地压迫过来。虽然他站着而她坐着，根本就不合适，但他那股温柔的气势就是让朱明明软倒在椅子里，动弹不得。

"William！"她总算抛下了粉扑，鼓足勇气向他仰起脸，"Richard午饭前就到了，他要找你，我和Lisa都给你打过电话，可是你的手机一直关机……"

"是的，我去办了些私事。"

"Richard在小会议室里等你。"

"好。"

"William！"

"怎么？"

朱明明跳起来，差点儿直扑到李威连的胸前。

"William，下回你要是再突然想起要去办什么……私事，我的意思是，原先日程里没有的安排，方便的话还请你跟Lisa或者我关照一声，我们也好知道怎么应付。今天是Richard找你问题不大，上周的内部会议也就算了。可是前些天亚太区的例会你也缺席，怎么都找不到你，结果Philips问得我们很为难，Lisa只好说你忽然身体不舒服……"她上气不接下气地说着，紧挨在李威连的耳边。

"你知道的，那些例会都是形式主义，Philips也就是做做样子，你们随便帮我推一推好了。"李威连和朱明明一样地温言细语，神情却很轻松。

"我明白！可你提前说一声的话，我们就先把托辞给想好了，总不能每次都说你不舒服，人家还以为你健康出问题了呢！"朱明明一下子愤懑起来。

李威连看了看她："也许我就是健康出问题了呢？"他轻描淡写地说，阳光刚好照在他的脸上，眼睛下的青色隐约可见，仿佛是从身体内部慢慢向外的腐蚀。

朱明明小声惊叫："William！"

"开个玩笑。"李威连懒洋洋地坐下来，"不过你说的也有道理，这样吧……以后你就多想几条备用的理由，再遇到像今天这种情况，你和 Lisa 就从中随意抽取一条来使用，彼此经常通通气，尽量减少重复。"

现在换成朱明明站在他的面前，哭笑不得地瞪着他。办过"私事"之后李威连总会处于短暂的亢奋中，这种虚浮的愉悦情绪与他一贯的气质并不相符，显得脆弱而无稽。

"Maggie，我一向都很欣赏你的创新精神，你好好发挥吧。"

"哼。"朱明明用鼻子回答。

虽然他们可以像密友般心照不宣地讨论他的隐私，把能说的说完之后，她还是必须回归下属的身份，忠实地奉行他的旨意，不论心中受着怎样的煎熬。

"好吧，我去看看可怜的 Richard。"李威连起身就走。

"William，要给你送杯咖啡吗？"朱明明追在他后面问。

"不用了，谢谢。"

李威连头也不回地转过走廊，小会议室就在走廊尽头。他伸手扭开门把，一步跨了进去。

"谁？！"呆坐窗前的张乃驰闻声跃起，张皇失措地往后直躲，活像一只突然暴露在灯光下的仓鼠。

"是我。"李威连把门带上，皱了皱眉，"听说你来上班，还以为你缓过劲了。怎么还是这副样子——如丧考妣！"

张乃驰愣愣地看着他："我的考妣早就丧光了，你又不是不知道。"

这句话产生了奇妙的效果，李威连脸上的阴云微微散开："还没有失去幽默感？很好，这说明你的心理状态正在恢复中……坐吧。"

他自己拉过一张椅子坐下。

张乃驰长长地出了一口气，也跌坐回椅子里："唉，恢复什么！我这两天夜夜噩梦，一闭上眼睛就是有川康介那张死人的脸，简直、简直太可怕了！"

"既然做了，就不要怕。"

"可、可我怕鬼……"

"鬼？"李威连往椅背上一靠，"人都不怕，还怕鬼。你怎么越活越倒退了！"看着张乃驰颓丧憔悴的面容，他又不屑地说，"当然，有川这么个死法确实惨烈了些，日本人自裁的决心倒是令人刮目相看……不过，这不正是你梦寐以求的吗？"

刚刚显露暖意的目光恢复阴冷，李威连往前探一探身，好像在审问犯人："Richard，你是不是瞒着我做了些什么？我是说——计划之外的行动。"

张乃驰浑身一颤，躲避着李威连的目光："我……没有……我不……"

"不什么！"李威连一旦发怒，他身边的人都会立即汗毛直竖，因为他的愤怒是积蓄酝酿之后才如火山爆发的，他的怒火从不无缘无故，也必定有始有终。

"如果你没有私下做什么，有川康介怎么会把矛头指向你？我们的计划非常隐蔽，按理说他就是到死也猜不出是谁在做他。年会那天他明明是来向你求援的，你到底对他说了些什么？竟然令他决意求死，还要用那么恶毒的方式加害你？！"

"我……"张乃驰在皮椅里快缩成一团了，"我、我怎么知道他脑子里……"

"他的脑子我不关心！我关心的是'逸园'！"李威连加快语速，"年会之夜发生如此骇人听闻的惨剧，宾客受到惊吓，西岸化工的形象被损害……这些也就算了！可是'逸园'的声誉无端受损怎么办？该如何弥补？今后大中华区要恢复使用'逸园'办公，又要花多少心思来消除人们的顾虑？而这就是你逞一时之快的后果！"

李威连的声音并不高，却在张乃驰的耳郭里激起阵阵回响，正当他辗转无措时，耳朵里又冲进来两个字——"算了！"

张乃驰张口结舌地看着李威连，听到他紧锁眉头又说了一遍："算了，弄了半天还是要我来善后。我告诉你，这种擦屁股的事情是最后一次，以后再别来找我！"

张乃驰不由自主地抬起手，抹了抹额头上想象出来的汗珠。其实他对李威连并没有表现出来的这么敬畏，他太熟悉李威连的性格和行为模式，深知李威连富有强者的宽容心，尤其习惯在最紧要的关头挺身而出。因此在某种程度上，示弱是张乃驰和李威连相处时的策略。

"Richard，你得到什么消息了吗？"发完一顿脾气，李威连恢复了往常的冷静神态。

"消息？"

"中华石化那边应该知道有川康介出事了吧？"

张乃驰咽了口唾沫："嗯，我正想告诉你——中华石化那边来电说，海关出具了验货单，明确指出伊藤株式会社的货物都是劣质品，与提单所述货物规格不符。因此中华石化已经正式书面通知伊藤，决定对这批低密度聚乙烯粒子退货，并提出进一步索赔的要求。"

"哦？"李威连的目光一凛，若有所思地重复，"海关查出来了，真及时……"

"是啊。"张乃驰期期艾艾地接口，"咱们原本不是商量好的吗？等有川把货送到浦东口岸后，由我给中华石化的关系打招呼，告诉那边真相，让他们及时做出正确的反应。可是，可是前天晚上有川康介突然来了那么一下子，我、我就……"

"你就自乱阵脚，精神崩溃了！"李威连打断张乃驰，又开始冒火了，"结果你把通知中华石化的事情彻底忘了，对不对？而万一这次海关没有查出问题，真的出具验货合格报告给中华石化，这个计划就要横生枝节了！"

张乃驰忍不住辩解："我真的没想到有川的反应会那么激烈啊！再说，你也没有预先告诉我会直接举报给海关总署！闹得中华石化那边很不爽，给我来电时话说得很难听……"

"哼，这局面还不都是你自己造成的？要怪就怪自己，不要总是一出问题就到处推卸责任！"

张乃驰被训斥得面红耳赤，相当不忿地低下头。

"但是……我这里绝不会有人举报给海关总署的。"李威连沉吟着说，"奇怪，难道还有其他人知道这批货的问题？可能吗？"

张乃驰小声嘟囔："事到如今了何必再隐瞒呢？你想干什么，我都明白……"

"你说我想干什么？！"李威连厉声反问，"你别忘了！这件事情从一开始就是你求我帮忙，整个计划我们一起讨论，过程中我们各司其职，我一直都在按计划行事，而你呢？你还是多找找自己的问题吧！"

张乃驰张了张嘴，却什么都没有说出来。

李威连沉默片刻，略微放缓语气说："你动脑子想想，就算我这里有人要提醒海关小心这批货，也一定是和上海海关打招呼，何必举报给海关总署？这不是明摆着给上海海关难堪吗？上海海关是西岸化工多少年的关系，谁会做这种损人不利己的事情？至于中华石化那边，有川出事之后我就通知我的联系人了，你我的关系咱们各自维护，这是早就定好的规矩，不能因为你的失误就眼睁睁看着整个计划受挫吧。不过海关总署的确是意外冒出来的，非常蹊跷。难道是总署有意要查上海海关，随便借个题目却恰好碰上这批货？但这种可能性太低了，难以置信，世上真有这么巧合的事？"

李威连思忖着不再说话，从桌上的雪茄烟盒里取出一支雪茄，剪开抽了起来。

张乃驰把头又抬了起来，眼神飘忽不定："William，中华石化那边倒提醒了我，伊藤株式会社的货是肯定不能用了，可是农业部要塑料棚要得非常急，现在中华石化虽然避免了被骗，但不能按期提供原材料的话，后果一样很严重，甚至更要命！马上又要来一次寒潮，到时候再交不出塑料粒子，不仅中华石化对农业部无法交待，农业部对中央都无法交待了。"

"嗯，"李威连吐出个大烟圈，眼睛看着前方，"你的想法是？"

张乃驰痉挛地握住椅子扶手，身体前倾，满脸迫切："我是想——我们西岸化工可以接手这笔生意，和中华石化立即签一个替代合同，由我们在国际市场上购买符合规格的低密度聚乙烯粒子，尽快交付给中国农业部。"

李威连不慌不忙地又吐了个烟圈，很平淡地问："价格呢？当时有川报的价相对最低，才能拿下订单。我们来做绝对不可能做到这个价。"

"价格不成问题，我已经暗示过中华石化那边，这次我们纯粹是帮忙救急，价格上去一些也合理。再说现在中华石化已经火烧眉毛了，他们没有时间和精力纠缠价格了。"张乃驰越说越兴奋，原本发灰的脸色也明朗起来。

"嗯，听上去还有点意思。不过，你所谓的价格上去一些，到底是多少呢？"李威连不紧不慢地问着。

张乃驰的眉梢微微一跳："价格可以具体再谈嘛，我这不是在和你商量？反正这次我有把握，你只要给我授权就行了。"

"Richard，你是大中华区的塑料业务总监，做这个单子并不需要我的授权。既然你这么有信心，就去做好了。我祝你成功。"李威连掐灭雪茄，稳稳地站起身就朝门口走去。张乃驰面无表情地望着他的背影，眉梢却跳得更急了。

到了门边，李威连又慢悠悠地转回身，随意地说："哦，今晚我就飞美国度假了。你怎么样？听你的口气圣诞节和新年打算在上海过了？葆龄呢，也来上海陪你？"

"我，呃……杂事太多走不开，况且、况且警方说有可能再征询我，我还是留在上海吧。葆龄，我还没来得及和她商量……"

"早点和她说。事情再多，节总还是要过的。何况有川康介完了，你更应该好好庆祝一番才是。"李威连微笑了一下，他的眼神很生动，笑容在他的严肃表情里又增多了几分亲切，但即便如此，他表示关心的口吻还是居高临下的。

张乃驰坚持不与李威连视线相交，又一次垂下了眼睑。于是李威连的目光就在张乃驰的脑袋上方盘旋着，好像也在犹豫，究竟是该向对方身上播撒怜悯，还是轻蔑。

就这样略微僵持了两秒钟，李威连才说："Richard，我只提醒你一句话：先调查清楚目前国际市场上所有正品低密度聚乙烯粒子的价格、到货日期和供货量，再和中华石化提出的条件做一下比较，以免被动。好，那我就先走了。提前祝你新年快乐，替我向葆龄问好。再见！"

眼看着李威连潇洒地从自己跟前走过，目不斜视地离开了办公室，朱明明又期待又懊恼。伪装得久了，有时自己也会糊涂，弄不清楚究竟哪一部分才是真实的自己。

"Maggie，今天看上去怎么有些幽怨啊？"

朱明明当然知道，这个颇有磁性的声音是属于张乃驰的。他说话的语调很特别，软绵绵轻飘飘，好像悬在半空中的浮云，有气无力地让人心头的无名火直窜，可是配上他那张俊秀的面孔、柔情的眼神，又似乎别具某种暧昧的撩拨意味，恰恰是令很多女人无法抗拒的特殊魅力。

朱明明"哼"了一声，不睬他。

"其实我感觉你蛮适合这样的。"张乃驰继续说着，又往前凑了凑，身上的阿玛尼香水味一个劲朝朱明明的鼻子里钻，并不是带着烟草和皮革感觉的传统男香，而是兼具檀香和西柚味道的中性香氛，和他这个人一样。

现在她不得不瞟了他一眼，不与张乃驰面对面的时候，几乎所有女人都会嘲笑他缺乏男子气、娘腔十足；可是一旦到了面前，却又不得不承认，他还是很能让人心情愉快的。朱明明忿忿地想，不像那个李威连，他的能力、威严和气魄多么叫人心驰神往，但每次与他面对面时，自己却连一丝一毫女人在男人面前的优越感都体会不到。

"Richard，你再这么说话，小心我告你骚扰。"朱明明轻笑着说。

张乃驰满脸无辜："我说的都是真心话，难道这也有罪？"

她的笑容越发妩媚了："看来你已经从前天晚上的事情里恢复过来了，真不错。William对你说了什么就让你宽心了？"

"唉！我刚刚好一点，你又提那些扫兴的事情干什么？"张乃驰看了看窗外，才将近五点，天色就有些暗了，"晚上有空吗？想请你吃饭。"

"这……"朱明明做出犹豫的表情，实际上她孤身一人从香港被派来上海，业余时间基本上就是空白，张乃驰对此很清楚，于是又微笑着加了一句："Maggie，就赏光陪陪我吧，我刚从重创中恢复，实在需要你这样美丽女性的安慰啊。"

"好吧，看你可怜。"

张乃驰喜形于色："太好了，说走就走。"

"还没下班呢？"

"不管他,咱们先喝咖啡,然后再吃意大利餐。走!"

他们在名叫"马可"的意大利餐厅坐下,靠窗的位置很宽敞,时髦的青年男女们成双结对地从窗前经过。朱明明的心情又莫名地黯淡下来,餐厅装修成后现代风格,到处是闪着寒光的金属和镜子,她不敢去看自己在镜子里的脸,生怕不经意中发现新的皱纹。

张乃驰似乎也在想心事,目光散漫地看着窗外,突然低低地叫了一声:"咦?怎么是他!"

朱明明顺着张乃驰的目光望过去,一对青年男女刚好从窗外经过,她努力地回想:"……这个男的,不是伊藤株式会社的吗?"

"对,他叫孟飞扬,那天晚上陪有川康介一起来年会的。"

朱明明点点头:"我记得,我还和他聊了几句呢。哼,人长得还算帅,就是脑袋有些木。"她翘起小指轻轻弹着咖啡杯,像是要把对木脑袋的不屑弹掉似的。

"我倒不觉得他脑袋木。要是没有他,我就……"张乃驰自言自语,眼睛仍然死死盯着那两个年轻的身影。从窗里望出去,寒冬的暮色晦暗,孟飞扬穿了身黑色皮夹克,比年会那天晚上要精神许多,右手很自然地搂在戴希的腰间。

张乃驰喃喃:"伊藤出事了,不知道这个孟飞扬会怎么样?倒是没想到,这小子的女朋友还挺不错嘛。"

朱明明撇了撇嘴:"打扮得像个学生,穿衣服一点儿没品位。"

张乃驰收回视线,出其不意地一把握住朱明明的手:"那当然了,谁能像你这么有品位……"

朱明明本能地想把手抽离,可又舍不得破坏这难得的亲昵气氛,她能很清晰地感觉到周围女人投来的嫉妒眼神,这大大地满足了她的虚荣心——毕竟张乃驰是如此英俊的一个男人,穿着和举止都温文得体,引人注目。最让朱明明心动的是,他用欣赏的目光温存地抚过她的全身,她完全能看透他的做作,却在这个将近岁末的寒冷傍晚,异常希望沉沦在他虚伪的情意之中,她实在是寂寞难耐了……

张乃驰又紧紧握了一下,才放开朱明明的手,叹息着说:"我俩也算得上同是天涯沦落人,真应该相互多多安慰。"

朱明明转过头看窗外，张乃驰的唇边溢出一丝浅笑，对于接下去的谈话内容，他现在完全有信心了。

"Maggie，有件事情想问问你。"侍者端上头道意大利乡下浓汤时，张乃驰不经意地说。

"什么事？"

"就是大中华区三个业务部门调整的事。"

朱明明姿态优美地喝了口汤，拿餐巾按按嘴角，才说："这是头头们定的事，我哪里知道呀。你干嘛不直接问 William，还不都是他一手操控的吗？"

"唉呀，我的好 Maggie，你又不是不知道，William 这个人原则性太强……"

"噢？那我就是不顾原则的？再说了，我一个小小的人事经理，这么重要的决策怎么会透露给我？"

张乃驰似笑非笑地说："公司的人事变动逃不过你这个小小的人事经理，就看你肯不肯，有没有诚意帮忙了？Maggie……"他恳求时的眼神是湿漉漉的，像乞食的小动物，叫人不忍心回绝。

朱明明叹了口气："Richard，你有什么可担心的呢？塑料产品部这几年的业绩那么好，William 和你又是多少年的死党，你这个总监的位置比谁都牢靠呢。"

"这么说真的没希望了……"张乃驰的俊脸扭曲了。

朱明明有些诧异："Richard，化肥和农药部是个苦差事，这几年业务基本没有增长；有机／无机化工部一直都是 William 亲自兼任总监，业绩当然是最突出的，你的塑料产品部比上不足比下有余，就知足吧！"

"可是明年 William 要分管亚太区更多的业务，所以要任命一个新的有机／无机化工部总监。Maggie，说句心里话，就凭我这两年在塑料产品部的业绩，我最适合这个位置！"

朱明明当然知道，有机／无机化工部比其他两个业务部门要高一个级别，与亚太区的业务部门平级，所以张乃驰才会如此渴望这个总监的位置，但是……她的眼前浮现出关于这个人事任免的邮件，李威连在邮件里明确指出：张乃驰负责的塑料产品部业绩虽然突出，但主要是得益于这几年中国市场的大幅增长，张乃驰本人的管理能力有很大的局限性，缺少商业远见和运筹能力，不适合有机／无机化工部这个西岸化工的命脉部门。

"Maggie，"张乃驰哭丧着脸，"求求你告诉我，到底定了谁当有机／无机化工部的总监？"

朱明明没有立即回答，她走神了，今天下午李威连离开时的背影摄走她的魂魄，令她再难遏制自己的想象——热烈、疯狂、不知羞耻的想象。想象中的情景连她自己都不敢承认，却又不得不满怀怨愤地归咎于他。对于所谓的"私事"，他居然堂而皇之地要求她做同盟，难道他看不见她在为他担忧、为他着迷、为他嫉妒、为他痴狂！

——对我，你就没有一点点怜悯之心吗？！

朱明明突然抬起头，恶狠狠地对张乃驰说："告诉你就告诉你。都是 William 提议的，让化肥和农药部的 Mark 来做有机／无机化工部的总监！"

"砰"的一声，张乃驰把刀叉扔进盘子，嘴唇发青。

朱明明意犹未尽，把头凑到张乃驰的面前："人家可是很公正的哦。他的理由是：化肥和农药部在市场萎缩的情况下仍能取得目前的业绩，说明 Mark 的策划、管理和执行能力都非常强。而你嘛，对塑料产品部的市场推广和产品应用更加熟悉，和终端用户也建立了很好的关系，因此不同意将你调离塑料产品部。"

张乃驰闭起眼睛，他不想让朱明明看穿其中的内容。

第四章

北京的傍晚，室外温度早已降到了零度以下。位于西三环路上的进出口公司最顶层的中华石化集团走廊里，匆匆走来一个高大魁梧的中年人，他的右手拎着一个鼓鼓囊囊的公文包，左手臂弯里搭着深灰色毛大衣，可能是户内温度太高，也可能是赶路太急，楼里的灯火辉煌映得他的额头铿光闪亮，汗珠在鬓角边聚集成堆。

来到第一会议室的门前，他抬起手敲了敲门。

"谁？"

"是我，郑武定。"

门立即打开了，满屋呛人的烟雾一涌而出，郑武定给熏得几乎窒息。他拼命地瞪大眼睛，好不容易才看清重重迷雾中坐了一屋子的人。正对门口的墙上，"禁止吸烟"的红色标示牌在烟气笼罩中若隐若现。

"老郑，快进来，都等着你呢。"

郑武定赶紧跨前两步，站到会议桌边。招呼他的人坐在东首的主席位上，花白头发下一张皱纹密布的脸，脸色青灰，显得比平日苍老不少。郑武定毕恭毕敬地朝那人点头："丁总。"丁总疲倦地摆手，示意他坐下。

集团公司主管进出口的丁副总裁亲自来主持今天的紧急会议，给了郑武定一个明确的信号。他在留给自己的空位上坐下，立即感觉到四面八方投来的目光，其中最犀利的那双来自正对面。郑武定不慌不忙地把公文包在桌上摆好，这才抬起眼睛迎向对方——他的顶头上司、进出口公司常务总经理高敏，她的脸上分明是欲置人于死地而后快的表情，这表情使得她那张肥胖宽阔的脸更加丑陋了。郑武定垂下眼脸，几乎掩盖不住心中充溢的兴奋——他苦苦等待了很久的时刻就要到了。

丁总开口了，声音有些喑哑："老郑，你把去上海海关的验货情况向大家介绍一下吧。"

"好。"郑武定答应着，翻开公文包，取出文件，"丁总，各位领导。"他特意省略了过去每次会议都必须先称的"高总"，今天轮不到她了："本月15日，海关总署收到匿名举报信，信中称我司所订购的一批从南美洲进口的正品低密度聚乙烯粒子存在以次充好的问题，卖方伊藤株式会社涉嫌商业欺诈。由于这批货是我司受农业部委托从国外进口的高级原材料，将用于长江中下游的农作物防寒塑料大棚上，战略意义十分重大，因此海关总署立即通报了集团总公司。在总公司领导的指示下，由我代表中华石化和海关总署共同组成调查组，于本月17日深夜飞抵上海，对已经到达外高桥口岸的这批货物进行集中查验，这里就是验货的报告。"

他把手中的材料放在丁总面前："据查，这批货物除了表层的五六吨符合规格之外，其余所有货品都属于市场上的废品塑料粒子！"

会议桌上并没有哗然一片，在座的各位预先都得到了消息，因此只是紧张地注视着丁总，看他一页一页地翻阅郑武定送上的文件，终于，他将报告往桌上狠狠地一拍："高总！你自己看看吧！这是怎么回事！"

高敏浑身一震，犹犹豫豫地伸手拿过文件，她想仔细读一读，可是满纸的字都在乱跳，高敏咬牙抬起头："报告我看过了，伊藤株式会社竟然敢搞这样的商业欺诈，我确实没有想到。我承认，这是我工作中的严重失误。好在货款并没有付出去，这件事对我司尚未构成实际的经济损失。"

"嗯，"丁总沉吟着问，"货款未付确实是不幸中的万幸，这是你的指示吗？高总？"

"这个……"高敏的脸上红白交叠，在金丝边配上玳瑁脚的眼镜后面，阴狠的目光更加恶狠狠地盯向郑武定，万般不情愿地挤出几个字,"是郑副总的个人行为。"

丁总再次转向郑武定:"是吗,老郑?这样操作不符合国际贸易的规定啊,虽说事实证明你的做法为我司挽救了巨大的损失,不过你能解释一下最初这么做的动机吗?"

郑武定神情坦然地回答:"丁总,我之所以对这笔合同拖延付款,完全是出于对该合同与卖方的不信任。据我自己的调查,伊藤株式会社从来没有进入过我司的供货方名单,过去也没有和我司有过任何业务往来,这次高总执意要与伊藤签订金额如此巨大的一笔合同,所订货物又非常重要,所以我始终有异议,事先也曾向高总提出过,但是她一意孤行……"

"郑武定!"高敏气得声音直发颤,指着郑武定的鼻子尖叫起来,"你不要胡说八道!你什么时候向我提出过异议了?我又怎么一意孤行了?!"

丁总皱起眉头:"高总!先让老郑把话说完!"

高敏不做声了,勉强扶了扶眼镜,平日里一直精心打理的发型有些散乱。郑武定扫了她一眼,效果比他想象得还要好,他继续不紧不慢地说:"最初看到这个合同的时候,我就觉得很有问题,撇开伊藤株式会社的供货商资格不谈,单就他们所承诺的明显低于国际市场价的超低价格来看,如果他们没有什么非常手段或者渠道的话,就只能亏本做这笔生意,显然不合乎情理。"

丁总的眉头皱得更紧了:"既然有这么多疑点,你为什么不向上级部门反映呢?"

郑武定朝高敏点点头:"我向上级反映过了,可是……"

这一次高敏没有跳起来,但面孔死板,胸脯起伏不定。郑武定继续说:"所以我就在自己的职权范围内,授意银行尽量拖延付款时间,目的就是要等货物到岸,验货合格以后再付款。结果没想到,随着货物一起到的还有匿名举报信!"

丁总沉重地点了点头:"嗯,事实经过已经很清楚了,老郑你做得好。不过,我们目前还面临着一个更加严峻的问题,就是该如何向农业部交差!"

听到这话，高敏好像突然清醒过来，挺直身子开口了："丁总，关于这个我倒有些想法……"然而丁总摆摆手打断了她："高总，进口方面的事情你暂时就不要参与了，老郑，我想听听你的建议。"

高敏的面孔变得惨白，愣愣地看了看丁总，又慢慢把目光转向郑武定，方才的色厉内荏中糅入了愈加复杂的新内容……郑武定则全然无视她的存在，镇定自若地从公文包里又掏出一份文件："丁总，我这里还有另外一份文件，请您过目。"

丁总诧异地接过文件，前前后后翻了好几遍。郑武定觉得脖子后面全湿透了。终于，丁总再次抬起头，转向郑武定的脸上没有丝毫表情："老郑，你怎么会想到签这么一份备用合同？"

"我知道这批低密度聚乙烯粒子对农业部的重要性，必须要有一个备份方案才行。"

丁总轻轻一敲文件："你刚才说了，伊藤承诺的价格极低，甚至低于国际市场价，所以引起了你的怀疑。但是我看见这份备用合同上，西岸化工竟然也承诺了相同的价格！你又怎么能够信赖他们呢？！"

一句话犹如巨石抛入湖心，强抑太久的震惊和困惑齐齐爆发出来，窃窃私语在会议室里响成了一片，所有的人都开始交头接耳，就连高敏也惊叫出声："西岸化工？！"怎么可能？这太让她难以置信了……

郑武定清了清嗓子："刚才我说了，如果伊藤没有什么非常手段或者渠道的话，他们所承诺的价格的确就是亏本做生意。但是丁总，西岸化工的背景和实力与伊藤有天壤之别，他们如果真想做这个价格的话，完全有可能做下来。况且，就算亏本赚吆喝，纯粹为了争取客户、争取这个单子，西岸化工也亏得起！"

"绝对不可能！"高敏从椅子上跳起来，"我问过西岸化工，是他们说做不了……"

郑武定毫不客气地打断了高敏："高总，据我所知这批低密度聚乙烯粒子的采购根本没有走正常的招标流程，选定伊藤株式会社签合同，自始至终由您一手操办。你说向西岸化工询过价，联系人是谁？答复是什么？我怎么没见到相关记录？不知道在座的各位领导，有谁看到过？"

　　高敏呆住了，直到此刻她才隐约意识到，这次危机远比想象的要复杂得多，也可怕得多。她用前所未有的恐惧目光打量着对面的郑武定、这个一直在她的压制下郁郁不得志的人，这个一直被她看成头脑简单的退伍军人、大兵哥，是什么力量使他突然变得这样思路清晰、进退自如？而最令她从心底深处升起寒意的，是郑武定提到的"西岸化工"——这四个字像一座大山朝高敏的头顶压来，裹挟着阴谋的森严气息，她站不住了，溃然倒向座椅。

　　"好吧，"丁总接着说，"情势所迫，看来我们别无选择，必须启动这份备用合同了。不过我还有个忧虑，离农业部要求我们的交货期只有两天了，西岸化工怎么可能在这么短的时间内把货物运到口岸？"

　　"货物已经到岸了，就在宁波北仑港。只要我们确认合同成立，就可以立刻验货。"郑武定的回答再次在会议室里掀起轩然大波，连丁总都瞪大了眼睛："都到岸了？你确定？！"

　　"是的。就在来开会的路上，我和西岸化工的李威连总裁通过电话，他已经派人赶往北仑港，就在那里等待我们去验货。"

　　"可是，西岸化工怎么能预料到伊藤的合同一定会出事？他们这样做，承担了太大的风险啊！"

　　郑武定淡淡地说："这就是商业上的魄力吧。备用合同是李威连亲自签署的，我想他早就做了最周密的计划，对这批货物准备了几种处置方式。不过现在对我们来讲，按期收货才是最重要的，至于西岸化工内部如何操作我们并不关心。另外特别有利的是，西岸化工的进口货物基本上是免检的，可以大大地节省清关时间。"

　　"太好了！"丁总重重地一拍桌子，"讨论到此结束。我宣布这份合同立即生效。老郑，你现在就带人赶赴北仑港，督促当地海关办理进口流程。清关后就马上付款提货，组织物流。时间再耽搁不起了。"

　　"是！"郑武定响亮地答应。丁总站起身，拍了拍他的肩膀："快去吧。随时与我保持联系，我们等你的好消息！"

　　带着满怀的释然，也带着满腹的疑虑，与会人员各自离场而去。一室的烟雾渐渐散尽，全部打开的灯光就显得过于明亮了，从高敏遮蔽在金丝眼镜后面的呆滞目光看出去，周围的一切都是那么刺眼、狰狞，又暗藏杀机。

"戴希，你的男朋友今天晚上似乎不太高兴？"希金斯教授在鱼缸里撒了点鱼食，笑眯眯地问。

"还好吧？他的英语不太好，所以搭不上太多话。"

戴希站在教授身边，替他端着装鱼食的小瓷碟。David Higgins，斯坦福大学心理学系的资深教授酷爱养鱼，在美国的家中有个堪比水族馆的超级大鱼缸，一年四季循环保温，饲养了上千条品种各异的热带鱼。这次希金斯教授受邀来上海的大学做访问学者，刚一安顿好，就迫不及待地造访了本地最大的花鸟市场，又在家里搞起个鱼缸，规模虽然远远比不上美国的那个，好歹能聊解其趣。

"嗯，也许是这个原因吧。戴希，看起来他真的很在意你。"教授的目光紧追着鱼群里一条透明的天青色鱼，"假如我是他，在心绪烦乱的情况下，是不会勉强自己去参加一次并非那么有趣的晚宴的。"

戴希嘬了嘬嘴："他的公司前两天出了点事，我就是想拉他出来走走，散散心。"

"可你注意到了吗？吃饭的时候他一直在走神，戴希啊，你的目的完全没有达到。"

"也许吧，不去管他了……"戴希把剩下的一点儿鱼食都倒进鱼缸，指着那条天青色的鱼问："教授，你还管它叫'克林顿'吗？"

"是啊！哈哈，你怎么知道？"

"你的鱼不都是以著名的心理学病例为名的吗？'克林顿'在美国就是你最钟爱的，所以我想，到了中国你也一定会先命名一条'克林顿'。不过教授，今后你要多熟悉熟悉中国人的名字了。"

希金斯教授哈哈大笑："对，对，希望我的鱼缸里很快就能增添一些有趣的中国名字。实际上，戴希，我已经有了中国人的病例。"

"真的吗？"戴希的眼睛好奇地发亮。

希金斯在沙发上坐下，神色却变得黯然："一个很有意义的病例，我非常重视他。但遗憾的是，就在我决定来中国前不久，他突然终止了定期的面谈，像是对心理治疗产生了抗拒。"

"这倒真是可惜，"戴希也有点儿失望，"病人一旦对心理治疗失去信任感，就很难达到理想的效果。教授你知道这种变化的原因吗？"

希金斯教授摇了摇头："不好说。他是个极其有决断力和自制力的人，这样的人往往会在潜意识里拒绝一切他所认为的外来操控。在心理治疗的初始阶段，治疗师就要花费很大的力气让他放松防御，但是随着治疗的深入，当越来越多令人痛苦的内在体验被挖掘出来后，病人必须要给予治疗师极大的信赖，否则便无法面对继续治疗所带来的强烈情感冲击。显然，我没有使他建立起这种信赖，他潜意识中的阻力异常强大，并且拒绝给我进一步分析和弱化这些阻力的机会。"

教授和蔼地看着戴希："对于这样的病例来说，一个比我更加敏感、温柔的治疗师才能提供和谐舒适的氛围。学术权威远不如体贴的朋友对他更有意义，戴希，一个像你这样的心理医生会比我更适合他。"

戴希垂下眼睑，正如这些天常有的情形，她的心中升起些许怅惘，混合着内疚和失落，就像听到一首触动心弦的乐曲落下时，随之而来的极淡又极浓的感伤。

"那么说你决定了？"教授意味深长地问。

"是的，教授。"

"今天看到你和他一起来，我就知道你已经做出了决定。"希金斯教授的目光十分亲切，"戴希，我真的很遗憾，你是我见过的最有天赋的心理学学生。"

戴希没有回答。她了解自己的这位导师、当代最权威的心理学家之一，在他的面前不必隐匿内心，虚饰的言辞也只是徒劳，因为他曾经深入过太多的心灵，在这个最奥妙最神奇的领域里，他有着异乎常人的敏锐和洞察力。

"你的父母也知道你要放弃攻读心理学博士了？"

"我在回国前就对他们谈起过，这次回来后又讨论了一次。他们说，让我自己做决定。"

希金斯教授夸张地扬起眉毛："噢？我还以为他们会劝说你改变

主意呢。毕竟，戴教授是中国最早一批在海外从事过研究的心理学专家，他肯定希望你能继承这个事业。"

戴希还是不回答，却微微侧过脸，向教授绽开甜润的笑容。

"好吧，好吧。"教授无可奈何地拍了拍沙发扶手，"但他首先是你的父亲。女儿的幸福才是一个父亲最看重的……男朋友也知道你的决定了？"

"还……不完全吧。"戴希托着下巴想了想，才说，"我没有直接对他说，但估计他是知道的，他是最了解我的人。"

"戴希——"希金斯教授拉长了声调，"罗杰斯是如何阐述亲密关系的？良好的密切关系需要持久的内在感情的交流，即使这种交流有破坏这种关系的危险。你虽然从美国回到男友的身边，但并不等于内在感情的交流。为什么不和他沟通你对事业的选择？"

教授故意板起脸，冲戴希摇了摇食指，继续说："让我来猜猜，你不对他说放弃学业的事情，是为了不给他压力，不让他觉得你是为了爱情付出，更不想让他因此产生亏欠你的感觉，甚至感到自卑。我说得对吗？戴希。"

戴希尴尬地微红了脸："教授，不是这样的！我不想继续学业只是因为我对成为一个心理学家失去了信心。这个决定本来就和飞扬无关，因此我才不想让他有无谓的负担。"

希金斯教授注视着戴希的眼睛，目光虽然平淡温和却有着真正的洞察力，语气比刚才还要亲切："戴希，建立强大的自我，与自己保持和谐，这些理论你都学习得很好，但要实践起来却并不容易。与所爱的人进行充分沟通，这是接受自我的必经之路，也是你与他共同成长的最有力的手段。请接受我的建议，和你的男朋友好好谈谈你的想法，与他讨论你对未来的计划，这对你和他都是有益的。"

书房外的客厅里，教授的华人妻子 Jane 和孟飞扬并肩坐在长沙发上。长沙发的对面不是电视机，而是落地的大玻璃窗。窗外的阳台足足有五米多长，沿着屋子的外墙拐了个弯，外墙上的爬山虎都已经枯萎了，但可以想象出严冬过后，幽深的绿色织毯满壁悬挂，入目即是生命的悠远歌咏。从阳台上凭栏眺望，是上海北部相对萧疏的市景,高低不等的现代楼宇间嵌着成片成片的棚户屋顶,仿佛城市的百年沧桑被刻意定格在这个区域,一条纤细的河水从其中蜿蜒而过,带走数不尽的爱恨缠绵,只留下岁月无情,这景致,光看一眼就可以叫人老去。

"飞扬,你想出去看看吗?不过外面有些冷。"Jane柔声询问,她的声音比一般的女声低沉些,显得醇厚温润、非常动听。孟飞扬赶紧回答:"不必了。我只是有些好奇,你们为什么租住在这个老式公寓里,而不是选择涉外的高档小区?这里周围的环境对于外国人来说,不太方便吧。"

"可我并不是外国人啊。"Jane微笑着回答,雍容自然的气质很好地衬托出她的美,那是中年女性的成熟之美,使孟飞扬感觉很舒服,他的话比刚才吃饭时多了,问题也接连冒了出来:"Jane,你是哪里人?"

"我出生在上海。"Jane的语调里不知怎么的有了种惆怅,她抬起左手拂了拂鬓边的发梢,举动皆是浑然天成的优雅姿态,"在去美国之前,我一直是个真正的上海人。"

孟飞扬觉得她的语句有些奇怪,但没有追问。沉默片刻,Jane怅然一笑,转而向孟飞扬提问:"你呢?我好像听戴希提过,你和她一样,也是在上海出生的。但我听你说话,又似乎有些北方口音。"

"我是出生在上海。我的父亲是上海人,母亲是北方人。我小时候跟着父母去了北方,读高中时才回到上海,所以……口音有些杂。"孟飞扬一口气解释完,自己也感到奇怪,平常他最不喜欢谈这个话题,今天却主动解释得这么详细——大概,人总有倾诉的愿望吧,只要能遇到合适的对象。

"回上海是为了读书吗?"

孟飞扬沉默了一下,才回答:"是因为——我的父母亲都不在了,我成了孤儿。戴希的父母是我父母的中学同学,也是最好的朋友,他们就把我接到了上海。所以……"他突然停下来,书房里传来戴希和教授的谈笑声。

"所以你和戴希是青梅竹马长大的,在现今的世界上,多么不容易啊。"Jane 接着把话说完，对孟飞扬露出温柔和鼓励的笑容。

"戴希不打算继续攻读心理学博士了——你知道吗？"Jane 问孟飞扬。

孟飞扬正有点儿失神，愣了愣才回答："她没对我说，不过我……大概猜到了。"

Jane 忍俊不禁："你们俩经常这样猜来猜去吗？"

"啊，也不是。"孟飞扬也笑了，"可能是……我们一起长大，彼此太了解了。很多事情彼此都有默契，因此不需要讲得太多。"

"戴希去美国读心理学，你们分开了将近三年吧？现在这种默契还在吗？"Jane 的语调很柔和，眼神平静而清朗。孟飞扬记起戴希曾提到过，希金斯教授中国妻子的身世似乎很神秘，但今天在他看来，这种神秘一点儿不让人反感，却像埋藏在黑暗深处的一缕微光，温暖而轻盈，又隐约包含着不堪回首的过往。

"我也说不清楚。"孟飞扬思考了一下，十分坦诚地回答，"去美国之前，戴希在我的眼里就是个小丫头。我最初见到她时，她带着牙箍和眼镜的丑样子给我留下了太深刻的印象，呵呵，好像一直改变不了。过去和她在一起，无论做什么都是自然而然的。"

"现在呢？"

"自从她去了美国以后，我们之间的感觉是有些变化。"孟飞扬露出自嘲的微笑，"我在机场见到她时，忽然觉得很惊奇、很陌生，我的小丑丫头变成了一个知性的大美女。后来我仔细回想，其实她本来就很漂亮，只是以前我从来没有注意过。两个人分开久了，自然会产生隔阂。可是对于我来说，情况又不完全如此。我是猛然间感到自惭形秽，所以才对戴希变得小心翼翼起来。"

Jane 微笑着摇头："真坦白啊。你就不担心我告诉她？"

孟飞扬的脸涨红了："请你千万别告诉她。"

"好。"Jane 轻轻地叹息，"可是为什么要自惭形秽呢？你也这么优秀。不过，你的心情让我很感慨，好像……好像看见了自己的过去。"

她微昂起头，注视着窗外的夜色，悠悠念出："那样微妙的喜悦，那样无端的羞愧，只有在我们年轻的时候，才会出现。"

孟飞扬一惊："我好像听戴希说过类似的话。"

"是吗？那是我最喜欢的一位俄国作家在他的著作里写到的，原话是：'那样美妙的夜晚，那样的夜晚，只有在我们年轻的时候，才会出现。'……我已经不再年轻了，那样的夜晚就只能在回忆中找寻。所以飞扬，要好好珍惜现在，珍惜每一个夜晚，珍惜她。"

孟飞扬情不自禁地点了点头，迟疑了一下问："Jane，可以告诉我你的中文姓名吗？"

"为什么想知道这个？"

"不为什么……对不起，也许是我不该问。"虽然这么说，孟飞扬并不感到窘迫，他等待着，短暂的沉默之后，Jane回答："我姓林，叫林念真。"

"林念真？这名字很好听，和你的英文名字一样好听。"孟飞扬发自肺腑地赞扬。

Jane的眼角又一次聚起密密的鱼尾纹，她笑着，神情却莫名忧伤。

"克林顿"在希金斯教授的鱼缸里是如此出类拔萃，它的色泽与其他鱼都不相同，当所有鱼儿都在疯狂追啄鱼食时，只有它冷傲地游向鱼缸的另一侧。

"教授，你挑选的'克林顿'鱼和前总统先生很不像呢。一条作为政治家的鱼怎么能这样孤僻呢？"戴希站在鱼缸前问。

希金斯教授站在对面，拢起双臂煞有介事地说："作为政治家的鱼当然不会，但是在我这里，'克林顿'是一条作为心理病人的鱼。它就是总统先生的内心世界——孤独、空虚，时时刻刻处于焦虑之中。因此它是一条具有深刻内心恐惧的鱼，缺少强大健全的自我，只有通过性行为才能证明自身的存在。可惜啊，身为卵生鱼类的它只会体外授精，否则我们恐怕会看到一条24小时不停交配的鱼了。"

戴希笑出了声："教授，其实我做你的研究生，最喜欢的就是听你这样说话。"

"那当然了。如果当一名心理学家，就是穿着白大褂给鸽子和老鼠做实验，或者对着鱼缸发表理论，确实是很轻松很愉快的。"希金斯教授说，"戴希，你依旧可以选择成为这样的心理学家。"

"一个不和人打交道的心理学家。"戴希摇了摇头，"不，教授。我宁愿放弃。"

希金斯教授不露痕迹地叹了口气："戴希，你的硕士学位还缺少一个课题实践，恰好今后一年我会在上海，你就在这里完成课题吧。"

戴希犹豫了一下，点点头："好的，教授。但是我想先找一份实习工作，我可以在工作的同时完成课题。"

"哪方面的工作？心理咨询机构还是医院的精神病科？据我所知中国在这些方面的工作机会并不多，也并不成熟。也许你可以咨询一下戴教授。"

"不用了。"戴希鼓起勇气，"教授，我想在企业里找一份和人事相关的工作。假如今后不再从事心理学专业，这样的实习机会对我的职业发展更有利。我想，我的研究课题可以着重在疾速变化的社会环境和激烈的现代职场竞争对中国人心理所造成的影响方面。"

希金斯教授沉默了一会儿，才说："好吧。戴希，我可以给你写封推荐信，假如你想在美国大企业中寻找人力资源方面的位置，我的推荐信或许能帮到你。"

"太感谢你了，教授。"

希金斯教授点点头，突然又露出标志性的狡黠微笑："作为交换条件，戴希，我还是请你考虑一下，把我刚才提过的那个中国人的病例也作为你课题的一项内容，怎么样？"

"教授？你不是说他已经终止心理咨询了吗？"

"是啊，所以你将基于我收集到的文字材料做课题研究。"

"仅仅基于文字，我又能做什么呢？"

"做我做不到的，文化层面的分析。"教授的语气变得十分严肃，"戴希，你知道我的理论方向是支持文化决定论的精神分析学派，这也就意味着，在我的心理咨询中，需要结合大量时代和文化的特征，才能进行有效的精神分析。而那个中国人的病例，恰恰是在这一点上给我出了难题。我对于他的时代和文化背景了解得太少了，不要说挖掘潜意识，我连意识层面的东西都不能做出精准的判断。我想，这也是他对我的咨询感到失望的另一个重要理由吧。这个病例让我产生了从未有过的挫败感，所以就更不想放弃了。戴希，我希望你能以一个中国人的文化认识，基于现有的文字资料，对这个案例做一次全面的精神分析。我承认，这非常具有挑战性，但也绝对值得一试。对吗？"教授再一次狡黠地笑了，"戴希，如果不是只有你才能做的课题，我是不会交给你的。怎么样？可以接受吗？"

戴希抿了抿嘴唇："成交。"

戴希和孟飞扬告辞了，希金斯教授与林念真携手走到阳台上。今夜的风不太大，是气温骤降后短暂的回暖，漆黑的天空中星光寥落。

林念真靠在教授的肩上说："戴希是为了孟飞扬，为了留在中国才决定放弃学业的⋯⋯看来，你只能失去这个最有天赋的学生了。"

希金斯教授沉吟着："戴希确实非常有天赋，她具备异乎寻常的敏感和同情心，没有被社会功利所侵蚀的价值观，还有扎实的逻辑能力，这些都是成为一名最优秀的心理学家的条件。但问题是，她太敏感了，真挚的情感使她在面对人类内心的黑暗面时常常手足无措，她的同情心甚至令她比病人还要迅速地产生移情。并不是说心理学家应该冷酷无情，但戴希的心理状态显然不够强大，这不仅不利于她的工作，甚至对她自身都有风险。"

"你是不是有些危言耸听了？我觉得戴希并没有那么脆弱。"

"不是脆弱，而是一种两难的处境。作为一个心理咨询师，如果你刻意将自己和病人在精神层面隔离开，那么咨询的效果将非常有限。但如果你全身心地投入进去，与对方建立深刻的精神联系，并从内心深处愿意去理解对方，不管对方的心理层面有多么逾越常理，那么就会像深入疫区的志愿者一样，自己也要冒着被感染的危险，甚至在世人的眼中也成为怪诞和变态了。"

林念真笑出了声："亲爱的，我可从来没有觉得你变态过。"

"哈哈！那是因为我已久经考验，就像你上次教我的那个中国词汇——成了'老油条'了。不过当我刚刚开始干这一行时，就对一个美丽的女病人产生了强烈的反移情，结果完全无法对她展开正常的心理治疗。面对着她向我展示出的心灵创伤，我就像握着一柄锋利的手术刀，却不能冷静、精准地切下去，因为对她的怜爱与疼惜，我的手抖得不行……咳！"希金斯从回忆的惆怅中清醒过来，用如释重负的语气说，"好在，我最终还是渡过了那个难关。不仅获得了宝贵的经验，也重塑了对心理学事业的信念。"

"并且……成功地治愈了那个病人。"林念真轻轻地补充。

"是啊。所以我一直在想，也许戴希需要的，正是这样一次考验。跨过去，她才能真正地进入心理学的天地，自由自在、无所畏惧。"

"可是，她已经放弃了。"

"很遗憾。不过，谁知道呢？或许还有可能？"

"什么可能？"

希金斯摇了摇头，"不好说。况且，戴希现在要面对的还有她和男朋友的关系。戴希分明能识别出他们之间存在的心理隔阂，却怯于做进一步的分析，她甚至比对方更倾向于逃避，宁愿牺牲自己的感受去迁就对方。这也是她无法和飞扬开诚布公地交谈、探讨他们未来的根本原因。"

"我想，这全是因为爱情吧。他们还那么年轻，并且是真心相爱的。"

"爱得太怯懦了。不，作为一个研究人类心理的专业学生，戴希应该承担起引导他们爱情的责任，她本可以选择与孟飞扬共同成长，但现在她只会向他寻求保护和支持。但愿孟飞扬真的能够帮她遮风挡雨吧，不过，我对此表示怀疑。"

希金斯教授用饱含深情的目光看着林念真："Jane，其实我比任何人都不希望戴希遭到心理上的重大打击，因为她和你实在太像了。"

林念真更紧密地依偎在希金斯的怀中，好像沉入梦境般恍惚地说："是的，看着她就像看到很多年以前的我，那个已经死去了的我……"

希金斯教授夫妇租住在一座建于一九二零年的老公寓里。沿着公寓C型的外墙往前走，穿过一座和它差不多年岁的桥，就直接走上了苏州河窄窄的河岸。严冬的夜晚，这段路上几乎没有行人，河岸的另一侧全是简洁欧式的老建筑,不高,却很宽阔,每一扇紧闭的窗户上都有细腻的雕饰栏杆,在黑暗中构成柔和的阴影。

孟飞扬搂着戴希一路走来,时常有亮着空载灯的出租车从身边驶过,但他们都没有叫车的意思。走了很久,他们都舍不得开口说话,车辆疾驶的声音盖住了他们的呼吸声,但是眼前每一次呼出的白雾,却像彼此的心声般轻轻缠绕。

"那样美妙的夜晚,那样的夜晚,只有在我们年轻的时候,才会出现。"

孟飞扬的脑子里,反反复复的就是这句话。戴希从美国回来以后,他始终处于巨大的压力之下,甚至没有机会和她像今夜这样散步。现在,令他烦恼的种种似乎都消弭于无形,至少在此刻,他感到那一切都不再重要……

"飞扬,我不会再去美国了。"戴希突然停下脚步,拦在孟飞扬的前面。

孟飞扬一时不知该如何回答,戴希漆黑的眼睛眨也不眨,直直地注视着他:"你不高兴吗?"

"我当然高兴。"孟飞扬连忙说,"但是小希,你不是从小就盼望成为一个心理学家吗?像……弗洛伊德那样的。"

"我是曾经这样盼望过。"戴希转过身,边说边穿过窄窄的街道,朝河岸边走去,"可是,我没有通过考试!"

孟飞扬想跟着过马路,戴希却命令似的对他喊:"不许过来!"

孟飞扬只好留在街的这一侧,也大声地冲她喊:"什么考试?"

"是的,考试!"戴希又强调了一遍,"在给别人做心理分析之前,心理分析师自己要先接受心理分析。我接受了,可是没有通过!"

"哦……"孟飞扬似懂非懂地点点头,"可我还是不明白,小希,你为什么通不过呢?心理分析应该没有确定的标准吧?"

这一段的岸堤很低,一步就可以跨上去。戴希倒退着移向岸堤:"弗洛伊德说人的身上有生和死两种能量。正是因为死亡能量的存在,使得人类倾向于伤害自身和他人,即使社会法则和道德都企图约束这种能量,但仍然无法彻底消除它,甚至会因为压制而反弹出更加可怕的力量。心理学家要帮助他人，就必须先很好地控制自己的死亡能量。可是我……"说到这里，她突然跨上岸堤，中间凸起两边倾斜的岸堤非常狭窄，孟飞扬惊呆了，也吓坏了。小街上的车辆好像一下子多起来，穿梭不绝地挡在他和戴希中间，只不过三四步的距离，却像无法逾越的鸿沟。

面对河水，戴希旁若无人地高声说着："我害怕，当我看见心灵的无垠黑暗时，我会恐惧地发抖，但又会被强烈地吸引。就像现在，你知道我有多么想投入面前的这条河？"

她的身体晃了晃，靴底的高跟往外侧一滑，"小希！"孟飞扬大惊失色，向戴希猛冲过去。随着一声尖厉的刹车声响，戴希跌落在孟飞扬的怀中，紧接着从背后传来怒不可遏的痛骂："寻死啊！神经病！"

孟飞扬充耳不闻，心还在震惊中一个劲战栗，他瞪着怀里的戴希，想问问她究竟要干什么。但他还没有来得及开口，戴希已经抬起头来，脸色煞白，眼睛却睁得大大的，好像从来没有这样亮过。她轻轻开合着双唇，孟飞扬却听不到声音。

突然他明白了，戴希是在无声地向他提问——"你爱我吗？"

孟飞扬笑了："死丫头，我明白你为什么当不了心理学家了。因为，你比天底下最疯的疯子还要疯狂！"随后，他将自己的双唇牢牢地压上戴希的双唇，又使出全身的力气抱紧她，再不让她玩什么把戏。

他不敢回答她的问题，生怕自己会在吐露心声时忍不住落泪。那可就太逊了！在他们的背后，惊魂未定的司机还在破口大骂。直到此刻孟飞扬才意识到，就在刚刚过去的一瞬间，他和戴希离黑暗有多么近。大概，这就是所谓的死亡能量吧……

我爱你吗？感受着怀抱里戴希温暖的身躯，孟飞扬悄悄地自问，他真的不敢肯定。唯一能够肯定的是，刚才当他飞奔过小街朝她扑过去时，整个世界都在他的眼前消失了。

"这个问题还是留给你自己来回答吧，"孟飞扬在心里对戴希说，"我知道你能够读懂我的心，亲爱的弗洛伊德小姐。"

第五章

第二天早晨，孟飞扬到公司的时间比平时晚。公司里空空荡荡，自从童晓警官登门造访以后，孟飞扬就放齐靓儿回家休假了，柯正昀也病倒在家，孟飞扬挨个通知业务员有川康介的死讯，并暂时都给他们放了假。孟飞扬暗示业务员们，有川一死，伊藤株式会社的这个代表处恐怕很快要面临变动，现在是个空档期，大家趁此机会好好休息，也可以开始物色新的去处。等新年过后，日本总部就会明确对办事处的处理意见。业务员们并没表现出特别的不安情绪，各自回家去等待孟飞扬的通知。

刚打发完这些人，中华石化的正式函件就递到了公司，孟飞扬签收了这份退货兼要求赔偿的公文。孟飞扬认认真真地读了几遍，就开始起草给有川信一的邮件。他把整个事件的经过详细描述了一遍，又把中华石化的公函逐字逐句翻译好，再附上扫描件一起发了出去。

邮件如石沉大海，没有任何回音。

孟飞扬无计可施，只好每天照常上班，耐下心来等候事情的发展。不过今天早上，孟飞扬没有直接来办公室，而是先去了住处附近的几家房产中介，问了问自己居住的那套老公房的市场价，这是孟飞扬的父母亲留给他的唯一财产。房子很旧很小，地段还不错，居然也能卖到六七十万，真是意外的惊喜，孟飞扬粗粗计算，加上自己这些年工作的几十万积蓄，足够付一套过得去的新公寓的首付款，连装修也够了。

一套由自己独立操办的婚房，是孟飞扬目前所能给予戴希的，全部的爱的承诺。为了他们的爱情，既然戴希已经付出了她的那部分，其余的一切就都由他来承担吧。在孟飞扬的心中,这样做既意味着责任,更意味着平等。

在寂静的办公室里坐下,孟飞扬打开电脑,电子邮箱里依旧空空如也。他马上又点开浏览器,开始搜索新楼盘的信息,盘算着自己先有点儿底,晚上再去和戴希商量。正在打印第一批筛选出来的房源时,门铃响起。

玻璃门外站着一个高个子的年轻人,仍然是一身便装、斜挎包和竖起的时髦短发。孟飞扬打开门,笑着打招呼:"童警官,原来是你啊。"

童晓往门里跨了一步,东张西望:"呦,这公司好清静啊?怎么就你一个人?"

"是啊,"孟飞扬也学起童晓那副满不在乎的样子,"老板翘了辫子,工资还不知道去哪儿领,当然是树倒猢狲散了。"人类之间的感觉真是奇妙,有些人朝夕相处却始终形同陌路,有些人只要见一两次面就能成为知己。虽然孟飞扬和童晓还到不了知己的程度,但相互间颇有种和谐。

童晓随便捡了张椅子,一屁股坐上去:"不对啊!你上次不是跟我说有笔大生意要成,不担心公司的前途吗?怎么才过了几天就大变样了?"

孟飞扬没法继续故作轻松了,只好老实回答:"别提了,那桩生意砸了。"

"什么意思?"

"有川康介从南美买来的货全是废品,以次充好,让海关和中华石化查出来了。中华石化已经正式退货并要求赔偿,这次伊藤是吃不了兜着走了。"

童晓的脸色大变,怒气冲冲地瞪着孟飞扬,厉声质问:"这么重要的信息你为什么不及时通报给我?上次我来时不是让你随时与我联络吗?"

孟飞扬一愣:"这……我忘了,对不起。"他确实是完全忘了这个茬。

"唉！我看你长得挺精明的嘛，怎么脑袋跟进了水似的！"童晓大声抱怨着，又狠狠地瞪了孟飞扬一眼，才算解了气，"就剩下你来应付中华石化？你搞得定吗？"

"我搞不定，但是也不需要我来搞定。"孟飞扬放松下来，从办公桌上取过一张纸，摆在童晓的面前，"这是我回复中华石化的传真。你看看，他们的合同是和伊藤株式会社总部直接签署的，因此我这里作为代表处只有协助操办的功能，涉及合同等等法律上的事务，还请他们正式与日本总部接洽。"

童晓很仔细地看了传真件："嘿嘿，这么看来你的脑袋还没让水浸透。"

孟飞扬笑了笑。

"不过呢，你刚才说的情况确实很重要。"童晓敲敲桌子，"有川康介的死亡原因确定了，我今天就是来告诉你这个的。"

稍停片刻，童晓警官才郑重其事地宣布："有川康介是死于自杀。"

"哦……这并不意外。"

童晓"哼"了一声："联系到你刚才所说的情况，有川康介的自杀算得上顺理成章。不过你可别忘了，我是刚刚才听到你说的，在我踏进这扇门之前，警方对他的商业欺诈行为并不知情。"

孟飞扬挠了挠头："我真的以为这些情况你们早都掌握了。"

"喂，公民同志，在你们不提供积极支持的情况下，我们如何做到全知全觉？我们是警察不是上帝！"

"是，是，下次一定注意。"

童晓宽大为怀地摆摆手："算了，看在你马上就要失业的分上，不和你计较了。嗯，你想不想知道，有川康介为什么要自杀？"

"我想是做贼心虚吧，估计他认定欺诈中华石化的事情要败露了，所以就……"

童晓不屑地打断孟飞扬的话："我已经说过了，此前警方并不知道生意欺诈，不，我们找到了促使他自杀的另外一个原因，非常有说服力的原因！"

"什么原因？"

童晓端出一脸神秘兮兮的表情:"有川康介得了艾滋病,而且已经进入临床前期,也就是说爆发了。"

"艾滋病!"孟飞扬果然被惊着了,"这怎么……怎么可能?!"

"是啊,他都这么老了。"童晓也很感慨的样子,"真够耸人听闻的——不过这可是验血的结论,是科学噢。"

孟飞扬皱起眉头回忆:"你这么一说,还真有些像。他死之前那几天,样子确实异常,我一直在猜他是不是生了什么病,没想到竟然是……"他停下来,浑身一阵发冷。

童晓拍拍他的肩膀:"你怕啦?没事,日常接触不会传染的。"

孟飞扬勉强笑了笑:"我还是觉得有些不可思议。"

"还有更不可思议的事呢,你猜有川康介是怎么知道自己的病况的——就是你告诉他的!"

"我?!"

"年会那天晚上,你是不是给他带去一份日本来的快件?"

"是,快件寄到公司,我就顺便给他带去了。"

童晓点点头:"我们在有川的西装裤兜里发现了许多撕碎的纸片,通过技术拼接,还原出来一份日语的化验报告。很显然,你给有川带去的是他的死亡通知书,他一见之下就精神崩溃了。"

孟飞扬好不容易合拢嘴,想了想又说:"我明白了,艾滋病爆发加上商业欺诈即将败露,双重打击让有川康介最终选择了速死。"

"嗯,"童晓接过他的话头,"我曾经对你说过,有川康介主动触电而死的事实基本没有疑问,要确定他自杀唯一缺少的是动机。当我们发现他得了艾滋病以后,这个动机也就找到了。当然,再加上商业欺诈这一环节,就更完美了。"

"完美?"孟飞扬不自觉地冷笑,"用这个词来形容死亡,听着倒蛮酷的。"

童晓毫不在乎孟飞扬的嘲讽,反而得意扬扬起来:"还有啊,你现在该明白张乃驰那么恐惧的原因了吧?哈哈,碎玻璃碴上沾满了有川康介的血,如果张乃驰的手给扎破了,那就不是一般性接触了,传染上艾滋病的几率大增!难怪张乃驰吓得魂都没了。"

孟飞扬却垂着眼皮不搭腔。

"你怎么啦？有什么问题吗？"

孟飞扬注视着童晓，一字一句地说："童警官，我是在张乃驰和有川康介结束谈话以后，才把快件交给有川的。那时张乃驰一直在楼下参加晚会中，再没和有川见过面，他怎么会知道有川康介有艾滋病？"

"啊……"童晓呆住了。孟飞扬接着说："还有，据我所知有川康介和张乃驰只不过是商业上的普通往来，有川康介打哪来这么大的仇恨，临死还非要拉张乃驰做垫背？"

办公室重回寂静，两个人都不再说话。片刻之后，童晓叹了口气："你说的这两个疑点的确值得深究。不过，有川康介已死，只要张乃驰不报案，这也就不是警方负责的范畴了。反正我的任务就是查清日本人的死因，其他的我管不着。"

"好吧。"孟飞扬耸了耸肩，表示理解。

"哦，还有个消息。有川信一今天晚上会到上海，将他父亲的遗体运送回国。你要是有什么公司方面的事情，可以趁机找他谈谈。他预定了花园饭店的房间。"

孟飞扬微微一愣，随即由衷地说："知道了，谢谢你。"

"不客气，人民警察为人民嘛，呵呵。"童晓又恢复了大大咧咧的模样，一把扯过孟飞扬打印的楼盘资料，"打算买房啊？要结婚？"

"这属于案情讯问吗？我必须要回答吗？"孟飞扬故意板起脸，可是童晓的眉眼全在那儿生动地乱跳："你的女朋友叫戴希，对不对？"

"你怎么知道？！"

"别紧张嘛。"童晓乐开了花，"是这样，那个西岸化工的什么李威连总裁，是唯一一个在有川康介死亡时间段内离开过'逸园'的人，他说他去了附近一家叫'双妹1919'的咖啡馆，还提供了几个证人的名字，其中一位嘛，就是戴希小姐。李总裁说她是你的女朋友。"

"原来是这样，她没有和我提过……"

"没事,反正有川康介的死已经定性了,不需要你女朋友再提供什么证言。不过说实话,我真挺羡慕你的。女朋友、买房、结婚,这一切是多么美好啊。"

孟飞扬瞪着童晓:"我没有听错吧?国家公务员同志,对一个饭碗不保,又即将成为房奴的小白领说这样的话,我会认为你不怀好意。"

童晓一拍桌子:"饭碗饭碗,都让你给说饿了!走走,一起吃饭去。"

在小白领成堆的茶餐厅坐下,两人各自点了一份套餐,都是孟飞扬掏的钱。

喝着套餐里配的奶油南瓜汤,童晓推心置腹般地说:"我刚才说的都是真心话,我并不喜欢当刑警,我真正感兴趣的工作是你干的这个——国际贸易。"

"那你怎么?"孟飞扬越来越摸不透对方的意图了,但又觉得和他谈话挺投机。

童晓放下汤匙:"入错行了呗。其实,我老爸就是当警察的,蹲了一辈子派出所,所以我从小就很清楚当警察的甜酸苦辣,可谁知道阴差阳错的,自己还是走了这条路。"

"派出所的警察和刑侦总队负责外国人案件的警官,还是有区别的吧?"

"有些区别,主要是时代特征不同了。但是……本质上仍然是一样的。唉,有烟吗?"

孟飞扬把烟扔过去,童晓点起一根烟,当他眯起眼睛吐出烟雾时,孟飞扬头一次在他的脸上看到思虑的霭霭阴影,那是沉淀在心底的东西在悄然浮起,正是凭借这样的瞬间,人们才可以透过千奇百怪的假面,于茫茫人海中发现和自己息息相关的另外一些人:爱人、朋友,或者……仇敌。

童晓猛吸了几口烟后,说话了:"其实想通了,警察也就是一项职业而已。上班干活,下班走人。可我爸偏不这么想,他总认为,警察的责任特别重大,因为事关正义和真相。"

"那你是怎么想的？"

"我同意我老爸的观点。就是这样想的话，又会给自己增添很多压力，呵呵，两难啊。"

"人活着就是有压力的，"孟飞扬说，"……大气压嘛。"

童晓开朗地笑起来："有道理。唉，说出来也许你不信，我老爸蹲了一辈子的派出所，'逸园'就在那个派出所的管辖范围内。若干年前在'逸园'曾经发生过一桩死亡案件，当初就是我老爸负责的，老爷子到今天还耿耿于怀呢。没想到这么多年以后，我自己也和'逸园'里的死人案扯上了关系。"

孟飞扬突然明白了，童晓为什么会对有川康介之死这么感兴趣。

他迟疑了一下，才说："我在年会那晚去了趟'逸园'，看起来是座很有气派的老房子。我好像听人说过，越是这样精致的建筑，越会把建造者乃至居住者的气息收纳其中，最后房子自身也有了灵魂。对了，年会那晚'逸园'里的手机信号就特别差，我女朋友怎么都联系不上我，都快急死了，你说像不像灵异事件？"

童晓似笑非笑地望着他："呵呵，没想到你还是个神秘主义者……"他的话被一阵手机铃声打断了，孟飞扬朝他挤了挤眼睛，拿起手机："喂？我是孟飞扬。哦，张总你好。"

谈话很快结束，挂断电话，孟飞扬说："猜猜，谁打来的？"

"张总……莫非是张乃驰？"

"回答正确。"

"他找你干什么？"

"也没什么特别的，只说想为年会那晚的事谢谢我，想约我一起吃个饭。"

童晓又开始眉飞色舞："哦哦，你小心啊，张乃驰的名声在外，别是在打你的什么主意吧？"

孟飞扬却一脸严肃："要不然你代我去赴宴？他见到你一定很高兴。"童晓好像没听见，埋头在咖喱猪排饭上，吃得津津有味。

"过几天再应付他吧，"孟飞扬沉吟着说，"等我先见过有川信一。"

"好，我同意！"童晓用纸巾抹了抹嘴，看看手表，"我得走了，下午还有事。今天让你请客了,下回我来请,怕你告我受贿。"

"那要吃顿大餐。"

"没问题啦。作为交换,你必须把女朋友带来,让我饱饱眼福。女孩子喜欢听鬼故事,到时候我讲'逸园'的人命案子给她听。哦,你刚才提的'逸园'手机信号差倒是和鬼怪无关,经证实这是'逸园'的特殊建筑结构和材料造成的,经过适当改造可以解决这个问题,可是西岸化工的李威连总裁坚决不同意动到'逸园'原本的结构,所以这个问题就持续至今。呵呵,怎么样?人家有个性吧?"

孟飞扬伸开双腿靠在椅子上,看着童晓散散漫漫地走出餐厅。阳光从侧面照过来,使左半边脸的温度明显高过右半边。孟飞扬想起戴希的那些心理学课本里,关于人类左右大脑各司其职的理论,逻辑在右边,情感在左边。他在心中给自己画起肖像,左半边的情感沸腾着,涂上红色,右半边的逻辑却冻得僵硬,用蓝色表示。想象中的这张嘴脸太像扑克牌里的小丑了,问题是,善和恶的位置究竟在哪一边呢?抑或是,它们都是对称分布在左右半球上,无法被情感或者逻辑独占……

右半边的太阳穴发胀了,孟飞扬决定结束这番胡思乱想,本来下午还想去几个楼盘实地考察,现在他改变了主意,打算去柯正昀家看看。

轿车驶进浙江省界以后,天气就变了。随着沿途景致越来越寥落、乏味,阳光也渐渐稀薄,整个天空都呈现出阴冷的青灰色,看上去死气沉沉的。并没有刮风,但空气里充斥着可疑的阴森味道,从每一个缝隙钻进人的感官。一切都在预示,又一次大寒潮正在迫近。

张乃驰坐在车里,却感到浑身燥热。他挂断了给孟飞扬的电话,一时有些不知所措,好像必须要做些什么,但又没有具体的想法。

"空调开得太热了!"他捅捅前座,大声叫着。司机无奈地叹了口气,转动起空调旋钮。从上海出发到现在,张乃驰一会儿喊冷一会儿叫热,司机知道,这位张总是个矫情的人,但夸张到今天这个地步,还是比较少见的。

张乃驰大口喘粗气,却忍着不去松领带。外表是他最后的自信,哪怕死到临头也是要维护的。"还有多远?"他看着窗外更加阴沉的天色嚷。

　　"快了,再过半小时就到。"

　　"哦。"张乃驰瘫软在座椅中,还有半小时……他闭上眼睛,耳边立刻又响起高敏歇斯底里的尖叫声。今天凌晨,他被这个女人的来电吵醒,她在手机那头像疯子似的足足喊叫了一个小时,污言秽语如同粪水般劈头盖脸浇来,以至于张乃驰在自己那间五星级酒店的豪华长包房里,都能闻到她所喷出的阵阵臭气。

　　等弄明白她所说的事情之后,张乃驰毫不犹豫地挂断电话,并关了机。他跌跌撞撞地走进洗手间,站在大理石洗脸盆前干呕了好一阵子。整幅墙面的大镜子反射着温暖的灯光,张乃驰看见自己的脸上泛出块块青斑。即使如此,弓起的眉骨、深陷的眼窝和挺直的鼻梁,依旧构成一张令人垂涎的脸,特别是黑色眼眶中的绝望,赋予了他独一无二的脆弱神情。

　　张乃驰终于呕了出来,他的眼前全是高敏那肥硕的身躯,好像两个大肉袋子的乳房垂搭着,晃来晃去,还有阔大双唇间食物腐败的酸味,每一次张乃驰都要强抑胃里的翻腾才能吻下去、摸下去。然而,就是这样一个又丑又老的女人,在盛怒中竟然也将他骂得一钱不值,张乃驰一边吐着苦涩的胆汁,一边自虐地想:"以皮肉来换取利益的男人,真还不如杀人犯有尊严。"

　　很可惜,他没有当杀人犯的胆量,更没有当杀人犯的素养。即使对有川康介,在逼得对方惨死的同时,张乃驰也几乎吓得魂飞魄散。如果不是孟飞扬,如果不是李威连,他还真的无法预料自己今天的状况。

　　李威连——这三个字突然让张乃驰振作起来。高敏的话使他确信,自己的猜测都是正确的。李威连,再一次掌控了全局,以一贯的雷厉风行和冷酷决断,他把事件中的每个环节都精确地计划并实施了。他玩弄了每一个人,当然也包括作为同谋者的张乃驰。

　　恰恰想到这里,张乃驰房间里的直线电话响了。张乃驰跳过去抓起话机,这个电话只有极少数几个人知道,他已经料到是谁打来的:"喂?是 William 吗?"

"怎么?没睡还是已经醒了?"李威连的语气中没有丝毫意外,张乃驰不由自主地打了个寒战,好像对方锐利的目光从电话线里穿越而出,冰冷地落在他的身上。

"我……睡不着。你已经到洛杉矶了吗?"

"刚刚下飞机。"李威连轻叹了一声,似乎是有些疲倦,"是这样,有件事要告诉你。我和中华石化外贸公司的郑武定副总经理,也就是高敏的手下,签了份低密度聚乙烯粒子的备用合同。我刚收到郑副总的消息,中华石化已经确认启动备用合同了,货都在宁波北仑港,他们今天下午就去那里验货,西岸化工就由你出面吧。一来你是塑料产品部的总监,二来借此机会,我把郑武定这个关系也移交给你,今后好打交道。合同文本和所有细节我都发到你的邮箱里了,你出发之前好好读读吧。"

张乃驰没有说话,牙齿咯咯打战,只好用手遮住话筒。

稍停了停,李威连又说:"这一千万美金算是你今年的最后一项业绩……好,就这样,再见。"

果然如此!张乃驰抱着脑袋干笑起来:一千万美金的大礼包,这份新年礼物可真重啊。还有一个彩头李威连没有明说,算是顾及了他的面子,那就是——张乃驰终于不用再维持和高敏的关系了。过去几年里,张乃驰就是靠这个从中华石化拿到了不少合同,当然也因此苦不堪言。今天,李威连帮他一并解决了。

这就是李威连,在把你当傀儡摆布戏弄的同时,从不忘记给予你最优厚的赏赐,于是你就在爱恨交织中更深地陷入他的罗网,心甘情愿地成为他的奴仆……

"张总,前面就是港区了。"

张乃驰从冥想中惊醒,举目望去,四点才过的天空已经阴沉得可怕,寒风正以可见的速度变得猛烈起来。前方一大片开阔地的后面,林立的黄色吊塔和灰色集装箱看不到尽头,铅灰色的最远端,是海面上扬起的狂风,卷裹着海水升到半空,再化成冰霜的巨幕徐徐落下。

张乃驰对着后视镜理了理头发，西岸化工大中华区塑料产品部总监就要粉墨登场了，但是在此之前，他还想给自己的妻子打一个电话。

"喂？葆龄吗？你在哪里？"

"乃驰，我在香港啊？怎么了？"

"哦，我现在宁波北仑港呢，没事，就是问你一声，什么时候来上海？"

"我还没定，过两天吧，过两天就告诉你。"

"好的，拜拜。"

张乃驰挂断电话，有种仰天大笑的冲动，又想放声恸哭，但是车停下了，朝前看去，好几辆车停做一堆。张乃驰下车，笑容可掬地向其中一个看似领头的、身材魁梧的中年人走去。

北仑港码头东部有块高地，从那里正好可以俯瞰整个码头的远景。由于地势高，这里的风比别处更大，以扫荡万物的暴虐力量在光秃秃的高地上纵横往复，唯一的一辆小车停在其中，使人不禁担心它下一秒钟就会被吹入大海。

驾驶座边，薛葆龄紧握着手机，半晌才说："他知道了。"她的容貌很端正，但又带着些许憔悴的病容。

李威连目不转睛地望着前方："他早就知道了。"

天色渐黑，从这里望下去，只能大概看见正在接洽的那帮人，看了一会儿，他突然转过头来："你丈夫在那儿呢，要不要过去找他？"

薛葆龄全身颤抖了一下，别过脸去。

"你打算整个新年假期都躲着他吗？"李威连追问。

薛葆龄摇了摇头，缩起的肩膀让她看上去更加孱弱了。

"走吧！到他的身边去！"李威连厉声喝道，薛葆龄吓了一大跳，愣愣地看着他。

沉默片刻，李威连猛地按了按方向盘，低沉地说："好吧，你不走，我走！"话音未落，他就已经推开车门，大步跨了出去。

"William！"薛葆龄无声地喊了一句，就虚脱地伏倒在车窗前，只能眼睁睁地看着李威连拼命稳住被狂风吹得左右摇摆的身体，艰难地迎风向前。

海风狂啸，海浪拍击岸边的巨响如闷雷在严冬中炸开，风中挟带的海水扑上面孔，满嘴都是咸涩的味道。天黑得这么快，只不过才走了几步路，就辨不清前途了。李威连停下脚步，他感到自己的鼻腔肺叶都拥塞住了。他知道，那覆盖天地的混浊叫做霾，他觉得自己无法呼吸，却如何奋力都难以突破。只因为他的人生中，这霾已经遮蔽得太长太久了。

孟飞扬是第一次来柯正昀的家。按理应该先打个电话，但是柯正昀的手机关机。按着手机里储存的地址，孟飞扬很快就找到了他家楼下。小区规模不大，房子半新不旧，一看就不是近十年来兴建的新式商品房，但又比上世纪六七十年代的老公房更精致些。孟飞扬记起来，老柯曾经挺得意地提过：当初他所供职的国营贸易公司效益很好，出资建了一批楼房低价卖给员工，老柯那时候是财务科的副科长，优先买到楼层和房型俱佳的一套房子，总共才花了十几万。如今这个地段同样的房子，市场价已经涨到一百多万了。

"还是我有远见啊！"孟飞扬还清楚地记得，老柯谈起这个话题时那副感慨的样子，"我这个年纪的人，忙忙碌碌一辈子，到头来也就挣到这么一套房子。如果当初错失机会，今天要想再买套房，可就比登天还难了！"

"就是，老柯您可是百万富翁啊！"当时，孟飞扬和老柯开玩笑。

柯正昀"呵呵"笑着不置可否，脸上露出几分尴尬和几分得意交织的复杂表情……

老柯家在三楼，没有电梯，楼道里打扫得很干净。孟飞扬刚走上二楼至三楼的阶梯，突然从楼上迎面冲下一个人来，孟飞扬猝不及防，撞了个满怀。

"呃……你是、是柯……"孟飞扬瞪着面前这个披头散发的姑娘，脑子里浮起模糊的印象，她好像是——柯正昀的女儿？叫什么来着？

姑娘直勾勾地盯着孟飞扬，面颊上贴满了散乱的发丝，还有两道清晰的泪痕，和一个大大的青紫掌印，她似乎也认出了孟飞扬，露出

77

诧异来。

"亚萍,你不许走,快给我回来!"

"呸!死老头子你拦什么拦,让她滚!滚得越远越好!"

"你们,你们给我滚出去!这是我的房子!"

"老头子你敢打我啊?!出人命啦!"

孟飞扬震惊地抬起头,三楼楼道里一阵喧闹,老柯苍老的声音夹杂在女人尖利的嘶喊中,几乎让他不敢相信自己的耳朵。他看看面前,柯亚萍站得笔直,双唇紧抿,眼里全是泪。孟飞扬挠了挠头:"我、我是来看望老柯的,你们既然不方便,我就……就先走了。"

"不!你别走!"柯亚萍突然说话了,一把攥住孟飞扬的胳膊,"我哥哥和嫂子要把我打出门,你陪我上去,他们就不敢胡闹了。"

"我?这……不合适吧。"孟飞扬头皮发麻。

"求你了!我爸还在生病,他太可怜了。"柯亚萍继续哀求着,眼泪淌在青一块紫一块的脸上,孟飞扬不忍心再拒绝了:"我陪你上去就行吗?"

"嗯。"柯亚萍用力抹去眼泪,扭头就往三楼走。孟飞扬赶紧跟上。

三楼紧邻楼梯的一扇房门开着,孟飞扬一眼就看到,柯正昀和两个男女正在门口互相推搡。老柯像要奋力突围,而那一男一女骂骂咧咧地堵在门前,老柯人单势孤,在两人的连拉带拽下已经摇摇欲坠了。

柯亚萍冲到门前,大声叫:"哥!你要死啊,竟然打爸爸!"青年男女闻声一齐转向柯亚萍,其中的小个子女人张牙舞爪地朝柯亚萍扑上去:"你怎么还不滚?!回来干什么?!"

"不许打人!"孟飞扬大喝一声,挡在两个女人中间,一边从心底里感到荒唐,这都是他妈的什么事啊!

那女人被突然出现的陌生男人吓了一大跳,往后退了一步:"你是谁?!"

"小孟,是你啊!"柯正昀从门里头朝外喊,"你们让开,是我单位的同事来看我!"

柯正昀的儿子媳妇面面相觑，老柯直跺脚："让人家进来！你们还嫌脸丢得不够啊！"孟飞扬觉出柯亚萍在扯自己的胳膊，连忙往旁边让了让，柯亚萍腾身而出，声色俱厉地说："让我们进去，要不然我就打110了！"

"110又怎么样？你以为我怕啊！我不……"那女人还要耍横，身边的男人黑着脸把她往后拖："算了，别闹了！回屋去吧！"两人闪进客厅靠左侧的房间，"砰！"的一声把门甩上。

紧接着，孟飞扬又听到好几声"砰！"，楼道里一溜关上三四扇门。柯正昀举手擦了擦额头，苦笑着说："小孟，让你见笑了。请、请进吧……"他的身子一晃，柯亚萍抢前扶住他："爸！你没事吧！"

"没事，我没事。"柯正昀脸色蜡黄，面孔浮肿得厉害，柯亚萍扶着他在客厅的沙发上坐下，瞥了一眼不知所措的孟飞扬："你……请坐吧。"

孟飞扬本想问问老柯的身体状况，又不知该如何开口。他下意识地往四下看看，这是间夹在屋子中央的小客厅，光线十分昏暗，他们所坐的是一张老旧的木架沙发，茶几上、靠墙边的饭桌和玻璃柜上堆满了乱七八糟的杂物，砸碎的碗碟滚了一地。

"对不起，家里连热水都没有，没法给你泡茶。"柯亚萍在孟飞扬身边轻声说。

"啊，不用，真的不用。"孟飞扬一口气往下说，"老柯，我今天就是来看看你的身体怎么样了，是我糊涂，该事先和你联系一下的，其实没什么别的事。要不……我改天再来吧！"他就想起身告辞，柯正昀摇摇头："小孟，你跟我直说，日本那里有消息了吗？那笔货到底怎么回事？"

孟飞扬只好实话实说："老柯，中华石化已经正式提出退货和索赔了，我把文件转给日本，但是有川信一压根不理我。不过还好，他明天到上海来收殓有川康介，我会去找他当面谈。无论如何，要逼他给中国代表处一个说法。"

"他们巴望着我快点死呢……"从柯正昀含混不清的低语中，孟飞扬只隐约听清这么一句，他觉得更尴尬了。

厨房里传来一股焦煳的怪味。"呀,爸的药!"柯亚萍轻呼一声跑出客厅。孟飞扬松了口气:"老柯,你就在家好好养病,公司里一切有我。你呢,只要把我们办事处的账务整理出来,我找信一谈的时候带着,万一他真要把办事处关了,我们也好有所准备,反正他该给的钱绝不能让他赖掉。"

孟飞扬原以为这几句话会让老柯稍微安心,哪想到对方身子猛地往沙发背上一仰,只见柯正昀大张开嘴,像条搁浅的鱼似的拼命喘粗气,原本焦黄的脸色正转成死灰。孟飞扬吓坏了,所幸柯亚萍闻声又从厨房里跑了出来,两人一起扶起老柯,紧张兮兮地看着他。

"要不要送医院?"孟飞扬小声问。

"不用,我没事……小孟,你先回去吧。"柯正昀艰难地说,"小孟,账的事,我先……理一理再给你电话,行不行?"

"行,行,没事!就算赶不及明天也没问题,我再想办法。"孟飞扬站起身,一个劲说着安慰的话,心里却越来越不是滋味。柯正昀点点头,推了推女儿,示意她送孟飞扬出去。

柯亚萍沉默地陪着孟飞扬往外走,替他打开了门。

"我……走了。"孟飞扬正要跨出门的一刹那,又停住了,急急忙忙地对柯亚萍低声说:"等老柯好一点,你再告诉他,有川康介的死因已经确定为自杀。警方认定的自杀动机是艾滋病发作导致轻生,虽说是个丑闻,但和我们和公司业务都扯不上关系,让老柯放心。"

他的话音未落,客厅里传来一声巨响,好像有什么东西倒下来。孟飞扬和柯亚萍齐齐回头,连客厅另一侧紧闭的房门也应声而开,柯正昀的儿子探出头来张望。

"爸!"柯亚萍尖叫着朝沙发旁的地板扑过去,老柯直挺挺地躺在那里,活像一具尸体。

孟飞扬叫了120,和柯亚萍一起把柯正昀送进医院。医生进行了急救,傍晚时分柯正昀从昏迷中苏醒过来。他的确切病况还需要进一步的检查确诊,先安排在急诊病房中观察。忙碌了一个下午,孟飞扬和柯亚萍都已经疲惫不堪。

在大厅排队付完费,孟飞扬走出医院大门,站在一根灯柱下抽了根烟,看着被灯光照得发黄的手指,孟飞扬想,这样下去总有一天我会变成个老烟鬼,满嘴臭气、一口黄牙,到时候戴希肯定要讨厌我的。戴希……他觉得自己想极了她,真想立刻把她抱在怀里,闻一闻她身上淡淡的香气。但是他做不到,自从戴希从美国回来,好像总有什么力量在阻挠着他们,孟飞扬不知道戴希是不是也有同样的感觉,可为什么现在每一次他在想念她的时候,都会感到心有点儿刺痛?

烟头烧到了手指,孟飞扬把它扔进垃圾桶,去隔壁的便利店买了蛋糕、泡面和牛奶,匆匆回到急诊病房。推开虚掩的房门,柯正昀就躺在最靠门的病床上,柯亚萍坐在床边的椅子上发呆。

"饿了吧?吃点东西?"孟飞扬走过去说。

柯亚萍抬起头,恍恍惚惚地说:"我不饿……你吃吧。"

孟飞扬把牛奶和蛋糕递过去:"还是吃点吧。他睡了?"

"嗯,睡着了。"柯亚萍接过蛋糕咬起来,艰难得好像在嚼橡皮,嚼了几口,她突然抬起眼皮,"付了多少钱?"

"哦,五千多吧。"孟飞扬从口袋里摸出收据。柯亚萍接过去,依旧看着孟飞扬:"我现在身边没钱,只好请你先帮忙垫着。以后我再……"

"没事!急什么,先看病要紧。"

"谢谢。"柯亚萍的声音小得像蚊子叫,长头发本来在脑后扎着马尾,折腾到现在,束发的褐色皮圈儿松松垮垮地耷拉下来,一小半的头发都披散在肩上。

"要不,你先回家休息去吧。晚上有我在这儿盯着就行了。"孟飞扬建议。

柯亚萍一愣,随即涩涩地笑了:"我现在回去,他们根本不会让我进门的。"

孟飞扬挠了挠头:"哦……"柯亚萍说:"爸爸现在没事,咱们去院子里走走,我有事儿跟你说。"

沿着急诊大楼的墙边慢慢向前走,孟飞扬等着柯亚萍开口,她却只是沉默。孟飞扬稍稍落在她的身后,看着月光落在散乱的黑发上,好像满头青丝俱已成霜,不觉暗暗心悸。恰在这时,柯亚萍回过头,慢条斯理地开口了："今天医生说我爸的肝病虽然严重，但不至于造成突然的昏迷。其实我知道，我爸主要还是精神上受刺激了。"

孟飞扬点点头，老柯的家事他不想评论。

他们正好走到门厅前，明亮的灯光下，柯亚萍突然干笑起来，颓唐不堪的容貌上平添了几分诡异："就是你让我爸受刺激了。"

"我？！"

"因为今天中午你告诉我爸，有川康介得了艾滋病。"柯亚萍微仰起头，双眼红通通的。

孟飞扬张口结舌，柯亚萍看着他的样子，继续怪模怪样地笑着："我爸是在害怕，我也染上艾滋病。"

这回孟飞扬连"什么"都问不出来了。柯亚萍却显得异常平静："你还记得吗？今年年初的时候，有川康介来中国出差，我爸托他帮我找工作，我去了一趟你们公司。"

孟飞扬想起来了，就是那次见面让他对柯亚萍留下了模糊的印象：一个举止拘谨的普通女孩而已。艾滋病？有川康介？这到底是怎么回事？！

"我是学日语专业的，本科毕业后找不到合适的工作，就让爸爸托你们的日本老板帮忙。那次我见过有川康介之后，他带我去外地出了一周的差，让我给他当翻译。回来以后，他果然介绍我进了一家日企当行政，一直到今天我都在那里上班。不过呢，有川康介后来还秘密来过几次中国，每次都是由我陪同，你们公司里都没人知道。"

"真的？！"孟飞扬惊出满头的汗来，"有川康介来干什么的？"

火辣辣的怨毒从柯亚萍的眼睛里流出："我答应过有川康介替他保密，不过现在也无所谓了。哼，这个人真是自作孽不可活啊，他来干什么？他是专门来'嫖妓'的！"

"这个……其实我也听到过一些流言蜚语。"孟飞扬怂怂地说，又不解地追问，"可是你？"

"因为每次我陪过有川康介以后，他都会给我一笔不小的报酬，比我几个月的工资都多。我爸好几次想问我，我都没告诉他实情，哪想到他误会了……"柯亚萍的嗓子终于哽住，再说不下去了。

孟飞扬用全新的眼光打量着柯亚萍，她的外表看上去多么平凡，平凡到让人难以接受她此时所说的话语，却又不得不信。

柯亚萍稍微平静了一下，继续说："刚才你出去时，我找机会和我爸解释了，让他不要瞎担心。有川康介需要我做的就是翻译、安排食宿和充当联系人。他对女人没兴趣，他只喜欢——漂亮的男孩子。"

"啊？！"孟飞扬惊呼出声。他觉得疲倦极了，还有点恶心，和柯亚萍一起在寒风中站了这么久，让他从头冰到脚，心脏好像都冻僵了。

急诊大楼门厅里的挂钟响了十下。

柯亚萍说："你快回去吧，明天还要见有川信一……我跟你说这些，你对付他的时候好有些准备。"

"是，谢谢你。"除此，孟飞扬还能说什么呢。

"好，再见。"

孟飞扬匆匆走了两步，又转回去，从钱包里掏出一沓人民币往柯亚萍的手里塞："你身边没现金吧，先拿着！明天我和有川信一见过面就来！"

柯亚萍还想推，孟飞扬逃也似的快步走出医院大门。

十点，还不算太晚。但是今天晚上孟飞扬不想去戴希那里了，他想她，比平常任何时候都想她，却也比平常任何时候都怯于见到她。回自己家的路上，孟飞扬给戴希发了条短信，简单说了说老柯的病情，告诉她自己要陪夜，就关了手机。等出租车司机把他叫醒，已经到家门口了。

他的小破房子冷得像个冰窖，孟飞扬冲到洗手间里去洗澡，这才发现墙上那个满是灰尘的旧暖风机罢工了。还好热水器正常，热水充足，于是他带着一头冒烟的湿发倒在床上睡着了。

第六章

童晓告诉孟飞扬，有川信一只会在上海停留一天，孟飞扬只有这一次机会，无论如何也要和对方见上面。

早上一醒来，孟飞扬就给花园饭店打电话，还特地使用了日语。花园饭店是日本人在上海出差的首选宾馆，服务人员的日语比英语熟练得多。总机的态度果然比较客气，告诉他有川信一先生不在房间，并问是否要留言，孟飞扬谢绝了。他拿定主意直接去饭店堵他。

在饭店大堂一直等到下午两点多，孟飞扬终于看见有川信一匆匆走进旋转门。信一不仅长相和父亲酷似，神态举止也如出一辙，只不过更瘦高些，活脱就是个拉长版的有川康介。

等信一走到大堂里面，孟飞扬赶紧迎上去："有川君！"

有川信一微微一愣，随即露出窘迫和嘲讽交织的表情："孟君，你的消息很灵通啊。"

"很抱歉打搅您，有川君，有些事情想和您谈，麻烦了。"

有川信一沉默地举起手，指了指酒店咖啡厅的方向。信一说："孟君，请你稍等片刻，我上楼去拿些资料。"见孟飞扬还在犹豫，他又露齿一笑，比昨天柯亚萍笑得还要怪异："请安心等候，我马上就回来，我知道你要和我谈什么。"

孟飞扬坐在咖啡厅里，满脑门子的晦气直欲喷薄而出，却又不得不拼命忍耐。还好等了没多久，有川信一就来了，手里提着个大大的公文包。

孟飞扬实在没耐心了，等信一一坐下就单刀直入地发问："有川君，对于令尊的突然辞世，我和公司同仁都深感意外和悲痛，不知道我发给您的电子邮件您看到了吗？我想知道令尊去世之后，您作为伊藤株式会社的管理者对中华石化的这笔交易，以及上海代表处的未来打算如何安排，有川君，请您给我指示！"

有川信一微微眯起眼睛，神情有些恍惚，片刻，才平淡地回答："孟君，很抱歉给你们增添麻烦了。您说的这些我都知道了，但是目前我无法给您任何答复，因为伊藤株式会社早在三个月前就已经提出破产申请，并且在一个月前由法院正式作出破产判决。这是相关的法律文件，请您过目。"他打开公文包，取出一沓日文文件放在桌上，然后端端正正地向孟飞扬屈身行礼："非常抱歉。"

实在太出乎意料了！孟飞扬的脑袋嗡嗡作响，拿过文件的手直发抖，匆匆浏览一遍后，他放下文件，无语。

有川信一在对面叹了口气："孟君，现在你都明白了吧。和中华石化的那个合同，是家父冒用伊藤株式会社之名所签的，是一个彻头彻尾的个人欺诈行为。对此所造成的恶果，我深表歉意，但也无能为力。今天我只是作为一名自杀者的儿子，来尽为人子嗣的义务，而家父本人的违法行为，与我没有丝毫关系。至于伊藤株式会社嘛，由于已进入破产清偿的法律程序，与之相关的所有债务由东京地方法院负责处理。这里是他们的联系方式，您可以记录下来。"

孟飞扬缓缓抬起头："我真的无法相信，伊藤这几年来的经营状况不是一直挺不错吗？光我们这个代表处，每年也有几千万美金的合同额，怎么说破产就破产了？"

"孟君，你应该了解日本持续二十年的经济停滞。"有川信一又叹了口气，"企业为了发展都要从银行贷款，贷款的利息过高，久而久之就成了企业最大的负担，大家似乎都在替银行打工。挣钱不容易，好不容易赚取的利润又都付了利息。伊藤这些年来就全靠中国的业务支撑着，可是家父从来不肯节约，依旧到处铺张，你知道，他还有很多生意之外的开销……总之，伊藤总部早就是个空壳子了。否则，他也不会孤注一掷，使出那样下流的手段来骗钱。"

"可是中国代表处怎么办？"孟飞扬打断信一的话。

"孟君，我理解你的心情，但是伊藤株式会社已经破产了，代表处就……"说到这里,有川信一再度向孟飞扬深深地伏下腰,"真的帮不上任何忙,很抱歉,给您添麻烦了。"

"咳!"孟飞扬发狠地瞪着信一弯曲的脊背,好久,对方就保持着这么个姿势。孟飞扬忍无可忍,就要起身离开。有川信一突然直起腰,直勾勾地看着孟飞扬,问:"孟君,你知道家父患了艾滋病吧?我也是这次才知道的。不过,这个消息对我们全家来说并不意外。这么多年来,我和我的母亲、兄弟都生活在噩梦中。虽然伊藤破产了了,但父亲一死,对我们一家人来说也是一个解脱。所以孟君,希望您也能得到解脱吧。"

孟飞扬头也不回地走了。

到了医院,孟飞扬却没有找到柯正昀,病房里空无一人,阳光洒在雪白的墙壁和床单上,土黄色的塑料地板十分洁净,空气里弥漫着医院的特殊味道。孟飞扬突然一阵发慌,老柯去哪儿了?不会出什么事吧?!

他掉头就往外跑,正好撞在柯亚萍的身上。

"啊呀!"两人异口同声地叫道。孟飞扬一把揪住柯亚萍:"老柯呢?他怎么样了?"

"我爸转到普通病房去了,我是来补办手续的。"

"哦!"孟飞扬长长地出了口气,柯亚萍看着他笑了:"你怎么跟个没头苍蝇似的,我爸老夸你年少老成、精明能干,我可一点儿没看出来。"

她的精神状态比昨天好了不少,脸上的青紫也消退了,梳理整齐的马尾辫翘在脑后,笑容很自然也很青春,还略带俏皮,总算有点年轻姑娘的味道了。

孟飞扬说:"那么说老柯问题不大了?"

"嗯,我带你过去。"柯亚萍边走边说,"医生说还需要做进一步检查和治疗,但暂时没有危险了。你来得正好,我想出去一会儿,大概一小时左右,行吗?晚饭前我一定回来。"

"行啊。"孟飞扬满口答应,"今晚你还在医院过夜吗?"

"是的,我爸不回去,我也不回去。"柯亚萍的神色立时又黯淡下去，从急诊大楼到住院部要经过医院大门，他们从络绎不绝的人群中穿过，柯亚萍突然支吾起来："你、你知道这附近有便宜点的浴场吗？或者澡堂子……"

孟飞扬看着柯亚萍突然变红的脸，恍然大悟："哦，你想找地方洗澡啊！"柯亚萍把头又低了低："不要讲那么大声嘛。"

孟飞扬想了想，从裤兜里掏出家钥匙："如果不嫌弃，你可以去我家。家里很简陋，但是坐地铁来回很方便，单程20分钟。"

"好呀，真的太谢谢你了。"柯亚萍接过钥匙，那双细长的眼睛闪烁出奇异的光彩来，孟飞扬有些莫名的窘迫，他掉头看看，住院部大楼就在面前了。

"你直接上去吧，爸爸等着你呢。"柯亚萍小声说，"六楼靠左第二间，我会快去快回的。"

再看时，孟飞扬只能在医院门口熙攘的人流中捕捉到一抹红影闪过。

柯正昀确实在急切地等待孟飞扬，他知道孟飞扬有话要对自己说，而自己也有更加惊人的事实要告诉对方。他不指望孟飞扬能够谅解自己，但眼前这个难关，只有期待他和自己一起渡过去了。

孟飞扬把和有川信一的见面经过描述了一遍："老柯，我想来想去，伊藤总部破产未必是件坏事。信一不是说了吗？希望我们也能够解脱。咱们把办事处一关，什么欺诈中华石化，统统和我们没关系了。"

他讲完了，病房里出奇地安静。柯正昀靠在床头，神情木然，脸色依旧很黄，孟飞扬等了一会儿，柯正昀才开口，毫无起伏的声线、凝结不动的泛黄眼珠，都给他的讲述涂上一层诡异的色彩，和无形的压迫。

"小孟，我家里的状况你昨天亲眼见到了，你知道我的儿子、媳妇为什么要那样对待我和亚萍吗？"

孟飞扬摇摇头，这些和伊藤破产有关系吗？

"我的这个儿子，今年三十多了，从来没有正经工作过。我老伴去世之前，特别宠爱他，养成了他好吃懒做的个性，一会儿说要卖保险，一会儿说要做股票，一会儿又说要做生意，把家里这么多年来的积蓄都折腾光了。后来他认识了一个外地来的洗头妹，没几天就带回家来住，让我老伴给他们做用人。我本来坚决不同意他俩结婚，他们就天天在家里闹，直到把我老伴闹得病倒，没多久就心肌梗塞死了。我老伴一过世，我本打算把他们赶出去，可是前一阵那个女人突然说自己怀孕了，我就不好再赶他们了，我儿子趁机逼我拿出户口本，和女人领了结婚证。这还不算，两个人又说有了孩子以后，就要买房子搬出去住。我是巴不得他们滚蛋，可我没钱给他们买房，结果我儿子居然用家里的房子做抵押去借高利贷，拿钱去付了一套他看中的新房的首付款。"

　　说到这里，柯正昀停下来喘息，孟飞扬忙递了茶杯过去。他还是不太明白柯正昀为什么要对自己说这些私事，心中的不祥之感却如打翻的茶渍般越扩越大，越印越深……

　　柯正昀很快又说下去，依旧面无表情："本来我还一无所知，直到放高利贷的人找上门来要我们还钱。我以前告诉过你，我家的房子市场价可以卖到一百多万，可我儿子知道我绝对不肯卖了家里的房子，所以他就去找地下钱庄，他……他只用五十万就把我一辈子积攒下的这份家产抵押出去了！我简直气疯了！当时就逼着那小子去把新房退掉，拿钱来还高利贷。他当然不情愿，但是高利贷追得凶，他也怕了，最后还是去退了房。从那以后，他和那个外地女人就天天在家里没事找事，大吵大闹，还要把亚萍赶出去。最可怕的是，高利贷几个月来已经连本带息滚到了一百多万。我们还的那五十万根本就不够，所以我的房子还是保不住了……"

　　柯正昀的声音终于颤抖起来，并且一颤就颤个不停，连带整个身子都抖成一团，过了好一会儿，才稍微平静下来。

　　孟飞扬坐在床边，低声嘟囔："老柯，你不舒服就先别说这些了，何苦呢。"听到现在，他差不多已经能猜出柯正昀究竟想说什么了，心里充斥着悲怆感，同时又有些麻木不仁，此刻什么都不能让孟飞扬意外了，他只觉得累，整个身体都像生了锈似的。

柯正昀端详着孟飞扬的面庞,最近压力太大,使这个年轻人也有些憔悴了。自己不地道啊,还要把他拖下水,可又有什么办法呢?即使不为了自己,还有可怜的亚萍啊……

"飞扬,为了保住房子,保住家,我不得已挪用了公司的账款。"

终于说出这句话时,柯正昀和孟飞扬同时舒了口气。万钧巨锤从头顶落下也不过如此,他们还活着,并且还要继续活下去。

伊藤株式会社在中国的代表处有一个人民币账户,专门用来支付办公室租金、人员工资和其他运营杂费,这个账户一直由柯正昀管理,日本总部隔一段时间打入固定款项,按年结算。因为已接近年底,账户里的钱并不多,才二十多万,柯正昀将这笔钱全部偿付了高利贷,还是不够。原来他把希望都寄托在了低密度聚乙烯的单子上,一旦生意成功,以柯正昀对有川康介的了解,深知他必会得意忘形随手撒钱。到时候,柯正昀就会想法让有川康介多打些款到账户上,他盘算着先用这些钱把高利贷全部结清,再慢慢想办法偿还。工资肯定要按时发放,奖金什么的可以想些说辞拖一拖,房租和其他杂费也都能拖欠一段时间,但有川康介的突然自杀和伊藤总部宣告破产,把柯正昀的如意算盘彻底打碎了。

"……不过,现在这样也好,原先拖欠的钱不用再付了,全算到伊藤破产上去吧。"隔了很长时间,孟飞扬才吞吞吐吐地说出这么一句话。恰好柯亚萍踏进病房,顿时愣住了。全身都散发着刚刚洗完澡的净爽,湿漉漉的头发披在肩头,脸蛋飞红、眉目清新,随她进门的还有淡雅的香气和悄然的喜悦,却被孟飞扬尖刻的话语瞬间冰冻。

柯正昀苦笑着,现在不论怎样挖苦他都必须承受,他疼爱地看了一眼女儿,才对孟飞扬说:"飞扬,话虽这么说,可是事情哪有那么简单。我怕到时候有人会闹着要查账,我就完了!"

"老柯,现在到底还有哪些应付账款?"

"主要是最后一个季度的房租。其他杂费数目不大,另外就是咱们办事处所有人这个月的工资和年终奖金。"

孟飞扬冷笑起来:"总公司都破产了,还有谁会指望拿到年终奖金?只能自认倒霉罢。最后一个月的工资嘛,我试试去和大家说明情况，看看能不能搪塞过去。"

"真的能行？"

"只能试试了，尽量不要闹出什么起诉讨薪这类事吧。"孟飞扬说着，心中再度愤懑难当，这不明摆着是让代表处的全部同事替柯正昀买单嘛。虽然柯正昀父女值得同情，但并不能因此掩盖整桩事情里的龌龊和欺骗。

沉默了一会儿，孟飞扬又说："房租什么的，就只能当老赖了。而且是公司破产，业主多半会自认倒霉。但是老柯，你剩下的高利贷怎么办？还有你的医药费？"

柯正昀本来一直死死地盯着孟飞扬，好像在等待自己的生死判决。听到孟飞扬问出这几句话，老柯突然呻吟一声，捧着脸呜咽起来："我该死啊，让我死吧……让我死吧……"

"爸！"柯亚萍扑过去，抱着父亲也流下了眼泪。

"老柯，你别这样。我……想想办法，明天再来看你。"

在电梯口，柯亚萍追上他，塞给他一张纸条："这是爸爸办公室电脑的密码，他说所有的账务记录都在电脑里面，请你……看看。"他们都没敢再看对方一眼，就赶紧分开了。

孟飞扬在公司里待到很晚，账务并不复杂，很快就弄清楚了。面对窗外华灯璀璨的市景，孟飞扬的脑子里反反复复只有一个念头：这些和我到底有他妈什么关系？！本来自己作为伊藤的员工，总公司破产所要承担的后果，充其量就是损失几万元的工资和奖金，以及从现在开始起要寻找一份新工作。然而不知道自什么时候开始，从有川康介到有川信一，从柯正昀到柯亚萍，他孟飞扬突然变得要为所有人的贪婪、卑鄙、失误、自私或者懦弱来负责。他真的很想撒手不管，但是一想到柯正昀父女会就此无家可归，他又感到于心不忍。

颠来倒去地想着，孟飞扬回到了家。刚打开门，就被满屋的亮光晃到了眼睛。

"戴希！"孟飞扬又惊又喜，这个死丫头跑到哪里都爱把所有的灯打开，还好意思天天叫嚣什么"低碳生活"。

电脑屏幕上闪着整篇的英语文档，戴希就在对于孟飞扬如同天书的心理学鸿篇巨著之下睡着了。屋里太冷，她身上裹着条毛毯，从脑袋一直披到脚下，孟飞扬觉着趴在自己面前的就是只大个儿的毛绒玩具。

他把嘴凑到她的耳朵边："快把口水擦擦，僵尸来了！"

"啊！"戴希惊跳起来，被孟飞扬一把抱在怀里，他又朝她的脖子上啃过去："我是僵尸！吼吼！"

"滚蛋！吸血鬼才咬脖子呢！"

"嗯，那僵尸该咬哪儿？"

"逮哪儿咬哪儿！"

"啊呜！"

戴希在孟飞扬怀里拼命挣扎，碰翻了茶杯，她大叫起来："我的简历！"两人手忙脚乱地把戴希的简历抢救下来，孟飞扬亲了亲简历上的照片，才笑着问："你每次跑到我这里就吃我的，喝我的，用我的，还冲我嚷嚷。今天怎么良心发现，当起田螺姑娘了？"

他一回家就发现屋子里变得很整洁，心里格外感动。这两天心绪不佳，冷落了戴希，今天都没给她通过电话，难怪她自己跑来了。

戴希没有回答，孟飞扬觉得她的眼神有些奇怪，令人不安。欲言又止的隔阂再度使孟飞扬的心轻轻一颤，连忙拍拍手里的简历，扯开话题："都包装好了？海归小猪打算卖几毛钱一斤啊？"

戴希白了他一眼："我的硕士学位还没拿到，你说人家会给我多少工资呢？"

她一本正经的样子真是可爱极了，孟飞扬继续逗她："谁让你赶上国际金融危机了呢，现在许多外企都停止招人了，就业市场竞争异常激烈，硕士毕业生也就三四千块吧，你嘛……我估计最多三千。"

"这么少啊……"戴希愁眉苦脸地瞪着电脑屏幕。

孟飞扬情不自禁地把她搂得更紧了，也看着电脑屏幕说："鉴于我的弗洛伊德小姐还是位了不起的性学专家，大概某些娱乐行业的公司会愿意多付些钱……"

"性学专家？！"戴希冲着孟飞扬横眉立目，"拜托，是心理学噢！"

"心理学吗？可是据我所知，弗洛伊德的学说中好像哪儿哪儿都是 sex 啊……"

戴希笑得弯下了腰："你就别不懂装懂啦！弗洛伊德是说过，性是生命最重要的原动力，也是人类一切心理的基础。但是就因为他太强调人的生物性，而忽略了人的文化性，所以现在都不怎么流行了。只有你这个大色鬼，还总把心理学和性瞎画等号……"她的眼睛闪烁得像夜空中的明星，孟飞扬觉得她好像是在看着自己，又好像是穿透了他的灵魂，他几乎无法自持了，喃喃低语："那也要怪你，一走就是三年，我的原动力都要耗尽了……"

"傻瓜，我再也不走了呀。"

等到洗澡的时候，孟飞扬才想起暖风机还没来得及修。为了怕戴希着凉，他就一直搂着她，先匆匆替她冲洗干净，看她裹上毛巾跑进卧室，才赶紧收拾自己。屋子经过整理，沐浴液的瓶子没有放在平常够得着的地方，孟飞扬只好发着抖去拿。弯腰的时候，眼睛的余光扫到一样东西，他猛然一惊，那是一个褐色的束发圈，就搁在淋浴间一侧的窗台上。

孟飞扬把束发圈捏到手里，心头一瞬间空落落的——柯亚萍！

钻进被子里，孟飞扬和戴希面面相对，他犹豫着不知该不该伸手过去。

"飞扬，你的田螺姑娘不是我。"戴希的眼睛依旧睁得大大的，可是里面有一层湿气渐渐晕开。她的神情立即让孟飞扬回忆起过去：还是高中生的戴希跑到他的宿舍，也是这样看着他，眼泪汪汪地说："这学期考试的第一名不是我。"

她仍然是那个他认识了好多年的小丫头——孟飞扬朝戴希伸出手，她立即钻入他的怀里，面颊微微发烫，好像受惊的小鸟在他的掌心轻啄，让他不知该如何安慰。

孟飞扬开口了，自己也没料到说出的话是："小希，对不起，我们暂时不能买房了。"

他说了很久，才把整个乱七八糟的事情说完了。戴希始终一声不吭，孟飞扬有些心慌："小希，你不高兴了？"

"我没有不高兴啊。"她依偎在他的胸前，"我是在想，这下子咱俩就平等了：都没有工作，都没有存款，挺好的。"

平等了吗？孟飞扬记得好像在哪里看见过：爱情中是没有平等的，不论金钱还是美貌，这些条件都不能最终决定爱情的天平，真正起作用的还是——爱。那个爱得更深一些的，才会处于相对卑微的位置。不过现在他也闹不清楚，他们两个究竟谁是那个更卑微的了。

凑巧得很，这天张乃驰在恒隆广场遇上了孟飞扬。

作为这所上海顶级商场中好几家奢侈品旗舰店的白金会员，张乃驰只要有时间都会来逛逛，也算是他人生中的一大享受。今年年底碰上有川康介的死和低密度聚乙烯合同紧急交付，张乃驰带人在宁波北仑港一直盯到这批货全部清关完成，才在圣诞节前夜回到上海。疲惫、紧张和种种彼此交织、难以言表的复杂情绪令他颇有心力交瘁之感，迫切需要放松，于是在这天下午抽空来到恒隆。

当时，他正坐在 Tiffany 的旗舰店里，听销售小姐向他介绍圣诞打折活动中的一款经典商品——Tiffany Legacy 系列的铂金镶钻项链。

"华贵典雅的海蓝宝石，周围环绕圆形明亮式切割的钻石，是 Tiffany Legacy 的最经典式样，过去从来不打折的，这次是机会难得。"长着一张冷艳面孔的销售小姐好像在背书，张乃驰的目光不动声色地凝注在她的脸上，偶尔才扫一眼黑色丝绒托盘上那件闪闪发光、璀璨夺目的珠宝。销售小姐轻言细语将近一小时了，张乃驰依旧岿然不动，他故意折磨着这高傲女孩的耐心，他知道她自恃年轻貌美，凭此优势掏尽男人的腰包而无往不胜。张乃驰暗自好笑，他太了解女人了，对这种故作矜持、实则见钱眼开的货色早就失去了兴趣。他抬起头看看玻璃橱窗，正想再找几件珠宝出来耍弄她，不料却一眼看到了在橱窗对面东张西望的孟飞扬。

张乃驰大喜过望，连忙抛下一句："就要这款了，晚上 9 点送到我那里！"跳起来就冲出了店门，动作矫健轻盈，丝毫也不拖泥带水。销售小姐盯着他的背影，冷若冰霜的俏脸上终于浮现出一丝笑意。

"孟飞扬，哈哈！是你啊！"张乃驰无比亲热地往孟飞扬的肩上狠狠一击。

孟飞扬一愣，忙也笑着打招呼："是张总啊，这么巧。"

张乃驰笑容可掬地打量孟飞扬：整洁得体的羽绒服和牛仔裤，却和这里的环境格格不入。他的神态中散发着局促和不安，张乃驰肯定他是头一次踏进恒隆广场。

这么想着，张乃驰的笑容越发亲切起来："怎么？今天有空出来逛街啦？"

孟飞扬倒坦率，摊了摊双手："伊藤破产了，我现在处于失业状态，别的没有就是有时间。"

"啊？伊藤破产了？！有川康介怎么……"张乃驰脸色一变，似乎想表达同情，但眼中灼灼闪耀的狂喜却暴露了他的真情实感。孟飞扬低下头，虽然才见过几面，张乃驰瞬息万变的表情却给他留下了深刻的印象，孟飞扬总觉得，这人几乎无可挑剔的外貌下埋藏着极其动荡的内心世界，很像戴希说过的那种——人格分裂。

果然，一转眼张乃驰又奉上满腔热情："哎呀，上回我打电话约你，你就说没时间。今天凑巧了，怎么样？给我一个面子？"

"张总，您太客气了……"

"来，来，喝杯咖啡而已。"

整间咖啡厅里就只有他们两个人，迷幻曲风的电子音乐和着咖啡的浓香轻轻萦绕，在这样的氛围中讨论死亡和破产，带给孟飞扬一种非现实的感觉。

"唉，这么说伊藤还是没能挺过难关啊。可惜，可惜。"张乃驰摇头晃脑地感叹着，然而他那发自内心的喜悦比桌上的台布还要直白，孟飞扬心念一动："张总，其实你早就看出伊藤撑不下去了，对吧？"

"是啊！我老早就提醒过有川康介，叫他收缩战线，不要光追求排场。"张乃驰简直眉飞色舞起来，"中华石化这笔低密度聚乙烯的单子，最初找的是西岸化工。就因为我知道伊藤这两年窟窿比较大，才把消息透露给有川康介的。他要是能把这笔单子做成，还是很有希望翻身。唉，谁知道他贪心不足，合理的利润他还赚不够，居然想以次充好搞欺诈，你说说，这不是利令智昏嘛！"

孟飞扬的心跳一下子加速了，连忙点点头，小心翼翼地说："我当时就奇怪呢，中华石化从不和我们打交道，怎么会一下子和有川老板签这么大的单，原来是张总帮忙……这次有川老板把事情办砸了，没有给张总添什么麻烦吧？"

张乃驰矫揉造作地长叹一声："所以说好人做不得，怎么没有添麻烦？你们有川老板是一了百了了，我还得给他收拾残局。这不，连圣诞节都没过好，刚从宁波北仑港把货发给中华石化了，总算是按时交差，要不然中华石化哪里会放过我！"

孟飞扬的心几乎要跳到嗓子眼了，极力掩饰着自己的激动，继续附和张乃驰："那还真是让张总为难了，要在这么短的时间里把货备齐，估计除了西岸化工，没有其他人能做得到。"

"谁说不是啊！我是早就……"张乃驰突然住了嘴，看着孟飞扬意味深长地笑起来，"咳，不提那些了。逝者已矣，愿上帝接纳他的灵魂，阿门！"说着，夸张地在胸口画了个十字。

孟飞扬压低声音说："据我所知，有川康介是个彻头彻尾的无神论者，否则也不会那样百无禁忌。"

张乃驰盯住孟飞扬："你是说他的那些劣迹？"

"倒也不是。"孟飞扬迎着张乃驰的目光，也直视回去，"我是觉得张总你这样帮他，他却恩将仇报，居然企图用沾染了艾滋病毒的血来害你，实在是太歹毒了！有这么一个老板，我都觉得丢脸！"

孟飞扬的话果然击中了张乃驰的痛处，只见他的脸色骤变煞白，恐惧如同闪电，瞬间划破伪装，在看不见的伤处脓血带着腥臭味向外直涌。"咳、咳……"张乃驰像被咖啡呛着了似的，连咳好几声，才有气无力地说，"要是、要是当时没有你、你喊的那一声，我恐怕就……唉！真谢谢你啊，飞扬。"

"我那也是凑巧了，张总您太客气，总挂在嘴上。说实在的，我觉得这就是天意，要不然怎么让我在那个节骨眼儿上发现有川康介自杀呢？我还是相信，好人终归有好报的。"

张乃驰软绵绵地靠在圈椅里，耷拉着脑袋许久没有再说话。孟飞扬也沉默着，不愿意破坏这个难得的契机——应该还能再挖出些什么。

过了好一会儿，张乃驰才缓缓地呼出口气："唉，有些事情还是不要去想才好啊。"

"啊，对不起，张总，是我不该提那些。"

"和你没关系，是我自己的执念。"张乃驰端起咖啡喝了一小口，神色稍微平复，他转换了话题，"咱们不要再说有川康介啦，说说你吧，飞扬，对今后有什么打算吗？"

"我？"话题突然跳到自己身上，孟飞扬有些意外。

"是啊，你！"张乃驰重整旗鼓，依旧苍白的脸上展露出笑意，"呵呵，别以为我不知道，你在伊藤可是支柱，这几年中国的生意大部分都是你做成的，人才难得啊。怎么样，开始物色新去向了吗？"

孟飞扬笑了笑："工作肯定要找，不过也没那么急。"

"是嘛？飞扬啊，男人对自己的职业生涯应该有个好的规划。恕我直言，伊藤那种地方本来就只能过渡，算不得长久之计。坦白说吧，你的精明勤恳给我留下了非常深刻的印象，咱们也不用兜圈子了，你需要一个更大更有实力的舞台，而西岸化工呢，也需要你这样有能力的贸易人才，我这是在向你发出邀请呢。有什么条件就尽管提，怎么样？"

孟飞扬好似茅塞顿开："张总，您这真是……让我受宠若惊了。"

张乃驰等着下文，孟飞扬却闭了嘴，张乃驰不由皱起眉头："飞扬，难道你对西岸化工不感兴趣吗？"

"张总，你别误会。"孟飞扬连忙解释，"西岸化工这么有规模的跨国企业，当然是难得的发展平台，但我毕竟是学日语的，英语比较勉强，可能不太适合西岸化工的环境。"

"这倒是。"张乃驰点了点头，"英语差些在西岸化工确实是个劣势，不过问题也不算太大。现在大中华区和中国公司的高级管理层基本上都是华人，如果主要负责中国业务的话，中文交流也足够了。"

孟飞扬坦然回应："张总，你的好意我非常感激，但对这次的新工作，我希望能更慎重些，考虑清楚所有利弊后再做决定。"

张乃驰显出很失望的样子，孟飞扬为人厚道，拂了人家的好意到底于心不安，迟疑了一下，又解释说："另外，我女朋友刚刚留学回国，好不容易有这个空闲，我想多陪陪她，她也在找工作，我打算等她先落实了工作以后，自己再找。"

"女朋友？原来是这样……"他朝孟飞扬狡黠地一笑，"你今天跑到这里来，就是为了她吧？"

被他一语说中，孟飞扬不好意思了："是……我想给她买件礼物。"

"好啊，好啊！"张乃驰搓着手，"这样吧，我再给你出个建议，关于礼物的。"

这下轮到孟飞扬满怀期待了。自从把辛辛苦苦积攒了好几年的存款交给老柯去还债以后，孟飞扬发现自己手上才剩下两万块不到，算一算应该能支撑到找到新工作。但是与此同时，孟飞扬突然产生了一种极其强烈的愿望，那就是要送戴希一件礼物：一件真正贵重的、让任何人看到都会羡慕不已的礼物！必须如此，否则他就无法平息自己对戴希的歉疚。

在遇上张乃驰之前，他刚刚看了几件商品，就被上面的标签吓出了一身冷汗，这才发现原来自己的现状，只能用穷得叮当响来形容。可人心就是如此奇妙，越是力所不及的事物，越是引人遐思，孟飞扬生平头一次发现了奢侈品的美，那些珠宝、皮具、服装无一不在他的眼前绽放出魅惑的光彩，如果可能，他简直想把这里的一切都买下来，送给戴希。因此，当明显是个中老手的张乃驰主动要提供建议时，孟飞扬求之不得了。

张乃驰轻轻捋了捋 Armani 的领带，又捏了捏 Zegna 西装袖口中露出的 Givenchy 白金袖扣，才慢条斯理地说："你目前正在失业中，花太多钱给女朋友买礼物，未必会让她开心，万一过犹不及呢。所以我建议别买太昂贵的，比如珠宝什么。我倒觉得，一条爱马仕的丝巾刚刚好。"

"爱马仕……"孟飞扬开始琢磨，刚才是不是见过这家店？张乃驰往前探了探身："要不要我陪你去挑选？有我在，咱们可以享受贵宾服务。"

孟飞扬一惊:"哦,那多麻烦,不用了,真的不用了!"他看看手表:"唉呀,我忘了一会儿还要见个朋友,不好意思,张总,我得先走了。"

"不给女朋友买礼物了?"

"下次吧……呵呵,张总,我真的得告辞了。"

张乃驰往椅背上一靠,挥了挥手:"好,再见……等等!"

孟飞扬只好又站住。

"你女朋友也在找工作?她是在哪里留学的?想找哪一类工作?"

"美国,心理学专业,想找……人事方面的工作。"

张乃驰把名片推到孟飞扬跟前:"她的英语肯定不错吧?把她的简历发到我的邮箱,或许我可以帮忙。"

孟飞扬收起名片,又道了声谢,才走出恒隆的大门。站在南京西路宽敞的人行道上,孟飞扬左右望了望,选择了朝西的方向,走了一小段到路口,右拐又往前十来米,就站住了。行人不多,孟飞扬靠在一棵大树下面,掏出手机开始输入短信:"你有没有把有川康介患病的情况告知张乃驰?"

只等了几秒钟,回复来了:"张乃驰又不是死者家属,况且艾滋病属于隐私!"

孟飞扬赶紧又输入:"我肯定张乃驰早就知道有川康介有艾滋病!"

这次回复来得慢了些:"我查了出入境管理处的记录,有川康介今年三月入境时,曾经验过一次艾滋病,当时结果是阴性。"

"这么说他是今年三月后才得的病?"

回复:"合理推断。"

一阵冷风掠过,孟飞扬缩了缩脖子,继续输入:"还有,我发现中华石化的合同是张乃驰介绍给有川康介的!"

回复:"那又怎样?"

孟飞扬输入:"西岸化工已经在北仑港向中华石化交货了!以我的经验,从海外采购这些货物并运输到港,至少需要两个月!也就是说他们两个月前就确定伊藤的合同会出问题！"

回复："未卜先知？"

孟飞扬狠狠地按键："蓄谋已久！"

手机安静了，过了大概半分钟，"嘟"地跳出新的信息："今晚我请客，六点半徐家汇，肥牛海鲜火锅如何？"

孟飞扬乐了："感谢我提供案件线索？"

回复："务必携女伴出席，恕不接待光棍。"

Tiffany旗舰店的销售小姐正百无聊赖地隔着橱窗看风景，突然发现之前的那个小伙子又出现了。他先是在店堂里东张西望一番，总算瞄准了目标，一头扎进Hermes马车的橙色车轮下。

第七章

见到戴希之后,童晓不得不承认,自己有些嫉妒孟飞扬。黑色长发和黑色紧身衫、火红的丝巾和金紫边框的眼镜,所有这些元素相得益彰,使戴希看上去既纯净又浪漫。好在童晓很善于自我调节,立刻就把注意力集中到了肥牛和海鲜上,当然还是忍不住自怨自艾了几句:"唉,这世道不公平啊,拿失业救济的都有这么好的女朋友,像我等丰神俊逸的人民警察,反而无人问津。"

孟飞扬使劲咽了口肥牛:"你等我咽下去再说行不行?差点儿把这么好的肥牛吐了,对不起纳税人的钱。"

戴希很认真地提问:"丰神俊逸是形容马的吧?"

童晓把眼睛一瞪:"小姐,请问你的专业是心理学还是文学?"

"和你有关系吗?"戴希也毫不含糊地瞪睛回去,"反正我不是学兽医的。"

孟飞扬在旁边乐得前仰后合,自从"年会"之夜后,他还是头一次感到这样轻松愉快。

童晓做出痛心疾首的表情:"当初在公安大学念书的时候,我就觉得那个什么犯罪心理学专业的人特别神神叨叨,个个都像连环杀人犯。尤其是女同学,哎呀,简直就是些女魔头。孟飞扬,我以一名专业刑侦人员的身份警告你:珍惜生命,远离心理学家。据我所知,心理学家基本上都是疯子!"

孟飞扬温柔地看着戴希:"这一点我早就知道了。"

"此人完了!"童晓哀叹一声,无语望向天花板。

孟飞扬说:"我的安危就不用人民警察操心了。今天下午告诉你的情况,有价值吗?"

童晓笑眯眯地反问:"什么叫有价值?我们是在查案吗?有川康介的自杀在刑侦总队早就结案归档了。"

"哦,那算我瞎起劲,如果再有别的发现我就一律无视咯。"

"别的发现?是什么?快说说!"童晓的下巴差点掉进火锅里。

于是,孟飞扬把柯亚萍透露的有川康介专程来中国"嫖男妓"的事讲了一遍。讲完,童晓频频点头:"有意思、有意思……"

"怎么有意思?"

"艾滋病的传染途径我们都清楚,是吧?假如有川康介专程来中国,就是为了召男妓,那么他很有可能就是在这个过程中染上艾滋病!另外,今年三月之前他还是健康的,所以他染上艾滋病的机会基本就可以锁定在从三月到年底,那几次秘密的中国之旅中。"

孟飞扬连连点头:"有道理,这几次旅行都是柯亚萍陪同的,说不定她能提供更多的线索。不过……"他迟疑着问:"有川康介怎么得的艾滋病很重要吗?"

童晓得意地挤了挤眼睛:"有川康介今年都六十多岁了,从他儿子的说法可以判断,他的行为不轨由来已久,鬼混到这个岁数都能避免艾滋病,说明他肯定一向很小心,对不对?"

"对。"

"那为什么他会在今年三月到年底的这段时间里,突然就染上了艾滋病?这是第一个疑点。另外,你不是一口咬定张乃驰知道有川的病情吗?从现象上看,他甚至比有川本人更早知道,这又怎么解释呢?这是第二个疑点。最后,就是有川康介临死前的举动,他想用自己含有病毒的血把张乃驰也置于死地,表示出对张乃驰的极大仇恨,这是第三个疑点。"

孟飞扬瞪大眼睛:"你是说……张乃驰和有川康介的病有关?!"

童晓微笑不语,夹起一个大虾送进口中。

"不,不对。"孟飞扬思索着说,"这个推论太令人难以置信了。我还是觉得有川康介这么恨张乃驰,应该是因为低密度聚乙烯的单子,整件事情和张乃驰脱不了干系。本来我以为年会那晚,有川是去找张乃驰帮忙的,现在想来,他更有可能是去找张乃驰理论,或者去讨说法的。而张乃驰的答复显然狠狠地打击了有川康介,让他意识到自己被算计了,彻底没希望了,这才决意自杀,并且还要拉上张乃驰垫背。"

童晓不以为然地摇头:"讨什么说法?就算张乃驰介绍了这笔生意给有川康介,他又没有让有川搞欺诈;就算他让有川搞欺诈,有川康介可是个老狐狸,会不清楚这样做的后果?凭什么让人家为他负责?我倒觉得,有川康介是因为自己公司破产才狗急跳墙,以次充好欺骗中华石化的。他原先企图捞一把暴利来弥补公司的亏空,结果事情败露了却拉上介绍人陪葬?这也说不太通啊。并且……"他突然意味深长地看着孟飞扬:"孟飞扬,在这件事上你作了伪证!"

孟飞扬吓了一大跳:"什么?!我?伪证?"

童晓摇晃着食指:"公民同志,我第一次去你公司了解情况,你是怎么说的?我们伊藤只做几个长期合作伙伴的生意,中华石化就是其中之一……"

孟飞扬闹了个大红脸,低声嘟囔:"那个嘛,只是虚荣心而已。"

"哈哈!"童晓无限快慰地点头,"有这个把柄捏在我手里,今后你小心着点。"他看了看沉默许久的戴希,嬉皮笑脸地说:"唉,系爱马仕的女魔头,我和你男朋友发生意见分歧了,要不,你帮我们从犯罪心理学的角度分析分析?"

戴希掩着嘴打了个哈欠,她微微偏着头,慢条斯理地说:"从心理学的角度来说嘛,复仇者和一般的犯罪者最大的不同在于犯罪的形式感。"

孟飞扬插嘴:"哦,是不是说复仇者会唱着歌剧杀人?"

戴希不为所动:"歌剧可不是每个人都会唱的,但是在杀人时用某种具有特殊意义的音乐伴奏,倒是颇为常见的方式。"她指了指对面墙上挂的液晶电视,里面正在播出金庸的武侠片。"就拿武侠片来说,我们经常可以看见背负血海深仇的主人公历经千难万险,终于练得了和仇人决一胜负的功力,于是他向仇人,有时候是仇人的后代下战书:'来吧,让我们到你杀害我父亲、或者师傅、或者灭我全家的地方，我要用我父亲、师傅留给我的这把剑、或者这套秘籍中的拳术等等，打败你，杀死你，用你的鲜血来祭奠他们的亡魂'……"

孟飞扬又插嘴："戴希，我还真不知道你这么喜欢看武侠。"

戴希往他嘴里塞了个墨鱼丸："这类情节固然狗血，但却很符合复仇者的心理。也就是要在复仇的时候，再现被伤害的过程，甚而追求当初如何被害，此刻就如何报仇，用相类似的形式来取得以牙还牙的效果。这就是所谓的形式感。"

童晓大声鼓起掌来："心理学家讲得就是有道理嘛！如果仅仅是商业上的仇怨，有川康介完全可以采用别的方式来报复，但是他企图使张乃驰和自己一样染上艾滋病，根据心理学家的分析，这项复仇所指向的仇恨不是商业纠纷，而是与艾滋病相关！"

孟飞扬对他嗤之以鼻："刚才还说要远离心理学家，现在却把人家的话当金科玉律，专业刑侦人员的觉悟到哪里去了？"

"要不是觉悟高，我才不会管这些，有川康介和张乃驰的恩怨，关我屁事！"童晓发出一声冷笑。

"说的也是。"孟飞扬好奇地问，"你到底为什么对这事那么感兴趣？我记得你上次好像提过，和'逸园'这栋房子的历史有关？"

"'逸园'的历史？"这下连戴希也兴致勃勃了。

童晓的神色却头一次变得凝重起来，沉吟着说："确实和'逸园'有关，或者说我和我的父亲，都与'逸园'结下了不解之缘。呵呵，这事儿说起来挺复杂，你们就当故事听吧。"

"逸园"这栋老洋房颇有来历，她建成于1919年，建造者是一名荷兰籍犹太人，名叫惠斯勒。此君是当时千千万万来大上海淘金的外籍冒险家之一，刚到上海时就是个一文不名的洋瘪三，靠着狡诈的手段、赤裸裸的贪婪和无所不为的勇气，从鸦片贩运中逐渐发家，后来又从事赌马和色情等各种黑道行当，终于在一九一零年代初期成为了上海滩上炙手可热的大富豪。有钱之后，他买下法租界里的一块地皮，委任当时上海最著名的建筑行——宝源建筑师事务所为自己盖别墅，这就是"逸园"的由来。宝源的老板兼首席建筑设计师、留德博士、当时上海滩数一数二的建筑大师——袁江宁先生亲自设计了"逸园"。

因为惠斯勒喜欢铺张富丽的效果,袁博士就采用了巴洛克式的建筑风格,在外墙立面和屋檐上做了许多装饰,建筑外部线条圆润,到处是精巧的雕刻,并且全部使用最好的乳白色大理石,令整个建筑产生一种光洁剔透的感觉,还赋予了"逸园"与众不同的女性气质。尤其在日出和日落的时候,火红的阳光照亮"逸园"圆形的顶部和屋脊,把上面的每幅雕塑都映得绚丽如画,再配上洁白如玉的下半部,形成一种梦境般的柔美,被当时的文人诗意地形容为"上海脱下霞彩的外衣,轻柔地披在她的肩头",由此,"逸园"便成了沪上一景。

这座房子从1912年开始建造,一共花了七年时间才建成。1920年,惠斯勒带着全家搬进来,可住了才不到一年,他本人就由于黑道火拼在南京路上被当众刺死,他的产业帝国一夕之间崩溃。惠斯勒的遗孀认为是"逸园"带来的霉运,决意出卖"逸园"。袁江宁先生听说后,便以很合算的价格将房子买了下来。袁博士经营建筑事务所多年,本身也很富有,况且"逸园"就像他自己的孩子一般,他断断舍不得她落入他人之手。

袁博士一家在"逸园"一直居住到1949年。那时候,资本家们纷纷外撤,袁江宁也准备举家赴美定居,走时唯一放不下的就是"逸园"。这时候,袁博士的小儿子袁伯翰主动提出要留下来。袁伯翰从小接受西方教育,是上海"圣约翰大学"的高才生,后来又在美国哈佛大学获得建筑博士学位,他的思想比较进步,非常看好中国的前途,最后,袁江宁同意了儿子的决定。

就这样从1949年起,袁伯翰成了"逸园"的主人。他的才华果然得到人民政府的重视,先后参与了新上海很多重大项目的建设设计工作。直到"文化大革命"降临,袁伯翰和他的家庭均陷入了灾难。袁伯翰本人被赶离了"逸园",上山下乡接受再教育。他的妻子不堪忍受凌辱,在"逸园"的门厅里上吊自杀了。袁伯翰唯一的儿子被打成双腿残疾,左眼失明,受尽折磨后在监狱里郁郁而亡。"逸园"再度见证了一轮家破人亡的惨剧。

等到十年浩劫终于结束的时候，袁伯翰已近花甲之年。当这位举目无亲的孤老头子然一身回到上海，发现"逸园"变成了一家印刷厂的厂房。整座房子都已破败不堪，还有工人在里面住宿，处处肮脏污秽；原本绿草如茵、花木繁盛的院子里到处堆放着印刷机械和纸张，花草衰蔽如同大型的垃圾场，曾经的雍容华贵再难寻觅。

袁伯翰无处栖身，他四处申告求助，经过多方协调，印刷厂总算同意腾出了主楼后的穿廊给他居住，袁伯翰才又回到"逸园"。过了一段时间，他的身边出现了一个十来岁的女孩子，称呼他爷爷。袁伯翰向大家解释说这女孩叫袁佳，是他的亲孙女。据说就在"文革"前夕，袁伯翰的儿子曾和一名邻居女孩相爱，本来两人准备结婚，不料"文革"狂潮席卷而来，儿子被打成残废后死在监狱里，当时那女孩已怀有身孕，只好在娘家偷偷生下孩子，自己却也难产死了。

袁佳从小由外婆抚养长大，是外婆在临死前找到了刚刚回沪的袁伯翰，把袁佳托付给了他。

从此，袁伯翰就和袁佳在"逸园"的一隅相依为命，终日与印刷机的轰鸣和油墨粉尘做伴。"文革"的余孽还未清除干净，新生的曙光已在这个国家上空渐渐升起。当七十年代逐渐走向尾声，袁佳即将升入高中时，中国开始改革开放了。袁伯翰的海外关系使他一下子变成了香饽饽，各种政策纷至沓来，袁伯翰对别的都不感兴趣，他唯一执著的，就是要回"逸园"！

这个时期袁伯翰和袁佳的状况也有了很大改善。和海外的联系恢复之后，袁伯翰在美国的亲属们通过各种途径带回来许多钱物，资助他们的生活。来自美国的现代家电，归还的收藏品，各种各样的进口食品，一件件占满了祖孙俩栖身的穿廊小屋，拥挤而温馨。每周至少三天，袁伯翰出门去向各级政府机构申诉，要求印刷厂搬离"逸园"，要求政府把"逸园"还给他。

事情哪有那么简单！

没完没了的推诿和拖拉，使袁伯翰的诉求旷日持久而没有进展，政府部门勒令印刷厂在别处找了宿舍，这样就又腾出了两个小房间。于是，袁佳有了自己的房间；袁伯翰在穿廊里挂上字画、摆上古董，按照过去自己书房的模样布置起来；荒芜已久的花园里也见缝插针地种上了月季、杜鹃和海棠花，与堆积如山的纸张书籍相映成趣……尤其是大草坪中央的那棵丁香树，当年是袁伯翰的母亲亲手栽下的，历经多年波折已然奄奄一息，也被袁伯翰和袁佳费尽心思地救活了。早春时节，满树的丁香花再度盛放，如同紫色的云锦绝然出尘，淡雅的幽香凌空飘逸，恍若来自另一个世界。几许春风涤荡，花雨缤纷、花香飞散，凋零在遍地的书页之上，像有一只无形的手涂写下生命的粲然与易逝。这番亦悲亦喜的景致，竟令得印刷厂那些从来不懂风花雪月的工人们都唏嘘不已。

尽管依旧满目疮痍，"逸园"还是一点点展现出绝无仅有的高贵气质，只是主体建筑上洁白的大理石均蒙上黄疸，她那通体晶莹宛如处子的至美，再也无法重现了。

除了袁伯翰老人四处奔走申诉之外，袁家在海外的亲属也多次赶赴中国，向各个政府部门反映情况，要求归还"逸园"。终于，当1981年盛夏到来的时候，在上海市政府领导的直接干预下，正式将"逸园"全部归还给了袁伯翰。印刷厂停止生产，工人们全部撤离，设备和各种物品一下子来不及搬走，还暂时堆放在"逸园"里。夏夜微凉，袁佳扶爷爷在静寂无声的花园里踟蹰而行，清冷的月色照出一老一少的孤零身形。曾经的烈火烹油、曾经的优雅富贵、曾经的惨烈疯狂、曾经的嘈杂粗鄙，都好似化作了墙角下的憧憧鬼影，恋恋不舍地在他们的身边徘徊。

"有一天我们都将离去，"老人的身躯轻轻摇晃着，对孙女说，"佳佳，什么都不会剩下。但是逸园会留下来，人生是一场梦，而逸园就是承载梦的提篮。我的好孙女儿，你要守住逸园，守住她，就是守住过往、守住人心中哪怕最卑微的信念——这也是我对你最大的期望。"

"逸园"的问题解决了，袁家亲属们便几次三番规劝袁伯翰赴美定居，老人固执地拒绝了。当初他就是为了"逸园"留下的，现在同样为了"逸园"，他更不能离开，他说自己最大的心愿就是在"逸园"里死去——没想到一语成谶！

也就是在这一年的盛夏，袁佳参加了高考，成绩优异的她不出意外地考入了复旦大学。大家都为这祖孙俩高兴。9月初，袁伯翰亲自陪伴孙女，拎着行李去位于上海东部的学校报到。从此，就剩下袁伯翰独自一人居住在"逸园"中。袁伯翰年事已高，袁佳担心自己走后他无人照料，去学校之前还特意请了位保姆来料理家务，就住在袁佳的房间里。袁佳每个周日都会回家来看望爷爷，但并不过夜，吃完晚饭就坐电车赶回学校。

那年秋天的一个周日，印刷厂刚刚搬完所有的设备，整个"逸园"真的空空如也了。按照惯例，这天袁佳是要回家的。从复旦大学到西面的"逸园"，中间要换三次电车，路上大概需两个小时，袁佳9点从学校出发，到家通常也接近中午11点了。每周日和孙女聚会是袁伯翰的大事，一大早他就吩咐保姆去菜场买来不少菜，整个早晨保姆都在厨房间里忙碌，准备丰盛的中餐和晚餐。据她说，在客厅里的挂钟刚刚敲过10点时，院子外有人敲门。保姆还以为是袁佳提前到家了，开门一看，却是个陌生的男孩，瘦瘦高高的个子，长得十分端正帅气，看上去还不到二十岁。男孩很有礼貌地询问袁老先生是否在家，保姆还来不及回答，袁伯翰就面色阴沉地迎到门前，他显然认识这男孩子，沉默着将对方领进了由穿廊改成的小书房。

保姆回到厨房接着做饭，穿廊里不时传来老少二人的谈话声，起初声音不大，但渐渐地激烈起来，特别是袁伯翰，苍老的嗓音中可以听到明显的愤怒，保姆觉得他是在申斥那个男孩，便注意地听了听，但一句话都听不懂。后来她回忆说，这两个人肯定在用一种她完全不了解的语言吵架！

穿廊里的争吵还在继续，院外又响起传呼电话的叫声，让保姆去接听。那时候家庭电话还属稀有，"逸园"原有的电话线都拆除了，袁伯翰安装私人电话的申请递上去大半年，始终石沉大海。保姆鼓起勇气，走到书房门口请示袁伯翰，老人余怒未消地冲外面嚷："你去接电话吧！顺便再去凯司令买四块栗子蛋糕来。"

保姆赶紧出门，先去了弄堂口的传呼电话站，可电话已经挂断了。站里的阿姨说，电话是袁佳打来的，等不及就留了个言："学校有事出来晚了，中午前赶不到家，让爷爷先吃中饭。"保姆说她初听到这条留言还有些暗喜，因为家里有人在吵架，她担心袁佳回来撞见不好。于是，保姆又转去淮海路上的凯司令买蛋糕，这是袁佳最喜欢吃的点心，每次回家袁伯翰都要为她准备。凯司令离"逸园"不算远，但是步行来回也要半个多小时，保姆说自己回到"逸园"应该差不多11点半，刚打开房门就闻到扑鼻的煤气味。她冲进厨房，看见炖在炉子上的罗宋汤溢了一地，煤气从熄了火的灶头不停冒出，她吓得几乎跌倒，怎么也回忆不起来自己临走时是否关了火。她飞快地打开所有窗户，又跑向穿廊。穿廊的门关着，并没有上锁，她推门进去，只看见袁伯翰一个人仰面倒在沙发上，来访的年轻人踪迹全无。门窗紧闭的室内也是煤气味呛人，她大叫着去开门开窗，再回到沙发前看袁伯翰，老人的脸色铁青，嘴角边挂着口沫，对她的呼喊没有丝毫反应。保姆惊慌失措地跑出院外，大声喊起救命。很快从弄堂里来了许多人，大家手忙脚乱地把袁伯翰抬到屋外的空地上，又有人去打传呼电话叫救护车。救护车到了，医生稍作检查，就宣布了袁伯翰的死讯。正当大家乱作一团时，袁佳亭亭玉立的身影出现在了"逸园"门前……

派出所民警童明海开始调查袁伯翰的死因。他和袁伯翰祖孙并不陌生，袁伯翰从河南农村回沪，重新住进"逸园"，带着小袁佳来报户口，要求归还整座"逸园"，所有这些事情都须经过童明海之手。常来常往的，工人阶级出身的童明海和大资本家的后代袁伯翰结成了忘年交，他一直尽可能地关心和帮助着这位命运多舛的老人，也十分喜爱聪明漂亮的小袁佳。袁伯翰的突然死亡让童明海非常震动，尤其是整个过程中的多处疑点，令他深感不安。

根据医生的诊断,袁伯翰死于心脏病突发和煤气中毒的双重打击。每一件都不足以令他在短短半小时内猝死,但两者结合却达到了快速置人死地的效果。保姆吓得魂飞魄散,完全说不清楚罗宋汤是怎么回事。童明海无奈之下只能先将煤气溢出定为意外,但他坚决认为,袁伯翰的心脏病发作不是意外,应该和那天早上贸然来访、后又神秘消失的年轻人有关。

童明海首先要确认那个年轻人的身份。袁伯翰已死,保姆不认识他,周围的邻居中没人目击当天早上进入"逸园"的他。那时候犯罪画像的技术还不普及,也没有无处不在的摄像头……童明海询问了袁佳,根据保姆对来者的描述,他让袁佳想想是否认识这么一个人。袁佳立即矢口否认了,但痛苦犹疑的表情没有逃过童明海的眼睛,他感觉——她应该认识他!

而且,袁佳说她当天早上并没有给家里打过传呼电话,童明海查问袁佳同学时也证实了,袁佳那天是和平常一样,9点刚过就离开了宿舍。但是,她没有和平常一样在11点之前回到家,而是在11点半过后才到,为什么呢?她只是说电车比平常开得慢些,换车时又恰好误了往常坐的那一班,就耽搁了。童明海无法相信袁佳的说辞。她为什么要说谎呢?耽误的那半个小时里面,她去了哪里?在干什么?传呼电话站的阿姨肯定自己接到的是一个女声的来电,还清楚记得电话里面的声音很年轻,又婉转动听。假如这个电话的确不是袁佳打的,难道会有人冒充她?目的又是什么呢?

童明海正在伤脑筋,突然传来消息:有人说认识那个拜访"逸园"的年轻人,并且还亲眼看见他在"逸园"的行为!证人名叫邱文悦,是附近华海中学的高三毕业生,华海中学也就是袁佳刚毕业的中学,邱文悦和袁佳同年级不同班,没有考上大学,正在家里复读准备明年再考。

邱文悦被带到派出所时,脸色苍白、神情萎靡,恐惧得连话都说不太连贯。她断断续续地告诉童明海,自己的家就住在离开

"逸园"一条街的石库门里,从她家二楼的卧房北窗望出去,正好能看见"逸园"里面。那天中午,她亲眼看见那个年轻人进了"逸园",和袁伯翰一起在客厅里谈话,后来袁伯翰似乎非常激动,在屋子挥舞着双拳走来走去,突然间捂着胸口倒了下去。邱文悦说看见那个年轻人把袁伯翰扶到沙发上躺下,然后走进厨房,端起罗宋汤锅浇灭了煤气灶上的火,随后就关上房门离开了"逸园"。邱文悦说,自己当时又害怕又困惑,根本闹不明白发生了什么,就傻乎乎地坐在窗口发呆。也不知道过了多久,她看见保姆回来,几分钟后弄堂里就鸡飞狗跳了。

童明海目瞪口呆,意外事故变成了谋杀案!刚记录下证词,邱文悦的妈妈就得到通知来派出所接女儿。童明海也依稀认得她,她是华海中学的英语老师,名叫尹惠茹。尹惠茹见到女儿后极为震惊,特别是当她听到邱文悦指出的年轻人的名字时,顿时面无人色,整个人都摇摇欲坠。童明海对她如此激烈的反应很意外,这时尹惠茹才解释说,原来那年轻人也是华海中学当年的高三毕业生,还是尹惠茹从初二到高三教了整整五年英语的学生!

童明海当即找来了那个男生,他很平静地承认,自己当天确实去过"逸园",也曾经和袁伯翰先生发生过一些争执,但后来他看到袁老先生激动过度,身体不适,就扶他在沙发上躺下休息,自己便离开了。至于后面所发生的一切他都一无所知,对于邱文悦的话,他则断然否认——完全是胡说八道!

童明海决定让邱文悦和男生对质,还没等他通知,尹惠茹带着女儿再次来到派出所,但是这次,她们竟然是来翻供的!邱文悦哭得一把鼻涕一把泪地说,自己撒了谎,其实她只是恰好看见那男生进了"逸园"的门,所谓故意倒翻汤锅熄火的情节,是她后来听到弄堂里人的议论,自己瞎编的。童明海简直气得七窍生烟,尹惠茹连声抱歉,说自己也没想到女儿会做出这样荒唐的事来,但邱文悦的确说了谎,因为周日中午12点之前,她都在学校里的周末复读班上课,有整个班级的同学可以作证,邱文悦从早上10点到12点都和大家在一起,绝不可能从家里的二楼卧室观望"逸园"。至于邱文悦为什么要陷害那个男生,尹惠茹说这只是自己女儿青春期冲动的无知表现,她暗恋那个男生已久,想以此来引起对方的注意罢了。

更可气的是,邱文悦这里刚刚翻完供,保姆也紧随其后,跟着翻供了!她说她先前是受惊过度昏了头,现在都记起来了,袁伯翰吩咐她去接传呼电话之前,已经和那个男生结束了谈话,所以那个男生是在她之前离开"逸园"的。她的这番话也从另一个角度证实了,邱文悦的第二次证词才是真实的。

谋杀案再度变回意外事故,其中的波折起伏让派出所的同志们泄了气。童明海后来又做了一些调查,但没有什么突破性的进展。时间慢慢流逝,发生在"逸园"的这起事件终于被人们淡忘。袁伯翰火化之后,海外的亲属来沪把他的骨灰带去美国安葬,此后袁佳就一直住在学校宿舍,再也没有回过家。"逸园"乏人照料,月季、杜鹃和海棠花都相继枯死了,夜间只有老鼠和蟑螂出没。唯有那棵丁香树,顽强地独活于一片荒颓之中,再没有饱含同情、眷顾和深思的目光陪伴她,紫色繁花的烟云便于无声中绽放又在黯然里凋谢。每一个深夜,"逸园"就如《孤星血泪》里那个身披泛黄婚纱的丑老姑娘,在死亡气息的紧密包裹下品味着命运的残酷无常,自矜自赏、自悲自弃。

只有派出所的老民警童明海始终耿耿于怀,他一直留意着袁佳的动态,总觉得这姑娘的心中埋藏着秘密,期盼着有一天能够亲手将秘密揭开。

四年时间很快过去,袁佳从复旦大学英语系顺利毕业,就在分配工作前夕,"逸园"又出事了。当时,归还"文革"时没收财产的政策进一步落实,上海市公安局收到来自海外袁氏家族的信函,要求正式明确"逸园"的归属。来信称"逸园"应该由袁伯翰的兄妹和侄子侄女共计十五名法定继承人共同继承,其中不包括袁佳。根据信中所述,袁佳是袁伯翰亲孙女的情况仅凭袁伯翰一人口述,他临死前没有留下任何凭据和遗嘱,因此袁氏家族所有海外成员共同否认了袁佳的身份,也不承认她的继承权。

童明海很清楚地记得那天他请袁佳来派出所，亲口告诉她这件事时的情景。四年过去，袁佳出落得越发美丽，眉宇间淡淡的哀愁令她显得那样与众不同。八十年代中期，新兴的财富观念已经深入人心，中国人开始了对物质的狂热追求。丧失"逸园"的继承权，就意味着天文数字的财产凭空消失，但袁佳既不激动也不悲伤，很安静地听完童明海的讲话，道了声谢就离开了。后来童明海听说袁佳在一家研究所上了班，负责翻译外语科技资料，三年后她向研究所辞职，去了深圳，就是从那里她人间蒸发，再也难觅芳踪。

袁氏家族得到"逸园"之后，因为无人能在沪管理，很快又把它卖了出去，之后几易其手，现在"逸园"的主人究竟是谁，童明海也不得而知。2003年，西岸化工通过房产中介和神秘房主签下长期租约，把它改造成了大中华区的办公室。

童晓终于结束了长长的叙述，停下来看看听傻了的孟飞扬和戴希："唉，醒醒！还没到睡觉时间！"

孟飞扬咽了口唾沫："我的妈呀，好像在听狄更斯的长篇小说。"

戴希欲言又止，童晓朝她坏笑："女魔头有话就说嘛。"

"那天早上去'逸园'的男生究竟是谁？"

童晓眯缝起眼睛，一字一顿地回答："李——威——连。"

"李威连！"孟飞扬和戴希齐声惊叫起来。

童晓鄙夷地连连撇嘴："淡定，淡定。"

孟飞扬挥着手高喊："服务员，再来十瓶啤酒！"他本来不会喝酒，一瓶啤酒就倒，这几年因为工作应酬硬练出了点酒量，但也很一般。这时候已经喝得红了脸，比平常亢奋许多。

戴希的脸蛋也有些发红，她往孟飞扬的肩头靠了靠，蓄着两汪清水般的眼睛却盯住童晓："说下去呀，后来呢？"

"什么后来？"童晓两手一摊，"没啦！"

"去！"

服务员端上十瓶啤酒，孟飞扬给自己和童晓倒满，童晓一脸委屈地说:"后来你不是都知道了吗?还要我说什么?李威连此人在二十多年之后再度回到'逸园',再次碰上'逸园'内的离奇命案,并且这一次他提供的不在场证人名单中,又出现了一位老熟人的名字——邱文悦,也就是'双妹'咖啡馆的姐妹花老板娘之一!"他故意顿了顿,才不怀好意地盯着戴希说:"当然了,还有你——戴希的名字!"

戴希狠狠地瞪了他一眼:"算我倒了八辈子霉,好不好!"

"人家可是跨国公司总裁、年薪百万美金的打工皇帝,和他挂上钩,那是你的荣幸!"

戴希虎着脸不肯再理睬童晓,孟飞扬摇头晃脑地感叹:"真是太不可思议了。我算明白你为什么对'逸园'这么感兴趣了。唔……我还有些问题。"

"你说。"

"你爸后来调查清楚没:李威连和袁家祖孙到底什么关系?袁伯翰死的那天他去'逸园'究竟是干什么的?"

童晓的眼睛闪闪发光:"孟飞扬,我发现你挺有搞刑侦的敏感。"

"怎么说?"

"呵呵,因为你的问题不是'李威连和袁伯翰到底什么关系',而是'李威连和袁家祖孙到底什么关系',这说明你看出了某些症结。"

"我记得你提到,你爸问袁佳是不是认识来找袁伯翰的小伙子,袁佳否认了,但既然李威连和袁佳是华海中学的同年级学生,况且袁伯翰和李威连貌似很熟悉,袁佳怎么可能完全想不到来者会是李威连呢?"

"说得好!"童晓朝桌上猛击一掌,"这也正是我爸一直怀疑的地方,但更奇怪的是,我爸后来问过很多华海中学的师生,包括邱文悦和尹惠茹,他们又都证实说从来没见过李威连和袁佳在一起过,从表面现象看,他们确实只能算是同届校友,而互不相识。"

"这……不太可能吧?"孟飞扬问。

"是非常不可能!我爸告诉我,那时候华海中学每年级是四个班,1981年那届的高三毕业班中,李威连在一班,和邱文悦同班,袁佳在四班,这两个班的英语老师都是尹惠茹。另外,李威连和袁佳两人，恰恰都是那届毕业生中成绩最优异的学生。李威连几乎每次考试都是全年级第一名，袁佳也一直保持在前十名，他们两个的英语都特别好，是华海中学重点培养的尖子生，也是尹惠茹引以为荣的教学成果，因此他们互相熟识是正常的，相互间毫无交往反而不正常。"

戴希托着下巴问："1981年……会不会那年头男女生都不讲话的？"

"也没那么保守啦。"童晓说，"两个优等生应该会在许多场合和活动中相遇，彼此也肯定有很多可以交流的话题。况且李威连在华海中学算是一代风云人物，不仅成绩优异、长相帅气，体育也特别好，是学校篮球队的队长，校内校外崇拜他的女生成堆，邱文悦就是暗恋他的其中之一。而袁佳呢，虽然没有李威连那么活跃，但她温柔美丽，富有大家闺秀的气质，在华海中学也是众多男生的梦中情人，这样两个人，居然在校园内毫无来往，你们说说看，是不是有些蹊跷？"

孟飞扬沉默了好一会儿，才说："这也很难讲，毕竟是二十多年前的社会环境，也许我们是小人之心了。"

戴希问："唉，李威连一定也考上复旦大学了吧？还是交大？他成绩那么好，英语又棒，放在今天说不定直接让哈佛、牛津录取了呢。"

这回变成童晓沉默了，他喝下半杯啤酒，才慢悠悠地说："没有，他没有被任何一所大学录取，那一年他放弃了高考。"

"放弃高考？为什么？！"

"理由不详。按照公开的说法，是李威连在香港的父母生意破产，没有能力资助他继续升学，所以他只能不上大学了。"

戴希瞪圆了眼睛："不是吧，那个年代大学又不收学费！他可以申请助学金或者通过勤工俭学筹到生活费和杂费啊。在1981年的那种时期，为了钱这个理由放弃上大学，我才不信！"

"不相信又怎么样？"童晓冷冷地说，"人家自己咬定这个说法，华海中学好像和他也有默契，上上下下都异口同声，不信也得信啊。最可笑的是，李威连还是以全校第一名的成绩通过毕业考试，拿到了高中毕业证书，但却成了华海中学那一届前五十名优秀毕业生中唯一的高考落榜者。再后来啊，李威连七月中从华海中学毕业，经学校推荐到金山石化厂，从八月起就到厂里当上了学徒工，此后一直在金山上班，住在工人宿舍里，再没回过上海市区。直到同年十一月的某一天上午，他突然出现在'逸园'。"

"哦……"戴希垂下眼睑，把丝巾一角轻轻绕在手指间，孟飞扬明显地喝过量，眼神涣散地看着电视，都不怎么搭话了。戴希把他面前的啤酒杯拿走，换上一杯白开水。

童晓想了想，又说："另一个问题我还没回答呢，李威连去找袁伯翰干嘛？据他自己说，他虽然不能上大学了，却希望能继续自学英语。他听说袁伯翰老先生毕业于圣约翰，在美国留过学，就想请袁伯翰辅导自己。他去金山上班前曾经路遇袁老先生，向老先生提出了这个请求。这次特意从金山赶回上海，就是有些问题想向老先生请教。但不知怎么，袁老先生那天心绪不佳，对他十分不耐烦，后来他发现老先生是身体有恙，认为自己来得不是时候，就告辞了。"说到这里，童晓看了看戴希，微笑着问："心理学家，这个说法你相信吗？"

戴希咬了咬嘴唇："其实我觉得，这件事情里每一个人的说法都不那么可信。表面上能说通，可是仔细深究，总会有情理上的疑惑。"

童晓正要开口，突然"哗啦"一声，孟飞扬拉开椅子，跌跌撞撞地朝门外跑去。

"飞扬！"戴希叫着跳起来，童晓忙说："别急，他是喝醉了，你坐着，我去看看。"他冲过去搀住孟飞扬，往洗手间方向蹒跚而去。

戴希一个人呆呆地坐在桌前，满台杯盘狼藉，欢宴之后处处散发着曲终人散的悲凉。她担心着孟飞扬，心头更有种茫然若失的况味。电视里正在播出晚间新闻，播音员用百年不变的语调念着："上海海关××处处长左庆宏涉嫌严重违纪被双规……"

电视画面一切，换成了新天地新年倒计时音乐会的彩排现场，涨红了脸的粉丝冲着镜头尖叫偶像的名字，画面重新回到播音员，她穿着迎新的桃红色西服，口齿清晰、从容不迫地播报起下一条新闻，声音中没有喜乐，只有事实。

这就是我们的生活吧？欢乐、痛苦、成功、沉沦，就像她今晚听到的故事一样，多么曲折跌宕，她还无从揣测故事中那些人物的心理，她只是直觉到，他们的心中肯定都隐匿着离奇可怕的真相，又饱含着无法言说的悲伤。

童晓帮着戴希一起把烂醉如泥的孟飞扬弄上出租车，戴希用自己冰凉的手抚摸着孟飞扬的额头，希望能让他舒服些。孟飞扬的面颊滚烫，像个孩子似的缩在戴希的胸前，使她感觉自己和他是那么亲密。"小希……小希……"他在沉醉中呼唤着戴希，她靠拢他，情不自禁地回应："我在这里，在这里……"

司机突然叫了起来："哎哟，飘雪花了，这是今年冬天的第几场雪了啊？"

戴希向车窗前方望去，接近午夜的天空果然已成白茫茫的一片。她回忆起十来天前的那个晚上，在几乎同样冷冽、寂静的雪夜里，她望着李威连身穿黑色长大衣的背影，在漫天飞舞的雪花中走向"逸园"。其实那天她根本没看清李威连的五官相貌，他留在戴希心中的，就是这样一幅画面，他义无反顾、坚定执著地朝"逸园"走去，宛如一个孤独的战士，要去迎接自己的宿命。

那到底是一种怎样的宿命呢？

第八章

元旦假期还没过，朱明明就开始为大中华区总部的办公安排伤起脑筋来。等休假的高管们逐步返回工作，淮海路上中国公司办公室中的独立小间就明显不够用了，是否重新启用"逸园"成了亟待解决的问题。

朱明明专门写邮件请示了李威连，这种事情只有他能拍板，而且一旦他做出了决定，就没人再会提出异议。尚在美国家中休假的李威连很快就答复了，指示朱明明去邀请香港最著名的风水师黎巨敏来上海给"逸园"看风水，给出趋利避害的具体建议，至于是否返回"逸园"办公，何时返回，如何安排，都要听黎大师的。

朱明明读到这封邮件时，差点儿把咖啡喷到笔记本电脑上。李威连是何许人也？他会相信周易风水之说？这个精明得可怕的家伙，一定又在打什么鬼主意了。她仿佛能看见他写下这封邮件时，脸上的镇定和眼里的狡黠，他总是这样，一次又一次把大家指使得团团乱转，等到恍然大悟的那刻，一切已成定局，而且必然是他想要的。看到没有？他连要请的风水大师都指名道姓了。黎巨敏在香港的确声望卓著，据说跨国企业和富豪请他看风水都要等候排队，就连当初香港汇丰银行要在旧址盖新楼，什么时候搬离，什么时候搬入，银行门口的两个铜狮子如何"请走"，又何时"请回"，还有董事局成员的所有办公室方位和办公家具摆放位置，都是黎大师一锤定音的。朱明明万万没想到，李威连居然对这号人物都了如指掌，还说只要报出自己的姓名，对方一定会优先处理，专程赶往上海。

朱明明和风水大师的助理取得了联系，听到李威连的名字，对方果然一口答应。元旦刚过,黎大师就带着助理飞抵上海,次日上午朱明明陪着他们在"逸园"里待了两个多小时。黎大师是个大忙人,但做事严谨高效,所有的结论和应对的具体措施都由他的助理清清楚楚向朱明明交待了,还画了草图写了纪要。

朱明明送他们上飞机回香港后,到办公室时已经是下午4点多了。一进门她就感觉公司里气氛凝重,总裁秘书Lisa朝她直挤眼睛,李威连回来了。

她快步朝走廊尽头的小会议室走去,"逸园"出事后,李威连的临时办公室就设置在这里。来到门前,朱明明却犹豫地停下脚步,总是在这种时刻,她能清晰地体味到内心深处涌起的怯意,这是由爱慕由敬畏由强烈的思念所组成的怯意,因为无处安放而忐忑着、刺痛着。

朱明明竭力平稳狂乱的心跳,轻轻推开虚掩的门,李威连就坐在朝西的落地大窗前。夕阳把大半间屋子都染成了金红色,逆光下,她只能看见他侧面的轮廓。李威连纹丝不动地坐着,即使沉默也带着慑人的威严,但低垂的眉目里又有种少见的落寞,使他显得比平时要温柔一些。

朱明明情不自禁地朝前走了两步,李威连闻声抬头,他的目光立刻就使朱明明全身绷紧地站住了。

"为什么不敲门?"

"门……没关。"朱明明连气都快喘不匀了。

李威连上下打量了一番朱明明,才冷冷地说:"你怎么一点儿动静都没有,好像个鬼。"

朱明明不觉又恼又恨,生硬地回答:"这里没有鬼,'逸园'才有鬼呢!"

李威连把椅子转了转,这才正对着朱明明。朱明明的眼睛适应了屋里的光线,他看上去果然有些疲惫,似乎……还有些伤感。

"风水看完了?"李威连问。

"看完了。"

"坐吧。"李威连对朱明明抬了抬手,还淡淡地微笑了一下:"风水大师怎么说？"

朱明明坐下，把手里捏着的几张纸放到桌上："喏，图纸上都画了。"

李威连对那几张纸看都没看一眼："你清楚就行了。需要改造的地方多吗？"

"挺多的……"朱明明迟疑地说，"Richard原来的那间办公室肯定不能用了，要全部改造，楼下大厅的门要换个朝向，楼梯扶手也要挪动。"

"你有没有告诉他，'逸园'属于历史保护建筑，不能随便动结构。"

"我说了，不过这些改动都不会影响到整体建筑结构，应该没问题。"

"嗯，那就行了。"

"不过，还有一件事……"朱明明突然吞吞吐吐起来。

李威连皱起眉头："什么事？"

他向来最讨厌下属语焉不详，朱明明不敢再迟疑了："William，黎大师特别提到草坪中央的那棵丁香树。他说……最好砍掉。"

李威连注视着朱明明，面无表情地问："为什么？"

朱明明指了指被李威连推到一边的那几张纸："黎大师在上面写了，这棵树对本宅大凶，一定要砍去，否则宅主必有近祸。我是想，咱们中间你应该算'逸园'之主了，所以……"

李威连仍然没有看图纸，却一动不动地盯着朱明明。她被他看得连大气都不敢出，只好全身僵硬地坐着。

片刻，他移开目光，用略带倦意的声音说："不，我不同意砍树。"

"可是William，黎大师的话一向挺准的……"朱明明有点发急。

"是吗？"他的语调十分平静，"我们只是租用'逸园'，不能算是她真正的主人。这棵树的吉凶与我们无关。"

"哦。"朱明明垂下头。这是她早就预料到的结果，因为她知道李威连十分钟爱草坪中的这棵丁香树。很显然，所谓风水不过是李威连用来消除命案对"逸园"造成的不利影响的工具，一旦与他的个人意

119

志发生冲突，再神奇的风水大师也只能靠边站。

李威连交叉起十指，用姿态表示决议已经做出，不需要再做探讨。他缓缓靠到椅背上："你觉得这些工程大概需要多长时间？"

"抓紧些一个月够了，但是马上要过春节，找不到工人来施工。另外，黎大师的建议是，最好三个月以后再搬回去。"朱明明说着又紧张起来，既然风水大师的话就是糊弄外人的，不知这回李威连会怎么打算。

"可以，我们就在这里再挤一挤吧。"他回答得挺轻松。

朱明明大大地舒了口气，她的神态落入李威连的眼中，他又一次不动声色地微笑了："这件事就交给你来负责，你马上做预算，我批了之后就可以动工。同时，你再把这里的位置好好调整一下，毕竟要挤三个月，尽量安排得好些。"

"可是……William，"朱明明面露难色，"这件事是不是该交给行政部？"

李威连斩钉截铁地回答："不行，行政部只管日常事务，这是临时性的改建项目，我指定由你来负责。"

"那人事部的日常事务怎么办？你知道，我的助理休产假去了，各部门的新招聘计划又刚刚报上来，我实在忙不过来啊……"

"那就给你自己再招一个助理嘛，有什么难的？"李威连注视着朱明明说，目光深不可测。

"那……好吧。"朱明明站起身，"我先出去了。"

李威连点点头，把视线转向电脑。朱明明转身离去，又听到李威连在背后说："我给你转了份简历，你看看合适不合适吧。"

等朱明明打开那份简历时，突然产生了奇异的联想，难道这么多铺陈手段，所指向的还有这样一个隐含的目标？否则，李威连怎么会操心起区区人事助理的人选来？

戴希，今天朱明明已经是第二次收到她的简历了，第一次是张乃驰发过来的，这次则来自于李威连。

朱明明刚一离开办公室，李威连就给司机周峰打了电话。二十分钟之后，奔驰车停在四季酒店门前。李威连登上扶手电梯来到三楼，从黑色的水晶门框走进咖啡厅，唯一有人的靠窗座位上，那个女人直直地朝他望过来。

李威连径直走到她的对面："什么事，这么急着找我？"

他坐下来，虽然傍晚的光线已经十分暗淡，仍然把她那张憔悴不堪的面容映得清清楚楚。疲倦很少能够如此强烈地占据李威连的身心：对面这个和自己同龄的女人，恐惧和慌乱在顷刻间就剥除了她所有的修饰，彻底暴露了她的衰老和虚弱。

李威连发现，这么看着她，就仿佛也看见了自己在岁月面前的真实面目——他未曾刻意逃避，却又不堪直视的真实面目。

"威连，我完了……你帮帮我，帮帮我。"她只说了一句话，就泪流满面。

李威连长长地叹了口气："我看见新闻了，你清楚左庆宏被双规的原因是什么吗？"

汪静宜木然地摇头："问不出来，以前的熟人现在都避着我，一个都问不到……"说着，她又落下泪来。李威连眯起眼睛审视着汪静宜，实在无法把眼前这个哀哀无助的中年妇女，和记忆中那位高傲冷酷的美丽少女联系起来。曾经的绝望和创痛再度剜进心房，只不过已经没有当初那样锐利，而变成了迟钝的重压。

"假如是这样，恐怕我也帮不了你。"李威连平淡地开口了，"你也知道，政府机关那种地方，我一向无能为力。"

李威连的话立刻对汪静宜产生了作用，她怪异地瞥了李威连一眼，不哭了。沉默片刻，汪静宜低声说："其实就是圣诞前不久出的事，那天老左回家来，突然告诉我他被人举报了，说是一家日本贸易公司卖给中华石化的塑料粒子出了问题。本来也算不上太大的事，最多承认工作失误罢了。可谁知道海关总署揪着不放，还借题发挥，查起老左这么多年来的工作记录，那两天老左就吃不下、睡不着，老是说他有不祥的预感。结果，真的连元旦都没熬过去，他就……"说到这里，汪静宜突然气喘吁吁地问："威连，你们不是和中华石化关系最硬吗？老左这事怎么就会从中华石化的货上引起来呢？"

李威连猛地抬起头，他一字一顿地说："汪静宜，你这话是有所指吗？假如我没有理解错，你是在暗示我和左庆宏被双规有关系？哼，你既然这么想，现在又来找我干什么？"

汪静宜没有回答，但全身都颤抖起来。

李威连眼中的怒火越烧越烈，显然在竭力克制自己，才能压低声音继续说："按照左庆宏这么多年来的所作所为，他也早该出事了。如果说我在其中起了什么作用，那就是延缓了他被清算的时间！对此我丝毫不感到自豪！好了，汪静宜，你找我到底要做什么？快说吧，我刚刚飞了十几个小时，已经很累了！"

汪静宜方才鼓起的气焰被打击殆尽，她明白，自己含沙射影的试探彻底失败了，但也从另一个角度感到些许安慰：李威连明确表示了和此事无关，这让她对他重拾信赖。汪静宜又落下泪来："老左的事就只能听天由命了，可是我们家菲娅，我担心她受不了爸爸出事的打击啊。威连，我求求你，救救我的孩子，她是无辜的啊！威连，你帮我尽快把她办出国吧，求你了！"

"你女儿？她今年多大了？上初二还是初三？"

"初三了，成绩很优秀的！威连，你能不能给她在美国物色一所好高中，最好过完年就送她过去读预科。原来是想上大学再送出去，现在等不及了。费用什么的不成问题……"

李威连看着汪静宜冷笑了："那当然，你们在国外的那些账户，还不是我帮你们开的吗？"

汪静宜惊惧万分地瞪大双眼，李威连掉转目光，轻蔑地说："放心吧，这些都做得很机密，只要左庆宏自己不说出去，就绝对不会有人知道……你女儿的事情，我可以帮忙。你把她的资料整理好，发邮件给我。护照和其他资料原件就用快递送到我公司里去。用普通的快递就行，不要写发件人的真实姓名，也绝对不要亲自送来。"

"我明白……"汪静宜松了口气，颓丧地低下头。

李威连靠回到椅背上，这时的他完全失去了平常那种精力充沛的模样，好像一下子老了好几岁。两人默默无声地对坐着，整间典雅的咖啡厅里，再无其他客人，只有一个系着黑围裙的侍者远远地站在门口，视线垂落在身前的地板上。

"静宜，这就算是我为你办的最后一件事吧。"隔了很久，李威连才缓缓地吐出一句话。他的语调是那样惆怅，汪静宜失神地抬起头，他向她苦笑了一下："每次见到你，我都会感觉自己又变老了。你简直就是……我的时光加速器。"

汪静宜的心中忐忑万分，既如坐针毡，又生怕再次触怒李威连。尤其令她自己也无法接受的事实是：李威连竟然成为了她唯一的救命稻草，也是她现在唯一能够信任的人。

世事无常，此时此刻汪静宜深深地体会到了命运的反讽。好在，他看上去还不是那么绝情，至少比当初的她要好得多……

"我想，我们今后还是不要再见面了吧。"李威连继续说着，依旧沉浸在最深沉的思绪中，"等你女儿出国以后，假如你需要，我可以把你也办出去。当然了，前提是你自己想去，左庆宏的事也不至于阻碍你。从此，我们也可以老死不相往来了。"

他往前探了探身，盯住汪静宜的眼睛问："静宜，你说呢？"

冷汗再次浸透了汪静宜的全身，她实在没有勇气迎向对方的目光，而他面部的线条则越来越硬，直到坚冷似铁。

李威连又开口了，语气却彻头彻尾地改变了："既然就要各奔东西，你我是不是应该最后再聚一聚？好好地聚一聚？"他不等汪静宜回答，就抬手朝上指了指："这里的三十五层，Premium Suite 很不错，就今晚怎么样？"

汪静宜几乎惊跳起来："不、不、别这样……"

"怕什么？！"李威连打断汪静宜，用充满深情的口吻说出略带轻佻的话语，根本不容人反驳，"你这几天负担太重，一起去享受享受，趁大家都还没有老到不堪入目，留下点美好回忆吧！"他向侍应生挥了挥手，领班立刻朝这里跑来。李威连取出证件和信用卡："结账。另外，我现在要入住 35 层的 Premium Suite，请你帮我把手续办好。"

"是，请您稍等片刻。"

汪静宜软瘫在座位上，有气无力地说："会让人知道的……"

"不会的。"李威连满脸笑容，整个人突然间又变得神采奕奕，

"你先进房间休息，我回趟公司，还有些事情要办，晚一点我再来。你嘛，就在套房里的 SPA 放松吧。"

VIP 会员部的经理很快就捧来了超级豪华套房的门卡。李威连和汪静宜一起走到电梯前，极尽温柔地扶了扶她的腰，在她耳边轻声说了句："晚饭就不和你一起吃了，我会让他们送到房间，你好好地……等我来。"说完，他便风度翩翩地离开了。

汪静宜不知道自己是如何踏进那套超级豪华客房的，侍者殷勤地向她介绍各项设施，她全然没有听见。终于房门关闭，屋里只剩下她，整面玻璃窗外是浦西市区的灿烂夜景，闪耀的星河在她的脚下悠悠流淌，暖金色的灯光从背后铺洒而下，汪静宜看见自己映在窗上的影子，好像惨白的鬼魂在变幻无端的光影间徘徊，难觅藏身之处。

汪静宜从包里摸出手机："喂，菲娅吗？妈妈突然要出个差，今晚不能回家了。你好好做作业，睡觉时把门窗都关好，要仔细检查。乖，妈妈明天早上就回来。"

打完电话，她觉得似乎恢复了点勇气。为了女儿，汪静宜想，为了女儿我是什么都可以做的。她蹒跚着走进洗手间，对着镜子本能地抿了抿嘴唇，观察起自己脸上的细纹来，当初名闻四方的医学院校花大美女虽然风华不再，气质和韵味总还是比同龄人要强得多，否则他也不会……

汪静宜突然惊呆了，原来自己不单单是为了女儿，原来自己对那个男人还有如此强烈的欲望！她一把捧住自己的脸，再也不敢朝镜子望过去，里面那个不知不觉卖弄着风骚的女人，才是最真实的她，也是呈现在李威连眼里的她——刹那间汪静宜感到无地自容。

医学院附属中学的教师办公室是一排平房，孤零零地坐落于篮球场的南端。平房的后面就是农田，中间由篱笆和浅浅的河沟隔开，每年春天一到，河沟两侧的青草从河底延伸向河岸，篱笆上开满黄色和粉色的小花，空气中飘逸清香。夜晚时分，蛙声阵阵传来，星光在涟漪间闪烁，竹篱笆在办公室的玻璃窗上画出一小格一小格的菱形光圈。

医学院大二年级的高才生汪静宜，在附属中学兼着学生辅导员的职责，因此她的身边有一把教师办公室的钥匙。晚上的附属中学里空无一人，她独自坐在办公室的桌子上，面向农田的窗户有一扇轻启着。汪静宜呼吸着春夜沁人的芬芳，心像轻风拂过的溪水般荡漾，等待是如此甜蜜，把河沟中的蝌蚪们都唤醒了，它们应和着她的心声，在清澈的河水下欢快游动。

可是这个晚上，李威连却来迟了。当他终于出现在焦躁不安的汪静宜面前时，身上那件金山石化厂的蓝色工作服变成了褐色，脸上青一块紫一块，额头上还蹭破了皮。他告诉汪静宜，自己骑车过来时，在路上摔倒了，他那辆破自行车摔坏了没法再骑，只好又找地方修车，这才耽误到现在。汪静宜赶紧把他拉到小河旁，帮他洗去脸上的泥污和血迹。从金山石化骑车到医学院，最快也需要整整五个小时，但是李威连从不失约。这回他刚刚加了整晚的夜班，又替师傅顶了大半天的白班，实在困得不行，边骑车边打起瞌睡来，撞到行道树上，所以才弄得如此狼狈。

他们的相会也要抓紧时间，午夜一点以后，李威连就又要出发返回了。他必须赶在七点之前回到金山石化，这样才能按时上早班。尽管如此，当滚烫的肌肤紧密相贴时，火星在青春的躯体上连串溅起，一阵又一阵的痉挛使汪静宜喘不过气来，她觉得天旋地转，而他竭力压抑的呻吟，也从她的耳边直抵心房。

直到此刻，汪静宜还是会感到不可思议。自己这个医学院的校花，怎么会在金山石化厂学工的时候，居然就被一个学徒工俘虏了呢？

汪静宜就读的中学和华海中学相距不远，很早就听说过李威连，而他蹊跷的落榜经过也曾让她唏嘘。在金山石化厂，汪静宜第一次遇到了他，他和她想象中的不太一样，固然有着传说中的帅气逼人，但眉宇间若隐若现的孤独和失意更加吸引她。他们很快走到了一起，并且十分默契地共同保守着这个秘密。

看样子，今天他真的是太累了。汪静宜小心翼翼地从李威连的脑袋下抽出右手，就着月光看了看腕上的手表，十二点半，他只能再睡半小时了。她侧过头去端详他沉睡的脸,心中有些小得意,过去学校里有许多女生悄悄地谈论李威连,崇拜他、爱慕他,可是只有她能见到他现在的样子。李威连从眼睛到嘴唇的面部线条异常清秀,因此当他安静地入睡时,被月光轻抚的面庞就使人倍生怜爱之情。汪静宜听说过,李威连有一位出身名门,中、法混血的美丽母亲,想必他一定是继承了妈妈的容貌。

可为什么,他要一个人孤独地生活在上海,而不去香港和父母团聚呢?汪静宜对此非常好奇,但是她懂得分寸,从来没有向李威连提过相关的问题,他骨子里的骄傲是不容侵犯的,这也是她最喜欢他的地方。

汪静宜又看了看手表,时针指向了一点,她轻轻地叹了口气:"威连,威连,醒一醒,你该走了……"

汪静宜猛地睁开眼睛,丝绸床单在身下发出"嗞嗞"的声响,如同毒蛇吐信一般。昨晚睡着前她没有拉窗帘,此刻,黎明的曙光正从窗外透进来,一束淡薄的光线恰好照在她的眼睛上。她惊恐万状地环顾四周,这才想起来,自己置身于四季酒店的豪华套房中。

汪静宜沿着床畔滑落而下,脚底触到厚厚的丝绒地毯,却好像踩在荆棘之上。沙发旁的铜餐车上放着一支2001年的法国玛歌红亭酒,旁边的两只酒杯,一只的杯底还有残存的酒液,另一只却干干净净。昨晚送来的晚餐除了这瓶红酒,还有煎牛柳配鹅肝和三文鱼汁焗龙虾的意面,李威连知道汪静宜最喜欢吃虾,每次吃饭都不忘记替她点。

站在洗手间大理石洗脸台前,汪静宜回忆起昨晚的一切。当时她终于认清了自己的处境,拿定主意之后,她放下心中所有的负担,好好地在按摩浴缸中泡了泡,自斟自饮地喝了点红酒,还吃了点鹅肝和龙虾。随后,她坐在梳妆镜前细致入微地化妆,尽可能地使自己恢复曾经的容光。

之后她就一直在等待他的到来,等了很久很久,不知什么时候,她终于抵挡不住倦意,躺在银灰色暗花的丝绸床单上睡着了。

李威连没有来。不,他已经来过了,在梦里和汪静宜重温了美好的过去。汪静宜望着镜中那个睡得蓬头垢面的妇人，再也忍不住泪如雨下。他就这样和她彻底了断了，用的是最温柔又最残忍的方式。

清晨的四季酒店大堂里只有一名值班经理，面无表情地看着那个入住 Premium Suite 的女人离开后，就打电话给客房部去整理房间了。房款已经预付，没什么麻烦。

朱明明连续三天都没有机会和李威连说上话。她去 Lisa 那里查了查他的日程安排，果然他又开始了"拼命"式的工作。朱明明刚进公司时做过一阵子李威连的秘书，头一次替他排完一个月的日程后，朱明明自己都吓坏了。她想，这样干肯定要累死人的，于是战战兢兢地去向李威连请示，谁知他二话没说就接受了。正是这种对工作近乎疯狂的执著，再加上过人的才华、坚韧的意志和不可思议的灵敏反应，才使得李威连能够在全部由美国白人、亚裔后代和新加坡、香港华人所组成的包围圈中杀出一条血路，成为公司里第一个出生大陆并且没有任何欧美名校学位的公司高管，四十岁不到就当上了西岸化工这样一家相当傲慢的老牌欧美跨国企业的大中华区总裁。

虽然李威连自己玩命一样地工作，但作为他的秘书，朱明明的工作量却相当合理，除了极特殊的紧急状况，李威连从来不在休息时间打扰她。对此她起先十分惊喜，渐渐地又开始有些不满，好像丧失了某种特权似的。随着她对这位老板越来越熟悉，李威连身上的神秘魅力不减反增。其实他也并不是无坚不摧的铁人，也会有心情糟糕、体力不支的时候，正是由于她就在他的身边，因此有机会突破伪装，看到他那不为人知的一面。于是在朱明明的内心深处，又对他产生了一种非常隐秘的亲近感。她很想为他多做些什么。

后来再给李威连安排日程的时候，朱明明开始动一些小手脚，想方设法为他挤出更多的休息时间，尽量让他能够舒适地用餐，而不是在会议间隙或者旅途中匆匆打发。朱明明做得非常小心谨慎，自以为毫无破绽，即使被人发现，那个人也只能是李威连。朱明明至今不知道他是否察觉出来了，因为他从未指出过，只是在她这样做了七个月之后，李威连将她调离了总裁秘书的职位，转任中国公司的人事专员。过了一年，朱明明被提升为中国公司人事经理，又过了两年，她再次被提升为大中华区人事总监，五年不到的时间里，朱明明连升三级，工资翻了好几倍。朱明明当然明白，这一切都有赖于李威连。她现在也完全理解了，李威连对待下属非常严厉，讲话从来不留情面，但仍然有许多人死心塌地地追随他，并且真心实意地称赞他是最好的老板。对于朱明明来讲，李威连也的确是她遇到过的最好的老板，她也知道，自己不该有什么非分之想。李威连的美国妻子 Katherine 是西岸化工董事会的成员，Katherine 的哥哥 Alex 更是西岸化工的全球 CEO，他们所属的 Sean 家族一共拥有西岸化工 57% 的股份，是西岸化工真正的大老板。现在的亚太区总裁 Philips 是供职西岸化工长达三十年的元老，还有不到两年就该光荣退休了，亚太区的实权其实都掌握在高级副总裁李威连的手中，只等 Philips 退休，他就会理所当然地升任亚太区总裁，并正式加入西岸化工的董事会。不过，李威连绝非是靠裙带关系，而是靠扎扎实实的业绩赢得今天的地位。自他就任之后，大中华地区业务在西岸化工的总收入中，从最初的占比 5% 跃升至今天的将近 20%。Alex Sean 曾在不同的场合一再提到，近二十年来西岸化工最大的成功，就是抢占了中国的市场，而 Sean 家族最大的收获，则是引入了李威连这名来自东方的新成员。

在这样的情况下，以李威连的精明，就算要有情人，也决不会把脑筋动到公司里面来。朱明明完全懂得自己是在痴心妄想，偏偏他的一颦一笑都令她迷狂。她就这样毫无指望地蹉跎着年华，一颗心也在愈来愈浓的爱意，和愈来愈深的怨恨中来回煎熬。

恰在这时，Lisa 打电话来，说 William 找她，但他只有五分钟时间。

朱明明连忙抓起早就准备好的材料，几乎一路小跑到了李威连的办公室外。这次她敲了敲门，不过还是没等回答就推门而入。往里走时她下意识地看了看手表：11 点 35 分，她知道李威连从早上六点起就在这里开电话会议，从美国、澳大利亚到香港，11 点 40 分又要开始下一轮，严格按照时区排序。

"William，这是'逸园'的改建预算和计划。"朱明明也不坐了，直接把材料递过去。

李威连只扫了一眼,就在上面签了字。"那个助理的人选,你面试过了吗?"

"什么面试?"朱明明愣住了,随即恍然大悟,"哦,你是说那个……戴希。"

李威连没有回答,只是一动不动地看着朱明明。

朱明明的心一下子狂跳起来——总共才五分钟时间,原来他最关心的根本不是预算和计划!她咬了咬牙,答道:"她的简历我看过了,这个职位需要有工作经验的人选,她不合适,所以就没有通知面试。"

"没有经验你可以培训她。"

"可是这个职位要得很急,我没时间培训她。"

"只要合理安排,肯定会有培训的时间。"

"……"朱明明抿紧嘴唇,她决定顽抗到底,反正五分钟很快就会过去。

李威连沉默了几秒钟:"好吧,看来你不愿意面试她,那我来面试。"

"William?!"

李威连看了看电脑:"就今天下午两点半到三点,我有半小时时间,足够了。你安排吧。"

"可那是留给你吃午饭的时间!"朱明明几乎叫起来。

"我不吃了!你现在就约她。"

朱明明的声音都开始发抖:"现在约人家太匆促了吧,她不一定有时间……"

"她不会比我更忙的。"李威连指了指桌上的电话机,"你现在就给她打电话,就在这儿打!"

第九章

下午2点25分,戴希匆匆忙忙赶到西岸化工。报上姓名后,前台将她领进一间小会客室。戴希才坐下,朱明明就推门而入,她笔直地站在门边,铁板着脸说:"戴希小姐,今天面试你的是我们公司的大中华区总裁,我提醒你,他非常忙,也非常严厉,你说话要小心。另外,他从早上六点工作到现在一直都没休息,所以你的面试必须限制在十分钟之内!"

戴希傻了,朱明明径直带着她来到李威连的办公室前,直接推开门,说了句:"她来了!"就在戴希身后"砰"地把门关上了。

站在窗前的那个人朝她转过身来,微笑着打招呼:"戴小姐,你好。我们又见面了。"

"你好。"戴希也朝他微笑,她立刻认出了李威连,心中充满对他的好奇,刚才的紧张和茫然也随着朱明明的消失一起烟消云散了。

"请坐。"李威连示意戴希坐下,随意地问,"后来警方有没有去找过你的麻烦?"

戴希连忙摇头:"他们没有找过我。他们找你了吗?"

"也没有。"

"哦!"

李威连看了看手边的电脑屏幕:"戴小姐,你在找工作?"

戴希点点头,她开始纳闷了,孟飞扬只是将她的简历发给了张乃驰,希望对方能帮忙介绍个人事方面的工作,就在踏进这扇门之前,她压根没有想到会见到李威连——一个人事助理需要劳烦总裁亲自面试吗?

"戴希，你有英文名字吗？"

"我没有，在美国的时候都只用中文名字。"

"嗯，这也没问题，你的中文名字和英文名字差不多。"

戴希眨了眨眼睛："你不也是吗？"直到这时她才意识到，李威连从她进门起就一直在用英语和她交谈。

李威连稍稍一愣，随即微笑："是啊，你说得对。"

戴希垂下眼睑，她刚才一直盯着他在看，现在觉得有些不好意思了，但又暗暗地高兴，至少这回她看清楚李威连的模样了。

李威连倒注视起戴希来，开始切入正题："戴希，你在美国学的是心理学专业，你的教授很有名，我听说过他——斯坦福大学的希金斯教授。不过据我所知，他的学生都是博士研究生，对吗？"

"对，我原先也是他的博士研究生。"

"那么，你为什么要中断学业？"

戴希蹙起眉尖，这是她最不愿意回答的问题。没想到李威连别的都没问，直接就提这个，她吸了口气，抬起头说："我对成为一名心理学家失去了信心，所以决定放弃。"

"为什么失去信心？从希金斯教授的推荐信看，他对你的评价非常高。我甚至能够看出，他对你中断学业感到十分遗憾。"

戴希能清楚地感觉到他那深沉审视的目光，她觉得没必要说些不着边际的话去搪塞，便直接迎向他的视线："教授赞赏的都是我的客观条件，但要成为一名优秀的心理学家，最主要的还是我的内心。我没有准备好，就这样，真要解释起来会很复杂……所以，对你的问题我只能回答到这个程度，对不起。"

他静静地看了她一会儿，说："好吧。我没有其他问题了，你呢，你有什么要问我的？"

戴希愣了愣，我有什么要问你的？她心想，有好多啊……比如，你究竟认识袁佳吗？1981年的那个秋天，你为什么放弃了高考？又为什么要去"逸园"？你和袁伯翰到底为了什么在争吵？他的死究竟和你有没有关系？为什么整整二十年后，你还和当初诬告过你的邱文悦保持着紧密的关系？为什么这些年来你一直守在"逸园"的近旁？

还有，我猜那天早上你和袁伯翰老先生是在用英语争吵，对吗？以及，你是怎么在那个年代闭锁的中国学到一口发音优美、措词考究的英语，听上去是这么的高雅……

她清醒过来，微红着脸朝李威连摇了摇头："我也没有问题要问你。"

李威连往椅背上靠了靠："那么面试就结束了。"

"这么快！"戴希吁了口气，"真的没有超过十分钟。"

"十分钟，什么意思？"

"唔，刚才带我进来的那位经理说，我的面试不允许超过十分钟。"

李威连微微挑起眉毛："她是这么说的？"他笑了，"那我们就必须超过十分钟了。不过，我确实没有问题可问，还是你想点问题吧。你的课程中应该包括提问技巧吧？"

戴希说："是学过提问，可那个和现在的状况不一样。"

"有什么不一样？"李威连意味深长地看着戴希，"你把我当成来咨询的心理病人，不就可以提问了？"

戴希一本正经地摇头："不行的，我们之间还没有建立起必须的信任。"

"什么是必须的信任？"

"就是……咨询者对专家的信任；病人对医生的信任；朋友对朋友的信任。"

李威连注视着戴希的目光里突然有了一种全新的东西，像是不安，又像是触动。他沉默了好一会儿，才又问："如果没有信任，那你我之间现在有什么？"

戴希想了想："是怀疑吧。"

"什么样的怀疑？"

戴希鼓起勇气回答："是总裁对应聘者的怀疑。"

李威连足足瞪了戴希好几秒钟，随即朗声大笑起来，一边笑一边问："难道不能是你对我信任，我对你怀疑吗？"

"当然不行！"戴希豁出去了，"信任是互相的，怀疑也是互相的！"

"好吧，好吧。"李威连好不容易止住笑，"不过我现在对你已经没有怀疑了。"

"你是说我通过面试了？"

"是的。"李威连恢复了严肃的神情，但目光非常温和，"如果你没有其他问题，下周一就来上班吧。"

朱明明咬牙切齿地看着戴希离开，一共用去二十分钟的时间！她桌上的电话马上响起来，李威连叫她过去。

"戴希通过我的面试了，你现在就为她安排入职流程，我要她下周一就来上班。"李威连头也不抬地说着。

朱明明叹了口气，把手中的纸袋放到李威连的桌上："三明治和咖啡，你吃一点吧。"

"谢谢。"他还是埋首于电脑上。

朱明明等了等，问："职位就是人事助理了？薪水呢？你答应给她多少？"

李威连猛地抬起头："啊呀，我忘记和她谈薪水了。"

朱明明又叹了口气，整整二十分钟的时间啊……她低声说："她的简历上写了期望薪酬，月薪四千，你看可以吗？"

"四千？那么少……"李威连皱起眉头想了想，"就给她一万吧。"

"一万？！"朱明明叫起来，"这不行吧。她连硕士文凭都还没拿到，再说人事助理的级别也达不到一万月薪，这不符合公司的规则。"

李威连看着朱明明："我的话就是规则。什么级别能达到一万的月薪，你就想办法把戴希放到什么级别，否则我要你这个人事总监干什么？"

朱明明气得说不出话来，狠狠地一转身，往外就走。

"等等。"

她只好又停下，转回身等李威连发话。

他慢悠悠地说："给她一万五的月薪，级别随你来定。"

朱明明的肺都要气炸了！

"我知道，他不爱我……他不爱我，说话的时候不认真，沉默的时候又太用心……"莫文蔚的歌声慵懒清冷,恰如其分地衬托着酒吧里的烟气氤氲。

张乃驰和朱明明肩并肩地坐在吧台上,他的心情似乎很不错,一口喝干面前的威士忌,吧台小弟很乖巧又给他换上一杯新的。他们身边的那瓶 Macallan 已经空了一半。

"我告诉你这里不错吧,老歌、清静,比较适合我们这种老年人。"张乃驰对朱明明说。朱明明白了他一眼,张乃驰笑着朝她举了举杯:"噢对,是我这种老年人,你嘛,还是二八少女呢!"

"Richard!"两个高个子姑娘手挽手从他们身后走过,娇小精致的脸庞,一看就是模特儿。张乃驰向她们点头示意,姑娘们走过去了还频频回头,朝张乃驰抛着媚眼,他真的很英俊,从头顶射下的水晶折光令他的隆眉凹目更加清晰如画,简直就像个电影明星。

朱明明喝了点酒,眼皮有些泛红,显得比平时娇艳不少,她把手里的酒杯往吧台上一砸,气狠狠地说:"为什么!为什么他就是不喜欢我!"

张乃驰被她吓了一跳,不禁摇头叹息:"我亲爱的 Maggie,你这又是何苦呢?跟你说过多少遍,不要再自寻烦恼了嘛。"

朱明明低着头,白皙的胸脯在米色小礼服的包裹下起伏不定。

张乃驰的视线从她的脸上滑到胸口,再晃回到脸上,这才微笑着问:"他走了?"

"走了,晚班飞机去北京……"朱明明目光迷离地说,"然后是广州、香港、新加坡,又要有半个多月看不到他了。"

"啧啧,多么痴情啊!"张乃驰直摇头,"你放心吧,这一路上都有人关照他的。"

"真的嘛?真的到处都有情人吗?"

张乃驰满脸笑容:"李威连这个人,命可以不要,女人可是一刻也离不开。他就是这样的。"

"可他就是不要我……"

"哎呀!你怎么又来了!兔子不吃窝边草嘛,你什么时候看他招惹过公司里的人?"

朱明明把眼睛瞪大了，喝到现在她整个眼圈都红了，好像刚刚哭过似的："那他为什么非逼着我把那个戴希弄进来？你知道我今天一个下午都在做什么？我在想尽办法把戴希摆到 M6 的级别，还要经过特殊审批，就因为我们的李总裁要给她一万五千的月薪！你说说，她凭什么！"

张乃驰蓦地把身子挺直了："真的？他真的下手了？这么快，果然是李威连的效率……"他若有所思地住了口。朱明明却伸出双手，一把揪住他的衣领，使劲晃起来："说！你说！这个戴希到底是怎么回事？为什么你们俩都有她的简历？"

"你放开！"张乃驰用力把朱明明的手扯下来，"发什么神经！戴希嘛，不过是她的男朋友请我帮忙，替她介绍工作，我就顺便把她的简历转给 William 了……"他对着面前的银冰筒那锃亮的镜面整了整弄乱的领带："看来还是我最了解他啊，我就知道他会动心的。"

"可我真看不出她有哪点好！"

"哈哈，你不觉得她看上去很纯吗？"张乃驰笑了个前仰后合。

"呸！现在哪里还有什么纯的！都是假纯，装纯，纯个屁！"朱明明气得都语无伦次了。

张乃驰安抚地搂住她的肩："和你开玩笑嘛。呵呵，其实是因为，当我第一次看到戴希的时候，就发现她能够令我想起过去……激起很多回忆，你知道的，William，他是个非常念旧的人。"

"过去？"朱明明重复着，突然盯住张乃驰，"你和 William，你们有共同的过去吗？什么样的过去？能对我说说吗？嗯？"

张乃驰露出尴尬的神情："没什么……你不会感兴趣的。"

朱明明紧追不舍："你怎么知道我不感兴趣！哼，Richard，其实我对你和 William 的关系非常感兴趣，尤其看不懂他对待你的方式。有时候我觉得他对你关怀备至，处处都替你着想，可有时候我又觉得他把你看得连条狗都不如，想怎么糟蹋就怎么糟蹋……亲爱的 Richard，你能满足一下我的好奇心，向我解释解释这到底是怎么回事吗？"

张乃驰显然被戳到了痛处，神色骤变，紧握着酒杯不说话，朱明明却不肯放过他："对了，今天下午我在给戴希做入职材料的时候，你知道我想起了什么？我想起了你，Richard！我刚升任大中华区人事总监的时候，我的前任 Julia 跟我说起过一个咱们公司的秘密，是关于你入职的秘密！你想听听当初她对我说了些什么吗？"

张乃驰惊骇地瞪着朱明明，握酒杯的手都微微颤抖起来："……什么？"

这回轮到朱明明做出安抚的表情了："你别紧张嘛。你放心，我和 Julia 都是爱慕 William 的人，我们当然不会拆他的台，何况这事儿都过去那么多年了，Julia 告诉我那些，也是为了万一有人旧事重提，我们人事部可以知道如何应对，如何支持 William 和你。相信我，我永远站在你们这一边……"

张乃驰对她做出一个比哭还难看的笑容："你到底知道些什么？"

朱明明凑到张乃驰的面前，压低了声音说："Richard，你是 1991 年由 William 推荐进入西岸化工的，对吧？当时为了你，William 在公司里可是闹出了不小的风波。其实那时候他自己进入西岸化工也才三年，虽然已经初露锋芒，很得公司重用，但职务不过是西岸化工刚刚成立的中国分公司的第一任销售总经理，也还在拼命工作证明自己的阶段。可就是在这样的背景下，为了你，他居然和当时的远东大区人事总监针锋相对，向远东大区总部投诉人事总监有歧视和偏见，拒绝接纳在工作经验和学历方面明显占优势的你，而要聘用另外一个候选人，就因为那人是在英国受教育的香港人。而人事总监则声称 William 在聘用你的诸多程序中违反公司规定，没有认真对人事部提供的首选应聘人进行面试，就将你从十多个资历和学历都远胜于你的应聘人中留下，完全是一意孤行、先斩后奏的做法。这件事一直闹到远东大区总部，最后总部的结论是：'李威连尽管在聘用张乃驰的过程中没有和人事总监充分沟通，造成了一些误会，但是鉴于李威连对中国市场的深刻认识和聘用部门人员的良好记录，我们相信他此次聘用张乃驰必有充分的理由。'就这样，这桩一开始闹得沸沸扬扬的事，结果才以你们的胜利告终。Julia 特别对我说，如果不是当时的远东大区总裁 Alex 特别欣赏 William，支持了他，不仅你进不了西岸化工，弄不好连 William 也要陪着你一块儿出局。这个经过,我说得对吗?"

张乃驰吞下一大口酒,几不可闻地挤出一个"对"。

朱明明注视着他,脸上露出更加高深莫测的表情来:"但这些都是公开的,Julia 对我说的秘密不是这些,她告诉我,当时的远东大区人事总监输了这一仗,气得要命。她指示 Julia 继续追查你的资历,而 Julia 查证的结果非常惊人……"朱明明把嘴唇凑到了张乃驰的耳边:"她说你的工作经验、学历甚至包括你的身份,全都是伪造的!"

张乃驰的整个面部都绷紧了,但他没有任何表示,只是死盯着面前的酒杯。

朱明明悠悠地叹息了一声:"其实这些都不重要了。Julia 没有把真正的结果报告给自己的上司,因为那时候她已经被 William 彻底俘虏了,哼,似乎十几年前 William 还没能严格地执行'兔子不吃窝边草'的规矩。事到如今,你们两个在公司里已经如日中天,这个秘密其实也无所谓了。但精明透顶的 William 怎么会为了你甘冒这么大的风险? Richard,他为什么会甘心为你拼上自己的前途?他为什么对你这么好?你究竟是他的什么人?你究竟是谁?!"

"吧嗒!"张乃驰手里的酒杯翻倒在吧台上,所幸杯子里已经空了。吧台小弟换上个新杯子,又倒满了酒放到张乃驰的手边。他却目光呆滞,似乎什么都没发觉。

朱明明沉思了一会儿,又说:"不客气地讲,Richard,在我看来你今天所拥有的一切,都是 William 帮你争取到的。我能看得出,这些年来你们两人的利益密不可分。可你似乎对他并没有感激之情。就在刚才,你还在我面前一味地诋毁他、挖苦他、羞辱他……"

"我哪有!"

"不要辩解!我这么说你是有充分理由的。"朱明明的口齿越发清晰利落起来,"以 William 的身份和魅力,拼命想往上凑的女人数都数不过来,他要是还一味地守身如玉,你会信吗?但反过来说,他是不是就像你所形容得那样不堪呢?以我的亲身经历来说,绝对不是!况且,他的工作量摆在那里,你我都很清楚,时间和精力上也不允许。因此我说你是在恶意中伤 William,不过分吧?你一有机会就散播那些流言，到底是什么居心？"

说到这里，朱明明停下来，目不转睛地看着张乃驰："为什么我总是觉得，你的心里其实非常恨他呢？"

沉默良久，张乃驰抬起惨白的脸，目光在朱明明的脸上摇曳不定："Maggie，你今天在西岸化工的一切不也都是 William 给的吗？你为什么还要怨恨他？"

"我……"朱明明的眼前立时又出现了今天下午，戴希离开李威连办公室时轻快的步伐，女孩的快乐就像冬日的馨香一般沁人——为什么？为什么他就是不能给予我这些？

朱明明的额上扭出了深深的皱纹，低下头。

张乃驰伸手揽住朱明明的腰："亲爱的 Maggie，不要想太多了，我们要自寻乐趣，不是吗？相信我，我不会让你失望的。"

第二天早上，朱明明戴着 Tiffany Legacy 蓝宝石镶钻项链去上班了。认清现实使她感觉轻松了许多，但那一直萦绕心间带着酸楚的温暖也随之消失，被铂金钻石的冰冷所取代了。

在"双妹 1919"喝下午茶，是戴希出的主意。林念真说要看看上海的新市容，戴希正好有时间，就义不容辞当起了导游。那天晚上在"双妹 1919"的经历，给戴希留下十分诡异又神秘的印象，让她念念不忘。既然林念真要逛街，戴希觉得"双妹 1919"和周边的区域非常适合这位故地重游的优雅女子，就和她约在美琪戏院前碰面，然后慢悠悠地一路逛过来。

这段路的午后非常安静，阳光有着绵软温润的质地，柔柔地落在头顶上，就像披上了另一条羊绒的围巾，即使气温再低，只要走在向阳的路边，依然能从心底里生发出温暖的感觉来。

"Jane，可以问你的年龄吗？"戴希轻捷地迈着步子，小鹿似的眼睛时不时跳动在林念真的身上脸上——她可真美呀：黑色的长发在脑后束起，微微卷曲的发梢在脖颈和耳际勾勒出曼妙的线条，惹得戴希从眼睛到心里都是痒痒的。

林念真放慢脚步，侧过脸朝戴希微笑："你对我就这么好奇吗，戴希?"

戴希眨眨眼睛:"啊,Jane你生气了吗?我不想让你不高兴的,可就是太羡慕你了。"

林念真浅笑不语,她的背后是掉光叶子的梧桐树干,稀疏的阴影投在灰白砖石的墙上,好像时光撑起的巨伞,挡在她与真实之间。

在这一个刹那,戴希突感惶然。林念真的笑容是那么虚无缥缈,似乎随时就会和她这个人一起消失,躲进这片被法国梧桐、弯曲弄堂和老旧住宅堆起的迷宫里,再也无处寻觅。

"我已经四十五岁,马上就要四十六了。"在遁入迷宫之前,她吐出这样一句话。

戴希瞪大眼睛:"不,不可能吧……你看上去最多三十五岁。"

"戴希!"林念真微嗔,"我可不需要这样的恭维。实际上,应该是我羡慕你才对。我离开上海已经整整十八年了。那时候,我就和你现在差不多大。"

"Jane,你为什么要离开上海?"

"因为我失去了家。"

"失去了家?"

"是的,回不去了。"林念真突然停下脚步,微微仰起头:"我的家就曾经在这里。"

戴希的心莫名一颤,也举头望去——"逸园"!

这是她第二次看到"逸园"。那晚戴希只是从路口远远望去,大雪纷飞的夜空里,灯火辉煌的"逸园"好像通体透明的童话城堡,而狂风鼓起周身的白雪,让它在那个漆黑的冬夜里,又如挥舞着法衣的巫师,正滔滔不绝地吐出最怨毒的诅咒。

不过此刻看上去,"逸园"和戴希脑海中的印象几乎难以重叠。稍微偏西的日色涂抹在圆形的拱顶上,给檐下繁复的巴洛克雕饰镀上一层淡金,大部分建筑体躲藏在高耸的院墙和光秃的树枝后面,只有二楼椭圆形的大阳台延展至头顶前方,栏杆是带着微黄的乳白色,似乎比戴希原先所认为的还要大。

戴希回过神来,才发现了林念真已经走到了"逸园"的围墙边，这里有一扇小小的黑色铸铁边门，她的手轻轻抚过门上粘贴的封条，姿态中好似含着非常的意蕴，令戴希的心狂跳起来，脱口问出："Jane！你原来的家就是这里吗？！"

"什么？"林念真没有抬头，戴希仿佛看见，她的视线穿过紧闭的铁门，慢慢落在某个不可测的远端……"哦？"她终于回眸一笑，"我原来的家是在这个地区，不过，已经不存在了。"

戴希大大地松了口气，上前去拉林念真的手："Jane，这所房子就是'逸园'，前些日子刚死过人。咱们走吧，我老觉得这里怪怪的。"

林念真顺从地随戴希走下人行道，戴希左右望了望，又纳闷起来："真邪门呀，我们不是要去'双妹'咖啡馆的吗？怎么走到这里来了？"

"听你说'双妹1919'的地址，应该就在下一条街上，从美琪大戏院的方向过来，是先经过的这条街，我们早拐了一个弯。你看，这里是'逸园'的侧面，正门在另一个方向。"

"哦，是这样啊。"戴希扮了个鬼脸，"Jane，还是你来带路吧。我这个向导太不够资格了，应该下岗。"

林念真露出温婉的笑容："你呀，其实不是不识路，就是话太多了。"

"心理学家都爱唠叨，Jane，你应该有体会的呀？"戴希恢复了活泼的情态，正打算去挽林念真的胳膊，却被头顶突如其来的叫声打断了——"我看见你了！哈哈，你又来了！果然又来了！"

戴希悚然抬头，空落落的弄堂上方只有淡灰色的天，这一侧是"逸园"的围墙，另一侧隔着窄窄的马路，是老式石库门的背面，墙上满是陈年的污垢，每扇窗户都关得严严的，外面装着锈迹斑斑的铁栏杆。戴希紧张地朝林念真靠过去："Jane，你听见了吗？那是什么声音？"

"好像是……一个女人在喊叫。"林念真仰起头，戴希跟着她的目光扫过一个个牢笼般的铁栅，这是常年不见阳光的背阴面，每个窗洞都显得格外的阴森。"是那里！"林念真指了指某个两层楼的高处，戴希只来得及看见,刚刚关闭的木格窗上一抹迅速消敛的日光。

"Jane……我们还是快走吧。"

林念真点点头,戴希加快脚步,然而从这条小弄的另一端来了一辆轮椅车,拦在她们的对面。戴希一眼就认出推车的中年女人。那晚在"双妹1919"的记忆犹新,况且她的羊毛大披肩下,分明是现在鲜有人穿的丝棉旗袍,精工细作的花纹和典雅的颜色,隔得远远的都能引人注意。

问题是——这究竟是两姐妹中的哪一个呢?戴希不由自主地站住,林念真跟着停下。

穿旗袍的女人也看见了她们,犹豫了一下,推起轮椅车走过来,对戴希局促地笑了笑:"是……戴小姐吧?"

"呃……我是,你好。"戴希悄悄松了口气,还好,是"双妹"里比较温柔的那个。穿旗袍的女人继续搭讪:"戴小姐,今朝怎么有空来这里?"

戴希不愿和她细谈,随口支吾:"我……带朋友来这里逛逛。"

"是吗?"她看上去很失望的样子,似乎还想说什么,轮椅上的老妇人却开口了:"文悦,不要缠着佳佳,快回家吧。"

"是的,姆妈。"女人乖乖地点头,对戴希凄楚地扯了扯嘴角,"我姆妈的脑子有问题,认错人了。戴小姐别在意,再见。"说完,她再度推起轮椅,从戴希的身边慢慢走过,往小弄的深处踯躅而行。

戴希目瞪口呆地望着她们远去的身影,轮椅上,老太太的白色发髻如水莲花般皎洁,走不多远,这头白发向后转来,皱纹密布的脸上笑容陡现,老妇人意犹未尽地朝她们挥手:"再见,佳佳,再见啦!"

愣了半晌,戴希才惊魂甫定:"真吓人,这一家人的脑子都有问题吧。"她想对林念真解释一下发生的事,却看到林念真站得远远的,目光紧紧追随着那对母女的身影。一瞬间,戴希好像又看到了来自往日时光的幻觉,林念真就像一个活生生的影子,只待阳光照到头顶,就会化作一缕轻烟散去。

"Jane!"戴希惊叫,林念真应声回首,破碎的幻影重新聚拢成娴雅的中年女士:"怎么了戴希?"戴希有些懊丧地说:"我不想去

'双妹1919'了,咱们离开这里吧?"

"好的,我们就从它的门外过一下,反正是顺路。"

她们就从"双妹1919"外的窄街上匆匆走过,本来戴希还想跟林念真说说"逸园"和李威连的故事,现在也完全失去了兴致。

直到在街边等候出租车时,林念真才对戴希说:"我们在'逸园'外听到的叫声,应该就是从'双妹'的楼上发出的。"

"啊?"戴希抱拢双肩,觉得有点冷。

林念真继续说:"那里原来可没有什么咖啡馆,都是住家。两层的石库门房子,顶上还有个阁楼。现在底楼的客堂开了店,二楼应该还是卧房……"

龙华殡仪馆二楼的"归德厅"外,参加大书画家、收藏家和旅行家薛之樊追悼会的人们正在陆续离开。人群中可以看到不少社会名流的身影,包括著名作家、教育界和演艺界的人士,中国文联、收藏家协会和旅游协会都送来花圈和挽联。薛之樊一生著述颇丰,曾为他出版过多部著作的经典书局主编兼生前好友傅书恒主持了追悼仪式,致悼词时几度哽咽。

人群渐渐地走得差不多了。追悼大厅里的大屏幕上,还在播放着薛之樊的生前影像。正中央他的大幅遗像下,薛之樊唯一的女儿薛葆龄和女婿张乃驰,依旧站在百合和白玫瑰组成的大幅花环之前。

薛葆龄身材娇小,容色憔悴,全黑的丧服穿在她的身上,好像重达千钧的铁甲,愈发令她显出人不胜衣的柔弱。整个追悼会上,她不停地流着泪,脸上没有半点血色,多亏身边有张乃驰的扶持,才能坚持着没有倒下。来致哀的人们依序经过他俩的面前,向他们表示慰问时,心中都不免生出一份感慨:薛之樊这么个成就非凡的风流人物,却没能给自己留下丰沛的血脉。自从他的大儿子十年前死于遗传性心脏病之后,薛之樊的膝下就只有葆龄这么一个女儿了。而薛葆龄呢,光看她的形容外貌,就不像是个强壮有福气的人,要不然怎么结婚多年也没能生下一男半女,可惜薛之樊的这份家业,就要后继无人了。

终于送走了全部来宾,张乃驰松了口气,搀扶着妻子问:"怎么样？你还好吧？"

薛葆龄把头靠在他的肩上，无力地嗯了一声。

"那就走吧。"

薛葆龄半倚半靠在张乃驰的臂弯中，走出大厅。追悼会后还有一件非常重要的事：宣布薛之樊的遗嘱。

张乃驰驾驶着自己的雷克萨斯，停在瑞金路上的薛宅前。这也是一栋很不错的花园洋房，虽然没有"逸园"的规模，也不如"逸园"那么超凡脱俗，却也不像她那么命运多舛。薛之樊在"文革"中有上层人物的庇护，受到的冲击并不大。他一生周游世界各地，在香港也有房产，真正在此居住的时间并不多。

参加今天遗嘱宣读仪式的相关人员都提前到达了，薛葆龄稍微振作了下精神，放开张乃驰扶助的手，与他一起并肩走入父亲的书房。

这里依旧充满了薛之樊的痕迹，整幅墙面的书柜里摆满了他心爱的藏书，精雕细刻的红木书柜里摆满了名人字画，目光触及之处的每件摆设都有来历，光这间书房里的各种收藏，要估起价来，只怕也是天文数字了。

跨进书房门时，张乃驰的内心还是不禁战栗了一下。和薛葆龄结婚将近十年，他从来没有被邀请进入过这间书房。薛之樊从心底里看不上这个女婿，张乃驰在薛家没有任何地位，他依旧住在公司为他在五星级酒店里订的房间，特别是这间汇集了薛之樊一生心血的书房，对张乃驰更是绝对的禁区，老丈人像防贼似的防着他。

防吧，你防吧……张乃驰站在书房中央，深深地吸了口气：我不还是进来了？并且从今天之后，这里的一切都是我的了……

看见他们进来，薛之樊特聘的陈律师站起身来："既然大家都到齐了，就由我来宣布薛老的遗嘱吧。"

薛葆龄和张乃驰在沙发上紧挨着坐下，屋里其他的几个人分别是傅书恒、薛家在上海的两名远亲，以及薛之樊所开办的东亚旅游公司的总经理秦晖。

陈律师开始宣读遗嘱，不出大家所料，薛之樊把一些无关紧要的财产分给了两位远亲，把相当一部分名人字画和珍贵收藏捐赠给了博物馆，把自己作品的版税收入全部捐给了红十字基金会，而把其余的所有财产，包括上海和香港的两处房产、东亚旅游公司和捐赠后剩余的收藏、字画都留给了女儿薛葆龄。

"但是……"陈律师的话锋一转："对于薛葆龄小姐所继承的这部分遗产，薛老还有一份补充说明。"

薛葆龄的眼神中有些困惑，她目不转睛地望着陈律师，而张乃驰的心中突然一凉，他预感到了什么……

补充说明是这样的：薛葆龄虽然继承了大部分遗产，但这些遗产将由一个特别的基金会管理，薛葆龄只能通过基金会有条件地使用自己的财产。基金会由傅书恒、陈律师和秦晖共同负责，他们都已经了解并且接受了薛老的委托。薛葆龄只有在两种情况下才可以撤销基金会，全权掌握自己的财产，这两种情况是——薛葆龄成为单身状态，或者薛葆龄生育了子女。

补充说明宣读完毕，薛葆龄和张乃驰都惊呆了。两位远亲率先退出，傅书恒走过去轻轻扶着薛葆龄的肩膀，说了声："葆龄，有事就来找傅叔叔，自己多保重。"便抽身而去。秦晖也接着告辞了，陈律师留在最后，问："薛小姐，还有什么需要我做的吗？"

"没有了……谢谢你。"薛葆龄机械地回答。

屋子里只剩下夫妻二人。张乃驰丧魂落魄地环顾四周，满屋的书籍、卷轴和条幅、玉器和雕刻……所有的一切似乎都在嘲笑他，他的视线落回到妻子的脸上，她也正无比惶恐地看着他。张乃驰笑了："葆龄，你最好现在就和我离婚。"

"不！"薛葆龄脱口而出，与其说是在否定他，不如说是在声明自己，"我为什么要和你离婚？"

张乃驰用一种满不在乎的语调说："为什么？因为你老头子希望你离婚啊！你没听见吗？必须要你恢复单身状态才能掌握自己的财产，他把你当成三岁小孩了！哈哈哈哈……"他终于爆发出一阵大笑，屈辱在眼里凝聚起来，放出冷冽的寒光。

薛葆龄怜惜地伸出手，抚摸着丈夫的面颊："乃驰，爸爸是对你有些偏见，你别放在心上。我绝对不会因此离开你的，我发誓……"

"不会离开我……"张乃驰有些恍惚地说,"那你就永远也得不到你父亲的遗产,难道你愿意一辈子都像个乞丐似的,向那三个外人伸手要钱?"

"我……"薛葆龄低下头,"其实我们并不需要那些财产,你是西岸化工的总监,我是东亚旅游公司的董事,我们不缺钱花,一点儿都不缺。"

张乃驰瞪大双眼,死死地盯住妻子:"那是你不缺钱,不是我!葆龄,你知道我的梦想,对不对?你知道我真正想成为的是李嘉诚那样的人物,而不是一辈子替跨国企业卖命的打工仔!你知道的!"

"我是知道……"

"所以,钱对我至关重要!有了钱我才可以大展身手,去实现我的梦想,而你父亲呢,他居然死都不肯帮我!"

薛葆龄有气无力地说:"其实……他就是担心你是为了钱,才和我……"

张乃驰猛地站起身,居高临下地俯视着薛葆龄:"才和你结婚的,对吗?那你自己是怎么想的?葆龄?你心里究竟是怎么看我的?"他又坐下来,与妻子面对面,声音里充满激越的愤慨,和虚饰的热情:"要不我们生个孩子吧?你爸的遗嘱不是说了吗?只要你有了孩子,就能全权支配你的财产了……葆龄,我们生个孩子吧,我一直都想要个孩子……"

"乃驰!"薛葆龄尖叫了一声,双手捧住脸呜咽。

张乃驰冷笑起来:"看见没有?这就是真相!如果我和你离婚,就什么都得不到,可是假如我不和你离婚,我也一样都得不到!为什么?为什么会是这种结果,葆龄,你不是爱我的吗?作为一个女人,难道你就这样爱我吗?!"

薛葆龄扑倒在沙发上,号啕大哭起来。

张乃驰再也不看她一眼,站起身来拂袖而去。

薛葆龄独自一人在书房里哭了很久,她艰难地支起身,从包里掏出个小药盒,取出药片送入口中,然后靠在沙发背上,好一会儿呼吸才慢慢平缓下来。

她拿过手机，盯着上面的号码看了很长时间，泪不知不觉又淌下来，落在手背上，这才下定决心按了下去。

　　没有应答，她又拨了一遍，仍然没有应答。薛葆龄黯然失神地握着手机，正在发呆，突然手机响起来，她好像获救似的用全力抓住它："喂，William，你在哪里？"

　　"我在忙，有事吗？"

　　薛葆龄的泪水又溢出眼眶："我想你。"

　　手机里一片沉寂，薛葆龄知道李威连马上就要断线，连忙急促地说："我可以去找你吗？"

　　"这几天我实在太忙了，连睡觉的时间都没有。"

　　"不需要很多时间，我只想看见你……"薛葆龄气喘吁吁地说着，觉得自己就要晕过去了，"求求你了……"

　　他又沉默了几秒钟："周末你去新加坡吧，我会在那里，还是Mandarin Oriental。"

　　电话挂了，薛葆龄的眼神却恢复了活力，她的人生似乎又有了希望。

第十章

　　狭小简陋的厨房里，孟飞扬正在卖力地刷锅洗碗。往常都是戴希负责这活儿，但是现在天气太冷，孟飞扬的破厨房里又没接热水，每洗一次碗手都冻到骨头里，他舍不得让戴希干。相比之下戴希自己的小家条件要好得多，但自从上回在这里发现柯亚萍留下的痕迹以后，戴希就再不肯住回自己家。虽然他们俩谁都没把话说透，但孟飞扬还是觉察到了女孩的心思，他的心里因此有些愧疚，也有些感动，于是他干脆包下了全部家务，反正自己正在失业状态，闲着也是闲着。

　　突然，从房间里传来一声尖叫，孟飞扬手里的碗应声落地，摔了个粉碎。他冲出厨房，急吼吼地喊："小希，什么事啊？！"

　　戴希坐在书桌前，满脸通红地冲着电脑屏幕。孟飞扬跑到她背后："怎么啦？怎么啦？"戴希指着屏幕："你看呀！"

　　孟飞扬凑过去，原来网页上打开着戴希的邮箱："他们真的给我offer了！"

　　"谁？"

　　"西岸化工啊！"戴希回过头，目光炯炯地看着孟飞扬，兴奋得声音都在发颤，"哈哈！我找到工作啦！"

　　"噢哟！"孟飞扬张着沾满洗洁精的两只手，亲了亲戴希的头发，"我还当天塌下来了呢。蛮好啊，看来张总挺帮忙的。"

　　"张总？"戴希转了转眼珠，一把抱住孟飞扬的腰："你猜猜，他们给我多少薪水？"

　　孟飞扬投降似的把两只"洗洁精手"举过头顶："……四千？五千？……难道是六千？"

戴希摇了摇头,慢条斯理地说:"都不是,是一万五千!"

"一万五?!"孟飞扬大吃一惊,狐疑地凑到电脑屏幕前,"哪儿写着呢?你弄错了吧?是不是多看了一个零……"

戴希把孟飞扬的脑袋按到电脑上:"你自己看,15K monthly,看清楚了吗?"

孟飞扬不做声了,皱起眉头想了想,才问:"面试的时候就这么谈好的吗?"

"没有。"戴希低声说,"李威连面试我的经过我都告诉你了,他根本没说到薪水,我也忘记问了。"

"哦……那就恭喜你啦!"孟飞扬淡淡地抛下一句话,转身进厨房去了。

过了一小会儿,戴希溜进厨房,蹲在孟飞扬的身边,和他一起收拾地上的瓷碗碎片,一边小心翼翼地问:"飞扬,你怎么了?不高兴吗?"

孟飞扬没有朝她看:"怎么会?你终于找到工作了,而且还是这么大的跨国公司,这么高的薪水,我怎么会不高兴呢?"

戴希垂头丧气地蹲着:"飞扬……"声音里似乎饱含着委屈。

孟飞扬不忍心了,伸手把她搂过来:"真的,我不是不高兴,只是感觉到压力了。现在你有了这么好的工作,我还在失业,咳!看来我要抓紧了!"

"嗯,你绝对没问题的!我相信你!"戴希如释重负地绽开笑颜,和孟飞扬击了击掌,跑回房间。

孟飞扬匆匆整理好厨房,顺手摘下腰里的围裙扔到沙发上。他一眼看见戴希仍旧盘腿坐在书桌前,就走过去拍她的肩头:"小希,你都找到工作了,就把电脑让给我吧。啊?我上网投简历。"

"不要嘛。"戴希撒起娇来,"我还要做希金斯教授的研究课题呢。等一上班忙了,说不定就没时间了。乖,飞扬宝宝,你就用我的笔记本好啦。"

孟飞扬摇头叹息:"你明明有自己的笔记本,偏偏要霸占着我的电脑,真不讲道理。"

"我乐意!"

孟飞扬无计可施,只好捧起笔记本坐到床上,开始上网搜索工作机会。不知不觉地夜已深,他觉得有些犯困,就把笔记本往身边一搁,靠在床头看着书桌前戴希的窈窕背影,渐渐地视线模糊起来……

"孟飞扬!我要对你进行道德审判!"

"啊?!"孟飞扬从半梦状态中猛醒过来,就见戴希跪在身边的床头,圆睁双眼,脸蛋绯红地看着他。漆黑的直发披散在肩上,让她看起来是那么清新可人,孟飞扬最喜欢她这个样子,情不自禁地伸出手去,嘟囔着:"小希,三更半夜的吵什么呀?"

戴希把孟飞扬的手打落,厉声质问:"你说!我不在中国的这三年里,你出轨了多少次?!和多少野女人上过床?!"

孟飞扬彻底醒了,张口结舌地看着戴希:"小……小希,你、你什么意思?"

"什么什么意思!我问你!你到底乱搞过几回???"戴希往前一扑,死死揪住孟飞扬的肩膀。

"我、我没有哇!"孟飞扬被她揪得乱晃,又不敢挣扎,她整个人都要扎在孟飞扬的身上了,大声喊着:"你说谎!!!"

孟飞扬不干了,一翻身就把戴希按倒,也冲着她喊起来:"我说没有就没有!我当了三年和尚了,你信不信?你信不信???"

"我不信!!!"

"死丫头,你诬蔑我,拿出证据来!"

戴希从孟飞扬的手掌底下挣出来,朝他嫣然一笑:"拿证据就拿证据,我有证据!"

戴希凑到孟飞扬的跟前,脸蛋像春天怒放的蔷薇花一样娇艳,死盯着他说:"我在你那儿做了记号了!"

"哪儿?……哇!"孟飞扬眼前发黑、胸口发闷、天旋地转,"你说什么?!"

戴希歪了歪头,用手指梳理着黑色瀑布一般的长发:"你自己好好看看去,那上面有我的牙印呢。"

孟飞扬差点儿就要去扯裤子,还好立即清醒过来,喘着粗气说:

"好啊，你诈人啊，好，你会留牙印是吧？你现在就留给我看啊！"

他抱紧戴希滚倒在床上，她在他怀里笑得直颤，一边拼命推搡他："跟你、跟你说正经的呢……我有理论依据……男人、男人的真实年龄是通过那个器官反映出来的……"

"……什么真实年龄？！什么器官？！"孟飞扬觉得，有个研究心理学的女朋友简直就是个神迹……

戴希总算逃脱了孟飞扬的怀抱，笑吟吟地坐在他身边，一本正经地说："有研究证明，那个器官的功能和状态能够最真实地反映男人的生理年龄。比如说吧，像康熙、乾隆那种人，七八十岁了还能生孩子，说明他们的器官始终维持着很好的状态，因此他们的生理年龄呢，就比实际的岁数要年轻许多。而另外一些人呢，年纪轻轻的就阳痿了，说明他们比实际岁数要衰老得多，因为他们的器官率先衰老了！"

"哦，那太监怎么办？他们的生理年龄去哪儿了？"

"太监嘛，他们只有作为人的年龄，没有作为男性的年龄！"

"真够学术的！可是这跟我有什么关系？"

戴希还是笑嘻嘻地看着他："当然有关系啦。你不是问我要证据吗？我没有证据，但是我有推理！三年前在我离开中国的时候呢，根据我的鉴定，从你的器官所反映出来的男性生理年龄嘛，只能算是萌芽状态的婴儿期，可是这次回来以后，我发现你的器官已经成长到了青春期，大概算初中的阶段吧。这样的突飞猛进显然不符合时间规律，所以我的结论是，在这三年里面，你的器官接受了某种程度的课外辅导！"

孟飞扬好半天才缓过神来，龇牙咧嘴地嚷起来："难道我就不能是自学成才吗？"

"行行行！"戴希好不容易止住笑，脸蛋却更红了，好像全身的血液都汇集在那里燃烧着，她说，"其实呢，我不是很在意你的男性年龄如何增长，我只希望，最后能够由我一个人来验证，你的男性年龄达到了一百岁……"

戴希后面的话被孟飞扬的吻堵住了，他一边用尽全力地吻她，一边神思飘荡地想着：你为什么这么可爱，比这世上的一切都更加可爱，可爱到了让我心悸……

孟飞扬睡熟了，他的男性年龄在今夜又有了长足的进步，几乎达到了巅峰状态，戴希却怎么也睡不着了。

回国还不到两个月，她和孟飞扬的关系似乎完全恢复到了三年前，不，确切地说，是比三年前更亲密了。可是，她又怎么能忽略依旧存在于他们之间的心理隔膜？那一份隐隐约约却始终挥之不去的不安。

戴希知道，孟飞扬对自己感到歉疚，而这种歉疚，就像他在她赴美留学时所感到的失落一样，是一种有害的情绪。从戴希的角度来说，自己的决定自己负责，但在他们之间，孟飞扬始终抱有一种自卑。她的回归似乎不仅没有削弱，反而增强了这种自卑。

她的爱人，孟飞扬，是一个善良、诚实、规规矩矩的保守的男孩子。戴希明明知道他对性难以启齿，却非不让他"光练不说"，就是想用更加开放、包容和明朗的心态来定义他们之间的关系，从灵魂到肉体的每一个方面。孟飞扬却把这理解成了戴希以一名心理学生的特权，在向他要求无条件的宠爱和纵容。还有，他总是叫她"弗洛伊德小姐"，其实，这个称呼只能证明他对当代心理学、对弗洛伊德是多么无知，所以他才会一厢情愿地以为，戴希离开心理学的缺憾，会因为这个称呼而稍加弥补。

可惜，这只是一个美好的愿望而已。

戴希不愿意再想下去了。她睁大眼睛听了一会儿孟飞扬轻缓的鼾声，就悄悄地爬起身，来到电脑前。

打开电脑时，她有些莫名紧张，但这些天来一直缠绕着她的奇异吸引力是如此强烈、不可阻挡地牵引着她的手指、她的神思。戴希找到希金斯教授给自己布置的那个课题，就存在名为"咨询者X"的目录下。

移动鼠标，点开文档……短暂的空白，如同所有神秘、重大、决定命运的事物在展现之前，总会有的那种停顿。仿佛有什么人在冥冥中对她说："你要清出心灵的空间，让我进入。"戴希深深吸气，文档终于在屏幕上摊开来，引领她再一次去探索那个深邃艰涩，而又令她禁不住心驰神移的心灵世界。

在案例的起始部分，希金斯教授就指出了它的特别之处——这是一个由语言引起的，与文化密切相关的案例。

语言障碍，听上去是一个颇为典型的神经症状。但和生理上的疾病不同，在心理咨询或治疗中，求诊者自述的神经症状往往不可尽信。因为心理疾患不仅有意识层面的因果，还有深藏于潜意识层面的因果，错综复杂、环环相扣。每一个人都会害怕暴露心中的秘密，即使主动来到心理咨询师的面前，掩盖真相的意识和潜意识仍然设立了层层障碍，许多时候，心理咨询师不得不像一个侦探那样进行抽丝剥茧的分析，才有望接近问题真正的核心。

不要轻易下结论。是每一个心理学从业者最早学到的信条。那么，在咨询者 X 的"语言障碍"背后，究竟隐藏着什么样的秘密呢？

在希金斯教授的记录上，关于咨询者 X 只有简单的描述：男性、四十五岁、中国人。教授隐去了可能揭示出他真实身份的一切内容，但是对于戴希来说，这些天反复阅读他的咨询记录，已经在她的心中画出了他的形象。

希金斯教授：最近这些天，又发生过语言障碍的现象吗？

X：并没有。但我对它的恐惧感却更深了。我很担心，教授，会不会有一天我真就再也不懂英语了？

希金斯教授：我记得我说过，恐惧于事无补。况且，失去一门外语知识，并不等于世界末日。最差的情况下，你也不过是需要为自己雇佣一位专职的翻译，不是吗？

X：不，对我来说那就是世界末日。如果真有那么一天，我宁愿去死。

希金斯教授：让我来猜测一下，你是不是害怕在众目睽睽之下失态？

X：在我的记忆中，这种状况只有一两次是在大庭广众下发生的，所以教授，你的猜测并不正确。事实上，它几乎都在我独处的时候出现，有时只持续短短的几分钟，有时却长达好几个小时，最漫长的一次持续了整整一个晚上。就是在那一夜里，我深刻地体会到了生不如死的含义。我曾经无数次地想过，死比等死轻松多了，教授，我想你明白我的意思。所以每当我从中挣脱出来之后，我都必须做一些出格的、放纵的，甚至连我自己都感到特别恶心的事情。越污秽、越窒息越好。因为那样我就不能思考，也不再需要思考。我期望变成一具真正的行尸走肉，只有官能，没有思维，更没有感情，否则活着太痛苦了。

希金斯教授：不，X先生，这里面一定还有别的问题。

X：我不知道。如果我知道，为什么要来找你呢？

希金斯教授：其实，我多少能够理解你的焦虑，X先生，你的英语确实太出类拔萃了。可以把外语说得流利准确的人很多，但很少有人能像你这样，传达出深沉的情思和优雅的韵味，我想你一定为此骄傲吧。失去英语能力，对你的确称得上是一项巨大的损失。X先生，我很好奇，你这样美妙的英语是怎么学成的？来吧，跟我谈谈你学习英语的过程，我猜想，那一定是从你还很年幼的时候就开始的……

X：……是的，确实是从幼儿时期开始的。实际上，我母亲在家里一直是说英语的，虽然，她并不经常和我交谈。

希金斯教授：哦？你的母亲是……

X：我的外祖父是中国人，外祖母是法国人，我母亲出生在巴黎，四五岁时随父母移居英国，在伦敦度过她的少年时光。因此，英语、法语和中文都是她的母语，其中她使用最熟练的还是英语。但是在我出生长大的年月，周围已经失去了说外语的环境。在我幼年的记忆中，我母亲一直是非常忙碌的，为了抚养我的哥哥、姐姐和我，她的生活充满艰辛，可是只要回到家中，关起门来她肯定对我们说英语，仿佛这是她抗拒当时那个疯狂的世界，证明自身存在的一种方式。

希金斯教授：那么你的哥哥和姐姐，一定也能说很棒的英语？

X：是的，而且我母亲从小就教他们，但是她从来不教我。

希金斯教授：为什么？

X：因为她讨厌我吧。也可能因为，在我出生以后，中国陷入一段相当混乱的时期，她大概觉得教我英语是不合时宜的，未必会给我带来益处。但是每当我看见她和哥哥姐姐们交谈，自己却无法加入时，心中真的异常沮丧。我会求哥哥姐姐教我一些，当然还远远不够。那时候我坚定地认为，母亲之所以讨厌我，不愿意和我讲话，就是因为我的英语不够好，所以我更加拼命地想要学。我把家里翻遍了，都没有找到关于英语的书，后来我母亲终于知道了我的想法，于是——她给了我一套英语书。教授，你能猜出那是一套什么样的书吗？

希金斯教授：我来猜猜……是格林童话，还是汤姆索亚历险记？

X：都不是。教授你说的这些书，在我小时候都是不允许阅读的。

希金斯教授：哈哈，那么我就猜不出来了，还是由你揭晓谜底吧。

X：那是一套四本的英文版《毛泽东选集》。

希金斯教授：噢！真是叫人惊异的答案，很有意思。我明白了，你母亲给你这书是因为，这恐怕是当时中国能够找到的为数极少的英语书籍吧。

X：你说对了一半。还有一半的原因是我后来才知道的——我父亲曾经是这套书的翻译小组中的重要成员。

希金斯教授：你似乎是第一次提到你的父亲？

X：是的。在我童年的记忆中，父亲的形象十分模糊，我好像总共也没见过他几次。也是等我上小学以后才听母亲说起，父亲是在我出生的那年被下放到甘肃武威，那是中国西北部一个非常荒僻的地方，靠近沙漠，他就在那里接受再教育。我母亲带着三个孩子留在上海。她必须依靠自己的力量来养活我们，父亲差不多每隔大半年才能托人送来一封信，整整十多年里只回过两三次家……

希金斯教授：有了那套书以后，你就可以尽情地学习英语了，对吗？

X：还是没有人教我，但至少我有了阅读的内容。幸运的是，当时每家每户都有好几套中文《毛泽东选集》，这样我就可以中英文对照着自学了。我一厢情愿地认定，只要我把这套书学会了，母亲就会高兴，就不会再讨厌我了。教授，也许你还不知道，这套书的翻译水平在当时的中国是绝无仅有，翻译小组的成员里有英国剑桥和牛津最著名的汉学专家，以及从这两个学校毕业的华人学者。因此书中英文的用字遣词、句型，和其中的韵味堪称经典。泰晤士报曾将这套英译本评价为"用精彩绝伦的英文忠实地表述红色中国统治者的思维"。我母亲把这套书给我做教材，意味着相当高的起点。

希金斯教授：我丝毫不怀疑，你的起点的确非常高。

X：可是我的目的最终却没有实现。我苦苦学习了好几年，到最后已经能够把整套书里的主要篇章和华彩段落都背诵下来了，我以为我终于可以得到母亲的赞赏，博取她的欢心了。可她偏偏在这个时候离开了我。

希金斯教授：发生了什么事情？

X："文革"结束了，我父亲历尽艰辛，终于返回上海。母亲立即就和他带上哥哥姐姐一起去了香港。我还没有找到机会向母亲展示我的学习成果，她就离开了，就这样把我抛弃了。可悲的是，这套书的内容却从此深深地刻印在我的脑子里，想忘都忘不了。直到今天，偶尔我想起那里面的词句，还会心痛如绞。教授，是不是有种手术，可以通过切除一部分大脑组织来抹去不想要的记忆？我很想把这套书从我的头脑里切除。

希金斯教授：但是……这样就会把你关于母亲的记忆，一起抹去了。

X：哦，那就算了，还是留下吧……

每次看到这里，戴希的心都会颤抖。当年那只孤单的小鸟，它奋力扇动羽翼的细微声音,从时间沉寂漫长的甬道那头传来,在戴希的胸中激起阵阵回响,她很想伸出双手,去接住那随风飘落的纤弱羽毛。

在这段记录的后面,希金斯写道:

正是这一次咨询,使我感到内在的症结正在浮现。如果我们把"语言障碍"看作表象,那么它所真正揭示的,会不会是咨询者X"失语"的童年呢?

许多心理疾患的成因都可以追溯到患者最初的家庭体验。这种体验往往是悲惨的,意味着一个痛苦的童年,但儿童既没有相应的语言能力,无法把所受到的伤害有效地表达出来,寻求帮助;也没有成熟的思维能力,去理解自己所处的环境,分析自己遭受痛苦的原因。这种压抑状态长期存在,陪伴着他们的整个成长过程,以至于等他们长到了能够倾诉的年纪,也已经失去表达的能力,进入了所谓的"失语"状态。

咨询者X的"语言障碍"并没有发生在他的母语上,而是与他的童年创伤有着密切联系的英语上,恐怕就是这个原因。

精神障碍形成于一个潜在、慢性的过程,人格在其中付出了极大的代价。事实上,抑郁、焦虑、自虐或者各种成瘾的倾向,都与童年时期的心理创伤密不可分,又在日后的生活困境中一触而发。

这也意味着,咨询者X的问题肯定不单单是"语言障碍"。虽然他没有具体谈到别的问题,但他多次提到了"死"和"切除大脑组织"这些明显的自我伤害的意图,值得引起心理咨询师的警惕。

> X:虽然母亲离开了我,我的英语学习却没有就此结束。
> 希金斯教授:是吗?你又为自己找到了一名新的老师吗?
> X:……准确地说,是她找到了我。"文革"过后不久学校里恢复上外语课,但对我来讲,从那些粗浅的课程里实在没什么可学的。直到有一天,她把我找去,对我说学校里的外语课不适合我,她会给我做特别辅导。
> 我去了她的家。她住在楼上,底楼的客堂里住着另外一户人

家，所以我只能从后面的灶间出入。因为是好多家人合用的，灶间十分拥挤，到处堆满了破破烂烂的杂物，随时可以看见蟑螂跑过，每到阴雨天，水池的周围就爬满了蜈蚣。

楼梯又窄又陡，夹在房子的中间，只要天色稍微暗些，楼梯上就黑乎乎的一片，什么都看不清楚。我飞快地奔跑上去，整栋房子都在我的脚下颤抖起来，扬起的灰尘冲进鼻子里……

但她的屋子是纤尘不染的，和门外面比，简直就是另外一个世界。所以，当我满头灰尘地站在她的门前时，真的很担心她不让我进门，因为我太脏了，会玷辱她的世界。她却好像什么都没注意到，微笑着把我拉进去。屋子里充满着一种我不熟悉的香气，那是煮咖啡的香味。对于我来说，这种气味是和父亲的记忆紧密关联的。因为在我家里，只在父亲出现的几次，母亲才会从床底下的箱子里取出一个样子古怪的银白色铝壶，在里面煮这种黑色的液体，并且只给父亲喝，从来都没有让我尝试过。

她给我尝了咖啡，真没想到那么苦，我觉得它还是闻着比较好些。虽然我不喜欢咖啡，她却依旧兴致勃勃，她说她还为我准备了其他食物，我一定会喜欢。我的确喜欢，那是涂了奶油的烤面包和煎鸡蛋，可我不敢吃——我是来学习的，不是来吃东西的。

听见我这么说，她似乎有些失望，我立刻觉得万分歉疚，我就是这样愚蠢，难怪母亲会讨厌我。她会不会也因此讨厌我了呢？我害怕得几乎发起抖来，然后，完全没有预料地，我已经被她搂在怀中。一开始我并不知道发生了什么，也没有特别的震惊或兴奋，我只是觉得她的怀抱非常温暖、非常柔软，像极了记忆中母亲的怀抱。不过母亲已经太久没有抱过我，因此我无法肯定，这种相似究竟是真实的，还是我一厢情愿的想象。

我竟然还能从正对着我们的穿衣镜中观察她，有一刹那我以为她哭了，但随后才明白她是在笑，只是这种笑里有闪光的泪，我不能再看下去了，就在她的怀抱里闭上了眼睛。

第一次辅导就这么过去了，我不知道我在她的怀抱里待了多久，好像那段时间我的神魂已经飞离了地球。她并没有忘记我们的主要任务，临走时她给了我几本影印的原版书，作为英语教师，她能弄到这些。她让我自己去读懂其中的一些片段，下次再来时，我要朗诵给她听。

后来的每次辅导都有咖啡的香味和面包、鸡蛋，却没有拥抱。我耐心地等待着，努力学习她给我的英语书籍，希望能够讨她欢心。但是我一次又一次地失望了，她再没有抱过我。时间飞快地流逝，我始终牢记着她第一次抱我的日子，因此所有在她身边的岁月，对我而言仿佛就只有一天。

记不清了，究竟是在之后的哪一天，我终于鼓起全部的勇气，顶着眼前的阵阵黑雾，伸出颤抖的双手主动抱住了她。

她立即用最热烈的拥抱回应了我，但仅仅在一秒钟之后，就用更加激烈的动作推开了我。那天的辅导课戛然而止，她叫我立即离开她的家，以后也不必再去了。

三天后恰好是期末考，说真的，英语考试对我一直是最不在话下的，偶尔没有拿到满分反倒值得追究。可是那一次，当我拿到英语试卷时，突然发现上面的一切都变得陌生，我完全不认识它们了——每一个字母、单词都像荒野上的石块，没有生命、没有意义，和我之间隔着无法跨越的距离。我震惊得连害怕都忘了，呆坐整整两个小时，在考卷上只写下了自己的名字。

她又把我叫去了她的家里。这一次，在铺着蕾丝桌布的方桌上，唯有一张摊开的试卷占据着中央的位置。大片的空白之外，我仍然只认得出自己的名字，和一个灿烂夺目的大零蛋。

她用气得发抖的声音训斥我，说她对我有多么的失望，说一个不懂得自爱自强的人不配得到任何帮助，然后她把一支笔塞到我的手里，命令我重新答卷。

我无法告诉她，我是多么愿意听她的话，多么希望能够让她满意。但是我真的做不到。事实上，交了白卷后我之所以没有马上垮掉，就因为我还在等待与她相聚，似乎只要能够再次回到她的小屋，坐在她的面前，一切就会恢复原样，仿佛什么都没有发生过。但真到了那一刻我才意识到，即使我把实情说出来，她也绝对不会相信。

我从此懂得了，世间最深切的痛苦只能一人独享，就算有人情愿与你分担，也没有用。我只能紧紧地攥着笔，低头坐在试卷的前方，她坐在方桌的另一面，一动不动地盯着我。我们就这样对峙着，不知过了多久，她举起双手，遮着脸痛哭起来。

我还是去死吧，她就不会再伤心了——这个念头从我的脑海中一掠而过。比起我正在经历的绝望，死亡想必仁慈多了。她的背后是朝北的窗户，只要绕过她的身体，我就解脱了。于是我抓起桌上的试卷，打算和这些丑陋的字母们同归于尽，可就在那一个瞬间，宛如解封的冰河之水，单词和句子突然一齐涌到眼前，我又能认出它们了！

我来不及向她解释这个喜讯，就用平生最快的速度把卷子上的空白处一一填满，双手捧到她的面前，对她说：老师，我都做完了。请你不要再哭了。

她看了看试卷，果然笑出来，眼泪却没有止住，仍然不停地落下面颊。

希金斯教授：X先生，你刚刚是不是提到了一次"语言障碍"？那才是真正的第一次吧，似乎是发生在很多年前？和你之前的讲述有矛盾。

X：哦是的。对不起，那是三十年前的往事了。如果不是今天提起来，我自己也早就忘了。

希金斯教授：你不认为这里面有什么内在的联系吗？那位英语老师呢，她现在在哪里？

X：她已经……不在这个世界上了。

希金斯教授：对不起，请继续吧。

X：从那以后，小屋中的辅导课再也没有停止过。现在回想起来，当时我能够迅速恢复，主要还是有赖于年少无知吧。她的态度却有些改变，虽然照旧精心备课，认真讲解，但是我却常常发现她在走神，心不在焉地说错话。不过没关系，我可以从她的书架上随意挑选一本英文书，自己读就行了。食物的水平倒是没有下降，我也越来越喜欢喝咖啡，渐渐变成了一生的习惯。当然，这些都不重要。我所需要的全部，只是每周和她共度的几个小时。辅导课的绝大多数时间里，我们都分坐在桌子的两侧，我埋头读书，她则一瞬不瞬地注视着我，仿佛要用目光，把她的灵魂钉进我的皮肉里面。时至今日，只要想起那个情景，我的脸上还会感受到一阵阵轻微的刺痛。

当然也再没有拥抱。那一次小小的波折至少教会我了一个道理：孤独才是绝对的，即使从她那里，我也不该乞求过多。所以我从来没有对她谈起过零分试卷的真相，也从来没有问过她，那天的眼泪究竟是为了她自己，还是为了我。

再后来，为了不让我们的辅导课太过沉默，我想出了一个主意：我从正在阅读的英语著作中挑选出经典片段，一一背给她听。可能是当初背诵《毛泽东选集》训练出来的超强记忆力，对我来说这样做一点都不困难。那些年里，我背了莎士比亚、狄更斯、哈代、霍桑、海明威……都是我自己挑选的，只有一本书是她指定我背诵的——《了不起的盖兹比》。她说，那是她最喜欢的书。于是，我花了半年的时间，把书中所有的精彩片段都背了下来。这是我生平完整背诵的第二部英语书，第一部是为了我的母亲，第二部就是为了她。

直到今天，从这本书的任何一个地方开头，我都可以滔滔不绝地背下去。

希金斯教授：你自己喜欢《了不起的盖兹比》吗？

X：并不。我只喜欢盖兹比死亡之后的内容，从他的葬礼一直到那个史诗般的结尾……那些，我是非常喜欢的，所以我给她背过太多遍，多得记不清次数了。

在这段记录的后面，希金斯教授写道："必须承认，咨询者X的叙述令我产生了目眩神迷的感觉，因为他的语言实在太优美了，内容更像是一部如梦似幻的艺术影片，竟然使我短暂地失去了判断力，而不得不沉浸在他所创造出的凄美氛围之中。可以想见，当一个稍微欠缺经验的咨询师在面对这个案例时，将会不可避免地产生强烈的反移情，原因竟然是语言的魔力。在我的咨询经历中，这也算是一个全新的体验。糟糕的是，我发现自己没有能力对他进行有效的精神分析。咨询者 X 所描述的童年往事，他的母亲和英语教师，在时代和文化上都与我的经验相距甚远。我对其真实性也无法做出判断。他所说的一切，有多少是真实的回忆？有多少是刻意的虚构？又有多少是带着面纱的潜意识？几十年前的中国，那个特殊的年代中的人和事，对我实在太陌生了。人们的行为和背后的逻辑，以及隐含的时代、文化处境所带给人的精神上的压力，没有对这一切的理解，光靠心理学的技巧和理论远远不够。在这段叙述中，咨询者 X 又提到了死。这是一个明显的警示信号。我开始真正地为他担心起来。必须帮他找到一个比我更合适的心理咨询师，下一次咨询时，我会向他提出这个建议。"

可惜的是，咨询者 X 已经放弃了后续的治疗，他消失在心灵的汪洋大海中，决定还是独自承担一切。

戴希在漆黑一片的屋里，盯着闪闪发光的显示器，就好像注视着在黑暗中彷徨的灵魂——你知道吗？有人愿意帮助你的。从那个已经看过好多遍的文件夹中，她似乎能够嗅到神秘幽远的悲伤，从很久以前的过去飘散出来，渐渐地弥漫在她的心头……

戴希觉得，自己正在渐渐深入他的内心，已经能够真实地感知到在"失语"的重荷下，那满满的创痛。

和希金斯教授的质疑不同，从读第一遍起，戴希就全盘相信了咨询者 X 的叙述。都是真的。她以一个中国年轻人的直觉和自信，做出了结论。就像她从童晓那里听到的"逸园"往事一样，尽管都发生在她出生之前，但那些人、那些事，即使不曾亲历，即使记忆消逝，悲喜却实实在在地留存了下来，在一代又一代人的血液中。

戴希相信咨询者 X 的话，还因为她自己也喜欢《了不起的盖兹比》，尤其喜欢盖兹比之死以后的内容，从他的葬礼一直到那个史诗般的结尾。就是这样一个虚构的美国人的死亡、葬礼和墓志铭，陪伴着咨询者X从十来岁的孤独少年，长成一个真正的男人……

她知道自己在"反移情"。盖兹比死了，咨询者X长大了。这个成长的过程，她无法想象，他是怎样承受着、挣扎着、存活下来并最终成熟了。通常，这样的经历会让人看上去更加坚强，但是戴希懂得，那只是看上去而已。

戴希在西岸化工已经上了一个星期零一天的班。这段时间里，她一直坐在最靠近茶水间和复印机的座位上，这个地方又窄又乱，空气又差，还老有人走来走去，正是大家最不喜欢的位置。戴希头一天报到，朱明明直接把她带到这里，冷若冰霜地说："最近公司办公位置很紧张，只有这个座位空着，你就先坐这里吧！"

戴希可不在乎，因为她被安排做一件非常有意思的事情。这个任务是李威连出差之前，亲自为她布置的。朱明明交待这个任务时一股酸溜溜的味道："你好好干吧。这么有创意的工作，我可想不出来，那是李总裁特别指示的哦！"

这些天，戴希完全沉浸在这个任务之中：1997年李威连升任西岸化工中国公司总经理后，交给自己的秘书一项工作——收集公司中所有大小事件中拍摄的照片。1998年之后数码相机开始普及，这些照片文件由他的历任秘书收集并保存在电脑中，至今已逾十年，照片数量接近十万张，从来没有整理过。戴希的工作就是要把所有照片按照年代、事件和人员整理好，标上注释后归类登记。

刚开始，戴希只能从照片文件的日期中做初步的判断，按照年代大致排个序，但是其中所反映的具体内容她根本一无所知，参与的人员也几乎全不认识，简直像在一片混沌中摸索。正当她束手无策的时候，总裁秘书Lisa加了戴希的MSN，说李威连特意关照过，戴希有任何问题都可以问她。

有了Lisa的帮助，戴希的工作顿时豁然开朗。Lisa指导她如何在西岸化工的内部和外部网站搜索相关的信息，并提供给她这十年来历任的高层管理者的名单，还有其他各项重大事件的资料。于是，跟随着一张又一张照片，戴希一步步走入过去的时光之中，西岸化工中国公司的发展过程犹如连续的幻灯片，在她的眼前徐徐展开。

一周过去，戴希惊喜地发现，自己对这家企业已经了如指掌，就算对她进行专门的培训和介绍，恐怕也不如现在她所了解到的更直观、更具体。她看到他们签下第一个大合同的庆功会、历次扩大办公室规模的搬迁仪式、董事会成员访华的晚宴、和中国化工部合作重大项目的动工奠基仪式，以及项目成功之后的联欢……她还认识了公司里的绝大多数重要成员。相比公司的发展历程，戴希对人的兴趣更大，在整理归档的同时，她还自得其乐地给他们评起各种奖来。

戴希设计颁发的奖项包括：西岸化工帅哥三甲、美女三甲、最佳拍档奖等等。

张乃驰毫无悬念地荣登帅哥榜首，戴希认为他不去当电影明星实在太浪费；美女冠军颁发给了李威连的妻子Katherine，这位金发碧眼的董事会成员一看就是个知性的冰山美人，戴希觉得也就是李威连的非凡气质能够与她相得宜彰；最佳拍档奖则归属了李威连和张乃驰，从第一张照片开始，他们两个就形影不离地出现在许多不同的场合中，西岸化工几乎所有重要的事件都有他们共同的身影。戴希感觉到，李威连似乎处处提携关照着张乃驰，他们的密切关系令人印象深刻。

不过，戴希并不欣赏张乃驰的英俊，在所有人中，她最喜欢李威连的样子。西岸化工中国公司十年的发展史，几乎也就是李威连个人过去十年的奋斗史。戴希常常会有种错觉，她不知道自己是在了解西岸化工，还是在了解李威连。和张乃驰始终不变的年轻外貌相比，戴希能够清晰地辨别出岁月在李威连身上刻下的鲜明印迹。这种变化很难用"老"或者"成熟"来概括，她好像看见一块玉石的光泽变得暗敛、纹理变得圆润，但它的内在品质发生了飞跃。

麻烦的事情是，戴希开始越来越不敢看李威连的照片了。和其他人在一起的还好些，如果是李威连一个人的照片，戴希就有了心理障碍。比如这张摄于2003年"逸园"改造完成、大中华区总部办公室迁入时，李威连站在"逸园"门外的照片。他的手扶在"逸园"的外墙上，抬头看着"逸园"的上方，他脸上的神情让戴希的心按捺不住地跳跃,她很想走过去,走到他的身边去……

戴希有点害怕了。她把李威连单独的照片全部存在一个目录下,决定暂时不去管它们。她要先把其他的都整理好,等心情平静之后,再集中精力去对付他。她的工作进展得十分顺利,照片已经归档到了前年,现在她看到的一系列照片是西岸化工资助的慈善活动。

在戴希打开的这张照片里,张乃驰作为西岸化工的代表和一大帮面黄肌瘦的农村孩子合影,背景是中国内地贫瘠的村野,光秃秃的山坡上歪斜着几栋半砖瓦半火泥的房子,树木稀疏枯黄,孩子们的头顶上方拉着横幅,用粗大的红色字体写着:"关爱生命,救助艾滋病患儿"。

戴希的心突然微微一蹦,戴希记得童晓坚持认为张乃驰和有川康介得艾滋病有关,而现在,戴希真的看到张乃驰站在一群艾滋病患儿中间,这里面会不会有什么联系呢?她想了想,悄悄从包里取出数据线,将手机和电脑连接起来。照片下载到手机里,戴希立刻把它发给了孟飞扬。

第十一章

孟飞扬收到戴希发来的照片时，正和柯亚萍坐在一起。

自打把自己的四十多万积蓄都给了老柯去还债后，孟飞扬就再不好意思主动去找柯正昀了，生怕对方以为自己在逼债。而柯正昀碍着面子，没有筹齐还款之前，肯定也不好与孟飞扬联系。于是老柯的病况如何，何时出院，家里的纠纷是否平息等，孟飞扬全都不得而知。另外，孟飞扬一时好心让柯亚萍来家里洗澡被戴希发现后，孟飞扬心中说不出有多别扭，因此对柯亚萍更是避之唯恐不及。

这回柯亚萍主动打电话过来，说有要事相谈，执意要见面。孟飞扬就和她约在中山公园旁边的越南河粉餐厅一起吃午饭。

孟飞扬找了个靠窗口的位置坐下，等了将近二十分钟，柯亚萍才姗姗来迟。这时候已经过了中午十二点，餐厅里挤满了周围办公楼里的小白领们，孟飞扬看着他们套装胸牌的模样，忽然觉得有些隔膜和黯然，现在，他心爱的戴希也置身于这个群体之中，他自己却被暂时排除在外了。

其实孟飞扬并非找不到工作，短短的一个月时间，已经有两三家日资贸易公司给了他 offer。只是日资公司普遍开价不高，没有超过一万五千月薪的，偏偏孟飞扬和一万五千月薪较上了劲。他正坐在那里浮想联翩，头顶上响起一声轻呼："孟飞扬，你好啊。"

孟飞扬抬起头，一个淡妆清秀的白领丽人进入他的视线——"啊，你好。"孟飞扬连忙站起身，柯亚萍朝他嫣然一笑，在对面坐下。孟飞扬脑子里的柯亚萍是个可怜兮兮的朴素女孩，和现在面前的姑娘判若两人。

柯亚萍的脸微微红了红,轻声问:"你点菜了吗?"

"哦,还没有!"孟飞扬这才连忙拿起菜单,"你想吃什么?"

"这里的招牌河粉很好吃。"

"行,还要别的吗?"

"不要了,今天我请客。"

孟飞扬一愣:"那怎么能行,当然是我请!"

柯亚萍的眼波一闪:"你啊?你不是还失业呢吗?"

"哦,没事……这点儿我还请得起。"孟飞扬有点儿尴尬,不知道怎么自己反倒成了照顾对象。

点过菜,孟飞扬问柯亚萍:"你爸的身体怎么样了?"

"出院回家了。"柯亚萍轻言款语着,脸上依稀透出一点愁容,"就是哥哥嫂嫂还天天闹,他在家也没法好好休养。"

"哦,"孟飞扬点点头:"那你也……"他想说你的日子也不好过,但又觉得这么说太亲近,就把话咽了回去。

柯亚萍看着孟飞扬,脸又红了红,才十分艰难地说:"你……的钱,我们暂时还不出,请你原……"

"哎呀,这个就不要提了。不着急的!"孟飞扬就怕她提这事,慌忙制止。

她低头笑起来:"你这个人,看你的样子倒像是你借了我的钱似的,真怪……"

孟飞扬呵呵一笑,心里窘迫无比,甚至都有点儿不快了。

"我们谈正事吧!"柯亚萍好像看出他的心思,立刻转变了话题,语气也清爽利落起来,"我今天是想跟你说,我们公司原来的贸易课长元旦提出辞职了,现在老板急着要招人,我觉得你的条件挺合适,想问问你的想法,如果你感兴趣呢,我就去跟老板推荐一下。"

"这样啊……"孟飞扬知道柯亚萍的公司,背景规模还不错,倒确实是个好机会,只是不知道薪水……他正在犹豫,柯亚萍又说话了:"我们公司的工资级差蛮大的,你别看我这个行政助理收入很一般,但是贸易课长的级别就不一样了,另外业务提成的比例也很高。"

孟飞扬有些吃惊，他原先一直以为戴希是天底下最聪明的女孩，今天却不禁要对柯亚萍刮目相看。更让他感到惊异的是，柯亚萍的聪慧和戴希完全不同，比如刚才这番话戴希就说不出来，她去面试连薪水都不懂得向人提……

孟飞扬点点头："好啊，我愿意试一试。那就拜托你跟老板说说吧，我回头就把简历发给你。非常感谢！"

柯亚萍大大地松了口气，又冲着孟飞扬笑了，她的眼睛细细长长的，在日光的衬托下，皮肤显得十分洁净光滑。孟飞扬掉开目光，就在这时手机在裤兜里颤了颤。孟飞扬掏出手机看了看，思考了几秒钟，就把手机送到柯亚萍面前："亚萍，你看看这张照片。"

柯亚萍接过去仔细看着，突然掩着嘴轻呼："啊！我见过这个人！"

"什么？"孟飞扬也大吃一惊，连忙问，"谁？你认识哪个人？"

柯亚萍慢慢地指向照片中的那群孩子："这个穿蓝白运动服的男孩子，去年六月有川康介秘密到沪时，曾经……召过他。"

黄昏时分，童晓斜挎着他那个从不离身的皮包，手里拎了个大大的纸袋，溜溜达达地走进里弄。弄口牌楼上杵着的晾衣竿上滴下水来，恰好落在童晓的脑门上，冰冷刺骨，他一激灵，气呼呼地高喊："什么人乱晾衣服！"

没有回应，短短的弄堂上方所有窗户紧闭，童晓只好自认倒霉，他耸了耸肩，刚把头低下，就感觉有人从身边飘然而过。童晓一怔，一个身穿深咖啡色紧身羊毛大衣的优雅背影在他的视野中渐行渐远。这个弄堂里为数不多的几家住户都是童晓家的老邻居，每家每户的底细像摊开的账本，相互间一览无余。童晓绝对可以肯定，那个身影不属于这里的任何一户人家，同样也不可能是这些人家的亲友——她通身上下所散发出的高贵气息，与从树杈到屋檐上方的晾衣架没有丝毫关系。

缩了缩脖子，童晓推开了小弄左侧的第一扇门。这里的石库门房子和"双妹1919"那里的老式里弄有些区别，推门进去首先是个小小的天井，前厢房在天井后面。进了天井，童晓一眼就看见老爸的破自行车靠在墙上，便抬高嗓门喊了句："爸！我回来了！"

"喊什么喊！你一开门我就听见了，我的耳朵还没聋！"童明海在屋里应道。

童晓笑着跨进厢房门，立即又嚷起来："我滴亲爹啊，您老居然开暖空调了！"

童明海瞪了儿子一眼："大惊小怪干什么？不行啊？老头子我就不能享受享受？"

"当然可以，当然可以！可是……这也太不像您老人家的简朴作风了呀。"童晓把手里的纸袋搁在桌上，一边瞅瞅童明海，"爸，你身体没什么不舒服吧？"

"嗨，十天半个月也不回来一次，一回来就咒我啊！"童明海往沙发上一靠，没好气地瞪着儿子。

童晓释然："哦，不是那个意思……呵呵，我就是不太习惯嘛。早跟你们说了，空调装着是为了用的，不是摆设，这样暖和点多好。"他正要脱外套，却见童明海抄起遥控器，把空调关了。

童晓无奈，摇了摇头重新把外套穿上，又指指纸袋："爸，我给你和妈买了点补品，冬季大补嘛……"他突然停下来，茶几上的一只精致的白底碎花瓷杯吸引了他的注意。童晓把杯子端起来左看右看："爸，我说怎么太阳从西边出来了，咱家来客人了？"

童明海低低地"嗯"了一声，眼望前方，不解释。

童晓继续研究那只杯子："哇！好尊贵的客人哦，老爸不仅开了空调，还拿出了这套珍藏的瓷杯款待，客人还很洋派，所以你没有请人家喝茶，特意冲了咖啡，啧啧，雀巢咖啡哦！再有就是……她竟然是个女客人呀！"他把瓷杯的一侧转向父亲，那上面有个隐约可辨的口红印。

童明海绷不住了，扑哧笑出声："小子，真当自己是福尔摩斯啊。"

"爸，客人到底是谁啊？"

童明海悠悠地说："你不认识的，一个老朋友。"

童晓看着父亲的脸，那上面有种惆怅、喜悦和激动交织的神情，细腻而复杂,很少能在耿直实诚的老爸脸上见到。他突然有些遐想,这位女客人会不会就是刚才在弄堂口远去的背影?对,爸爸刚刚还开着空调,说明客人才走,很有可能就是她!童晓知道父亲的脾气,他不想说的事情再盘问也没用,不觉有些后悔,自己要是早到一步的话,也许就能一睹那位女客的芳容了……

"爸,你跟人家聊了很久嘛,咖啡都冰凉了。"童晓还有些不甘心,童明海却不满地瞪了儿子一眼:"你怎么老是这么油头粉面的?哪里像个刑侦人员的样子?要多懒散有多懒散!"

"唉呀,晓晓回来啦!"

"妈。"童晓开心地朝刚进门的人点头,解围的来了!

童晓妈却匆匆忙忙地绕过父子二人,往五斗柜走去:"老童,我拿点钱,马上要去医院。"

"怎么了?"父子俩都吃了一惊。

童晓妈一边从抽屉里往外掏钱,一边说:"还不是邱家双胞胎的妈妈——尹惠茹昨晚上又发病了,据说这次挺危险的,我得赶紧去看看,帮帮忙。"

童晓和爸爸交换了下眼神,退休以后童晓妈就成了居委会的骨干,"双妹1919"和"逸园"都在她的管辖范围之内。童晓曾经开玩笑地说,他们一家人都和这两个地方难舍难分了。

"这个尹惠茹到底是什么病啊?"童晓有些纳闷,"是不是老年痴呆?"

"什么老年痴呆,你瞎说什么!作孽啊,她那是跳楼自杀没死成,把脑子摔坏忒了。"童晓妈把钱装好,捏着包走过来,坐在童晓的身边:"老童,你还记得伐?应该是1984年的事情了。"

童明海点点头,脸色阴沉下来:"我当然记得,从华海中学老教学楼的顶楼跳下来的,幸好在操场边的线网上挂了一下,算是捡了条命,可是脑震荡好不了了。"

"为什么呢?"童晓问。

童晓妈叹着气摇头:"不清楚啊,这事你爸当初也调查过,也没什么结果。那时候尹惠茹可算得上华海中学最顶尖的英语老师了,人

169

又长得漂亮，跳楼的时候还不到四十五岁，唉！从此这人呐就算完了，活着比死了更惨。其实这事儿，你爸一直觉得华海中学的老校长是知道底细的，可人家就是不肯说。"

童晓皱起眉头："华海中学的秘密还真不少嘛。"

"咳，那年头，哪个地方没有些不可告人的事……"童晓妈一拍包，"呦，我得走了！老童啊，万一我来不及赶回家，你自己和儿子吃饭吧。"

童晓妈一阵风似的刮出去了。

屋子里父子二人面面相觑，童晓迟疑地问："尹惠茹自杀会和'逸园'的那件事有关吗？"

"你是说袁伯翰的死？"童明海思忖着说，"应该不是。袁伯翰死在 1981 年，尹惠茹自杀在三年之后的 1984 年，不像有什么直接联系。"

"那会不会和李威连有关系呢？也许他对邱文悦的伪证一直耿耿于怀，进而威胁了尹惠茹母女？"

"也不像。李威连一直在金山石化厂上班，很少有机会回上海市区。1984 年靠近年底时，他就离开上海去香港了，当时还是我给他办的销户手续呢。尹惠茹自杀的时候，李威连已经在香港了。"

"唔……"童晓抓了抓头发，"爸，你就没想过法子让华海中学的老校长开口？"

童明海连连摇头："知识分子很难弄啊，我总觉得他有家丑不可外扬的意思。不过当时呢，尹惠茹是留了遗书的。"

童晓叫起来："那您还让我猜？"

"嗨，遗书上要是都说明白了，我还用费这些脑筋嘛！"

童晓两眼放光："爸，遗书上都写啥了？"

童明海叹了口气："尹惠茹自杀的时候衣兜里放了张纸，上面就写了五个字——都是我的错。"

"都是我的错？"童晓念叨了一遍，"这是什么意思？什么错？"

"我要是知道就好咯。字迹经过鉴定，确认是尹惠茹的。他们的老校长，看到字条后就抽着烟一个劲叹气，偏偏怎么问都不开口。如今老校长也过世好几年了,尹惠茹又成了这个样子,这句话的意思恐怕就真的成为永远的谜了。"

童晓陷入沉思,屋子里突然一片寂静,只有童明海吐出的烟飘在沙发的上方,袅袅如雾。"都是我的错"——真的再没有人知道这话的意思吗?童晓想,不,一定还有人能懂。自杀者的最后遗言,通常都是最深刻的自我表白,这种表白如果不是针对所有人,就一定是针对她临死前最难割舍的人。尹惠茹的遗言既然不为大家所理解,那么就必然有某个特定的人,是她所表白的对象。

都是我的错——她是在用生命向那个人忏悔。

童晓想了一会儿,正视着父亲说:"爸,这些天我一直在琢磨'逸园'的前世今生,有个疑问,我想问问你。"

"什么?"

"你是从什么时候知道尹惠茹有一对双胞胎女儿,而不是只有邱文悦这一个女儿的?"

童明海微微一愣,看着儿子的眼神中流露出含蓄的赞赏:"这个问题提得不错。"他沉吟了一下,慢慢地回忆起来:"确切地说,是在尹惠茹自杀以后,她的另一个女儿邱文忻从安徽乡下赶来,直到那时,我才知道文忻和文悦原来是一对双胞胎。尹惠茹的命运挺悲惨的,她原来也出身书香门第,她父亲的学问很不错,曾经当过袁伯翰家的家庭教师,所以她家就住在'逸园'附近。尹惠茹从小受到很好的教育,却偏偏赶上了那个年代,1957年,她爸就给打成了右派,尹惠茹从外语学院毕业后,也被赶到了安徽乡下改造。当地村支书的儿子看上了她,尹惠茹虽然百般不情愿,也只能嫁过去,后来就生下了一对双胞胎女儿。丈夫是个乡巴佬,尹惠茹和他哪有什么共同语言,简直度日如年,好不容易熬到'文革'后期,她想尽办法回到上海,在华海中学当上了英语教师。本来她是想把两个女儿都带回来的,可文忻文悦秉性很不一样,姐姐文悦愿意跟着妈妈,妹妹文忻却不肯离开农村,尹惠茹就只带了文悦回来。1984年尹惠茹跳楼后,她的乡下老公才带着文忻过来,看到尹惠茹痴呆的样子,乡下老公扭头就走了,再没出现过。这次文忻倒留了下来,和姐姐文悦一起照顾妈妈。从那以后，双胞胎姐妹就一直住在'双妹'的石库门里了。"

童晓频频点头，殷勤地给童明海递了根烟，点上后又问："她们是什么时候开始经营'双妹1919'？又是怎么筹集到启动资金的呢？"

童明海抽了口烟："九十年代初期，曾经有人给邱文悦介绍了一个日本丈夫，说对方家里怎么怎么富裕，吹得天花乱坠的。你知道，那年头中国人特别羡慕外面的生活，邱文悦听信说辞就到日本去结婚了。过了几年逃回来，说上当受骗了，原来对方就是个北海道的农民，都已经年过六十了，家里也很穷，邱文悦白白地给日本糟老头当了几年奴隶，什么都没得到。而邱文忻性格古怪，还要照顾痴呆的母亲，始终没有结婚。那些年，母女三人的生活来源就是出租楼下门面房的收入，这套房子倒是很早就落实政策还给了她们。1998年，姐妹俩突然把租客赶走了，自己出资重新装修了底楼店面，开了'双妹1919'。至于启动资金嘛，呵呵，听说是有大老板赞助的。"

"哪个大老板赞助的？"

童明海眯起眼睛："这个我就不知道了，不过，你自己想想，还有哪位大老板和她们关系密切呢？"

童晓作势思考了一番，似笑非笑地看着老爸："难道是他？"

童明海的表情变得十分严肃："说实在的，原先我压根也没往他身上想，不过这次日本人死在'逸园'，李威连说自己当时正在'双妹'，我才一下子意识到，他和这母女三人的关系一直没断过。"

"会不会是李威连的公司搬过来之后，见到她们在这里开了店，偶尔去坐坐怀个旧，也有可能啊。"

"话是没错，但赞助她们的大老板又会是谁呢？我就是觉得，李威连的可能性最大！而且正好是1997年底，西岸化工中国公司的总部迁往上海，从1998年起，他就离开香港重新回到中国大陆长期工作了。"

童晓冲着童明海直挤眼睛："爸，看来你还盯上李威连了，这么多年了都不肯放过人家。"

"可能是当初他给我留下的印象太深刻了吧……"童明海猛吸了

口烟,不再说话,似乎陷入到久远的回忆之中。

童晓也低头沉默起来,突然童明海又开口了:"晓晓,你去查查一个人。"

"谁?"

"一个叫张华滨的人,也是华海中学的学生。比李威连、袁佳他们小三年级,1981年正好初中毕业。你去查查这个人现在在哪里。"

"行。爸,你怎么突然想起要查这个人?"

童明海看了看茶几上的瓷杯:"受人之托嘛,你小子就别多问了,先去查吧。"

五月仲夏的夜,汪静宜的等待如同夏夜的寂静一样悠长,月色清凉如昔,洒落在开遍了粉色小花的竹篱笆上。不知不觉,她已经等过了整整三年的时光,当这个夏季过去的时候,她将升入医学院新一届的毕业班,再等到下一个仲夏来临,她就要在自由的天空中振翅飞翔了。

月光映衬的河水中,汪静宜的倒影更加美丽了。但是她把娇艳隐蔽在夜色中,只等着她的暗夜精灵到来,由他用细长的手指,轻轻掀开她的青色面纱,透明的羽衣下,是仅仅属于他的情爱之光。夜更深了,意味着他马上就会到,神秘的萤火在河面上、篱笆外灵动闪耀,青草和野花的清芬漂浮不定,一阵比一阵更加甜蜜⋯⋯

"啊!玫瑰!"一捧紫红的花束从天而降般来到汪静宜的眼前,她惊喜地叫了出来,醇郁的浓香扑面而来。她激动得不知如何是好,刚要伸出手去接,他却笑着把花往回收:"小心,有刺。"汪静宜跑进教师办公室,找来平时盛放凉水的玻璃壶,在河里汲上清水,李威连这才小心翼翼地把满捧的玫瑰放进去。

"真甜!"汪静宜抱起水壶,深深地吸着花香:"原来玫瑰花的香气是甜的啊!"借着月光,她仔细看那深绿色的叶萼:"真的有好多刺⋯⋯咦!这是什么?"汪静宜发现了枝杈上的褐斑,她放下水壶,一把拉过李威连的双手,上面果然还淌着血,掌心里伤痕累累。

他还是笑得很开心:"怪我自己没计划好。路上的那个苗圃,我惦记了好久,从春天起每次来都要去绕一圈,我看着他们把花种下去,可是老不开花,真恨不得自己去浇水施肥。本来以为还要过些天才开的,哪想到今天骑过去一看,都开得这么好了,就只能用手直接摘了。哎呀,真疼啊,我还怕时间长了被人发现,都想用牙咬了!"

汪静宜一边吹着他手上的伤口,一边笑:"用牙咬?那你就该满嘴流血地跑到我面前了,更吓人!"

"嗯,这次太匆忙了,花还不够好。以后我一定送你更好的。"

"傻瓜,这就是最好的了……"她依偎到他的胸前,大学三年里她从来都不乏追求者,但是他们之中从没有人想到要送她玫瑰花,只有他不同,和任何人都不一样。

"静宜,我要跟你说件事。"

汪静宜"嗯"了一声,闭起眼睛呼吸着他身上的气味,其实她觉得,这气味比花香更能令自己陶醉……"什么?!你说什么!"汪静宜猛地从他怀里挣出来,瞪大眼睛看着他,"你真的已经考出自学大专了?"

李威连静静地看着汪静宜,她轻呼一声,扑上去抱紧他:"怎么可能?你的工作那么忙,怎么有时间?!"

"这你就别管了,反正我考出来了。"李威连把汪静宜搂得更紧些,在她的耳边说,"我要接着再考本科。静宜,我会和你在同一时间拿到大学文凭,你相信吗?"

"我相信……"汪静宜感到眩晕,这个夜晚仿佛到处都有梦想的光芒。

"等到那一天,我就要让所有的人都知道,你是我的女朋友。"

汪静宜轻轻地点了点头,她的眼睛湿湿的,胸中充满爱的馨香,来自玫瑰,也来自他。

他们没有等到那一天。实际上,这是他们当年最后一次相会,再次见面就是整整十五年以后了。

左庆宏被双规已经有差不多一个月了，汪静宜仍然得不到他任何确切消息。女儿左菲娅正在期终考试，汪静宜骗她说爸爸出长差，暂时没让孩子起疑心。除了继续想方设法探听丈夫的情况之外，汪静宜也忙着处理家里的各种文件、账户和单据。她知道，左庆宏多半逃不过这一劫了，她要为这个家的未来、为女儿的前途做好准备。

然而，每当夜深人静独自在床上辗转反侧的时候，汪静宜头脑中反反复复出现的，并不是和丈夫将近二十年的婚姻细琐，而是她和李威连分离又重逢的场景。许多年来她早已习惯了左庆宏的胡作非为，最初的恐惧感在知悉丈夫的不忠后荡然无存。汪静宜发现，即使自己劝丈夫见好就收，他也有更多的地方去淫乱、去挥霍，倒不如尽可能为自己和女儿多争取一些实际的利益。汪静宜根本不屑用争吵和眼泪来与比自己年轻风骚的女人争夺丈夫，她对自己的身份有持重，对自己的地位有把握，对自己的价值亦有信心。与此同时，她也为有朝一日失去丈夫做足了准备，在心理和财务的各个方面。

时至今日，现实的崩塌对汪静宜来说，好像已成定局，反而没什么特别的感觉。倒是李威连在此刻弃她而去的举动，令她深切回味起多年前自己的行为——在最绝望的时候遭到抛弃，这就是当初她给予李威连的，现在他又不折不扣地还给了她。

她知道，这一次他们是真的永别了，而不像1984年的他们，一味憧憬着未来，却脆弱得无力抵御任何打击，也不像1999年的他们，尽管在狭路相逢时已经懂得伪装，被创伤和仇恨浸透的心依旧渗出深深的血痕来。正是这种痛楚使他们的重逢畸变成新的契机，又指引了他们近十年来的关系——不是由爱，而是因恨所引发的纠缠。现在，一切终于都结束了。

1999年初，左庆宏被提拔为海关通关处的副处长，这是一个真正有实权的位置，对于自视颇高却命运坎坷的汪静宜来说，也算是韶华将逝之际一桩鸡肋似的喜讯。她原本的志向哪里是左庆宏能企及的，但屡遭挫折之后，她渐渐学会了接受现实。

那次左副处长接受了一个邀请——参加美国西岸联合化工中国公司在希尔顿饭店举办的新年招待会。邀请中写着"请携夫人出席",汪静宜便随同丈夫一起前往。这天晚上,左庆宏的兴致特别高,因为他刚刚开始有机会参与这类场合,还因为他的妻子必定是席间最美丽的女宾之一。

在西岸化工中国公司总经理致欢迎词的时候,汪静宜一眼就认出了李威连。在她的眼里,他似乎没有丝毫改变,又仿佛彻底变成了另外一个人。过去的十五年如同一夜酣眠,汪静宜从梦中惊醒,醒来时仲夏已逝,隆冬在即。

左庆宏没有发现妻子的异样,事实上汪静宜也没有明显表现出情绪的起伏,她只是在麻木地等待着,等待着他来到自己的面前,也把自己认出来。她承担着巨大的恐惧等待那个时刻,汪静宜从来就不是个胆怯的女人。

他真的来了,过来向他们敬酒致意。在左庆宏兴奋地介绍汪静宜时,他的目光十分礼貌地落在自己的脸上,甚至还微笑着朝她点了点头,轻轻举起酒杯,极有风度地表示了对美丽女性的赞赏,随后便离开了。

他认出她来了。这是哪怕到死都不会消失的心灵感应,是由他们青春的肉体,在一次次水乳交融中编织而成的欲望之网,早就镌刻在了他们的灵魂最深处。尽管如此,她却无法采取任何行动,只能继续等待。多么可笑,虽然十五年的时间彻底颠倒了他们的相对地位,等待的却始终是她。十五年前是因为高傲,十五年后是因为卑下。

不知是怎么回事,他们这桌来了很多人敬酒,左庆宏很快被彻底灌醉。立即有人过来,帮助汪静宜把烂醉的左庆宏弄出宴会厅,扶到旁边的休息室。一名侍应生彬彬有礼地请她上楼,汪静宜毫不迟疑地跟了过去。

在那间黑黢黢的客房里,她没有想到要去开灯。与其说是沿袭了多年前的习惯,不如说是怯于面对,到了这个时刻,汪静宜终于感觉到了莫大的羞愧,但已经无路可退。

李威连用最暴虐的方式与她相认。汪静宜被逼在墙边，他用尽全力的冲撞使她几乎要半悬起来，只能死死地勾住他的脊背，可他完全不顾她的窘态，一下又一下刺向她的最深处，那里由于惊慌和急迫还完全没有准备好，强行进入带来剧烈的刺痛，她不敢喊出声来，只好憋紧一口气强忍着，眼泪不自觉地流下来，结果却激起了他更强烈的欲望。汪静宜的头发被他揪扯着，后脑不停撞在墙上，身体下面痛得犹如撕裂一般，他却还是没完没了，她不知自己是该闪躲还是该迎奉……

突然一切停止。他抽身得太过迅速，汪静宜几乎软瘫下去。李威连恰当地扶住了她委顿的身体，帮她靠在墙上。他轻轻抚摸了她的面颊，说了唯一的一句话："你没怎么变。"就走了出去。

汪静宜伏在地上干呕，过了很久才平静下来。直到这时候她才想起，整个过程中李威连都穿着全套西服，并且也没有完成最后一个步骤。

接下去她又只能等待了，没有目标没有期限的等待。一个月很快就过了，热闹的春节也过去了。踏着满地的鞭炮碎屑去公司上班时，汪静宜几乎认定那一晚自己是做了场噩梦，连等待本身都变得荒诞无稽。她早就离开了医学的本行，目前开着一家不大不小的房产中介公司。1999年上海的房价还没有起飞，房产中介的生意很一般，汪静宜的公司开在徐汇区，主要做海外客户，经营得勉勉强强。

夜幕降临的时候，汪静宜最后一个离开公司。她走出办公楼的旋转门时，感觉今夜街上的气氛有些异样。她一时没有想明白是怎么回事，就沿着灯光迷离的街道匆匆往前走，因为她还要赶赴一个客户的约。据业务员说，这位客户是个来自海外的跨国公司高管，有意出手购买徐汇区的老房子，假如做成的话，佣金将非常可观。但是对方很神秘，业务员连人家的身份都说不清楚，汪静宜决定亲自出马看看。

会面的咖啡馆就离汪静宜公司几步之遥，她刚走到门口，有人从里面推门而出。

"走吧。"李威连的声音响在耳侧，汪静宜的腰间感到轻柔的触摸，他的手臂很自然地环绕上来，好像一直以来他就是这样拥着她，对彼此都早已形成温馨的习惯。但是汪静宜记得清楚，在医学院秘密约会的三年间，他们从来没有这样相互依偎地在人前散步。

"先生，请买支玫瑰，送给你美丽的太太吧！"

原来今天是情人节。在他们的身前身后，来往穿梭的都是手捧花束的年轻情侣们，甜香和笑容在夜空中飘荡，好似一首充满柔情蜜意的歌曲。

卖花的小姑娘拦在他们面前，李威连停下脚步，汪静宜也只好跟着站住。

"先生，买一支吧！只要50元！"

她不敢看他的表情，却又不得不看。这里不是农田河沟边铺满宁静月色的夜，旖旎的霓虹绚彩落在人的脸上，满是青白相交的阴影，映得他眼底的黑越发沉黯，深邃得叫她心惊胆战。

"谢谢你，小姑娘，我们不需要。"李威连很温和地说。

"今天过节呀，您就买一支吧，您的太太多漂亮呀！"

李威连默默地掏出钱夹，从里面抽出好几张百元钞票，递到小姑娘的手里："拿去吧，你可以走了。"

小女孩张大嘴巴看着钱，突然把手中的十来支玫瑰花全都往李威连的怀里一扔，就跑开了，一边跑还一边朝后看，生怕李威连会反悔似的。

李威连重新揽住汪静宜向前走，经过垃圾桶时，他不露痕迹地轻轻扬手，花枝尽数跌入污秽之中。

那次会面，很好地奠定了他们今后关系的基调。他们开始不频繁也不稀疏的约会。性的过程依旧暴虐，不过汪静宜倒逐渐适应了这种方式，她心里也明白，如果他对自己温柔，恐怕自己就再也鼓不起相见的勇气了。既然有仇恨，就让他全部发泄在自己的身上吧，何况他即使再暴虐，也丝毫不显得粗俗。

此外，从情人节的那次会面起，汪静宜还渐渐了解了李威连与她恢复交往的另一个目的。这个目的无关风月,却相当实际,李威连从中表现出的精明果敢,让汪静宜叹为观止。从此以后的将近十年中,西岸化工在海关可谓事事顺畅,而汪静宜夫妇的个人资产也在悄悄地迅速膨胀。当然,西岸化工和海关的关系正大光明,决不会招来任何指摘,李威连在暗中所做的一切,只不过是让左庆宏更加有恃无恐罢了。

经历了时间的锻造,他们终于成为默契的合作伙伴,在性方面如此,在钱方面亦如此。

直到今天,狂欢落幕。

汪静宜走进公司,两个礼拜前她就把员工全部打发走了。这两周里,她每天只和自己的心腹、财务小梁遍查全部账务,封堵漏洞、销毁证据,凡是会引起麻烦的,汪静宜都要消灭干净。好在他们一向还算小心,没有什么太明显的疏漏。

"汪总,"小梁拿着一份文件来到汪静宜面前,"差不多都整理好了。不过,我发现了这个,您看看。"

汪静宜接过文件,脸色立即变了,想了想才说:"这也没什么要紧的……"

小梁点点头:"是的,我也觉得对我们无所谓。但是最近老有人来打听这栋房子的事情,所以我想还是把相关材料都整理出来,您看情况处理吧。"

"老有人来打听?谁?什么人?"

小梁支支吾吾:"前些天有个市公安局的警官来问过,昨天又有一位从美国来的女士也在问,他们都很想知道'逸园'现在的主人究竟是谁。我推说这属于业主的隐私,都把他们打发了。"

汪静宜一下子紧张起来:"是吗?怎么公安局的人也来问这个?"

"他说只是随便问问,也没有出示正式的调查公函,我就什么都没说。"

小梁走了,汪静宜向她支付了一大笔报酬。现在,汪静宜对自己公司的状况完全有把握了,唯一要处理的就是手中的这份文件。

她看它看了很久——这是他和她之间的最后一个关联了。汪静宜心痛如绞，没想到最后，她还是对他如此难以割舍。但是她必须要斩断这个关联，因为，它对他非常危险。

　　汪静宜取出女儿的求学材料，将那份文件夹在女儿的护照中间。汪静宜了解李威连的谨慎和细心，他一定会看见的。到那时，他还会不会对她生起些许怀恋之情呢？

　　现在汪静宜才深深地领悟到，诀别还是应该趁年轻时。否则她就不会被迫在今天，吞咽数倍于当年的离别之痛。她把材料封装好，就扑在桌上痛哭起来——她真的永远、永远失去他了。

第十二章

仅仅隔了三天，孟飞扬又在中山公园旁的越南河粉餐厅里等人了。童晓的标志性上竖发型刚在门口一晃悠，孟飞扬就朝他招手："这儿呐！"

等童晓在对面坐定跷起二郎腿，孟飞扬乐了："你还真是永远一副游手好闲的样子，堪称人民公务员的楷模。"

"说得很对！我越清闲，就越表明伟大祖国的治安良好，社会和谐，国际友人在上海过得其乐融融，难道你还希望天下大乱、恐怖主义泛滥不成？！"

"行了、行了……"孟飞扬给他倒茶，"说不过你。"

童晓好一阵东张西望："这儿挺不错嘛，你怎么想起跑到中山公园来了？你家不在这附近吧。"

"嘿嘿，此地美女多嘛。"孟飞扬正朝童晓挤眉弄眼，突然又抬头微笑："你来啦。"

童晓听到脑袋上方响起一个姑娘的声音，满是遮掩不住的欢快："飞扬，你今天的表现好极了！我刚才到老板那里打听过了，他对你的面试非常满意，我看你的工作基本上没问题了！"

孟飞扬也是满脸笑容："是啊？那我真要好好谢谢你了。"他看看童晓："亚萍，我给你介绍个朋友。"

童晓已经站起身了，穿着灰色小套裙的柯亚萍就在他面前，有些困惑地打量着他，脸上因为喜悦而泛起的红晕还没有褪尽。

孟飞扬赶紧为二人做介绍："这是童晓，市公安局的朋友。柯亚萍，我老同事的女儿，现在在帮我介绍工作呢。"

童晓和柯亚萍互相点了点头，童晓招呼："柯小姐，快请坐。"

柯亚萍站着不动，孟飞扬忽然意识到自己居然找了个每排两人的火车座："呃……亚萍，你先坐……我去看看别的座位！"

"不用了。"柯亚萍指指孟飞扬身边的座位："我就坐这儿吧。"

三个人这才坐下，孟飞扬和柯亚萍并肩，对面是童晓。孟飞扬张罗着点菜，柯亚萍垂着眼睑不说话，童晓饶有兴味地打量起孟飞扬和柯亚萍。

刚把菜点完，柯亚萍说话了："飞扬，我还不知道你有公安局的朋友呢？"

"因为我负责调查有川康介的案子，所以我们俩就认识了。"童晓抢先回答了，笑眯眯的，目光很礼貌地在柯亚萍鼻翼附近盘旋。

"有川康介？！"柯亚萍大吃了一惊，有些恐慌地看着孟飞扬。

"亚萍，你别紧张。"孟飞扬连忙把童晓调查有川死因的前后经过讲了一遍，"亚萍，童晓对有川康介染上艾滋病的过程非常感兴趣，恰好你上次从照片上认出了有川康介召过的患艾滋病男孩，所以我想，你应该和童晓好好聊聊，你提供的信息会对他很有帮助。"

童晓附和："是的，会非常、非常有帮助的。"

柯亚萍依旧垂着眼睛："可是……我帮有川康介召……男妓的事情，你们知道了……"

"啊，我不负责这些。"童晓表明态度，"现在你是作为证人提供情况而已，别的我不管。"

柯亚萍这才抬起头来，目光轻轻拂过孟飞扬的面庞："真是的，你也不事先跟我说一声，弄得我好意外。"语调中的抱怨就像蜻蜓点水，荡起的波痕转瞬即逝。

孟飞扬窘迫地"哼"了一声，无言以对。

还好热腾腾的河粉及时上桌了，柯亚萍吃了几口，就把筷子搁下："要我说什么呢？"

"就说说有川康介来中国召男妓的具体过程吧。"童晓也把筷子放下了。

柯亚萍想了想，细声细气地说："其实也不复杂。有川康介自己就认识不少皮条客，他们都是旧相识，有川在中国搞这个绝对不是一年、两年了。每次来中国之前，他会先通知我，让我和皮条客联系，按照他的要求'备货'……他就是这么说的。等他到中国之后，皮条客已经把人都带到了，而且都经过挑选和相应的指导，基本能让有川满意。有川康介离开之前，会把要支付的报酬交给我，再由我转付给皮条客。"她犹豫了一下，低声说："我手上有几个皮条客的联系方式，如果你们需要……"

童晓点点头："方便的话就交给我，我会转给相关部门。召来的人你都认识吗？"

柯亚萍的脸由红转白，嗓子好像被什么堵住了："……他们都还是些孩子。我、我真的不想看见他们，他们的样子实在叫人受不了。"

大家都吃不下河粉了，静了一会儿，柯亚萍继续说下去："为了安全，有川康介从不和皮条客直接见面，都是让他们把人带到附近，再由我去把人接到宾馆。我基本上不和他们讲话，那些男孩子也都很沉默，所以我连他们的名字都不知道。"

童晓问："那个照片上的男孩呢？你知道他是从哪里来的吗？"

柯亚萍摇摇头："不知道，我只记得他是去年六月那次被召的，这个男孩子长得特别瘦弱，看上去连15岁都不到，所以我的印象很深刻……当时我就觉得，他真的太可怜了。"她的声音越来越低，终于被周围的喧闹彻底吞没。

"咳、咳。"童晓清了清嗓子，显然是硬着头皮在问："那个……有川康介是不是很注意安全？我是说……嗯，在那些方面，他有没有什么防范措施？"

柯亚萍又瞟了孟飞扬一眼，声音轻得好像蚊子叫："他是、是特别小心的。他连宾馆里的牙刷毛巾都不用，全部自己从日本带来。还有就是那些……东西，也都是自己准备。我记得有一次他说那什么用完了，就让我把已经带来的男孩子又送走了，总之是非常、非常谨慎。"

"是嘛？"童晓吁了口气，"那这事情就不好理解了。即使这个男孩有艾滋病，有川康介如果做足防范措施的话，应该也不会感染上。另外，张乃驰在里面又起了什么作用呢？皮条客怎么会把得艾滋病的孩子送给有川康介？"他一边自言自语，一边煞有介事地摇晃着脑袋。

"我……可以走了吗？上班要迟到了。"柯亚萍红着脸说。

童晓和孟飞扬一起回答："当然可以！"孟飞扬问："我送你过去？"

"不用了，你们接着聊吧。"自打坐下后，柯亚萍头一次露出笑容来，朝孟飞扬摆摆手，就轻盈地走开了。

孟飞扬目送她出了餐厅大门，不由自主地松了口气。扭头一看，童晓还在那里顾自沉吟，孟飞扬在他的眼前挥了挥手："喂，琢磨什么呢？人家都走了。"

"我在思考！"童晓一皱眉，"走就走了呗，我又没打算因为协助嫖娼逮捕她。"

"怎么说话呐？"孟飞扬嘟囔起来，"早知道你是这个态度，我就不尽公民义务了。"他凑到童晓跟前，面呈狡黠之色："你说……她怎么样？"

"什么怎么样？"

"唉，我今天让你们见面，可不单单为了日本嫖客！"

"那还为什么？"童晓一脸无辜地反问。

"是谁老在我面前抱怨没女朋友的？！"

童晓朝孟飞扬扫了好几眼："孟飞扬，你这人缺心眼吧？"

"我怎么缺心眼啦？"

童晓指了指桌面："就因为你笨成这样，今天这顿饭也必须你来请！人家分明是对你有意，你居然没发现？"

孟飞扬瞪大眼睛："怎么可能？她知道我有女朋友……"他猛地住了口，哦，不一定啊，在伊藤工作的时间正好是戴希出国期间，两人的恋情前途未卜，他为此始终不愉快，就基本没在同事面前提起过戴希。

童晓连连摇头："你啊，还是小心为妙吧。你那个女魔头可不是好惹的!"

张乃驰本来要去地下二层的车库,但在电梯里接到朱明明的电话,说突然想起今天晚上要去做美容,不能和他一起吃饭了。张乃驰挂了电话,直接走出底楼大堂。他有点儿懊恼,这些天为了应酬朱明明他推掉不少别的事情,但将近两周了,朱明明对他仍然时冷时热,态度暧昧。

前方的转弯处,路灯的光芒被吸入高楼巨大的阴暗之中,张乃驰埋头往前走,冷不防一个黑影从深不见底的角落蹩出来,挡在他的面前。

"谁?"张乃驰吓了一大跳。

那人没有说话,只是轻轻喘息着,倒像比张乃驰受惊更甚。

张乃驰眯起眼睛,这才看清对面站的是个年轻姑娘,红色高腰羽绒服里包裹的身段很纤细,围巾上方的脸有些发白,眼睛细细长长的,目光很特别。

张乃驰十分诧异:"你……找我吗?"

她点了点头,眼神更加奇异了,有点儿冷、又有点儿热切;似乎在期盼什么,又似乎随时想要逃离。张乃驰忽然发现,自己对这张脸,尤其是这种神情并不太陌生。

他往前跨了一步,几乎逼到了姑娘的脸前:"这位小姐,咱们认识吗?"

她开口了,声音飘忽不定:"张……先生,你一定记得我。"

张乃驰立刻就记起来了!

两分钟之后,张乃驰和柯亚萍并肩坐在人行道边的木条椅上。木椅子漆成乳白色,椅背弯成大弧形,还冻得冰冷,坐上去十分不舒服。张乃驰本来建议两人一起去附近的星巴克,或者爱尔兰酒吧,可是柯亚萍死活不愿意跟他去任何地方。

这里离开西岸化工的办公楼并不远,他们随时有可能被西岸化工下班路过此地的员工目击,张乃驰哭笑不得地想着,幸好本人艳名在外,身边突然多个不明来历的年轻女性也不会太出人意表,想到这里他干脆伸展右手,不远不近地搁到柯亚萍颈后的椅背上。柯亚萍的身子明显地僵硬了,张乃驰反倒松弛下来了。

"柯小姐,我没记错吧?你是姓柯?"

柯亚萍目视前方,轻轻点了点头。

张乃驰露出更加亲切的笑容,起伏飘摇的语调如同在唱歌:"柯小姐,今天能够再次见到你,我很高兴。不过柯小姐是否能够先解答我的一个小小疑问?"

柯亚萍终于朝张乃驰瞥了一眼,立即又害怕似的把目光移开了。

张乃驰摸了摸下巴颏:"柯小姐,我的样子很可怕吗?或者特别令人印象深刻?我怎么就是不记得,曾经告诉过你我的姓名和身份?还是我的记忆力下降了?"

柯亚萍扭过脸来,直盯着张乃驰说:"张先生,当时你的确什么都没告诉我。可是现在我知道你是谁了,而且我也知道了你让我做的事情究竟是什么!"

张乃驰静静地回望着柯亚萍,时间轰然流逝,好像飞泻的瀑布没入深潭。在无声的较量中,柯亚萍终于支持不住低下头,张乃驰凑到她的耳边:"……告诉我,你是怎么知道的?"

柯亚萍咬了咬牙,鼓起全部勇气说:"我看见了一张照片,是你代表西岸化工和艾滋病患儿的合影,在孩子们中间……有那个男孩。"

"哦?"张乃驰只是低低地应了一声。

柯亚萍明白自己必须说下去,把该说的说完,否则就将彻底失去开口的机会:"我立刻就想起来了,当时你找到我,把这个孩子混在皮条客送给有川的'货'里,还让我偷偷地换掉了有川康介自己准备的……安全套,用你给我的那些……我那时不明白这么做的目的,可是现在我完全想通了。"她顿了顿,再次直视张乃驰,一字一句地说:"张先生,警方怀疑你和有川康介得艾滋病有关系,我可以证明,他们的怀疑是对的!"

张乃驰抬起手,轻轻捋了捋鬓角,柯亚萍在他的脸上看不到丝毫情绪的起伏。

"柯小姐,你的记忆力果然很强大嘛。因此,想必你也一定记得……那次你从我的手里收了多少钱。"

柯亚萍说出早就准备好的回答："我是收了钱，但我是在不知道你真实目的的情况下，才帮你做了那些事情的。还有就是，"她抬起头，脸上泛起一阵怪异的红光："你没有证据说明我收了多少，你没有凭据！"

张乃驰高高扬起眉毛，嘴角边突然荡起的笑容似乎在说，这个世界怎么如此荒谬、又如此有趣！在他的目光中，凸显出此前没有的淫亵……甚至同情，他就这样既怜且戏地对柯亚萍说："柯小姐！你真是太可爱了！"他搁在椅背上的右手，再有一毫米就要触上柯亚萍的肩膀了，远远望过去他俩是多么亲密，他继续压低声音说："但是你并没有向警方举报我，而是自己来找我，来和我说这番话……柯小姐，你是想帮我对不对？我应该怎么感谢你呢？"

柯亚萍的身子开始颤抖，恐惧地瞪着张乃驰，他却极尽温柔地冲着她笑："别这样，人家都看着呢。话既然都说到这个分上了，还是说完比较好。"

柯亚萍深吸口气："我要钱，给我钱我就保持沉默！"

张乃驰吹出一声清亮的口哨："柯小姐，我已经给过你钱了，还不少呢。"

"但现在情况不同了。你必须再给我钱，否则我就去告发你！"

张乃驰忍俊不禁："行啦行啦，不要这么凶这么正义嘛！柯小姐，你要是真打算告发我，也不会等到现在。再说了，这事儿泄露出去，对你也未必光彩。"

"我是因为无知犯的错，你就不一样了！"柯亚萍的口齿突然伶俐起来，情急之下的本能反应彰显出她的真实性格，"张先生，像你们这样的国际大公司，当高管的闹出点性骚扰的丑闻来，也是不得了的事情吧。你的事迹就算不受刑法追究，也会被人当作攻击你的有力材料！"

张乃驰吁了口气，忽然紧密地拥住柯亚萍："柯小姐，让你这么一说，看来这钱我还不得不给了。不过呢……"他的手轻轻撩拨着柯亚萍的发梢："其实对你这样可爱的小姐，即使不为了别的，我也心甘情愿为你花钱。"

柯亚萍松开一直握紧的拳头，把一张捏得皱巴巴的小纸片塞过来："这上面是……账号，你把钱打进去。"她重新低下头，眼睛里有什么东西一闪而过。

张乃驰展开小纸片，左看看右看看："想得真周到，我打多少钱进去好呢？"

"……五万。"

"五万！这么多啊！"张乃驰无比夸张地叫起来。

柯亚萍呼吸急促，声音颤抖地辩解："不、不多的。"

张乃驰打量着她，满脸都是戏谑，眼中却寒意森森："你说不多就不多吧，这不重要……但是想要钱，你还得满足我的一个小小要求——当初救助艾滋患儿的活动，所有媒体报道所选用的照片都经过我的审批，因此我和那个男孩的合影绝对不可能公开出去，它只能在西岸化工的内部找到。所以，你必须告诉我照片的来源，否则就别想拿到钱，你要想去举报去告发，随便！对我来说，如果不除去内奸，我给你再多的钱这秘密照样会泄漏出去，我可没有那么愚蠢！"

柯亚萍愣住了，紧张地思考着，过了好一会儿才开口说："这照片是、是我爸的一个老同事给我看的，他说他有个朋友在西岸化工上班，碰巧见到了这张照片，至于他的朋友是谁，我确实不知道。"

"你爸的老同事？哦，那么就是伊藤株式会社的人……里面认识我的只有一个——孟飞扬！"他厉声问，"孟飞扬，是他吗？！"

柯亚萍给他吓得哆嗦了一下，抿紧嘴唇没回答。

"所以就是他了，孟飞扬在西岸化工的朋友……嚯嚯！居然搞进来了一个小间谍！"他兴奋不已地搓起双手，"太有意思、太有意思了！看来孟飞扬的这个女朋友还真是个人物啊！不简单……"

"女朋友？"柯亚萍突然插嘴了。

"你不知道？"张乃驰简直眉飞色舞起来，"哈哈，人还没进公司呢，就把我们的总裁给迷住了，现在竟然开始往外送情报，这个戴希实在令人惊异啊！"

"好了，我、我都告诉你了，你……"柯亚萍再次打断张乃驰的话。

"哦,一言为定、一言为定!"张乃驰这时的神情哪里像刚刚被人敲诈,倒像是中了头彩似的。

柯亚萍刚要起身,张乃驰又一把将她的手按住,一边观察着她的神情,一边充满感情地说:"柯小姐,我非常、非常喜欢你的冰雪聪明,现在像你这样的女孩太少了。我衷心地希望,以后还能有机会见到你。"

"为什么?"

"因为我可以为你提供你最需要的东西——钱。当然了,前提是你能提供给我我也感兴趣的东西。"

柯亚萍坚决地说:"我再没什么令你感兴趣的东西了!"她最后一次向他投去既厌恶又惧怕的目光,站起身就走。

"喂,咱们后会有期哦!"从她的背后传来轻浮的叫声。柯亚萍慌乱地扭头望去,张乃驰靠在长椅上,风度翩翩地向她抛来一个飞吻,夸张的举动引来好几个路人侧目。

其实朱明明晚上并没有美容院的预约,她只是忽然对敷衍张乃驰感到万般厌倦。朱明明打心眼里觉得,和张乃驰上床还算愉快,但与他交谈相处就实在太无趣了,他的所有虚情假意比塑料花还要廉价,相处的时间越久,就越让朱明明害怕自己也跟着俗气了。

她在公司里磨蹭着,早已过了晚饭时间,她也不觉得饿。终于,整个二十八层的人都走光了,西岸化工在这栋办公楼里占了好几层楼面,二十八层是中国区头头们的专用层,朱明明四顾空荡,又情不自禁地朝走廊尽头的小会议室走去。

除了 Lisa 之外,整个公司里只有朱明明还有一张总裁办公室的门卡,因为她曾经当过李威连的秘书,也因为需要有可靠的人和 Lisa 做个备份,李威连把这份信任交给了朱明明。

她打开门走进去,这只是间临时的办公室,但对朱明明来说,已经充满了令她着迷的气息。李威连要到下周三才会回来,桌上的文件夹中满是他的函件,都由 Lisa 理得整整齐齐,分门别类地放好了。

朱明明下意识地翻着那些函件，她也曾经负责整理它们，那时她怀着隐秘的情感工作着，心中时常能体验到莫名的满足……

"逸园"是李威连相当在乎的地方，他特意委托朱明明负责改造工程；虽然带着点强迫的性质，李威连想招聘戴希也通过朱明明的部门；他的权威从来不允许任何挑战，但是朱明明就可以小小地顶撞他，乃至不敲门进他的房间、大声关门表示不满……李威连总是对她的这类行为一笑置之，他是在有限度地纵容她，用这种方法巧妙地培植着他们之间特殊的信任。

朱明明这样想着，忍不住轻轻地叹息，还是知足吧。她打算离开了，刚要放下顺手拿起的一份快递，突然停住了。很难说清是什么引起了她的怀疑，是寄件人处的空白，还是娟秀的显然出自女性的笔迹，抑或是那几块模糊的仿佛泪痕的水渍……这是一份非常普通的快递，拿在手里轻飘飘的，但是朱明明却把它牢牢握住，心也随之怦怦乱跳起来。

深夜的薛宅一片静穆，主人已去的凄凉落满庭院，薛之樊生前最钟爱的七只猫像鬼魅似的在树荫下穿行，其中一只黑白相间的狸猫冷不防地从黑暗中蹿出来，把匆匆踏进院门的张乃驰吓了一跳。他站在窄小的甬道里抬头看，花园洋房的大部分窗户漆黑，只有二楼的两扇窗中透出微弱的光，一间是薛之樊书房里点的蜡烛，灵堂就设在那里；另一间就是薛葆龄的卧室，她要在这里守到七七之后。

张乃驰轻手轻脚地走上楼梯，二楼走廊里的壁灯亮着，但依旧显得很昏暗，有年头的房子就是让人感觉阴森，张乃驰心想，别说死老头子一直不让自己进门，就是现在自己也没胃口住进来，他只对这里的财富感兴趣，如果能够把这栋房子卖掉就好了，市价就算到不了一个亿，七八千万肯定没问题……

右手边就是薛之樊的书房了，张乃驰停在门前，伸手转了转门把，纹丝不动。他从鼻子里哼了一声，抬手推开对面的房门。

薛葆龄坐在床沿上，闻声抬头，神情略显讶异："咦？乃驰，这么晚了你还过来？"

"我不能来吗？"

"当然能来……"薛葆龄垂下头，"是你自己嫌这里晦气，不愿意陪我一起住。"

张乃驰冷笑："我不愿意陪你？这里的一砖一瓦都不欢迎我，连猫见了我都怪叫，恐怕是我和这个地方八字相冲吧！葆龄，"他叫着妻子的名字，坐到她的身边，"你对我还不了解吗？我这人没有别的优点，就是有自知之明。你家老头子活着的时候，我低头哈腰的已经够了，现在他过世了，我也不想扰得他阴魂难定！"

薛葆龄无言以对，只管低头扯弄着摆在床上的丝绸衬衣。

张乃驰的目光顺着她纤细的手指，缓缓扫过摊了一床的衬衣、长裙和西裤，以他堪称专业的眼光，立刻就能看出全都是 Prada、Gucci 和 MaxMara 的当季新品……父亲才刚火化，薛葆龄就如此大肆地补充衣柜？张乃驰的目光继续移动，床脚边的地毯上，两只 LV 的皮箱打开着。

"怎么？你要出门？"张乃驰皱起眉头。

薛葆龄仍旧低着头："是……我，我要去趟新加坡。为东亚谈个会务合作项目。"

"谈合作？什么时候？"

"本周五，唔……周末。"每次都是类似的谈话，如果不是父亲遗嘱所引起的负疚感，薛葆龄的回答会更干脆些。

张乃驰的喉结在脖子里滚了滚，目光缓缓移回到薛葆龄的脸上："哦……葆龄，你也太敬业了，你爸还没三七，就急着出差，是不是有点儿……不太合适？"

"我、我也是没办法。"果然，她的声音不那么镇定了。

张乃驰又摸了摸身边的浅金色长裙："就穿着这一身去谈合作吗？呵呵，对方肯定会头晕目眩的。唉，葆龄，你实在太美了，真让我这个做丈夫的吃醋啊。"

薛葆龄一把扯过衣服："不，不是的！我当然不会穿这个，这、这是专卖店送来试样的……他们不知道我爸的事，明天就让他们都拿回去。"

"那倒不必,你觉得好就留下嘛,大不了过段时间再穿。"张乃驰十分体贴地说,"要不要穿给我看看?在这方面我还是有些品位的哦。"

"真的不用了……"薛葆龄有气无力。

张乃驰环顾四周,衣柜的门也大敞着:"葆龄,你那么多漂亮衣服,我好像很少看到你穿嘛,你都是什么时候穿的?我怎么不知道?"

薛葆龄按住胸口,深深地呼吸着。张乃驰咬紧牙关,好吧,火候差不多了,今天就先到这里。他若无其事地转换了话题:"你爸的书房里点着香烛,要不要有人看着?那里面太多贵重物品了,万一烧起来,损失可就大咯!"

薛葆龄如释重负,赶紧回答:"不会的,重要的藏书和字画都锁到库房里去了,最珍贵的那些已经放进银行保险柜,书房里没什么要紧东西。另外,我嘱咐过用人每隔一小时去上香,所以……"

"所以什么!"张乃驰勃然大怒,蹭地从床沿跳了起来,"薛葆龄,你爸活着的时候就把我当贼一样地防着,怎么?现在他都烧成灰了,换成你来把我当贼看了?!"

薛葆龄吓得脸色煞白,连忙来拉张乃驰:"Richard,你千万别误会啊!我只是想把爸爸一生的心血保管好,他人不在了,我们也不常在这里住,放在书房里不安全……"

"不要碰我!"张乃驰粗鲁地甩掉薛葆龄的手,她一下就被推倒在床上。张乃驰站在床边,指着薛葆龄吼叫:"把我当傻瓜啊!这房子有什么不安全的!嗯?除了用人就是你和我,你现在还锁着书房门,不就是针对我的吗?!看来连用人都比我值得信任啊?是不是?!是不是?!"

"不是!真的不是!"薛葆龄高声嘶喊,随即又双手握胸伏在床上,费力地喘息起来。

张乃驰冷冷地看了她好一会儿,才坐回到床边,扶起薛葆龄,轻轻地把她的头靠在自己肩上:"怎么样?好点了吗?"

薛葆龄虚弱地点了点头,含着眼泪说:"相信我,乃驰,我真的不会防你的。"

"但愿吧……"张乃驰叹了口气,"葆龄,你愿不愿意帮我一件事?"

"当然,什么事?你说吧。"

张乃驰抚摸着薛葆龄的鬓发,慢条斯理地说:"你爸原来书桌对面挂的那幅张大千水墨山水,我去让拍卖行的朋友估了个价,他说如果能赶上今年春拍的话,应该能拍到一千万左右。葆龄,你能不能把那幅画卖了?"

薛葆龄诧异地看着张乃驰:"乃驰,为什么要急着出卖这幅画?"

"因为我需要钱,一大笔钱。"

"可是……为什么呢?"

张乃驰不耐烦地推开薛葆龄:"跟你说了不知多少遍,还要问我为什么!我一直想开创自己的事业,现在时机已经很成熟了,不论是我个人的从商经验,还是人脉,都积累到位了。只要有足够的资金,我就能立即在商场上大展身手。所以葆龄,你对我到底怎么样,就看现在了!"

薛葆龄为难地说:"乃驰,不是我不想帮你,可是爸爸的遗嘱你也知道,这幅画是爸爸最重要的藏品之一,我要卖它必须征得基金会的同意,否则是不能拿去拍卖的。"

张乃驰冷笑:"我就知道你会这么说。葆龄,公开拍卖不行的话,不是还有黑市嘛!你把画搞到手还不是轻而易举的事,我私下找人收购,大不了价格稍微低一点。基金会那三个人又不会天天去查保险柜,等他们发现画不在了,我早就把生意做开了,他们能拿我们怎么样?难道还怕他们不成!"

"乃驰,这样……恐怕不行吧。"薛葆龄小声说。

"有什么不行的?说来说去,葆龄啊,你心里面就是不肯帮我,我算看明白了!"

薛葆龄迟疑地攀住张乃驰的肩:"乃驰,其实我是觉得,你何必非要自己创业呢?创业很辛苦,风险也很大,而你现在的职位这么体面、收入高还不怎么累,不是蛮好吗?许多人想觅都觅不到。况且还有 William……"她突然住了口。

"况且什么？"张乃驰盯住薛葆龄，唇边溢出一丝讥笑，"你是想说，还有 William 处处关照我，对不对？所以在你的眼里，我就始终是靠他提携、靠他施舍才有了今天，对不对？要是没有了他，我张乃驰就一钱不值，对不对？"

"我不是这个意思！"薛葆龄忍不住大声辩解，苍白的脸也涨红了，"乃驰，你也知道的，商场上的人际关系有多重要。William 和你是那么多年的朋友，他在事业上帮了你多少你自己心里清楚。我没有否认你个人的能力，可本领再大的人也需要和别人协作，现在社会上谁不懂这个道理？你就是要创业，也不能靠你自己一个人啊！"

"这你不用操心！我当然有合作者。"

"是谁？"薛葆龄紧追不舍。

张乃驰托起薛葆龄的下颌："我告诉你，你就会给我钱吗？"

薛葆龄挣脱他的手，又垂下眼睑不说话了。

沉闷压抑的气氛覆盖在这间装饰华贵的卧室上空，满床亮丽的衣饰徒劳地闪耀着光彩，却无法带来一丝暖意。

张乃驰阴沉着脸突然问："你为什么想知道我的合作者？不会是……"他疑虑重重地打量着薛葆龄："他让你打听的？"

薛葆龄鄙夷地笑了："他要是真的关心这个，也犯不着让我来打听，他可以直接问你，你对他的脾气还不了解？"

"哈！"张乃驰干笑一声，仰躺在那一大堆名牌衣服上，"这倒是，他不关心那些，除了女人他还关心什么？女人，女人，有了女人就有了一切……"他顺手捞起一条紫色的丝披肩盖在自己的脸上："真美啊，多么魅惑的色彩，就像女人一样。呵呵，不过 William 在这方面的手段也确实高明，把女人当事业来做也相当成功。"

"什么意思？"

"不明白啊，哈哈，我解释给你听。"张乃驰翻了个身，亲热地拥住薛葆龄的腰，"葆龄，你想想，李威连有了 Katherine Sean，就有了西岸化工董事会的入门券，什么股票啊、权益啊，不费吹灰之力就到手咯。他当然用不着再冒风险去创业，而 Sean 家族也找到了一条最得力最忠实的走狗，这么互利双赢的买卖，他们两方做得实在是完美，令人不得不佩服啊！"

薛葆龄不满地说："话不要说得太难听了，你就这么肯定Katherine和William只是政治婚姻？"

"我当然能肯定！你想想，William的那些风流韵事，Katherine会不清楚？她可是哈佛商学院的高才生，才智超群的人物。葆龄，我还听说啊，Katherine的私生活和William的简直不相上下，否则她又怎么会默许丈夫的种种荒唐行径？"

薛葆龄沉默了，清丽而柔弱的面庞上笼起沉沉阴霾，眼神十分悲楚，张乃驰专注地端详着她，很久才伸出手，轻轻捋了捋她的发梢："他们和我们不一样。葆龄，我们之间还是有真感情的。"

他的话音刚落，薛葆龄的神色就变了，惊慌驱走悲伤、闪避取代沉郁，有些坐立不安。张乃驰倒像沉浸到了往事中："你爸从一开始就不喜欢我，想方设法要拆散我们，他逼着你去东京读旅游和酒店管理，一走就是三年。结果还是William巧立名目，安排我每个月都去东京出差至少一周，才使得我们的交往不仅没有被迫中断，感情反而迅速升温。我至今都记得，那三年里每次去东京之前，我都会兴奋不已，为了给你买件礼物，我会在中环的精品店里逛上整整一天……"

"乃驰……"薛葆龄眼泪汪汪地叫了一声，她听不下去，却又逃无可逃。

"所以嘛，William的确是帮了我很多。哪怕你我的婚姻，也几乎是他一手促成的。想起这些，我还真是从心底里感激他。不过有时我也困惑，他为我做这些到底是图什么呢？假如说在公司里，我或许还能帮到他，那么我们俩的结合，又能给他带来什么好处呢？葆龄，也许你明白？"

张乃驰温柔的问话像利刃直刺过去，薛葆龄拼尽全力说了句："我想……他是同情我们吧。"就虚弱地倚靠在床头，动弹不得了。

"同情？"张乃驰若有所思，"那他还真是好心啊。不过要是让Alex Sean知道，他这个能干的妹夫刚在西岸化工谋到一官半职，就那么放肆地假公济私，把公司当自己家一样摆弄，恐怕也是要吐血的吧！"

"Richard，你不能！"

"呵呵，你紧张什么，我开个玩笑而已。"张乃驰抚了抚薛葆龄血色尽失的面颊，在她的唇上轻轻吻了一下，"不早了，我先走了。你好好休息，祝你在新加坡玩得……噢，是工作得顺利。"

薛葆龄没有听到张乃驰关门下楼的声音，她好像短暂地失去了知觉，直到手机锲而不舍的响铃终于把她从昏沉中唤醒。薛葆龄在衣服堆下找到手机，只看了一眼号码就马上把它贴在耳侧："Wiliiam！"

"是我，你怎么了？"李威连立刻听出了薛葆龄的异样。

"我，没什么……"

"哦。葆龄，你不要去新加坡了。"

"不让我去了？为什么？！"薛葆龄大失所望地叫起来。

李威连稍稍沉默了一下，才说："因为我要提前回上海，所以在新加坡的日程比原来更加紧凑，我确实不可能有任何时间和你会面。对不起，这次是我考虑得不周到。我最近要想的事情实在太多，有点兼顾不过来。"

他的声音听上去的确相当疲倦，薛葆龄不忍心了："我知道了，没关系。其实爸爸刚刚过世，我本来也不该出门的。你……别太累了，注意身体，我等你回来。"

"好。"李威连就要挂机，薛葆龄突然又说："William，你最近和Richard之间有什么特别的事发生吗？"

"没有，怎么了？"

薛葆龄吞吞吐吐地说："说不清楚，就是感觉他怪怪的，好像对你越来越不满……另外就是，他急着在筹钱要自己成立公司。"

又是短暂的沉默，他才说："我知道了。你休息吧，再见。"

第十三章

周一早上，孟飞扬和戴希一起离开家去上班。距春节还有两周，孟飞扬也找到工作了。可惜他俩的公司在不同的方向，虽然都是搭地铁，却要在中途分道扬镳。

戴希把照片整理得差不多了，Lisa 告诉她李威连周三回公司，所以戴希要在这两天里完成全部工作，她不得不面对李威连的那些照片了。戴希很郁闷，尽管鼓足了劲，在整个过程中她还是频频走神，磨蹭到将近中午，她连十分之一都没搞定，戴希决定今天中午不吃午饭，继续工作！MSN 上跳出好几个吃饭邀请，都是公司里刚认识的年轻男同事，戴希一律无视，索性从 MSN 上脱机——烦死人了！

桌上的电话突然响起来，戴希吓了一跳。Lisa 在话筒里急促地问："你在啊？怎么不上 MSN？"

"我……"

Lisa 打断她，戴希还没听见过她这么紧张的口气："William 提前回来了，他要找你，你别挂，我把电话转过来。"

刹那间戴希的脑袋一片空白，紧接着便听到话筒里有人说话："戴希？你好。"

"是……呃，你好。"戴希觉得自己简直傻透了。

"你还记得'双妹 1919'吧？"

"哦，我……记得！"

"很好，我在那里等你。你从公司步行过来，只需要十五分钟。"

戴希放下电话，把电脑关了，从桌上一把抓起围巾，一边往脖子上绕一边向外跑。

今天中午的阳光真好，戴希走得太急，拐上"双妹1919"所在的小街时，她有点气喘吁吁，但全身上下都热起来。前面就是"双妹"黑色木格中嵌磨砂玻璃的门了，金灿灿的阳光从门楣上的铜字招牌上折射下来，直晃眼睛。

"戴小姐，请进。"门开了，穿米黄旗袍披着雪白毛披肩的女人半掩在门后，微侧着身子朝戴希微笑。

戴希也对她微笑，这个是温柔的邱文悦，戴希已经能够辨认出她来了。一踏进房门，满屋的咖啡浓香纯粹、好闻，不像那个雪夜，空气里还混杂着线香、奶油和其他食物的香味，虽然也旖旎浓郁，却不够明净。

整间店堂空荡荡，只有最尽头靠窗的座位上坐着一个人，是李威连。

邱文悦关上门就往柜台后走去，戴希只好自己走到李威连面前。

"请坐。"他说。

戴希坐下来，阳光从左侧的大玻璃窗照进来，明晃晃的光柱中全是跳动的微尘，隔着这些她看不太清对面的李威连。戴希把围巾和外套一起放到身旁，悄悄地吁了口气——这里好舒服啊，难怪他不去公司。

"戴希，你是从公司来吗？"

"啊？是啊。"戴希糊涂了，不是他自己打电话到公司的吗？

"那你走得相当快，我挂下电话到现在才刚刚十五分钟。"

"是么？"戴希得意了——我几乎跑过来的，当然快啦，是不是应该表扬我？

"既然在公司上班，为什么不遵守着装规范？"李威连的口气里可没有半点表扬的意思。

"着装规范？"戴希有点发蒙，下意识地瞧瞧自己身上，紧身毛衫和窄腿西裤，还行吧？

"Maggie没有告诉你公司的着装规范吗？"

戴希抬起头，桌子中间的阳光太亮，她看不清阴影中李威连的脸，只好嘟囔了一句:"Maggie 啊,她什么都不跟我说的。"

"新员工入职手册里有详细的说明,你自己从公司网站上也能查到。"

"我看到过。"戴希低头承认,当时自己对着装规范里的严格要求相当不满,尤其讨厌女员工一年四季都必须穿套裙和高跟鞋的规定,所以她今天确实是违反规定了。

"……可大家都这么穿的。"戴希尝试着辩解,声音小得可怜。

"谁允许的?"李威连的语调越发严厉了。

"他们说……只要你不在公司,就可以随便些。"

"他们是谁?"

戴希的手心都出汗了,其实是 Lisa 这么对她说的,可不能出卖人家呀。

"即使对其他部门人员可以适当宽松,你属于人事部,在这方面就必须不折不扣地执行,否则怎么再去约束别人?"

戴希哑口无言,李威连还不肯放过她:"公司有明确规定,违反一次着装规范部门内部警告;两次取消绩效考评优秀资格;三次就直接开除。但作为人事部的员工,如果你让我再看见第二次违规,我肯定立即开除你,绝不会给你第三次机会!"

好久没人这么劈头盖脸地训过戴希了,她面红耳赤地垂下脑袋。邱文悦端上咖啡,就在戴希的眼前冒着热气,浓香扑鼻,她却连碰都不敢碰。突然,戴希的眼前暗下来,是邱文悦把窗帘放下了,隔在桌子中间的轻尘光柱骤然消失,戴希终于可以看清楚李威连了。

其实这才是戴希第三次见到李威连,前两次的时间加起来不超过半小时。再次看清他的面容,戴希发现他对自己差不多还是个陌生人,但又有着某种异乎寻常的熟悉。戴希立刻排除了挨训的懊恼,以她见习精神科医生的专业眼光,马上就看出李威连正处在情绪极不稳定的状态中。这种状态是由于过度的脑力活动和超负荷的精神压力所造成的,每个人对这些因素的承受能力不同,李威连会有现在的状态,一定是压力累积到极限的边缘了。

必须让他放松下来,戴希想,要不然我今天一定还会挨训,不仅仅是我，还会有许多许多人遭殃，好惨呐，我算是替大家顶雷了……

李威连显然也在竭力调整自己的情绪，他沉默了好一会儿，才用稍微和缓的语气对戴希说："喝过这里的咖啡吗？"

"上次来时喝过，蛮好的。"

"你试试现在的这个。"

戴希端起杯子喝了一口："真苦啊！上次我喝到的没这么苦呀？"

"是，这是用了一种很稀少的咖啡豆品种。"李威连的神情更加松弛了，"不过文悦搞错了，她应该给你 LATTE，这种 ESPRESSO 是给我的。我叫她替你换一杯。"

"不要！"戴希连忙说，"我就喝这个吧，挺特别的。"

"也好，喝惯了这里的咖啡，全世界的咖啡都不觉得苦了。"

戴希情不自禁地又看了他一眼，李威连今天的情绪起伏真称得上变幻莫测，从外表看他的神采依旧，但那双眼睛的确疲惫至极，他肯定不会允许自己这样出现在众人面前，但是却叫来了戴希。

李威连做任何事情都是精确计划、目标明晰的，戴希开始模糊地意识到，今天他对她有所期待，而且是很重要、很特殊的期待。

"你的工作完成了吗？"又隔了好一会儿，李威连问。

"还没有，刚完成了 80%。"戴希老实回答，预备好再次挨训。

还好，这次李威连没有训她，只是简单地说："速度比我预料得慢些，主要的困难在哪里？"

困难就是你啊！戴希无奈地叹了口气："没有困难，是我自己效率低。"

她的回答似乎让李威连略感意外，他想了想，才说："80% 也不错了，谈谈你对西岸化工的感受吧——就是从那些照片里得到的首要印象。"

戴希认真地思索了片刻，字斟句酌地回答："感受很多，最首要的印象嘛……我觉得，西岸化工是一家特别老派资产阶级的公司。"

李威连的表情没有丝毫变化："说得具体点。"

戴希觉得脊背一阵发凉，论文答辩也不过如此了："所谓老派资产阶级的公司，只是我个人的一种说法，西岸化工是一家很有传统、很有风格、很有文化，但同时也有些保守、有些奢侈、相当傲慢的公司。"

又是一阵沉默，现在就算借个胆子给戴希，她也不敢抬头去看。终于，她等到了李威连冷冰冰的声音："举例说明你的观点吧。"

戴希有些惊喜——他没有生气呀！不过她还是不敢抬眼，就继续垂着头背书似的往下说："从照片里面我看到，西岸化工大中华区每一年的年会，以及其他重要的活动，都选择在上海最顶级的酒店中举行。十年的活动照片里，我好像看到了上海顶级酒店的发展史。不仅如此，我还看到了中国内地、香港，还有新加坡等地最豪华的宴会，以及各种高级俱乐部的活动，有高尔夫的、游艇的、马会的……很开眼界。"

"这很正常，因为我们所面对的客户，以及我们所选择的合作伙伴，本来就属于这个层次。"

"我明白，从树立公司形象的角度来说，这些都是必须和成功的举措。而且我也相信，这些做法沿袭了西岸化工美国总部的惯例，所以我才说这家公司非常传统。至于风格和文化则表现在更多的方面。包括你刚才提到的着装规范，连男士衬衫使用的袖扣材质和颜色都做了详细规定，难怪我每天进公司都觉得眼前一亮，好像全上海职场里的俊男靓女都集中在了西岸化工。我还发现，公司对员工的形象要求相当高，从照片上就可以看出来。我觉得——只有最传统的老牌资本主义企业才会这样以貌取人。"

"你的说法非常表面，也非常片面。"她的耳朵里飘进他的评价。

戴希不由自主地把头抬起来了："从照片里看问题，当然表面片面了。"她的胆子好像一下子大起来了，不等李威连再问就往下说："公司的办公场所和装修布置不仅豪华，而且相当有品位，假如不是'逸园'发生的意外事件，西岸化工的办公面积宽敞得简直叫人难以置信。除了典雅气派的大小会议室之外，整个'逸园'里只有不到十间办公室，但每间都有酒吧和更衣室、洗手间。公司的配车也极尽高档，养了好几名司机，甚至连他们都个个英俊，上班时西服革履，戴着雪白的手套。"

"你很会观察。"

李威连的口吻里带出明显的嘲讽，却并未使戴希感到不安。她已经敏锐地察觉到，虽然地位、才智、风度和气质都赋予了他通身的权威感，李威连还是会时不时地真情流露，这种坦率的态度既表明了他的自信，也是对他人基于平等的尊重。李威连是个严厉的老板，但绝不是个听不得意见的老板。

于是戴希越说越来劲了，两周以来憋在心里的话滔滔不绝地往外冒："这两周里我也学习了公司人事方面的很多制度，西岸化工在为员工提供报酬和福利方面非常慷慨，单单一年二十天以上的休假就足够让人羡慕了，连刚进公司的普通员工也能享受到。还有从十年前就开始的购房补贴、无息贷款到购车补贴，从美容卡、健身卡到动辄出国的春游、秋游……我还真没听说过，在这些方面还有多少企业可以与西岸化工相匹敌。所以，虽然才上了两个礼拜的班，我就能从公司的每个层面体会到员工的自豪感和归属感，这是由前面所谈到的各方面共同作用产生的效果。"

说得口渴了，戴希端起杯子喝咖啡，李威连才等到了发言机会："我好像看到过，从心理学的角度来分析，让员工产生归属感和自豪感，比单纯的金钱激励更有效果。"

"是呀！"戴希赶紧把咖啡杯放回桌上，她截住他的话，"按照马斯洛的需求层次理论，金钱激励只不过满足人的第二层安全需要；归属感和自尊感则分别属于第三层的社交需要和第四层的尊重需要。因此我才说，西岸化工是一家非常有文化的公司，企业文化有许多方面，而我所说的文化，仅仅是从两周的照片与制度研究中得出的片面和表面印象。"

戴希停了停："刚才说的算好的方面，然而任何事物都有利有弊。同样的现象也可以被解读为奢侈和傲慢。人们也许会说：西岸化工所做的这一切，其初衷并非是为了取得员工的高度认可，而只是为了取悦高端客户、满足少数管理者的私欲和虚荣心。在全球化的今天，尤其是爆发国际金融危机以后，几乎所有的跨国企业都在强调压缩成本，西岸化工的这种奢华作风会不会显得不合时宜，与时代脱节了呢？"

"金融危机对西岸化工大中华区的影响十分有限。"

"哦，"戴希点点头，"可是从去年年底起，总部也开始推行成本压缩的策略。大中华区虽然用不着裁员，但年底薪资上调和奖金的计划都被暂时搁置了，还有其他的开支项目也在陆续压缩。所以我担心，西岸化工大中华区的奢侈作风又能维持多久呢？就算业务增长再迅猛，也还是有可能被总部和其他地区诟病的吧？"

"我不同意这就是你所谓的奢侈，何况大中华区一直执行的都是总公司的政策。"

"那不一定吧，虽然政策是总部制定的，具体的贯彻却体现出执行者的风格，也就是——"

"我的风格。"

寂静再度降临，戴希突然很希望刚才的轻尘光柱还存在着，要是有那半透明的旋转帷幕悬在桌子上空，她就能够忽视从对面投来的锐利目光，而不必像此刻这样如坐针毡。

"说下去，你的话应该还没说完。"

戴希没有立即开口，她的脑子飞速运转，想判断清楚目前的形势。对于李威连的反应，戴希依旧没有十分把握，可是内心又有某种声音在坚定地告诉她：你所做的是正确的……她自己也不明白这种信心从何而来，她就是相信——他能够理解她的好意。

"我到西岸化工毕竟才两周，对别的我确实没有发言权，但是关于着装规范我还想谈谈我个人的看法。"说到这里，戴希大喘了口气，李威连仍旧一言不发。

"我不否认公司的着装规范很必要，也很有品，相当有效地提升了员工的精神面貌。但这个规范太细致、也太拘泥了。假如真的必须有你在场的情况下，才能确保大家对规范不折不扣地执行，而其他时间却采取阳奉阴违的做法，也许这个规范本身就存在问题，值得探讨？经典和高雅固然美好，从另一角度也意味着距离和守旧。这是一个全球化、信息化和不断变革的时代，为什么我们不能在外表上增加更多的灵活度和潮流性呢？"

"所以你是想代表年轻人，表达对公司这项制度的不认可？"

戴希差点儿就想说——是的，我们之间有代沟。但实际上她说出口的是："我只是想表达：年轻人对革新的期待。"

"不，我认为你要表达的不是这些。"

"啊？"戴希抬起头来，李威连保持着原先的坐姿，慢条斯理地说："我的结论是，你花了整整二十分钟的时间，兜了那么大一个圈子，目的无非就是——抗议我刚才对你违反着装规定的批评。戴希，你一直就是在狡辩！"

戴希瞪大眼睛愣了好几秒钟，才气鼓鼓地回答："我才不敢狡辩呢！您放心，我接受、全盘接受您的批评！从明天开始我每天都会穿着黑色西装及膝套裙，白色或灰色丝绸衬衣，肉色透明丝袜和假装从连卡佛实际从淘宝上买的黑色七厘米高跟鞋，把发梢吹得朝内卷起，抹无瑕粉底涂哑光口红，戴成套的水钻耳环和项链，不过也是赝品，胳膊上再挽一个 LV 或者 Gucci 的包包，但再次对不起的是我仍旧只能用 A 货，因为我一个月的工资也不够买一个名牌包，何况我现在还没拿到钱！"

李威连放声大笑起来。

在他的笑声中戴希垂下眼睑，悄悄地松开握紧的拳头——谢天谢地，你总算笑了。她又不敢看他了，却从心底里感到温暖。多好啊：他不仅理解，并且完全接受了她的好意。

"戴希，"李威连笑完了，"你就这么讨厌穿套裙和高跟鞋吗？"

"反正我就是不愿意穿得和朱明明一样。"

"她身上的可都是真货。"李威连注视着戴希说，他的眼睛还是很疲惫，但是比二十多分钟前要灵动了许多，"要不要我给你特批？我也不想看到一个山寨版的朱明明。"

戴希想了想："还是不要搞特殊吧。再说，妇女解放本来就是个群体性的诉求。"

"我绝对不会支持此类诉求。"

戴希小声嘟囔："行啦，你是总裁你说了算。"

"除了这个，你还有其他诉求吗？"李威连又沉默了一会儿，突然问道。

戴希直起腰看了看周围,邱文悦远远地坐在柜台后面,无所事事地摆弄着柜台上的老式唱机,时不时朝他们这里瞟上一眼。店堂里的咖啡香气仍然馥郁醇厚,温度不高也不低,窗帘放下以后,阳光不再刺眼撩人,斑驳的日影洒落在漆黑的护墙板和桌椅间,宛转流动,月份牌上的旗袍女子面容栩栩如生,好像就要带着时光的印迹从过去款款而来……

一切都是这样安详而生动,于沉静中悄然释放着诱惑,戴希按了按肚子,苦着脸问:"这个'双妹1919'到底是不是家餐厅啊?"

"是啊,怎么?"

"那为什么我每次来都要挨饿?这里没东西吃的嘛……"

李威连低低地叫了一声:"该死!都是我不好,对不起!"他朝邱文悦挥了挥手,她会意地向他点点头,立刻去后面的厨房。

李威连转过头来,一脸歉意地说:"真对不起,其实你来之前我就让文悦为你准备了午餐,可是刚才全给忘了。"他瞥了眼手表:"都快一点半了,你没饿坏吧?"

戴希好奇地看着他:"你自己不饿吗?"

他笑了笑:"我中午不能吃东西,否则半小时以后我就会睁不开眼睛。这些天有点累。"

"哦……"戴希看了看他面前的咖啡杯,难怪他不停地在喝咖啡。

"你喜欢日本餐吗?"

戴希连忙回答:"喜欢的!可是上回来我就没看到菜单,光听说这里的日式定食很有名气。"

"上次来你就是坐的这个座位吗?"

还真是!戴希想起来了,那次凶巴巴的邱文忻就是不让自己坐这个位置。她又一次环顾四周,果然其他座位上都有菜单,只有现在这张桌上没有。

"戴小姐。"邱文悦已经来到桌边,轻唤了一声后,就在戴希面前摆下盛满生鱼片的黑漆木盘,光看上去就花团锦簇的,说不出地诱人。邱文悦一边继续有条有理地摆放着小碟子小碗,一边轻言细语:

"戴小姐,菜单里厢的是厨师做格,今朝请侬是我亲手做格。侬看看配胃口伐?"

戴希都不知该说什么好了,看看对面,李威连还是一口接一口地喝着咖啡。

邱文悦把东西摆放整齐,满意地看了看,又给李威连端上新的咖啡,这才轻轻靠在他身边的椅侧,继续和戴希闲聊:"戴小姐,亏得我做格是日本餐,无所谓呃。否则拨伊搞到现在格个辰光,小菜老早就冷特勒,侬讲是伐?"

虽然在两个人的注视下吃东西很考验人,戴希还是勇敢地往嘴里塞着三文鱼,以此来逃避邱文悦的问话。也许是饿惨了的缘故,戴希觉得今天的生鱼片是这辈子吃到过最好吃的,同时她对邱文悦的好感陡生,尤其喜欢她身上那股子上海女人特有的体贴温存。邱文悦有着典型的上海女人的娇嗲,却没有上海女人的精明,在戴希看来真是可爱极了。也许精明强悍都给那个讨厌的邱文忻占去了吧,戴希想,原来双胞胎还有这么个优势,可以把好坏人格一分为二……

邱文悦光顾着和她聊天:"戴小姐,那两额宁刚刚讲英文我听勿清爽,不过我看得出伊对侬老凶呃。伊格额宁啊,有辰光就是一眼眼勿讲道理,自家吃力了就对宁家乱发脾气,侬勿要睬伊,晓得伐?"

戴希差点儿给芥末呛到,她想笑又不敢笑,可邱文悦已经好几次在向她问话,再不回答就太不礼貌了,戴希只好抬起头,含含糊糊地说:"我晓得格,伊就是咖啡吃得忒多了。"这句话刚说完她就飞速低头,还是瞥到李威连眼中的一抹闪光,戴希的脸腾地涨红了,耳朵和脖颈一块儿发起烫来。

"侬闲话讲光了伐?……好走叻。"

戴希大吃一惊,她听到他说出这样柔和的沪语,还是用男人对女人才有的既娇惯又埋怨的语气,戴希猛然意识到,李威连原本就是个地地道道的上海男人啊。

邱文悦颇不情愿地走开了。戴希的内心体验着正在愈变愈强的亲切感,这感觉神秘而又奇异,不知不觉地牵引起飘散到邈远边际的思绪,她恍恍惚惚地把筷子放下了。

"吃饱了？"邱文悦一消失，李威连就重新对戴希实行英语政策，令她大感欣慰。

"是，我吃饱了，非常非常好吃，谢谢你。"戴希真心实意地用英语回答，她原先总感觉两个中国人彼此说英语有些别扭，现在才发现要对另一个上海人说上海话，那才叫惊心动魄！

"那就好。把咖啡喝完咱们就走，我带你去看看'逸园'。我听文悦说，前些天你曾经来过这里。"

"是来过的……"

"好了，走吧。"李威连率先站起身来。戴希也忙跟着站起来，外套已经被他拿在手里，她只好由他替自己把外套穿好，尴尬得不知所措，慌慌张张地朝前门走。

"不是那里，跟我走吧。"李威连在她身后说。

戴希又赶紧回头，跟着李威连往店堂后面走去。

柜台旁并列着两扇黑漆木门，一扇虚掩着，门缝里泄漏出厨具亮泽的光芒，还有哗哗的水声，戴希刚才见到邱文悦从这里进出——是厨房。另一扇门则紧闭着，李威连上前拧开黄铜把手，推门走了进去。原来是一条幽暗的走廊，又窄又短，右侧是墙壁，左侧是向上的楼梯，往前几步开外就是另一扇深褐色的门，比其他门都宽一些，看起来应该是通向户外的。

走廊里没有开灯，从明亮的店堂一进到这里，戴希的眼前哗地落下张黑幕来，只能依稀辨出李威连的背影。她本能地紧靠在他的身后，才走了两步，前面的李威连突然止步，戴希正好撞到他的背上。

楼梯上方有零星的微光，勾勒出一个强硬的姿态，连面孔都是漆黑的。她生冷的话语里似乎也带着黑色的噪音："现在就走？勿上去看看？"

李威连没有回答，径直走过楼梯口。

"伊现在只认得侬！"女人略微抬高声音，李威连头也不回地打开褐色大门，明亮的阳光迎面扑来，他侧过身轻轻一揽戴希的肩，把她从那双阴郁愤恨的视线下解救出来。

阳光还是像戴希来时一样绚烂，却无法迅速驱除她全身的寒意，戴希不由自主地打了个哆嗦。

"吓到你了？"

"没有，"戴希局促地摇了摇头，"她俩长得那么像，可是……"

李威连冷冷地说："长得确实一模一样，并且都很像她们的母亲——我中学时代的英语教师。"

"哦，我那天见过的。"戴希回忆起坐在轮椅上的老太太，如霜鬓发下还能依稀看见当年的美丽，原来她就是童晓故事里的英语教师。

"她曾经特别为我辅导英语，读中学那几年我每周都会来这里，她就住在楼上。"好像是为了配合李威连的叙述，头顶上响起开启窗户的声音。李威连停下来，注意倾听这从二十多年前延续至今的恶意，脸上现出一抹自嘲的笑容，他的眼神比任何时候都更加凄凉。

专注于往事的他忽略了戴希的异样，有人开始在他身边无法控制地战栗起来。

——英语教师、不见天日的窄小楼梯、石库门楼上的房间、每周一次从不间断的特别辅导，以及，令希金斯教授都大加赞赏的优美英语……一阵又一阵的狂暴飓风从心头卷起，滔天巨浪挟带着沉重的真相压下来，戴希几乎站立不住。她分明觉得自己捕捉到了那双脆弱又倔强的翅膀，在心灵的无垠黑夜中奋力拍击……

正是一天之中最宁静的时候，寂寂无声的小弄堂被阳光切割成两半，"双妹 1919"隐在阴冷之中，对面则是"逸园"高耸的院墙。树木枝杈沿着围墙顶端伸展开来，烘托出圆形的阳台和屋顶，都在日光下呈现出温暖的浅金色，上面还笼罩着一层淡淡的烟霞。

李威连率先走下街沿，边走边说："过去这条弄堂很短，就到这里为止，前面的路是后来打通的，所以在我读书时，这条路比现在还要僻静，很多时候一整天都没有人经过。"

狭窄的弄堂几步就横越了，戴希迷迷糊糊地跟在李威连身后，一抬眼，面前赫然就是那天林念真和她一起看到的"逸园"后门。

"看见这扇小门了吗？它是'逸园'的后门，从'双妹'到这里是条捷径，不仅比绕到前面的大马路要近很多，最重要的是，这么走几乎不会被任何人看到……"李威连继续说着，根本不朝戴希看，他是在和许多年前的自己对话，戴希眼睁睁看着他的目光越过现实，投向命运黑暗的最深处，人虽然还近在咫尺，灵魂的线索却像随时会绷裂。戴希吓坏了，她想把他拉回来。

"周一到周六，'逸园'里都有印刷厂的工人上班，只有周日是清静的。因此每个周日，我总是先去'双妹'，然后再穿过这条小弄到'逸园'。为了安全，后门是从里面拴死的，但是对我不成问题，总有人悄悄地为我把后门打开，在'逸园'里有我最好的朋友……"

李威连伸出右手用力一推，门没有开。他愣了愣，回过头来，终于又看见了戴希。

"我搞错了，这里现在进不去。"他低声说。

"我们可以走了吗？我不想进去了！"戴希的声音都紧张得变调了。

李威连长长地舒了口气："好的，以后再说吧。"他注视着戴希，神色逐渐镇定："但是在离开之前，针对你刚才所说的老派的资产阶级风格，我还要解释几句。"

他们面对面站在"逸园"之外，从"双妹"楼上投射而来的阴森目光始终没有离开过。戴希的脑子乱作一团，李威连恢复了自制力的声音仿佛从很远很远传来："中学那些年，我每周都来访问'逸园'，完全是为了遵从我母亲的意愿。她在我念初一的时候就离开上海去了香港。临走前，她带着我第一次拜访了'逸园'的主人——袁伯翰。我母亲的家族和袁家是世交，她从小就认识袁伯翰老先生，称他为伯伯。当时'文革'刚结束，袁伯翰才从下放的农村返回上海。我母亲对袁老先生说，我会一个人暂时留在上海，她想请袁老先生教我成为一名绅士。"

说到这里，李威连再次露出自嘲的微笑："当时我就觉得，她说话的口气，好像我已经是半个流氓了。但只要是我母亲的期望，我无论如何都要做到。所以从那以后，我就开始每周一次拜访袁伯翰老先生，来'逸园'上这个匪夷所思的绅士课程。袁老先生对此似乎也没什么周密的计划，他只是很随意地把他认为有用的东西教给我。他给我讲了东西方哲学，和我探讨世界历史和军事，教我礼仪、穿着、烹调等等，因为他自己是个建筑设计师，所以他给我讲得最多的，还是绘画、音乐和艺术……戴希，那段时间我学到的很多东西，包括着装等等全都是纸上谈兵，直到十年以后我才拥有了自己的第一个领带夹。可时至今日，我认为我的母亲实在太有远见了。你说得很对，她确实是个充满了老派资产阶级风格的人。在她看来，粗俗是这个世界上最大的罪过。当我们贫穷的时候，问题还不太显著，一旦变得富有，金钱就会成倍地放大粗俗。因此，自从我开始领导西岸化工中国公司的发展，我就始终怀有这样的心愿：让我们的员工在获得财富的同时，也能学会有品位地花钱，追求优雅的生活。我希望大家都能真正地懂得，金钱既非荣耀，也不是负担，它只是身外之物，使用得当才是对它的正确态度……也许是我过分偏执于某些表面文章了，我应该对此进行反思。"

他停下来等了等，戴希却没有丝毫反应。

"戴希？"李威连到底还是发现了她的反常，"为什么这样沮丧？是不是我对你太严厉了？"

戴希无法回答，她现在已经不再问自己，究竟是不是他？……答案几乎是肯定的了。李威连的话她也只听了个大概，此刻在戴希的头脑里，反反复复的是另外一个问题：他为什么要告诉我这些？为什么！

其实，戴希差不多能够回答这个问题，但是她不忍心，正如她已经很长时间不忍心看他的眼睛一样——

"我累了，我想回家。"戴希说。

"好，要不要我派车送你？"

"不，我自己叫出租。"

李威连迟疑了一下："也好，那就一起走吧。先替你叫车，我走回公司。"

站在街边等出租时，李威连说："本来我会用这个下午去做一些别的事情，因为和你交谈，我始终没有想到过那些事情。谢谢你，戴希。"

出租车停在他们面前，戴希连再见都没有说就坐了进去。"小姐，去哪儿啊？"出租车司机连问好几遍，终于不耐烦了："哎哟，小姐啊，前面十字路口，我们到底直行还是转弯啊？"

"回去！"

"回去？回哪儿啊？"

戴希叫起来："就回我上车的地方！"

"啥个事体嘛？有毛病！"司机骂骂咧咧地掉头往回开。

在他们分手的地方戴希下了车，现在这里已经没有李威连的踪影。戴希茫然地张望着，身边只有陌生人匆忙的脚步。从这个地点向前，就是夹在"双妹"和"逸园"中间的小弄堂，往左步行一刻钟是西岸化工所在的大楼，但是这两个方向戴希都不愿选择，于是她就往右而去，根本不知道自己会走到哪里。

寒风不停地打在脸上，戴希快步走着，穿过一条又一条的小弄堂，不知不觉离开大道，在一座雕塑下拐了弯。再往前又是人迹稀落了，偶尔迎面走来的都是背着黑色大包的年轻人，不时有隐约的乐声从路边的乐器店和 CD 店里飘散出来。

戴希目不斜视地走过音乐学院的大门，沿着围墙继续向前，直到墙内传出持续不断的大提琴曲，她才停下来，站在一棵高大的梧桐树下倾听。时间随着琴声流逝，好像生命的音符一去不复返，悲欢无法捕捉，只能任它们从眼前淌过，埃尔加乐曲中的激情犹如潮汐滚滚而来，又平缓地退去，戴希的心绪在琴声中渐渐平静下来。

大提琴曲结束了，戴希拨通手机。

"Jane，你好。我是戴希，希金斯教授在吗？"

"是戴希啊，你好。真不巧，他昨天去北京参加国际心理学论坛了，要后天晚上才会回来。你有急事找他吗？"

"就是关于研究课题的事，等教授回来我再给他打电话吧。"

"也行。戴希，你这些天好吗？新工作习惯吗？"

"都挺好的，谢谢你。"戴希停了停，"Jane，我想问你一个问题。"

"什么问题？"Jane 的声音听上去是那样温柔，使戴希感觉有所依靠。

戴希把手机握得更紧些："Jane，假如有人寻求你的帮助，而你又不能肯定自己是否能够帮到他,你会退缩吗?还是仍然尝试着去帮他?"

电话里稍静了片刻,柔缓的声音再次响起:"戴希,我认为——帮助是一个行动,而不是一个结果。你觉得呢?"

戴希思索着:"……也许是吧。"

"其实我们都有这样的经验,有时候向别人请求帮助比帮助别人要困难得多。"

"你说得对……"戴希低下头,就在不久之前她亲眼目睹了求助者的挣扎,他每说一句话都好像在悬崖边行走,在短短的一小时中几乎耗尽了心力。

"所以我想,对求助者来说,你的态度比能力更加重要。戴希,你是学习心理学的,你肯定懂得这个。"

"我懂了,谢谢你,Jane。"

戴希回到西岸化工时已经过了下午五点。Lisa 告诉她李威连三点不到就回来了,随即和化肥/农药部门的总监 Mark 关门开会,谈了整整两个小时。Mark 一走,有机/无机部门专门负责合资生产的 Raymond 紧跟其上,估计这一谈少说也得两小时。戴希请 Lisa 帮忙,李威连一旦有空闲就通知自己,戴希要向他汇报整理照片的工作情况。

随后戴希就开始做先前没有完成的工作,这一次她心无旁骛,工作的进展神速,当孟飞扬的电话打过来时,只剩下最后的 10% 了。戴希这才想起来今天约好了和飞扬、童晓一块儿吃晚饭,戴希只好说对不起,今天要加班没法陪他俩,她忙坏了所以忘记通知。

孟飞扬犹豫片刻,才说好吧,戴希能听出他的失望和不快,但是今天她真的顾不上其他了——"对不起,飞扬。"戴希又说了一遍,"你让童晓听电话好吗?我有些情况要跟他讲。"

"喂?女魔头,什么情况啊?"

戴希吸了口气:"我今天了解到两件事要告诉你,第一,李威连根本不是袁伯翰出事那天才第一次去'逸园'的。实际上在读中学的六年里，他每周日都去见袁伯翰，学习绅士课程。"

"什么课程？"

"绅士课程。因为他一直很小心，所以没有外人知道。"戴希继续说，"第二，李威连的确早就认识袁佳，他们曾经是最好的朋友。"

童晓应该是呆了呆，才说："这些情况怎么这么古怪？你都是从哪里打听到的？"

戴希突然发起脾气来："这你别管，反正我告诉你了，信不信由你吧！"她把电话挂断了。

"女强人的脾气都会变得暴躁吗？"童晓无奈地冲孟飞扬摇头。孟飞扬沉默着，脸色不太明朗。

电脑时钟显示七点了，戴希在 MSN 上震了震 Lisa："他有空了吗？"

"我刚给他订好了顶楼'锦翅轩'的包房，他和 Mark、Raymond 一起吃晚饭，他们已经上去了，估计吃完就十点了。"Lisa 说，"戴希，William 让我下班，你也走吧。"

戴希不甘心："十点以后呢？"

"十一点钟他要和董事会开视频会议，肯定会在公司的。"Lisa 发来一朵鲜花，"亲爱的戴希，你不会打算一直等下去吧？"

"我等着。"

"随你啦。姑娘，你可要保重啊！"

"谢谢你，我会的！"

戴希继续埋头工作，中午的生鱼片真耐饥，她居然一点儿不觉得饿。就在她终于大功告成的时候，突然听到有人在叫她："戴希，你怎么还在这里？"

戴希抬起头，李威连就站在她面前，从他的身后望出去，整间办公室空空荡荡。戴希忙问："几点啦？"

"十点三刻。"他注视着戴希，"你不是早就回家了吗？"

"我……在加班。"戴希发现自己还是受不了他的目光，只好低下头，"我把剩下的 20% 都做完了。"

"你到我这里来。"

戴希跟着李威连走进他的办公室，他把门关上了。

"这个还给你。"戴希把移动硬盘放到他的桌上。

李威连看了她一会儿，才说："下午和你分手时我说的话，希望你不要误解。我的意思是说……我一向能够控制局面，但是现在的状况需要我更加谨慎，我不想出一点差错……"他皱了皱眉，"这样说也许不太容易理解……"

"我明白的！"戴希打断他，他又开始挣扎了，她真不希望看见他这样。实际上戴希可以很容易地说，我知道你是怎么回事，我对你的了解远远超过你的想象，但是她也清楚现在绝不能这样说——时机，不，是信任还没有到。

李威连又沉默了，好像在想自己的心事。过了好一会儿，才对戴希苦涩地笑了笑："真巧，我刚才也一直在考虑你的事。你需要尽快接受完整的新员工培训，从而全面地了解公司。最近有一个不错的机会——亚太区的新入职经理培训，在香港举办，不仅内容非常全面，你还有机会认识亚太区的许多新经理，以及高级管理层。唯一的问题是，培训的日期是从农历新年的初四到初七，因为对于亚太区的其他地方来说，并没有春节长假。当然，如果你参加这次培训，假期都是可以补的。你考虑一下，这两天就决定，我会让 Maggie 替你安排。"

他停下来，又看了看戴希，补充说："那段时间上海的办公室关闭，我也会在香港。"

戴希的心狠狠地揪了揪，分不清是慌乱还是心痛，没有说话。

李威连朝门边走去："太晚了，快回家吧。我只能送你到电梯，马上要开会。"

"我考虑好了。"戴希站在原地说，"我愿意参加香港的培训。"

他紧紧地盯住她，然后掉转目光："那好，走吧。"

走到电梯前，李威连说："我会给 Maggie 留言，说你今天加班了。明天下午再来上班吧。"

过了十二点戴希才回到家。孟飞扬已经睡熟了，呼吸里散发出阵阵酒气，这个晚上他一定喝了不少。戴希把今天整理的照片全部存在"咨询者 X"的目录下，这是她偷偷拷贝到 U 盘里带回来的。之后，戴希抱着双膝坐在电脑前,终于可以静下心来,仔仔细细地思考。

心理咨询或者治疗,是发生在两个人之间的事。也正因此,行业严格禁止咨询师和病人有心理咨询之外的其他关系。这种界限既保护病人,反过来也保护咨询师。然而,戴希和"咨询者X"之间的界限,在建立起心理咨询的关系之前就已经打破了。

所以,她有足够的理由及时抽身,可是她的退缩,对"咨询者X"意味着什么呢?他已经逃离了希金斯教授的咨询室,这很可能是他最后一次寻求帮助。

戴希知道,从认出"咨询者X"的那一个瞬间,就已经做了决定。此刻的犹豫,只不过是自我说服的过程罢了。

孟飞扬在酣眠中呢喃,将戴希缥缈的神思唤回。她躺到床上,把冰冷的面颊靠在他的肩窝里,轻声说:"我爱你,飞扬。千万不要让我再离开你了。"孟飞扬翻了个身,依旧沉睡不醒。

第十四章

从华海初级中学教学辅楼四层的窗户望出去,隔着中间的操场,对面是新的五层教学楼。操场纵向的两头一头是校门,另一头是一排宽阔平房,包括食堂、健身房和仓库。平房的后面有一片占四块篮球场地的小操场,操场边竖立各种体育活动的器械,沿墙栽种着密密矮矮的常青灌木。

童晓站在资料室的窗前,伸手摸了摸冰冷的铁窗框,这种窗户现在已不多见了。1984年,尹惠茹就是从童晓现在所站的这扇窗户纵身跳下的。在从此走入混沌的那个瞬间,她的目光有没有在锈迹斑斑的铁窗框上稍作停留呢?……不,童晓认为,更有可能的是,在那个瞬间她的眼前别无其他,只有她用心与之对话的那个人,她对他说——都是我的错。

在一句话里诉尽恩怨,然后,她捐弃尘世,再无丝毫留恋。

可叹的是,尹惠茹最终只丢弃了理智,却留下了生命。那个她用最后的清醒与之对话的人,究竟听到了她的心声吗?他是否看懂了她泣血的绝然?他是否接受了她的忏悔?——他原谅她了吗?

假如真像童晓所设想的,确实有这样一个人存在,他到底是谁?他现在又在哪里?好多年之后,他可曾见到过神已散尽徒留其躯的她?他们之间究竟发生过什么?

"童警官,真不好意思,让你久等了。"

童晓回头,一个身材高挑梳着马尾辫的年轻姑娘走进屋来,手里握着个文件夹。童晓连忙露出满脸笑容:"哎呀,放假期间还麻烦你,该我说不好意思的。"

教学体制改革后，华海中学被拆分为高中和初中两所学校。正是寒假，为了到华海初级中学来调查张华滨的资料，童晓不得已利用了自己市局刑侦总队的警官身份，害得这位负责资料室的金老师特地来学校跑一趟。

金老师大度地笑了笑："应该的。不过我担心帮不上忙呢。"她坐到办公桌前，对着电脑说："你上次来电话时，我就检索了学校的存档资料。你要的材料比较早，学校空间有限，对原始资料做过好几次整理，基本上都简化后录入数据库了。你说的这个张华滨，从电脑里只能找到最简单的信息。"

张华滨，男，出生日期是1966年7月10日。1978年至1984年间，就读于华海中学，1984年中学毕业未考入大学，后被召进上海瑾江饭店参加酒店服务职业培训。

记录到此为止。

童晓说："咳，这个张华滨也真不怎么样，念了华海中学居然还没考上大学，太浪费市重点中学的资源了！"

金老师微笑着说："那可是1984年啊，大学升学率比现在低多了，即使是华海中学的毕业生，也未必都能考上大学，挺正常的啊。"

"张华滨的父亲曾经在华海中学当过体育代课教师，这个你能查到资料吗？"

"张华滨的父亲？叫什么名字？"

童晓从斜挎包里翻出笔记本："叫张光荣，是上世纪六十年代初回国的印尼华侨。"这是他从派出所户籍资料里查到的，但也十分简单。张光荣于六十年代初随其他几十名华侨一起逃回中国，回国后始终没有什么正当的职业记录。从1965年到1975年的十年间，他曾先后在玩具厂、棉纺厂组织过造反文艺小分队。1975年华海中学恢复正常教学之后，张光荣做了一段时间体育代课老师，但就是在1976年的年初，他于某个冬夜酒醉后意外失足而死。具体情况从资料库里都查不到了，童晓只能到华海中学来碰碰运气。

金老师按了几下鼠标，摇头说："'文革'期间的学校档案破坏严重，像这种代课的教师，任职时间又短，估计本来就没什么正式记录。"

童晓阴沉下脸来，看来要从正规途径查清张华滨父子的情况，希望很渺茫了，唯一的办法就是找到那个年代的见证人。他拿定主意尽快去华海高级中学走一趟，找找还健在的老教师信息，兴许能够从活人的嘴里问出些什么。

"童警官，我刚才在文件柜里找到了这个，你看看。"

童晓接过来一看，是张发黄的集体照。金老师说："这是张华滨所在班级1984年的毕业照，虽然是黑白的，我看人像还清晰，就是不知道哪个才是他了。"

童晓从前至后仔细看了一遍，全是衣衫朴素的少男少女，看上去都差不多，几乎分不出谁是谁。

不过童晓还是眉开眼笑了："这就很好了，虽然我们不认识张华滨，可是一定有人能认出他来。金老师，我可以把这张照片带走吗？"

"当然可以。请你在资料出借记录上登记一下就行了。"

一个小时之后，童晓打的来到了新瑾江大酒店。

下了出租车，童晓站在街沿抬起头，望了望饭店高耸的圆形楼顶，顿时明白自己犯了个错误——1984年新瑾江大酒店还不存在呢，张华滨肯定参加的是老瑾江饭店的服务员培训。童晓竖起皮衣的领子，顶着瑟瑟寒风往老瑾江饭店的方向走去。

他在老瑾江饭店的调查仍然收效甚微。看到市局来人，负责安保的同志倒是十分热情，很快就把数据库查了个遍，但能够找到的信息还是少得可怜。童晓收获的只有如下寥寥几句话：张华滨，1984年9月被召入第六期酒店服务培训班，学习半年后正式上岗，先后担任过门童、行李员和前台接待，1986年辞职。没有照片。

童晓并未再要求查询当年酒店管理者的记录，以张华滨这样低微的职位，就算找到当时的酒店管理者，估计也没人能记起他来。

他把双手插在衣兜里，缩着脖子走出饭店大堂。穿过面前的大片草坪，主楼的阴影下寒风凛冽，童晓冻得龇牙咧嘴，埋头快速走向院门，耳边突然响起一声暴喝："快靠边！有车子！"

童晓连忙往旁边一闪，一辆蓝色宝马擦着他的衣服驶过。童晓还在愣神，被人一把扯到墙脚下："喂，看看，格得是车道，侬当心眼啊！"

"哦，"童晓这才看到醒目的车行标志，自知理亏，对横眉立目的门卫讪讪一笑，"呵呵，勿好意思噢。"

门卫看上去有些年纪了，但身板笔直，酒店的制服大衣穿在身上很有派。他没好气地朝童晓摆摆手，示意他快离开。童晓识相地溜着边往外走，还没到院门，又转身返回。

"师傅，侬是老瑾江了伐？"童晓掏出一支香烟，递了过去。

门卫看了童晓一眼："阿拉上班辰光勿好吃香烟厄。"话虽这么说，表情却是和气的："有啥事体伐？"

童晓十分欣喜，赶紧凑上去："呃，我帮朋友打听一个人，二十多年前在这里当过门童和行李员，我问来问去都没人知道。我一看就晓得侬是格的个老前辈，一定能帮忙！"他把这番话说得那个热情洋溢啊。

"侬想问啥人？"对方倒是干脆。

"一个叫张华滨的人，1984年底参加服务培训，半年后正式上岗，1986年辞职走的。您有印象吗？"

门卫闷头想了想："勿记得勒。"

童晓大失所望，又从斜挎包里翻出笔记本，把夹在里面的照片取出来，递给门卫："他就在这张照片里，您再认认？"

门卫举着照片努力辨认着，大盖帽下的头发茬在寒风中瑟瑟摆动，露出隐约的灰白。

"唔！我认得勒！结果是伊啊！"突然从他的嘴里蹦出这句话来。

"啊？！"童晓直扑上去，"谁？哪个？"

门卫指着照片上的一个人："就是伊嘛，张华滨，我当啥人，刚刚想起来咯！"

童晓抢过照片来，一个瘦瘦的男孩子，五官十分精致，仔细看倒挺漂亮，特别是那双像西方人一样凹陷的眼睛，莫名地让童晓觉得有

219

些面熟……

"啧啧啧，格个张华滨，唉呀，伊个辰光被一个日本人搞出大事体来，作孽啊，差一眼眼勿想活咯。我想起来了，想起来了……"门卫大叔继续摇头晃脑。

"日本人？！什么事情？！"童晓的嗓门都拔高了。

门卫大叔反倒露出满脸诡异的笑来，朝童晓招招手："侬过来，我讲拨侬听。"童晓赶紧把耳朵伸过去，大叔在他的耳边好一阵嘀咕，童晓的面色越变越阴沉，终于和饭店主楼的背阴面一样晦暗了。

门卫大叔终于讲完，童晓沉默片刻，又往挎包里掏了掏，取出另外一张照片："老师傅，你再看看这个人，是不是面熟？"

"呀，格勿就是伊个日本人吗？！"

"老师傅，你肯定？"

"肯定格。看上去老交关了，胖交关了，不过伊来过老多趟，阿拉宁得老清爽格！"

童晓长长地吁了口气，心情并未因这意外的突破而豁然开朗，反而变得沉甸甸的。

戴希一觉睡醒十点已过，孟飞扬早就上班去了，在桌上为她留了蛋糕和酸奶作早点。戴希换上西装裙又化了淡妆，觉得自己蛮符合着装规范了，才匆匆出门，赶到公司时还没到午饭时间。

公司里的气氛非同寻常，所有人在埋头工作的同时，都表现出罕见的不安和骚动，戴希察觉出同事们的紧张。发生什么事了？

戴希打开电脑。"姑娘，你来啦？昨晚上怎么样？"Lisa 在 MSN 上问。

"嗯，挺好的。"戴希打出问题，"公司里怎么怪怪的，发生什么特别的事了吗？"

"呵呵，你看看邮件吧。"

此刻她的邮箱里只有一封新邮件，发件人是李威连。

戴希很镇定地打开邮件，扫了眼收件人栏，果然是发给全体员工的。另外她还注意到，邮件的发出时间是今天凌晨三点。

这封邮件是李威连作为西岸化工大中华区总裁的新春致辞,标题是:"为了更美好的生活。"

这是李威连以中国公司总经理和大中华区总裁身份所做的第十一次新春致辞。

在致辞中,李威连首先回顾了过去一年,乃至过去十年中西岸化工中国公司的发展。"西岸化工中国公司业务的迅速扩张,联动了整个大中华区,2003年,亚太区从远东大区中分立出来,以中国为主的大中华区成为亚太区的主力。西岸化工并不是最早进入中国市场的跨国企业,但很好地把握住了中国崛起的脉动。在中国,西岸化工既保持了一家历史悠久、文化深远和规模宏大的全球化企业的优势,又充分适应中国市场的特色,以独树一帜的创意和灵活高效的执行取得了市场的领先地位。"

对比十年前西岸化工中国公司制定的愿景:"将全球化工领域中最优质最适合的产品引入中国,充分参与中国的经济发展,使西岸化工成为提升中国人民生活水平的促进力之一。"李威连做出结论:"我们毫无疑问实现了当初的目标,西岸化工十年来为中国提供了丰富的化工产品,这些产品不仅来自西岸化工制造,也有来自于全球其他知名化工企业的一流产品。作为一家制造型的企业,西岸化工全球各地的分公司中,只有中国公司经董事会特批采用销售与贸易相结合的业务模式,并取得了极大的成功。"

接下去致辞的话锋一转,李威连开始描述西岸化工中国公司未来新十年的愿景和目标:"……经过反复思考和探讨,在全球总部和董事会的支持下,西岸化工中国公司的愿景调整为:'为中国持续引进高品质的产品,推广优质生活的尖端技术,在合作生产、科技创新和人本理念方面与中国共同创造价值,提升中国人民的生活质量,伴随中国的经济发展一起成长。'"

他详细阐释了这份新愿景的内涵,包括继续巩固西岸化工在销售和贸易方面的既得优势,不断丰富产品线;更多地向中国输入高科技的尖端产品,通过使用培训、技术转让和合作生产等手段,帮助提升中国同行的水平;在现有合资企业的基础上,继续大力发展合资生产模式,把越来越多的产品拿到中国来生产,在技术、设备和管理上为合资企业提供充分支持;2009年内西岸化工将在中国建立第一个全球性的研发中心……以及将充分参与中国的社会生活,在环境保护、生活质量、回报社会等多项人本理念上树立西岸化工的形象,并从中创造出全新的价值。

作为一个刚进西岸化工两周的新人,戴希对公司愿景并没有深刻的理解,化工行业于她来说也完全是雾里看花。致辞读到这里,正当她颇感艰涩时,李威连的行文却突然使她眼前一亮,因为他提出了这样一个问题:

"作为一名西岸化工的员工,我知道你们刚进公司起,就能把公司的使命倒背如流,要背出它来并不难——'为了创造更美好的生活',这就是西岸化工的使命。但你们是否真正思考过:什么是美好的生活?对公司、市场、客户和每一位员工,美好生活的意义究竟是什么?"

从这个问题以后的篇章可谓酣畅淋漓,令戴希读到热血沸腾。

"必须指出,新的愿景将为西岸化工中国公司带来根本性的变革。我们的组织架构、人才储备、行政规章的各个方面,都要为了这个全新构建的愿景而变化。在中国公司的过去十年里,我们在有限的范围内为公司的使命而努力着,可是还远远不够。从现在开始,西岸化工中国公司将在一个新的台阶上奋斗,我们将要用全部的热情和实力来证明:

"我们不仅是具有百年历史的跨国企业,我们也能顺应时代和地域特色、随需而变;

"我们不仅能够用产品来影响客户,还能够用技术来丰富生活;

"我们不仅能够用销售来占领市场,还能够用合作来支持同行;

"我们不仅能够招揽最优秀的人才,还能够培养和提升他们,为他们提供发展的空间;

"我们不仅能够从中国市场上获得利润,还能够和中国人民分享理念、创造价值、回报社会;

"我们不仅为了业务增长而工作,我们也全心投入地为了更加美好的生活而工作。

"绝不能说这些就是美好生活的全部含义,但我们走在正确的道路上。对于即将到来的变化我充满了激情,我相信你们也是如此,置身于这样一个变革之中,也就是面对着亲手创造辉煌的契机。

"目标一旦设定,执行就成为关键。变革从此时此刻开始。公司将立即成立重新构建组织和业务的核心团队,由我来领导,全球CEO Alex Sean 会为重组把握方向,并提供最有力的支持。第一层组织的重构计划在今年的 4 月 1 日前完成,7 月 1 日之前全公司的业务模块和人员结构完成重组。这将是一个优胜劣汰的过程,也将是一个充满机遇的过程,每一个人在这个过程中都将被重新评估和定位,并获得与组织目标相匹配的新位置。你们从现在开始就应该思考,如何接受挑战,适应变革,谋求新的发展。我只想再次强调一点,你们所面临的是——前所未有的机遇。

"一切为了创造更美好的生活。"

致辞有中文和英文两个版本。戴希先读了一遍中文版,再读了一遍英文版,然后,她把两个版本又分别读了第二遍。

戴希被深深地打动了。

这篇致辞的语言固然简洁优美、逻辑固然清晰有力,但充其量只能炫人耳目,无法触动她的心弦。真正打动了戴希的,是字里行间所体现出的对事业的全情投入、对完美的不懈追求和作为领导者的使命感,以及对这份使命的坚定承担。

回想昨天下午和李威连在"双妹 1919"的谈话,她的脸上情不自禁地泛起红潮,现在才明白自己的那些言论是多么幼稚、可笑。公司愿景肯定是深思熟虑和缜密策划的结果,为了取得总部的认可和支持,李威连必然已经多次向美国总部和董事会阐述自己的想法,他为西岸化工中国公司勾画的新蓝图充分体现了变革的思维,和应对全新挑战的策略与雄心。

还有一点让戴希心潮起伏的,是她从这篇纯粹商业性质的文章中,再次读到了那份熟悉的口吻,那个她在许多回深夜的寂静中悄悄潜入的心灵——戴希又一次认出他来了。和第一次的惶恐不同，这一次的确认让戴希体验到带着酸楚的喜悦，有点儿像旧友重逢。

正如严肃冷静的外表下，总有真情流露的微妙瞬间。只要有足够的敏锐、足够的关注和足够敞开的心灵空间，就能触探到包裹在坚硬的现实和层叠的逻辑里面的纤细肌理，血脉的轻柔搏动。看似艰冷、锐利、无懈可击，却又埋藏着令人动容的细腻、诚挚、清高自诩。

"为了创造更美好的生活"，戴希还真是头一次听说，这就是西岸化工的使命。她有种强烈的冲动，想当面去问一问他："尊敬的总裁先生，请问对你来说，什么是更美好的生活？你自己的生活美好吗？"

从公司总裁到咨询者 X，两者间仿佛隔着千山万水的距离，不过戴希看得见连接他们的桥梁——他的眼神。忽然间她好像又失去了自信，真的、真的会是他吗？难道整个公司所有阅读了这份致辞的人中间，真的只有自己才辨识得出他的眼神？那深蕴其中却又仿佛触手可及的忧伤，会不会只是自己的臆测和想象……

"喂，看完了吗？感觉如何？"Lisa 等得不耐烦了，MSN 的标签一个劲地闪烁着。

戴希赶紧输入："看完了！嗯，我觉得不错……煽情得来。"

"哈哈哈！"Lisa 发过来三个大笑的脸，"是蛮煽情的，他很可爱是不是？"

"……可爱的，像个诗人。"

Lisa 估计是乐不可支了，又发了一长串笑脸过来："你知道他对我来说最可爱的一点是什么？"

"什么？"

"哈哈，不管我给什么人当秘书，碰到这类文章起码得做一次翻译。要么中译英，要么英译中，只有我们这位老大，中英文一把抓。我算轻松了，反正和他一比，哪种语言我都自叹不如。"

"Lisa！你的脸皮真厚！"

"戴希！"Lisa 的打字速度着实一流，"我的鉴定结果是，你就像所有新加入公司的年轻女孩一样，正迅速沦陷于我们总裁的无敌魅力之中。为了使你避免进入难以自拔的状态，我建议你今天中午加入西岸化工八卦饭团，去好好学习学习！"

"八卦饭团？那是什么玩意儿？"

"一个民间拼饭组织，同时散布各种第一手超绝密的八卦信息，基本上西岸化工董事会上刚通过的决议，几小时之后就会出现在八卦饭团。"

"开玩笑吧？？？？"

"加入一次就知道啦，就今天中午吧！要赶紧哦，马上就吃午饭了。"

"可是怎么加入呢？好 Lisa……"

在 Lisa 的授意下，戴希接受了法律部的公司律师吴波的午饭邀请。戴希刚进西岸化工才几天，就被这只大海龟吴律师盯上了。吴波律师年方三十有四，英国剑桥法律系博士毕业，未婚，性格孤芳自赏且爱吹毛求疵，由于要求极高而女友位置常年空缺，偏偏一眼相中了戴希。

刚过十二点，吴波就兴冲冲地来找戴希。戴希一边跟着他往外走，一边问："还有谁和我们一起呀？"

"今天可热闹了，几个西岸化工的元老级人物都在。你初来乍到，正好认识认识。"

"元老级人物？你还认识这样的人啊？"

"呵呵，我虽然进公司才两年，可是法律部门涉及的事情比较多嘛，所以相互常常打交道，就混熟了。"

到达公司旁的泰国餐厅，走进金碧辉煌的小包间，圆桌边已经坐了好几个人。吴波先向大家介绍戴希，又逐一为她介绍坐着的那几位：行政部 Jennifer、人事部 Susan、有机/无机产品部的部门助理 Henry 和农业产品部的市场经理 Jason，他们都在西岸化工中国公司供职五年以上，Jennifer 甚至是从 1998 年李威连在上海建立办公室时就加入了。

其实戴希对这几个人都很面熟，她早就在李威连的移动硬盘里看过他们不少照片啦。吴波和戴希一落座，Susan 先开口了："你就是戴希啊？你好呀。呵呵，我早听说 Maggie 为人事部招了个小美女，就是一直坐在二十八层，那一层都是老板，我们能不去就不去，所以到今天才第一次见到。"

Jennifer 也很热情地对戴希打招呼："Maggie 居然会招小美女？太阳从西边出来咯！我们都猜她是被迫的呢。戴希，你是不是和 William 认识啊？"

戴希面不改色地回答："是我爸和他认识。"

"你爸？是哪家公司的高管？"

"不是，我爸是华东师范大学的教授。"

"哦……"众人互相交换眼神，似乎暂时平息了猜忌。戴希暗自咬牙，哼，貌似我进了西岸化工以后道德水平就直线下降，亲爱的老爸，你要原谅我！

吴波听说戴希出生于教授家庭，目光里的喜爱更增添了几分，开始大献殷勤地替戴希倒茶点餐。另外几个人对他俩暂时失去了兴趣，话题转向今天令整个公司震动的内容。

"William 又出狠招了，这家伙简直就是个狂人啊。"Jason 首先感叹，"Henry，你们老大 Raymond 这次肯定要上位，昨天 William 可是找他和 Mark 两个人先沟通的。"

Henry 回答："这次动作太大了，看来 William 要把中国公司兜底翻了。"

Jennifer 倒是气定神闲："从去年底就开始策划了吧。William 去年底到今年初接连跑了两次美国，肯定是去找总部和董事会沟通的。上两周他在香港和新加坡应该是做亚太区这里的工作，反正有 Alex 撑腰，Philips 乐得做好人。"

Susan 也说："前阵子 Maggie 跟我说，William 要改造'逸园'，大中华区总部得等到四月份以后再搬回去，你看他这不是早有预谋嘛！到那时候第一层组织结构定下来，谁进去谁出来一目了然啊！唉！"她叹了口气，"反正这么一折腾，我们部门接下去半年没好日子过，肯定要忙死了。"

吴波插嘴："怕什么，这不是充实新生力量了吗？"

Susan 看了看戴希："戴希，你现在是直接向 Maggie 汇报吧？"

"是的。"

Susan 点点头："哦,那我估计你马上会很忙的。今天上午 William 已经召集重组核心团队开会了,Maggie 就是其中之一,从现在开始她会忙得连画眼线贴假睫毛的时间都没有,到时候她肯定不管三七二十一,把什么活都往你这里扔。"

"这样啊……"戴希有些发愣,"重组核心团队还有谁呢?"

Jason 说："目前所知的也就是 Maggie、Raymond、Mark 和法律部的老大……"

Jennifer 打断他："应该不止这些人,告诉你们个绝密,春节后有大人物要空降过来,我正在帮他安排酒店长包房呢。"

所有的人一齐朝她瞪大眼睛："谁?!"

Jennifer 神秘地一笑："我先不说,你们来排排这次重组的座次,再猜猜看他是谁。"

"哈哈,我今天研究了一上午 William 的文章,算是参透玄机了。"Henry 跃跃欲试地说,"说实在的,真是很佩服咱们这位老大的魄力,他的野心就是要把中国公司从西岸化工的销售分支,直接提升到最重要的分公司地位。你们看看,这次重组,除了原来的销售和贸易之外,他摆明了要构建同级别的生产部门和研发部门,这样总部对中国公司的投资和重视都会达到前所未有的程度,他自己的权力肯定也会迅速扩大!"

Jason 点头："Raymond 本来就是负责合资生产的,在有机/无机部门也一直是 William 最得力的干将,所以这次重组后,如果由 Raymond 来主管生产,我一点儿都不意外。"

Henry 继续说："Mark 嘛,我觉得 William 会让他负责所有产品的销售。"

"所有产品的销售?"这下吴波有疑问了,"那岂不是提升 Mark 到全部产品总监之上了?"

Henry 说："应该是这样。各个产品线的销售是由总部直接纵向领导的,中国公司主要行使行政监管的职责,本来都是 William 的事情,不过我想现在他要往上一步,完全可以把这块交出去。"

Jason 表示同意："我也这么想。但是 William 绝对不会把贸易也交出去，我觉得他还会自己主管这个部分。除了他，公司里目前也没有任何人有胆识和能力负责这一块。"

吴波想了想说："贸易本来就是抓大的商机，William 应该有精力继续负责。"

"那么谁来负责全球研发中心呢？" Susan 突然问。

说得很热闹的几个人一下子都住了口，互相看了看，又都一齐转向 Jennifer，笑着问："Jennifer，你就别卖关子了，快说，那个大伞兵是谁啊？"

Jennifer 伸出纤纤玉指，在桌子中央画了个大大的"G"。

"G？"大家面面相觑。沉默了半分钟后，Henry 突然叫起来："不会是 Gilbert 吧？！"

Jennifer 再次伸出纤纤玉指，贴近嘴唇做了个"嘘"的动作。

"这个……"Jason 迟疑着开口了，"Gilbert 和 William 可是有矛盾的啊，再说原本 Gilbert 在 William 之上，让 William 自立山头以后，Gilbert 已经非常不爽了，现在怎么可能再跑到中国来，低声下气接受 William 的领导？"他连连摇头。

戴希听得晕头转向，完全弄不懂他们在说什么。另外几个倒好像是很明白，表情都沉重起来，最后还是 Jennifer 打破沉默："唉，这就不好说了。不过 Gilbert 过去在美国总部就负责过研发部门，到中国来建立全球研发中心也顺理成章。"

吴波思忖着说："既然是全球研发中心，应该是由总部直接领导，Gilbert 很可能和 William 在级别上保持一致，但行政方面会受制于 William。如果真是这样安排的话，对两个人都不怎么舒服，那大概就是 Alex Sean 的制衡之术了。"

谈话暂告段落，大家闷头吃了一会儿饭。Henry 才说："无论如何，这次重组对我们来说是利大于弊。今天早上 Mark 偷偷跟我说，本来因为金融危机，年终的提级和加薪都泡汤了，可是 William 千方百计争取到了这次重组，所有人员重新摆放位置、评定级别，大家都会获得很大的实惠。中国公司这次是战略扩张，我们这些人都会有非常好的机会，自己好好把握吧。"他看了眼戴希："你进来的可真是时候啊！"

和八卦饭团的午餐结束了，戴希回到自己的电脑前，在 MSN 上找到 Lisa："我回来了。"

Lisa 过了半天才回复："你有吃有喝还有八卦听，我可苦死了。"

"怎么啦？"

"那帮老大还在开会，我得随时待命，只好吃外卖。"

"他们不吃饭吗？"

"给他们准备了三明治，不过 William 反正是什么都不吃的。"

"哦，对……"戴希又想起了昨天，她迟疑了一下，"Lisa，我今天确实听到不少消息，你想知道吗？"

"不用啦，我用脚后跟都能想出来他们会说什么。"

"啊？那你自己怎么不告诉我呢？"戴希莫名地有些委屈。

"我直接告诉你你印象不深啊！"Lisa 回了一句，过了一会儿又蹦出来，"傻姑娘，你不会真以为我这个总裁秘书上班闲得没事做，成天和你聊天玩吧？我忙着呐！"

"那你……"戴希的心乱跳起来。

"和你聊天也是人家派给我的工作任务啊！傻瓜！"

戴希对着屏幕发呆，不知道该怎么回答了。

"你可千万别多心呀。"Lisa 接着说，"我很喜欢你的，戴希。可要不是他特意嘱咐，上班时间我哪敢这样和你 MSN？就连八卦饭团也是……"

"啊！"

安静了一会儿，Lisa 发过来一个拳头："真不知道他的脑子里怎么能装下那么多事。现在还觉得他可爱吗？是不是还有点儿可怕？"

戴希咬着嘴唇打出："嗯，不是诗人，是阴谋家！"

"哈哈！"Lisa 说，"你对我们总裁的了解又深了一步啦。戴希呀，你最好什么都不要多想。William 特别会培养人，Mark、Raymond，还有你的顶头上司 Maggie，全都是他一手培养起来的，我感觉他正在很花心思地培养你。你很幸运，假如能跟上他的节奏，你会发展得比别人快得多。"

　　Lisa很敏锐，也很正直，戴希相当欣赏她，然而Lisa并不知道事情的全部。戴希好像又看见了那双疲惫而忧郁的眼睛，现在她完全能够肯定，除了自己之外，这家公司里的任何人都不曾看见过，还有他昨晚上说的话："……我一向能够控制局面，但是现在的状况需要我更加谨慎，我不想出一点差错……"当时戴希打断了他，因为实在不忍心看他的样子。经过了这半天，戴希才真正明白他想说什么。

　　戴希很庆幸，自己至今为止都没有令他失望过。

第十五章

"吧嗒！"张乃驰看着自己击出的主球擦着黑球的边沿而过，撞到球台内侧后轻轻滚动了几下，停在右上方的袋口。他吹出一声清脆的口哨，走到悬在墙上的记分牌前，随意地拨动小铜片："该你了。"

李威连面朝窗户坐着，似乎没有听到张乃驰说话。从位于三十层的美国俱乐部的窗户朝外望，浦西和浦东的美景一览无余，蜿蜒流动的黄浦江就在脚下拐出汇聚龙气的巨大转折。新春将近，鳞次栉比的高楼上灯光绚丽夺目，台球厅整片落地大窗外犹如展开了一张巨大的屏幕，以琼楼玉宇般的魔都之夜作为背景，似要上演一出又一出悲欢离合的人间戏剧。

张乃驰看了看记分牌，大比分 2∶2，两人战平，这一局决胜局李威连领先 10 多分，台面上还有若干彩球，自己应该尚存反败为胜的机会。他走到李威连身后，又叫了一声："William，该你了，看什么呢？"

李威连没有回答，张乃驰顺着他的目光往窗外望去，不远处的外白渡桥上车辆穿梭来往，好像横跨在黄浦江上的又一条灯河，伫立在百年铁桥拐角处的俄罗斯领事馆上，椭圆型的屋顶被来自四面八方的灯光映得雪亮，一面红白蓝三色的俄罗斯国旗正在徐徐降下。

"……这幅情景让我想起了 1997。"李威连低声说。

"降旗啊。"张乃驰对触景生情没什么兴趣，只想尽快和对方分出胜负。

"时间过得真快，不知不觉我们离开香港回到上海，已经十一年了。"

张乃驰随口敷衍:"是啊……刚回来时我们还常常一起到美国俱乐部打台球,现在好像很久都来不了一次了。"

李威连抬头看了张乃驰一眼:"也是,最近这一两年我们都没怎么好好聊过了。"

"呵呵,连重组这样的大事你都不先和我沟通,还有什么可聊的呢。"张乃驰耸耸肩,"我知道自己能力有限,也不敢再抱什么奢望。"

李威连站起身往球台走去。以夜空为底的落地大窗仿佛幽蓝的镜子,球台在正中央闪着墨绿色的微光。李威连和张乃驰并肩站在球台一侧,两个人的身影几乎难分彼此,同样的匀称、挺拔,看上去真有点像一对亲兄弟。

分开时,尚且泾渭分明;靠近时,一个便被收入另一个的身影之中,浑成一体。

李威连只比张乃驰略高些,肩膀略宽些,但就是这一点点毫厘间的差距,却造成了迥然相异的气场。

"为什么非要打黑球?"李威连一边在球杆头上擦着滑石粉,一边摇头,"又急于求成了。"他几乎没有弯腰,球杆朝袋口前的主球轻轻一触,白球跳跃向前,把紧靠左侧的红球推进了网袋。

"你不是今天刚从北京回来吗?我怎么和你预先沟通?"他继续不以为然地说,同时目测距离和角度,现在有一颗绿色球和一颗蓝色球都在攻击范围内,当然也可以试试那颗黑球,不过难度稍大。

"你提前回上海也没告诉我啊?否则我就不去北京了。"

李威连还是选择了最顺手的绿球,一击落袋之后,对张乃驰笑了笑:"行了,别抱怨了,有什么想法就直说吧。"

"不是我有什么想法,是你想怎么安排我!"张乃驰闷闷地说,"重组核心团队里也没有我,William,我是不是彻底出局了?"

"出局?Richard,我还以为你不在乎西岸化工这座庙,想要自立门户了呢。"李威连又轻轻松松打落一颗红球。

"我?自立门户?!"张乃驰很有些紧张,"William,你不要去听那些风言风语,我这个人还是有自知之明的。就算偶尔嘴里说说,那也不算数的。我知道我离不开你！"

李威连笑起来："别、别，千万别这样说话，会让人误会的……对了，你在北京还顺利吗？和中华石化郑武定的关系非常重要，你发展得怎么样了？"

"这个……还行吧。低密度聚乙烯粒子的事情让郑武定大大地露了把脸，现在他在进出口公司所有副总当中是最受集团公司上层认可的，算得上春风得意了。郑武定对我们很感激。"

"高敏呢？她现在怎么样？"

张乃驰撇了撇嘴："靠边站了，虽然常务总经理的职位暂时还没撤掉，但是上头已经开始调查她了，我估计被双规也就是时间问题。"

"你要注意，别让她牵扯上我们。"

"不会的，她手上没有任何证据，我们拿合同的过程向来都符合规程。"

李威连点点头，又打落了一颗蓝色球，现在开始琢磨打下一颗红球时主球的走位，如果这次能把黑球拿下的话，张乃驰就输定了。

"Richard，究竟是谁举报的海关，你后来有没有进一步调查？"

张乃驰十分意外："你真的相信是另有他人？"

"当然！"李威连蓦地朝张乃驰望过去，"我早就告诉过你，只要有第三者存在，就说明还有别的眼睛在盯着我们，必须要把这个威胁找出来！怎么？你就这样对我的话掉以轻心吗？"

"不是啊，我……"张乃驰无言以对。

李威连狠狠地吁了口气，用力一击，红球应声落网，接着说："除了你我和有川康介本人之外，还有什么人能发现有川的货是劣质品？我觉得唯一的可能就是通过聚乙烯粒子国际贸易的记录，查询出那段时间南美出产的劣等品走向，假如碰巧还知道伊藤与中华石化之间的合同，就有可能判断出有川康介以次充好。你照这个思路再去查查，这件事非常重要，你必须认真去办！"

张乃驰嘟囔道："好吧，我也就是干干这些……"

李威连余怒未消，瞄准黑球弯下腰。就在推杆的刹那，他突然皱了皱眉，脸上掠过一丝不易察觉的痛楚之色，手臂轻轻一颤，黑球偏离轨道后撞到台底反弹出来,滚到球台中央才停下。

张乃驰看着这个局面也愣住了,李威连默默地放下球杆,缓步走到落地窗边,在一旁的沙发上坐下来。

张乃驰重新站到台前,黑球被打偏后,反而给他留出了很好的攻击位置。张乃驰兴奋起来,台面上还有三颗红球和三颗彩球,加起来的分数刚好反超。张乃驰全神贯注地打下一颗红球,主球的走位极其完美,他深吸口气,干净利落地将黑球打落入袋。

现在他有机会一杆清台了。张乃驰聚精会神在球台上,一颗又一颗,精彩地收下所有剩余的分数。76∶68,他赢了。

"很好,你赢了。"李威连平静的声音把张乃驰从激动中唤醒。张乃驰赶紧按下心中的狂潮,回头对李威连无辜地一笑:"你让我的。"

"没有,是你打得比我好。"

张乃驰这时已经完全镇定下来,走到吧台前喝了口威士忌:"William,你今天的状态好像不大好,是不是最近太累了?要注意劳逸结合哦。"又端了杯酒走到李威连的身边,殷勤地递到他手中,笑着问:"对了,那个戴希怎么样?很可爱吧?"

"戴希?"李威连晃了晃手中的酒杯,冰块发出咔咔的声响,"的确不错,不过Maggie似乎不怎么喜欢她。"

"哈哈哈!"张乃驰大笑起来,"Maggie怎么会喜欢那样清纯靓丽的小美女!"

"Richard,"李威连打断他,"关于重组的安排,你不用担心。之所以没有让你参与核心团队,是我希望你不被琐事分散精力,而是在四月份第一层组织结构定稿之前再做出些突出的表现,尤其是在贸易方面。你知道,贸易这块是我最看重的,我绝不会把它交给外人。中华石化是我们做贸易的首要合作伙伴,关系由你来维护,就因为你是我最信得过的人……话已经说得够明白了,你现在放心了吧?"

张乃驰呆了呆:"是……我懂了,William,谢谢你!你就尽管放心好了!"

李威连朝他举了举酒杯。

"哎呀,我必须要走了,葆龄父亲今天做三七,我得去陪陪她。"

张乃驰忙不迭地想离开。

"好,我再待一会儿。再见。"

"再见!"

台球厅里一下子变得寂静无声,李威连的目光投向窗外,落在巨大的黛蓝色天幕的某一点上,好像在看什么,又好像什么都没有看见。

因为调假,春节前的两周连着上班。孟飞扬刚刚进入这家名叫"高井株式会社"的日本公司,在三名贸易课长中占了一席,初来乍到的他要熟悉环境、了解业务、整理团队,真是忙得不亦乐乎。

恰好这段时间戴希也忙,两人都是早出晚归,每天连话都说不上几句。忙碌之余,有些念头会冷不防地跳进孟飞扬的脑子——戴希只不过才刚开始工作,但是对他来说,她似乎就已经改变了很多。每当这个时候,孟飞扬就会竭力把这种念头清除出去,戴希是为了他才放弃学业回到中国的,他因此更希望戴希能够顺利就业,希望她能找到满意的工作而不为失学烦恼,孟飞扬打心底里希望戴希快乐。

现在戴希在西岸化工干得很起劲,不论是目前的待遇还是将来的发展,都好得出乎预期,孟飞扬应该为她高兴,并且全身心地、无条件地支持她。只是偶尔深夜醒来,孟飞扬看着身边戴希熟睡的脸,看着她漆黑的睫毛随着呼吸的节奏轻轻颤动,娇柔的面庞红润润的,他就会忍不住微微地心痛,仿佛又一次体验到三年前戴希将要赴美前的心情,那是一种无望而又无奈的感伤,眼睁睁地看着她离自己而去,却无法说出那个"不"字。孟飞扬不断地提醒自己,别胡思乱想,现在他满心盼望着春节长假的到来,盼望着重温那份无所事事而又亲密无间的温馨。

他的美好愿望被打碎了。当戴希提出年初三晚上就要飞去香港参加培训时,孟飞扬费了天大的劲才克制住强烈的失落感,他迅速调整了神情,若无其事地安慰着忐忑不安的戴希——多么难得的机会啊,当然应该去啦。我没事,反正你还能补假,到时候我们再一起休。剩下的四天长假我正好小修一下房子,把热水管接到厨房里,淋浴房还要换个新的暖风机……

"飞扬，假期有什么安排？"柯亚萍笑吟吟地站在孟飞扬的桌前，手里举着个红色的绒布小牛。

孟飞扬回过神来，随口应道："也没什么安排，睡觉，要不就看看资料。"今天是小年夜，明天就开始放假了，他刚刚把电脑里的资料存进U盘，打算带回家去看，另外还有些文件没有电子档，现在他全摊在桌上正要整理。

柯亚萍瞧了瞧他的一桌子狼藉："这个小牛放哪儿啊？乱七八糟的。"

"小牛？"

"是啊，给你的新年礼物啊，祝你牛气冲天！"柯亚萍最近的气色倒很好，脸上也时常挂着笑容，让孟飞扬看着挺舒心。

"牛气冲天好啊！太谢谢你了！"孟飞扬真诚地表示着谢意，又挠了挠头，"这个……得等我把桌子先理一理，实在太多资料了。"

柯亚萍伸出手："我帮你一起理吧。你怎么这么用功，春节还要看资料？"

"呵呵，刚来嘛，多学学总是好的。"

两人手忙脚乱地整理了一番，总算清出半块台面来，柯亚萍把小红牛端端正正地放好，又笑着问："你春节敢不陪女朋友玩啊？她肯定要生气的。"

"……我陪不了，她初四到初七在香港培训。"孟飞扬想把话说得尽量随意些，但苦涩的语调却怎么也掩饰不住。

柯亚萍瞥了孟飞扬一眼："是吗？春节长假还要加班？你女朋友不是在西岸化工嘛，我听说美国大公司很人性化的呀？怎么比日企还会剥削？"

"也不是，这是他们老总给戴希特别安排的好机会。"孟飞扬只想尽快结束这个话题。

"哦，"柯亚萍点点头，"那就难怪了。我也听说西岸化工是家特别好的公司，就是要求非常高，很难进的。你女朋友真有本事，一下子就进去了，还马上有香港的培训，肯定是让老总另眼相看的。"

孟飞扬忙说:"……亚萍,你春节打算怎么过?出去旅游还是待在家里?"

"我哪有出去旅游的钱,只好待在家里呗,照顾照顾爸爸,就是希望哥哥嫂嫂别闹得太凶就好了……"她垂下头。

孟飞扬吁了口气:"不管怎么过吧,反正还是要祝你新春快乐的!"

"是的,祝你、祝我们都新春快乐!"柯亚萍红着脸笑了,孟飞扬也跟着她笑起来。

香港很温暖,当然是相对上海的严寒而言。

晚上七点半,戴希乘坐的飞机准点降落在香港国际机场。她立刻把羽绒服塞进箱子,轻装上阵去搭机场快线。西岸化工的差旅安排都交给第三方的国际旅行机构办理,相当专业,戴希出发前几天就收到了介绍整个旅途细节的邮件,她按图索骥在九龙站下了机场快线,又转乘穿梭巴士,九点刚过就到了位于尖沙咀的马哥孛罗香港酒店。

匆匆办完入住手续,把行李扔进房间,戴希就迫不及待地踏上了酒店门前的广东道。从维多利亚港湾吹来的微风轻拂面庞,只有些微的寒意,鼻子里嗅到带着缕缕香氛的湿气,每一次呼吸都沁人心脾。右前方港岛那侧高楼林立,层层叠叠的光柱如飞升九天的彩虹,连接着湛蓝海域和无垠星空,以罕见的垂直落差描绘出一幅璀璨缤纷的壮丽夜景。

不夜城果然名不虚传。此刻的广东道上亮如白昼、人头济济,所有的店铺都流光溢彩、人气沸腾,好像这股繁荣的市景才刚刚开始,并且永远不会结束。

戴希在人流中快步穿行,她没什么明确的目标,只是被维多利亚港湾的景色强烈吸引着,想到近前去欣赏一番。但是才走了不足百米,她的注意力又转移到了身边的橱窗,那是一家万宝龙的专卖店。

今年一月份的最后一天,戴希拿到了上班头一个月的工资。因为没干满全月,所以扣完税才六千余元,但是戴希很开心,她有了到香港"血拼"的资本,她要给孟飞扬买一件新年礼物。

戴希走进万宝龙的专卖店。店里的顾客出乎意料地多，戴希不是热衷奢侈品的那类女孩，但是她很喜欢这些嵌着勃朗峰标志的、精工细作的金笔，喜欢其中所传递的沉稳的男性气质。戴希选中了一款星际行者冰蓝色的墨水笔，洁白无瑕的六角星标志巧妙地悬浮在笔帽中央，是极富灵感的设计。刷卡付钱的时候，戴希的心都被喜悦占满了，虽然卡上的钱少了一大半，可是这样她和飞扬就都拥有了可以恒久珍藏的礼物，不会因为时间的流逝而腐蚀、贬值，戴希突然发现，原来奢侈也有奢侈的好处。

戴希走出店门，随着人流继续向前，一鼓作气走到了海边，海风比刚才猛烈些了，更加湿凉的水气打在脸上，对面的高楼大厦清晰如画，夜色下的港湾里正有两艘游船头尾相连地驶过，几只黑色的海鸟在半空中飞翔。

戴希举起手机，拍了张照片发出去，然后才拨通孟飞扬的电话。

"飞扬，我在尖沙咀，看见维多利亚港的照片了吗？"

"刚刚看见，很漂亮啊！你好吗？小希，路上顺利吗？"

"顺利的。我已经开始血拼啦！"戴希拼命克制，才能忍住告诉孟飞扬给他买了礼物的冲动，她真的很想他呀。

"呵呵，悠着点啊，小希，你可别一个晚上把钱都花光了。"

"花光了你再给我充卡！"

"那个……好吧，我随时待命，大不了去抢银行。"

两人都沉默了，戴希的眼眶潮潮的，是海风吹的吧……"飞扬，你在做什么？"

"我啊，刚才一直在等你的电话，现在放心了……嗯，也没什么可做的，明天我约好了接厨房里的热水管，后天装暖风机，大后天同学聚会……就这些。"

其实，即使不问，戴希也完全知道孟飞扬会怎么度过这几天。

"小希？"没听到戴希的答话，孟飞扬问，"你什么时候回来？"戴希跟他说过好几次回程的航班了，但是他还想再问一遍。

"培训到初七晚上，初八中午的航班回来。你那天已经上班了。"

"是，我们要初八晚上才能见面了，小希，那天咱们在外面吃晚饭，我请你。"

"好，"戴希又迟疑了一下，终于说出盘算了一路的话，"飞扬，你这几天要是无聊，可以看看电脑里我的研究课题，就在我的目录下面有个咨询者 X 的文件夹。"

"咨询者 X？"孟飞扬似乎不太以为然，"就是你这些日子成天在看的那个英文文档？好多专业词汇，看起来太费劲啦……我看那个干嘛？"

"怕你万一没事做嘛……"戴希撒着娇说，"心理学案例可比小说还好看呢。"

"好吧，如果实在无聊的话，我就当练习英语阅读啦。"

"飞扬……"戴希想说我非常想你，可不知为什么说不出口。

又是小小的沉默，仿佛透明的珍珠镶嵌在时间连绵的指环上。孟飞扬低声说："小希，时间不早，别在外面瞎晃了，快回酒店去。乖，这几天好好培训，不用担心我，没事也别浪费国际长途话费了，省点钱去多多血拼吧。我等你回来。"

电话挂断了。戴希又看了眼港岛绚丽的夜景，转身朝自己的酒店方向走去。右手的手指上感受着万宝龙纸袋的晃动，戴希的心中一阵阵酸涩——她知道，这个春节自己让孟飞扬难过了。

从还是个初二学生的时候起，戴希就年年盼望着陪她的飞扬哥哥过最快乐的春节。

孟飞扬的爸爸和戴希的爸爸妈妈是同学、同事兼终生好友。孟飞扬的父母亲在他高中最后一年相继病逝，他考到上海外贸学院读书时，就孤身一人生活了。在戴希上初二那年，爸爸妈妈第一次把孟飞扬带到家里来过春节，戴希认识了这个比自己大五岁的、瘦瘦高高、沉默寡言的哥哥。从那以后，孟飞扬就经常被戴教授夫妇叫来家里玩，而每当这时候最起劲地缠着孟飞扬，千方百计哄他开心的就是戴希。再后来，只要孟飞扬有一段时间不出现，戴希就会逼着爸爸妈妈给他打电话，让他来家里玩。等升入高中后，戴希变得愈加神通广大，很快就学会自己去外贸学院找孟飞扬了。

过去十年中的每个春节，孟飞扬就像是戴教授家庭中的一员，和

239

他们共度大年夜和年初一。戴教授夫妇眼看着女儿和孟飞扬越来越亲密，也曾经旁敲侧击地问过戴希，她究竟是怎么想的。戴希的回答很简单："我就想让飞扬哥哥快乐！"

"没有你，飞扬哥哥就不快乐吗？"戴教授戏谑地问戴希。

戴希想了想，坚决地回答："我只知道他原来是不快乐的，现在是快乐的。我想让他永远快乐！"

戴教授夫妇无奈地相视一笑，这就是他们的女儿，那么多阳光男孩在面前她却视而不见，偏偏对孤独的孟飞扬钟情。只因为她是如此敏感，又如此热忱，既会被心灵深沉的创痛所吸引，也愿意付出最细腻的情感，去理解与抚慰这种创痛。戴希会选择心理学作为专业，真是再正常不过了。

为了孟飞扬，她放弃在美国继续深造，同样也符合本性。戴希无法忍受孟飞扬因为与她分离而难过，从十四岁开始，她就把自己当作了他最亲的亲人，也把他的快乐看成自己最重大的责任。

可是这一回，戴希却做出了不同于过往的选择。

她一直相信孟飞扬会理解他，虽然还来不及对他好好解释：自己放弃了心理学专业，但是现在有一个机会，能使她完成生平第一次也是最后一次心理分析和治疗的真实案例，这个患者很需要她，也许错过了这次机会，咨询者X就再也不会对她敞开自己了。这样的机会对她难能可贵，几乎等同于她从事心理学的全部梦想。飞扬会支持她的，戴希知道。

如果说初中的时候，她只是无意识地被心灵的创痛所吸引，那么这一次，戴希是带着深刻的自觉认识到这种吸引，并且明明白白地感受到内心日益增长的情感——戴希就是为了咨询者X来香港的，她听到了他的呼救。

"他"需要她，这种需要的程度连"他"自己都未必真正了解。

想到这里，她又不自觉地驻足回头，想从那堆高耸入云的华光玉柱中找到四季酒店的瑰丽身影。就在港湾的对面，明天开始她的培训将在这座酒店里进行，按照日程安排，明天上午戴希就能在那里见到李威连了。

从尖沙咀到中环，搭地铁十五分钟就到了。培训设在四季酒店五楼一间正对海港、豪华气派的会议厅里。从亚太区各地来参加培训的新入职经理共二十人，戴希是其中最特殊的——唯一的非经理、唯一的来自中国大陆。培训规格相当高，全部课程都由亚太区的高级领导亲自讲授。

四季酒店大堂的面积并没有戴希想象得那么大，色调也很清淡。内饰的线条简约，大量使用褐色、白色和饱和度较低的绿色，形成内敛、纯正的整体格调。朝向海湾的大幅落地玻璃窗纳入海天一色的蔚蓝，大堂里到处流淌着平和的自然光线。

宽敞的会议室里已经摆好了四人一组的五张圆桌，粉红色的名牌上印着学员的姓名。戴希被安排在最靠前的那一桌上，每人的座位前都摆好了削尖的铅笔、印着四季酒店LOGO的墨水笔、多色记号笔、淡黄色循环纸张的笔记簿、装订整齐的培训材料和盛满柠檬水的玻璃杯。正前方银灰色的金属墙面上，并排垂挂着两大幅投影屏幕。会议室里的温度舒适宜人，还能闻到一股幽幽的茉莉花香。

亚太区的培训总监做了简短的开场白，第一天上午共三个主题，第一个主题是对西岸化工亚太区的整体介绍，主讲人是现任亚太区总裁 Philips；第二个主题是对大中华区的介绍；第三个主题是公司核心价值观和商业准则，都由大中华区总裁李威连宣讲。

Philips 是个面孔红润、身材魁伟的白人老头，操着一口澳大利亚口音浓重的英语，声若洪钟、幽默风趣，一个钟头的公司介绍让他讲得欢声笑语不绝。戴希一边听讲，一边悄悄在笔记簿上概括 Philips 的心理特征——多血质、典型的社会化魅力型领导、功成名就的满足感……

本来西岸化工只设有远东大区，总部设在东京，负责整个亚洲和大洋洲。由于中国地区业务的迅速崛起，才由大中华区加上东南亚、澳大利亚和新西兰组成了亚太区，2003年起从远东大区中独立出来，原来的远东大区现在只管理印度和日本。听着听着，戴希突然注意到，远东大区的总裁名叫 Gilbert Jeccado，她想起八卦饭团提到的那个将要空降中国的 G……戴希还注意到，Philips 一再强调大中华区在整个亚太区中的重要性，毫不讳言对李威连的器重和欣赏，几乎挑明了李威连就是他退休后的继承者。

Philips 的课讲完了，兴致依旧高昂，接下去二十分钟的茶歇，他不仅没有离开，反而逐个与学员交谈。正当他和戴希聊上时，李威连出现在他们身边。

"哈，William！真巧，"Philips 兴高采烈地和李威连打招呼，"我正在和来自中国上海的美丽女孩谈话呢。"

"Philips，我早就说过你应该常常去上海。"李威连笑着回答，又对戴希点点头，"早上好，戴希。"

戴希也由衷地说："早上好。"在这个全新的环境中看到李威连，他的风采令她眼前一亮。Philips 亲热地拍着李威连的肩膀，和他走到一边去谈笑风生。

戴希独自退到窗边，从这个角度望过去，他俩的身影就掩在一棵巨大的凤尾竹的绿叶之后。她观察到，Philips 继续着高谈阔论的风格，许多的身体语言，兴奋而热烈，似乎在强调什么。但与此同时，他又很好地控制住了语音，展现出真正老辣的教养。在 Philips 的对面，李威连倾听的表情十分专注，姿态中亦有着恰如其分的谦恭。但奇怪的是，当李威连开口说话时，Philips 气色极佳的脸上掠过一抹尴尬的阴云，他随即又说了些什么，李威连的回应依然坚决，几个小小的来回之后，Philips 大声笑起来，频频点头。

会议室里飘出的轻柔音乐停止了，茶歇结束。Philips 亲自向大家介绍了李威连后才离开。

出乎戴希的意料，李威连的演讲非常生动，也许是对大中华区的情况太熟悉了，李威连对着一张画满图表的 PPT 讲了足足半小时，所有枯燥的数字在他的口中变成了有趣的商业策略、布局和实战，十分鲜明地反映出大中华地区的业务特色。大家听得津津有味，四十五分钟很快过去，等李威连结束这个主题时，戴希才发现自己本子上标记为"W"的心理特征概括还是空白，她琢磨了好几秒钟，才写下——亲和力。

眼前的李威连的确拥有一种惊人的魅力，是外表与内涵同时作用后迅速产生的效果。地位、经验、权威和适当的训练当然能够造就出类似的感觉,但天赋的自然流露更能使人欣然接受。

"戴希,William 是你们的总裁啊……"

趁着讨论的间歇,同组的澳大利亚女学员悄声问戴希。

"是啊?"戴希一时没明白她的意思。

"天哪,你好幸运!"她的那双碧眼紧盯着讲台,白净的脸上飞起两朵红晕。

戴希朝她挤了挤眼睛,最近老有人说自己幸运,起初的得意过去之后,再听到类似的话,戴希却感到了某种程度的不安。

李威连开始讲解上午的最后一项内容:公司核心价值观和商业道德准则。这个主题更加乏味,诚信正直当然是需要再三强调的,但往往流于空泛的口号,无法真正地深入人心。李威连显然也意识到这一点,所以在讲解中引用了许多真实案例,有西岸化工内部发生的,也有商业领域的重大事件,果然引起了大家的共鸣。

戴希听着听着,却开始走神了。李威连的讲解使她产生了一种很奇怪的感觉,像是一种隐忧,慢慢地从心底升起。她一时无法厘清自己的思路,不明白这种隐忧的来源,直到她听到李威连做出一个比喻:

"当我们站在悬崖这一侧,能够望见悬崖的另一侧有着我们梦寐以求的东西,也许是财富,也许是权力,也许是爱情,或者简而言之就是我们所渴望的幸福,是什么阻碍了我们不顾一切地向前,是什么防止了我们在这个无法跨越的距离上摔得粉身碎骨?——是对地心引力的了解。正因为我们深知,没有人能够摆脱地心引力,所以才会产生坠落深渊的恐惧,才能抵御诱惑避免毁灭。在商业领域中,了解商业道德准则,就是了解地心引力。"

这个比喻非常贴切,贴切地让戴希心颤。但真正引起她忧虑的,是李威连说话时的口吻,这种口吻很奇特,绝非言不由衷,但又太过平静淡漠,戴希想来想去,突然在笔记簿上写下:超脱!是的,李威连在做出比喻的时候太超脱了,仿佛地心引力普适天下,唯独与他自身无关。

——超脱，不，这太危险了！戴希心惊胆战地抬起头，恰恰撞上李威连的目光。他的眼神很温和很亲切，好像在问她："写什么呢？"戴希朝他笑了笑，赶紧低下头，把刚写的字划得乱七八糟。

　　四季酒店的中午自助餐非常丰盛，亮银色的餐盆上堆放着难得一见的波士顿龙虾、法国鲜蚝和俄罗斯的鱼子酱。但是戴希没什么胃口，她很难过，因为超脱不是总裁应有的态度，而是咨询者X的病态。希金斯教授的担忧是对的，咨询者X的问题绝不只是"语言障碍"。

第十六章

大年初五，张乃驰在永嘉路上的一处私人会所里，见到了前一天刚刚飞抵上海的 Gilbert Jeccado。

"我亲爱的 Richard，你一定要把永葆青春的秘诀分享给我！"才跨进门，Gilbert 就冲着张乃驰大呼小叫起来。

"哈哈，秘诀就是清心寡欲嘛！"张乃驰笑着和 Gilbert 热烈拥抱，这个意大利籍的犹太人个子矮小，比张乃驰还低半头，但体格精干两眼放光，半秃的脑门锃亮，全身上下的定制西装非常有品位，戒指上的绿宝石和半块麻将牌一样大。

Gilbert 露出夸张的惊骇神色："清心寡欲？！天哪，这样活着还不如去死！"虽然年逾五十，他的皮肤依旧光滑紧绷，尤其擅长像喜剧演员一样把每个表情都做到极致，任何时候都面带笑容，眼睛里却没有半分喜色，只有冰锥般锋利的冷酷。

两人在古典风格的意大利真皮沙发上坐下，沙发对面的大窗外是会所宽敞的庭院，整片地中海忍冬丛中夹杂着腊梅树，殷红与嫩黄的花朵交相辉映，呈现出冬日里的别样娇艳。可惜浓郁的花香被隔绝在窗外，室内只飘散着略嫌清冷的松木幽香。

Gilbert 和张乃驰响亮地碰杯："你一旦到了我这个年纪，无可挽回地步入衰老时，就会发现什么都比不上及时行乐！"张乃驰笑答："所以你就到上海来寻欢了？终于厌倦了日本艺妓，想换换口味？"

Gilbert 哼了一声："Richard，我虽然很喜欢上海，却未必愿意用东京来交换，我人生的这番转折，实在是命运的安排，本人无力抗拒啊。"

张乃驰语调里满含同情："我还以为是 Alex Sean 的安排呢……"

"Alex Sean？不，不！确确实实是命运啊！" Gilbert 挤眉弄眼地强调着，脸上的表情瞬息万变，他凑到张乃驰的跟前，"Richard，你还记不记得前年年底，我们和 William 一起在香港？"

"记得啊，你是指亚太区和远东大区的年度协调会议吗？"

"命运之神就是在那次会议期间向我展现出了狰狞的面目！"

"噢哟！"张乃驰打了个寒战，这个犹太人也太喜欢虚张声势了。不过没关系，张乃驰有耐心等待下文，职业生涯遭受如此重创，Gilbert 决不会善罢甘休的，他特意在春节假期提前来上海与自己晤面，目标肯定是李威连！

犹太人继续表演："还记不记得那次我们几个喝酒时，提到了占星术、看手相、水晶球……"

"当然记得，William 还和你争起来了，非说中国人的算命卜卦比吉普赛人看手相更准。"张乃驰想起那个场景就觉得滑稽。当时李威连有点喝醉了，硬要给 Gilbert 介绍一位算命的"陈瞎子"，还胡扯什么此人年轻时视力很好，就因为泄露了太多天机，后来才突然双目失明，是公认的半仙一名，真正地料事如神。

Gilbert 满脸神秘地说："可你不知道的是，后来 William 真的把'陈瞎子'找来给我算了一卦。"

"还真算了啊！"张乃驰很配合地瞪大眼睛，"瞎子说啥了？"

"结果很糟糕。那个瞎子中国人一口咬定：我将在一年之中失去工作！"

"不会吧？！"

"怎么不会？" Gilbert 的眼中突然精光四射，"我离开失去工作只不过一步之遥，用东京交换上海，是最无奈的选择。如果不这样做，今天的我就该在亚平宁半岛的穷街陋巷中徘徊了！"

张乃驰暗想，哪有这么惨？意大利小矮人可真会装啊！尽管如此，他还是做出无限同情的模样："你该去找 William 算账，都是他的瞎子给你带来了厄运。"

Gilbert阴惨惨地笑了："我告诉你Richard，当时我无论如何不肯相信瞎子说的话，但我想不明白，William怎么就有把握让我在一年内失去工作？"

终于谈到关键了，张乃驰微笑着说："Gilbert，对此也许我能提供一些线索……其实也很简单，就是关于印度的普利查公司。"

"果然是它！"

在中国公司还隶属于远东大区的时候，Gilbert是西岸化工有机/无机产品部的总裁，李威连在无机/有机产品线上受Gilbert的直接领导，和印度、日本的业务往来十分频繁。那段时间里，他注意到了一家名叫普利查的印度贸易公司在印度主营化工产品的进出口贸易，和西岸化工也打了很多交道，并与Gilbert建立了非常好的私人关系。但这家公司的资信状况存在严重问题，为此，李威连做了不少调查工作，也搜集到了许多证据。亚太区从远东大区脱离出来的时候，李威连特意提醒Gilbert要防范普利查公司，却被Gilbert认为是故意挑衅而置之不理。

终于在2007年的时候，对方爆发财务危机，使用欺诈手段向西岸化工远东大区开出虚假信用证，让远东大区损失了几百万美金。

"当时我差不多已经把危机掩盖过去了……"Gilbert回忆着，狠狠地饮了口酒。

"可是William没有放过你，他一定是把自己搜集的证据捅到董事会上去了，你知道的，他在董事会有直通道嘛。"

犹太人的眼睛眯缝起来，浅灰色的瞳仁几乎透明了："为什么？我实在不明白，他为什么非要置我于死地？"

张乃驰轻描淡写地说："权力才是他真正的目的。亚太区已经是囊中之物，他现在想要的是整个亚洲！"

Gilbert沉默了好一会儿，才长吁口气："幸亏他攻势太猛，把Alex Sean都吓着了，这才想到要给他的重组计划增添一些小小的难度，而我也绝处逢生，捞到这个全球研发中心的位置。哼哼，我们俩算是不分胜负！"

张乃驰端起酒杯，和Gilbert碰了碰，两人各自将杯中之酒一饮而尽。Gilbert朝张乃驰意味深长地笑着："Richard，你可是William长期最信赖的伙伴，你在这次重组中一定会大有斩获吧？"

"我？"张乃驰扬起双眉，脸色一下子变得十分阴郁。犹太人的灰眼珠凝视着他，早在李威连耍尽手段把张乃驰派去东京出差的三年间，张乃驰就开始向Gilbert拼命示好。起初犹太人对张乃驰充满戒心，但渐渐地他察觉到了张乃驰埋藏至深的企图心。老奸巨猾的Gilbert始终没有去触碰张乃驰的这根神经，他要把张乃驰这张牌押到最后关头。

现在，时机差不多成熟了。

张乃驰终于长叹一声："亲爱的Gilbert，William这个人太可怕了，虽然这么多年来，我一直在为他卖命，但我始终猜不透他的内心。这次重组也是如此，他事先根本就没有和我打过招呼，尽管他口头上对我有所许诺，不过坦白说，我完全不敢相信他。"

"以我的教训来看，你最好不要相信他。"Gilbert不阴不阳地接了一句。

张乃驰推心置腹般地说："Gilbert，你一定了解中华石化这个客户对我们的重要性吧？"

"我了解。"

"William和中华石化打了十多年的交道，关系维护得还算不错。但自从我掌握了他们进出口公司的常务总经理高敏，双方的关系才有了突飞猛进，这几年西岸化工通过中华石化做成那么多生意，还不都是靠我的付出！可是现在，高敏意外失势，我也就该被他一脚踢开了！"

所谓的"付出"其实就是男色相待，今天张乃驰对Gilbert够坦率，连脸皮都不顾了。本来高敏是他手中的王牌，张乃驰一心指望着凭此出头，甚至超过李威连。后来为了向有川康介复仇，张乃驰恳求李威连帮忙，李威连一口应承，当时还令张乃驰颇为感动。就是在李威连的策划下，他们共同布下了低密度聚乙烯的局，也是在李威连的指示下，张乃驰向高敏推荐伊藤来做这个单，并许以高额回扣，才使有川康介乖乖地落入圈套。但张乃驰万万没有料到的是，最后不仅逼死了有川康介，居然还扳倒了高敏，张乃驰虽然如愿报了仇，出了积郁多年的一口恶气，但也就此失去了好不容易赢得的、与李威连一较高下的重磅筹码。这些天来，他心中的郁忿简直无法用语言来形容。

"Richard，看来我们是同病相怜啊。"

Gilbert总算说出了奠定基调的话，这句话在他们两人心中盘桓已久，只待一个小小的火星，就能燃起熊熊烈火。

这烈火一经点燃，必将无法收拾。

"唉呀，飞扬，要请你吃顿饭真是太不容易了。"张乃驰一边给孟飞扬的杯子里倒着茶水，一边情真意切地感叹。

"张总太客气了，是我不好意思。"

张乃驰乐呵呵地观察着对面的孟飞扬，整体来说气色不错，但笑容有些心不在焉，尤其当桌边走过一对对相互依偎的年轻恋人时，孟飞扬的眼神就涣散开来。张乃驰完全清楚此中缘由，便故作随意地问："女朋友呢？我以为你今天会带她一起来呢，好歹我还为她的工作出了一份力，怎么也不来当面谢谢我啊？"

孟飞扬忙说："戴希去香港参加培训了，您不知道吗？工作的事确实应该好好谢谢您的，等她回来，我一定和她专门回请您。"

"说笑说笑，你可别当真。戴希去香港参加什么培训？"

"好像是什么新经理培训……"孟飞扬有点拿不准。

"新经理培训？"张乃驰思忖着说，"可是据我所知，戴希还够不上经理级别啊。不过也无所谓，反正就是李总裁一句话的事。飞扬，其实你们真正该谢的人不是我，而是李威连总裁。戴希的面试、聘用到职位，全是他亲自安排的。我猜嘛，这次戴希能够参加香港的培训，也一定是经他特批。噢，他自己还担当培训讲师呢，这几天都在香港，想必会对戴希特别关照。所以飞扬，你们应该好好地请一请他才对。"

"可惜我和李总裁不熟，未必请得动他。"

"你和他不熟，戴希和他熟啊！"张乃驰加强了语气，"飞扬，你的新工作仍然在贸易领域,也做化工产品,所以我倒要提醒你,假如能够和李威连拉近关系,对你今后的业务会有相当大的裨益。这绝对不是夸大其词,他的本事你可以去问问戴希。"

"哦……"孟飞扬应了一声,似乎并不太热心。

气氛一时有些沉闷,张乃驰很自然地转换了话题:"飞扬,伊藤的货出问题以后,你知不知道最后是谁为中华石化救了急?"

孟飞扬垂着眼睛回答:"我知道……就是你们吧。"

"你怎么知道的?"张乃驰微笑着问。

"在化工贸易圈里干了这么些年,我在海关和中华石化还是有点关系的,当然我的关系比西岸化工的要下层多了。"孟飞扬也笑着说,神情在自豪中又带着几分自嘲,"不过像这类已经成交的合约,探听起消息来就容易多了……我还知道,西岸化工的成交价格和有川康介的报价完全一样。"

张乃驰颇为赞赏地看着孟飞扬:"很不错嘛,飞扬,说说你对这件事的看法吧。"

孟飞扬想了想,直视着张乃驰说:"张总,我完全能够理解西岸化工在这件事中的立场,我也相当佩服你们的手段。有川康介的下场只能用咎由自取来形容。不过作为一名伊藤公司的前员工,从我的切身体会来说,终究太残忍了。"

张乃驰点点头:"飞扬,你说得非常好。不过商场如战场,向来就是很残酷的,你还年轻,需要慢慢积累这方面的经验。另外我要纠正一点,不是西岸化工的手段,而是李威连的手段,这一切都是他一手策划的,完全体现了他的个人风格。"顿了顿,他向前凑过身子,眼睛里闪着光:"飞扬,再给你出个题,有川康介报给中华石化的是超低价,所以才要用劣等品来充数,那么西岸化工以数倍于伊藤的运作成本,又怎么能够做到以同样的低价向中华石化提供优质货源呢?提醒你,李威连可是从来不做亏本生意的哦!"

孟飞扬沉思起来,他的性格天生持重,一般不喜欢刻意地自我表现,但是今天张乃驰一再提到的那个名字使孟飞扬很不舒服,最近他在戴希的口中也听过太多次这个名字,令孟飞扬感觉到强大的压力,他必须要突破一下，否则就要被压迫得喘不过气来了。

孟飞扬抬起头，字斟句酌地说："张总，让我先做一个大胆的假设：有川康介从中华石化获得低密度聚乙烯的订单，本身就是精心策划的结果。那么西岸化工，哦，不，是李威连总裁从一开始就预料到有川康介必然会采用非常规的手段来赚取利润。果然，有川在南美购买了大量劣等品运往中国，李总裁深知有川的欺诈绝不可能得逞，而中华石化无论如何都需要这样一批货，对西岸化工来说这恰恰是难得的机遇，唯一的障碍是超低的价格。但是，李总裁有把握排除这个障碍，因为就在有川将劣等聚乙烯粒子运往中国的那段时间，国际上的各大供货商都得知中华石化的大订单已经被人拿掉了，本来这段时间就是塑料粒子的淡季，他们都指望着来自中国的大订单消化存货，现在希望破灭，于是纷纷大幅降价。西岸化工就趁机陆续买进，不知不觉地以远低于前期的价格买入大量优质塑料粒子，这个时间差打得太妙了。所以，当可怜的有川康介还在为银行刁难文书而伤透脑筋的时候，有人已经在坐等渔利了。"

孟飞扬说完了，张乃驰直勾勾地盯着他，猛然慨叹："哗！孟飞扬，厉害啊！真没想到，你光靠观察分析就看破了李威连的布局，后生可畏！真是后生可畏！哈哈，飞扬，你好好干，我相信不用多久你就能赶上李威连的，成为他的强劲对手！"

"张总过誉了。"孟飞扬淡淡地回答，"不是不能为，而是不愿为。看懂看透其实并不难，我知道我的局限。"

晚餐结束了，张乃驰开着心爱的雷克萨斯尾随在车流之后，一辆又一辆车没有耐心地超过了他，他丝毫都不在意。今晚上他有诸多意外的收获，需要时间慢慢回味。

李威连曾经一再强调，让他调查那个神秘的海关举报人，张乃驰始终没有头绪。今天晚上孟飞扬的表现，突然给了张乃驰灵感，假如李威连确实没有故弄玄虚，确实有这样一个举报人存在的话，那么这个举报人很有可能就是孟飞扬！李威连说过，举报人必须了解有川康介和中华石化订立合同的细节，同时还具有敏锐的市场嗅觉，能够凭借外围的线索判断出有川所供的是劣等品！

但是孟飞扬这么做能得到什么好处呢？有川康介自杀了，伊藤破产了，孟飞扬自己的损失也不小。前方红灯闪烁，张乃驰猛踩刹车——张乃驰越来越觉得，孟飞扬值得好好利用。要彻底击溃李威连，手中就得攒上足够多的王牌。

是的，要彻底击溃李威连！当张乃驰和Gilbert在永嘉路私人会所密谋的时候，他们就一致认为，对李威连的打击必须是致命的，因为他们再没有第二次机会。

"对付William，如果没有把握将刀直刺进他的心脏，最好还是不要动手。"犹太人的灰眼珠淡得叫人不寒而栗。

张乃驰说："我已经掌握了不少材料，足以令他相当痛苦。"

"痛苦？不，不……"Gilbert连连摇头，"我认为他完全不畏惧痛苦，他的所作所为从来就不像一个生活得快乐的人，心满意足的人绝不会像他那样行事疯狂，不计后果。不，Richard，痛苦对他来说没有任何意义，我们要使他绝望！"

半伏在方向盘上，张乃驰目不转睛地看着前方跳动的红色光芒，仿佛记忆里的血色缓缓弥漫开来，浸透了双眼。多少年了，他们之间的恩怨总没有一个了结，反而愈缠愈密，种在内心最深处的毒牙，被毒液浇灌了一遍又一遍，已经获得了独立的生命，再也按捺不住啮噬的欲望。

张乃驰想对李威连施加的——不是伤害，而是毁灭。

四天的培训快得像飞一样。戴希他们不仅白天要上全天的课，晚上分组讨论，十点回到房间后还要准备主题演讲，简直忙得昏天黑地。戴希只能在用餐的间歇给孟飞扬发一两条短信联络。他的回复也很简单，总说家里的修补工程顺利，让戴希安心培训，并没有提是否看了咨询者X的文档。自从头天上午的两小时课程之后，戴希也再没见到过李威连。

年初七是培训的最后一天了，培训总监做了简短的总结之后，学员们返回西岸化工在怡和大厦的亚太区总部办公室，和各自分属的部门同事见面。

五点半不到，二十个人的小团队就到达了怡和大厦。

"戴希，William 请你去他那里。"培训总监带着戴希穿过到处摆放着绿色植物的敞开式办公区，这里的装饰风格和上海的办公室一致，既奢华又典雅。在走廊尽头的一扇门前，她轻轻敲了敲就推门而入："这是 William 的办公室，他还在开会，让你在这里等他。"说完朝戴希友善地笑笑，就翩然离去。

戴希没有立即进去，门上镶嵌的名牌让她好奇地看了又看——William Lee，好地道的老外名字啊。戴希悄悄地笑了，这个名字直接让她联想到白里透红的皮肤和鹰钩鼻子，蓝色眼珠还有稀疏的淡黄头发，哪里像那个坐在"双妹"的磨砂窗下说着柔和沪语的上海男人……

房间里，面对着她的巨大圆形窗户外，维多利亚港湾的绚美景色一览无余。正是夕阳西下，灿烂晚霞将整片蔚蓝的海域上空涂抹成赤金色，一层又一层的云端里翻卷出火红、焦黄、赭青和靛蓝，对岸所有的高楼都好似顶着黄金铸就的巨型皇冠，随着风云流动变幻出万千气象。

一只海鸟沐浴在霞光里，翅膀被染得通红，它就在戴希的眼前飞舞盘旋，突然俯冲直下，在海面上掠起长长的水波，又一个飞跃，轻盈地落在来往游船的旗杆顶端，伴着汽笛长鸣，五颜六色的旗帜在傍晚的风中飘扬。

"好美啊！"戴希看呆了。

"很快会暗下来，到时候对岸灯火辉煌，就更美了。"

戴希回过神来，对着悄然出现在身后的李威连笑了："夜景这几天都看熟了，从这个角度还是头一次。"能再次见到他，她感到发自肺腑的快乐。

"从这里看是 180 度的全景。每年的大年初二维港上放新年焰火，我的办公室窗口是最佳观赏点，总要给同事们和他们的孩子开放。几天前刚刚有过一次。"

"哦，真好。"戴希想象着这间宽大冷清的办公室里突然挤满了大呼小叫的孩子们，觉得十分温馨。

李威连低下头端详着她："戴希，听说你在培训中的表现很不错。"

"还行吧……"戴希想，这回算是表扬了吧。

"什么时候回上海？"

"明天中午11点的航班。"

李威连注视着戴希，摇了摇头："太匆忙了，那样你就根本没有时间好好看一看香港。"

"那么我？"

"改签机票吧。明天是星期六，我有时间，可以带你观光，你看好吗？"

他的语气很特别，既像不容置辩的命令，又似小心翼翼的探询，戴希甚至还能从中听出歉疚，她在心里悄悄地叹了口气：你知道我是为了什么来香港的吗？……必须要让你知道，否则我就白来了。

但是，他将会有什么样的反应？戴希实在没有把握。她只能看着他说："好的。"

改签机票很容易，戴希只要给旅游公司打个电话就行了。她把航班改到下午三点半，六点抵达上海，这样还能赶得及和孟飞扬一起吃晚饭。

就在三言两语之间，夜晚不期而至了。好像才过了一刹那，窗外已是万点华灯绽放，如五彩斑斓的宝石点缀在黑漆漆的暮色中。

戴希放下电话，李威连从另一侧的门里走出来，露出戴希还从未见过的轻松笑容："我们可以走了。"

"去哪里？"

他刚刚去换了身衣服。第一次看到不穿西装而是休闲打扮的李威连，戴希又惊又喜——真好看啊。"去吃饭。"他走到戴希的身边，微笑着说，"上次让你挨饿，我一直内疚到现在。所以今后不论在什么情况下，吃饭都是头等大事，必须先让你吃饱。想吃什么？"

"……我不知道啊。"

"给你三个选择吧。第一、二个都在四季酒店，米其林三星的中餐或者西餐，非常方便。第三个是海边的海鲜大排档，就是路途稍远，大概一小时的车程。"

戴希想了想:"我选第三个!"
他再次微笑:"不出我所料。"

国际金融中心前的车流十分密集,李威连的银灰色宝马越野车在其中轻盈穿行,十分钟后终于拐上高速公路。棕榈树的阔大绿叶从车窗外轻拂而过,成片的紫荆花就在高速路的下方盛开着。

"在香港我喜欢自己开车,这里的司机比较守规矩,自己开车才有乐趣。"

戴希深有同感地嗯了一声。

"戴希,你有什么要问我的吗?"李威连握着方向盘,目视前方说。

戴希想了想,问:"你的英文名字是谁起的?"

"什么?"他对她的问题显得很意外。

"William Lee,这名字太老外了。"戴希笑起来,"是你自己起的吗?"

"哦,我的证件上就是这样。"李威连摸出皮夹递给戴希,"你自己看。"

他的香港身份证上果然也是 William Lee。

"这个英文名字是我第一次进入香港时,一名英国边防警察替我在入境表格上登记的。"

窗外高楼的霓虹绚彩如绮丽的雨滴纷纷撒落,乘着夜之清风滑进车窗,车内暗影斑驳,仿佛记忆的片断在静谧中迭现,又都消敛在他的目光深处。

"戴希,你去过罗湖吗?"

"没有,我是第一次来香港。"

"1984年底我第一次来香港时,只有通过罗湖口岸才能入境。一座铁桥架在中英两侧的国界中央,铁桥大概百米长,走过这段距离,就离开社会主义的中国进入资本主义的英国殖民地了。"

"对啊!"戴希如梦初醒,"那时候香港还属于英国呐!"

李威连朝戴希瞥了一眼,用宽容无知孩童的口气说:"那时候更没有血拼自由行。"

戴希的脸红了红:"你是来香港探亲吗?"

"准确地说是来和父母团聚。那时候来香港就等于出国,审批的过程相当严格,我有直系亲属在港,符合申请要求,但即便如此通常也很费周折的。"

"那你来的过程顺利吗?"

"还算顺利……"李威连的声音中出现小小的起伏,被戴希敏锐地捕捉到了——为什么明明该是快慰的话,他却说得有些痛楚?

"经过铁桥的过程令人终生难忘。不过百米的距离,这一侧简陋、肃穆,解放军的边防兵表情庄严,目光里充满戒备。但往香港这侧而来,万家灯火的繁荣景象一步步靠近,身着笔挺制服的香港警察面带笑容,举止规范有礼,从他们身后吹来的风中带着特别的清香。"

是的,风中的清香。即使在今天,只要深深呼吸,戴希还是能够清晰地闻到这股气息,那是来自辽阔海洋的自由之风,夹带着南国花果的繁盛和清新。

"入境时,要接受英国移民局官员的盘查。讯问我的英国人说得一口流利的粤语,因为绝大多数申请进入香港的大陆人都是广东籍,用粤语交流没有问题,可我不会说广东话。我急了,只好告诉他我会说英语。他好像很意外,便开始和我用英语交谈,当他问到入境表格上的英文姓名时,我说了和威连最谐音的 William,这个英文名字是我从小看原版书时就特别喜欢的。他略微犹豫了一下,便微笑地填写起来,边写边说我是应该有个最地道的英文名字,因为他在香港移民局工作了二十年,我的英语是他见过的所有中国人中最地道的。几周后去办理证件,才发现我的英文名字在入境时被定成了'William Lee',而不是像通常那样,从中文名字直接转成的粤语拼音……后来,确实有很多人在和我见面之前,光凭这个名字就把我当成了盎格鲁萨克森人。"

最地道的英语——戴希心想:所以,焦虑攻击的正是他最在意的环节。不,不单单是最在意,也是最脆弱的环节——那些和母亲有关的童年记忆……

汽车沿着东区走廊平稳向前,大海始终在他们的左侧相伴,不离不弃。往事还在心头余韵袅袅,周围的灯光逐渐黯淡,不夜城的辉煌正在离他们而去。眼前的景象突然变得灰暗,拥挤和嘈杂。

"戴希,我们现在经过的地区叫做北角,曾经是香港中下阶层人聚集的地方,有点像……上海的'下只角',这一片又是其中最差的区域。近年来虽然也有不少改观,还是可以看出破旧的迹象。"

果然,林立的高楼不见了,取而代之的是狭窄的街道和五六层高的长方形灰色楼房,装满铁栅的窗户好像一个又一个铁笼子,悬挂着在上海已很少能见到的窗式空调机,连夜色都遮盖不住外墙面的肮脏。

"我刚来香港时就是生活在这里,和我母亲一起,过了好几年。"

戴希没有说话,因为她的心感受到命运的重荷,变得沉甸甸的,她对于自己作为咨询师的能力越发忐忑。

"想听音乐吗?"李威连按下了CD机,"马上要进跨海隧道,到九龙后就离鲤鱼门不远了。"

肖邦的夜曲顿时充满了小小的空间,戴希的眼前一暗,隧道在前方无止境般地伸展开来,琴声轻柔化解了距离带来的巨大压力。重上地面之后,没过不久,星星点点的渔火在不远处闪耀,城市边缘的渔村就快到了。

鲤鱼门真热闹。

海风略带腥臭,近旁的海湾中渔船艘艘紧靠,整条街巷里摆满了海鲜摊,到处是讨价还价的粤语喧哗。

或许是春节和周末的缘故,所有的摊位前都人头攒动,窄小的街道里拥挤不堪,食物香味中混杂着烟熏火燎气,从大大小小酒家敞开的门里散出。

李威连带着戴希径直来到一家店前,和老板像老朋友似的聊起来。戴希完全听不懂他们在说什么,就见老板满脸红光地捞货、称重。戴希大致能认出澳洲大龙虾、老鼠斑、鲍鱼、大跳虾、海螺、扇贝……她吐了吐舌头,这么多够一大桌子人吃了。

等到在桌前坐下,戴希好奇地问:"你和老板讲了那么久,都是讨价还价吗?"

"没有,我是在和他聊买马的事。昨天香港刚跑完一场马,老板要和我比比谁买得好。当然是他胜过我了。"

戴希觉得不可思议:"你工作那么忙,还有时间玩这个?"

李威连微笑:"我没时间,也没兴趣。不过这样说可以哄得老板开心,比直接还价效果好。"

戴希正在醍醐灌顶,突然"咚!"的一声,老板在桌子中央砸下一瓶红酒:"William!"他操着广东腔叫李威连的英文名字,嘴里又冒出一长串抑扬顿挫的粤语。

戴希看到李威连为难地摇摇头,立刻明白了,忙说:"你喝酒吧,回去我可以开车。"

"你?"李威连很意外,"驾照带着吗?"

戴希拍拍挎包:"国际驾照,本来打算换成国内驾照的,不过回国后还没来得及办。"

李威连没有立即说话,但惊喜的眼神让戴希非常开心,老板失望地嘟囔了句什么,正要抄起酒瓶,李威连将他的手推开了。

"今晚上我真的很想喝点酒。"李威连端着酒杯,还在犹豫,"戴希,香港是靠左行驶的,你能行吗?而且还不识路……"

戴希坚决地说:"没问题!只要你给我指路就行。"

"好吧!那就开回马哥孛罗,把车停在那里,反正明天早上也要从那里出发,我打车回四季。"李威连把手里的酒一饮而尽,看着戴希笑了,"我会喝醉的,到时候就全靠你了。"

"你应该不太容易喝醉吧?"戴希问。

"我心情不好的时候,怎么喝都不会醉。但假如心情好,就醉得特别快。"李威连说着又干了一杯。放下酒杯,他探手到怀里取出皮夹,递给戴希。

"拿着。等会儿你负责结账,免得我乱给钱。"

"哦!"戴希连忙把皮夹装进挎包,"你和老板不是朋友么?他还会骗你?"

"无商不奸嘛……"

李威连的手机响起来。

"你好,宝贝!"他立即接起电话,神情突然变得前所未有的温柔,不停地微笑。戴希垂下眼睛,听别人讲电话是不礼貌的,但是李威连动听的英语牵动着她的心绪。他挂掉电话,又喝了一杯酒,才对戴希说:"是我女儿 Isabella,她的武术表演获奖了,给我报喜呢。"

李威连把手机拿到戴希面前,里面在放一段视频。戴希看见一个十来岁的小姑娘穿着白色的练功服,像模像样地打着拳:"好可爱!这是什么拳?"

"据说是猴拳。"李威连说,"你看她像不像只小猴子?"

"像!"

他们两人一起哈哈大笑起来。

"为了让她学中文,我挖空心思培养她对中国文化的兴趣,可是做梦也没想到,最后她居然喜欢上了中国功夫。"李威连冲着手机的屏幕叹气,"成天嚷着要当什么女侠,除暴安良……戴希,你猜猜 Isabella 的中文名字是什么?"

"这个怎么猜啊……"戴希噘起嘴来。

"很好猜的,和我们的名字一样。"

"和我们的名字一样?"戴希想了想,"是不是……李贝拉?"

"你真的很聪明,戴希!"李威连又干了一杯,海鲜还没端上来,他已经把红酒喝掉小半瓶了。

"我就是觉得,这名字听上去比较快乐。"李威连说,"另外,也是为了方便她的妈妈。"他的语调变得十分惆怅:"可惜我和 Isabella 在一起的时间太少了。我本来希望她能在我身边长大,在上海长大。但是 Katherine 不喜欢内地,她只对香港还有些好感,对上海完全没有兴趣,而我却离不开上海……"

海鲜终于上桌了,李威连不再说话,只是默默地喝酒。戴希心里禁不住有些伤感。

"戴希,你是左撇子。"沉默良久,整瓶红酒都快喝完的时候,李威连突然说。

戴希看看自己握筷子的左手，李威连接着说："那次在'双妹'时我就注意到了，培训的时候你也是用左手拿笔。"

"念小学时老师曾经要纠正我的，但我爸爸特地去学校说服老师，说这样更有利于我的大脑发育。"

"他说得对。戴希，你和我过去的一个好朋友特别像，她也是左撇子，也非常聪明。"李威连若有所思地说，"你爸爸很懂大脑？"

戴希自豪地笑了："大脑是他的专业呀，我爸爸原先是医学院的。"

"医学院？"李威连盯着戴希问。

"嗯，"戴希被他看得都有些紧张了，"我爸爸最初研究的是精神病学，后来国内设立了心理学专业，他才转到师范大学当心理学教授。"

李威连点点头，酒瓶已经空了，他挥手要了第二瓶。

"戴希，斯坦福大学的心理学专业是全美国最好的，希金斯教授的研究生位置更加难得，你就这样放弃了，不觉得可惜吗……"李威连撑着额头说，他的醉意渐浓，但还是一杯接一杯地喝着酒，"当然了，假如你不放弃，我们也就没机会碰上了。"

他举起酒杯："你是我的幸运，戴希。来，我们干一杯，为了……为了……"

戴希能清楚地看见他眼中的晶莹，她举起自己的橙汁，和他碰了碰："为了更美好的生活。"

"对，为了更美好的生活！"

第十七章

当李威连把第三瓶红酒喝掉一半的时候,戴希叫了买单。她用他皮夹里的现金付完账,把酒杯从李威连的手里轻轻拿开:"William,我们回去吧。"

他很听话地站起身,摇摇晃晃地往外走。戴希不知道该不该伸手去搀扶他。还好李威连虽然一路脚步漂浮,仍坚持着自己走到了车边。

坐上右侧的驾驶座,戴希深深地吸了口气。李威连把头靠在车窗上,努力地说:"你先开上高速路……不要往港岛方向……快到国际展览中心时,你再……叫我。"

驶离鲤鱼门的这段路比来时清静了许多,渔火几近稀落。公路两侧只有连排树木的阴影,像绵延不绝的愁思。高速公路在前面分岔,戴希不假思索地选择了港岛的方向,沿着来时的路开下去。

长长的隧道似乎没有尽头,还是肖邦陪伴着他们。穿出隧道,照原路驶上半悬于海岸之畔的东区走廊,黛青色的海面来到了右边,沉黯寂寂。涛声、风声,连同海底汹涌澎湃的暗潮,都深埋于无垠的平面之下,原先掩盖了星光的城市灯火变得凄迷,在另一头的大海上空,却升起漫天繁星。一抹若隐若现的红光出现在海天交接的最远端,仿佛撕破永夜的曙光、梦境中初露的希望。

宝马停在四季酒店的门口。

戴希在李威连的耳边叫了好几声,可是他毫无反应——看来只好找人帮忙了。戴希先从包里取出他的钱夹,小心翼翼地塞进他夹克内侧的口袋。她没来得及把手缩回去，李威连的身体微微动了动，随后她的发间便感受到温存的抚摸，又带着无法抗拒的力度。

戴希的呼吸骤然停止。她模糊地意识到，自己应该有所行动，然而理智随同呼吸一齐消失了，她只能一动不动地半靠在他怀中，掌心里还能清晰地感觉到他胸口的起伏，亲密入骨，无从言表。她感到与他贴近，自身被完全包裹在清冽、醇厚、醉人的气息中。车里面非常暗，戴希却闭上了眼睛，仿佛这是她此刻唯一能做的。

"……怎么不去马哥孛罗……为什么不叫我？"

他在问我呢，戴希迷迷糊糊地想，我该回答吗？回答什么呢？

"也好，明天早上……我们就一起从这里出发。"

戴希猛地睁开眼睛，脑海里掀过一场最猛烈的雪崩，她全身冰凉地直起腰。李威连的面孔隐在车窗的暗影中，戴希看不清他的目光。

戴希狠狠地咬了咬嘴唇："William，你醉了。我叫酒店的人来送你上去。"

他放下搁在她发际的手，一言不发。

戴希推开车门，正好酒店的门童跑过来。

"我去赶地铁了。"戴希站在车外对李威连说，他好像根本没听见。

"晚安。"戴希向前走了两步，才听见李威连在身后说："戴希，明天早上在酒店等我。"

将近十一点了，地铁是这几天里最空荡的。戴希抱拢双臂坐在长椅上，一阵又一阵的寒战掠过心头——无论学习了多少理论，亲临其境时，那份深切的悲哀仍然叫人猝不及防。

戴希也清楚地认识到，自己并没有因为所发生的事厌恶他，或者惧怕他。掌控一切，是他对抗焦虑的手段。今夜，他只不过是把这个手段用在了她的身上。他掌控不了希金斯教授，所以逃跑了。他选择了戴希，因为他自认为可以掌控她。更应该检讨的是戴希自己，是她给他制造了这种错觉。

当她有意识地突破了心理咨询的职业界限时，在潜意识里也没有成功地建立起那道必要的藩篱。今夜真正醉了的人是她，而他，却将她唤醒了。

第二天早上刚九点整,李威连就已经在大堂等着了。

李威连面朝里站在大堂的落地玻璃窗前,晨光淡洒在身上,他的脸色晦暗神情疲惫,像是宿醉难醒,又像是彻夜未眠。其实戴希自己也没睡多久,样子大概不会比他强得太多。戴希径直走到李威连的跟前,与他相视一笑。

昨夜已经过去,他们彼此都不会再提起。剔除了虚伪的隔膜之后,李威连在戴希的眼里又多了几分真实,幸好这种真实对她是有所准备的。戴希猜不透李威连究竟是怎么想的,但从他神情中流露出的微妙释然亦令她感到欣慰。

现在,她更有信心,也更有愿望要和他坦诚相处。

"要赶下午三点半的航班,你最好一点半搭上机场快线,所以我们今天的时间并不多。"坐上车,李威连对戴希说:"我们最远可以去一趟浅水湾,或者先去山顶,中午十二点我在旁边的半岛酒店订了位,吃饭仍然是最重要的。"

戴希朝车窗外望望,天气不太好,维多利亚港湾的上空阴云密布,沿着山势而上的高楼大半隐在灰色的雾霭之后,风势比前几天都要凛冽,吹起路边的棕榈树叶飒飒作响,开到尽头的紫荆花瓣纷纷飘落,像粉色的蝴蝶在街道上翻飞起舞。春节长期已经结束,又逢周六早晨,广东道上突然变得行人寥落,名品店前更是门可罗雀,没有人气簇拥的华贵装饰在风中独立,透出些许孤高的味道来。

从明媚到凄凉,不过一夜之间。缺少了人头簇拥,裸露的市景显得有些肮脏。被人所遗弃的事物总是肮脏的,这关乎感觉,而非实质。

"我不想去山顶……也不想去浅水湾。"戴希回答李威连。

他发动汽车,缓缓驶出酒店前的车道:"那你想去哪里?"

"北角。"

"为什么?"他似乎并不很诧异。

虽然酝酿了很久,戴希答话的时候还是相当紧张,她听见自己的

263

嗓音在轻微颤抖："'粗俗是世界上最大的罪过'，我想了解说这句话的人。我仔细思考过了，我认为你母亲的说法很有道理。"

李威连没有再说什么。拐上梳士巴利道后他就提升了车速，似锦繁华从车窗外过眼而逝、转瞬无痕。

行驶了很长一段，李威连才说："理论很简单，真实却一点儿也不美好。你肯定想看吗？"

"肯定。"

李威连点点头："还有一段路要开，想听音乐吗？"

"不，"戴希坚决地说，"我要问你问题。"

他笑了笑："是吗？你终于有问题想问我了？"

"是有……很多问题。"

"好，问吧。"

当这一刻终于到来，戴希仍然无法避免惶恐。与他越是熟识，原先零散残缺的心灵碎片渐渐汇聚成形，戴希就越是胆怯，她既害怕拼图完整所揭示出的残酷真相，又害怕自己的轻率和无知会伤害到已经陷落在无尽悲凉中的心，然而她只能勇敢前行，否则帮助就将永远是一句空话……

"第一个问题：昨天你说自己来港的过程还算顺利，我想知道为什么。"

猛地一个急刹车，戴希朝前冲了冲。

"对不起，是我注意力不集中。"李威连盯着路口的红绿灯说，他的脸色本来就不好，现在更加苍白了。

红灯翻绿，他们继续前行。

李威连开始回答："在当时，即使有直系亲属在香港，递上申请以后也要经过层层审查，还会有这样那样的刁难，拖一拖半年就过去了。但是我从递交申请到获得批准，前后才花了一个月时间，所以说还算顺利。我当时的情况比较特殊。"他停了停，才说："在一次意外事故中我受了重伤，必须要到香港来动手术。假如不能得到及时医治的话，我就会终生瘫痪。"

"啊！"戴希低呼了一声。

李威连微笑了:"别紧张,我这不是很好吗?事实上,那个年代里的人们还是挺有人情味的,办理申请的机构看到我的情况,全都大开绿灯。我没有托人、也没有送礼,当然,那时候的我也根本没能力做这些事情。总之,我在一个月内就拿到了赴港的批准。"

他长长地叹了口气:"在我父母带着哥哥姐姐来香港,却把我一个人留在上海的时候,我就下决心从此独自在上海生活,绝对不会来香港。但在当时的情况下,我别无选择……"

大片的沉默,犹如天空中的乌云压顶,沉闷得让人窒息。

李威连将车停靠在路边:"我们到了。"

下车后,一栋又一栋的丑陋楼房密密麻麻地排布在狭窄的街道两侧。风还是很大,卷起地上的纸屑和灰尘,在白天的光线下,每堵墙面上的污渍都看得清清楚楚。街上的行人也不多,只有开在路边的小店前徘徊着衣衫灰暗的身影,还有一些空空的摊位和衣架散乱在街道两旁。

"这条街叫马宝道,和附近的七姊妹道一样,都曾经是香港的小成衣厂聚集的地方。"李威连示意戴希看那些楼房,"每栋楼里都有成衣车间,同时也是居民住宅。在此居住必须要忍受噪音和杂乱肮脏的环境,每到周日,成衣厂还会把积压的商品拿出来,摆起路边集市,附近的穷人们正好有机会挑选廉价的衣物。这项惯例一直延续至今,如果咱们明天来,就能碰上了。"

他朝其中的一栋楼走去:"今天是周六,工厂休息,也许我们可以进去看看。"

这栋楼和周围的楼房毫无二致,封住每扇窗户的铁栅栏和铁丝网都锈成铅黄色,底楼的铁门关得严严的,也是同样的颜色。

李威连对戴希说:"你等着,我去问问。"

戴希站在街沿上,远远地看着李威连走到铁门前,敲了敲旁边的一扇窗户。窗户开了,他和里面的人交谈了几句,很快铁门大敞,一个躬着背的老人快步走出,站在李威连面前和他大声说话。戴希听不懂他们在讲什么,只能从老人的表情和动作中看出异常的激动。又过了一会儿,李威连回来了,手里拿着一串钥匙:"我们上去吧。"

他们绕到楼房的后面，后墙比前面更肮脏，污水印迹从楼顶长长地拖曳下来。经过堆积的杂物和货包，李威连用手中的钥匙打开后门，戴希尾随着他走进去。

没有开灯的走廊里几乎像夜晚一样黑暗，又像是常年封闭，气味阴湿难闻，直冲入鼻子。戴希紧贴在李威连的身边，他低声说："不用怕，你跟着我走，在二楼。"

戴希并不怕，她就是想和他靠得近一些。

楼梯狭窄，李威连微侧着身子，这样戴希才能和他并排拾级而上。上到二楼，李威连打开走廊最末的一扇门，轻轻地把戴希揽过来，立即在身后关上房门。

随着"叭嗒"一声，漆黑的屋子突然大放光明。戴希的眼前全是日光灯明晃晃的白光，她眨了好几下眼睛，才看清楚屋子里摆满了缝纫机。每架缝纫机的周围都码放着各种形状和颜色的布片，缝纫机之间的缝隙只能容人侧身而过。整个空间拥挤，压抑，临街的窗户上覆盖着厚厚的灰色布帘，因为年代久远而暗黄，好像垂暮老者的巩膜。

"1997年我最后一次来这里，是把它卖掉。没想到十二年过去了，一切还保持着原样。"

在日光灯下，李威连的脸色看上去更差了，但目光炯炯，坚毅的表情让他显出异样的神采："在中国制造席卷全球的时候，这种小作坊式的成衣厂居然还能生存下来，香港人真的很坚韧。"他走到一架缝纫机前，轻轻抚摸着："1984年底我来到香港时，我母亲就只经营了这么个成衣车间。当时我和她已经分离了将近十年，戴希，在我的心目中，我的母亲一直是世界上最美丽最高贵的女人，可当我在香港与她重逢时，她却变成了一个憔悴早衰的老年妇女，你根本不可能想象，就是她曾经说出'粗俗是最大的罪过'这样的话，并且要求我成为一名绅士。"

"为什么会这样？"戴希问。

"我的外祖父是服装企业家，解放前一直来往中法两国经营成衣业，家族产业很兴隆。1975年，我母亲就是获特批到香港继承他的遗产，才能带着全家一起移居香港。起初她继承到的是四家有相当规模的制衣厂，但是因为她轻信别人，经营出了严重问题，还被骗走了许多钱，到1984年我申请来港的时候，她的产业一再萎缩，最终沦为这样一个小车间。当时，我父亲和兄姐都已经转去美国投亲，只有母亲不肯服输，独自一人留在香港苦苦支撑。不过，恰恰是这样困苦的情形，让我知悉母亲毕竟是爱我的。"说到这里，李威连露出由衷的笑容，"我到四川北路上的邮政总局给她打国际长途电话，她一听清我的状况，就立刻让我申请赴港。为了筹钱给我动手术，她把这最后的一间厂也抵押了出去，所以我的身体恢复后，马上就到厂里来给她帮忙了。我想无论付出什么代价，都必须让母亲摆脱困境，她不属于这样的地方。戴希，我要让她重新过上资产阶级风格的奢侈生活。"

日光灯照耀下的凄楚回忆美得让人心痛。

李威连指了指对面墙角的一座小楼梯："知道那上面是什么吗？"

那是个小阁楼，由木条和铁皮搭起的细薄支架，似乎不堪重负。

"……堆东西的？"

"那是工作间。"

"可是太矮了啊……"

"是的，上面只有一米四五的样子。但却是这种小厂里技术含量最高的工作间——裁片室。"李威连低下头问戴希，"知道裁片是干什么的吗？"

戴希努力地思考："嗯，就是把布照纸样剪开吗？我小时候见过裁缝做这个……"

"不太一样。制衣厂裁片是用机器来切一大叠布，既需要体力又需要技术，只有男人能做。这项工作是制衣厂的灵魂，阁楼可以提供专心的小环境，他们是弯着腰工作的。每天晚上我就睡在阁楼里，白天如果没有人裁片，我也在那里看书，"李威连注视着阁楼说，"下班以后，这里变得非常安静，裁床可以当桌子，旁边还有方凳……一年之后，我们就还清债务收回了这家厂，又过了两年，我帮母亲买下另一家条件更好的厂，在七姊妹道上。到1997年香港回归前夕，母亲决定正式退休，去美国和父亲共度晚年，我们才把所有的五家服装厂都卖掉了。当时她住在半山的别墅里，快七十岁了还自己开着宝马到处跑,她又恢复了原本应该的样子……"

戴希目不转睛地看着李威连,她被他脸上的神情迷住了,鲜明而生动的自豪,对母亲无法掩饰的挚爱,如同晨曦照亮他今天略显灰暗憔悴的面孔。这种爱,只会发生在父母和子女之间,是常常交织着误会、和解、占有、反叛、忠诚和奉献的血亲之爱,因同属同宗而更加激烈。在戴希所学习的心理学理论中,这种爱也是一切人类心理的肇始。

戴希悄悄地问自己:他是不是非常非常像他的母亲?——一定是的!

"好了,"李威连朝门口走去,"我们走吧,这里空气太差。"

重新坐回车内,透过前挡风玻璃,戴希看着李威连去还钥匙。站在灰蒙蒙的楼房前,那个躬背的老人握住李威连的手,不停地点头。突然,李威连伸出右臂紧紧抱住老人的肩膀。风吹起李威连的Burberry风衣下摆,轻轻拍打在老人的蓝布工作服上。他们就这样相互依偎着站了很久,直到晦暗的天空中飘起一阵水雾,戴希的眼前烟雨迷蒙。

"陈伯在这里干了三十年了。过去当保安,现在看门。他还认得我。"把车开出阴暗的马宝道时,李威连说。他看了看手表:"还有别的地方想去吗?"

戴希摇摇头。

"那就回尖沙咀吧。"

又一次钻入过海隧道,戴希重新鼓起勇气:"我还有个问题。"

"好啊。"他的声音听上去十分疲倦。

"我想知道,你是怎么进入西岸化工的?"

"为什么问这个?"

"就是想问……"其实戴希只想谈个能让他愉快的话题,随便什么都行。

李威连思索了一下:"虽然我把振兴母亲的服装厂当作自己的责任,但这是为了母亲,而不是我自己的理想。我也绝不想在马宝道这种地方过一辈子。因此到香港后的最初三年,我一边帮助母亲经营服装生意，一边读香港大学的夜校。戴希，也许你还不知道，我在上海高中毕业时，并没有考上大学。在金山石化厂当学徒工的时候，我参加了大学的自学考试，可是出了桩意外，就差一点点，还是没有取得大学本科的文凭。在港大读夜校，已经是我的第三次尝试了，绝不可以再失败。还好这次一切顺利，我只用三年时间就考出了全部课程，取得了港大的证书，才有了再进一步的基础条件……

"帮母亲买下第二家厂后，我开始留意报纸上的招聘广告，结果却失望地发现，好机会依旧很难得到。大企业的用人条件非常高，虽然我有了本科文凭，对自己的英语很有信心，广东话也能说得流利，但这些还远远不够。直到有一天，我在南华早报的广告栏目里发现了一条语言交换的广告。"

"语言交换？"戴希问。

"对，现在在上海也很流行吧，就是相互学习对方的母语，以交换的方式代替费用。"

"我知道了。"戴希想，语言交换在上海的确流行好些年了，不过被很多上海女孩当作钓老外的手段。

"那是一个美国人寻找英文和普通话交换的广告，我按广告上留的号码给他打了电话，约好会面的时间和地点。就在那一天，我平生头一次走进美国银行中心大楼……

"这位美国人名叫 Wesley Hoffman，是贺曼律师事务所的三位合伙人之一。非常有意思的是，我见到了 Wesley，才省悟到当初从袁伯翰老先生那里学到的绅士课程都是有根有据的。Wesley 的言谈举止、穿着风度完全就是活生生的绅士样板，我大开眼界的同时，心中又产生了新的自信。我意识到，我曾经受到的教育，那些我一直以为脱离现实的东西，将会对我的发展提供极大的帮助。而这，还真应该感谢母亲的先见之明。

"我和 Wesley 很快成为了忘年交。他人到中年，在美国已经是个极其成功的大律师，纯粹是出于对东方文化的喜好，才把事务所开到了香港。我的语言能力、学识和教养也让 Wesley 相当惊喜，当他了解到我的生活状况之后，就开始想方设法地帮助我。他把我介绍进他的朋友圈，带我去他们那个阶层活动的俱乐部，教我打高尔夫和桥牌，甚至邀请我去他家中共度圣诞节。袁伯翰教给我的知识开始大大地发挥作用，使我能够从容应付所有这些场合。有一次 Wesley 还亲自造访了七姊妹道上的制衣厂，他说是恰好路过，但我知道他是特地去看我生活的地方。毫不夸张地说，Wesley 是我人生中一位真正的贵人，没有他就没有我的今天，我从心底里感激他。

"Wesley 是香港美国商会的董事，和西岸化工在香港的美国高管都很熟，当他听说西岸化工打算开拓在中国大陆的业务，要招聘能够来往大陆和香港的业务代表，而我也恰好正在申请这个职位时，他便给当时筹备中国代表处的负责人写信，大力推荐了我。"

"那是几几年？"戴希插了一句嘴。

"1988 年。"

"哦。那时你是……"

"二十五岁。"

戴希轻声说："比我现在还小呢。"

李威连微笑了："是的，我在西岸化工已经整整二十年了。西岸化工是我的第一份工作，也是迄今为止我的唯一一份工作。从这个角度来看，我算得上是个专一的人。戴希，你进西岸化工只经过一次面试，二十分钟还不到。可是我经过了九轮面试，每次至少一小时，前后面试了将近四个月。"

"天呐，他们想干什么？"

"当时这个职位竞争很激烈，有好几个出生香港的应聘者，都有过硬的欧美文凭和大公司经验，香港人自然不愿意花落别家，让我这个背景相差悬殊的'大陆仔'得手。还好 Wesley 是直接向美方筹备负责人推荐我的，他对我的印象相当好，又特别邀请了其他几位美国来的主管面试我，结果对我的考察就成了拉锯战，旷日持久……在面试过程中我什么问题都被问到了，从政治见解一直到性取向。"

"性取向？"戴希目瞪口呆。

李威连的神色倒是格外轻松："很可笑是不是？后来我才知道，因为一个支持我的美国人是同性恋，所以反对我的香港人就想在性取向上做文章。总而言之，我还没有进入职场，就充分见识了其中的欺压和争斗。不过越是这样，越激发我的斗志，我投入全部精力准备每一次面试，表现得越来越出色，最终九名面试官投票表决，五比四——我成功了。"

"太惊险了！不过，真的很好。"戴希大大地松了口气。

"戴希，这不是基督教的十字架，是印第安人崇拜四季之风的吉祥物。"李威连突然换了话题。

"哦……"从昨天晚上起戴希就注意到了悬在后视镜上的十字形木雕，一直在琢磨它的来历。这个印第安十字架有着淡褐的木头原色，雕纹粗犷扎实，用黑色的细绳悬挂，散发出一种原始神秘的张力。她脱口问道："你也喜欢这些吗？"

"嗯，"李威连回答，"我并不是只会欣赏精致、奢侈的东西。"

戴希只好低眉顺眼，她想，我真是自找的。记得希金斯教授说过：每个男人私底下都是小心眼的孩子，越是平日里才华出众、果敢宽厚的，越是如此。

真不晓得他打算记仇到哪一天！

回程的道路相当通畅，银色宝马车很快就驶上通向半岛酒店的高速路。

李威连问："咱们快到了。现在才刚刚十一点，吃饭还有点早。要不要去逛逛商店？"

戴希望着逐渐靠近的维多利亚港，突然叫起来："哎呀，我想去坐船的！"

"什么船？"

"就是摆渡的那个……"戴希费劲地想解释一番。

李威连扬了扬眉毛："天星小轮，你怎么不早说！"

"现在不能坐吗？"戴希不懂他的意思。

李威连叹了口气："如果你早说，我们就没必要开车回尖沙咀了，完全可以把车开回四季酒店，然后从中环搭天星小轮过来。现在搭船的话，就是从九龙去港岛，方向反了。"

"这样啊……"戴希有些懊丧，"我才想起来嘛。算了，下次再说吧。"

"别急,我想想。"李威连说,半岛酒店充满欧式情调的前门从窗外一闪而过,他把车直接开到了马哥孛罗前停下,对戴希说:"你等我一会儿。"

没过多久,李威连又回来了,一把拉开车门:"下来吧,我们去坐船。"

"太好了!"戴希惊喜地跳下车,"这车怎么办?我的行李呢?"

"我和酒店说好了,让他们在一点二十分之前把车开到 IFC,把你的行李也带上。你从那里上机场快线也是一样的,至于午饭嘛,就在中环另外找地方吧。"他顿了顿,加重语气问,"行不行?"

"行!"

他们沿着广东道,并肩朝维多利亚港的方向走去。天气比早上更差了,港湾上空的阴云聚拢成阴郁的灰黑色,海风打在脸上,又凉又湿,还挟带着星星点点的雨丝。

"可能很快要下雨,"李威连望着远空问,"戴希,你冷吗?"

"不。"戴希摇摇头,这是她来香港后第二次走这段路。第一次是刚到的晚上,她独自一人走到了港湾,那个夜晚天气晴朗,广东道上熙来人往,和风煦煦,有种以假乱真的春意。今天的情形却完全不同,不论是萧瑟的街景,还是阴寒的温度,都昭示着真正的冬天。

"我们的时间很充裕。"李威连闲庭信步似的在寒风中走起来。戴希明白了,他和她一样享受此刻。他们沉默着走完这段并不算短的路,街道空旷,戴希将双手插进高腰夹克的衣兜里,只觉浑身融暖。

一直走到天星码头,李威连在入口处停下脚步:"想坐船的上层还是下层?"

"……有什么区别吗?"

"上层有座位,票价稍贵一些。下层必须站着,离水面更近,其实票价便宜不了多少,但很多香港人天天坐天星小轮上下班,日积月累的缘故,也宁愿选择下层。"

"我喜欢站着,也喜欢离水面近些。"戴希说。

"好。"

在下层船舱的前端站好，开船的铃声响起。穿着橙色防风夹克的工人解开缆绳，小轮缓缓离岸。船首指向港岛，半空之中雾霭重重，阴云聚拢在中环林立的大楼顶上，使这个正午更像黄昏。风在海面上更加猛烈，水汽直接打上面颊，戴希微微地气喘。她偷偷瞥了眼身边的李威连，他抬头望着对岸，又是很久不发一言了。

"我还有一个问题。"她说。

"嗯。"

"在上海高中毕业时，你为什么没考上大学？"从童晓那里听到"逸园"往事起，戴希就对此中缘由充满好奇，今天李威连自己又提到了这件事，所以她觉得是个好机会。她问得很轻，在天星小轮"突突"的马达声掩盖下，都有些担心李威连听不清自己的问话。但是他分明听见了，而且像是被迎头猛击般地突然转过脸来，戴希被他的眼神吓到了，那里面满是尖锐的痛楚，无比新鲜，完全不像是久远回忆所能激发的。

戴希的心乱跳起来——我问什么了？！

他脸色惨白地低下头，看着海水说："我一定要回答这个问题吗？"

戴希忙说："你不想说就不要说，我……"

"我可以回答。不过，这件事我从来没有对任何人说过。"他深深地叹了口气，露出难以形容的苦涩笑容，"迟早总要说出来的，就告诉你吧。"

他的话语好像从很远处而来，随着寒风、带着雨滴飘入戴希的耳朵。

"在'双妹1919'时我告诉过你，我中学时代每周都会去那里补习英语，文悦、文忻的妈妈就是给我做特别辅导的英语老师。直到毕业前的某一天，校长突然把我叫去，向我出示了一封信。校长说信里的内容让他痛心疾首，因为我从初中到高中都是华海中学最优秀的学生，他对我寄予了极大的期望，甚至以我为荣。可是，信中所描述的事情却令他完全无法接受。因为信中所揭露的，正是我与那位英语教师持续了整个中学阶段的不正常男女关系。"

戴希的喉头发涩，全身好像都冻得僵硬了。

由于不熟悉那个年代中国的社会环境，希金斯教授对咨询者X的叙述将信将疑，发生在石库门小楼上，那母子般的两个人之间的感情，有多么炽烈就有多么克制，无比虔诚又无比卑微。为了维系这份情感，他已经付出了巨大的人格的代价，这种创伤就像那个不可思议的零分一样，即使在一个无比光明的前景下都很难再修复。但她仍然没有预料到，整件事情的结局竟然如此惨痛。

所以，希金斯教授的怀疑是对的吗？咨询者X说谎了？在石库门小楼上究竟发生了什么？为什么会招致这样的结果？

"校长说，他已经向英语教师核实过了，她坚称是自己引诱了我，全部罪责都由她来承担。但是校长认为，即使这样也不能减轻我的过错。当时我正好年满十八岁，按照那个年代的法律，我完全够资格被判流氓罪。"

"不！"戴希惊呼出声，她在极度的震撼中对自己说，真实与否根本就不重要，在当时的社会环境下，要毁掉一个人，一封匿名举报信就足够了，连证据都不需要。这就是所谓的有罪推定。

李威连自顾自继续说着："我没有为自己辩解，这种事还有什么可说的。校长痛斥了我好几个钟头，最后才说，他也不想把我送进监狱，但他必须要开除我，华海中学绝不能有这样道德败坏的学生。我离开校长室的时候，知道我的人生彻底改变了。开除是最严厉的处分，还会在我的档案里留下重重一笔，今后我不论升学还是就业，都不会有任何好机会了。但奇怪的是，我很平静，也可能是麻木了。我照常上学，每天都等待着处分的降临。反倒是英语教师，好多天都没在学校出现，据说是请了长病假。那个周日，我第一次没有去她家。就这样过了一周，校长再次把我叫去，这回他讲话的口气温和了许多，从指责变成了惋惜。作为一个拥有极强道德观念的好人，他虽然对我深感失望，但反复考虑了很久，他实在不愿就此毁了我的人生，最终决定把这件事替我隐瞒起来，不给我处分，也不记入档案，但他勒令我放弃参加高考，因为他不想以华海中学的名义，往大学输送我这样道德败坏的人，我是不配上大学的。"

风越来越大，天星小轮不停地左右晃动，戴希几乎站立不稳。她死死地抓住栏杆，掌心湿冷，铁栏滑得简直无处着力。眼睛被风吹得生疼，细雨密密茫茫，海水和雨水卷在一起，包裹着小轮，像是在迷雾中前行。李威连就站在旁边，戴希却没有勇气看他一眼。

为什么不为你自己辩解？为什么要承受这样无端的侮辱和损害？她多么想追问他，却问不出口。

"事情的经过就是这样，那一年我顺利地拿到了高中毕业证书，却被迫放弃了高考。"李威连的声音重归平静，还有些许如释重负的松弛，"戴希，我还是头一次对别人谈起这件往事。你听了之后，是不是对我产生了一些新的看法？是不是认为……我是个应该遭到鄙视的人？"

李威连注视着逐渐逼近的港岛高楼，天星小轮急剧摇摆，对岸已迫在咫尺，船头的浪花越溅越高，就要靠岸了。一阵急雨随风迎面泼来，戴希的面孔尽湿，不得不闭上眼睛：

"盖茨比信奉这盏绿灯，这个一年年在我们眼前渐渐远去的极乐的未来。它从前逃脱了我们的追求，不过那没关系——明天我们跑得更快一点，把胳臂伸得更远一点……总有一天……于是我们逆水行舟，奋力前行，却总是退回到往昔岁月。"

在心中默念了无数遍的语句，一旦说出口就再不受拘束，用自身的力量轻捷地奔入空气，随即消失在漫天雨雾之中。

船身重重地震荡，戴希睁开眼睛，到岸了。

她一下子没有找到李威连，仔细再看时，才发现他的背影已经跨过踏板，戴希赶紧追上去，他却似乎完全把她给忘记了，头也不回地沿着向上的斜桥往前疾行。

戴希不敢喊他，只好竭力跟随，但是他走得太急，她几乎奔跑着才能跟上。细雨飘一阵停一阵，李威连也毫不在意，只顾埋头向前。他们走过邮政总局大楼，走过怡和大厦，走过文华酒店，走过皇后像广场，走过太子大厦……戴希快喘不过气来了，心脏因为跳动得太剧烈而隐隐作痛，也不知道究竟走了多远多久，前面的李威连突然停下了脚步。

他转过身来,看着上气不接下气的戴希,用略微沙哑的声音问:"证件都带在身上吗?"

"啊?"戴希大口喘息着,"带、带着的。"

李威连点了点头:"跟我上去。"

戴希抬起头,高高伸展的自动扶梯通向带着黑色金属光泽的透明楼宇,两只铜狮气象庄严——是汇丰银行。

贵宾部经理将他们请入接待室,李威连示意戴希坐下,微笑着对经理说:"Steve,戴小姐是我的朋友,请为她开个银行账户。"

戴希困惑地看看李威连,他只是轻轻抬了抬手:"你的证件。"

接下去戴希要做的就是在几张表格上签名,很快贵宾部经理满面笑容地送出银行卡:"账户开好了。"

"谢谢,"李威连彬彬有礼地说,"请从我的账户上转五十万美金到戴小姐的新账户上。"

戴希惊呆了。

一走出贵宾接待室,戴希就迫不及待地问:"我不明白,这是为什么?"

李威连根本不理会她,还是自顾自往前走,只是步伐比刚才缓慢了许多。戴希一步拦在他面前:"你说呀,到底是怎么回事?!"

"不要喊!像什么样子!"李威连压低声音呵斥。

戴希垂下头,这次是真的忍不住了,眼泪成串地淌下来。

李威连指了指几步开外的沙发:"坐下再说。"

坐下之后戴希还在抹眼泪,她觉得委屈死了。李威连默默地看了她好一会儿,才问:"哭够了没有?"

戴希点点头,从下船后到现在,她刚刚能静下来和他交谈。李威连很平淡地说:"心理咨询是按小时收费的,我只不过是预约了你的时间。"

戴希的眼泪又要涌出来了,断断续续地说:"希金斯教授……给了我……一个研究课题,就是……就是……"

"我知道。"

"可是,我还没有心理咨询的资格。"戴希说。

"没关系，资格证书并不重要。"沉默片刻，李威连又补充说，"你不用有压力，那笔钱没什么特别的含义。我只是有些不太好的预感，以防万一吧。也许是我想得太多了。"

看了看手表，他说："一点钟了，现在必须要去IFC……打车去吧，我走不动了。"

酒店的人果然拖着戴希的行李等候在机场快线入口处。戴希接过行李，李威连叫她再等一等。

戴希在原地站着。很快李威连提着个纸袋过来，递给她："又没让你吃上午饭，真不知道还能说什么，这些带在路上吃吧。"

"谢谢，我走了。"戴希说。

"好。"李威连跨前半步，给了戴希一个浅浅的拥抱，"没想到带人观光会这么累，这半天比我连开三十小时的董事会还要累许多倍……一路小心，戴希，我们上海再见。"

"再见。"

第十八章

　　飞机呼啸而起，两翼在密集的云层中不停颤动，用尽全力向上突破。十来分钟之后，几缕金光射进舷窗，覆盖在香港上空的重重阴霾不见了，窗外已是波涛汹涌的云海和一望无际的蔚蓝色天空。

　　被机舱里的空调加了点温，面前的纸袋散发出更加浓郁的奶油香气，引人垂涎。戴希从包里取出笔记本电脑，打开。经过了这个筋疲力尽的上午，她可以用全新的眼光来阅读其中的篇章了。

　　希金斯教授：今天我们来谈谈对女人的看法吧，男人之间最平常的话题。

　　X：女人？有什么可谈的？

　　希金斯教授：比如……你认为女人可爱吗？

　　X：可爱？不，我认为女人非常可恨。

　　希金斯教授：这也是一种常见的看法。当然了，每个人的理由各不相同，我能知道你的理由吗？

　　X：理由……怎么说呢？

　　希金斯教授：这样吧，就逐一说说你最痛恨的女人吧。

　　X：让我想想……我第一个痛恨的女人，是我的母亲。

　　希金斯教授：哦？是因为她对你从小就漠不关心，还是因为她把你独自一人遗弃在上海？

　　X：不是。母亲那样对待我的确让我非常难过，但还不至于让我恨她，因为我相信她必然有她的理由，多半还是我不够出色，无法令她满意吧。可是，当若干年后我与她重逢，关系有所改善时，我才真正地从她嘴里听到了她讨厌我的理由，这个理由却使我对她产生了最深刻的憎恨。

希金斯教授：可以说给我听听吗？

X：那就从头说起吧……我的父母是上世纪五十年代初期在巴黎相识并相爱的。我父亲的家族在美国和欧洲经营汽车零部件的生意，外祖父则来往于法国和香港，拥有很具规模的服装产业。婚后他们定居伦敦，我的哥哥姐姐都在那里出生。虽然出身商业世家，我父亲却是个纯粹的学者，他将全部的才华与热情都投注在中英文的比较研究上。而我母亲美丽活跃，简直是个天生的商人，他俩的个性形成鲜明的反差，却又珠联璧合，婚姻生活堪称美满。

一切在我父亲决定返回中国之后改变了。从五十年代初期起，他就作为顾问参与了《毛泽东选集》第一个英文版的编译工作，这个经历使他更加渴望回到中国。教授，你知道学者的脾气通常执拗，虽然我父亲平日木讷随和，但是一旦他做了决定，就连母亲也只能听从。就这样，他们于1957年举家返回上海，整个过程还受到了中共统战部门的特殊关照。

刚回来时，父亲多次去北京参加与翻译有关的"政治任务"，我母亲虽然对环境有诸多不习惯，也结交了一些侨界人士，可惜好景不长，政治运动的狂潮一波接一波袭来，周围的人无一幸免，我母亲非常不安，她开始逼迫父亲，一定要他想办法尽快离开中国。

他们想方设法打通最高层的关系，真的有希望很快能获得批准离开中国了。偏偏就在这时，我母亲发现自己怀孕了。这个意外打乱了全部计划，后果是灾难性的，我还没有出生，父亲就被打成反动学术权威，下放到甘肃去了。随后我家的生活状况急转直下，母亲困居上海，不得不独自抚养三个孩子，她只好去工厂做工，甚至还要通过某些非常手段，去争取一些有权势的男人的帮助……

279

母亲将所有这些困苦都迁怒于我，认定我是她的全部痛苦的根源。这也是为什么，她始终把我和兄姐区别对待，因为他们出生在伦敦，是高雅和幸福生活的结晶，而我所代表的，是残酷无情的政治迫害和疯狂暴戾的人性之恶。若干年后，当他们终于获得机会离开上海时，她还是坚决地抛弃了我这个带来不幸的孩子。

教授，也许我应该理解她，她也是无辜的受害者。可是我不能——难道我不比她更无辜？！我用整个童年来自我否定，拼命寻找她讨厌我的理由，再用一个孩子所能做出的全部努力去取悦她，只为了能得到像哥哥姐姐所得到的那种母爱，可她让我失望了整整二十年！即使后来有所弥补，那也太迟了。假如我真的像自己所认为的那样丑陋、愚蠢、不讨人喜欢，也许我的心理会平衡许多。但是，好多年后她告诉我，其实从我还是个婴儿的时候起，她就看出我是三个孩子中最聪明的，也是长得最像她的……所以我曾经做出的全部努力都是徒劳，我完全没必要改变自己，因为不论我怎么做都不会令她满意，我的过错不在于其他，只在于我的生命。我根本就不应该出生，我生下来了，便注定得不到她的爱。

教授，我母亲美丽、高雅、善良、能干，她几乎拥有一个女性所能具备的全部优点，但是对于我来说，她不配做一个母亲。

所以后来，我又给自己找了一位母亲。

希金斯教授：我猜就是那位英语教师吧？

X：是的，从她那里我得到了从母亲身上得不到的爱，在那些年里，她就像一个真正的母亲怜爱着我，而我为她所做的一切也都能得到回应。在她的身边，我不仅得到了爱的滋养，也渐渐树立了自信。我发现我并非一无是处，虽然无法令母亲爱我，却有足够的能力让别的女人喜悦。

教授，如果我告诉你，我对她的情感仅止于对师长的尊敬，那么我是在自欺欺人。我爱她，虽然这种爱在英语零分试卷后就被约束了，但并不妨碍我在心中将她奉上神坛。对于我来说，她是圣洁和仁慈,也是温柔和怜悯,所以我甘愿为她自我规范,为她匍匐于尘埃中。只要能够一直爱她,什么代价我都愿意付出。

和她在一起度过的所有时光都是美好的。随着年龄的增长,在相处中我越来越占据主动。起先去她那里上课,结束时都是她催促我离开,可是到后来,反倒是她恋恋不舍,甚至会为了每一次的分别而难过。我又何尝舍得与她分离,只是作为一个正在长大成人的男性,我逐渐意识到了自己在情感和意志力方面的优势,所以我确保自己每次都准时,因为我知道,她在等我。

一千多个日夜过得那样宁静,就像水一般流逝。我甚至以为,我们会永远这样下去,直到我和她都化为腐朽。我很认真地想过,即使真到了那一刻,我也要陪伴在她的身边,我的魂魄会守护着她的魂魄,我会用最后的力量珍爱她,不让她感到一丝一毫的恐惧和悲伤……

可是,这场美梦的破灭比母亲的遗弃还要迅猛。我还没有从震惊中清醒,一切就无可挽回地结束了,随之陪葬的,是我的前途。

我不恨她几乎毁了我的人生,我恨她在关键时刻的胆怯和退缩。真相慢慢揭露出来,我才知道,她的丈夫并不像她对我所声称的那样早就死了,她也不是只有一个和我同龄的女儿,而是两个。另一个女儿和她的丈夫共同生活在乡下,而她,却把他们全都抛诸于脑后。对女儿们,她从来就不是一个合格的母亲,却在我最需要她的时候,以女儿之名选择了逃避。她的所作所为,比我的母亲更加卑鄙!

她成了第二个令我痛恨的女人。我的两位母亲,就这样先后成为我最恨的人。我是咀嚼着对她们的恨长大成熟的,我还会一直恨下去,直到我死。

戴希浑身打起寒战,这些话她曾经读过好多遍,现在,她完全懂了。

那些场景是如此鲜活、历历在目:北角令人窒息的破陋成衣厂、

"双妹1919"中迷离的咖啡香气,还有,在细雨和疾浪中颠簸的天星小轮……正是在这些时刻中,戴希所亲眼目睹到的绝不是恨,而是最最深沉的爱。

她明白了。这两位母亲,是她们哺育并且塑造了他的肉体与灵魂,他用身体里的每一滴血液爱着她们,但也正是她们,推倒了他人生的第一张和第二张多米诺骨牌,在他还十分弱小、无力反抗的时候,就逼着他去承担最残酷的命运。

他的爱有多深,恨就有多深。他在同等程度的强烈爱恨中备受煎熬,已经分不清自己究竟是在爱,还是在恨了。

X:这两位母亲教给了我对女人的观念。从那以后我接触了数不清的女人,每一个都从不同角度证明了我看法的正确性。女人下贱、自私、怯懦,她们的心中充满了欺骗和贪婪。在情感中,女人表面上柔弱、被动,实际上却远远比男人更冷酷。和无数女人交往的经验告诉我,当我成功、健康、有权势和金钱的时候,她们会对我无比痴迷,以爱的名义争先恐后地献身,竭尽所能地向我献媚、矫揉造作、寻死觅活,目的无非就是想得到我、占有我,使我为她们所用。可一旦我失去了那些条件,她们就会毫不犹豫地将我一脚踢开,多半还会流着虚假的眼泪,仿佛反倒是我的无能造成了她们的痛苦。

当然女人还是有很用的。她们的肉体可以让我获得满足,她们对我的痴迷,虽然充满了虚情假意,可是很能够娱乐我,帮助我释放压力。当人们沉浸在爱里时,就是最脆弱,最容易受到伤害的。我的经历充分证明了这一点。认识到这些之后,我彻底改变了对待女人的态度。我不再尝试去爱,而是肆意玩弄她们,结果非常有趣,女人们反而对我产生了最狂热的情感,发疯一样地崇拜我。

在单纯的肉体满足之外,玩玩情感游戏也很有意思。要俘虏她们实在太轻而易举了,到后来我只能在抛弃的手段上动些新鲜脑筋。使我颇为无奈的是,很快她们连被欺凌都能忍受和习惯了,甚至包括我的妻子，当初我因为她的美貌和身份追求她，我没有费太大力气就成功了。结婚之后，我并没有中断过和其他女人的关系，起初我对妻子还有些内疚，但是后来我发现，她对我的不忠了如指掌，为了家庭的体面，为了我们的孩子，当然更为了我们共同的利益，她和我达成了共识，只要我不把事情闹得不可收拾，损坏她和她家族的脸面，她就对我听之任之。

教授，实际上我妻子的这种态度让我很伤心，我已经很长时间没有为女人伤心了。这时候我才知道，我对爱依旧抱有幻想，而她把我最后的幻想也打破了。本来如果她坚持，我会为她和我们的家努力改变的，哪怕付出任何代价。

我的结论是：没有任何女人值得爱，更没有任何女人值得信任。

这段记录后面，希金斯教授的评述读起来颇为沉重：

在我的刻意引导下，咨询者X说出了上述这段话。据我判断，这些话他一定从未说出过，甚至都不一定想到过。但是作为一个心理咨询师，当我发现充斥在病人心中的愤怒时，有责任帮助他发泄出来。让我们重温弗洛伊德的名言："抑郁就是指向自身的愤怒。"所以，在一个以职业操守为保障的，绝对安全的环境中，我尝试让咨询者X心中的愤怒彻底爆发。这些愤怒在他的心中积累了太长时间，以"语言障碍"为掩饰，早就演变成了深刻的心理痼疾。假如下一次咨询时，我还能让他这样宣泄的话，或许将看到更多与自我毁灭有关的具体症状。

他的病症远比他自己以为的要严重得多。

考虑到对他可能产生的影响，我并没有直接告诉他这个判断，不过，我对他的婚姻状况做出了分析。我告诉他，许多的婚姻不幸源自于情结。我们所挑选的配偶往往不是最适合的，而是最能和我们的情结扣上的。情结是一种不健康的心理反应，于是我们的配偶就成为了怨偶。

咨询者X苦笑着问，教授，我的情结是什么？我斟酌了一下，还是坦白地回答他：认为自己不配得到爱。听了我的话，咨询者X沉默了好一会儿，没有到约定时间就告辞离开了。几天后助理通知我，他取消了此后所有的预约，再也没有出现在我的咨询室。

我认为，文化上的隔膜是这一起咨询败局的关键因素。尽管咨询者X没有透露真实身份，我仍然能够从他的叙述和表现中推测出，他应该拥有相当不凡的事业成就和社会地位。那么他所取得的这一切，以及他的从某种角度可以形容为"高攀"的婚姻，都有赖于他的英语才能，而这一项才能，恰恰是脱离了他的文化根基的，并且和他的心灵创伤密不可分。他一方面害怕失去今日所拥有的一切，一方面又感到压力巨大、痛苦不堪，潜意识中极力想要摆脱现在的生活，"语言障碍"的根本原因就在于此。

很遗憾，我没有机会对他说出我的分析结论了。

在电脑屏幕上，戴希仿佛又看见那个打着猴拳的可爱女孩，她的中文名字和英文名字同样发音，她小小年纪就被迫失去了许多和爸爸亲密相处的时光。

——你病得很重了，但这不是你的错。既然你还想尝试，我也一定会竭尽全力。

舷窗外夕阳西下，飞机已经在上海的上空盘旋。灰蒙蒙的暮色中，高架路的灯光在大地上画出闪耀的金线。金光环绕曲折，有着清晰的界限，戴希看到自己乘坐的飞机，如同儿童用小手做出的一片剪影穿行其间，迂回、突破、跨越浩渺长空，独自飞向终点。

飞机降落在浦东机场，刚刚走上廊桥，戴希就拨通了孟飞扬的电话。

"小希？"

"飞扬，我到了！"戴希的声音有些颤抖，"晚上在哪里吃饭？你告诉我地点，我马上就打车过去！"只不过才分别了五天，她却觉得仿佛有一个世纪那么漫长。对孟飞扬的思念，竟然是在回到上海的这一刻达到顶峰，戴希渴望着立刻被他拥入怀中。

"小希……"孟飞扬的声音有些沉闷，"今晚咱们不能一起吃饭了。"

"什么？"戴希没听清。

"是这样小希，今天头一天上班，有个紧急的合同要谈。我马上要去北京出差，九点的飞机，再过一会儿就得去机场。"

戴希愣住了，想了想说："那我就在机场等你吧。"

短暂的沉默，孟飞扬在电话那头说："小希，对不起，我的航班在虹桥机场，所以……咱们碰不上。"

戴希停下疾走的脚步，其他乘客从她的身边绕行而过。她的心好像突然变重了："飞扬，你怎么了？发生了什么事？"

"没什么事，恰好定的那一班。小希，你也累了，快回家好好休息吧。"

戴希握紧电话，一定有事发生了。十几年来，她熟悉他就如同熟悉自己："飞扬，你告诉我，到底怎么了？！"

"真的没什么！"孟飞扬坚持说，"你别瞎想，快回家吧。"

戴希重新快步向前走："行，我现在就去坐机场巴士，肯定能在你登机前赶到虹桥机场。你等着吧！"

"小希，别胡闹！"

"我没有胡闹！我必须要见你！"

"那就等我出差回来。"

"你什么时候回来？"

"我……"孟飞扬再次支吾起来。

戴希冲着手机叫："你说，你打算什么时候回来？"

"我也不知道，取决于合同谈判是否顺利，"孟飞扬说得很艰难，"小希，你知道的，我们这种合同，顺利的话两三天就谈妥了，不顺利的话也许要一个月……"

戴希感到受了屈辱："飞扬，你从来不会欺骗我的！"

孟飞扬只是稍作停顿，就继续坚决地说下去："小希，我说的都是事实。另外,你也不要去我那里了——柯亚萍,你知道她的,她哥哥嫂嫂又在家里闹得天翻地覆,她没地方去,正好我出差,就让她暂时借住我家,我跟你说一声。"

戴希突然觉得好累,就软软地倚靠在机场大厅的窗上。靠上去才发现,积累了严寒的玻璃窗有多么冰冻。时空迁移,几个小时前的温暖消失殆尽。哪里才是真实?

"小希……"没听到戴希的答话,孟飞扬显然担心了,轻声叫着戴希,语调又回复了往常的关切,"小希,你没事吧?晚饭就回爸妈那里吃吧,听话……"

"嗯,"戴希恍惚地应了一声,这样的对话是他们多少年来习惯的,好像已经成为了她生命的组成部分,自然而然,毋需任何考虑与矫饰,"飞扬,我听话的。可你能不能告诉我,究竟是怎么了?"

孟飞扬又沉默了,戴希似乎能听到他激越的心曲,随着沉重的呼吸声传入她的耳朵,她知道这是自己的幻觉——"小希,我看了你的文档,就是'咨询者X'的那份,还有那些照片。"

戴希等他说下去。

"小希,对我来说,那篇文档的英语有些难,不过我大概还是看懂了。我也……明白了你的意思,你为什么要让我看它。"孟飞扬咽了口唾沫,昨天晚上他彻夜不眠,直到现在眼前还跳动着铺天盖地的英文字母,因为缺少睡眠,他头痛了一整天,无数次想要拨通戴希的手机,却又无数次克制住了自己。此刻,他要对戴希说出自己准备了一天的话,没想到还是如此艰难。

"小希,虽然我不懂你的专业,但是我真心地支持你,也尊重你作为专家的见解。既然是你的研究课题,你当然应该做下去。只不过……我希望你不要太沉迷了,以我这个普通人的眼光来看,你的这个案例里有太多变态和丑恶,甚至危险的内容,我有点儿为你担心……"

戴希打断他的话:"变态和丑恶?你这样说是不对的!"

孟飞扬笑了一声:"呵呵,小希,我就知道你会抗议。我说了这只是我作为普通人的看法,你是专家,你的看法当然和我不同。而且我也知道,这就是你曾经说过的,吸引你的、心灵的无垠的黑暗。"

"飞扬,你到底想说什么?"

"小希,我想说的就是——我太了解你了,所以才会为你担忧。"孟飞扬的声音里终于显露出了焦虑,"你当然可以为了这位咨询者X天天加班泡在公司里,也可以为了他在春节假期专程赴港,甚至可以为了他临时改签机票……我知道这就是你的性格、你的专业、你的理想,我没有任何理由反对。可是,我想要离开一段时间,否则我怕我会让你不愉快的……"

"你在胡说些什么呀?!"戴希不顾一切地嚷起来,在机场大厅里旁若无人地跺着脚,她完全知道,并非每一个人都会和自己有相同的看法,但孟飞扬的反应还是大大出乎她的预料了。

"小希!小希!"孟飞扬抬高声音叫她,"你别急,其实也没什么。一下子面对这样的情况,我确实有些接受不了,我需要些时间。我想,你同样也需要时间,咱们都先冷静下来,考虑清楚了再来讨论,好吗?"

"我才不需要时间冷静!"戴希语无伦次地说,"我只是在做课题研究,在为我的病人提供心理咨询,我有什么好考虑的?!"

"真的只是这样吗?"

"什么?"戴希呆住,右手冰凉,快要握不住手机了。

孟飞扬静了静,再开口时语气变得又冷又涩:"小希,我一点儿都不怀疑,你是全心全意地为了你的'病人',可我要提醒你的是,你真的清楚他是怎么想的吗?"

"他?"

"是的,就是你的'病人',也是把你招进那家跨国大公司的首席高管、了不起的商界精英、令人敬仰的总裁先生……小希,他的阅历、经验、地位、能力,所有种种都与你差之千里,你想过吗?他为什么要找你做他的心理咨询师?"

戴希低下头:"我觉得,他信任我……"

"信任?"孟飞扬重复着,"信任?小希,那篇英文文档我是跳着看的,但其中有一段我彻彻底底地看懂了,就是他关于女人的看法,你想必也记得吧?他的看法让人印象非常深刻——没有任何女人值得爱,更没有任何女人值得信任。"

戴希的脑子里一片空白。

"小希,难道你不是女人吗?他凭什么信任你这个女人?"

这个问题戴希从来没有想过,而且她立刻就明白,自己不可能回答得出来。

他们在电话的两头一起沉默,心灵之间的通衢或者壁垒,就是在这样的瞬间被决定了。

"小希,"还是孟飞扬率先开口了,"你现在清楚我的想法了,你会因此改变自己的计划吗?"

戴希咬了咬嘴唇,斩钉截铁地回答:"不。"

孟飞扬吁了口气:"好吧。"语调又变得十分温柔:"其实,我也希望我那些想法都是没有根据的,毕竟在这种事情上,你更加有发言权。只是……小希,你实在太善良太纯真了,所以我……"他的喉咙突然哽住了,过了好一会儿才又说:"我原本不想对你说这些的,没想到还是说了……小希,你千万别不开心,我、我真的非常非常爱你。好了,我要去机场了。小希,我每天都会给你短信,也会尽量早回来的。我不在身边的时候,你要照顾好自己,别让我担心。"

电话挂断了。戴希抬起头,同一个航班的乘客都走得差不多了,传送带上只剩下她的一件行李,孤零零地转着圈。她的怀里还紧紧抱着两个纸袋,一个装着准备送给孟飞扬的万宝龙金笔,一个是李威连买给她的点心,就是这两个袋子,被戴希当作宝贝似的从香港一路抱回了上海。

孟飞扬把手机揣到兜里,立即点起一根香烟。他是站在公司办公楼道的紧急出口门后打的电话,这也是楼里唯一可以抽烟的地方。猛抽了几口之后,他就把香烟掐灭了,往外一推门,就看到柯亚萍站在面前。

"亚萍?"孟飞扬吓了一跳,"你在这里干什么?"

柯亚萍的脸色发灰,眼眶上围着一圈黑:"……我看时间快到了,想提醒你去机场。"她翕动着苍白的嘴唇说。

"我知道，这就走。"孟飞扬点点头，"你也快回去吧，家里的东西你随便用，不过冰箱里没吃的了，晚饭你得自己解决。"

柯亚萍看看孟飞扬："你把家让给我住，你女朋友是不是不高兴了？"

"没有，她没有不高兴。"孟飞扬加重语气说，"戴希是世界上最善良的姑娘。"

"哦。"她垂下眼睑，无从分辨是躲避还是别的什么。

孟飞扬朝公司的玻璃门走去："我拿上行李就出发，亚萍，你和我一起下楼吧。"

在浦东国际机场经过边防检查时，汪静宜紧张得全身冰凉，递上护照的手抖个不停。虽然她深知，李威连为她们母女办理的签证没有丝毫问题，还是无法镇定自若。等顺利通过边检，带着左菲娅走进VIP候机厅坐下，她才恍如隔世般地看着周围的一切，VIP候机厅里人不多，沙发又软又宽，让她坐下之后就感觉无力再站起。

"妈妈。"左菲娅依偎在她身边，怯生生地叫着。汪静宜看看女儿，小姑娘的脸色苍白，乌黑的眼珠黯淡无光，眼白泛出淡淡的青色，是睡眠不足的表现。

临行之前，汪静宜知道再瞒不下去了，就委婉地向女儿解释了家里目前的状况。她本以为左菲娅未必能完全听懂，但很快就发现低估了孩子的理解力和现实观。听完汪静宜的讲述，左菲娅安安静静地流了一会儿眼泪，就提出一个问题："爸爸会坐牢吗？"

汪静宜强忍着泪水回答："现在还不知道，希望爸爸会没事。"

"我们去美国，爸爸知道吗？"左菲娅又问。

汪静宜摇摇头，她至今还没有机会见到左庆宏。即使能见到他，她也不会说，现在对她们来说，平安离开中国是最重要的。

左菲娅眼泪汪汪地看了妈妈好半天，突然扑在桌上痛哭起来，嘴里呜呜咽咽："我们、我们……要把爸爸……扔掉了……"

汪静宜抱紧女儿，泪水也淌了下来，孩子的认识总是这样一针见血，使任何粉饰都显得无力可笑。自己的懦弱和自私被女儿看穿了，但她并不感到羞耻——这就是现实。只要能顺利到达美国,左菲娅的注意力很快就会被新鲜的环境所吸引。

今后她不会像他们当初那样脆弱,也不必继续生活在恐惧之中。

安稳下来之后,左菲娅果然看上了 VIP 休息厅里的自助餐台,郁郁寡欢的小脸上有了些微亮光:"妈妈,你想吃什么?我去帮你拿。"

"随便。"

把左菲娅打发去取食品和饮料,汪静宜打开挎包,拿出自己和女儿的登机牌看了又看:泛美航空上海到洛杉矶的头等舱。机票是李威连夹在盖好签证的护照里,用 UPS 一起快递来的。快递中还有他为她们订好的酒店公寓、到达洛杉矶后的华人陪同、房产中介和律师等等的信息。总之,汪静宜母女初抵美国的所有必须事务他都想到了,安排了,她们可以毫无忧虑地登上飞机,飞向那片自由富饶的大陆,准备开始崭新的生活。

左菲娅托着一盘子食物回来了:"妈妈,有面包、香肠和茶叶蛋!我给你拿了咖啡,我自己喝橙汁!"

汪静宜接过咖啡,左菲娅在她的身边津津有味地吃开了,一边说:"妈妈,到了美国你要先给我买个手机啊,最好能上网的,同学们等着看我在美国新学校的照片呢!"

汪静宜不置可否,女儿终于开始摆脱这些天来的沉重和压抑,她感到很欣慰。多么现实啊……汪静宜不无自嘲地想,这孩子还真有父母亲的遗传。她握着登机牌的左手情不自禁地紧了紧——假如、假如他们当初没有分开,假如命运对他们网开一面,假如他们能够战胜自身的软弱,那么也许,也许现在,她会和他有一个孩子,汪静宜相信,这孩子的性格肯定会和今天的左菲娅迥然不同。

那是1984年,七月流火的季节,汪静宜坐在医学院的宿舍里复习迎考。这个夏天异常闷热,校园里郁郁葱葱的大树上,所有树叶都好像被炎热粘住了似的,绿色凝固如墨,边缘近似焦枯。

汪静宜坐在窗边的书桌前,右手翻动书页,左手不停摇着扇子，但是这点微弱的风根本无济于事，身上薄薄的鹅黄色连衣裙几乎湿透，全部粘牢在皮肤上，感觉困顿，无从宣泄。整个下午过去了，汪静宜一个字都没看进去。夏日午后的校园中看不到学生走动，周遭如此宁静，只有阵阵蝉鸣冲击着汪静宜的耳窝，带着她浑身的血液一遍又一遍冲向额头，又在退却的时候，如落潮般划过心头的沙滩，在上面刻下深深的断痕……

其实她看了一个下午的，不是面前的书页，而是一封信。这封信，汪静宜在读完第一遍之后就颤抖着双手撕得粉碎，抛入教师办公室后的那片河塘。然而，那里面的一字一句，以及那行云流水般的字迹，就像烙进了汪静宜的瞳仁里，以至于她在眼前的每一片纸上，都能重新读到这封信：

静宜，你好：

很抱歉隔了这么久才给你写信，我想你一定担心了，真的非常非常对不起。

从上次见面到现在，我已经失约整整两个月了。我知道你不便去厂里打听情况，而事发突然，我也无法亲自去向你解释。所以在这两个月里，每次想到你可能会有的揣测和不安，我都心急如焚。静宜，你要怎么怪我都可以，我只想让你了解，这一切确实只是桩意外。

上次见面后不久，我们厂里的锅炉房爆炸起火，我恰好在那里，不巧就受了点伤。到现在，我的伤已经好得差不多了，你完全不必为我担忧。只是在过去的两个月中，我待在医院里失去了自由，没法骑车去你那里，所以就耽搁了下来，直到今天才找到人帮忙给你寄出这封信。

医生告诉我，再过一个月我应该就能行动自如了。静宜，一个月后你也该考完试了吧？虽然屡屡失约的人不值得信任，我还是想，能不能在八月的最后一天，老时间老地方，请你再等我一次，就这一次。

假如那天我们能够再见面，就让我们重新开始，好吗？假如那天我还是没有去，从那以后你就把我彻底忘记吧——假如你不想再给我机会，也没关系，那天我见不到你，自然就能明白你的心意。

　　静宜，过去的两个月里我每时每刻都在思念你，可惜我言语贫乏，难以将心中的情感表述万分之一。但愿这封信能够弥补我给你造成的困扰，能够令你开心一些。

　　祝你考试顺利！

李威连

　　秘密相恋了三年，这是他写给她的唯一一封信。

　　二十多年过去了，汪静宜仍然能够把这封只读了一遍的信逐字逐句地背出来。当时她因为恐惧撕碎它，直到最近才彻底搞明白，自己所恐惧的究竟是什么。

　　不是这段感情不得不走向终局的悲凉，而是李威连这个人，是他在那封信里所表达出的内心世界，是他的倨傲和自尊。

　　其实在李威连失约后不久，汪静宜就知悉了在金山石化厂发生爆炸的详细经过。当时她公开的男友是医学院院长的儿子，所以和李威连之间的一切纯属地下恋情，必须时刻小心谨慎。正在汪静宜忐忑不安地猜测着李威连失约的原因时，几个在金山当地医院实习的医学院研究生返校，谈起了这个事故和伤员的情况。

　　当听到李威连的名字，又听到他伤及脊柱，情况很糟糕时，事故的其他内情对汪静宜都没有任何意义了。那一刻她犹如五雷轰顶，费了天大的劲才使自己没有当众失态。之后的两个月中，她不知躲在教师办公室后的河塘边哭过多少次，却始终没有勇气去看他。最后一次学长们带回消息说，经过初步的手术治疗，再过一个月李威连大概可以下地行走了，不幸的是，这只是暂时的好转。如果不能在半年内得到彻底根治，他依旧逃脱不了终生瘫痪的命运，而这种根治手术是当时国内的医疗水平所达不到的。

　　就在汪静宜心凉彻骨的时候，收到了李威连的来信。

　　她读到的是最平静的口吻，甚至连笔迹都是她所见过最潇洒的。

他没有一个字谈及自己的困境,和即将面对的可怕现实。在这封信里,他只是为他们的爱情争取了一个缓冲期,并且给双方都留足了回旋的余地。

到八月的最后一天,不论是他还是她,都可以选择继续或者中断他们的爱情。如果到那时他确知自己不可能治愈,将必然再次失约。他所做的全部铺垫,就是要让她不必为这场爱情的幻灭承担任何责任。他的骄傲竟然达到这样一种程度,以至于本应该充满深情、眷恋和期盼的语句,被他写得冷漠淡然。恐怕正是由于身处绝境,李威连才会彻底暴露出他的本性来——极端到自虐的自尊。

然而,他还是露出了马脚。信到最后,他写下了"思念"这两个字,并且是过去两个月中每时每刻的思念。他不是言辞匮乏,只是不愿意表达埋藏心中的深情,因为他所面对的,是自认为还没有资格拥有的、无法公开的爱人。过去两个月,在孤独、绝望和恐惧中挣扎的每时每刻,在年仅二十一岁的人生中最艰难的日子里,难道他会不渴望爱人的陪伴和支持?

所有的故作镇定和伪装在信的最后轰然倒塌,汪静宜看透了他的软弱,这个发现让她痛哭失声,也让她下定决心,绝情的事还是由她来做吧,他们两个人之中,她才是那个更冷酷的。

威连,你好:

收到你的来信我非常高兴。担心了两个多月,知道你一切均好,我总算可以放心了。

我这里也一切顺利,年初上报学校的下乡支医申请批准了。今年暑假开始,我就要动身去向往已久的雪域高原,去当地做一年的实习医生。一年的时间既能开拓眼界、积累实践经验,也将确保我毕业后直接保送研究生。这是个非常难得的机会,威连,你也肯定会为我高兴的吧?

八月的最后一天我已经在西藏拉萨,所以非常遗憾,我无法赴你的约了。另外,我从学长那里听说了你受伤的情况,我建议你尽快想办法治疗。你的父母不是在香港吗?威连,赶紧去香港动手术吧，别再耽搁了，越早越好。

我很怀念过去的三年，我们在一起度过的美好时光，我会把它们深深留在心底，直到永远。

威连，再见了。

祝你早日康复！

汪静宜

这封回信汪静宜也能倒背如流。雪域高原是纯粹的谎言，她不怕被很快戳穿，只有这样才能让他彻底死心。至于李威连收到这封回信时的感受，汪静宜从没有去想过，重逢之后他也只字未提。但是在十五年后，当汪静宜再次看见李威连挺拔的身姿时，她坚决地认为，无论本意如何，自己当年还是做了一件正确的事。

李威连恨她吗？事到如今，恨不恨都已经无所谓了。如果说汪静宜还有什么遗憾的话，那就是李威连后来始终穿着衣服与她做爱，也从不与她同床共眠，这使得她再没有机会抚摸他的身体，抚摸那个当初导致了他们分离的创伤，对此她一直耿耿于怀，因为这是她欠了他好多好多年的……

"妈妈，要登机了！"左菲娅在汪静宜耳边叫。

汪静宜点点头，站起身朝头等舱客人的通道走去，左菲娅跟在她身后，漂亮的小脸蛋紧张得有些发白。

永别了，我的故乡。永别了，我的爱人。

第十九章

今年的正月十六恰逢周日，时近中午，童晓父子还在去奉贤郊区的长途车上颠簸。开出市区之后，出现了多处修筑高速公路的工地，路面坑洼不平，尘土满天飞扬，刚返城的民工在因为春节暂停的工地上忙碌，装满水泥黄沙的卡车把本就变窄的道路堵得水泄不通。

"爸，你看看这要堵到什么时候啊！"童晓忍无可忍，终于抱怨起来，"我早说了咱们打个的，可以走高速公路，又快又轻松，你非要坐这个站站停的乡下长途，白白浪费时间。"

"你少废话！"童明海眼望着车窗外，表情十分严肃。

童晓摸摸肚子："好、好，我闭嘴，可肚子提起抗议来吃不消啊。"

童明海打开自己的拎包，扔给儿子一个塑料袋。童晓一瞧："哈哈，克丽斯汀的面包，我喜欢。爸，你也吃？"他讨好地捡出个菠萝包，往童明海的面前送，童明海依旧铁板着脸："咳，我不饿！"

童晓悻悻地啃着面包，心里直犯嘀咕：老爸这到底是怎么了？

那天童晓在老瑾江饭店查出张华滨就是张乃驰的事实，兴奋地手舞足蹈，当天晚上就特地跑回家，向老爸汇报这一惊天大发现。尤其令童晓感到振奋的是，这个发现支持了他一直持有的观点，张乃驰和有川康介得艾滋病有紧密关联。张华滨、也就是今天的张乃驰在高中毕业后进入瑾江饭店，接受了六个月职业培训后就正式上岗当了门童，因为他年纪尚小，长相又出众，颇受客人的喜爱，不少来自海外的住客常常主动给他小费，张华滨倒挺规矩，总是把收到的小费如数上缴。

有川康介从上世纪八十年代初期就开始从事中日贸易，老瑾江饭店是当时上海唯一可选的几家涉外宾馆之一，因此他是那里的常客。有川康介出手阔绰，但为人极其傲慢和挑剔，投诉抱怨是家常便饭，饭店上下都对他印象深刻。自从张华滨当上门童之后，有川康介是给他小费最爽快的一位客人，张华滨上缴的小费中大半来自这个日本人，数目相当可观。

大概是在1986年中，有川康介又一次入住老瑾江饭店。从房间卫生到餐饮服务，他几乎每天都要投诉两三次，搞得整个饭店鸡犬不宁。有川康介还经常要求客房送餐服务，但趟趟都把上门的服务生骂得狗血喷头，就连负责贵宾接待的公关部主任亲自去送餐，也被他破口大骂赶出了房门。

情急之下，公关部主任想起了张华滨。有川康介再次要求送餐时，主任就把张华滨当最后的法宝派了出去。张华滨也是硬着头皮上阵，没想到有川康介见到张华滨后，态度居然来了个一百八十度大转弯，再不投诉了。公关部主任终于大大地松了口气。

老保安对童晓说，张华滨做门童时，自己对他时常照顾，因此两人关系最好。第一次送餐服务之后，张华滨就惴惴不安地告诉老保安，有川康介给了自己很大一笔小费。竟然有一百美金！在1986年的中国，这笔钱相当于普通人好几个月的工资了。张华滨根本不敢收，哪想到有川康介另外又拿出一百美金要他收下，还威胁说假如他不收，就马上投诉到公关部主任，说张华滨冒犯了自己，非弄到他被饭店开除不可。张华滨害怕极了，只好把两百美金一起拿了回来。

老保安觉得此事相当不妥，日本人肯定没安好心，就鼓励张华滨向领导汇报。但这次不知张华滨是怎么想的，可能是真让有川恐吓到了，也可能被大笔金钱所感，把那两百美金偷偷地藏了起来。

几天后的深夜有川康介又要了送餐服务，这天正好老保安值夜班。凌晨两点刚过，张华滨失魂落魄地来到值班室，脸色惨白、两眼发直，整个人都像见了鬼似的。老保安吓了一大跳，不知道他出了什么事，问他又不肯说，只是缩在值班人员休息的躺椅上发呆，后来张华滨保持着这样的姿势睡着了，眼泪鼻涕糊了满脸。

第二天有川康介就退房走了，张华滨却从此神思恍惚、形容憔悴，没过多久人就瘦了一大圈，原本漂亮的凹眼窝变得漆黑，头上甚至出现了几缕白发。老保安实在看不下去，暗地里盘问他好几回，终于，张华滨再也承受不住屈辱和恐惧，向老保安坦白了。

那天夜里，张华滨刚进有川康介的房门，对方就凶相毕露，宣称上次送餐之后，自己的一块劳力士金表就不见了。有川康介一口咬定是张华滨偷了金表，不仅要报告酒店，还要通知警方！张华滨哪里见过这个阵势，吓得神魂俱丧，稀里糊涂地在有川康介的强迫下，喝了对方塞过来的一杯红酒……等他醒来时，发现自己赤身裸体地躺在客房的大床上，有川康介还在兴致勃勃地从各个角度拍着他的裸照。身体上某个部位的剧烈疼痛让他明白，自己刚刚遭受了什么，他用最后的自尊强忍着，没有痛哭出声。有川康介又欣赏了好一阵张华滨痛苦的样子，才往他的身上扔了十来张百元美金的钞票，就叫他滚蛋了。

张华滨声泪俱下地说这些日子自己夜夜失眠，一闭上眼睛就是有川康介那张最最丑恶的嘴脸。更让他无法忍受的是，每天在饭店门前站着，时刻胆战心惊，害怕下一秒钟就见到有川康介推门进来，他觉得这样的日子生不如死，几乎要发疯了。

老保安告诉童晓，虽然自己对张华滨无限同情，无奈帮不上忙。张华滨的状况越来越差，很快连正常工作都不能应付了。不久，他向老瑾江饭店提出辞职，离开这个伤心地。后来，张华滨打算远走深圳，听说从深圳可以找到途径去香港，他在香港有非常要好的朋友，朋友答应他，只要他到了香港，就一定帮他过上好日子。再后来，老保安和张华滨彻底失去了联系。

童晓对童明海复述完这段往事，胸有成竹地下了结论："根据调查，1987年张华滨申请去印尼探望养父母，获得批准后途经香港去印尼，但是当年他根本就没有去印尼，他的养父母此后也再没得到过他的任何消息。因此我推测，他进入香港后就滞留下来，而他口中那个香港的好朋友，很有可能就是李威连。张华滨应该是在李威连的大力帮助下，才得以改名换姓，取得了张乃弛这个新的身份，进入跨国公司打工，并且做到了总监的职位，若干年后以成功人士的形象返回上海。偏偏就在这时，他又遇上了当初的仇人——有川康介！我估计，有川康介很可能也认出了张乃驰，进而以过去的丑事对张进行威胁，张乃驰就用为他介绍中华石化生意的谎话暂时稳住了有川，同时开始实施自己的报复计划。一边将患有艾滋病的少年送给有川康介，使有川防不胜防染上绝症；另一边则是一连串令人眼花缭乱的商业阴谋，将有川康介的贸易公司一步步送入陷阱，最终导致了他的绝望自杀。"

童晓最后感叹说："虽说张乃驰的经历蛮值得同情，他的报复手段倒也够毒辣。就是不知道他和李威连到底是怎么认识的，还有就是……老爸，你怎么突发灵感要我调查张华滨？否则我无论如何也想不到，他和有川康介之间还有这么一段恩怨呢！"

童晓原以为，调查有了这么大的突破，老爸一定会十分欣喜，谁知童明海的反应大大出乎他的预料。童明海先是向儿子劈头盖脸泼了盆冷水，说童晓关于张乃驰复仇的说法都是推论，并没有扎实可靠的证据。随后就闷闷不乐地埋头抽烟，童晓再三打听究竟是谁让他调查张华滨的，童明海都置之不理。

随后的春节过得不太愉快。童明海显然有心事，童晓本想约孟飞扬吃饭，把有关张乃驰的新发现通报给他，但是这家伙因为戴希出差，对什么都提不起精神。童晓意识到，与张乃驰、李威连有关的事实正变得越来越复杂，在真相彻底揭晓之前，童晓决定暂时不向孟飞扬过多透露相关信息了。

上班之后，童晓突然接到童明海的来电，告诉他，自己已经通过一些老关系，找到了张光荣当初组织过文艺宣传队的棉纺厂的退休职工，并且约好正月十六去对方家中拜访。

就这样，童晓跟着童明海长途跋涉，前往奉贤蔡家桥。长途车一路走走停停，总算在下午两点半到达了目的地。

虽说这里算乡下，老蔡阿姨住的倒是楼房。来的路上童明海告诉儿子，这位蔡月芬过去做过棉纺厂的工会小组长，对厂里的情况相当熟悉，他已经打听清楚，蔡阿姨不仅记得张光荣，还知道张华滨出生的详情。

蔡阿姨今年七十多岁了，头发花白气色却很好，记忆力也相当了得。童明海才刚说明来意，她就迫不及待地叙述起来："张光荣是印尼归国的华侨，人长得好看得来，皮肤黑黑的，高鼻梁，眼睛又深又大，特别讨小姑娘喜欢。他是1965年底来我们棉纺厂的，听说之前还在徐家汇那里的玩具厂待过，因为他能歌善舞，政治上又积极，在厂里区里都是文艺骨干，是上头特地把他派来棉纺厂组织文艺宣传队的。"

童晓很好奇："那时候他多大岁数？"

"三十岁不到吧，反正一到厂子里就让姑娘们炸了锅，他人又活络，宣传文艺搞得有声有色，听说市里的总工会都有人欣赏他。在那个年头里啊，这样的人就是你们小青年现在说的大明星了。"

童晓心想，造反大明星，真够时代特色的！

童明海显然对这类往事兴趣不大，直截了当地问："1966年张华滨出生是怎么回事？为什么我们找不到他妈妈的记录？"

"唉！"蔡阿姨叹了口气，"张光荣长相好，又神通广大，肯定很受姑娘们的欢迎。说实在的，我当初就看出他不是什么好东西，成天拈花惹草，喜欢装腔作势又说话不算数，许多人暗地里叫他'张格里'。不过'张格里'上面有人，平时吃的穿的都比别人强，还动不动请客下馆子，也怪不得女孩子们动心。结果……一年不到的时间，当时我们厂里最漂亮的一个叫田秀秀的姑娘，就为他怀上了。"

"哦，那就是张华滨的来历咯？"

"是啊。本来我们以为张光荣会娶秀秀的，可他和市革委会的一个女领导还有些关系，单为了这一层，他也不会正儿八经结婚的。所以等孩子一出生，张光荣就把母子俩送到田秀秀在乡下的娘家不管了，自己照样在上海快活。可怜秀秀产后不调，娘家又穷，张华滨才一岁多大的时候，当妈的就病死了。他们娘家人穷得自己都养不活，哪里还顾得上孩子，就干脆把小华滨往棉纺厂门口一丢，要说这孩子也真够苦命的。"

"那后来呢？"童晓觉得这些事儿听着够堵心。

"后来让大伙逼着，张光荣只好把孩子领回家去了呗。可他一个

299

大男人，成天除了吃喝玩乐、搭讪女人，就是搞批斗、组织文艺演出，怎么养得了小孩！结果他也真有能耐，居然找到了个地方寄养小华滨。"

"什么地方？"童明海突然插嘴问，神色很紧张。

蔡阿姨想了想："是在……徐家汇的枫林桥那儿。"

"枫林桥？"

"对！头一次把华滨送过去时，我不放心，生怕张光荣随便找个人家把孩子扔了，所以特地跟着他一起去的。从我们杨树浦的棉纺厂到徐家汇，横穿整个上海市，我记得坐了一上午的车呢，小华滨在我怀里也是哭了一路，唉……这孩子从小就特别讨人喜欢，就是胆子太小了。"

童明海闷声闷气地问："张光荣怎么找到那么远的地方寄养孩子？"

"这他倒跟我说了。当年印尼发生反华暴动，他逃回中国。刚回来时住在徐家汇的肇嘉浜路那里，在玩具厂的食堂里打杂，勉勉强强混口饭吃。玩具厂食堂里有个洗菜、切菜的五十来岁的老阿姨，叫赵阿珍，大家都叫她阿珍姆妈。阿珍姆妈的老公老早就过世了，唯一的女儿原来也是玩具厂的职工，几年前难产死了，阿珍姆妈独自带着小外孙女过活，张光荣在食堂里帮工的时候认识了她，这次为了儿子的安排伤脑筋，去跟她一说，人家立刻就答应了，当然啦，张光荣也满口吹嘘，会给钱给东西，绝对不亏待了阿珍姆妈。"

童晓有些不相信地问："他真的给钱给东西了？"

蔡阿姨叹了口气："反正第一次去的时候，我们拎了奶粉和麦乳精。为了证明自己很阔气很舍得花钱，张光荣还特地给我看了包起来的五十块钱，说是打算交给阿珍姆妈的……小伙子，你晓得枫林桥那地方吗？"

"枫林桥？"童晓挠挠头，"晓得啊，不就是中山医院那里嘛，旁边还有个家乐福！"

"你少说两句！"童明海没头没脑地呵斥，童晓那个郁闷啊，明明是人家问我的……可一看童明海的脸色，和强台风来袭前的陆家嘴上空没有任何区别。

"咳,他们小青年肯定是不晓得过去的样子啦。"蔡阿姨打了个圆场,"我们老上海都晓得,解放前肇嘉浜路那里是条臭水沟,旁边搭着破草棚,住的全是逃难到上海来的苏北人。从五十年代以后开始改造,像我们住杨树浦的,十年也不一定会去一次。等到了那里我一看啊,哎呀,虽然臭水沟、草棚子是没有了,还造了些三四层楼的公房,可剩下的房子差不多都是私人搭的平房,破破烂烂,好像风都吹得倒。那边的工厂也又破又小,根本没法和我们这里的大棉纺厂比,我才明白,为什么张光荣削尖了脑袋从徐家汇跑到杨树浦。"她又看了童晓一眼,慈爱地微笑说,"风水轮流转,肇嘉浜路如今是很高档的地方,大杨浦倒不行了。"

童明海忙把话题往回扯:"你们见到赵阿珍了?她家条件怎么样?"

"当然见着啦。阿珍姆妈很苍老,头发花白,不像五十倒像六十多岁的人了,不过五官挺端正。她家的条件嘛,实在不怎么样。张光荣带着我在一大片平房里钻来钻去,像进了迷魂阵,到处都是破烂和垃圾,公共小便池外污水流得满地都是,那时候是冬天,也能闻得到一股臭气。阿珍家是一栋平房,分里间外间,家里还算干净,可是那么冷的天,连个煤球炉都生不起。我当时就想打退堂鼓了。这地方环境太差,怎么能和棉纺厂比啊,小华滨在这里肯定要受罪的。我想,阿珍姆妈肯帮忙带孩子,一定也是想从张光荣那里得些钱,她家里看起来真的很穷。"

"但是张华滨最终还是留下了?"

蔡阿姨点点头,脸上绽露出恬然的笑意,这是人们回忆起温馨往事时才有的神情,仿佛那一刻所缔造的快慰,直到今天还滋润着心田。正是凭借着这些回忆,人们才能从容跨越生命中的种种磨难和坎坷,在最深重的黑暗中畅想光明。

"我正在为小华滨的未来担心,从里屋走出来个四五岁的小女孩,嘴里叫着'外婆、外婆'。我想,这就是赵阿珍的外孙女了吧。墙上挂着副黑白照片,里面的年轻姑娘漂亮得像电影明星似的,小女孩的眉眼和照片上特别像，我猜照片上的姑娘一定就是赵阿珍死去的女儿了。小女孩一看见我放在床上的华滨，就跑过去，说来也怪，华滨本来一直在哭闹，偏这小女孩往他面前一站，这小子马上就不哭了，小女孩抓着他的手直叫'弟弟、弟弟'，小华滨居然咯咯笑起来。唉，这两个孩子好像天生有缘似的，就这么着亲热得不得了。阿珍妈妈和我看得直稀奇，她就逗外孙女，问要不要把弟弟留下来，小女孩拼命喊'要啊，要啊'。我也把华滨抱起来，假装要走出去，结果他哇哇大哭起来，朝小女孩伸着手，等两只小手拉到一起，立刻就不哭了。我心里想，这还真是前世修的缘分了！这样华滨就寄养在枫林桥了。后来我又去看过他几次，长得白白胖胖，比很多女孩子还要好看。阿珍妈妈忙家务，每次我过去，都看到小姐姐抱着他，哄他玩，两个小孩好得真叫形影不离。再后来'文革'快结束了，张光荣的文艺宣传队搞不下去，他在'文革'里造孽太多，棉纺厂也待不住了，不知又走了什么门路，跑到一个中学去当代课老师，我就再没见过他们了。"

蔡阿姨终于结束了长长的叙述，满怀期待地看着童明海父子："我听说张光荣'文革'结束后不久就死了，就是不知道华滨后来怎么样？这么多年过去，他也该四十出头了……"

童明海和童晓对视了一眼，童晓回答："呃，张……华滨现在过得非常好，是个跨国大公司的高级经理。"

"是么？那太好了，太好了……"蔡阿姨喜不自胜，脸上全是最质朴的善意。

童明海猛抽了几口烟，突然问："蔡阿姨，你还记得赵阿珍的外孙女叫什么名字吗？"

"她啊……"蔡阿姨额头的皱纹缩成一团，"大名我还真没打听过，就听到阿珍妈妈叫她'佳佳'，我也就一直叫她'佳佳'。"

从蔡月芬家出来，童明海和童晓步行去长途车站。刚过了四点半，阴沉沉的天空好像已有些暮意，新修的水泥路很宽阔，路旁的野地里草木枯败，刚刚栽下的行道树又细又矮，树干上围裹草包，在寒风中瑟缩着，叫人担忧它们是不是熬得到春天。望向四周，只见满目灰蒙。

父子两人顶着寒风大步向前，风堵住嘴，有话说却张不开口。一直等走到车站，童晓才问出憋在心里很久的问题："爸，你是不是知道赵阿珍的外孙女？"

童明海眯缝起眼睛，朝前方一大片黑黢黢的楼盘工地看了很久，才低声回答："她就是袁佳。"

车来了，还好人不算多，他们挤过塞满了大包小包的过道，在最末一排找到座位坐下。开过一个红绿灯，路况就急转直下，长途车七歪八斜地向前行驶。

童晓紧皱眉头："爸，这到底是怎么回事？张乃驰不是和李威连关系特别密切吗？如果张华滨和袁佳是从小一块儿长大的，那么李威连和他们又有什么联系呢？曾经有人很肯定地告诉我，李威连和袁佳从很早起就认识，那么他到底是先认识的张乃驰？还是先认识的袁佳？"

童明海沉默不语，长途车又颠簸了很长一段时间，车窗外的景致依旧萧瑟，童晓意兴索然，干脆抱拢双臂，耷拉着脑袋打起瞌睡来。

"是我疏忽了啊！"

耳朵旁飘过一声长叹，童晓猛地惊醒："啊？老爸，你疏忽什么了？"

童明海望着越来越暗的天空，说："1975年底，我第一次见到小袁佳时，她的外婆已经去世了。袁伯翰受赵阿珍之托，收养下袁佳，带她来派出所迁户口，当时袁佳刚满十二岁。所以后来'逸园'出事，我的注意力始终集中在我们那个街道，和华海中学周边的片区。我从来没有想到过，也许事情应该追溯到更久以前，也就是袁佳生活在枫林桥的那十二年里。"

童晓恍然大悟：谁会想到，十二岁之前的童年往事还会对后来的一切产生影响……"他突然眼睛一亮："爸！难道李威连和袁佳、张乃驰的关系也起于那十二年里？！"

童明海长吁口气："这个应该不难查出来。回去之后我就和老同事联络一下，找找过去在枫林桥地段派出所的民警，到时候你也和我一起去调查吧。"

"好。"童晓答应着，长途车又停在路中央了。前方道路施工处的红色警示灯闪个不停，卡车、助动车和小轿车挤成一堆，所有司机都在焦躁不安地狂按喇叭。从车窗望向侧前方，上海市区的万家灯火透过沉沉雾霭，已经隐约可见了。

初春时节的上海，昼夜温差虽算不得太大，但气温常在日与日之间上蹿下跳。昨天刚刚艳阳高照，在街上走一走就浑身冒汗，恨不得立刻换上轻便春装；今天早起往窗外一看，阴云密布、寒风阵阵，路人们个个缩头缩脑，好像一夜回到了寒冬。

早上八点，戴希左肩挎了个大背包，右手拿着杯酸奶刚冲出楼道，就和楼门外站着的人撞了个满怀。

"啊，对不起！对不起！"戴希手里的酸奶飞出去好远，她一边道歉一边去捡，"我赶时间上班，抱歉啦！"把摔瘪的酸奶纸杯往垃圾桶里一塞，戴希拔腿又要跑，却被刚才撞到的人一把扯住了。

"上班也不用这么慌慌张张啊……撞疼了么？"

戴希瞪大眼睛看着宛如从天而降的孟飞扬。

孟飞扬讪讪一笑："呵呵，小希，你不要这么瞪我？我心悸……"

戴希又瞪了他几秒钟，然后转身就走。

"小希，小希！唉，你别走那么快嘛，等等我。"孟飞扬拖起行李箱紧跟上戴希。他的头发乱糟糟的，胡子貌似也没刮，身上还穿着厚厚的羽绒服。行李箱上贴满标签，在小区的石子路上滚得十分艰难，一路上发出震耳欲聋的噪音。

好几个迎面而来的路人朝他们投来警惕的目光，戴希停下脚步："喂！你这流氓老跟着我干什么？！快走开，要不然我叫小区保安了！"

孟飞扬干脆把箱子提到手里："小希，我这流氓是专程来投奔你的呀，求求你，收留我这无家可归的人吧。"

"收留你？凭什么呀？"戴希绕着孟飞扬转了一圈。

"嘿嘿，就凭咱俩交情深嘛，"孟飞扬露出死皮赖脸的笑容，他很少这样要赖，所以脸都有些微红了，"还、还因为你心地善良……"

"呸！谁和你交情深！"戴希恶狠狠地嚷起来，"我善良，当初你不是对我的善良很有意见吗？现在倒好意思来求我！还用我的善良来胁迫我！哼，我告诉你孟飞扬，我根本不想看见你！不想！你现在就给我滚蛋！消失！连你这身臭羽绒服、这口破箱子一起化成青烟！"

戴希说完转身就走。这回孟飞扬没有追，只是冲着她的背影高喊："戴希！"

戴希停下来，大背包滑到脚边，她感到自己被人从身后紧紧地搂住了。孟飞扬一定是用尽了全力，抱得戴希几乎窒息。他在她耳边喃喃："小希，亲爱的……我错了，我错了，求求你原谅我……"

"轻一点嘛，憋死我了……"戴希挣脱孟飞扬的怀抱，抬起手抚摸他略显憔悴的面颊，"这是从哪根下水道里钻出来的呀？还做出副落魄民工状，给谁看啊？"

"我坐通宵火车回来的，所以脏了点臭了点。"

"通宵火车？为什么不坐飞机？"

"……我家给人占着嘛，回来早了没地方住。本来要直接去上班的，可是实在太想你了，就来这里碰碰运气。"孟飞扬搂着戴希，两人的眼里都闪着喜悦的亮光。

戴希扯了扯他胸口的衣襟："你就这个鬼样子去上班啊，少给我丢人了。"

"那我、呃……可不可以上去？"孟飞扬指指戴希的小家方向。

戴希噘起嘴来："呸，你不是有钥匙吗，装什么装！"

"是！"

"去吧去吧！不洗干净不许出门哦，哎呀，我得走了，不然真要迟到了！"戴希去抓大背包，却被孟飞扬抢到手里："小希，我先送你去地铁站吧。"他满面春风地把背包往肩上一撂，重新拖起行李箱："走！唉，你这是上班还是搬家啊，背包这么重都装的什么？"

"不关你事！"戴希趾高气扬地在前面走着，孟飞扬跟在她身后，胡子拉碴、肩扛手提，活脱脱就是个搬运工。

走了几步，孟飞扬又纳闷了："小希，你那家帝国主义大公司不是对穿着要求特别高吗？你今天怎么穿牛仔裤？"

戴希轻盈地转了个身，歪着脑袋看孟飞扬："我们公司确实对着装有严格要求，可我不一样。我享受特权！"

"特权？"

"嗯，就是……总裁特批的权利啊！"她盯着他的眼睛说。

"哦，还有这种事。"孟飞扬的脸沉了沉，"那就特权吧。反正……你喜欢就好。"他躲避着戴希的目光，一副言不由衷的样子。

地铁口到了。

"我走啦！"戴希欢快地说。

孟飞扬把背包递给她，戴希狡黠地端详着他多云转阴的脸色，突然扑上去，咬着他的耳朵说："裙子和高跟鞋都装在背包里呢，大傻瓜！"

孟飞扬还没反应过来，面颊上挨了蜻蜓点水般的一记轻啄，随即，戴希就像一缕清风般消失在人来人往的地铁口。

孟飞扬仍旧拖着他那个脏兮兮的箱子往回走，一大早的头脑竟然有些醺醺然，像刚喝了酒似的。通宵火车上他固然没有睡好，但这大半个月在外奔波，他又何尝有过片刻的轻松适意？好在一切都过去了，他的宝贝一如往昔般甜美皎洁。孟飞扬突然觉得，为了戴希自己真的什么都愿意付出，哪怕是生命。

他傻笑着，漫步走着，齿颊溢香，好似踩在繁花盛开的田野上。当他终于被裤兜里叫得声嘶力竭的手机惊醒时，已经不知不觉走到戴希家的楼下了。

孟飞扬掏出手机，看也没看就叫："小希！"

"……飞扬，是我。"

"哦，是亚萍啊！你好。"孟飞扬使劲晃了晃脑袋，这才算回到现实。

"飞扬，你在哪儿？"柯亚萍问，"我刚到公司上班，才听说你今天回上海。"

"呵呵，是啊，我已经到上海了。"

"那你……是不是要回家？"柯亚萍迟疑着说，"我、我可以睡沙发，怕你随时要回来，这些天我试了试，没问题的……"

306

"亚萍，不用了！"孟飞扬打断她，"我住戴希这儿，我的家你尽管住，住多久都行！"他的心情实在太愉快了，恨不得和全世界分享自己的幸福。

隔了片刻，柯亚萍才回答："哦，那好吧。可是……我也不想老住你那儿。如果住得超过一个月，我会付房租给你的。"

孟飞扬一愣，那头她已经把电话挂断了。

第二十章

戴希钻出地铁站，挎着大背包一路飞奔，在无数容色精致、款款而行的白领侧目之下，好像负重长跑健将似的直冲到了"逸园"前。

新漆的黑色大铁门亮得像镜子，戴希冲着它扮了个鬼脸，伸手到大背包里去掏钥匙。

"戴希，早上好。"

钥匙掉到地上，戴希满脸通红地看着李威连："……我、迟到了吗？"

"没有。"李威连说，"到九点还差五分钟。"

李威连缓缓地走到门边，站到戴希的正对面。"不过我已经等了半小时了。"他说着，示意她看电子门锁，"它坏了吗？"

"不是！它很好的！"戴希连忙汇报，"施工期间怕不安全，就把电子门锁关了。现在用这个！"她指指门上缠了好几圈的粗铁链子和上头挂的大铜锁。

"嗯，"李威连点了点头，"考虑得可真周到，害我站到现在。"

"你没说要来呀，我不知道……"

"开门吧。"

每次走进"逸园"，戴希就有种时光停滞的感觉。虽然这里仍在施工中，草坪上和墙沿下尚且堆放着剩余的建筑材料，主楼的门框和栏杆上，丑陋的白色塑封也没来得及剥去，但当春风微拂，低垂的树枝轻轻摇曳，屋脊上的精美雕饰在刚刚萌生新绿的叶片中若隐若现，又别有一种欲语还休的矜持之态和抱残守缺的遗憾之美。在戴希的眼里,"逸园"是一个自相矛盾的存在,她的美与丑、得与失、荣耀与失落、繁盛与衰败都能同时予人极为深刻的印象,令人殊难决断对她的态度。

然而,"逸园"的吸引力又是至为强烈且实实在在的。

李威连走得非常慢,一步一步,若有所思的样子。自从香港分别后,戴希就没有再见到他。李威连的工作量在这段时间达到了登峰造极的地步:连续几十小时的重组封闭会议;若干新产品在各大城市的发布研讨会;重大合同的商务谈判;最新达成协议的合资企业签署仪式……前天才返回上海,带领重组核心团队进驻丽兹卡尔顿酒店封闭开会,所以戴希完全没料到今天会在"逸园"门前见到他。

李威连又走了两步,索性停下来:"你有话要说?"

戴希好想说,我现在才知道见你一次有多么不容易,真应该抓紧每分每秒的时间。不过,实际上她说的是:"你可以去'双妹'等着的呀?就不用站半小时了。"

"这个时候她们还没起床呢。"李威连回答得十分随意,戴希发现,他提起双胞胎姐妹时总是用这种亲切而疏懒的口吻,完全像对家人,"偶尔浪费一下时间,对我也挺难得的……戴希,你现在已经很熟悉'逸园'了吧?"

是的,戴希已经很熟悉"逸园"了。自从香港回来,"逸园"改造工程正式启动,朱明明陷入重组的工作中难以自拔,就把监工这项艰巨的任务直接甩给了戴希。因此这几周,戴希每天上午都在"逸园"度过,下午才回公司上班。虽然和施工队打交道让她勉为其难,但是戴希尽心尽力地工作着,因为她深切地懂得"逸园"的重要性。

他们停在翠绿的草坪中央,鹅卵石铺就的甬道曲折向前,通向乳白色建筑的门口。

"草坪从海滩起步,直奔大门……最后跑到房子跟前,仿佛借助于奔跑的势头,爽性变成绿油油的常青藤……"戴希又想起在《了不起的盖兹比》中读到的句子,但它所描绘的恣肆动态和"逸园"是不匹配的。这里的草坪娴静宛若处子,"逸园"中唯一的那棵丁香树华盖飘逸,就像是处子佩戴的碧绿花冠。

"戴希,知道这是什么树吗?"

"丁香,"戴希听朱明明提到过,"为什么只有一棵?"

李威连收回仰望树冠的目光:"为什么这么问?"

"……"

"听袁老先生说,本来是有好几棵的。'文革'期间几乎全部被毁,只留下这一棵,因此为他所特别钟爱。这棵丁香的花期较晚,四月中旬才会开花。是白色和紫色的花,一周左右就凋谢了,我个人觉得比樱花更美。"

从门口传来一阵喧哗,是工程队来上工了。

李威连看着他们,问戴希:"工期还剩多久?"

"到这周末就完工了。下周开始做保洁、隐蔽工程调试和绿化施工。"戴希又开始紧张。

"很好。"李威连又看了看这帮开始忙碌的工人,"他们会去楼上施工吗?"

戴希立刻明白了他的意思:"楼上早完工了!"

"好,我们上楼吧。"

上到二楼,李威连直接向椭圆形的大阳台走去。气温又升高了一些,整座阳台上洒满日光,春风在融融暖意中带来沁人的微凉,凭栏而望,脚下草坪如茵、树影婆娑,远处淮海路上的高楼大厦一栋接一栋,而对面……

隔着一条窄小弄堂,正对面的二楼窗户上,窗帘拉得严严实实。戴希在"逸园"监工的每一天,所见到的都是这副情景。偶尔,她会发现窗帘的合拢处出现小小的缝隙,想必是有人在后面窥探吧。

"知道对面是什么地方吗?"李威连问。

"嗯。"戴希说,"……不过窗帘一直都拉着的。"

"假如窗帘拉开,那个房间就一览无余了。"

说完这句话,李威连又沉默了,工人们正在井然有序地将剩余的材料往外搬,开始做完工前的清理了。

戴希小心翼翼地问:"要不要我说一下工程的情况?"

"不用,我都看见了。很不错。"李威连转了个身,靠在阳台的栏杆上,"2002年大中华区总部搬进来之前,'逸园'的装修是我亲自监工的,所以现在我只要看一看,就足够清楚。"

"怎么可能?"戴希很惊讶,"你哪里有时间?"

"总能挤出时间的,交给别人我不放心。戴希,你有没有看过'逸园'最初的建筑设计图纸?"

"有啊。"戴希从背包里掏出文件夹,"还是英文的影印件呢,特有历史感。"

"袁伯翰自己保存的图纸都在'文革'中遗失了,最后我是在纽约大都会博物馆里找到原图的。为了尽可能把这些大理石清洗干净,所有的药水和器材都从美国进口……整个装修工程花了八百万。"

戴希轻声说:"这么多钱啊。"

"这次不说真奢侈了?"李威连调侃地说,看样子他要记一辈子的仇了,"当时倒是有很多人这么说,就连美国总部也有不同看法。"

"那你……"

"我想做的事情就一定能做到,任何人都阻挡不了。"

戴希垂下眼睑,"逸园"对你就这么重要吗?为什么你要对她如此执著、不顾一切……

"我九点半就要离开,还有二十分钟时间。戴希,楼上哪里可以坐下?"

"你的办公室可以,那里没动过。"

"好。"

走到自己的办公室门前,李威连看着戴希说:"开门啊。"

"我没有钥匙。朱明明说这间屋子不用整修,里面又有很多机密,所以不给我钥匙。"

李威连打开门,把钥匙递给戴希:"拿着吧,这里没有机密,但是需要通风。"他把几扇大窗全部敞开,这才在桌前坐下,并示意戴希坐在自己对面。

"看样子我的风水实在太好了……"在语气中带着自嘲,亦是他惯常的说话方式,"其实朱明明不知道,你所了解的机密远比她要多得多。"

戴希的心中一紧，她对李威连既持重又率性的风格已相当熟悉——他像是有很重要的话要说。

"不过，最近 Maggie 对你的评价大有改观。"李威连沉吟着说，"她说你学得非常快，现在对人事部的日常事务已经很熟悉了。当然了，这也说明我的眼光不错。"

戴希的心中涌起悲喜交加的情绪，似乎每次李威连和她谈话，都会引起这种很奇特的效果。不论他说的是什么话题，她都能感受到挥之不去的孤寂，好像重重阴云压迫着他、又烘托着他，使他和周遭现实间的距离时远时近，难以捉摸。今天的这种感觉尤其强烈。

李威连往前倾了倾身子，把手臂搁在桌上："戴希，关于我们在香港达成的共识，你现在有什么进一步的想法吗？"

戴希必须回答了："嗯……我每天都在看材料、做准备，就是老没机会见到你。"

"没办法，第一层组织架构敲定之前是最紧张的。四月中旬开始会好很多，并且……对于你，我将有新的计划。"他不动声色地继续说，"第一轮重组完成之后，我会给 Maggie 一个新的任务——协助 Gilbert Jeccado 组建全球研发中心。第二轮重组涉及的所有人事制度新建工作，我将安排你来具体执行。"

"我？"戴希大惊失色，"我怎么能行？"

"为什么不行？"

"我才刚开始工作，经验太少了……"

"我会让中国公司的人事经理 Carrie 协助你，她负责把握公司原有的制度和国家法规等等，而你负责——创新。戴希，我需要你的想象力和时代感。"

戴希还是觉得太意外了，在震惊中沉默着。

李威连靠到椅背上："不要怕，我会亲自指导你。我和你把框架讨论清楚之后，你再来做，不会有任何问题。戴希，勇敢些，几个月之后你就将成为市场上最有价值的人事经理了。"

戴希抬起头，李威连朝她微笑："到时候我得给你工资翻倍，否则只怕留不住你了。"

"才不用呢，我又不会跳槽。"戴希脱口而出。

他的神情相当淡然："就算跳槽也很正常。"

戴希心中的悲喜交加感更加强烈了，他的这种姿态是她最不能接受的，看似举重若轻，实际上步步维艰。她决定采取主动："那是不是说，四月中旬以后我们就可以开始了？"

"是的。"

"那好，有个问题必须先解决。"戴希问，"我可不可以和希金斯教授沟通你的真实情况？"

"不行。"李威连回答得没有丝毫余地。

戴希皱起眉头："可是他……"

"向他咨询时我就没有透露真实身份，"李威连冷冰冰地打断戴希，"我认为，你和他讨论课题时也没有必要引用我的身份。"

"资料充分些会有帮助的，"戴希还想争取一下，"再说教授肯定能确保你的隐私权，这是心理学家必须有的专业素养。"

李威连的语调突然变得极其严厉："不！"停了停，他稍微缓和语气说："我丝毫不怀疑教授的专业素养。不过，我确实不相信一个美国人能够真正理解我所说的话，对环境、文化和时代背景，他不熟悉的太多了。"

戴希有点儿理解了："是这样……不过教授有个中国妻子呢，也是上海人。"

李威连丝毫不为所动："有什么用呢？教授会随意和一个非专业人士探讨他的病人吗？还是他曾经这样做过？"

"当然不是。"戴希垂下脑袋，他可真尖锐啊，但是他的尖锐里充满苦涩，这样戒备重重的生活该有多累啊……戴希忽然想起孟飞扬的问题：他凭什么信任你？

现在，戴希才真正醒悟到，李威连只是不得不信任她而已，从刚才的交谈中，她清楚地看见他的无奈和忧虑。悲喜交加之中的悲哀占了上风，戴希也很想对他说——不要怕。但她克制住了自己，在这种场合中语言是最苍白的，反而会引起误解，还是让行动来证明一切吧。

谈话中断一些时间了，楼下施工的噪音并不大，啾啾的鸟鸣倒是从伸展到窗前的枝杈中传来，听不出是什么鸟儿在叫。

"哎呀，还是不行！"戴希想起，"我可以用课题研究的方式和教授讨论治疗方案，但是我弄不到处方药啊。"

李威连盯着戴希，过了一会儿才说："戴希，这是你必须解决的问题。"

"好吧，我来想办法。"戴希蹙着眉尖，努力开动脑筋，"要不然就走我爸的途径，他有个心理治疗实验室，所有美国最新最好的精神药物他那里都有。"

"嗯，那你打算怎么对他说呢？"

"还没想好……反正，就是撒谎呗，我想想怎么编圆点。"

李威连突然说："也许你可以说——"

"说什么？"

他意味深长地看着戴希："你可以说是为了拍马屁用。"

"啊？"戴希一愣，"我从来不拍马屁的。"

"那就从现在开始学习吧，很有必要。"

戴希想了想，长长地吁了口气："我明白了，你不相信专家，相信拍马屁的。"

这个早上李威连头一次放松地笑起来："是啊，人性的弱点嘛……戴希，去看看我的车来了吗？"

戴希走到窗前张望，他的奔驰车不知什么时候悄悄停在了楼下："来了。"

李威连叫戴希不要下楼，奔驰车绕着草坪行驶，转过大门后从戴希的视线中消失了。她收回目光，眺望草坪中央的丁香树，想象丁香花盛开时灿如云霞的美景——四月中旬以后，我们就可以开始了。

男人所面对的，是一个硕大无朋的怪物。

周围是无穷无尽的黑，只有一柱强光从顶端射下，犹如舞台追灯似的，将他和怪物双双暴露在惨白耀目的圆环中。

他的头顶刚到"她"的腰际。两个大麻袋似的乳房悬在他的额前，伴随着巨大身躯的扭动，一对暗红的乳头有节奏地拍打在他的眼皮上，男人的眼前黑一阵白一阵……

"啊！"

张乃驰从床上蹦起身来，漆黑的房间里什么都看不见，只有噩梦中的情景，清晰地涂画在死亡一般的虚空之上，他用力抱住头，再次发出痛不欲生的呻吟。

过了很长时间，他才慢慢平息下来。心脏搏痛，张乃驰扭亮台灯，脱力地倚靠在床头。冷汗浸透CK内衣，他一把掀开被子，黑色的紧身内裤上印渍斑斑，床单上也有一摊污迹。

他咬着牙把衣裤全部剥下，扔得远远的，只有赤身裸体才能让他稍微舒服些。中央空调发出柔和的声响，张乃驰摇摇晃晃地下了床，把空调的风和温度都调到最大。他甚至还想把屋子里的所有家具都砸烂，他必须要做一些极端的事，否则将再难忍受自身的存在！

杀！他多么想杀人！

张乃驰光着身子在屋里走了几个来回，猛烈的暖风吹得惨白的脸上显出红晕，渐渐地，他绽开半疯半癫似的诡异笑容：没关系，总有一天你会死在我的手中，还有你、你们……今天你们尽管鄙视我、嘲弄我、伤害我吧，你们是在自取灭亡！

所有我仇恨的人，都一个比一个更难看地死去了，而你，我要让你比任何人都死得更加悲惨！

他看了看床头柜上的闹钟，凌晨一点半。他突然来了兴致，抓起电话就拨薛葆龄的手机号，耳边传来冷冰冰的女声："您所拨打的电话已关机。"

"嗯哼……"张乃驰锲而不舍，又拨了瑞金路上薛宅里葆龄卧室的电话，按照她的说法，这两天她身体不舒服，暂住娘家休养。虽然凌晨一点半打搅病人安睡很不应该，但是张乃驰有把握——她是不会被打搅到的。

果然，在电话铃响了足足三分钟之后，话筒里才传来薛家老保姆睡意朦胧的声音："……喂？谁啊？"

张乃驰捏着嗓子说："我是薛葆龄小姐的朋友，从美国打来的电话，她在吗？"

"啊？薛小姐平时不住这里……"

"是吗？现在上海几点啦？"张乃驰伪装的兴致更加高涨。

"是半夜呀。要不您留个姓名，早上我会打电话告诉小姐的。"

"不用了，我有她的手机号，刚才打了没通，我等你们天亮再打吧……谢谢！"

张乃驰搁下话筒，现在他完全清楚薛葆龄在哪里了。李威连前几天回到上海，这段时间高强度的重组封闭会议刚刚结束，他肯定需要休息和放松，而薛葆龄对他，只怕早已望眼欲穿了。张乃驰的脸扭曲成一团，呵呵，葆龄可算不上能帮人放松的情人，她总是那么娇弱，总是那么需要呵护与关爱，反而容易搞得男人很紧张，正因为这点，从一开始张乃驰就知道她并不适合自己。

张乃驰所习惯的，是充满母性的、无微不至的、纯粹付出的挚爱。这种爱从他一出生起，就时刻陪伴在他的身边，使他那本应相当悲惨的童年反而变得无比幸运，也使他本应十分艰难的成长过程，蒙上了一层玫瑰色的温柔光华。当初他不懂得珍惜，总以为一切都是理所当然的，直到失去日久，他的心偶尔也会因为懊悔而刺痛，但他从没期待过昨日重来。从懂事开始，张乃驰就一直盼望着摆脱过去。

当时，张乃驰已经在西岸化工工作了几年，生活状况有了相当大的改善。李威连在不遗余力指导他工作的同时，还出资送他去上工商管理课程，甚至常常单独为他开小灶，传授业务秘诀。张乃驰的职业生涯可谓一帆风顺，但是他并不满足，而希冀着更加快捷的途径、更加迅猛的成功。在上海的时候，张乃驰还不太懂得自己外表的价值，到香港之后，在相对开放的社会风气下，女人们主动围绕在他身边，赤裸裸地对他的英俊表达贪欲。张乃驰突然意识到，虽然父母对自己从未尽过责任，但留给了他一件宝贵的财富。

张乃驰渐渐积累起对付女人的经验，很快就在女人堆中游刃有余了。恰在这时，薛葆龄出现在张乃驰的雷达中。优越的家庭出身赋予了她大家闺秀的高雅气质，先天不足又带给她楚楚动人的风韵。对于喜好怜香惜玉的男人来说，倒也别有一番情趣。张乃驰在她的背景、财产和妩媚面前大大地动心了，开始疯狂追求薛葆龄。另外，薛葆龄继承了其父的智商，虽然身体柔弱，头脑却相当聪慧，在经商方面，是非常好的合作伙伴。而她也真心喜爱张乃驰的帅气和殷勤，从恋爱到结婚，他们确实曾有过一段很不错的时光。

可惜好景不长。在确知薛葆龄因为先天性心脏病无法生育之后，张乃驰极为失望，对妻子逐渐冷淡起来。而薛葆龄对丈夫心怀内疚，只得曲意奉承，两人的关系不冷不热地维持着，直到2005年初张乃驰在一次与中华石化的业务磋商中，遇到对方进出口公司的常务总经理高敏。

想到2005年，张乃驰又是一阵恶心，噩梦中的情景再度出现在眼前，激起胃液翻腾。这个噩梦折磨了他好几年，与高敏相处时的屈辱和卑贱感至今依旧死死缠绕着他，不给他片刻安宁。只有他自己心里清楚，这几年他付出了什么。

他伺候的是一个年近六旬的老女人，丑陋、肥硕、粗鄙又傲慢。这个老女人以手中的权力为诱饵，肆意玩弄年轻漂亮的男人。高敏向张乃驰抛出的"绣球"实在太具诱惑力了，一张张超过百万美金的合同使张乃驰根本无力拒绝，几乎是奋不顾身地拜倒在高敏脚下。

张乃驰太渴望成功了，有朝一日能够超越李威连，进而把他踩在脚下，已经成为了张乃驰最迫切的人生目标。所有人都说李威连对张乃驰关照有加，可是他觉得嗟来之食堪比毒药，正在一天又一天地摧毁他仅剩的可怜自信。李威连给他越多，他就越憎恨对方。

高敏成了张乃驰意外捕捉到的一条捷径！从2005年开始，他确实有机会后来居上了。通过一系列的床上活动，张乃驰在自己负责的产品线上，不仅顺利拿下了远超过前些年的合同额，更重要的是，他让高敏在许多场合表现出对李威连的漠视。

"什么大中华区总裁，我不认识他！

"不要叫那个李威连来开会，我只和你们塑料部门的张总监谈！

"你们还想不想做成这笔生意？想做就找合适的人来见我！"

高敏在支持"小情人"的时候还真是不遗余力，当然她本性俗不可耐又盛气凌人，也确实是李威连打不了交道的。在被她莫名其妙地怠慢了几次之后，李威连立即改变策略，再不亲自出场，而是将与中华石化进出口公司的高层往来全权交给了张乃驰。

2005年底，鉴于张乃驰在这一年中的突出业绩，李威连更是将他从原中国公司塑料产品部总监的位置上直接提拔为大中华区塑料产品部的总监。

对张乃驰来说，这真是一次意想不到的巨大胜利。紧接着，李威连又亲自指示，在大中华区总部"逸园"的二楼，紧靠他自己的总裁办公室隔壁，为张乃驰这位新晋升的产品总监安排了独立的大办公室，其豪华和气派的程度在整个公司也就只一人之下了。

搬进"逸园"的头一天，张乃驰在俯瞰草坪的窗前独坐了许久，周围是那么安静，他有些神思恍惚。"逸园"仿佛有种神奇的魔力，只要置身其中片刻，沸反盈天的现实生活就从前景黯然褪去，隐潜在几千米海底的暗涌悄悄浮现。有那么一瞬间，张乃驰感到自己的身心被地狱恶鬼的巨爪死死擒住，那是埋藏至深的罪恶感，突然全身冒出冷汗，半秒钟后衬衫脖领就湿透了。

这时李威连敲门而入，手上拿着瓶红酒。他们在窗前的沙发上坐下，共同干了一杯。

"Richard，感觉如何？"李威连放下杯子后没有再倒酒，似乎不打算多喝。

张乃驰习惯性地躲避着李威连的目光，强作欢颜地回答："很好，呵呵，太好了。"每次李威连安静地注视他的时候，他就不自觉地忐忑。有了高敏之后，再加上去年一连串的成功，他本以为自己能在对方面前强势一些，谁知情况仍然没有任何改观。

"你也不是第一次来'逸园'，对这里还比较熟悉吧。"沉默片刻，李威连说。

张乃驰抬头四顾："那是，虽说之前我不是大中华区的级别，会是经常来这里开的。"

"我是说再以前。"

"再以前？"张乃驰作势要给李威连倒酒，被他挡住手臂，只好光给自己的杯子里斟满。

李威连看着张乃驰："我说的是很多年以前。"
　　张乃驰费力地吞咽着红酒，含糊不清地回答："那，我不……"终于跻身大中华区领导层的兴奋此刻已荡然无存，只有从对面逼视而来的冷峻目光——他知道了！张乃驰的心缩成一团，不，他不可能知道！绝不可能！
　　"少喝点吧，下午还要工作。"李威连说。他的话适逢其时，帮助张乃驰脱离困境。张乃驰松了口气，心中又不免困惑，李威连似乎经常这样，眼看着就要把他逼得走投无路了，却又在最后关头放过他，是心软了？还是要留下他继续玩猫捉老鼠的游戏？
　　"Richard，中华石化的关系我就全交给你了，你要好好干。这对我们至关重要。"
　　"那当然。"张乃驰镇定了些，是啊，为什么要慌张成这样呢？现在是他少不了我……
　　"另外，你也要小心行事，千万不要让人抓住把柄。"李威连的语气中带着毫不掩饰的嘲讽和轻蔑，"对方可不单单是企业领导，还算政府官员，况且她那个作风，平常一定树敌颇多。万一落下什么证据在她的敌人手里，弄不好会殃及我们。"
　　张乃驰把眼睛瞪大了："William，你这话什么意思？我听不懂！我是竭尽所能在为西岸化工做事，你这话说得……"
　　"我没别的意思，"李威连对他的抗议不以为然，甚至微笑起来，"只不过提醒你一句而已。Richard，你对西岸化工劳苦功高，我代表大中华区感谢你！"
　　李威连走了，张乃驰直勾勾地盯着他留在吧台上的那瓶红酒。哼，他分明就是嫉妒！他怎么能够容忍一向卑躬屈膝的张乃驰，竟然掌握住了公司的命脉！现在张乃驰可以肯定，李威连什么都不知道，他只是在自己的成功面前故作姿态，拼命想要维持过去的威势罢了。
　　张乃驰痛恨"逸园"的环境，但是他强迫自己尽可能多地待在办公室里，就在李威连总裁的隔壁。他认为，李威连一定比他更不舒服。在这场持续多年的角力中，张乃驰头一次看见了胜机。
　　2006年、2007年……张乃驰愈加投入地经营和高敏的关系，像对女皇似的侍奉着她。效果相当显著，他负责的塑料产品部在大中华区各产品部中的业绩名列前茅，仅次于李威连亲自负责的有机／无机化工产品部。由于各产品部门都有来自于总部的垂直领导线，张乃驰开始寻找一切机会去美国，绕过李威连直接向总部汇报，想方设法地表现自己。他也很巧妙地让总部了解到，李威连对中国最关键的客户掌握不力，不仅阻碍了公司的业务开展，还影响到西岸化工在大中华区石油化工领域的形象。张乃驰不指望能很快给李威连带来麻烦，但是他相信，闲言碎语如风中微尘，即使肉眼看不到它们的存在，不知不觉中，原本洁净的地面已蒙上黑黑的一层污垢。

　　李威连察觉到他私下做的手脚了吗？张乃驰说不准，李威连对他的态度基本没什么变化，但李威连在别的方面依旧对他实施着强力而又细致的管理，稳稳地把握着塑料产品部的整体走向，这令张乃驰在得意之外，又时常有一种深深地挫折感，他有些沉不住气了。

　　更要命的是，对高敏他逐渐力不从心起来。

　　他不记得从什么时候起，开始做那个与怪物交媾的噩梦。张乃驰清楚，这是自己内心对高敏这个老丑女人的强烈抗拒——每次和高敏见面前的几天，他必定会夜夜被噩梦惊扰，只能用野心和贪欲来刺激自己，帮助自己克服。然而头脑可以强迫，器官却只服从于生理本能，某一次与高敏同床时，张乃驰惊骇地发现，自己无法勃起了。

　　这简直是个毁灭性的打击。

　　张乃驰几乎要崩溃了，这从侧面暴露出自己对高敏的真实感觉，这个恶毒的女人报复心尤甚，她要是拿出对待李威连的手段，张乃驰可万万经受不起。于是他只好无所不用其极，一切能够令他短暂恢复雄风的手段，张乃驰都用上了。他总算勉勉强强维持了和高敏的关系，代价却相当惨重，从那以后，不靠这些张乃驰就几乎是无能力的。

　　偏偏他的妻子非常聪颖而且敏感。张乃驰刚开始对高敏皮肉相待，薛葆龄就有所察觉，可能是没有确凿的证据，她并未直接质问张乃驰，却一天比一天与他疏远。本来张乃驰还想挽回妻子的心，但是功能障碍使他只能眼睁睁看着葆龄离自己而去。

结果，薛葆龄投入了李威连的怀抱。人生在眼前演绎出一场荒诞无比的滑稽剧，居然还是自己亲手导演的！不！不是自己的错，这一切的一切，都应该归咎于那个人！是他，就是他！剥夺了自己的幸福，导致了自己全部的不幸，现在连葆龄，他也不肯放过！

好吧，好吧——每次面对妻子的欺骗，张乃驰一边咬牙忍耐，一边和着咸涩的血在心中默念："我有高敏，你有葆龄，算是个小小的交换吧，很快我就会让你加倍偿还的！"

他最终还是失算了。

今天的张乃驰除了表面光鲜，内里已空无一物。李威连比他高明太多，也强悍太多，这一轮交锋以张乃驰的惨败告终。2008年底的年会之夜，在雪雾轻笼的"逸园"里，在烟花绽放的旖旎瞬间，张乃驰分明听到了自己的丧钟鸣响。

所以张乃驰现在要发动的，不是夺权之争，而是保命之战，几十年的恩怨也该到最后清算的时候了，结局只能有一个——你死！我活！

扔在书桌上的手机狂叫起来，张乃驰猛跳起身，是朱明明！

"喂？是Maggie吗？"他接起电话，顺便瞥了眼闹钟——凌晨三点。

"Richard！"朱明明的声音又尖又飘，"亲爱的！哈哈哈，你猜、猜猜我……在哪里？"

张乃驰皱了皱眉头，震耳欲聋的音乐声在电话里都能听得很清楚，这个八婆肯定是在某间通宵营业的酒吧里买醉："Maggie，快告诉我你在哪里？我猜不出！"

"笨……蛋，你猜、猜嘛……就在Ritz，哈哈哈哈！"

"你待着别动！我就来！"张乃驰三下两下穿好衣服，奔了出去。朱明明是重组核心团队成员，他们的封闭会议在丽兹卡尔顿召开，下午才刚结束，晚上她就在酒吧喝到烂醉，张乃驰必须马上把她搞到手。

第二十一章

一个小时之后，朱明明被张乃驰拖进酒店房间。张乃驰扒下她身上的薄风衣，酒气和香水味顿时充满整间屋子。朱明明喝得满脸绯红，黑色紧身针织裙扯得七歪八斜，大半个胸脯露在外面。她摇晃着一头倒在床上，嘴里还不停地嚷着："亲爱的、亲爱的 Richard……你、你快过来啊！人家想你嘛……"

张乃驰仰躺在她的身边："现在想起我来了？这几天打你无数电话，你从来不接。"

"哎呀，封闭……会议嘛！你、又不是、不知道！"朱明明翻了个身，撩弄着张乃驰胸前的衣襟，突然爆发出一阵狂笑，"哈哈哈哈！Richard，看看你现在的脸色……真、真像个……被抛弃的……怨妇！"

张乃驰气得脸色铁青，还没等他开口，朱明明滑下床沿，捂着嘴跌跌撞撞地往洗手间跑。

"别吐在洗脸池里！"张乃驰冲过去甩上洗手间的门。

朱明明吐完了，扶着墙走出洗手间。张乃驰倒了杯水给她："喝点水吧，活像个女鬼，恶心死了！"

朱明明撩开披散在额前的乱发，一口气喝掉大半杯水，毫不示弱地反驳："我恶心，你也不比我好多少！"

"我恶心无所谓，我亲爱的、美丽的 Maggie，是什么让你憔悴成这个模样的？又是谁让你伤心到如此地步？哎呀呀……看得我好心痛啊！"

他靠在床头，做出一副哀哀痛惜的表情，朱明明在床前咬牙切齿了好一会儿，突然往他身上一扑，恶毒地干笑起来："亲爱的Richard，你对我这么好心，我真感动啊！不过，在如此美好的周末夜晚，凌晨时分，你怎么在这里独守空房啊？你不是有老婆的嘛？你那位弱不禁风的病美人呢？你的林妹妹……哦，不，薛妹妹，哦，不是，还是林……薛……咦？到底是……"

朱明明左手和右手各竖起一根食指，跪在床上来回顾盼："薛……林……"没完没了。张乃驰气得抄起个枕头往她头上猛砸过去："十三点，你给我闭嘴！"

朱明明被砸倒下去，随即一骨碌爬起来，也抓住枕头劈头盖脸向他反击："你才十三点！你人妖！！你男妓！！！你乌龟！！！！"

他们在大床上滚作一团。朱明明喝醉了酒，蛮力大增，张乃驰居然制不住她。床单、枕头、被子全被撕扯到地上，一男一女也跟着滚落床下，在地毯上继续搏斗。等到两人都筋疲力尽地仰躺着喘气时，豪华客房里已经一片狼藉了。

亢奋过去，朱明明抬起手捂着脸，又呜咽起来："呜呜，呜呜……他要赶我走了……彻底赶我走了……呜呜……"

"什么赶你走……赶、赶哪儿去？"张乃驰喘着粗气问。

"戴希！"朱明明好像要把这个名字咬烂嚼碎似的，"都是为了她！全都是为了她！"

"戴希又怎么啦——"张乃驰把声音拖得很长。

"呜呜，他真的不要我了……他让我、让我去帮犹太人组建那个、那个狗屁研发中心！"

张乃驰从地毯挪到沙发上坐好："哦，挺好的嘛！"看看闹钟，将近五点，再折腾会儿就该天亮了，真他妈的倒霉啊！

朱明明一把抱住他的双腿，开始痛哭流涕："第二轮重组居然叫那个小妖精参加，呸！她懂个屁啊！呜呜……"

"哎呀，这还不懂嘛？肯定是在香港的时候得手了，许诺了呗。"张乃驰有气无力地回答，他真想好好地睡一觉啊。

朱明明不说话了,把滚烫的面颊贴在他的大腿上,眼泪鼻涕全糊上去。张乃驰直起鸡皮疙瘩,但毕竟对她有所企图,再加上一点同病相怜之感,只好凑合着忍受。她迷迷糊糊地哭了一会儿,突然抬起头:"奇怪……既然有了、有了新宠儿,为什么还要霸占你的……老婆?"

张乃驰把头搁在沙发背上,仰望着天花板喃喃地问:"你到底是怎么知道的?"

"我都……看见了!"

"你看见了?看见什么?!"

"看见他上了她的车……"

张乃驰闭上眼睛,觉得心力交瘁,现在什么都刺激不到他了,他只想昏沉睡去。可是朱明明依旧精神矍铄,没看到预想中的反应,很不甘心:"喂!听见没有,是他上了她的车!"

"嗯,你搞情报工作很不错……天生的窥视癖。"

"你懂个屁!"朱明明揪住张乃驰的睡衣下摆,"这不叫窥视叫盯梢!我再说一遍,是他上了她的车!你老婆开的是奥迪吧?"

"哦?"张乃驰猛地睁开眼睛,"那么说他们离开上海了。"

"离开上海?"朱明明酸溜溜地重复着,"还真小心啊,也不用自己的车和司机,看样子他挺给你面子,哼哼。要不然就是你的病西施对你心怀歉疚?"

张乃驰没有回答,他太了解薛葆龄了,她归根结底就是个对爱情充满浪漫憧憬的小女人。似乎她和李威连总是选择在上海之外幽会,李威连应该无所谓,这样做只是为了减轻薛葆龄的压力,也能让她在与情人相处时,更加全心投入地享受所谓的两人世界。直到此刻,张乃驰的知觉好像才从麻木中恢复过来,与葆龄恋爱时的甜蜜回忆犹如重锤,一下又一下打击着他的心房,她的温柔可人、纤巧细腻曾经多么令他着迷啊,可是现在这一切都不再属于他,而给了他最切齿痛恨的那个人……他们会去哪儿呢?

张乃驰问朱明明:"这个周末你们不开会了?"

"嗯,都结束了!全完了!"朱明明用力拍打着沙发,"周末放假休息！下周一就公布新的组织结构啦！"她在张乃驰的膝盖上撑起身子，抬手抚摸他那线条清晰的下巴，"可怜的人……你有什么想知道的吗？"

张乃驰的两眼放光了："当然！亲爱的 Maggie，看在你我都是伤心人的分上，你就……"

"等等！你总得先让我开开心吧……我都难受死了、难受死了……"

朱明明像条蛇似的缠在张乃驰的身上，短裙堆在腰间，半透明的蕾丝内衣在他的眼前来回摇晃着。张乃驰感到自己的身体有动静了，想象着妻子在李威连的怀抱里辗转呻吟，他突然有了发泄和占有的冲动。

两具肉体都已大汗淋漓，张乃驰向濡湿和高温的包围圈挺进，他就要成功了——

"William……"朱明明紧闭双眼，从潮红的双唇中吐出这个朝思暮想的名字，双臂使劲抱拢张乃驰，好像要把他压进自己的身体里去似的。

"咚！"她被张乃驰用尽全力推开，后脑勺狠狠砸在床头上，险些晕厥过去。张乃驰翻身落马，面如死灰。短暂的寂静之后，他发出断断续续的笑声，又似濒死时的悲泣。张乃驰笑着笑着，眼角边慢慢渗出水珠，落在皱巴巴的床单上。

夜已尽。

张乃驰一醒来就看见满室阳光。房间里依旧狼藉遍地，倒是站在大镜子前梳妆的朱明明，已经穿戴得整整齐齐。她扭过头来，口气一如平常般傲慢："中午了，快起床吧。我早饿了。"

化妆只能略微掩饰苍白的脸色，黑眼圈在日光下暴露无遗。即使恢复了跨国公司人事总监的做派，朱明明的内心依旧彷徨无依，刚刚过去的那个夜晚，对于他俩同等痛苦。

她没有离开，这很好。

张乃驰在床上哼唧："头疼死了……我不想吃饭，你自己去吃吧。"

"起来！"朱明明冲过来掀开被子，"头疼我有特效药！这个房间里臭死了，你居然还待得下去！"

张乃驰捧着脑袋爬下床，继续矫揉造作地呻吟着。

"吃药！"朱明明往他手里塞过来水和药片，看着张乃驰吞下去，突然说，"这药也是他给我的。"

太可怕了！她跌坐在沙发上，直勾勾地瞪着前方，眼里又渐渐蓄上泪水。假如他不是这样无所不在地渗透在她的生活中，也许她还有希望摆脱如此无望的沉迷，但是她做不到，她真的做不到……朱明明抱紧双肩，想到很快就连陪伴在他身边的机会都要失去，她的心就像沉入了无底深渊。

张乃驰反倒精神起来，很快梳洗停当，在镜子前左照右照，对自己丝毫无损的英挺颇为得意。他吹了声口哨："走吧，我们吃饭去！"

吃午饭时，朱明明始终是一副万念俱灰的样子。

"Maggie，下午我带你去个有趣的地方吧？"买完单，张乃驰提出建议。

"随便。"

张乃驰驾驶着雷克萨斯往青浦方向开去，周末中午的高架路上车流比平时还要湍急，绝大部分是趁着早春出城踏青的私家车。他的兴致很高："Maggie，别这样忧郁嘛。你多看看我，就会觉得自己还不算最倒霉的，哈哈！"

朱明明从鼻子里哼了一声。

"对啦，关于新的组织结构，你不是有消息要透露给我吗？"

朱明明朝窗外别过脸去："算了吧，我怕你听到以后承受不住。"

"你看我还有什么不能承受的？"张乃驰说得很轻松，但朱明明却看到这副皮囊下那丧家犬般的灵魂。怜悯他吧，她对自己说，怜悯他就等于怜悯我自己，我们都被无情地丢弃了，就像丢掉一堆垃圾……

汽车拐下大路，驶入一个别墅区。

车道两旁栽种着整排的柳树和樱花树，正是芳菲之春，樱花如大朵的粉色祥云般次第盛开，嫩绿的柳枝在春风中蹁跹起舞，柳絮丝丝缕缕飞过朱明明的眼前,她有些失神:"Richard,你带我来这里干什么?"

张乃驰没有回答,依旧兴致勃勃地驾着车,沿小区中的人工河蜿蜒而行,河岸两旁的独栋别墅形态各异,都有着向脉脉绿水上伸展出的露台,好几户人家在露台上休闲,孩子蹲在披着雪白长毛的牧羊犬身旁玩耍:"亲爱的Maggie,这个周末咱们就在这里散心,怎么样?"

朱明明狐疑地打量着面前的三层小别墅,深褐色的屋顶罩着奶黄的墙面,圆拱形窗户外围绕着雕花的铸铁栏杆,颇有地中海建筑的风格。窗台上的原木花格里,浅黄色的雏菊开得正欢,微风吹过,门檐下悬挂的风铃叮咚奏响。

"欢迎来到我们的度假乐园!"张乃驰几步蹦上门廊,微曲双腿,做出个夸张的迎客姿势。

朱明明站在门口朝里张望:"这是你的房子?"客厅是乳白色调的,花枝吊灯的式样挺合她的口味,阳光如洗般从落地长窗投入,洒在暗红的地砖上。她不自觉地走过去,推开长窗,迎面拂来的清风果然带着水汽,铺着木条的露台比她想象的还要大些。

张乃驰走到她的身后,双臂围拢她的腰肢:"是我的房子,如果你喜欢,也可以是你的……"

"真的?"朱明明蓦地转过身来,盯着张乃驰的眼睛,"我怎么从来不知道你还有这么漂亮的房产啊?既然自己有房子,为什么还老让公司给你贴钱住酒店?"

"不管我有没有房产,按规矩公司都应该给我住房补贴,这是两码事。"他揽着朱明明的腰走上露台,深深地吸一口春日午后的馨香之气,"空气多好啊……Maggie,我真心希望你快乐。"

"空气确实不错,这个地方很适合你的病美人,帮她调养身心。"朱明明讥讽他。

张乃驰哈哈一笑:"有人帮她调养身心,就不需要我这个做丈夫的操心了。"

"哦?这么说她不知道这里?"

"当然不知道。"张乃驰两手摊开,满脸无辜地说,"我向上帝发

327

誓,今天还是我头一次带女人来呢。"

"算了吧!"

"是真的,我骗你干什么。"张乃驰耸耸肩,"葆龄有她老爸在法租界留下的花园洋房,看不上我这种小手笔,我呢,也没必要都向她坦白。这栋别墅是我在 2001 年,也就是和她结婚的前一年买下的,她确实对此一无所知。"

"原来是这样。"朱明明看着脚下的一汪碧水,"难怪这个别墅区里的树木花草长得好,已经很成熟了。"她斜睨着得意扬扬的张乃驰,"喂,没想到你还挺有投资眼光的,2001 年时买这房子很便宜吧?"

"八千元一平米,四百五十平米的别墅,总价才三百六十万,我又花了四十五万装修,四百万全部搞定,合算吧!"

"嗯,现在按市价该翻了好几倍吧?"

张乃驰指了指河对岸:"上个月对面那栋房子刚卖掉,面积和位置都比不上我这栋,成交价也有一千多万了。"

朱明明点点头:"看来你是赚到了。不过……"她狡黠地微笑起来:"假如我没记错,2001 年你不过是中国公司的产品经理,一下子拿不出四百万的现金吧?"

"太对了,太对了。"张乃驰摇头晃脑地感叹,"Maggie,你实在是聪明,什么都瞒不过你啊。那时我肯定拿不出那么多现金,所以我当然得贷款啦。不过嘛,这房子我买下装修好就立即租出去了,租金收入还房贷,去年刚刚好还清!所以上月最后一个租约到期,我就没有急着挂牌——Maggie,你要是喜欢这里,咱们就先享受着再说,好不好?"

"这里当然好了,"朱明明靠在露台边,眯起眼睛感觉着风中的春意,"比酒店客房强太多了,那里就像个豪华的监狱……"喃喃自语着,她的神情又开始恍惚,凭栏垂首,点点碎花在眼前的碧波中几经浮沉,最终还是旋转着,随流水无奈而逝。

张乃驰默默地在旁边的木椅上坐下,在这片刻的静谧中,他的容颜显出少有的庄重。

"Richard,你不是想知道新的组织架构吗?"周围如此恬幽,朱明明的声音转瞬就消散在春风中。

张乃驰扭头看着朱明明,很有智慧地保持缄默。

"第一层组织架构里没有你。"

他好像并不很震动,过了好一会儿,才露出含义复杂的阴沉笑容:"他倒是曾经许诺过,让我负责贸易。"

朱明明悠悠地叹了口气:"贸易仍然由他亲自负责,这也是众望所归,最合理的安排。"

又是长久的沉默,直到日影西斜、昼已成暮。

抬头望去,却发现不过是一片随风飘来的厚云,遮去了半空艳阳。

"……也好,今后我们就会有更多的时间来这里休闲了。"张乃驰说着,起身向屋内走去。朱明明朝他的背影望过去——多少有些跟跄,那空乏无力的脚步,一如她此刻的心绪,没有期待、没有依傍,这一次他们都损失得太多了,可他们又有什么错?

朱明明跟进客厅,在张乃驰的对面坐下。

"你恨他吗?"

张乃驰只是仰靠在沙发上,一副垂死的姿态。

"其实我觉得,你还是应该感谢他。不说别的,就看看这栋房子,"朱明明的眼睛闪亮,"我猜也是 William 给你的建议吧。"

张乃驰有动静了:"你凭什么这么说?"

"因为十年前的你,绝对没有这种长远眼光。"

"朱明明!"张乃驰籁地坐直身体,"你太过分了!说我商业头脑、公司经营不及李威连,我认了。为什么连买房投资这种事情,你也要往他身上扯?难道我张乃驰没有他的指点,就连房子也不会买吗!"

"你会买,你当然会买……"朱明明再次悠悠地叹息,张乃驰青白糅杂的脸在她的眼前忽远忽近,这一刻她的内心产生了巨大的恐惧,是对自己将要做出的行为的恐惧,也是对可预见的后果的恐惧,更是对她自身作为一个人的品格的恐惧……

张乃驰紧盯着她:"你到底什么意思?"他嗅到了异乎寻常的、

决定生死的气息。

朱明明拿过香奈儿的手包,从最里层取出一张叠得四四方方的纸。她的手不停哆嗦着,张乃驰的全身都绷紧了:"这是什么?!"他几乎想劈手来夺,但还是用最大的意志力控制住自己,又问了一遍:"Maggie,告诉我,这是什么?"

"你听说过一个叫尹惠茹的人吗?"她问,声音更像悲泣。

张乃驰愣了愣,随即醒悟过来:"我当然知道,一个痴呆多年的老女人……她怎么了?"

"为什么、为什么她会是'逸园'的房主?"

朱明明的脸色惨白,好像下一秒就要心脏病骤发似的。张乃驰盯住她手里的纸,那肯定是性命攸关的东西!她虽然还死命捏着,纸片却已摇摇欲坠。

"还有……一家叫歆源的公司……"朱明明上气不接下气了。

"歆源?"张乃驰皱起眉头努力思索,"这个名字我好像有点印象……和西岸化工有过生意往来吗?"

纸片终于从朱明明的手中掉落下来,随着落下的还有她的两行清泪。张乃驰向前猛扑过去,跪在地上接住了那张纸。

她的声音缥缈空洞:"1999年,一个叫尹惠茹的人买下'逸园',第一笔六百万的首付款是从这家歆源公司打入房产中介的账户的。这就是当时的付款凭证。"

张乃驰全然忘记站起来,就那么跪在地上,双手颤抖得比刚才的朱明明还要厉害,他看了一遍又一遍,突然叫起来:"我想起来了!'歆源'是一家注册在香港的公司,是李威连找来的关系公司!1998年到1999年之间,西岸化工向中华石化的销售曾经经过这家公司,但只做了一笔大生意后,李威连就再没用过这家公司。我的天……他不会这么疯狂吧?!"

"你说什么疯狂?"朱明明恍恍惚惚地问。

张乃驰又看了一遍:"这上面写着首付30%,那么说'逸园'当时的成交价是两千万,还剩一千四百万的贷款? Maggie!"他大叫一声:"大中华区总部在'逸园'的租金是多少?"

朱明明还是双眼发直，好像梦呓似的回答："从2002年起，总共签了十年的租约，年租金一百二十万。"

"哈！"张乃驰从地上一跃而起，在房间里疾速地绕起圈子，"这就是一千两百万啊，连本带息还了一大半！"

兜了几圈，他又"扑通"一声在朱明明身边坐下，一边抬手把她搂到怀中，一边感叹："难怪啊！当初他建议我投资别墅，我就问他自己为什么不买，他说是Katherine Sean不喜欢上海，所以他只在美国买房子，不会在上海置业。我当时还担心他是下套害我呢，结果犹豫了一年多才下手买了这栋房子，还好当时房子涨得不快……"

"他真不该建议你的！"朱明明打断他，眼泪夺眶而出。

张乃驰这才看清朱明明的样子："Maggie，你哭什么呀？"

"我心痛！"朱明明用力推开张乃驰，捧着脸抽泣起来。

心痛？张乃驰跷起二郎腿靠到沙发背上——女人真是不可思议，现在知道心痛了，刚才又是在干什么呢？不过，现在他对朱明明的情绪没有兴趣，他全部的注意力都集中在手里那张薄薄的纸上，等待了那么久的致命打击，千载难逢的机会就这样到来了吗？

他还是不敢确定，遭受了太多次失败，张乃驰深深地惧怕这又是一场空欢喜。

张乃驰再度仔细地查阅这张纸，突然问："这是复印件啊？原件在哪里？你到底是从什么地方弄到这东西的？"

"你不要就还我！"朱明明扑过来就抢。

"这可不能还你！"张乃驰右手挡住朱明明的身子，左手把纸塞进衬衫前胸的衣兜，还拍了拍，"其实复印不复印的无所谓啦，关键是要把歆源公司、尹惠茹和李威连之间的关系调查清楚，只要相关逻辑充分合理，一张付款凭证算不了什么！"

朱明明颓然坐下："你打算怎么样？"

"我？我……"张乃驰的脸扭曲得变了形。朱明明只顾伤心，并没注意到她同伴那张出名英俊的面孔，此时已如恶魔般凶狠。

他凑到朱明明的耳边："Maggie，你听我说……我们不过是为自己掌握些有力的筹码，到关键的时候可以拿出去谈谈条件。你不愿意去研发中心,我更不肯被降级,咱们是在正当防卫啊!"

朱明明迷茫地点点头:"是正当防卫……让人逼的。"

张乃驰松了口气:"Maggie,告诉我嘛,这东西究竟从哪里来的?"

"夹在他的一份快递里。我不敢把原件拿走,怕他会发现,所以就复印下来……"

"亲爱的 Maggie,你真是我的大救星!"他托起她布满泪痕的面孔,深深地吻下去。而她,似乎对一切都失去反应、从身到心都彻底麻痹了。

周一上午,重组的首层组织架构正式公布。戴希读着邮件,对八卦饭团佩服得五体投地,他们的预测真准!一起公布的还有后续行动计划,首层新组织架构将从五月一日起实行,并从即日起开始第二轮重组的准备工作。戴希的名字赫然出现在第二轮重组的核心团队中,不过她排在中国公司人事经理叶家澜的后面,类似协助工作的角色,还不至于太引人注目。朱明明对戴希的态度的确有所改善,重组方案一公布,她就和戴希谈了次话,勉励了几句,可惜总给戴希一种口是心非的感觉。她们谈的另一件重要的事情是"逸园"。改造工程如期完工,李威连已经把大中华区总部迁回"逸园"的日期定在五月一日,四月里可以再做些内部修饰。朱明明将把工作重心转到研发中心筹备上,所以把"逸园"整个放权给了戴希。谈到这里,戴希才在她的脸上看见了熟悉的酸涩表情。戴希在心里悄悄地笑了,这样的朱明明其实蛮可爱,难怪李威连一直挺喜欢她。

第一轮重组的过渡相当平滑顺利,西岸化工的日常运转几乎没有受到影响。李威连的公开表现也证明了他对局面掌控的超强自信。组织结构公布的当天下午,他向全体员工做了一次简短的沟通,第二天就飞赴美国去了,将在美国待一周,既是向总部沟通重组进展、汇报第一季度的业务情况,也是去给 Isabella 庆祝生日。每年的这一周,无论何种情况下,李威连都要返回美国给女儿过生日。

天气在一天天转暖,人们身上的衣饰也一天比一天更加轻薄靓丽。

西岸化工办公楼地下二层的车库里,身穿 Locaste 薄绒运动外套的张乃驰步履轻捷、面带笑容,精神状态出奇地好。他打开雷克萨斯的后备箱盖,把肩上的高尔夫球袋装进去。恰在这时,一辆黑色奔驰平稳地停在他的车旁。

张乃驰直起腰,笑容可掬地打招呼:"小周,你好啊。"

周峰连忙绕到他跟前:"张总你好。呵呵,又去打球?"

"是啊!"张乃驰正一正头顶的 Pebble Beach 棒球帽,朗声大笑,"我现在每天打四小时高尔夫,水平直追职业选手啊!我算想明白了,什么业绩职位,那都是给别人看的,只有身体健康才是自己的。"

"还是张总想得开。"

"小周,这个礼拜 William 不在,你也难得清闲啊?"

周峰摸了摸脑袋上的秃斑:"老板不在,我正好把车送去保养,这不是刚刚开回来。"

"嗯,真是尽职的好司机啊。"张乃驰朝周峰竖起大拇指,后者腼腆地笑了笑。

"对了,上次在三亚开会的照片,我这两天刚有时间整出来,还是发到你儿子的邮箱?"

"是,谢谢张总了。"

张乃驰笑着摇头:"你也该学学电脑,现在七老八十的人都会上网,你太落后了!"

"我笨,学不会……老板也没说什么,呵呵。"

"那还不是因为你和 William 关系不一般嘛,哈哈哈!"

张乃驰正要抬腿上车,周峰突然想起什么:"对了张总,我刚才在公司楼外见到位小姐,好像在等什么人……我仿佛记得曾经见到她和你在一起过。"

张乃驰皱起眉头:"是你不认识的人?"

"不认识,不是咱们公司里的……"

"长什么样?"

"普普通通,看样子还挺年轻,比较瘦,扎个马尾辫。"周峰描述得有些费力,张乃驰却眼睛一亮,难道是她?

"小周,谢谢你啊,我这就去看看。"

"是,张总你忙你忙。"两人客客气气地挥手告别。

一周时间很快过去。李威连回到中国,直接飞去北京。Gilbert Jeccado 似乎有意将研发中心定址在北京,李威连是和他一起去与相关部委及北京市政府讨论合作事宜、争取更多优惠政策的。同去的还有新组织架构的两员主将:Mark 和 Raymond。一听说这个消息,张乃驰便肯定李威连会替 Mark 和中华石化之间牵上线,这样张乃驰本人在西岸化工的存在价值即将归零。

但是他有信心,自己绝对不会在西岸化工消失,决战才刚刚开始。

又一周之后的周三清晨。

不到七点半的上海市中心,街面还很清静,鳞次栉比的漂亮店铺尚未开门迎客,青灰色砖墙上纤尘不染,装饰感远远盖过真实的历史沧桑。沿墙侧斜靠着收起的白色遮阳伞,户外放置的桌椅归拢在一起,夜晚那些光怪陆离的影像仿佛还在其间隐现,给偶尔经过的人们心头平添几分落寞和冷清。上早班的打工族脚步匆匆,大多会在唯一开门营业的 Starbucks 前停留片刻,买上一杯咖啡后继续赶路。

朱明明奔进雅诗阁的大堂时,手里并没有拿着咖啡,连妆都没化。身上的米色套装虽说是高档品,却丝毫没有为她增添优雅的韵致,今天的朱明明,几乎惊慌失措、气质尽丧。

站在大堂里,全身都在颤抖,她用冰冷的手指按下手机键——求求你,快接电话,接电话啊!

"喂,Maggie?"

"William!"朱明明含泪轻呼,谢天谢地他还没出门,"William,我在你楼下,我有话要和你说,就现在!"

他犹豫了一下:"Maggie,周峰马上就到了。有话我们可以去公司谈,或者你等一等,坐我的车一起去。"

"不!"她冲着电话叫起来,"William,不能去公司,别去!"拼命忍住眼泪,她急促地说,"先别去公司,我有非常、非常重要的事情和你谈。就在楼下的咖啡厅……求你了……"

静了静,李威连说:"你上来吧。"

走进李威连的套房起居室,朱明明的双腿哆嗦得更厉害了。他已经装束整齐,只是没穿西服外套,把朱明明引进房间,李威连略显诧异地端详着她:"先坐下吧。"

屋里飘散着好闻的咖啡香气,李威连给朱明明倒了杯咖啡:"周峰都已经到楼下了,我刚刚让他先把车开回公司,去取 Lisa 准备好的资料。我们不需要谈很久吧?九点我必须和 Raymond 他们一起出发。"

朱明明端起咖啡喝了一口,手抖得太厉害,在洁白的托盘里溅上很多黑色的液体。李威连微笑了:"看样子你不喜欢我煮的咖啡……Maggie,是什么事?"

他的语调是那么温柔,充满真切的关怀。朱明明情不自禁地抬起头——从没见过有人能像他把浅灰色的衬衫穿得这样好看,深沉华贵的男子气中那一丝含蓄的寂寞,每每都引得她心驰神移、无法自已。朱明明绝望地垂下眼睑,她明白从此后自己连这样梦想的权利都没有了。

见她始终不开口,李威连微微皱起眉头:"问题好像还挺严重的?是不是为了要去北京? Maggie,关于让你去研发中心的安排,我还没有和你好好聊聊。你也知道,我昨天半夜刚从北京回来,实在没有时间……其实,对此我是有通盘考虑的,当然,假如你真的很不愿意去北京工作,你也可以明确地告诉我,咱们再商量其他的解决方案。"

朱明明似听非听着,目光掠过桌上打开的笔记本电脑,惊跳起来:"八点到了吗?"

李威连愣了愣:"刚到,怎么了?"他也朝自己的电脑屏幕看去。

"不!别看!别看邮件!"朱明明歇斯底里地叫起来。

李威连的脸色阴沉下来,他逼视着朱明明:"Maggie,到底是怎么回事?"

朱明明双手抱住脑袋,就在这时,李威连的手机响起来。

他接起来:"Lisa?"

"William,你在哪里?"Lisa 的语调完全失去了一贯的明朗从容,"你看邮件了吗?"她带着哭音问。

李威连开始翻看邮件,朱明明把头埋在胸前,拼命闭紧双眼,却好像仍能清清楚楚地看见他的表情。

短暂的寂静之后,她听到他在说话——"Lisa,你立刻给洛杉矶的数据中心打电话,让他们从服务器上删除这封邮件。"他的声音一如既往地沉着,朱明明却顿时泪如雨下,她还是听到了,琴弦崩断的裂帛之音。她抬起头,李威连在拨电话,他接连拨了好几次,似乎是没有打通。又有电话进来了。

"已经删除了?很好,Lisa,谢谢你……那些下载和转发的不用管,没什么大不了的。另外,请你现在就去车库找一找周峰,我刚给他打电话,但打不通。你要是见到他,让他立即和我联系……好了,别为我担心,像往常一样工作吧。"

这次的沉默有点长,对朱明明仿佛是一个世纪过去了。

"你知道会有这封邮件?"

她不敢回答。

"Maggie,我在问你问题。"

朱明明绝望地点头,她觉得自己的整个身心都在迅速崩塌。

"你知道邮件的内容?"

"不!我不知道!"她叫起来,涕泪横流,"是昨天晚上他、他喝醉了,说今天……今天上班前就要、要给你一个surprise……我想了一整夜、我不能……我……"

"他?"李威连的声音冷硬似铁。

朱明明向他投去哀求的目光:"他是、是……"

"不,你不需要告诉我他是谁。"李威连冷笑着打断她,"我已经很清楚了。我不清楚的是——你怎么会和他在一起?"李威连微微向她倾了倾身子,"Maggie,为什么是你?是不是我曾经做错过什么?是我考虑不周,得罪了你?还是……"

"不!不是的!"朱明明失声痛哭。

他盯着她,摇了摇头:"一定是的,一定是我有对不起你的地方。否则你的眼泪又代表什么呢?想必是对我的指责吧。"

朱明明感到无地自容,但是她不愿意离开,因为她深知,现在只要走出这扇门,恐怕这辈子都再见不到他了。

李威连靠到椅背上,直到此刻他才显露出疲倦至极的神情:"你走吧,别再让我见到你。"

朱明明走了,屋子里只剩下李威连一个人。他一动不动地坐了很久,才拿起电话。

"嗨,爸爸!"

"嗨,宝贝,你的诗歌我翻译成中文,一个小时前刚发给你,收到了吗?"

"收到了,爸爸!"

"能看懂吗?"

"能啊,这下我能用中、英文朗诵自己的诗了,太棒了!"

"我的宝贝,我可是六点不到就起来为你工作了……"

"谢谢爸爸,你真好。我现在就念给你听,好吗?"

"好。"

"嗯……还是让我先练习练习吧,再给你念!"

"都可以,任何时候都可以。"

"我要去洗澡了,再见,爸爸!"

"晚安,宝贝,我永远爱你。"

他还有一个电话要打。

"Lisa,找到周峰了吗?"

"没有。哪儿都找不到他,手机也打不通……还有,Raymond 刚才问我,今天的日程有变化吗?"

"请你告诉 Raymond,让他来雅诗阁接我,今天的日程照原计划进行。你继续找周峰,随时与我沟通情况。"

李威连走到窗前,街景和刚才朱明明来时已迥然不同,川流不息的人群与明媚春光交织在一起,汇成一幅生动的城市画卷。稍远处,高架路上开始塞车了。

他对自己说,每一天都周而复始、空虚乏味,这样的人生实在不值得留恋。

为什么不一了百了呢?

第二十二章

西岸化工的正式上班时间是九点整。不过全公司的人都知道，大中华区总裁李威连只要人在上海，通常早上八点之前就会到达办公室。大中华区的核心高管层及相关人员也会根据具体日程安排提前上班，所以，这天早上的邮件选择在八点发出，显然是熟知李威连工作节奏的人怀有险恶用心的特别策划。

邮件是从公司外部以密送方式发出的，发件人的互联网邮箱地址无据可查，也无从确认送至哪些收件人。在李威连的指示下，八点十五分这封邮件就从西岸化工在北美的服务器上彻底删除了。然而，我们毕竟是生活在一个以毫秒速度更新的信息世界中，一刻钟的时间已经足够让这封邮件像病毒一样繁衍传播，迅速蔓延开来，何况它还包含着极为震撼、令人兴趣大增的内容。

因此，仅仅过了半天左右的时间，这封邮件已成为这个城市白领间热议的话题，就连平时和西岸化工没什么业务往来的日本贸易公司——高井株式会社的员工们都开始交头接耳起来。

高井株式会社是一家相当有规模的日资贸易公司，业务覆盖的领域非常广，核心业务是食品、日用百货和电子、机械方面的中日贸易。孟飞扬在这家公司已经工作满三个月，带领了一个不到十名业务员的小团队，他主要负责农药、化肥、食品添加剂和塑料产品，都是他过去在伊藤所熟悉的业务，同时也是高井公司致力开拓的新领域。孟飞扬工作得很卖力，已经整理了客户资源、初建了团队，而且还签下了几个不大不小的合同,虽说在三名贸易课长中年纪最轻、资格最嫩,也算是初战告捷。

今天的会议是每周例会,由各位业务员报告所负责的客户及合约情况,孟飞扬做了简单的总结,但是他奇怪地发现,一向很认真参加会议的这几位都心猿意马、眼神闪烁,三三两两聚拢在电脑屏幕前,居然还纷纷露出满脸诡异的笑容来。

"喂?喂?你们在干什么?"孟飞扬皱起眉头敲了敲桌子。

众人心怀叵测地笑起来,七嘴八舌地起哄:

"孟君,飞扬!好哥们儿!"

"看看,看看,绝对是好东西啊!"

"飞扬,你结婚了没?这可是未成年人不宜啊!"

"哎呀,咱们飞扬君天天赶回去给女朋友做饭,每天早晨来上班都是红光满面的,他还稀罕看这些……"

"什么乱七八糟的!"孟飞扬让他们说得一头雾水,定睛往电脑屏幕上瞧。

原来是一段总长两分钟不到的视频,很快就看完了。

"够香艳吧?"

"虽说比不上日本 AV,可好歹是真人秀啊……"

"我觉得没啥,一般一般。"

"女的不错,很丰满啊,功夫也好,我喜欢!"

孟飞扬板起脸来:"喂,各位!虽然这东西不怎么样,可你们也不至于要上班时间在会议室里集体欣赏讨论吧?行了行了,开会吧!"

眉飞色舞的一帮人这才住了口,重新回到工作状态中。但在后续的会议里,孟飞扬反而开起小差来,刚才的视频让他心里很不舒服。视频的画面模糊、灯光昏暗,人物的面部表情很难辨别,也没有声音,很有可能是偷拍。整个视频是由许多个不同片断剪接而成的,视频的全部内容都是一男一女的性事,经过剪接后显得程度非常激烈,造成了颇为刺激的效果。

问题是,如此肆无忌惮地传播偷拍的视频,是否会给当事人带来极其不利的影响呢?多个不同片断的剪接,又表明这种偷拍很可能是

339

长期的行为，不由使人怀疑视频背后隐藏着可怕的企图。经过一番别有用心的组合，原本无足为奇的性事显出变态和淫虐的感觉来……会后，孟飞扬仍在想这件事，眉头越皱越紧。

"飞扬！"陈辉突然凑到他耳边，紧张地问，"我记得你女朋友是西岸化工的？"

"是啊，怎么？"

陈辉左右看了看："这段视频就是从西岸化工里传出来的！"

"什么？"孟飞扬大吃一惊，与此同时他的心猛地一沉，刚才看视频时的某种模糊的感觉突然清晰起来……

陈辉把声音压得更低了："据说视频的男主角就是西岸化工大中华区的总裁！没想到吧！唉？你还不快和你女朋友联系联系？搞点内部猛料来听听？"

孟飞扬惊呆了，想了想才说："过会儿我给戴希打个电话吧。"

陈辉走了几步又转回来："飞扬，其实他们转发给我的是一个邮件，视频只是附件，邮件是全英文的，你要不要看看？"

"哦，"孟飞扬有些神不守舍，"要看的，你马上转给我！"

邮件挺长，但是孟飞扬立刻就看完了。

这封英文邮件有个蛮搞笑的标题"你们肯定知道他是谁"，可惜孟飞扬一点儿都笑不出来。除了视频附件之外，邮件里就是大段大段的英文，本来孟飞扬要花些时间才能读懂这些复杂的英语，但是今天他只浏览了几行，就立即明白了全部内容，因为所有这些都是他曾经读到过的！

邮件里的文字全部引述自咨询者 X 的心理咨询文档。历历在目：

当然女人还是很有用的。她们的肉体可以让我获得满足，她们对我的痴迷，虽然充满了虚情假意，可是很能够娱乐我，帮助我释放压力。

……我不再尝试去爱，而是肆意玩弄她们，结果非常有趣，女人们反而对我产生了最狂热的情感，发疯一样地崇拜我。我仍然不认可这种情感就是爱，她们根本不懂得如何去爱，不过我倒是很享受这种狂热和崇拜。

　　在单纯的肉体满足之外，玩玩情感游戏也很有意思。要俘虏她们实在太轻而易举了，到后来我只能在抛弃的手段上动些新鲜脑筋。使我颇为无奈的是，很快她们连被欺凌都能忍受能习惯了。甚至包括我的妻子，当初我因为她的美貌和身份追求她，我没有费太大力气就成功了。结婚之后，我从来没有中断过和其他女人的关系，起初我还有些内疚，但是她对我的不忠了如指掌，为了家庭的体面，为了我们的孩子，当然更为了我们共同的利益，她和我达成了共识，只要我不把事情闹得不可收拾，损坏她和她家族的脸面，她就对我听之任之。

　　……我的结论是：没有任何女人值得爱，更没有任何女人值得信任。

　　再次读到这些文字，孟飞扬的心情异常沉重。一直以来，孟飞扬对李威连怀着极其复杂的情绪，今天这封显然是恶意损毁李威连名誉的邮件，更使孟飞扬的心中五味杂陈，而最令他担心的是——戴希的反应！她会怎样面对这个突发事件？

　　他忍不住了，抓起手机跑到走廊里。仿佛是心有灵犀，孟飞扬的手机响起铃声，正是戴希！

　　"小希……"

　　"飞扬！你有没有把我的文档给别人看过？"戴希劈头盖脸地问，声音完全变了。

　　孟飞扬的心剧烈跳动起来："小希？什么文档？"

　　"咨询者X的文档！"她叫着。

　　"当然没有……小希，出什么事了？"

　　戴希叫得更大声了："这不可能，绝不可能！没有其他人看过这个……只有我、你……只有我们知道他是谁！"

　　"小希，你在说什么呀？你别急，说清楚些！"孟飞扬也抬高声音，试图让心爱的女孩冷静下来。

　　但是她什么都听不进去了，从电话那头只传来又像质问又像自责的喃喃："不是你……难道是我吗？还有谁会知道……怎么会这样！你在公司等我，我有话要问你！我马上就过来！"

她把电话挂断了。

孟飞扬急忙再拨，电话通了，她立即掐断。再拨，再断，孟飞扬气急败坏，差点儿把手机扔出去。他想抽烟，摸摸口袋什么都没有。前些天他答应戴希戒烟，已经坚持两个多礼拜了。

孟飞扬疾步走回自己的办公位，他记得桌子里还放着几包烟。

"飞扬。"柯亚萍刚从电梯出来，正好和他在走廊里面对面。

"哦，亚萍，你好。来上班啦。"孟飞扬随口打了个招呼，他依稀记得柯亚萍请了两天假，说是家里有事。

孟飞扬来到自己桌前，在抽屉掏了半天一无所获。正在懊恼之际，两条七星香烟放到他的桌上。孟飞扬一抬头："亚萍？"

柯亚萍冷冰冰地说："我把我爸抽剩的烟都拿到公司来了，逼他戒烟。这些就送给你了，不过你也少抽点才好。"

"哦，谢谢……"孟飞扬很尴尬。

柯亚萍看了看他，从口袋里掏出一串钥匙，继续面无表情地说："我从你家搬走了，钥匙还给你。"

孟飞扬这下意外了："你搬回去住了？"

"是，我这两天请假就是为这个，你那里我全部打扫干净了，你放心。"

"你突然搬回去住，是家里有麻烦吗？"

柯亚萍垂下头，手指轻轻抚过孟飞扬桌上的那只红色绒布小牛："前些日子一直在和哥哥嫂嫂谈判，总算是谈妥了。爸爸把家里现在这套房子卖掉，卖的钱一分为二，哥哥嫂嫂拿一半自己去过日子，我和爸爸拿一半再买个小房子住……就这样。"

孟飞扬踌躇着说："卖房买房也不是一两天的事情吧？要不你和你爸干脆都住我那里去……呃，过渡一下？"

听到这话，柯亚萍抬起眼睛，今天头一次露出浅浅的笑容："你就这么想把自己的家借给别人住？不用了，这两天我请假，和爸爸一起去把买卖合同都签了。"

"这么快？"

"嗯，我实在不想再像现在这样过下去了，正好最近房市挺热的，我家的房子挂牌一个星期就卖出去了，爸爸在我家附近找到一套房子，我去看了也觉得不错，我们办完交易后，只要打扫干净就可以搬进去了。"

孟飞扬只顾着点头，看来老柯家的麻烦暂告一段落了，他立即回到刚才的心烦意乱之中。看看手表，离戴希挂下电话已经二十多分钟了，从西岸化工打车过来也快到了吧。

"飞扬？"看到孟飞扬走神，柯亚萍又叫了他一声。

"嗯？"

她的脸微红起来："不过，你的钱我们一时还还不出来……"

"哎呀！我都说过多少次了，你们别老把这笔钱放在心上，我现在不急着用！"孟飞扬说起这笔钱就面红耳赤。

柯亚萍愣愣地看着孟飞扬，双眼突然熠熠生辉："飞扬，我知道那笔钱是你存着打算买房结婚用的。就是因为借钱给我们，耽误了你的大事，我心里特别过意不去，我想你女朋友也一定很不开心……"

"哎呀，没有的事！你别胡思乱想了！"孟飞扬不自觉地提高了嗓音，他还想说什么，身后有人在叫他——"孟飞扬！"

戴希站在前台边，正神情焦躁地朝他望过来。

"小希！"孟飞扬抛下柯亚萍，疾步朝戴希走去。周围的同事们受到惊动，齐齐向他们行注目礼。这也是柯亚萍第一次见到戴希。

孟飞扬一眼就看到戴希发白的面庞和嘴唇，束在脑后的黑色长发有些凌乱，亮晶晶的蝴蝶发夹歪在一边，齐膝短裙因为赶路匆忙而打起褶来，甚至能感觉到她蹬着高跟鞋的纤细双腿在微微颤抖，在孟飞扬的眼中，此刻的戴希是多么慌乱无措，让他不知该如何去安慰去疼惜才好。

然而，其他人所见的却迥然不同。突然出现在这家日本公司门口的戴希，对大家来说分明是个略显憔悴的大美女，靓丽、高挑、气质皓洁，直叫人眼前一亮。柯亚萍用力地咬起嘴唇来，没想到戴希这样光彩照人，她知道自己比对方差得太多。

实际上，戴希是在进入西岸化工的这几个月中才发生了巨大的改变。她的仪态、品位和风度都有了可观的提升，而且这些改变丝毫没有破坏戴希原本的清新自然，反而把她的优点恰到好处地衬托出来。孟飞扬并非看不到这种变化，但他选择性地忽略了这一切，因为他比任何人都清楚，戴希的变化从何而来。

"小希，"孟飞扬快步赶到戴希的身边，"你来啦。要不我们到楼下的咖啡厅去谈？"

戴希没理他，还在朝办公室里面张望，似乎要找什么人。

孟飞扬的部下们纷纷往前台旁绕着走，陈辉转到柯亚萍身边，故意压低声音惊叹："没想到孟君的女朋友这么出色啊？难怪他一提起来就眉飞色舞的……对嗳，你知不知道，这个美女还是西岸化工的。"

孟飞扬感觉到背后的目光和窃窃私语，忙抓起戴希的胳膊："小希，咱们走吧。"

"谁是柯亚萍？"戴希甩脱他的手，继续直勾勾地盯着办公室里面。

"什么？"孟飞扬摸不着头脑，随着戴希的目光看过去，进入视线的还真是柯亚萍局促的身影！

戴希说："叫她一起走，我也要和她谈！"

孟飞扬张口结舌："为什么？"

"因为我怀疑她！"戴希清亮的双眸一下子变得雾蒙蒙的，紧紧抓住孟飞扬的双手，语无伦次地嚷着，"我在路上拼命想，拼命想！如果不是你、也不是我，那还有谁有可能？我想来想去……只有她，柯亚萍！她在你家里住了那么久！文档就在你的电脑里面！她的嫌疑最大！最大！"

"你……这都说的什么呀？"孟飞扬又急又气，想要制止戴希，可是她已经不顾一切地朝公司里面跑进去，径直冲到柯亚萍的面前，气喘吁吁地问："你就是柯亚萍？"

"是我……"柯亚萍的声音好像蚊子叫，她比戴希矮半个头，又瘦又小的样子十分可怜。

"那好，我要和你谈谈！"戴希说。

"你、你是谁？我在上班呢……"

孟飞扬从震惊中清醒过来，过去一把揪住戴希："小希，你胡闹什么！快跟我出去。"

"还有她！"戴希指着柯亚萍，"就现在谈！一起谈！"

高井株式会社的前台旁簇拥起了一大堆人，半个公司的同事都来看热闹了。孟飞扬忍无可忍，一边抓住戴希的胳膊往外拽，一边小声对柯亚萍说："要不就请你一起过来下，她是我女朋友，有些事要谈。"

柯亚萍低着头跟了出来。

电梯里人挺多，三个人都没开口，戴希始终紧盯着柯亚萍。

一出办公大楼，戴希就迫不及待地挡在柯亚萍面前："你说，你有没有动过我们的电脑？！"

柯亚萍吓得倒退一步，求救似的望着孟飞扬："我……"

"小希！"闹到现在，孟飞扬只觉在众人之前颜面扫地，对戴希真有些生气了，"说到现在都是些没头没脑的话，你冷静些好不好？"

"你让我怎么冷静！"戴希郁积了很久的愤怒和恐慌一起爆发出来，"今天公司里的人收到一封邮件，里面有个视频，还有文档里的话……我不敢相信，这些话怎么会传出去的！怎么会！"

行人们都朝这古怪的两女一男看过来，孟飞扬的脑袋大了一圈，竭力用平缓的语调说："小希，你说的邮件我也看到了，已经传得全天下都是。如果没猜错，这封邮件是针对你们那位李总裁的吧？"

戴希没有回答，眼眶里似乎蓄了一些亮闪闪的东西。

孟飞扬的心中愈加不是滋味，深吸口气说："这事其实和我没什么关系，我也不感兴趣。邮件里的英文我也看到了，确实从你的文档里读到过，可是我不明白，小希，你为什么一口咬定是从我这里泄露出去的呢？"

戴希喃喃地说："肯定是的……没人知道咨询者X就是他……只有我……我也只告诉了你。"她这么说着，心又一阵一阵地揪痛。

从第一次看到邮件起，每次想到"咨询者X"，戴希的心就痛到喘不过气。

345

孟飞扬皱起眉头思索了一会儿，才说："小希，我认为你的想法不对。文档是希金斯教授给你的，除了你之外起码还有教授知道吧？教授也可能给别人看过……"

"不会的！"戴希厉声打断他，"教授是著名的心理学专家，最懂得尊重病患的隐私！而且你还没听明白我的话！只有我……只有我才知道他就是咨询者X，就连希金斯教授都不知道的……"她说不下去了，痛苦的样子让孟飞扬恨不得立即把她搂进怀里，却伸不出手。

"你们到底在说什么呀？"柯亚萍插嘴了，"我听不懂！要是和我没关系，我就走了！"

戴希跺着脚嚷："你不许走！你老实说，是不是你动过那篇文档？是不是你把它拿给别人看了？！"

"飞扬！她要干什么呀？"柯亚萍直往孟飞扬身后躲。

孟飞扬握紧戴希的双肩，脸色变得很难看："小希，你别发疯了！好好听我说话！就算像你说的，只有你、我才知道李威连就是咨询者X，可我有什么必要把这事捅出去？现在这封邮件一看就是西岸化工内部人员作案，明摆着要制造丑闻、把他搞臭，小希，你说我有什么动机这么做？你还怀疑亚萍，就更没道理！她和西岸化工狗屁关系都没有，李威连是何许人也她压根就不知道，就算她看过电脑上的文档，她能用来干什么？别说她根本没可能陷害李威连，即使她想提供材料给陷害者，她也没处去找啊！其实这封邮件的重心是那段视频，小希你想想看，连那么隐私的画面都能拍到，发邮件的人肯定有办法找出咨询者X的身份！"

戴希垂下眼睛不做声了，孟飞扬命令自己耐心，先让她安静地想想。

在突如其来的沉重静默里，突然响起柯亚萍尖细的嗓音："哦，我还当是什么事呢？就是早上的那个视频啊？那么下流的东西我看得都想吐！我才不认识那种恶心的人呢，扯上我干什么？"

"恶心？"好像被人掴了一掌似的，戴希猛抬起煞白的脸，干脆利落地反唇相讥，"你说谁恶心？！你说谁下流？！看得想吐你还看什么？！录制视频、散播它，看它的人才恶心！尤其是你这种以别人的痛苦为乐，还要伪装圣洁的人才最最恶心！最最无耻！"

完全没料到会遭到这样的迎头痛斥，柯亚萍瞪大眼睛说不出话。

"戴希！"孟飞扬的怒火直撞脑门，快要克制不住了，"戴希！亚萍和这事完全无关，你不要把火气都出在她的身上！何况她说得没错，那个视频本来就恶心，确实令人作呕！"实在忍了太久，他终于把胸中积压的憎恨发泄了出来。

戴希愣住了，上下打量着孟飞扬，用的是一种他从未见过的奇特目光。孟飞扬一阵发怵，刚才的话一出口他就后悔了，但是来不及了……戴希看完了孟飞扬，又慢慢转向柯亚萍，声音清朗、一字一句地说："柯小姐，你在我男朋友的家里住了一个多月了。我希望你知道，你的这位好同事、好朋友、见义勇为的好人，曾经夜夜和我做那些让你想吐的下流事，就在你每天睡的那张床上！"

柯亚萍举起双手捂住脸。

"戴希！你发什么疯！"孟飞扬大喝一声，这一刻三个人的脸色同样苍白如纸。

戴希摇了摇头，血色尽失的脸好像一下子变得稚嫩，活脱脱是孟飞扬记忆中初见的小女孩，但从她的双唇中吐出的话语却有着令人战栗的力量："孟飞扬，我没有发疯，我说的全都是事实。我只不过让你感受一下当事人的心情！你们在这里口口声声地说恶心、骂下流，可是对于受到残酷伤害的人，难道你们就没有一丝一毫的同情心？"

"李威连是我们的什么人？我们凭什么要同情他？！"孟飞扬喘着粗气说，"戴希，我们不对这事添油加醋就已经够道德了，同情大可不必！我倒是觉得，你的同情心有些太过了吧？戴希，你扪心自问一下，假如今天视频的主角不是李威连，你还会这么激动这么在意这么同情吗？！哼，你自己好好想想，你对他，根本就不是同情心这么简单吧！"

戴希向前跨了一步，双眸亮得吓人："你说，我对他除了同情还有什么？"

"你自己心里清楚！"

戴希转身就走。

孟飞扬呆在原地，死死瞪着戴希远去的背影，不叫也不追。

过了好一会儿，他才听到柯亚萍怯生生的呼唤："飞扬，我们要回公司吗？"

"哦，你回去吧。"孟飞扬瞥了一眼她哭丧的脸，"我先不上去了。"

"……那我再陪你会儿。"

孟飞扬吼道："你快走吧！让我一个人待着！"

戴希在街上飞快地走着，没有明确的方向。自己好像置身于一个陌生的星球上，周围晃动的全都是冷漠含混的面孔，僵硬的五官上找不到任何可以信赖、可以托付的温暖表情。在这个春日的午后，行走在晴空艳阳下，戴希却感到侵入骨髓的寒冷，她不知道，那些使人们获得存在价值和生活勇气的理解、同情与安慰都去了什么地方？在这个人头济济的热闹街头，她看不到一个朋友。

眼前出现了一大片绿地，年轻的妈妈推着童车，刚学会走路的孩子跌跌撞撞地走在前头，发出无忧无虑的笑声。戴希在身边的第一条长凳上坐下，双脚疼得麻木了，心却没有失去知觉，只要有片刻安静，一波一波的心痛就向她袭来。戴希双手抱住头，弯下腰等待着更剧烈的疼痛，而且她明白，自己无论如何感同身受，都难以真正体尝他正在遭受到的可怕打击，而自己竟然也是打击之一。想到这些，戴希心就被无法言表的悔恨占据了……

整个上午戴希都在"逸园"里，水电和网络的调试非常顺利，到中午时就全部结束了。施工队已经撤离，她重新启用了电子门锁，像往常一样仔细检查过才离开。在去公司的路上顺便吃了午饭，戴希开开心心地回到办公室。

换上套裙和高跟鞋，补了淡妆，戴希才打开自己桌上的电脑。邮箱里有一封古怪的邮件，标题是"你们肯定知道他是谁"，戴希好奇地去点击，却发现打不开——肯定是垃圾邮件吧，她没多在意，就开始忙自己的工作。

她并没能专心工作多久，MSN上跳出一连串呼叫，这大概就是信息社会的妙处吧，渠道数不胜数、信息纵横交错，不论好的、坏的、想知道的、不想知道的，总会势不可挡地逼到人们的眼前，让所有的人都无处可逃。

戴希还是看到了邮件的内容。从最初的五雷轰顶中清醒过来后，她所想到的第一件事就是——找 Lisa！可是 Lisa 找不到了，她不在 MSN 上，打她桌上的电话也没人接。戴希直接冲到总裁办公室的门外，Lisa 的座位前，她踪迹全无。

李威连的临时办公室房门紧闭，一眼看去和平时没有任何不同，但戴希能感觉到，围绕它的气氛完全变了。往常的严肃、尊崇被怀疑、不安甚至恐惧所取代，同事们敛声屏息，好像避开瘟疫区似的绕得远远，使这个区域顷刻就孤绝得如同被全世界背弃了一般。

戴希颤抖着手拨打 Lisa 的手机，没人接听。她开始输入短信："Lisa，我刚看到那封邮件了，这是怎么回事？求求你告诉我，他还好吗？一定一定要告诉我！"然后，她拨通了孟飞扬的电话。

……现在，当戴希坐在中山公园的长椅上时，她仍然想不明白这一切到底是怎么发生的，她只是模模糊糊地感觉到，孟飞扬刚才的话毁坏了自己心中最神圣的东西。戴希曾经一直坚信孟飞扬和自己如同一体，共享一切，不分彼此，她以为他在任何情况下都会站在自己这边，这种信任弥足珍贵、牢不可破，但是今天她才发现，自己太一厢情愿了。

戴希的手机响起来，是 Lisa！

Lisa 的声音很轻，语调又急促又悲哀："戴希，我刚从公安局出来。William 让我不要理会任何人，不过我还是想对你说一声……"

"公安局？！"

"是的，公安局……" Lisa 的话语有些断续，"戴希，周峰死了！"

"啊！周司机！"

"嗯，今天早晨他在高架上撞车，奔驰从上面直接翻下去，他当场就……"

戴希从长椅上直跳起身："天哪！怎么会这样？！"她的牙齿直

打战，好不容易才能问出："那他……William 呢？他……"

"他当时不在车上。"

"啊，那还好！"戴希的视线有些模糊了，也不知是为了周峰还是为了李威连。

"不好！戴希，情况很不好很不好！"Lisa 抽泣起来，"戴希，我受不了了，今天从一大早到现在，我真的快崩溃了……"

"Lisa，好 Lisa，你别这样，你会回公司吗？我去找你好吗？"戴希不知该怎么安慰她。

"不！你别回公司！你听我说就行了！"Lisa 大概是擦了擦眼泪，语气稍微镇定了些，"公安局的人说，初步勘查结果表明，奔驰是在正常路况下自己失控的，恐怕不能简单定性为普通的交通事故，还要进一步认定车祸原因，不排除人为导致的因素。"

戴希听得头昏目眩："Lisa，这是什么意思？"

"意思就是……有可能是故意杀人的刑事案件！"

"杀人？"戴希的大脑一片空白，"杀谁……"

"你说呢戴希？！ William 本来应该在车上的，今天早上他突然决定不坐自己的车，具体原因我也不清楚，他什么都没说！"

"他突然决定不坐车……"

"还有更要命的呢！"Lisa 气喘吁吁地说，"视频你看了？"

"嗯……"

"你知道那里面的女人是谁吗？就是周峰的老婆！"

戴希终于认识到李威连所面临的可怕处境了。Lisa 说得对，情况非常非常糟糕，比原先所想象到的更糟糕！

Lisa 继续飞快地说着，她独自承受了太大的压力，必须要找个人倾诉："戴希，今天还是交警在处理这起事故，但案件一旦移交给刑侦部门，我想他们很快就会追查到早晨的邮件！那样的话，就不仅仅是丑闻那么简单了！"

戴希深深吸了口气，她明白的，其实她早就意识到这绝不仅仅是丑闻那么简单，因为她还知道一些连 Lisa 也不知道的事情——"Lisa，你说美国总部会收到这封邮件吗？"

Lisa 愣了愣，随即回答："当然！我打电话给加州的数据中心删除邮件时，他们就看到这封邮件了，还追问我是怎么回事……对了！你这么问倒提醒我了，邮件选在早晨八点发大概也为了让总部看到！"

戴希接着说："咱们的早上八点，纽约的晚上八点，总部的很多人还会处理邮件，这个时间刚刚好，两边兼顾。"

电话两头都沉默了，过了片刻，Lisa 说："戴希，我要挂了，William 让我去周峰家里看看。"

"William 在哪里？"戴希问。

"今天的日程没变，他和 Raymond 在金山的合资厂有一整天的会，不过……情况我一直在和他沟通，他全都知道。"

戴希闭起眼睛，否则泪水就要滚下来了："……他怎么样了？"

顿了顿，Lisa 才回答："你也熟悉他的性格，戴希，他很沉着，就像往常一样……可是我非常担心他，非常……"她哽咽着说了最后一句话："William 晚上本来在金山还有宴会的，这个安排他取消了，应该会早些回到市区来。我挂了，戴希，再见。"

戴希走出绿地，扬手叫了出租车，她现在知道自己该去哪里了。

第二十三章

这是戴希第二次在夜里来到"逸园"。

第一次就是初识李威连的那个雪夜,她坐在他的奔驰车里,从路口远远地望了眼"逸园"。那一夜大雪纷飞,她看着他挺拔的背影穿过警戒线,走进通体透亮的"逸园"。从此之后,那一幕就深深地刻入她的心底,即使在发生了许多变故的今天,连那辆载过她的车和司机也遭到了可怕的结局,戴希却愈加坚信,李威连和"逸园"密不可分。她认为,今天晚上他一定会到"逸园"来。

夜晚空无一人的老房子是令人畏惧的。白天赏心悦目的绿树花草,无一不在月光下形成憧憧暗影,到处似乎都潜伏着难以捉摸的危机。屋檐下繁花朵朵的雕饰化成狰狞的鬼脸;日间看上去温情脉脉的拐角和曲线柔美的栏杆,全都失去了轻盈浪漫的感觉,变得沉闷而险峻。

戴希走上草坪间的甬道,丁香树冠在她的头顶婆娑轻响,那是花苞在酝酿着最绚烂的绽放。还有多久?再过大概一周、最多两周,这棵树就将笼上白和紫的烟霞,美得如同梦幻一般。皎皎月色把洁白的双扇大门照成巨大的镜子,像是能映出人的灵魂。戴希打开门走进室内,银色的月光从每扇窗户透进来,根本不需要开灯。"逸园"是死过几个人的老宅,但是戴希看见,月光下的她内部寂静而明亮,遍布着来自彼岸的安详气息。

戴希没有感到一丝一毫的恐惧。走上二楼,她直接打开总裁办公室的门,打算就在这里等李威连。他肯定会来的,因为他把自己的钥匙给了她，所以今晚她特意来为他开门，他到来的时候一定非常累了，戴希希望他能有地方坐下。

另外，如果他允许的话，戴希还想和他谈一谈咨询者 X 的文档。

不论是孟飞扬还是 Lisa，都忽略了邮件的文字部分。可能在绝大多数人的眼中，视频和车祸远比那些语句要严重太多。

只有戴希知道，那些语句会给李威连带来怎样致命的打击。不，还有一个人知道，那就是这封邮件的制造者，他的恶毒和阴险叫人不寒而栗。戴希无法想象是怎样的仇恨，才能如此处心积虑、竭尽一切手段地要将李威连置于死地。

选择在八点发出邮件，不单单是为了让美国总部的人也能看到它，还有一个最重要的目的——让李威连的妻子看见它！

李威连混乱的私生活是公开的秘密，Katherine Sean 一直默认他的这种行为，既是为了维护双方共同的利益，也是为了保持家庭的完整和家族的体面。匿名散播性爱视频的手段所损害的，与其说是李威连的名声，倒不如说是妻子的脸面。而邮件中刻意摘录的李威连的自述，更将令 Katherine Sean 大为丢脸。这封邮件的构思可谓费尽心机，在时间的把握上，它兼顾中美；在内容的选择上，它利用视频和文字互相佐证，视频虽然直观，但也容易引起反作用，使大家更同情隐私受损的当事人，而经过巧妙组织的文字却可以把这些同情消除殆尽。

只有戴希清楚：那段话是经过心理咨询师的专业诱导后讲出来的，是为了让咨询者 X 充分发泄内心的愤怒，从而释放焦虑，找到心理疾病的症结所在。也就是说，它只能提供给心理咨询师进行病情分析，而绝对不能拿到公众面前，接受普遍意义上的道德审判。这也就是为什么在进行心理咨询时，咨询师会郑重承诺保护咨询者的隐私，对彼此间的谈话绝对保密，除非内容涉及严重的罪行……李威连的这番话，只能从心理治疗的角度进行专业解读，因为他的话根本不可能被公序良俗所接受，而必将导致鄙视和厌恶，甚至憎恨。

如今，在大众的心目中，李威连想必已经成了彻头彻尾的"人渣"，经由戴希手中流出的咨询材料，恰恰达成了一锤定音的效果。

戴希当了幕后阴谋者的帮凶，尽管她事先对此一无所知。仅仅作为一个心理咨询师，戴希的过失也是不可原谅的。

咨询者X的自述究竟是如何泄露出去的？对此，今夜戴希有什么可以向李威连解释的？她不知道。向他表达歉意吗？回顾那一次次艰难的试探，她比任何人都了解他的无奈、挣扎和最终给予她信任时的勇气，现在，无价的信任被摧毁了。

坐在李威连的办公桌前，戴希想了很久很久。桌上有个精致的小电子钟，戴希看着它的数字一小时一小时地向上跳动，她知道自己不可能找到答案，却更坚定了要面对他的决心。

戴希太累了，趴在桌上睡着了。等她猛然惊醒时，电子钟上的数字已过了二点。总裁办公室有扇朝向西南的大窗，正对着椭圆形的大阳台。窗前摆着一棵枝叶繁茂的棕竹，月光下的它仿佛蒙着一层薄纱。

戴希站到棕竹前，早晨她刚给它浇过水，她轻轻抚摸着那修长润泽的绿叶，抬起头朝窗外望去，是谁？……是他在那里！

李威连真的来了，就站在椭圆形的大阳台上。夜已太深，即使这片上海最繁华绮丽的地区也褪尽了光彩，他的背后只有一整片黛蓝色的夜空，全身都沐浴在纯粹如水的月光中。他纹丝不动地站着，仿佛陷入沉思之中……突然，就在戴希的注视中，他右手扶着阳台的栏杆，跪了下来。

戴希张开双唇，却发不出声音。她能够清晰地看见李威连的侧影，他低着头，前额抵在右手臂上，左手紧握在胸前——他是在祷告！

就在这一刹那，湮灭在无情岁月中的灵魂纷纷叠现，戴希听见了他内心最深重的创伤，他的祷告联结着所有这些人：与逸园同生共死的老人、不知所踪的神秘朋友、用理智交换悔恨的老师、爱到死也恨到死的母亲……

是怎样的绝望让他跪在上帝面前？戴希无法再看下去了，她不知自己是否叫出了声，但那个身影分明颤抖了一下，随即迅速站起，朝她望过来。

这张脸上刻画着她从未见过的悲凉。

戴希动弹不得，李威连的目光仿佛直接穿透她的胸膛。无言的对视不知持续了多久,李威连转身而去,从戴希的视线里消失了。

直到第一抹晨光熹微地投射在棕竹的枝叶上,戴希才仿佛从久远的梦中觉醒。

她头疼欲裂,浑身上下都在酸痛。四月之夜的春寒依旧料峭,戴希知道自己肯定着凉发烧了。走出待了一个晚上的总裁办公室,站在门口,戴希留恋地环顾了好几圈,才轻轻把门锁好。

正前方就是那座大阳台,初升的朝阳把洁白如玉的栏杆染成金色。呼吸着清晨的爽朗空气,戴希觉得头脑清楚了一些。昨夜的场景现在想来,多少有些虚幻,但又真切地如同自己的每一次呼吸。

虽然双腿软得像踩着棉花堆,戴希还是仔仔细细地检查了所有地方,才离开"逸园",打车回家。

在自家楼下跨出出租车时,看见同样满脸憔悴的孟飞扬,戴希并不意外。

"小希……"孟飞扬的嗓音有些沙哑,他走到戴希跟前,轻声说,"我等了你一个晚上。"

戴希看着他,什么都没说。

他迟疑了一下,关切地问:"小希,你的脸色很不好,没有生病吧?"

"我没生病,就是昨晚没睡。你有什么事?我要回家睡觉了。"

孟飞扬苦涩地笑了笑:"没生病就好。小希,昨天你走以后我想了很久,还是觉得咨询者X的身份不可能是从我们这里泄露出去的。我后来又认真地问了亚萍,她说从来没动过我的电脑,所以我想,会不会是李威连自己不小心……"

戴希打断他:"我知道了,还有别的事吗?"

孟飞扬一愣,连忙说:"我昨天下午特意回了次家,把电脑里的咨询者X目录都删除了。"

戴希的目光温柔地拂过他的面孔:"谢谢。我上去了。"

"戴希!"看到戴希要转身,孟飞扬仿佛做出最后努力一般追问,"你先好好休息,晚上我再给你打电话好吗?"

戴希抬起头轻轻地笑了:"飞扬,昨晚上我想清楚了一件事,不论文档是怎么透露出去的,都怪不了别人,唯一该怪的人就是我自己。是我把文档存在你的电脑里,也是我告诉了你他的真实身份,这些事我本来都不应该做的,但是我做了,你知道为什么吗?"

孟飞扬摇摇头。

"因为对我来说,你比世界上的任何人都更重要。我希望和你分享一切,更希望你在任何时候都能够理解我、支持我……所以,当我感觉到可能发生的分歧和误解时,我把理应保守的秘密全都告诉了你,想用这种毫无保留的态度来证明我对你的爱。可是我错了,我这样做不仅玷污了我的专业原则,更辜负了别人交托给我的、最最宝贵的信任,我伤害了他……更加遗憾的是,即使这样我也依旧没能得到你的谅解。飞扬,我现在真的不是在怪你,我只是无法原谅我自己。"

孟飞扬低头不语,戴希转身慢慢向楼门走去。

"戴希!"他的声音从背后传来,"什么时候……什么时候你才能原谅自己?"

戴希停下脚步——是啊,什么时候呢?她仿佛又看见了那张悲凉的面孔,也许……

"也许等我找到弥补过失的办法……也许……再见,飞扬。"她又朝他笑了笑,就走进了楼道。

孟飞扬怔怔地望着墨绿色的铁门"砰!"的合拢,终于意识到,就在刚刚过去的一天一夜里,在他最爱的戴希身上,有什么东西彻底改变了。

当童晓匆匆忙忙赶到家时,童明海已经等得心急火燎。童晓刚一打开房门,老爸就迫不及待地迎上来:"快说快说,到底是怎么回事?!"

"爸,你别急啊,让我先喝口水。"童晓一屁股坐在沙发上,打探了大半天的消息,简直累得口干舌燥。

童明海强按性子等着,童晓喝完茶抹了抹嘴,才大出了口气:"爸呀,奔驰车这案子疑点特别多,李威连的麻烦大了去了!"

童明海阴沉着脸:"你仔细说。"

"案子已经移交给市局刑侦二支队了，最初作为交通事故侦查时，现场的目击者和监控录像就都表明，事发之前奔驰车周围的路况很正常，前后均没有车辆违规。就在这样的情况下，奔驰车突然失控，以极快的速度冲向对面车道，撞上一辆旅游巴士后翻出高架护栏，摔落地面。旅游巴士的左前门处也给撞得严重变形，所幸当时巴士是空载，否则死的还不止一个人呢。"

童明海紧锁双眉问："难道是奔驰车突然出故障了？"

"起初也有这个怀疑，不过对车辆状况进行检查后，初步排除了这个疑点。"童晓说，"因为事故原因不明确，才会移交刑侦部门。"

"你刚才说还有许多疑点？"

"对！爸，咱一个个说啊。车子没查出问题，就接着查周峰的尸体。结果，还真在他的血液里发现了强镇静类药物的残留！"

"什么强镇静类药物？"

童晓打开挎包，取出笔记簿："特长的英文名字，我也记不住。爸，你自己看。"他指指本子："法医说了，这种药物国内可没有，只有在美国才能搞到，是一种新近研发出来的特效安眠药，药效非常强，服用后的三十分钟至一小时之间就能使人直接进入深度睡眠，而且副作用很小，所以药价特别昂贵，在美国也是有钱人才用得起的。"

童明海频频摇头："周峰怎么可能有这种药？何况他是在上班啊！"

"嗯，这就是疑点之一。不过，这个疑点很快就指向了一个人。"

"谁？"

"李威连。"

"为什么？"

童晓耸耸肩："今天中午，崔杰他们去西岸化工找李总裁协查时，人家自己承认的。李威连说因为工作强度太大，他时常会有睡眠问题，所以他的美国医生给他配了这药，他在上海的住处就有。不过，他否认给过周峰这种药。"

童明海思索着说："他们那种美国大公司，常来常往美国的人很多，也不一定只有李威连才弄得到这种药吧？"

"那当然。"童晓说,"问题是第二个疑点仍然指向他。"

"第二个疑点是什么?"

"周峰是李威连的专用司机,按惯例他在早上七点半到达李威连居住的雅诗阁酒店公寓,从那里的车库开出奔驰车,把李威连接到公司上班。从车库的监控录像能看到,出事当天早上周峰是准时到的,但他十分钟后开着奔驰离开雅诗阁时,李威连并没有在车上。"

"李威连当时在哪里?"

"据他说,当时他就在楼上自己的套房里。"

"他为什么没上车去公司?"

童晓又耸了耸肩,似乎说起李威连令他感觉颇为无奈:"他说恰好公司的人事总监来找他谈辞职的事,他们俩就留在房间里谈话。当天李威连和几名下属要去金山开会,他担心和人事总监谈久了时间来不及,就让周峰先开车去公司接人,并带上秘书准备好的材料再返回雅诗阁,接上他直接走。结果,周峰在去公司的路上就出事了。要是李威连像往常一样坐车上班,那咱们的总裁大人就……"

"怎么会这么巧?"童明海喃喃自语。

"巧是巧,不过至少从表面上来看,李威连没有说谎。雅诗阁的监控录像也证实了,7:28确实有个女人乘电梯上楼,进了李威连的房间。大约五十分钟以后她独自离开,而李威连直到8:45才走出房间,下楼坐了公司其他人来接他的车,直接上路去金山了。"

"有没有找那个女人证实身份和当天的情况?"

"经辨认就是西岸化工的人事总监,名叫朱明明。不过她已经离开西岸化工了。据李威连说他当场批准了朱明明的辞职申请,所以这个女人现在去向不明。"

童明海诧异地瞪着儿子:"辞职有这么干脆吗?"

童晓两手一摊:"您老人家问我,我问谁去?我还想问呐,辞职干嘛不在公司谈?一大清早跑到老板家里聊,作风也太怪异了吧?"

"哼,"童明海说,"怪异作风可救了李威连一命啊,他还真该谢谢那个什么朱……"

"朱明明。"

父子俩都沉默了一会儿，童明海才说："这些也算不上疑点吧？虽然李威连没上奔驰车极为巧合，但目前看他的理由还算充分，就等朱明明进一步证实他的说法了。"

"可是联系到那天早上在西岸化工掀起轩然大波的匿名邮件，李威连仍旧和周峰之死紧密相关啊。"

"匿名邮件？"童明海重复了一遍，"就是你在电话里说的色情视频邮件？"

童晓少有地叹了口气："唉，也不知道咱们这位李总裁是怎么搞的，玩女人玩到自己司机的老婆身上，玩也就罢了，还让人拍了全套AV，全公司上下这么一发，噗！我都不知道该对他进行道德谴责呢还是该为他打抱不平！"

童明海气呼呼地说："若要人不知，除非己莫为！那么高的地位、那么好的生活，偏不珍惜，被人陷害也是早晚的事！我看李威连就是自作自受，没必要为他打抱不平！"

"话也不能这么说吧。"童晓发表不同见解了，"玩弄女人是道德问题，未经当事人许可录制隐私视频并散播，这可是犯罪啊！在这件事情上李威连是受害者，完全可以追究邮件制造者的刑事责任……唉！可是周峰一死，李威连这个受害者反倒被动了。"

"确实如此。既然是李威连和周峰老婆的视频，录制人很有可能就是周峰，或者他至少是知情者，现在周峰死得这么蹊跷，被蓄谋杀害的可能性非常大，李威连别说要追究责任，能不能把自己从案件中撇清，也是个大问题。"

"爸，要不然我说呢，李威连这回的麻烦可是够大的。刑侦队崔杰他们分析案情，分析来分析去，现在形成一种看法，认为李威连存在重大的杀人嫌疑。"

童明海的脸色一变："杀人嫌疑？"

"是啊。"童晓开始解释，"首先，他存在杀人动机——就是那个恶意败坏他形象的视频，假如视频确为周峰所摄录，李威连完全有可能报复杀人；其次，他有作案的工具——导致周峰失去清醒发生车祸而死的药物，目前为止周峰身边的人中就他手里有；最后，他在案发当天早晨突然一反常态没有坐奔驰上班,也更令人怀疑他事先就料到会出车祸。综上所述,李威连的疑点相当多,并且互相间存在逻辑印证。"

听童晓说完,童明海默默地抽了几口烟,突然问儿子:"你也这么认为吗?"

童晓笑了:"老爸火眼金睛啊!呵呵,是,虽然我对这个案件也还没有形成连贯的推理,但我认为把李威连列为第一杀人嫌疑的论据不充分。"

"说说看。"

"那我就逐条反驳。首先是杀人动机,邮件是 8 点发出的,周峰 8:20 不到就出了车祸,根据药物发挥作用的时间推算,他应该是在邮件发出之前就服下了安眠药。那说明李威连已经知道周峰要发不利于自己的邮件,而他不采取手段及时制止邮件的发出,却忙着杀人,这岂不是很可笑?等他把人杀了,邮件造成的恶果也已经无法挽回。然后是杀人工具,且不说这种药只要去过美国就能弄到,我倒觉得关键是如何使周峰服下药物。从已知的情况看,周峰当天早上根本没有和李威连接触过,而周峰服药时应该还没出家门,所以无法证明李威连与此直接相关。最后就是他没像平时那样上车这一点了,这点李威连的解释还算合情合理,只要能尽快找到证人朱明明,马上就能验证他的说法。所以我认为,对这起案件的调查还刚刚开始,现在下结论为时尚早,还需要更多的线索。"

听着听着,童明海阴云密布的脸孔慢慢放晴,最后竟然露出些微笑容,点头赞许:"好小子,还有点儿逻辑头脑嘛。"

"哈哈,那是您的遗传!"童晓挺会拍马屁。

"嗯,那么崔杰他们打算怎么调查下去呢?"

"这个我就没多问了,办案有纪律嘛。不过我听崔杰的意思是,肯定要在周峰的家里好好查查,一来根据时间看,周峰很可能是在家里服下的安眠药,二来他老婆还是视频的女主角,从她身上一定能挖出有价值的东西来。"

童明海皱眉:"唔,我再提个建议,你可以带给崔杰他们。我怀疑，摄录视频和炮制邮件的是不同的人。你想，录视频必须要对李威连和周峰老婆鬼混的细节特别清楚，而且能接近到他们身边，所以周峰的确很可能就是视频的摄录者。但是那封邮件却未必是周峰制造和发出的，第一邮件是全英文的，一个司机哪有那么高的英语水平？第二，从邮件的发出时间、匿名方式和发布的对象来看，都不像周峰能做到的。"

"您是说……周峰有个同谋？"

童明海沉吟着说："或者说是主谋！我认为，邮件和视频更像是有人策划，而周峰只是具体执行者……"

童晓眼睛一亮："按照这个思路的话，杀人的也或许是那个暗中的策划者？难道是为了……杀人灭口？"

"别急着下结论。"童明海摇着头说，"继续收集线索吧。"

不知不觉，父子俩已经谈了很长时间。童晓妈来招呼他们吃晚饭。

神情轻松地坐上饭桌，童晓冲着童明海直乐："老爸，我能再问你一个问题吗？"

"有话就说！"童明海没好气，"少给我挤眉弄眼的。"

童晓连忙又板起脸做严肃状："爸，你为什么对李威连的事这么关心啊？原先日本人的案子是因为牵涉到'逸园'了，可现在这案子和'逸园'没有直接关系，我怎么看你反倒牵肠挂肚得更厉害了呢？"

"唉！"童明海搁下手里的筷子，并没有直接回答儿子的问题，"这已经是李威连牵连进去的第三桩死人事件了。先是袁伯翰，然后是有川康介，现在是周峰……"

"呦，说得也是啊！咱们这位总裁先生还真够倒霉的。"

童明海沉默片刻，才叹了口气说："不过周司机的这个案子，即使李威连能够澄清嫌疑，对他的不利影响恐怕也无法挽回了。说来说去，还是他自作自受啊。"

周峰车祸发生的当天晚上，在六点半的城市新闻里，曾简短提到过早高峰期间发生在高架上的这起事故，不过寥寥数语，几秒钟后画面就切过去了。

第二天童晓父子边吃晚饭边讨论周峰之死,又恰如电视台每晚黄金时段播放的案件节目,世间百态中最残忍和罪恶的部分,因为它的刺激性而成为普通百姓的佐餐佳品。一个生命在不应该终止的时候仓促中断,并非人人都会像童晓父子那样关心事件背后所隐藏的真相,对于绝大多数的旁观者来讲,这类故事只要能引起他们对生命的敬畏、对正义的尊重、对人生的思考,就算达到目的了。

生命的价值不过尔尔,对自己是全部,对他人是云烟,对世界是微尘。

"戴希,你真没用!"在童明海父子俩就着案情下酒时,Lisa风风火火地赶到医院,把挂着吊瓶的戴希劈头盖脸骂了一句。

在医院折腾了整个下午,两瓶药水眼看挂完了,戴希的精神好了不少。面对 Lisa 毫不留情的批判,戴希噘起嘴:"好 Lisa,别骂啦……我知道我没用。"

白天回家之后,她本来指望睡一睡就好,哪知身上越来越热,到下午的时候戴希明白硬挺不行,才去医院挂了发热门诊。

"哼!"Lisa 气呼呼地瞪着戴希,"瞧瞧这副小可怜的样儿!和你都没什么关系呢,就吓出病来了,多没出息!幸亏人家这会儿不指望你出什么力,要不然可怎么办!"

戴希低下头认罪,看来 Lisa 还不知道内情。等 Lisa 发泄过了,戴希才小心翼翼地提问:"Lisa,你来我这里干什么呀?William……不需要你了吗?"

"嗯,不需要了!"Lisa 的眼圈一下子就红了,"但是我需要倾诉,要不然我会憋死的!所以现在你听也得听,不听也得听!"

"我当然要听的。"戴希忙说,"可是现在这种时候……他怎么会不需要你了呢?"

Lisa 不吱声,过了一会儿才说:"戴希,William 要走了。"

"走?去哪儿?为什么?!"

"他今天交代我做的最后一件事是订机票,去美国的机票。"Lisa

的神情既悲哀又惆怅，又有种难以形容的释然，"就订在后天、周六一大早，而且……他没让我订回程票。"

"后天？！这么快……"戴希的心顿时从沉痛变成空荡，这就要离别了吗？难道他们的约定还没来得及开始，就已然结束了？

"是啊，我也没想到会这么快……"

匿名邮件和周峰车祸才刚发生在昨天早上，按照李威连一贯迎难而上、又睚眦必报的强硬作风，他理应对此事紧追不放，不做到澄清事实、肃清余孽绝不罢休。但是这一次他的反应完全出乎大家的意料，在真相还混沌一片的情况下，他却选择了离开。

李威连从来就不是一个畏缩逃避的人啊。就连 Lisa 也觉得不可思议，猜不出缘由，她只能从事发到现在这两天一夜的现象中模糊地感觉到，李威连已经预见到了这一系列事件的最终结果，并且迅速做好了最坏的准备。

昨天晚上九点多，Lisa 接到了李威连的电话。他刚从金山返回到市区。从电话里听，李威连处理危机时一如既往地镇定果断，他首先取消了此后整个礼拜的日程，并让 Lisa 通知 Mark 和 Raymond 等几人明天一早来公司待命，最后，他要求 Lisa 为自己设置好凌晨三点半开始与纽约总部的视频会议，就让她休息了。

"今天凌晨三点半？"戴希问。

"嗯，发生了这样的事，肯定要和总部及时沟通的。"Lisa 叹了口气，"至少从晚上九点多到凌晨三点前，他还能休息几个小时。"

凌晨二点戴希在"逸园"见到李威连时，他绝不像休息过的样子。在那几个小时里，他又经历了什么呢？

整个晚上 Lisa 辗转难眠，早上七点就赶到了公司。她并不意外，李威连还在自己的办公室里，与总部的会议竟然开了足足四小时。

七点半刚过，大中华区的高管们几乎都陆续到达公司了。这时 Lisa 接到李威连的电话："Lisa，你到公司了吗？"

"我已经在了。"

Lisa 走进李威连的房间。除了异常苍白的脸色，至少从他的外表上看不出遭受巨大打击的迹象，他甚至还对 Lisa 微笑着点了点头："Lisa，这两天辛苦你了。"

他要求 Lisa 立即安排全天的一对一面谈，面谈对象是大中华区管理层所有最重要的成员，从八点开始一直持续到晚上八点。而中午十二点到一点半的一个半小时，李威连让 Lisa 准备车辆，他要回雅诗阁换换衣服、稍做休息。

"可是中午他没能回去。"Lisa 神色黯然地说。

除了不知去向的朱明明，这个早晨西岸化工所有的管理团队都主动聚在了公司里，就连出差在外的，也都在昨天夜间赶回了上海。Lisa 很容易地就把日程排好，上午的时间飞速流逝，她坐在总裁办公室外看着高管们出出进进，看着他们凝重而又复杂的表情，越看越害怕，强烈的不祥之感把她压迫得几乎喘不过气来。

将近十二点，几个身穿警察制服的人出现在前台，终于使公司里弥漫的紧张气氛达到顶峰。

警察们表明来意：周峰的车祸已移交到市局刑侦部门，他们现在是来西岸化工调查取证的。

戴希差点儿蹦起来："刑侦部门？真的成了刑事案件？"

Lisa 的唇边泛起一抹冷笑："看来公安局是这样想的，而且他们有备而来，指名就要见 William。"

"你是说……他们知道那封邮件了？"

"哼，那个东西已经在网上传了一天一夜，除了与世隔绝的大概都知道了！"

在总裁办公司谈了三十分钟左右，几位刑警彬彬有礼地告辞离去。

Lisa 再次被李威连召入办公室，往里走的时候双腿止不住地哆嗦。李威连站在窗前，一见到她就问："你给我安排的车呢？"

"就在楼下车库等着。"

"好，我们立即出发，你和我一起去。"

"是。"Lisa 连忙答应，又有些疑惑地追问，"还是去雅诗阁吗？一点半大概来不及赶回来，要不要我通知……"

李威连看着 Lisa："不，我们去周峰家。"
　　"William！"Lisa 大惊失色。直到这时她才看清他布满血丝的眼睛，这张脸其实已经相当憔悴，但目光中透出绝不服输的坚毅，又使他焕发出不同寻常、令人心碎的奇异神采。
　　他十分平静地反问："怎么了？"
　　Lisa 叫起来："William，不要！千万别去啊！"她一向都是最专业的秘书，从来只管执行而绝不质疑老板的决定，但是今天她破例了。李威连不置可否，只是静静地看着她。
　　Lisa 熟悉李威连的所有举止神态，这说明他还在斟酌，还有挽回的余地⋯⋯她用力咽了口唾沫，几乎是带着破釜沉舟的勇气说："宋⋯⋯采娣，昨天我去她家时，她就明确说再不想见到西岸化工的人。我按你说的带给她那十万元现金，她全都扔还给了我。还说、还说⋯⋯"
　　"说什么？"
　　"她说你休想用钱收买她，她老公周峰就是被、被你给⋯⋯害死的，她一定要为周峰报仇，要一命偿一命！"Lisa 一口气把话说完，惊恐万状地瞪着李威连。
　　"这些细节你昨天为什么不告诉我？！"他厉声质问。
　　"我⋯⋯"Lisa 无法解释。
　　李威连轻轻摇了摇头，就放过了 Lisa。只不过短短一瞬的思索，便说："好，那就不去了吧。"
　　Lisa 绝处逢生般长出了一口气。李威连向她安抚地微笑："放心吧，没事的。"
　　"嗯，那我们还去雅诗阁吗？"
　　"来不及了，我还有几个电话要打，麻烦你去雅诗阁帮我取些东西来。"李威连坐回到办公桌后，语调如常，"下午的面谈按计划进行，从一点半开始。"

　　"宋⋯⋯周峰的老婆真那么说的？"戴希结结巴巴地问 Lisa。
　　Lisa 没有回答，她的眼前仿佛又出现了昨天傍晚在周峰家里的一幕：披头散发的宋采娣倚在儿子瘦削的肩头号啕大哭，三室两厅的房子里塞满了从苏州乡下老家来的亲友，Lisa 头一次发现，夹杂着吴侬软语的咒骂和哭号也能逼人发狂。

　　平常与周峰闲聊，Lisa 知道他老婆不工作，儿子念的民办初中收费昂贵，周峰是家里的顶梁柱，他的意外身亡无疑将使这个家庭陷入灭顶之灾。Lisa 刚到时，目光扫过宽阔的客厅，立即看出这里的家具和布置，与一个普通司机的家庭是很不相称。

　　满屋悲痛的气氛让 Lisa 觉得自己不该胡思乱想，但她的思绪还是无法遏制地飘向视频里的画面。就算周峰是西岸化工总裁的专职司机，靠他一个人的收入也绝对负担不起这样一套房子，和看上去颇为考究富裕的生活——蔑视与同情、伤感与厌恶，所有这些相互矛盾的情绪，轮番冲击着 Lisa 的心，直到她被招呼进卧室。

　　宋采娣瘫软在卧室里的沙发上，好像处于半晕厥的状态。

　　Lisa 硬着头皮走过去，尽量态度诚恳地表示慰问。

　　"总裁秘书？"一听到这几个字，沉浸在丧夫之痛里的女人簌然挺起身躯。蓬松的卷发下，Lisa 看见一张江南女子白皙娟秀的脸，虽然泪痕密布却没有这个年龄应有的皱纹，一望而知就是过着无所事事的生活的那种女人，衣食无忧、虚荣浅薄，全部的工作就是保养自己和取悦男人。

　　Lisa 低下头，从心底里不愿意把面前这个俗气的女人和李威连联系起来，他是那样一位学识渊博、气度雍容，令她崇拜与仰慕的男性啊！然而生活总是这样：愿望有多么美好，现实就有多么丑陋……

　　这种丑陋又岂止是一段两分钟不到的视频所能展示的呢？

　　宋采娣睁大一双哭得通红的眼睛，无比凄切地问："他呢？李威连呢？他为什么不来？"

　　"他……"被围在密不透风的敌意目光中，宋采娣用这样暧昧的语气提起李威连的名字，简直让 Lisa 无地自容，她支吾着回答，"他……很忙，今天不在上海……他特意让我来看看，有什么可以帮忙的。"

　　从包里拿出刚从银行取来的十万元现金，Lisa 把钱放在沙发前的茶几上："宋……女士，这些钱你先拿去用。周司机是在开车去公司的途中出事的，属于工伤范畴，公司一定会承担相应的赔偿和抚恤责任，请你放心。"

宋采娣直勾勾地盯着钱，好长时间一声不吭。Lisa 想撤退，刚要从沙发上站起来，旁边突然伸过来一只手，粗暴地扫过茶几，那几捆钱悉数掉落在 Lisa 跟前的地上。

Lisa 惊诧地抬起头，映入眼帘的是一个十多岁少年的身影，和母亲一样白皙的脸上已有淡淡的胡须，轮廓纤柔的眼睛里闪着凶恶的冷光。他和 Lisa 刚一四目相对，就立即把目光转移到母亲的身上，低喝："那个人的钱，不能收！"

宋采娣好像也吃了一惊，颤抖着拉住儿子的手："建新，这是你爸公司的……抚恤金……"

"不行！让她拿好钱滚蛋！"少年勃然大怒，指着 Lisa 冲自己的母亲吼叫。

宋采娣捧着脸双泪直流。

少年向她俯下身子，用力把她的手从脸上扯开："妈，你怎么还不明白？爸爸是那个人害死的！就是他害死的！现在假惺惺跑来送什么钱，他是要用这些钱买我爸的命啊！"

Lisa 听不下去了："你不能瞎说啊！"

"我没瞎说！"周建新向 Lisa 转过脸来。她惊惧地发现，少年的眼神空洞而怨毒，又充满恐惧，这绝不是一个初中生该有的眼神，没有单纯的憧憬，却仿佛背负了几生几世的绝望，他就用这样的可怕眼神盯着 Lisa，冷笑着问："那你说，为什么我爸死了，那个人却活着？为什么！该死的不是我爸，是他！是他该死！该死！"

青春期男孩的声音本就嘶哑，此刻简直破碎得令人不忍卒听，他痛骂着，眼泪却从还十分稚嫩的面孔上淌下。Lisa 再也无力反驳，觉得自己的心都要裂开了。

"建新……"宋采娣呼喊着儿子的名字，母子俩抱头痛哭。

Lisa 再次起身要走，宋采娣哭嚎着却没漏过 Lisa 的一举一动："你把钱拿走！"

Lisa 咬牙从地上捡起钱，宋采娣瞪着她，煞白的脸上突然露出最诡异的笑容来："建新说得对，该死的人是他，是李威连！你现在就去告诉李威连，我家周峰就算是做了鬼，在阴司里也绝对饶不过他！我们娘俩儿还活着，只要有一口气，更不会放过他！你去跟李威连说，别以为他有钱有势，就可以欺负我们孤儿寡母！不管他躲到哪里，我们一家三口总会找上他，一定要叫他偿命！"

就在宋采娣最疯狂的咒骂声中，Lisa 冲出了周峰的家。

"为什么？为什么他们要那么说……"戴希知道这个问题没有答案，或者说答案太明确了，根本不需要回答。

Lisa 摇了摇头："我已经不去想这些了。也许从他们的角度来讲，理由很充分；可是从我的角度，我只能关心 William。毕竟……我给他当了四年的秘书，他一直都对我那么好。我绝不相信，他会做出任何伤天害理的事情。"

戴希握了握 Lisa 冰冷的手："Lisa，我明白……我们的角度是一样的。"

她们相互凄婉而笑，同时在心里深深地感叹：相比正在他头顶肆虐的狂风暴雨，她们的这点力量是多么微弱，直如风雨飘摇中的荧荧烛火，连照耀自己都异常困难。

戴希明白，昨天 Lisa 不告诉李威连宋采娣说的话，是不想再给他增加烦恼。今天告诉他，则是为了阻止他去面对不堪的侮辱，还因为那里有一个无底的旋涡，他只要靠近就会被越卷越深，再也无法摆脱。所幸的是，即使危机接踵而至，李威连依旧相当冷静。对他来说，远离周峰一家，的确是现在唯一合适的对策。当然，他采取这个对策时所要承受的心理压力，和内心的煎熬同样让人无法想象。

从任何外人的角度来看，周峰一家人都处于弱势，是受害者，李威连才是居高临下的欺凌者。但事实的真相究竟如何呢？戴希只知道，希金斯教授曾经多次指出的自毁倾向，正越来越明晰地呈现出来。

"Lisa，能不能告诉我，他让你去雅诗阁取什么？"戴希晃了晃

Lisa 的胳膊，想换个话题。

Lisa 果然微笑了："这种情况下还没忘记保持仪表呢，让我去取衬衣和领带来换。唉，假如还在'逸园'办公的话会方便些，William 有好多漂亮衣服在那里，保证看得你眼花缭乱。"

戴希用英文念起来："薄麻布衬衫、厚绸衬衫、细法兰绒衬衫……条子衬衫、花纹衬衫、方格衬衫……上面绣着深蓝色的他的姓名的交织字母……这些衬衫这么美，我看了很伤心，因为我从来没见过这么——这么美的衬衫。"

"天哪！"Lisa 叫起来，"《了不起的盖兹比》！你也知道 William 喜欢这本书吗？咦，戴希、戴希……"她歪着脑袋打量起戴希来，圆溜溜的大眼睛转个不停。

戴希赶紧打岔："Lisa！除了这么——这么美的衬衫之外，你还给他拿别的东西了吗？"

Lisa 的脸再度黯然："别的……就都是吃的东西：润喉糖、日本的强力提神饮料，还有治头疼的特效止痛片。一整天他就光靠吃这些……"

玫瑰色的虚幻云雾瞬间消散得无影无踪，严酷的真实重现眼前。

隔了一会儿，Lisa 碰碰戴希的胳膊："不过我还自作主张，买了两大块巧克力给他。"

"你真好！"戴希勉强露出笑容，"那么后来呢？今天下午又发生了些什么？"

第二十四章

从表面上看,那天下午过得很平静。总裁办公室里的面谈有条不紊地进行着,Lisa 目睹每一个从里面走出的人,神情从忐忑迷茫变为镇定明确,都立刻开始组织本部门的沟通。公司里窃窃私语的现象逐渐绝迹。

李威连在公司里待了整整一天,从容不迫地处理完全针对自己的危机,他的态度明显地使大家安心下来,重新投入到日常工作中去。

最后一个面谈提前十五分钟就结束了。7:45,Lisa 看看电脑上的时钟,紧绷的神经终于稍微松弛下来,抬头望望,整个二十八层灯火通明,今天西岸化工的老板办公楼层人头济济,大家都还在忙碌,几乎没人下班。

Lisa 悄悄吁了口气,局面初步掌控住了,李威连应该可以休息一下了。她耐心地等待着他的召唤,鼻子里突然飘进几缕颇具诱惑力的男士香水味。

"Lisa! William 还在里面吗?"

这句问话听起来抑扬顿挫,好像在唱歌。Lisa 立刻就知道是谁来了,抬起头笑了笑:"嗯,还没走呢。Richard,你有事找他吗?"

今天的张乃驰打扮得比任何时候都鲜亮:Zegna 深灰色的条纹西装里,宝石蓝丝绸衬衫配登喜路同色系波普圆点领带,在灯光的照耀下富丽得简直有些晃人眼睛。Lisa 略感诧异,西岸化工人人皆知张乃驰注重外表几近变态,但前段时间他被排除在重组之外后,就表现出一副心灰意冷的样子，常常直到下午才晃进公司，有时甚至穿着不符合规范的休闲运动装、肩背高尔夫球袋招摇过市。

张乃驰还挺敏感，发现 Lisa 目光有异："Lisa，我的着装有什么问题吗？"

"没问题。Richard，你今天太帅了，我只是有些不适应。"

"哦，必须的！"张乃驰往 Lisa 跟前凑了凑，"现在这种特殊时刻，我们要从一切方面给予 William 支持啊！"

"是嘛……"Lisa 又看了眼张乃驰精光水滑的脸皮，滋润得都可以去做化妆品广告了，她垂下眼睛，"没想到做美容 SPA 也是支持的方式哦。"

张乃驰好像没听见 Lisa 语气中明显的嘲讽，抬起手摸了摸下颌："精神面貌很重要！公司里发生了这样的危机，我们作为 William 的坚强后盾，当然更要保持振奋的状态！"

"嗯，你看上去足够振奋了。"

"光有振奋还不够，"张乃驰使劲挥舞起右臂来，"我们必须反击！昨天我看到那个邮件时，真是无比气愤啊！周峰太可恶了，居然做出这样丧心病狂的事情，他会出车祸横死，正说明了恶有恶报！"

"你认为邮件是周峰发的吗？"Lisa 盯着张乃驰问。

"不是他是谁？那种视频别人不可能拍到的！"

Lisa 眨了眨眼睛："嗯……可是周峰已经死了，Richard，你刚才说要反击，反击谁呢？"

"这……"张乃驰略显踌躇，Lisa 马上又接着说："再说邮件发出时周峰正在开车，何况我们大家都知道，周峰差不多是个电脑盲，平常连看个网页都没兴趣，更别说编辑那样一份电子邮件了。"

张乃驰的表情豁然开朗："对，对！如果不是周峰自己发的邮件，那么公司内部就肯定有他的同伙！我们一定要把这个躲在阴暗角落里的家伙揪出来，为 William 出口恶气，这就是我说的反击的意思！"话音未落，他又夸张地晃了晃拳头。

Lisa 点点头："假如公司里真有这么个人存在，确实够卑鄙的，肯定不得好死！"她朝总裁办公室紧闭的房门望了望，已经过去十分钟了，李威连还没有叫她，Lisa莫名地有些担心，但这个来意不明的张乃驰还在她的桌前流连。

"唔，Richard，你是不是有事找William？"Lisa故意再问一遍。

张乃驰还没回答，Lisa桌上的电话响起来，她一接，立刻跳起身："William叫我进去，要不请你等一等，我跟他说下你找他。"

来到总裁办公室门前，Lisa轻轻敲了敲，随即推开房门。可她还没来得及开口，有人紧随在她的身侧一起挤进来。

Lisa目瞪口呆地看着张乃驰，张乃驰一边满脸关切地朝里走，一边感情充沛地说着："William，我都在公司里等了一整天，你怎么也不叫我帮忙啊？"

最初的一刹那，李威连也有些吃惊地看着他俩，但立刻转向Lisa，语气相当严厉："怎么回事？我已经结束今天的面谈了，难道名单上还有别人？"

Lisa的脸涨得通红："不，没有别人了。是Richard自己说找你有事，我……"她恶狠狠地瞪了一眼张乃驰，恨不得把他推出门去。

"William，是我要找你，呵呵，和Lisa没关系。"张乃驰倒挺坦然，"我只是想向你表达我最诚挚的问候，虽然你约谈的人里没有我……"

"Lisa！"李威连低喝了一声，Lisa正要关门，吓得赶紧把手缩回来。

"不要关，把门敞开！"他毫不含糊地命令。

Lisa只好把门开到最大，自己站在门边。刚到八点，整个二十八楼一片肃静，但Lisa知道此刻外面几乎满员，任何一点响动都会引起所有人的注意。

张乃驰的脸色变了变，现在他不论说什么都将落入全公司的耳朵里了。张乃驰向前跨了一步，再度情真意切地开口了："William，我对所发生的一切感到很意外，也很痛心，假如你需要我做什么，比如调查邮件来源，我可以略尽绵薄之力……"

张乃驰说不下去了。虽然李威连始终一言不发，但那双闪着森森寒意的目光如利剑般直指张乃驰，使他顿觉周身衣物都被剥光了似的，内心最深处的隐秘恶意再也掩藏不住，就要暴露在光天化日之下……Lisa看见他们两人截然相反的模样，一个举止浮夸、神情矫饰，虚伪而又虚弱，另一个沉稳、冷静，似乎已经筋疲力尽，但倦怠中依旧包含着咄咄逼人的锋芒。

沉默持续了十几秒，张乃驰终于在李威连的逼视中败下阵来，低声支吾了句什么，Lisa根本没听清，他就匆匆退出了总裁办公室。自从张乃驰进门到离开，李威连没有对他说过一个字。

"现在可以关门了。"李威连向Lisa点头示意，"Lisa，你过来坐。"

在对面坐下，靠近了观察李威连的脸色，Lisa又是一阵心酸。

李威连倒显得轻松许多："谢谢你，Lisa。"他微笑着说："巧克力很好吃。"

"我还怕你不喜欢呢，"Lisa觉得好欣慰，"可是光吃巧克力不行……William，你饿吗？想在哪里用晚餐，要不要我帮你定位？还是你想先回去休息？"

李威连摇了摇头："别急，我有话对你说。实际上，你是我计划中的最后一个面谈对象，我们没有时间限制，可以很随意地聊聊。"

"和我谈？"

"是的，和你。"李威连沉吟了一下，"Lisa，假如不做总裁秘书，你最希望朝哪方面发展？"

Lisa的心跳骤然加速："不做总裁秘书？！William，我……"

"别紧张嘛。"李威连温和地说，"Lisa，你是我用过时间最长的秘书，已经四年多了，这对你并不公平，因为当秘书会限制你的职业成长，你应该转向有更具体职责范畴的工作。不过，我对你太满意了，所以总也舍不得放手……我这人有时候比较自私，对不起，Lisa。"

Lisa低下头，在李威连身边工作不是件容易的事情，追求完美的态度使他极少称赞别人，他是通过不断给下属增加责任来激励他们的。假如放在平时，能够得到像今天这样毫不吝惜的夸奖，Lisa大概会兴奋地跳起来，但是现在他这么说，却让Lisa的心沉甸甸的。

李威连继续说："Lisa，我为你考虑了今后的发展方向，公司运营、行政和培训都挺适合你的，当然，假如你对业务感兴趣，你也可以尝试供应商管理，你在这方面很有潜力。"他注视着 Lisa 问："你自己对此有什么想法？尽管说。"

"我……可以继续做你的秘书吗？"

李威连笑了："为什么？"

"William，"Lisa 自己也没料到地激动起来，"如果是平时，我肯定会认真思考你的提议，可不是现在！起码，起码应该先为你找到合适的新秘书，再考虑我的去向吧？"

"Lisa，我们现在讨论的是你的问题，不是我的问题。"

——在这件事上没区别啊，Lisa 低头不语。

李威连想了想："这么讨论确实比较仓促，应该多给你些时间考虑。这样吧，我会和相关部门的经理都打好招呼，等你想明白了，随时可以去和他们谈。我让他们充分支持你的决定。"

Lisa 越听越心惊："William，我考虑好了之后不是应该先和你沟通吗？"

"我很乐意和你沟通，但是可操作性不强。"

在 Lisa 惊骇的目光中，李威连继续平静地说："Lisa，我就要离开了，有非常重要的事情必须去美国处理。还得麻烦你为我订机票。"

"什么时间？"

"后天。"

"后天！"Lisa 叫起来。

李威连的神情显得愈发疲倦，说话的声音都低沉许多："今天我已经和公司所有关键人员做了沟通，对我离开期间的具体安排达成了共识。今晚我会起草一份邮件给你，明天上班的时候由你转发给大中华区所有员工。然后，你就可以休假了。我记得你还有不少假期没休吧？"

Lisa 下意识地点头。

"嗯，那就好好休息去吧，也别忘了考虑自己的将来。Lisa，我相信对于你，一切都会非常顺利的。"

原来他今天耗尽精力，是在为离开做准备！一个邮件、一桩车祸，竟然会造成这样的结果吗？从昨天事发起她就坚信，李威连是整个大中华区的支柱,就算他陷入危机,西岸化工的总部也会力保他,况且现在重组正进行到关键时期,有什么理由可以让他放下所有的工作,突然赶赴美国?

"那你……什么时候回来?"

李威连没有直接回答 Lisa 的问题,沉默片刻后,他说:"不论我在与否,西岸化工大中华区都能朝着既定目标稳健发展,这才是最重要的。"

"我想,William 不会很快回中国了。"Lisa 一边开车一边说。戴希的吊针打完了,Lisa 开着她那辆漂亮的红色 mini cooper 送戴希回家。

一路上都是红红绿绿的霓虹灯光,好像戴希小时候最爱的糖果包装纸,看上去又甜蜜又繁荣,她想,其实孩子和大人一样惧怕孤独,否则就不会死抓住那些虚假的热闹不放。长大以后我们的承受能力有显著增长,但内心深处始终是那个为了每次分离而哭泣的小孩。

李威连的承受能力是戴希见过最强的,这个孤独的孩子必定从很早起就学会了伪装恐惧,在十分幼小的时候就不再哭泣。

"Lisa,你从明天就开始休假吗?"戴希问。

Lisa 摇摇头:"我想还是等 William 后天飞走以后再休,虽然他说明天就不进公司了,可我怕万一他还需要我做什么。也不急在这一两天。"她的语气变得轻快了些:"这下我老公该乐疯了,去年因为太忙,婚假我都没休成,干脆一块儿补了吧。"

"多好呀,春暖花开的时候去度蜜月。"

"对了,戴希!你猜猜那时 William 送了我什么结婚礼物?"

戴希噘了噘嘴:"老板和秘书真是一个脾气,都喜欢叫我猜谜语。"

"是吗?哈哈,William 好像是特别喜欢让人猜谜,就是他传染给我的臭毛病。"Lisa 笑着说,"算了,你才猜不出呢!他带了一个小型室内乐队来参加我的婚礼,从婚礼开始一直演奏到结束,所有曲子都是他特意为我选的,每一首都那么美,真的让我好感动……"

其实对大部分人来讲,这未必是一件令人惊喜的礼物。戴希想,人们会期望大老板的礼物更加实在些，最好是一个装满现金的大红包。可他送的是什么呢？音乐，抓不住、留不下的音乐，唯有记忆才能将它恒久保存——正如幸福。他是把自己对幸福的理解送给了Lisa。

大概是回忆太美好了，美好得提示了今天的残酷，Lisa刚刚好转的情绪又低落下去："唉！这次就算休假也没法安心的，我还得继续关注周峰车祸的调查进展，这是William最后委托我办的事情，我必须为他办好。"

"你刚才不是说，今后将由公司法律部和人事部正式应对这件事吗？"

Lisa叹了口气："那是指公事方面，William是私人委托我关心宋……周峰老婆的。他说她没读过什么书，头脑比较简单，周峰的死因这么复杂，今后还不知道会牵扯出什么内情来，William担心她应付不过来，所以拜托我继续关心她。他给了我一个大律师的名片，说都和对方谈好了，今后如果宋采娣需要法律方面的协助，就让我把这位律师介绍给她，为她代理相关法律事务，一切费用William都会承担。他还说，虽然宋采娣现在不肯理睬我，但要是真遇上麻烦的话，她还是会来找我帮忙的。"

戴希沉默着，Lisa瞥了她一眼，突然又说："最好的一点是，William再没提过要给那女人钱。你知道吗？戴希，我真喜欢他的这些做法，让我觉得他在周峰车祸这事上特别……"

"……光明磊落。"戴希替她补充。

"对！光明磊落！"Lisa重重地点头，"可我就是想不通，他为什么要和那个女……哎呀！戴希，你要是看见宋采娣，也一定会觉得他们简直就是两个世界的人嘛。你说，William什么样的女人得不到？可偏偏……真叫人郁闷死了！"

郁闷？不，不单单是郁闷，还有无法避免的反感和鄙视。作为一名心理学的专业人士，她一直被教育以超越道德的学术眼光，不带偏见地客观看待这一类事情，但当活生生的画面出现在眼前时，她还是不冷静了。然而，接着浏览到邮件中的文字内容时，咨询者X的档案泄露所带来的震惊,又唤起了戴希作为心理咨询师的觉悟。个人的情感好恶和心理学的专业准则在她的心中激烈交战,最终,内疚和同情盖过了其他一切。

不过,希金斯教授必然会指出,真正占了上风的并非是戴希所以为的心理咨询师的责任心,而是某种她尚未觉察的深刻情感。

爱人的心是相通的。毫无心理学背景的孟飞扬也直觉到了这一点,但他和戴希一样对此束手无措,只能任由感情的惊涛骇浪将自己拍得粉碎。

因为太年轻而缺乏经验;又因为太真诚而难以伪装。所以,即使希金斯教授在,也还是会说:这场考验是戴希必须经历的,否则她将永远无法认清自己、面对自己、成为自己,不论是作为一个心理咨询师,还是作为一个女人。

至于 Lisa 的困扰,戴希倒是可以回答。咨询者 X 的行为里具有显著的"自我摧毁"的特征。希金斯教授认为,咨询者 X 完全清楚混乱的男女关系将会给他的家庭、事业、名誉和健康带来巨大的破坏,但却无意改变。就像一个明明会游泳的人,在溺水时却主动放弃了挣扎。很可悲,咨询者 X 已不再是一个具备趋利避害本能的正常人了。

问题是,在自我毁灭的同时,还不可避免地殃及他人。宋采娣母子对李威连的诅咒带给戴希切肤之痛,使她认识到,纵使李威连在周峰之死上清清白白,以他那样清高自尊的性格,只怕今后一生都无法摆脱由此而来的负罪感了。

所以他才会跪倒在午夜的星空下,向上帝祈祷,忏悔自己的罪过。

但他并不是甘心沉沦的呀!

现在的他比任何时候都更需要帮助,不仅仅是澄清事实、挽回影响,那些东西总归会随着时间消弭。最重要的仍然是他的心灵,必须要让他从内心里认识到,他自己才是这一系列打击下最大的受害者,他不必赎罪,而应该治疗,否则必将在自毁的路上一去不回。

只是到了今天这个地步,他还会给戴希机会吗?他还会尝试去信任哪怕任何一个人吗？戴希又喘不过气来了，长到这么大才发现，心痛的程度竟是可以无限增强的。

"戴希，你没事吧？"Lisa有点担心地问。她刚把车开下高架，离戴希的家不太远了。

戴希朝她笑笑："嗯，我没事！"

"那就好，"Lisa又皱起眉头，气呼呼地问，"戴希，你老板Maggie是怎么回事啊？怎么在这个节骨眼上人间蒸发了呢？"

戴希说："我哪知道啊，你又不是不清楚，她平常都不怎么待见我，有什么事也不会告诉我的。"

"倒也是，"Lisa还是一脸忧虑，"这个死Maggie，什么时候辞职不好，偏偏在William出这么大事的时候跑路，还跑得这么快，公司里哪有一个总监级别的人说走就走的？又刚巧在邮件和车祸的同时，太可疑了！"

"Lisa，你不是和Maggie关系不错吗？你怎么事先也没听到一点风声呢？"

Lisa叹了口气："在我之前的总裁秘书就是Maggie，我进公司是接她的班，我们俩从一开始关系就很好。Maggie这人虽然心高气傲，心地其实不坏，而且工作特别卖力，能力也强，要不然William怎么会一直这么器重她？可她最大的问题就是对William的心结，暗恋William这几年，整个人都弄得不太正常，快走火入魔了。"

在十字路口一个大拐，Lisa继续说："我在William身边四年多，爱慕他的女人多得连我都看麻木了。可幻想归幻想，人总要脚踏实地生活。偏偏这个傻Maggie，就是学不会面对现实！从去年开始，我觉得她越来越沉迷，心态都有点扭曲了，所以最近半年我和她疏远了不少，唉，早知道会有现在的风波，当初我就多关心关心她了。"

"Lisa，你觉得William知道Maggie的心思吗？"戴希问。

Lisa微笑了："William这个人啊，对女人是最精明的，可也是最糊涂的，所以才更招得女人发狂嘛。我还真说不准他知不知道。不过……"她的笑容又骤然消失："这次他的反应很反常。排面谈名单时，我有意问了问他要不要找Maggie，他才告诉我Maggie已经辞职离开公司了。我头一回听到这个消息,惊讶极了,还想再问问原因,谁知他立马就发火了,说我出于私人交情关心 Maggie 他不管,但她和西岸化工已经没有任何关系,今后不许我再提到 Maggie 的名字!"

"啊?"戴希也很诧异,"他是这么说的吗?"

Lisa 摇摇头:"我还从来没见过他这样直白地表示对一个人的厌恶,还是对他一直相当喜欢的下属。再加上 Maggie 走的时机这么蹊跷,所以我总觉得她和 William 出事有关系。"

"天呐!那你后来找过 Maggie 吗?"

"怎么没找!手机都打了几十次了,始终是关机状态。我还打电话去她住的酒店公寓问过,保安说昨天早上 9 点左右看她从外面回去,半小时以后拖着个箱子又走了,之后就再没回去过,看起来失魂落魄的。"

"反正我还会坚持找下去的。"Lisa 强调说,"假如她真的和 William 出事有关,那我无论如何也要把她揪出来,绝不让她就这么一走了之!"

戴希轻声说:"Lisa,你对 William 真好。"

"应该的嘛……"Lisa 温柔地低语,"谁让他对我那么好呢。戴希,他对你也非常好啊。"红色的 mini cooper 已经开到了戴希家的楼下,Lisa 停好车,转过脸看着戴希说,"我们谈完以后,William 和我一起下楼离开公司。在电梯里,我跟他提起你生病了,我要过来看你。你猜他说了什么?"

"Lisa!你再叫我猜谜我就疯了!"戴希一把抱住脑袋,这个问题让她好崩溃。

"哟,别急啊!好好,不叫你猜了。"Lisa 摸了摸戴希的肩膀,"……这家伙真是累惨了,好像反应都比平时慢半拍,一直等电梯下到 B2 层,他才说了句:'向她转达我的问候吧,希望她早日康复。'"

戴希目送 Lisa 的小车像暗夜中的一抹火光轻盈而去。晚风轻轻拂过,脸上感受着春天的温度,今夜比昨天似乎又上升了一点点。她情不自禁地抬起头,眼前苍穹无垠,即使城市的灯光璀璨如虹,这片夜色始终不变地冷峻、深邃……在夜空中,戴希没有找到几颗星星,它们的光彩早就湮没在这个巨大城市的上空,但也就是在今夜,她仿佛看见了无穷无尽的"群星",那是闪耀在我们头顶的心灵之光,有时黯然、有时炙烈,有时清朗、有时迷茫,但每一颗都独一无二,又相互依存。

戴希把手伸进衣兜,捏紧那把小小的办公室钥匙。今夜 Lisa 过来,戴希本想把这柄钥匙交给 Lisa,请她代还给李威连。下午在医院的几个小时里,戴希还很严肃地考虑了辞职。经历了昨夜今晨的一切,戴希认为自己不应该留在西岸化工,更不配继续保有他的信任。然而,现在她改变了主意——人世太拥挤,星空又太浩瀚,戴希决定坚守在自己的位置上。只有这样,她才不会在茫茫星海中失落那颗星辰的方向,也只有这样,他才能在最需要的时候找到她。

第二天是个春风涤荡的日子。中午时分,Gilbert Jeccado 和张乃驰又在永嘉路的私人会所见面了。恰逢午饭时间,桌上摆满了这家会所最擅长的精制上海本地菜。

"还是上海好啊。"Gilbert 的筷子使用得很熟练,夹起小笼包来毫不费力,"上海的食物也更合我的胃口,呵呵。"来中国两个多月,他明显地吃胖了。

"喜欢就多吃点!"张乃驰招呼着,心里暗笑犹太人洋盘,满桌的美味佳肴他就盯着小笼包,不过小老头的胃口奇大,三笼小笼包不过给他垫个底,何况今天两人的心情都格外舒畅,胃口又比平时翻番。

一口气吃了个半饱,Gilbert 才暂停下来,望望窗外风卷树叶的情景,皱起眉头抱怨:"北京的春天太可怕了!沙尘、风暴,我已经一个多月没看到蓝天了,圣母啊,这是多么悲惨的生活……"

张乃驰随口接上:"那你干嘛要把研发中心定在北京?放在上海不好么?"

"那怎么能行?"Gilbert 竖起眉毛,"Richard,不要明知故问哦。"

"此一时彼一时,现在情况不是变了嘛。"张乃驰耸耸肩,"你最憎恨的那个人已经逃跑了,我们成功了!"

380

"逃跑？"Gilbert换上汤匙，舀了一大勺水晶虾仁细细品尝。

张乃驰微笑着反问："难道不是吗？今天上午的邮件大家都看见了——没有说明原因和期限的突然休假。虽然休假期间的工作布置得非常细致，但越是这样，就越表明这次休假的性质非同寻常啊。连傻瓜都看得出来，咱们的William老大这次恐怕是有去无回了。"

"不！不！此言差矣！"Gilbert摇头晃脑起来，以一贯的夸张表情表示反对，"William的作风你清楚、我清楚，大中华区的每个人更清楚！他的管理方式即使算不上铁腕，也是罕见的强悍，一丝不苟。现在危机因他而起，他一时无法确定处理危机所需要的时间，因此在离开岗位前尽可能细致地做出安排，完全符合他的性格嘛。再说了，这不就是一桩性丑闻吗？又算得了什么？假如和别人的老婆睡觉都要下台，我们意大利那位绯闻缠身的风流总理，早该下几十次台了！Richard，我倒认为，这封邮件并不会使大家对William的前途产生担忧，反而能够很好地稳定大中华区的人心。"

张乃驰听得气结。明明是一起策划、共同执行的阴谋，事到如今这小老头居然做出一副毫不知情的鬼样来。现在屋子里就他们二人，犹太人还要假装无辜，做给谁看啊？

他不耐烦地搭话："好吧好吧，稳定人心就稳定人心，又能稳定几天？！何况他这次沾上的根本不是单纯的性丑闻，周峰的死因还不明不白的呢，把刑警都招惹到公司来了，在总裁办公室出出进进的，这也能稳定人心？"

"……周峰之死纯属意外吧？"Gilbert眯缝起眼睛看着张乃驰。

"意外？恐怕人家警察可不这么认为。"张乃驰恨恨地说，"西岸化工的大区总裁摊上人命案，大概在公司历史上也绝无仅有了。你还说对William的前途无损，骗骗三岁小孩子吧！我倒是真替他担心，他这么一走会让中国警察看成仓皇出逃，反而更增加对他的怀疑！"

Gilbert脸上的表情更复杂了："仓皇出逃？Richard，难道你在暗示William和周峰的死有关？"

"当然是他的嫌疑最大！"

"Richard，商业领域是文明人的战场，谋杀可就太野蛮了。呃！"

精瘦的面颊抽动了好几下，Gilbert 点起支雪茄猛吸一口，"谈到死亡不免令人胆战心惊啊，我痛恨暴力！"

张乃驰闷闷地说："谁都不喜欢死人的。"

"哦？"Gilbert 的目光再度盯上张乃驰的脸，"Richard，你这样说我就放心啦。毕竟，我们的计划是高尚而纯洁的，不应该沾染一丝一毫血腥气。实话说周峰的死令我很意外、很震惊啊，假如真的是谋杀……那就太可怕了！"

张乃驰差点儿把嘴里的酒喷出去，谋杀确实可怕，但杀人不见血也称不上高尚而纯洁吧？他在心里发着狠——犹太人到底是犹太人，一看到风吹草动就想当缩头乌龟，世上哪有这么便宜的好事？

尽管心里对 Gilbert 的厌恶又增加了，张乃驰面孔上的笑容却也随之热烈，他摆摆手："Gilbert，周峰的死的确在我们的计划之外，但毋庸置疑，这也让我们的计划更加有力了嘛。他的死因就交给精明能干的中国警察去调查吧。该为此痛苦为此受煎熬的人不是你和我，而是 William！呵呵，良心谴责的滋味可不好受哇。"

"哦？难道你对此有经验？"Gilbert 不阴不阳地来了这么一句。

"我……"

"开个玩笑，哈哈哈哈！"Gilbert 朗声大笑，亲热地拍拍张乃驰的肩膀，"谈死亡太沉重啦，还是让我们把这个话题撇到一边。亲爱的 Richard，我们现在应该享受成功的喜悦，千万不要因为一点意外损害了心情。"

张乃驰欣欣然地舒了口气。相互猜忌暂告一段落，两人又像最亲密的盟友般碰了碰杯。

Gilbert 兴致勃勃地说："Richard，我对 William 这两天的表现非常好奇啊。真遗憾没有机会亲眼目睹，能不能请你给我描绘一番呢？"

"哼。"张乃驰沉吟起来，昨天晚上在李威连办公室里的一幕重现眼前，直到现在他还无法摆脱那一刻的沮丧。其实他就是想从近处欣赏李威连狼狈不堪的样子，这会使他获得难以言传的绝妙感受。因此他有恃无恐地直冲入李威连的办公室，迫不及待想粉碎李威连的权威，想好好看一看他的笑话！

他早就料到，口角相争的话自己没有任何胜机，所以他的策略就是奉献最虚伪的情义。李威连总不能对一个热忱伸出援助之手的人怎么样吧？——李威连确实没有对张乃驰怎么样，他甚至连一个字都没恩赐给张乃驰。他又一次遭到羞辱，张乃驰想不通，为什么对手明明已被逼人绝境，自己还是占不到任何便宜。

　　他倒没指望会看到李威连惊慌失措，但他坚信总能从对方身上发现一些惶恐的蛛丝马迹，可除了连续作战的倦容之外，李威连的外表毫无瑕疵，尤其是纤尘不染的洁白衬衫和蓝紫相间的条纹领带，这种搭配恰恰是肤色暗黑的张乃驰从来不敢尝试的。他顿时就泄了气，与对方相比，张乃驰觉得自己太廉价太轻薄，全身闪亮得如同在T台走秀。而那张沉静面容中所透露出的冰冷蔑视，更是令张乃驰如芒刺背，好不容易鼓舞起的自信再一次彻底崩溃。

　　张乃驰无法相信，在接踵而至的打击面前，李威连真的就没有一丝一毫的慌乱？他紧蹙双眉想着，突然发问："Gilbert，中国时间昨天凌晨三点到七点，李威连和总部的会议，真的是董事会专门针对他，要求他解释'逸园'情况的紧急会议？"

　　Gilbert正在自得其乐地品尝清蒸石斑鱼，乍听张乃驰这么一问，他细细地用筷子把鱼肉上的一根小骨头剔掉，才回答："当然。关于李威连在'逸园'这栋房子上的所作所为，材料递到董事会后就引起了相当大的震动，争论十分激烈，找他本人质询是早晚的事，只不过周三早上的邮件和车祸加快了进程，所以才在昨天凌晨召开了紧急会议。"

　　"所以他开完会就一定知道，自己这次在劫难逃了？"张乃驰的语调里还是包含了诸多的疑虑。

　　Gilbert放下筷子，微笑着问："怎么了？ Richard，有什么问题吗？"

　　"他看上去可一点儿不像啊……"

　　"哈！"Gilbert合掌一击，"看来他表现得太完美，把你都迷惑住了？呵呵，William掩饰情绪的本领的确令人赞赏啊。所以我刚才说嘛，他一定成功伪装了自己这次突然赴美的真实原因，让大中华区的员工都以为他是去处理性丑闻，大家尽管很为他担心，但还是会充满信心地期待他的归来。而他却在不知不觉中，为自己的退出做好了全部准备。其实你再仔细想一想，邮件和车祸的发生地都在上海，假如总部对William充分信任的话，完全没必要在这个时刻把他召回美国，反而应该让他留在这里处理危机，这才是对他真正有利的。所以嘛……Richard，不要再怀疑啦，你的阴谋得逞啦！"

张乃驰尴尬地笑了笑，Gilbert又一次把自己撇得一干二净。不过，张乃驰决定不和他计较——把李威连彻底击垮，这才是最重要的，只要Gilbert能发挥关键作用，他喜欢表演就让他演个够好了。

真应该感谢朱明明，是她提供了那张购买"逸园"首付款单据的复印件。正是它揭露出一桩已深深埋藏在岁月中的秘密，终于使张乃驰找到了李威连最致命的弱点。

第二十五章

张乃驰记得尹惠茹是华海中学的英语教师，曾经教了李威连好几年英语。张乃驰隐约听说过这两人之间存在某种暧昧关系，不过他不太相信。后来李威连与"双妹1919"里的双胞胎姐妹过从甚密，张乃驰发现她们就是尹惠茹的女儿，而尹惠茹本人已经成了个痴呆老妇，他便把李威连的行为解读成了怀旧、恋母、施恩和滥情的综合体。

可就是这么个痴呆的老妇人，竟然成了"逸园"的实际产权人，而购入"逸园"的首付款则来自一家名叫"歆源"、曾经和西岸化工有直接生意往来的公司，这令张乃驰大为震惊！他马上就想到，李威连一定是以尹惠茹的名义掩人耳目，而他本人才是"逸园"真正的拥有者！这也就可以解释为什么李威连千方百计要把大中华区总部设在"逸园"里，为什么一口气签订了十年的租赁合同，为什么在"逸园"的装修上一掷千金……张乃驰曾经以为，李威连这么做是出于对"逸园"的感情和对袁伯翰的歉疚，此刻才恍然大悟，他根本就是在用西岸化工的钱为自己供养"逸园"！

张乃驰立即想到李威连让自己投资别墅，以租养房的建议，思路如出一辙。当然，如果仅仅是这样的操作，也算不上太大的问题，即使以违反"利益相关准则"向公司告发李威连，张乃驰还是没把握能撼动他在西岸化工的根基。

除非……来自"歆源"公司的那笔六百万的首付款也有问题！想

到这一点时,张乃驰紧张得全身冰凉,因为他直觉到,自己抓住了最最关键的症结。李威连买下"逸园",为什么首付款由"歆源"公司支付?这家公司和李威连到底是什么关系?它凭什么要为李威连付出重金?是地下交易,还是洗钱,贿赂,甚至是贪污?

张乃驰以前所未有的激情投入到调查中。他很快就找到了1998年李威连与歆源公司所签的合同记录:西岸化工向该公司售出一批总价七百五十万美金的ABS特种塑料,按当时的汇率折合人民币约六千三百万,报价获得总部的批准,流程上没有任何破绽。

这笔ABS特种塑料最终是销售给中华石化的。为什么不直销,而要从歆源这家来历不明的香港公司转手?按当时李威连与总部的交流记录来看,是由于客户方面的特殊要求,也就是客户想收取回扣时通常采用的一种操作方法:指定一家所谓的关系公司,买卖双方都和它签订背靠背的合同,卖出价高于买入价的部分就会被截留在关系公司中,最终作为回扣支付给相关人员。对于西岸化工来说,只要地区负责人担保关系公司的信用资质,而价格标准和市场策略又不损害西岸化工的利益,这种操作是被允许的。

问题是,假如歆源公司真的是客户指定的关系公司,为什么它会替李威连支付买房款?假如这家公司并非中华石化指定,李威连又怎么可能通过它转手后,把那批ABS特种塑料抬高价格卖给中华石化?张乃驰百思不得其解,最后他找到自己在中华石化收买下的一个"小线人"。张乃驰让他在中华石化内部搜集1998年底这笔ABS特种塑料合同的情况,结果还真找来了当年的一份内部通讯稿。中心内容是赞颂相关领导在国际市场供应奇缺的情况下,勇于承担风险,想方设法购得了总价约七千万人民币的ABS特种塑料,为某部门解决了燃眉之急。

谜底揭开了!虽然张乃驰太熟悉李威连的魄力和手腕,但他会胆大妄为到如此地步,仍然令张乃驰体会到恐惧。尤其是1998年西岸化工的ABS特种塑料产量一直很充足!ABS特种塑料这个产品是西岸化工所特有的,李威连显然是凭借总部对他的信任,和对中国市场需求的了解,一手遮天才制造出了虚假的供应紧缺状态,从而迫使中华石化自他推荐的歆源公司以较高价格购入ABS特种塑料。

歆源公司压根就不是什么客户的关系公司，通过它截留下的货款最终打到了房产中介的账户上，成为尹惠茹购入"逸园"的首付款！

这是彻头彻尾地违背商业道德准则的行为，一旦被发现，李威连的职业生涯必将遭到灭顶之灾！可是与李威连上百万美金的年收入相比，为了区区六百万人民币，精明如他，真的会做出这样杀鸡取卵的蠢事？！张乃驰冥思苦想许久，最后找到的唯一理由就是，李威连太想得到"逸园"了！1998年李威连毕竟刚刚升至西岸化工中国公司总经理的位置，年薪尚未达到现在的水平，与此同时他和Katherine Sean新婚伊始，已花费了大笔资金购入纽约长岛的住宅，当时他可能一下子筹不出六百万人民币，却又深知购买"逸园"的时机可遇而不可求，才会铤而走险。

当张乃驰与Gilbert讨论这项惊天大发现时，他们一致同意，李威连不惜一切手段追求目标的性格人尽皆知，因此董事会的许多成员将会采信他们的说法。

张乃驰跃跃欲试了，但老奸巨猾的Gilbert阻止他。他们最大的问题是——手中证据不足：付款凭证只是复印件，ABS特种塑料合约欠缺中华石化部分的细节，歆源公司早就无迹可寻，将整个过程串连起来的是他们的推理。而李威连毕竟是大中华区的总裁、新兴市场业绩斐然的主将，他还是全球CEO兼董事会主席Alex Sean的妹夫。为了公司的利益，为了家族的脸面，为了妹妹Katherine的幸福，只要没有确凿的证据，仅凭目前的材料和推理，Alex很可能会继续支持李威连。

当时，Gilbert慢条斯理地表示："终归是一家人嘛，私了对他们来说更有利。"

张乃驰急了："那怎么办？难道我全白忙活了？"

"除非能从家族的内部瓦解他们……"小老头满脸奸诈的笑。

后续的行动完全是按照这个策略精确执行的。当李威连为女儿庆祝完生日离开美国时，关于"逸园"的告密信就送到了除Katherine Sean的每一位董事会成员的桌上。Gilbert在北京和李威连日夜周旋，使他未能有余暇察觉总部的异动，一周之后，匿名邮件接踵而至，又添上周峰车祸的重磅炸弹，董事会终于无法再保持沉默，才在周四凌晨召开了对李威连的紧急质询会议。

"据说 Alex 勃然大怒咯！"吃到现在，Gilbert 居然还能津津有味地咀嚼黑椒牛排。

"他一定觉得脸丢大了吧？"

Gilbert 吮着手指："呵呵，西方人可不像你们中国人那么在意面子，不，Alex 最在乎的是忠诚，对西岸化工、对 Sean 家族，乃至对他本人的忠诚。而李威连所触犯的恰恰是这个！"

"是啊，"张乃驰得意扬扬地附和，"还有一个丈夫对妻子的忠诚……Katherine 的反应怎么样呢？" Gilbert 的妻子 Sicilia 和 Katherine Sean 的私人关系很不错，一周多前赴美度假，还特地参加了 Isabella 的生日会。当然，她此行还有另一项重要的任务——监视并随时向 Gilbert 报告 Katherine 的状况。

"可怜的女人。" Gilbert 连连叹息，"Sicilia 说从未见过 Katherine 如此失态、如此痛苦……"

张乃驰故意问："她对 William 的风流账不是了如指掌的吗？"

"关键还是她丈夫对她的轻蔑言论。总之，这次 Katherine 明确地告诉 Sicilia，她已经忍受 William 太久，再也不愿继续忍受下去了！"

"话虽如此说，William 对女人可是相当有办法的啊！假如他做出一副可怜样下跪求饶，Katherine 会不会为了 Isabella 放过他这一次？"

"下跪求饶？你认为 William 会做这种事吗？" Gilbert 微笑着反问，就差没说——Richard，你以为是你啊！

"况且，这次就算他求饶也不会有任何用处的。" Gilbert 肯定地说，"Alex 代表 Sean 家族，一定会力主把 William 逐出去，Katherine 的立场无足轻重。"

"就这样翻脸不认人了？好歹 William 为他们卖了许多年的命，怎么说也是条相当有利用价值的走狗吧？"

"当主人对狗的忠诚度失去信任时，这条走狗也就失去了一切价值！Sean 家族需要的是死心塌地，而 William 胆敢挑战他们的权威，当然要被无情地抛弃。"

张乃驰低声嘟囔："他不会对任何人死心塌地的,他只相信他自己。"

Gilbert 沉默了好一会儿,精瘦的脸上才又荡起意味深长的笑容："还有一点至关重要,William 毕竟是个中国人,对于 Sean 这样保守、傲慢的白人家族来说,能够接纳他已经是大大地屈尊了,怎么可能再容忍他的背叛? Richard,不要再担忧了,相信我的判断,William 即将从西岸化工这艘巨轮下船了!"

张乃驰还是将信将疑,Gilbert 突然叫起来:"噢,听说 Maggie 辞职了?"

"啊!"张乃驰脸上的肌肉抖了抖,他知道 Gilbert 这么问的意思,"那个女人失踪了,我也找不到她。不过没关系,就算她透露什么信息给 William,照你说的也为时已晚,何况用来攻击他的材料都是真实的,谁也没有捏造嘛。"

"哎呀,你误会了!我指的不是这个,"Gilbert 摇了摇食指,"William 这家伙当初可是答应了派 Maggie 给我筹备研发中心的,这次他的邮件事无巨细,偏偏没提到由谁来取代 Maggie,这不是给我出难题吗?"

"是这样……"张乃驰眼珠一转,"嘿嘿,我倒有个建议。"

转眼李威连离开中国已有十多天,总部的消息封锁得相当严密,中国员工们对事件进展状况一无所知。好在他临走时将一切都部署妥当,公司的日常运作丝毫无损,重组也在按原计划推进,直到——五月一日假期前的最后一个工作日。这个假期是原定大中华区总部迁回"逸园"的日子,如果说有什么事被李威连的突然离开耽搁下来,这是唯一的一桩。

这天,大家看到了一封由全球总裁 Alex Sean 和亚太区总裁 Philips 联名发出的邮件,宣布一项重要的人事变动:大中华区总裁李威连由于个人原因提出辞职,已获得董事会的批准,即日起生效,在公司找到新的大中华区总裁人选之前,暂由亚太区总裁 Philips 代理这项职务。

邮件没有明确指出李威连离职的真实原因。当然，Alex 和 Philips 未照惯例对李威连的既有功绩大加赞扬，只是一笔带过，也从侧面表示他的离去并不光彩。绝大多数人相信，是性丑闻导致了李威连的辞职，或许这也是西岸化工总部想要给外界造成的印象。李威连关于"逸园"的违纪行为被保守在董事会内部，肯定是出于维持公司管理层信誉的整体考虑。

在这封邮件的最后，附上了李威连本人给全体大中华区员工的辞职声明：

"不论从哪个角度来说，现在都不是离开的恰当时间，因此在做决定时，我确实倍感煎熬。然而董事会和我本人都同意，假使我作为大中华区的领导者，将不再能为西岸化工的企业形象带来正面效应，不再能给员工树立道德和信念的榜样，则必将损害组织的运转效率和文化基因，离开是我唯一的选择。

"很遗憾不能继续与大家并肩作战。今年开始的重组即将把大中华区带入一个全新的历史阶段，这个过程充满挑战、风险和机遇，每一个员工都为此付出艰辛努力，也必将分享到变更带来的巨大成功。我羡慕你们。

"为了无法在这个关键时刻发挥领导者的作用，也为了无法实现曾经做出的承诺，我向各位表达深深的歉意，但我依旧对西岸化工大中华区的前途充满信心，也对各位将在新架构下取得的成就充满信心。我相信，各位都会秉承职业精神，继续努力工作，不遗余力地向新的大中华区领导提供支持。

"我在西岸化工工作了二十年，这段经历就是我迄今为止的全部职业生涯。我对这家公司充满感情，最终以这种方式离开，的确出乎我的意料。最后我想分享给大家的是——遵从社会普遍的道德规范，是美好生活的唯一保障。所谓幸福，从来就是一个有明确上限的概念。因此不论改变自我以适应群体有多么艰难，都值得去做。在这点上，我做得很失败，大家应该以我为鉴。

"再次向大家道歉，并祝大家一切顺利。"

人们对这份声明的反应无须一一赘述。实际上，除了李威连的离职决议之外，西岸化工董事会内部还发布了一份相关的重要声明：Katherine Sean 和李威连的离婚声明。一段时间之后，这份声明的内容也必将流传出去，但至少现在，整个大中华区了解其细节的只有 Gilbert Jeccado 和张乃驰。

他们宣布经友好协商后分手。Katherine 获得了女儿李贝拉的抚养权。夫妻名下的共有财产全部归属 Katherine，李威连另外付出五百万美金和西岸化工的全部股权，作为离婚补偿和女儿的抚养费。

简而言之，他给出了自己奋斗多年的全部所得。

这份离婚声明让两个阴谋策划者在举杯欢庆的同时，也不禁有些战栗。李威连就这样失去了一切，除了所有客观原因之外，他本人的决绝态度恐怕也起了至为关键的作用。当然，真正了解他的人不会太意外，因为这就是李威连的性格。

从一无所有地进入西岸化工，再到现在一无所有地离开——世上总有些人会经历命运的大起大落，李威连就是其中之一吧。

从那天起，没有人知道他去了哪里。

"唰啦！"

丝帛扇动空气激起清脆悦耳的声响，张乃驰刚踏进房门，眼前就是一片漆黑，他抬起手抹把脸，掌心感受到真丝那脆弱而精致的凉意。

黑色长裙落地，张乃驰眨了眨眼睛，看清斜靠在床头的薛葆龄，娇小端正的面庞上没有一丝血色，嘴唇青紫，眼角的泪痕依稀可辨。

他咧开嘴笑了："葆龄，你怎么啦？突然把我叫回来，就是为了让我看你这条漂亮裙子吗？"他俯下身捡起裙子，凑到鼻子前闻着："嗯，你已经穿过它了，对不对？这上面有你的味道，Poison 的味道……"

"你放开！"薛葆龄尖叫了一声，用力拽过裙摆，张乃驰顺势松手，轻飘飘的丝裙再度滑落在床边的地毯上，仿佛一摊漆黑的血迹。

张乃驰抬腿跨过去，一屁股坐在薛葆龄的身边。

"葆龄，"他伸手去揽薛葆龄的腰，"你不可以太激动，对你的心脏不好。"薛葆龄别过身去，张乃驰搂了个空，干脆把手搭到她的肩上。薛葆龄有一头俏丽的短鬈发，栗黑色发际围绕着洁白的耳廓，钻石耳坠在上面闪着粉红色的冷光。

张乃驰把脸埋向她的后脖颈，深深叹息着："我已经有多久没闻到这股味道了？都快想不起来了……"

薛葆龄好像触电似的往后挣开，扭回脸来瞪着张乃驰："你别再说这些了，我不想听！"

"那你想说什么？"

"我……我想和你离婚！"她直截了当地嚷出这句话，眼睛瞪得更大，泪光却不见了。

张乃驰没有答话，只是缄默地注视着自己的妻子。过去薛葆龄找出种种理由去和李威连幽会，欺骗丈夫的时候，总会做贼心虚似的避开他的目光，今天她竟毫不怯阵。

许久，张乃驰才长吁口气："葆龄，我记得不过在两三个月前，你也是在这栋房子里，信誓旦旦地对我说绝不离婚，为什么突然有了这么大的改变？我可以知道理由吗？"

"因为我再也无法忍受你了！"薛葆龄一字一句地回答，表现出的坚决和勇气让张乃驰不觉诧异，他耸耸肩，故作轻松地反问："哦？这又是为什么呢？"

薛葆龄愣愣地看着张乃驰，这张英俊的脸和他们初识时几乎没什么改变，但现在她却能从这张漂亮的面具后看到许多过去想象不到的东西，让她悚然发觉，自己根本就不了解面前这个人。

深深的痛楚浸透全身，她垂下眼睑："乃驰，不要问了。我们还是……好聚好散吧。"

张乃驰眯起眼睛，妻子娇弱而玲珑的身姿就映在他的眼底，却让他倍感失落，对于薛葆龄的背叛，他一直全盘迁怒在李威连身上，此刻却头一次发觉，这个女人也一样可恨！

"好聚好散？"张乃驰拉长声音重复了一遍，若有所思地问，"葆龄，帮我领会领会你这个好聚好散的意思吧？你既然这么说了，一定有所考虑。"

薛葆龄低头不语，春日午后的金色艳阳透过明净的大窗，斜洒在真皮包裹的床头。正是四季中最舒爽的时节。张乃驰举目四顾，墙纸上淡紫色的睡莲花纹凹凸有致，仿佛是立体的一般，他大咧咧地挥了挥胳膊："葆龄，结婚离婚嘛反正就是这么回事，夫妻一场，能好聚好散当然最好。我也没什么特别的想法，这栋房子你要是不想卖就留着，按市价折一半的钱给我就行。香港的房子也一样。你老爸的收藏你看着办，给现金或者实物都行，我不计较。东亚旅游公司的股份我可以放弃，你就自己留着吧。"

薛葆龄猛地抬起头："你说的都是爸爸的财产，不是我的！你又不是不知道，这些我处置不了。"

"哦，"张乃驰摸了摸下巴颏，"我倒是差点儿忘了……你老爸还搞了个什么基金会。怎么？你要离婚没和他们商量过？既然如此，我们又如何好离好散呢？要是这些我都分不到，我还能得到什么？葆龄，你总不至于叫我两手空空地走吧？"他凑到薛葆龄面前，露出阴森的笑容，"难道你也想学 Katherine Sean 打发李威连那样，让我净身出户？"

"李威连"这三个字显然戳到了薛葆龄的痛处，她的神情骤然大变，刻骨的悲伤令她愈加显得面无人色。

张乃驰可不想就这么放过她，而是满怀恶意地紧逼："呵呵，看样子我没料错，就是 William 和 Katherine 的离婚给了你灵感，所以我亲爱的小葆龄也跟着闹起离婚来了。啧啧，这样离婚多划算啊，把我这个累赘一脚踢开，什么都归你所有，带着两三个亿人民币的丰厚嫁妆，我的葆龄也可以扮演美人救英雄的角色了，所以，那位等待你拯救的落难英雄又是谁呢？让我猜猜、猜猜……"

"你不要说了！"薛葆龄终于落下泪来。

张乃驰的面容变得异常阴冷，对薛葆龄的最后一分怜悯之情被厌恶取代，从现在起他再不必忍气吞声，从现在起他要报复个痛快了！

他毫不理会薛葆龄的抗议，继续无情地说着："李威连落到一无所有的地步是他咎由自取！可是我和他的情况完全不同！他是丑事败露被迫离婚的，我呢？我又做错了什么？倒是你……你这几年来的所作所为，要不要摊开来我们讨论讨论？既然都说到离婚了，不如大家就此坦白了吧！"

薛葆龄几乎把嘴唇咬破，她爆发了："张乃驰！你敢说在我们的婚姻中你毫无过错？就算是我背叛了你，那也是你出轨在先！是不是应该先讨论讨论你的所作所为？！"

张乃驰没料到薛葆龄会这样针锋相对，一时有些语塞。而她满腔的愤恨既已点燃，就再难扼制，只管喷薄而出："你还有脸提William和Katherine！在他们的婚姻破裂中，你到底起了什么作用？别跟我说这一切与你无关，我才不信！我知道就是你害了他！就是你！"

"哈哈！"张乃驰大声鼓起掌来，"总算说实话了！原来你是在为他打抱不平啊，原来你是为了他才要和我离婚啊！葆龄，我总结得不错吧？"他把牙齿咬得咯咯作响，"说来说去，都是为了他！"

"是！"薛葆龄嚷道，"是！为了他，就是为了他！这么多年来William是怎么对待你的？你今天的一切都是他给的，没有他我根本就不会嫁给你！可你却这样加害他，你的为人实在太卑鄙、太无耻！过去我总觉得多少有些对不起你，所以才不愿离开你，可现在我再也不这样想了。我连一天都不愿和你过下去，我就是要和你离婚！"

张乃驰不可思议地连连摇头："薛葆龄，你的脑子出毛病了吧？口口声声说我加害李威连，你有证据吗？不要把自己的想象当成现实！李威连搞司机的老婆有视频在，连这也要说成是我害他，太可笑了吧？要不就是他找你哭诉过了？你让他给洗脑了？哦……我明白了，大概是他和你暗中商量过了，反正现在他已经成了孤家寡人，只要你能摆脱我，你们两个倒有机会更进一步了……"他皱起眉头，开始喃喃自语："我说呢，他和Katherine离婚离得那么爽快，原来早就留好后路了，呵呵，他还真是诡计多端啊。"

现在轮到薛葆龄难以置信地瞪着张乃驰，但没有开口反驳，也许她终于清楚地意识到，他陷落在仇恨和阴谋的桎梏中太深，和这样的人是不可能沟通了。

张乃驰把她的沉默当作了承认，黑沉着脸又想了想，豁然绽开得意扬扬的笑容："如意算盘打得够响亮，请你转告他，我从心底里佩服他。不过这次他要失算了，我是不会和你离婚的，葆龄，绝不！除非你能把你老爸的遗产分我一半，哦，再加四分之一作为对我的补偿，否则咱们俩就生生死死在一起，永远也不分开！"

他再次凑近薛葆龄惨白的脸，欣赏着她痛不欲生的表情："葆龄，我们就这么说定了哦。当然，假如你想和他保持露水鸳鸯的关系，我也不会反对。但是我会帮你死去的老爸紧盯着你，不让你动用我们共同的财产去接济外人。我天真的葆龄，痴情的葆龄啊……哈哈哈哈！"

张乃驰仰天大笑着走出薛葆龄的卧室，故意用潇洒的背影阻挡她的视线，使她无法看见随着笑声迸出的泪水，密密麻麻地聚集在他的眼角边。

五月中旬的上海已经有了初夏的味道，穿行在淮海路上的时尚男女们步履轻盈、衣裾飘飘。烂漫街景中挡不住的欲念和渴望，随着每一抹艳阳蒸腾而起，在全封闭的办公室内，仿佛都能嗅到那股子熏熏然、引人沉醉的香风。

Gilbert Jeccado 面朝窗外，惬意地靠在皮椅上，眼睛却微微眯起，让人闹不清楚他是在赏景还是在沉思。在一片沉寂中，突然响起断断续续的低声哼唱，曲调飘浮而古怪，吐字更是含混难辨，歌声正在自得其乐地绵延着，却被一脚踏入房门的张乃驰打断了。

"Gilbert，没想到你还是歌剧爱好者！"张乃驰毫不在乎地大声嚷着。

Gilbert 慢慢坐直身子，愠怒地朝张乃驰瞥了一眼："别忘了我是意大利人！"

"哦，哈哈，唱得很动听嘛。帕瓦罗蒂的曲子？"

Gilbert 从鼻子里哼了一声，用敷衍外行的口吻说："歌剧选曲是用作者的名字来索引的，歌唱家只不过是演绎者而已。再说，我唱的这首根本就不是男高音，而是……"他伸出食指轻吻了一下："La Mamma Morta，噢，我最爱的卡拉斯，她那惊心动魄的演唱啊……"

"你还会唱女高音啊！"张乃驰实在没耐心看小老头的表演了，很不客气地岔开话题，"Gilbert，你什么时候去北京？"

"不急……Philips还没走呢，我当然要留在上海，直到他离开嘛。"

"哦，也对！"张乃驰在Gilbert身边坐下，笑着摇头，"Philips本来都打算安安稳稳等退休了，突然碰上这么摊子事，似乎也很为难啊，这回在上海一待就是十多天。"

"确实如此。不过据我观察下来，Philips的策略就是求稳。毕竟William在大中华区的影响太深远了，重组之后占据最关键位置的都是他的人，Philips必须要表现出对既有团队的尊重和政策的延续性，否则这些人中一旦出现动荡，大中华区的事情就不好办了。"

张乃驰酸溜溜地说："是啊，William果真阴魂不散，我怎么感觉他走不走公司里都是一个样呢？"

Gilbert爆发出一阵前仰后合的大笑："Richard，你也太性急啦！罗马不是一天建成的嘛。你换个角度想，以William在西岸化工整整二十年的苦心经营，你我能在一夕之间就把他赶走，已经是惊人的成就了。其他的，都可以慢慢来。"他抖了抖眉毛："何况，也不是什么变化都没有，比如办公室的安排……"

"啊！"张乃驰腾地坐直身子，"Philips做决定了？大中华区总部到底还回不回'逸园'了？"

"当然是不会回去咯！"

"真的？那……租赁合约怎么办？不是还有三年吗？"

Gilbert满脸得意之色："Richard啊，亏得我和大中华区没什么关系，Philips就找我商量了'逸园'的事。William在'逸园'上做的手脚当然要保密，但西岸化工继续履行租约的话，又太让Alex气不顺。所以我给Philips的建议就是，直接撕毁租约，撤出'逸园'。当时操作这份租赁合同的房产中介公司已经破产关门，那就更好办了！你想想，到了现在的地步，William还好意思找西岸化工要求违约赔偿吗？他只能默默咽下这个苦果。"

"嗯，三年的租金就是三百六十万，William本来要用这些钱来还银行贷款的。现在他除非立即找到下一份工作，否则很难负担得起这些贷款。"

"也许这么一来,他会干脆把'逸园'卖掉?"Gilbert问。

张乃驰紧蹙双眉:"我觉得他不会。为'逸园'他付出的实在太多了,恐怕他拼了命也要把'逸园'留下来。况且'逸园'里出了这么多事,短时间里不论出租还是出售,肯定都不容易。"

Gilbert点点头:"那就让我们拭目以待,看看William如何发挥他的聪明才智,来解决这个棘手的难题吧。对了,'逸园'现在能值多少钱?"

"打听过了,现在的市场价超过一亿五千万人民币吧。"张乃驰回答得倒很干脆利落,语气中却充满了难以尽述的况味,既像是嫉妒,又像是赞叹,更像是仇怨……

"圣母玛丽亚!"Gilbert发出一声惊呼,望向张乃驰的眼神里满是戏谑,"你果然很关心William的状况嘛,什么都不肯放过。哈哈!不过这家伙的手段确实令人自叹弗如,这次我们虽然使他损失惨重,但他居然还保下了差不多两千万美金的房产,我的天……看来我们离彻底击溃他的目标还是太远太远了。"

"那是死钱,没用的!"张乃驰恶狠狠地说,"我问清楚了,老洋房的市场价太高,本来成交机会就少,况且在'逸园'里惨死过好几个人,买主会相当顾虑的。我们不需要特别做什么,只要找人写几篇文章,把'逸园'作为老上海遗留的凶宅渲染一番,这栋房子就彻底死了,除了带给William沉重的经济负担之外,不会给他任何实际的好处。哼,就让William为了保住'逸园'绞尽脑汁吧,他这样做只能让自己山穷水尽!"

"噢!Richard……"Gilbert的脸色都变了,"你还真是想把他赶尽杀绝啊。"他若有所思地住了嘴,从一开始他们共同策划这个阴谋,主导Gilbert始终是冷酷的商战思维,他认为对李威连的一切打击都是理所当然。然而,周峰蹊跷的死亡大大出乎他的意料,今天关于"逸园"的谈话更令Gilbert毛骨悚然,令他恐惧的是张乃驰那不加掩饰的、必置李威连于死地的刻骨仇恨。

对于这个同谋的动机和行为,Gilbert觉得很有必要重新评估,他可不希望由此给自己招来什么真正的祸患。每天走进这栋办公楼，感受着这里的氛围和人们的状态，Gilbert 就能深深地体会到，李威连绝不是好惹的，虽然这一轮战役他们大获全胜，但对手的能量依旧不容小觑，他很可能正在默默酝酿着可怕的反击。从张乃驰的言行中，Gilbert 也领会到了同样的担忧，虽然他俩从未公开讨论过，但彼此都能从对方游弋的目光中，反观到自己那颗惴惴不安、如履薄冰的心。很显然，张乃驰想的对策就是继续施加迫害，从而彻底毁灭李威连——最好让他死！可是 Gilbert 却胆怯了，他既对此缺乏信心和勇气，又惊骇于张乃驰的疯狂，他开始感到隐约的后悔，自己和李威连只不过是职场上的角力，不想却卷入了一场生死搏杀……

他稳定了心神，重新端出亲切的笑容："Richard，除了'逸园'之外，大中华区至少还有一项重要变化嘛，就是——贸易这部分业务的负责人……"

"嗨，你还说这个呢！"张乃驰一副悻悻不快的样子，"贸易业务中最重要的合作伙伴中华石化是我负责的，本来 William 一走，贸易业务顺理成章就该轮到我来管。可昨天 Philips 和我谈的意思，似乎是要让我和 Mark 各自负责一部分，太令人失望了！"

Gilbert 安抚地说："这也很正常嘛，在西岸化工全球领域里，贸易都是 William 一手在大中华区创立的特色业务，连 Philips 也不懂。贸易的利润可观，风险更大，对上头来说，除了 William 谁来做他们都不放心，我本来还以为 William 离开后他们会干脆把这块业务撤了，现在看来还是舍不得啊。所以让你和 Mark 分别负责，必定是权衡再三后的决定，也是为了尽量降低风险吧。既然中华石化在你手里，你还怕什么呢？"

张乃驰哼了一声没搭腔，Gilbert 的道理不说他也明白，本来自己这次已经被排除在核心团队之外了，现在能够夺回部分地盘，应该算很成功了。可他偏不甘心和李威连留下的心腹同食一杯羹，说白了就是心中不爽……

"对了！"张乃驰突然眼前一亮，"我进来时刚好看见戴希，呵呵！"谈到现在，这张英俊的面孔上终于又露出平日那般轻浮的笑，

"Gilbert，你向 Philips 提了吗？"

春风顷刻也拂上了 Gilbert 的脸，他又一次举起自己精瘦的食指，好像对着玫瑰花枝般亲吻着："戴希，多么可爱的女孩，我最喜欢她的眼睛，又圆又亮，好像黑色的珍珠……"

"世界上还真有黑色的珍珠啊？"张乃驰成心追问。

小老头泰然自若："波利尼西亚的珊瑚礁里生活着一种罕见的贝壳，只有它们能孕育出最珍贵的黑珍珠。"

张乃驰发出由衷的感叹："Gilbert，你太厉害了！"只有老天才知道，他所叹服的究竟是博学得厉害，还是胡扯得厉害。

"既然你对黑珍珠这样精通，Gilbert，她理应归你所有！"

Gilbert 朝张乃驰直斜眼睛："亲爱的 Richard，你可不能害我哦！"

张乃驰笑而不答，Gilbert 需要人代替朱明明，戴希虽然经验不足，但聪慧异常，英语超级棒，只要多给她些时间必然能够胜任，张乃驰向 Gilbert 推荐的这个人选，无疑是非常合适的。当然 Gilbert 不知道，张乃驰特意推荐戴希给他，还有更险恶的盘算——进一步刺激和打击李威连。

现在唯一需要等待的，就是戴希本人的反应了。

第二十六章

二十八楼的另一间办公室里，与此同时进行的谈话，也恰恰进展到了这个题目。

谈话的双方是戴希和大中华区的新任人事总监叶家澜。叶家澜四十刚出头的年纪，在中国公司的人事部门已经工作了六年多，也算西岸化工元老级的人物，她先后负责过招聘、福利和培训，朱明明从总裁秘书调任人事专员的时候就和她一起工作，后来朱明明升为中国公司人事经理，成了叶家澜的上司。再后来朱明明升任大中华区人事总监，叶家澜也随之被提拔成中国公司人事经理，这次朱明明突然离职，她才意外地补上大中华区人事总监这个缺。

这肯定是李威连在离开公司前做的决定。在那一整天的面谈中，她被安排在第三个，可见李威连对这个职务人选的重视。李威连把后续重组中人事方面的关键任务都安排给了叶家澜。Philips一接手，就正式任命叶家澜为新的大中华区人事总监，显然和李威连达成了共识。

五月开始，戴希就在叶家澜的手下工作了。她们最主要的任务仍然是落实重组相关的人事变动和制度革新。

两周过去之后，戴希完全熟悉了叶家澜的工作风格，也领悟到李威连在安排她们几个人时的巧妙用心，叶家澜办事严谨、沉稳，是个经验相当丰富的人事经理。过去几年她不如朱明明提升得快，外人很容易把原因归结于朱明明曾经当过李威连的秘书，与他分外亲近的关系。但是现在戴希懂得了，李威连确实很善于把人放在最合适的岗位上，可他最喜欢的下属却是与他自己有相似风格的人——精明强干、野心勃勃、富于创造力和想象力，喜欢挑战和革新。朱明明正是符合这些特征受到他的偏爱，因此他不断地给朱明明更大的施展空间，而把以稳健见长的叶家澜放在略低一级的位置、用她的实干来奠定坚实的基础。

李威连把朱明明派去筹建研发中心，肯定是想充分发挥她大胆积极的工作特长，他一直都很信赖朱明明，把她安插在 Gilbert 的身边，也是出于随时监控 Gilbert 动态的目的。可叹的是，向来胸有成竹的李威连，这回却在朱明明的身上栽了个大跟斗，难怪他会大为恼火——是什么导致了他如此善待的人的背叛，想必他至今都想不通吧。

"戴希，你做得非常好！"叶家澜刚刚放下手上的文件，就笑吟吟地夸奖了一句。

戴希也笑着眨了眨眼睛，她知道自己这样显得不够谦虚，但就是说不出"都是 Carrie 你指导有方"之类的客套话。她有些局促地朝窗边望去，那里也放着一盆绿茵茵的棕竹，戴希的心头仿佛被那些绿叶轻轻一触，没办法，这里的一切都让她想起李威连，即使他已经明确无误地离开了。

是他说的——从现在就开始学习拍马屁吧，很有必要。

戴希垂下眼睑，我就是学不会呢，你说怎么办？

叶家澜并没留意到戴希的心绪起伏，她在工作的时候全神贯注，多少有些刻板，今天她似乎感慨颇多，紧接着又说："咱们不到两周就把重组相关的人事细则草拟出来，连 Philips 都相当满意呢。我上午刚和他谈完，他原则上都同意了，这样最迟在这个月底前就可以发布出去了。"

"是啊，那真的很不错！"戴希搜肠刮肚，就找出这么一句话来。

叶家澜长长地舒了口气："今年公司里太动荡了，本来都指望着重组完成后，一切能够尘埃落定，哪里想到又……唉！好在 Philips 很稳得住局面，现在我们的细则一出，所有人盼了快半年的实惠都兑现了,大家也可以彻底安心了。戴希,你虽然是新人,但是表现大大好过预期,趁重组我就把你从助理直接摆放到专员的位置了。相应的级别和薪酬都往上调一级。通常这样的升职至少要工作一年之后才有。"

"啊?Carrie,我……"这回戴希真连成句的话都说不出来了。

叶家澜看看戴希涨红的脸,以为姑娘害羞,便很大度地笑了:"是你自己做出的成绩嘛,升职也是应该的。"

叶家澜和戴希拟定的这份细则,确实给所有中国员工带来了莫大的实惠,这也是当初李威连全力以赴发起重组的重要目的之一。这些天来公司里有不少传言,说李威连在向总部辞职时,曾就这些内容和董事会做了极其艰苦的协商,Philips 初到之际,大家人心惶惶,不知道当初的指望是否会落空,但就 Philips 的一系列稳定举措和对这份细则的认可来看,李威连应该取得了与最高管理层谈判的胜利。

戴希参与制订细则的这段时间里,完全看出李威连临行前把严肃认真而缺乏创意的叶家澜提拔上来,就是为了让她不折不扣地执行自己留下的思路。

他所承诺的实惠是做到了,那么他所设想的创新呢?

此时此刻,戴希回味着四月初的早晨,李威连坐在"逸园"里那间风格典雅的办公室里对自己说的话,她记得他所说的人事制度的创新,绝不是现在这样仅仅面向利益和稳定,而是富于想象力和时代感的,他一定有非常新颖的创意,还需要戴希贡献自己的才智和敏锐。

雄心与展望在这个春天戛然而止,只在心底留下袅袅余味。

叶家澜当然不会了解戴希的所思所感。她开始进入下一个话题:"戴希,公司决定不再继续租用'逸园'了,行政部已经开始物色新的大中华区总部地点,你之前一直负责'逸园'的改造工程,对那里的情况最熟悉,所以还是由你负责搬出'逸园'。"

"不在'逸园'了?"戴希心头的苦涩一下子弥漫开来,"为什么?"

叶家澜叹了口气:"可能是嫌那里的开销大吧,而且老洋房虽然气派,总不如现代办公楼方便。"她果然很谨慎,一字不提李威连。

"可是刚刚才改造好的……"戴希轻声说,她和大中华区的其他人一样,对李威连实际拥有"逸园"这点仍然一无所知,但是她深深地了解李威连对"逸园"的钟爱,他与这栋房子之间仿佛血肉相连般的牵绊,让戴希既好奇又感动。最主要的是,在她的心中始终怀着一个不足向外人道的小秘密:不论他是否远离,自己一定能在"逸园"等到他的归来,他的房门还要由她来开启呢。

戴希抬起头:"其实改造前搬出了很多东西,那里……现在没剩下什么了。"她听出自己的嗓音有些发颤,赶紧住了口。

叶家澜的心里也不太好受,人走茶凉固然令人感伤,但却是无奈和必须的。对于西岸化工大中华区的每一个人来说,李威连的时代已经结束,纵使有诸多怀恋与不舍,早晚总要接受这个现实。她理解公司的决策,把大中华区总部搬离"逸园"是标志性的行动。

叶家澜用轻松的语气说:"那正好啊,就不用太费事了。我和行政部说好了,具体的搬家工作还是由他们来做,你就指点一下,不要花很多时间。"

"我知道……"戴希不得不提出这个问题了,"William 的东西怎么办?"

叶家澜愣了愣:"哦,你先收起来,请 Lisa 来处理吧。"

于公于私,Lisa 肯定还会和李威连保持联系,但是她休假两周后回来上班,跟 Philips 的秘书交接完工作,就转去 Raymond 那里,开始学习供应商管理工作。这些天一直忙着跟 Raymond 出差,熟悉各地供应商,偶尔和戴希在 MSN 上打个招呼,也从来没提起过李威连的现状。

"Carrie,那我先走了,去'逸园'做些准备。"

"等等,戴希!还有件事。"叶家澜满面笑容地摆摆手。

看着戴希,叶家澜的表情突然变得意味深长起来:"戴希,你知道原来 Maggie 要去筹办研发中心的,她走了之后这个工作一直没有合适的人接手。今天上午 Philips 和我开会时说,Gilbert 对你的能力相当欣赏,他想要你去研发中心接 Maggie 的班。"

"我?研发中心?"戴希大吃一惊。

"是啊，真是个非常好的发展机会呢。假如你去的话，就能再从人事专员升到人事经理了。呵呵，戴希呀，你可是坐上直升飞机咯。"

"可我……一定要去吗？"

戴希着急的模样让叶家澜有些意外，也有些好笑，连忙安抚道："这不是先问问你的想法吗？别担心，你好好考虑，公司也会充分尊重员工自己的意见。当然我个人觉得机会难得，唯一的麻烦就是要常常出差去北京。戴希，你还没结婚吧？有男朋友了吗？"

戴希点头，又摇头……她的心忽然便如一团乱麻。

"嗯，有男朋友的话就先和他好好商量，再做决定吧。"

五月中旬的太阳已经能把人晒出汗来了，正如李威连第一次把她叫去"双妹"时所说的，从公司不紧不慢地走到"逸园"，刚刚好用去十五分钟。这段路现在戴希走得如此熟悉，熟悉到了能在每一个路口、每一片橱窗和每一棵梧桐树干上找到记忆——虽不久远却已深植心底的记忆。戴希懂得，这样的记忆是难能可贵的。

初夏的阳光像一袭轻纱披在"逸园"洁白的酮体上，草坪和灌木都绿得发亮，丁香树叶在微风中不易察觉地舞动着，折射出点点细碎的光亮，繁花俱已凋零。在戴希的眼中，今天的"逸园"展现出她从未领略过的至美，美得这样孤寂、这样落寞、这样出尘而忧伤——我要离开你了，今后又会有谁来陪伴你？

拿出手机，戴希选了孟飞扬的号码，犹豫再三，却始终按不下那个拨出的绿色键。已经有整整一个月了，她和孟飞扬中断了联络，在这座巨大城市的两千万人口中，他们像两个陌生人般各自生活。

这不是真正的分离，因为谁都不曾画下句点，他们只是在等待着重逢的那一刻，并且在等待的同时，咀嚼着对彼此的情感，体味着爱的含义。

自从那封匿名邮件发出后的第二天清晨，孟飞扬在戴希家的楼下目送她离去，便投入到没日没夜的工作中。短短一个月中，他出差十多次，能不待在上海就不待在上海，对如今的孟飞扬来说，最痛苦的事莫过于在自己家中过夜，厨房里新接的热水龙头和洗手间修好的暖风机，戴希都还没用过，严冬已然逝去。正如孟飞扬心中满怀的爱和眷恋，先在不经意间中冻结，继而又被春风催融，最后残存的一点水渍也随着升高的温度蒸发了，消散在恣意飘荡的空气中，似乎完全没有存在的必要。

昼渐长、夜渐短。极少的几次清晨，孟飞扬彻夜看碟后连做了一两小时的乱梦，头昏脑涨地在自家的床上醒来。他的家位于二楼，小阳台的窗外有一棵长得十分茂盛的广玉兰，春天的清晨，不知名的鸟儿很早就在枝头鸣叫，孟飞扬被吵得再也无法入睡，便蓬头垢面地猫到窗前，想悄悄看一看小鸟儿那翠绿的羽毛和圆溜溜的黑眼珠。

然而，每次他只要一接近窗台，小鸟就啾鸣着腾空而起，转眼飞得无影无踪。

"小希……"孟飞扬感受到剧烈的心痛。几年前，他曾经不得不这样看着戴希飞走，他花费了很多时间和努力，准备好接受她一去不回的结局。然而她回来了，是为了他回来的！这让孟飞扬又惊又喜，可是失而复得的喜悦持续的时间何其短暂，短暂得犹如一场春梦。

他的心在一遍遍的自责、埋怨、期盼和绝望中煎熬，理智却逐渐从纠结缠绕的情感中突破出来，孟飞扬发现，自己要想恢复畅快的呼吸，就必须重新认识自己对戴希的爱，厘清得到和失去的意义。

——戴希，也许她根本就不应该回来。这个念头像火柴划出的一线微茫，每次刚一出现就被孟飞扬在巨大的痛楚中狠狠地掐灭。但在这一个月中，他逼迫自己认真思考这个问题，经过多少个不眠之夜，现在孟飞扬已经能够得出结论：理想和爱情的矛盾才是不断困扰他与戴希，带给他们无穷无尽烦恼的元凶。

他不得不质问自己，让戴希为了他而放弃梦寐以求的心理学事业，是不是太自私了？即使这样坚持下去，他们真的能够获得幸福吗？他作为一个有自尊的男人，又怎能以爱之名占有戴希，却剥夺她自由飞翔的权利？

但是孟飞扬积聚起全部的力量，也只能提出却无法回答这些问题。戴希，就像联结着他心脏的脉络，哪怕只要想到她的离开，都会使孟飞扬痛楚难耐。他知道光靠自己不行，他必须携着戴希纤巧的手，看进那对漆黑双眸的最深处，他们才能共同找出答案。

他们曾经分开过三年，已经积累了足够的经验——离别只是重逢的前奏，孟飞扬相信在下一次重逢时，他们将有机会验证对彼此最真切的情感。

这天，孟飞扬下午刚从南京出差回来，就被柯正昀请到新家做客。

好久没和老柯联络了，电话里他的声音听上去蛮响亮，似乎精神不错。出租车驶进老柯所说的街道时，孟飞扬一眼就看见柯亚萍瘦小的身影，站在竖着"龙里新村"石牌的小区门前。

孟飞扬从出租车里钻出来，招呼了一声："亚萍！"

"飞扬！"柯亚萍快步向他迎来，这段时间孟飞扬频频出差，在公司的时候也尽量避开柯亚萍，不愿与她单独相处。柯亚萍好像很能揣摩孟飞扬的心思，整个月来都不曾主动找过他。

随着柯亚萍往小区里走，初夏的晚风沁人肺腑，暮色中尽是匆匆赶回家去的人们，日常生活中微小而确定的幸福，就点缀在每一下急切的脚步中。柯亚萍一言不发地走在孟飞扬身边，他无意中朝她瞥去，发现她朴实无华的身影和周围的环境融合得分外和谐，传递出一种使人安心的力量。又酸又涩的滋味突然在孟飞扬的喉间弥漫开来——生活中确实有这样的女孩，永远都不用担心她会飞向天空，因为她没有戴希那么华丽的翅膀，她的双足稳稳地踏在灰色的土地上。

两人默默地走进了柯正昀的新家——位于老式六层公房的三楼，夹在中间的一室半公寓。房子又小又暗，布置得也很简陋，老柯的情绪却很高昂。他热情地将孟飞扬拉进正屋，屋子中间搭着张方桌，上面已经摆好了满满一桌的菜肴。

"来，飞扬，咱们好久没在一起聚聚了！今天难得啊……"柯正昀拔开长城干红的瓶塞，就要斟酒。

孟飞扬很诧异："老柯，你不能喝酒吧？"

"今天让亚萍陪你喝！呵呵，这桌菜也是她做的。"

"哦……"孟飞扬端起杯子，瞥了眼坐在右手边的柯亚萍。她今天反常地沉默，看上去心事重重的样子。

"老柯，亚萍，祝贺你们乔迁新居啊！"孟飞扬碰了碰老柯盛着茶水的杯子，再转向柯亚萍，她的眼睛亮了亮，也举起酒杯。

孟飞扬冲她微笑："谢谢你为我准备这么多好吃的，辛苦了。"柯亚萍的眼睛更亮了，甜甜一笑，低头抿了口酒，脸上顿时飘起两朵晚霞。

老柯和孟飞扬聊起他现在的业务，有不少熟悉的客户和行业情况，两人谈得热火朝天，孟飞扬很喜欢这样的氛围，简朴、凡俗但又很轻松、很踏实，他终于可以暂时摆脱无望的爱之愁思，沉浸在平常人生的快乐中。

孟飞扬本来酒量就不大，喝着喝着有些醺醺欲醉了。在惬意的半昏半醒之中，他感受着柯亚萍时不时掠上自己面颊的温柔目光。

"爸。"柯亚萍突然低唤了一声。

柯正昀会意，从旁边的五斗柜上取过一个黑色的老式皮包，郑重地摆在孟飞扬面前。

他清了清嗓子："咳……飞扬，这里是三十五万元钱。还给你！"

孟飞扬一惊，柯正昀接着说："飞扬，当初你借的这笔钱，等于是救了我和亚萍的命。后来你又把自己的房子让给亚萍住，我们真是……"他的眼圈发红了，不等孟飞扬摇头，就又一鼓作气说："飞扬，我听亚萍说为了我们家的事，你和女朋友都闹别扭了。你说说这……唉！我们实在过意不去啊，所以无论如何要把钱尽快还给你。呵呵，小孟啊，你也该给你女朋友一个交代，赶紧去买个房子，好让人家姑娘定心。"

孟飞扬瞪着面前那个鼓鼓囊囊的大黑包，柯正昀的话仿佛从几公里之外传来，他虽然听得明白，却又难以领悟其中真意。

他抬起头："老柯，你一下子怎么弄来这些钱的？"

老柯父女交换着眼神，柯正昀从脸上挤出惨淡的笑来，昏暗的吊灯下看着竟有些狰狞："飞扬，怎么弄来的你就别管了。总之我们父女俩不惜代价也要把你的钱给还上，假如有什么地方做得不周到，也是没办法的事情。飞扬啊，我是六十多岁已经退休的人，能太太平平地多活两年就知足了，只是亚萍，小姑娘作孽啊，老是被我和她哥哥拖累，总也没个出头的日子……飞扬，我是没用的，以后真要麻烦你多关照她。"

孟飞扬好像陷入了一场由老实人布下的迷局，既生涩又诡异。他发了会儿呆，还是不知该如何回应老柯的话，便嘟囔着告辞，摇摇晃晃地就往外走。柯正昀拉住他："小孟，钱！"

"爸爸，你看他现在的样子，还是别让他拿钱了。"柯亚萍小声嗔怪父亲，"你先把钱收好，我送飞扬走。"

走在小区中央的走道上，晚风把孟飞扬昏沉的头脑略微吹得清醒了些。他停住脚步，转向柯亚萍，她就如来时那样沉默地跟在他的身旁。

"亚萍，那些钱到底是怎么回事？"

柯亚萍还是低头不语。

孟飞扬转身就走，手臂却被牢牢抓住，他只好又停下，柯亚萍微沱的双颊在路灯下娇艳如花，眼中却是一片蒙眬，孟飞扬无法再与她对视，不得不移开目光。

柯亚萍说话了："我……我做了件很不好的事情。"

"不好的事情？"

她说得很小声，每一个字都吐得很艰难："我、一点儿不知道会有什么后果……其实我都没怎么看懂……可是、可是……他答应给我一大笔钱，我想……"柯亚萍猛地抬起头："我想无论如何也要拿到钱，我必须把钱还给你！"

孟飞扬的脑海中一片空白，只看见柯亚萍那双变得奇大的眼睛，突兀地呈现出在平淡无奇的脸上，一半阴暗一半透亮……孟飞扬狠狠地抹了把额头，强压着胸口的翻腾问："……你说谁？谁答应给你钱？"

"是……西岸化工的、那位张总……"

有好长一段时间，孟飞扬说不出话来。戴希的怀疑竟然是真的！他想不通，他怎么也想不通，这一切究竟是怎么回事？还有自己眼前这个瘦小拘束的身形，在她那清浅如溪的表情下，居然掩藏着令人心悖的动机吗？！"

他的沉默让柯亚萍难以忍受，不等他追问就开始坦白："是、是两个月前他找到我，说他知道我给、给有川康介做、做的事情……他问我有没有说出去过，我说没有，他就威胁我，说要把这些事捅、捅给公安局，还有公司里……"

"他威胁你？！"孟飞扬难以理解地反问，"你为什么不告诉我？"

柯亚萍似乎没有听见他的问题："但是他又说，如果我能给他提供有用的情报，他不仅不会把我的事捅出去，还可以再给我钱。我不知道什么是有用的情报，他说只要是和西岸化工有关的都行，我说我和西岸化工没任何关系，他说你有……后来，后来我在你家时用了你的电脑，就看见了那些照片和文件……"

她终于停了下来，孟飞扬却觉得耳边嗡嗡轰鸣，好半天才满嘴发苦地问："这些东西就那么值钱？"

"……我也不懂，他给我的卡里打了三十万。"

孟飞扬冷笑了："人家给你这么多钱，是让你保守秘密吧……你现在为什么要告诉我？"

柯亚萍再次垂下头，什么都没说。

又一阵冰凉的晚风吹来，瞬间便阴干了孟飞扬通身的大汗，他不禁打了个寒战。路灯昏黄，他们相对而立的身影被树荫的庞大黑暗吸收。孟飞扬摇了摇头，再没什么话可说，就径直朝小区门外走去。

柯亚萍没有跟上来。孟飞扬沿着小区的外墙稀里糊涂地走了一阵，突然转身往回疾行，很快就又来到他们刚才交谈的那盏路灯下。

她果然还在这里，只是蜷缩成一团蹲在地上，脑袋埋在臂弯里，双肩轻轻颤抖着。只能看见竖起的马尾辫，和褐色的发圈。孟飞扬立即认出了，她第一次到他家里洗澡时就遗落了这个发圈，当天晚上就被戴希发现了。

孟飞扬的心防骤然垮塌——柯亚萍只是一个无助而脆弱的小女孩，她那双瘦弱的肩膀，怎么看都无法独自承担人生的重负。不论她做了什么，她的初衷毕竟是善意的，而且这种善意只针对他。

孟飞扬低声叫："亚萍。"

柯亚萍缓缓地抬起头，泪水把整张脸都涂花了。孟飞扬怜惜地伸出双臂："起来吧，别哭了。"

他只是想把她扶起来，但是柯亚萍愣愣地看了看他，突然用力抓住他的手臂，随即投入他的怀抱。

孟飞扬有些发蒙，本能地想要放开她。但是柯亚萍使劲地抱着他，纤瘦的身体还在他的怀中不住地颤抖，他听见她带着抽泣的喃喃细语："飞扬，飞扬，求求你原谅我……我真的、真的只想为你、为你……"

她哽咽地说不下去，而他也再听不下去了。

"亚萍，我知道了，你别哭。"终于，孟飞扬把柯亚萍从自己的胸口轻轻推开，又捋了捋她额头的乱发，"先回家吧，你爸爸该等急了。"

柯亚萍不肯动："飞扬，你还怪我吗？你怪我吗？"

孟飞扬苦涩地笑了笑："怪你有用处吗？好了亚萍，我陪你回家。"

再次走出小区时，孟飞扬有种筋疲力尽的感觉，心情却又平静地令他自己都很不解。导致他和戴希争吵的最终原因找到了，孟飞扬却不喜也不憾，倒好像一直掩藏在地底的暗流终于破土涌出，使他感到了意外的解脱。

已经超过十点了，当无数辆亮着空载灯的出租车从孟飞扬面前驶过后，他才如梦方醒地抬起手。

出租车开到离孟飞扬家不远的地方，他的手机上跳出一条短信，是戴希发来的。整整一个月来，这是戴希发给孟飞扬的第一条短信，他却没有喜出望外。思念之痛依旧像尖锥一下一下刺进心房，另一个巨大的恐惧却幕天席地而来——戴希，以后我该怎样面对你？

孟飞扬迟疑再三，咬紧牙关才揿下按键。

"飞扬，你好吗？公司要调我去北京的研发中心工作，你的意见呢？"

她肯定也是犹豫了很长的时间，才在这个深夜发出短信。直到出租车停下，孟飞扬还在一遍遍地读着它。

我最最、最最亲爱的小希……站在接近午夜空无一人的街头，孟飞扬举起手机,把深情的亲吻印在屏幕上,印在这些发亮的字迹上。冰凉的金属表面和戴希温热的双唇迥然相异,使他更清晰地品尝到他们之间的距离。

他一个字、一个字地输入回复:"我很好,你也好吗?研发中心肯定是个难得的发展机会,你自己决定吧。"

输完了,孟飞扬看着手机上的时钟跳动,许久、许久,也许过去了半小时,也许更久吧……他才按下发送,如释重负的同时,孟飞扬感到从未有过的疲倦,身心都仿佛累得麻木了。他像个老头儿似的慢慢爬上二层楼,开门入室,刚倒在床上就打起呼噜来。

两天后的下午,五点多钟时戴希在公司里接到了童晓的来电。
"女魔头,最近可安好否?"
"勉强活着。"戴希回答,"你呢?还是那么清闲,国际友人们没给你添麻烦吧?"
童晓怪声长叹:"麻烦死了!麻烦得我都快成精神病啦!女魔头,我亟需你的心理咨询!"
"精神病靠心理咨询可治不好,要不要我介绍你去精神病院?我爸有关系,可以帮你预留床位。"
童晓呵呵笑了:"戴希,在住进精神病院之前,我必须请你吃个饭,今晚好不?"
"……好吧。"
在泰国餐厅靠窗的位置上,童晓看着戴希走进门。
"哇,女魔头,几天不见你怎么憔悴了呀!"
戴希白了他一眼,噘着嘴坐下一言不发。
童晓仔细打量她:"唔……也不是憔悴,就是瘦了些,可是更漂亮了!有你这样的大美女坐在对面,我的压力好大啊。"
"你再胡说我马上走人!"
"好,好,怕了你了!"童晓暗暗叹息,刚才他清楚地捕捉到戴希进来时期盼的神情,和看见只有他一个人时的那份黯然,总归避不开的话题,他索性直截了当,"戴希,孟飞扬这小子不是东西,我代表我自己和全世界的正义鄙视他！"

戴希扑哧一笑："他怎么不是东西了？"

"呃……"童晓愣了愣，"让我一个人来请你吃饭就不是东西！有他在就不用我掏钱了嘛！"

"他忙嘛……你不愿意掏钱我掏好了。"戴希温柔地回答，童晓看着她轻盈流转的眼波无处着落，心中着实不忍，连忙拍拍桌子："说好了我请就我请。女魔头，今晚你陪我吃饭，不许谈孟飞扬！"

"好。"戴希言听计从，"那我们谈什么？"

真是冰雪聪明！但童晓没有赞叹出声，从现在开始他不想显得太浮滑，因为今天他们要谈一个十分严肃的话题，关系到生和死、善与恶，还有永远解不开的爱之谜团。

童晓带给戴希的，是关于周峰车祸最新的调查进展。

"戴希，你们公司的那位李总裁不在国内吧？"

"前总裁。"戴希很镇定地纠正童晓，但声音中的痛楚和焦虑一下子就聚集起来。童晓略一沉吟，她就忍耐不住了，怯生生地追问，"童晓，案情真的和他有关系吗？"

"当然有啦。"童晓还想卖卖关子，可戴希瞬间煞白的脸吓了他一跳，连忙解释，"哦，不是直接的关系！"

"那是什么关系？……可以告诉我吗？"

童晓的心中五味杂陈，当孟飞扬知道童晓有周峰案件调查的最新进展时，便请求童晓把情况告诉戴希。从孟飞扬那里，童晓完全能感受得到他对戴希深入肺腑的爱，可他对她却偏偏要避而不见。

也许，这就是爱情叫人魂牵梦萦、生死不渝的奥秘吧。

童晓觉得自己有责任安慰戴希，受朋友之托嘛……于是对戴希和善地微笑："最新的情况是，周峰的老婆宋采娣向警方承认，是她投药给周峰，蓄意谋杀了自己的丈夫。"

"什么？！"戴希给吓着了。

"呵呵，别怕啊。"童晓耸了耸肩，"为了情人谋杀亲夫，这种事情古亦有之，也不算新鲜啦。"

警方在宋采娣的家里展开调查，才过了短短几天时间，她就彻底崩溃,把一切都交代了。据她声称,出事的那天早上,她像往常一样陪周峰吃完早餐,灌上一壶茶水便送他出了门。就在那顿和平时一般无二的由大饼油条组成的早餐中,宋采娣偷偷在豆浆中投下了五片安眠药,她不敢多放,怕周峰尝出味道有异,不过她很清楚这种药的效果,五片足够让周峰失去知觉了。

宋采娣供述,因为自己有时会失眠,李威连知道后就给了她一些美国的安眠药,她没有吃却偷偷藏了起来。

她策划这个行动已有半年之久,也曾反复思虑,无法决断。直到那个早晨,她终于痛下决心。周峰出门后不久,她就往李威连的公寓打了电话,她还不能准确判断周峰的药物发作时间,但是必须保证李威连不上周峰的车,因为她想害死的是周峰,绝不是李威连。

李威连接了电话,但说公司里有人来找他谈话,他已经让周峰把车开回公司去了。宋采娣这才放了心,接下去她只需要等待噩耗的降临,她认为自己的计划万无一失,对周峰的死充满信心。

"她为什么要这么做?"戴希听得又惊又怕又糊涂。

童晓撇了撇嘴:"咳,她说是为了——李威连。"

不需要刑警的推理,任何正常人都能判断,宋采娣的理由是荒谬而无耻的,但是当童晓阅读她的审问笔录时,情绪却又时时在惊心动魄和沉沦感伤间徘徊,对于这样一个只有初小文化,头脑简单的女人来说,她的所作所为不过是跟随人性,只是命运给予她的考验太复杂、也太尖锐了。

第二十七章

你们不懂,你们不会懂的,李威连是我这辈子最爱的男人,我为了他什么都肯做,死都不怕!周峰这死鬼想拆散我们,他不想让我和李威连再好下去,他要害李威连!我怎么肯?怎么肯?没有李威连,我是活不下去的,所以我要杀了周峰,杀了他。我就还可以和李威连在一起。

你们发现了也没关系,我早就准备好偿命的。为了李威连去死,我心甘情愿。

你们以为我是为了钱?你们错了,我爱他啊!好多年好多年前我的心就是他的了,可是那时候没机会,要不然我黄花闺女的身子就该先给了他,怎么还会让周峰得了甜头!还好老天爷有眼,后来又让我碰上他,我很知足了。

要判我死刑就判吧,其实我老早就该死了!如果不是李威连救了我,二十五年前我就给炸死了,哪里还会有今天?我没什么文化,可我懂得做人要知恩图报,救命之恩是什么?那是比天还大的啊!就算要我给李威连做牛做马一辈子,也是应该的。

我和周峰是一个镇上的,从小订的亲。他算我们那里有出息的,技校毕业后给金山石化厂招去当学徒工,我早就巴望着嫁给他,能跟他一起到大上海来。

1984年我才刚满十六岁,那年夏天特别热。六月中的时候,我好不容易寻到一个去金山看周峰的机会。生平头一遭来了上海。

等到了金山石化的厂区里面一看,那么大,我就晕头转向了。别人告诉我,周峰在锅炉房烧锅炉,我七兜八兜地找了好久,总算找到锅炉房的时候,刚进门就是一声巨响,我整个人都弹了起来,然后就摔在地上,什么都不知道了。

醒过来以后周峰告诉我,我遇上了一场大事故。锅炉房爆炸,要不是有人帮我挡住一个倒下来的工具架,我很可能当场就死了。

那次事故还引起了大火,周峰也烧伤了,头皮烧掉了好几块,后来那些地方再没有长出过头发。我却只有轻微的脑震荡,连周峰都说我命大。他告诉我,救我的人叫李威连,是一个从上海高中毕业后分配来的学徒工。周峰还说,因为替我挡了那个工具架,李威连被砸断了脊柱的骨头,如今躺在床上动不了。连医生都说不好治,怕是要成瘫了。

我当时就听得蒙了,脑子里乱轰轰的。过了几天,我的伤好得差不多,该回乡下去了。我央求周峰带我去看一看救命恩人,当面谢谢他。可等真进了病房,我压根都不敢朝他看,走到病床前面,扑通跪下来就磕头。这时候,一本书掉在我面前的地上,我恍惚记起他刚才是躺着看书呢,我把书捡起来递上去,这才头一次看见他的脸。

我还从来没见过这样标致的男人,那以后也再没见过。周峰的卖相在我们镇子上算是好的了,可是当我看到李威连的时候,我才明白什么叫动心。他从我手里接过书,说了声谢谢,还对我笑了笑。就是这笑,我直到现在还记得清清楚楚,每次想起来就好像在眼面前。从那时起我的魂就种在他的身上了。

那时我就下了决心,如果他真的瘫了,我就伺候他一辈子。

后来我在金山石化又留了两个多月,专门服侍李威连。一开始他还不好意思,可他行动不方便,身边又没一个亲人,所以也由不得他。他伤得那么重,孤孤单单的,我也没听他抱怨过什么,每天从早到晚就是看书,我给他做事他总是笑笑、说声谢谢,也不对我讲别的话。等到他终于能起床了,我又开心又难过,我得回乡下去了，可我真舍不得离开他啊。

　　我是回到乡下以后才听周峰说，李威连要去香港治伤了。香港啊，那种地方我是连想都想不着的。不过我也懂的，像他这样的人就应该去最好的地方，金山怎么配得上他。我想，我这辈子是不可能再见到他了，往后只能在梦里梦到他。

　　是老天爷可怜我，又安排他回来了！

　　我嫁给周峰以后就跟他把家安在金山，周峰在厂里开卡车。儿子出生后不久，周峰交了几个不三不四的朋友，学会了赌博，很快就把家里的那点钱都败光了。为了不让小建新挨饿受冻，我只好在当地的宾馆找了一份客房清洁的活。1999年春节前后，李威连到金山石化来办事，住进了这家宾馆，正好是我负责打扫的房间。

　　他早就不记得我了，但是我一眼就认出了他。老天晓得，我从来就没有忘记过他呀！

　　后来也是我求的李威连，让周峰给他当司机。我们把家从金山搬到市区。李威连帮我们买了三室两厅的大房子，给周峰开很高的工资。有他管着，周峰和那些赌博的朋友断了往来，家里的钱也能攒起来了。我家建新学习成绩不好，上不了好中学，也是李威连帮忙把建新送进民办初中，条件特别好的贵族学校，每年光学费就要五万。

　　我们一家能过上现在的日子，全靠李威连，更别说我的命本来就是他救下的。所以我总是觉得，我们为他做什么都是应该的。开始时周峰好像也很乐意，口口声声要我好好报答人家，可是最近这两年，他慢慢变了，我能觉出他心里面有恨。前些天我发现他在偷偷录像，我气死了，他想干什么？我找他吵，没想到他居然说，李威连最近这一年来得越来越少了，所以他想多拿一些把柄在手上，到时候好逼李威连再多出点血。

　　你们听听，这还是人说的话嘛！

　　吵到后来我才知道，周峰不知什么时候学会了在网上赌球，输得一塌糊涂，又在外面欠了很多债，所以才想到要打李威连的算盘。我对周峰讲，跟李威连用这种办法是绝对行不通的。我们是靠人家过生活的，而且他现在明显有了要疏远我的意思，如果真的闹翻了脸，最后还不是我们全家人倒霉，竹篮打水一场空！我还说，如果周峰敢再动这种脑筋，我就和他离婚。

听了我的话，周峰不响了。可是我知道，他不会就这么罢休的。这个人疯了，我原来一直以为他窝囊没主见，现在却觉得他很可怕。我倒不是怕他会对我怎么样，我怕他要加害李威连。

我想来想去，只要有周峰在，我就要一直为李威连担心，还是让周峰去死吧。我知道做了这事我自己也得死，可我不在乎，真的不在乎，只要李威连好好的，我死也值了！

我都坦白了，你们爱怎么样判就怎么样判吧。我就是那一个要求，让我死前再和李威连见上一面，我要跟他说，我宋采娣生生死死都是他的人，我是一门心思欢喜他的。

童晓花了很长时间转述宋采娣的口供，等他讲完，旁边桌子的客人已经离开了。

"我不懂，她既然发现周峰有问题，为什么不直接告诉李威连呢？毕竟，这对他是很危险的呀。"戴希垂头沉思了很久，抬起晶亮的双眸问道。

童晓扬起眉毛："她害怕李威连一旦知道周峰有问题，就和他们一家中断往来，她就再没机会见到李威连了。"

"所以她就把自己的丈夫谋杀了？"

童晓哼了一声，没有回答戴希的问题。

戴希又想了想："可她还用李威连的药来杀人，我真不明白，她究竟是想帮他，还是想害他……"

童晓微笑了："女魔头，我发现你也挺有推理的天赋嘛。"他往前倾了倾身子，诚恳地说："宋采娣的口供有许多疑点，这个案子还远未到真相大白的时候。我只是觉得，她所说的故事中包含了太多人性的阴暗面，戴希，你可以从心理学的角度分析分析，我会很高兴听到你的意见。呵呵，非官方的咨询，朋友之间随便聊聊，你一点儿不用有顾虑。"

现在戴希完全能够肯定,是孟飞扬让童晓来告诉自己这些的。

当代中国社会中最平凡普通的一家人,因为不受控的欲望而陷入罪恶的深渊,乃至家破人亡。这当然只是个例,却又有着广泛的心理基础。当所有人都把财富、地位和权力视为唯一信仰之时,心灵的安宁就弃他们而去了。幸福,亦成为一个遥不可及的幻觉。宋采娣的话提供了咨询者 X 人生的另一个侧面,确实帮助戴希探索到他内心的更深处——那片最华美的荒原。

戴希相信周峰的案子必将水落石出,犯罪者一定会受到惩罚,但真相就那么重要吗?人们往往坚信,有真相才有公正。然而现实的真相和人心的真相,有时候远非一致。世上又有谁人能宣称普适的公正?这个故事中的每一个人就能因此得到公正吗?周峰、宋采娣、周建新……还有李威连,属于他的公正又在哪里?

回到家里,戴希花了一个多小时把童晓的讲述整理成文。邮件发给 Lisa 之后,她特意追了条短信,请 Lisa 尽快查收。

又等了半小时左右,戴希收到了 Lisa 的回复:"收到,已转发。非常感谢你,戴希!"

戴希轻轻地松了口气,Lisa 只会把邮件转发给一个人——咨询者 X,你还好吗?

刚刚进入六月,香港的雨就开始下个不停了。

午后四点多,四季酒店大堂右侧的酒廊十分冷清。

面对一室寥落,钢琴师 Joe 依旧兢兢业业地演奏着。酒廊的一侧是整幅的玻璃幕窗,一直以天然的光线和宁静的海景为特色,但在今天,维港的景致在接天水色后若隐若现,对岸九龙的高楼只能看个大概,顶着大雨的车辆在海边高架路上开得飞快,棕榈叶随风雨低垂摇摆,雨水连续泼洒到玻璃幕窗上,仿佛把天地间的凄惶也连带着泼过来,水痕从天花直直地淌向地面,绵延不绝。

Joe 朝站在一旁的女服务生 Tina 微笑点头,Tina 心领神会,立刻走上前来,将一只点燃的蜡烛杯放到钢琴上。

"好暗啊……"他们互相轻声说着,长久的雨天会让人产生错觉,仿佛傍晚提前来临了似的,而冷气充足、人影稀疏的室内更使人恍惚忘却,外面已然是湿意浓重、气温超过三十摄氏度的闷热夏季了。

Joe 注视着 Tina 的背影,整间酒廊只有靠窗的一位客人,她悄悄走过去,给他的桌上也点起了蜡烛灯。几番叠印,低调奢华的淡褐色金属墙面上数不清的烛光晃动起来。就在这时,一个男人走进酒廊,窗边的客人立即站起身来。

"哎呀,我迟到了吗?等多久了?"郑武定用力握紧李威连的手,又使劲晃了晃,这才放开。

"刚好四点半,你还是很准时。"李威连说,"我也才到一会儿。"

两人面对面坐下,郑武定还在摇头:"这次在香港的事情太多,还有一大堆应酬,推都推不掉。我生平最讨厌迟到,刚才是发了脾气才得以脱身的。"

李威连淡淡地笑了笑,Tina 又悄无声息地移到桌边,给郑武定倒上英国茶。

"你今晚就回北京吗?"看着郑武定喝了口茶,李威连才问。

"是啊!所以我今天无论如何要和你碰上面。可是现在相当的不自由啊,日程安排得紧不说,身边还老围着一大帮子人,每天都弄得我筋疲力尽。"

李威连点了点头:"看样子你对新身份还不太适应……当然这不是问题,很快就会游刃有余的。"他端起茶杯:"今天时间不多,咱们就以茶代酒了。武定,祝贺你。"

两人碰了碰杯,郑武定想随便说句什么,心中却是一阵百感交集:"威连,让我说什么好呢,唉!说实在的,我这几天老是回想起咱们当初在北仑港的情景,当时你我都是三十岁,一转眼就是十几年过去了。"

"对。"李威连回答得简洁而冷静,似乎不愿多谈过去。

郑武定把堵在喉间的话咽了回去。长达十六年的交情使彼此达到高度默契,他当然理解李威连此时的心情。当年在北仑港李威连一战成功,郑武定从此对他佩服之至,却又不甘其后,凭着一腔军人的豪情向他发起挑战——两个意气风发的年轻人就此立约，从今后在不同的战线上拼搏，每年聚首比较各自的成绩，看看谁更占先。十六年过去了，李威连年年取胜，直到今天……

一个月前刚刚正式被提拔为中华石化国际贸易公司总经理的郑武定，今天所面对的老朋友、过去十六年来始终以不同方式帮助他的人——李威连，头一次在两人的比拼中完败。

郑武定能说什么呢？表示同情？安慰？还是由衷地感谢？所有这些话，即便是军人出身、性格豪爽的郑武定也一句都说不出来，因为他不想让李威连有丝毫的难堪。再坦荡的朋友关系也有必须维护的底线，李威连主动的祝贺已尽显尊严。虽然他那细腻多情的性格与郑武定差距甚远，但他的义气讲求原则又实实在在，远比靠酒桌上豪饮建立起来、又凭桌面下的肮脏交易维系的所谓友情更富于男人气概。

郑武定拿定主意，直截了当地发问："说说吧，你今后怎么打算？"

"还没来得及想。"

"咳呀！"郑武定拍了拍大腿，"你还真沉得住气。那我向你提个建议？"

李威连含笑不语。

郑武定兴奋起来："威连，我这次来香港出差主要是集团公司的事情。中华石化最近在海外有很多动作，你知道吗？"

"嗯，"李威连点点头，"我想是因为金融危机吧？"

郑武定笑着叹口气："看来我不用多说了！"他往前凑了凑身子，压低声音说："其实不算什么秘密了，金融危机导致一大批欧美公司资产贬值，从去年年底中国企业就在全球范围开始抄底行动，中华石化在谈的也有好几个大项目，其中还有交易额高达上千亿美金的！"

"非常正确的战略，现在确实是中企海外并购的大好时机。"

"战略是没错的。可是海外收购要成功的话，难度也相当大啊！威连，中资企业在这方面的薄弱环节你最清楚不过。首先，海外的信息渠道是一个大问题；然后就是文化和政治上的偏见，尤其收购对象是上游能源企业的话，遇到的非经济阻力就更大了。即使排除万难收购成功，如何成功实现管理整合仍然是个巨大的难题。所以集团公司在积极操作海外并购的同时，也一直在想办法解决这些风险和威胁。"

说到这里，郑武定停下来，注意看了看对面的李威连。两人目光交错，郑武定的心中溢起一份真切的感动，满腔热忱地说："威连，集团公司正在筹备成立专门操作海外收购的开发公司，需要兼备中西方文化背景，有能力进行海外公关和可行性研究，又懂得国际化运作和欧美企业管理，能够真正实现收购后的管理融合的人才，当然行业背景和经验，对全球经济动态的敏感和魄力更是必须条件。集团公司领导这次是下了大决心的，只要能引入真正符合要求的超高端人才，再高的成本也愿意付，而且一旦到位的话，必将给予最大的放权和支持……威连！"他情不自禁地抬高了声音："我想来想去，再没有比你更合适的人选了！怎么样？给美国人打了这么多年工，想不想换个身份，替中国去把他们的企业买下来，为我所用！"

李威连专注地倾听完，并没有立即回答。Joe恰好结束一支曲子，酒廊里陷入深沉的寂静，滂沱的雨声就在这个刹那侵入，在耳际轰鸣成一片。他的目光移向窗外，天色又暗了一些，他们面前的桌上，烛杯的红光悠悠摇曳在幕窗上，映出海面上更加朦胧的雨雾，在天地间肆意飘飞，对岸几乎看不见了。

"武定，你所说的这些令我深感激动。"片刻之后，李威连迎向郑武定期待的目光，诚恳地说，"这样的机遇和挑战难能可贵，对我的确非常有吸引力。不过……工作了二十多年，一直在全力向前冲，身心都相当疲倦了，我很想趁现在的时机休息一下，好好地思考思考。当然，还要处理一些个人的事情，所以很遗憾……"

郑武定露出大失所望的表情，还不肯甘心："别急着推辞啊，再考虑考虑？"

"不用了。"李威连的语调很平缓，但又异常坚决，"这样的工作需要全情投入，在心有杂念的情况下，是不可能做得好的。"

郑武定一下子没明白："杂念？……唉！"他重重地叹了口气："那么，我还有什么可以帮到你的？"

"当然有。"

"好，你说吧，需要我做什么？"

"还在构思中，不过我的计划势必会需要你的支持，等想法成型后我肯定第一时间和你讨论。"

"没问题，等你想好了告诉我就成。"郑武定连计划的目的都没有问。

李威连微笑了："不管我的计划是什么，需要你怎么帮忙，都绝不会触及中华石化的利益。"

郑武定睁大眼睛："哎呀，你用不着说这个！"

"要说的。你可以不说，但我必须说。"

"好吧……"郑武定无奈地摇摇头。

李威连看了看窗外："你是几点的飞机？"

"八点，该出发了……你呢？继续在香港吗？"

"不，香港该处理的都处理完了，我明天就回上海。"

"回上海？"郑武定挥了挥手，"说到底还是把上海当家啊。嗯，我得回房间去拿行李了，一起上去吧？这次我也住的行政楼层。"

李威连没有动："我不住在这里。"

"你不是一直……哦！"郑武定愣了愣，"是我惯性思维了！那我们干嘛约在这里见面？"他突然很懊恼，觉得自己好心办了件坏事。

"因为你住在这里啊，我反正是个闲人，凑你的方便更要紧。"李威连平静地回答，"当然，以你现在的身份，和我单独见面会有些敏感。好在今天是周末，又下这么大的雨，整个下午这里都很冷清，我一直在观察，并没有熟人出现。"他站起身，"那就走吧。武定，我很快也会去北京的，到时候咱们再聊。"

Joe 弹完今天的最后一曲——《伤心的雨》，小心翼翼地放下琴盖。晚上这里会有爵士乐队演出，他到六点就下班了。两位客人从他的身边经过，Joe 向他们微笑致意。郑武定急匆匆地走在前面，李威连稍微落后，走到钢琴前时，他对 Joe 点了点头，低声道谢，又轻轻地在琴盖上放下几张港币。

与郑武定在电梯前握手告别，李威连独自朝门口走去。

"先生！"

他转回身，Tina追上来，涨红着脸向他递过一柄雨伞："您的伞。"

"哦。"李威连不由自主地看看玻璃幕窗，湍急的雨水犹如山泉一般，自上而下流得更欢了。"谢谢。"他微笑着从Tina手中接过伞。

雨非常大。

中环的地势偏低，李威连每一步都踏在急流之上，他快速地穿过犹如浅浅水渠的街道，走上连接各栋楼宇的天桥。

户外不好走，走天桥的人比往常周末要多，几乎全是轻松的休闲短打。李威连放慢了脚步，这些天桥他不知走了多少遍，即使闭上眼睛，空气中的气味都能将他引导到最熟悉的方向。他能区分出这些气味中最细微的差别，随着季节、时间和位置都有变化。比如现在，六月初、雨季方始的盛夏，办公楼里涌出的冷气和潮湿的热空气混杂，闷热的溽暑味中飘荡着清爽的幽香……

李威连目不斜视地走着，耳边是喧嚣的雨声和叽里呱啦的菲律宾语，席地而坐的菲佣在硬纸板下加了层塑料布，照样打牌聊天。每一处交叉口，标牌指示着IFC、太子广场、交易广场、文华酒店等等方向。他向渡轮码头走去，经过怡和大厦这栋镶嵌着整齐的圆形窗户的乳白色大楼，就是临近海面的空地了。

二十年前，当他第一次来西岸化工面试，就喜欢上了怡和大厦。即使在很多年后的今天，越来越多的高楼竖立在维港两岸，不论高度、结构设计还是材料运用，都比怡和大厦有大幅提升和创新，李威连最爱的仍然是怡和大厦。

绝不仅仅因为他在这里面工作了二十年，还有许多别的理由——简洁含蓄的造型、刚柔相济的线条、温文尔雅的格调……尤其是它的色泽，这种淡雅、柔和的乳白色，总能让他联想起另外一栋建筑，激起内心深处最长久、最深沉的怀恋。

李威连从怡和大厦旁走过，并没有朝它再看一眼。

现在他的眼前只有一览无余的海面了。雨下得小了些，白茫茫的水雾如巨大帷幕垂落在夜色之下，对岸的灯火只有少许穿透过来，雨水飘洒的海面显得比往日静谧许多,维多利亚港的海景在此刻不再绚烂如画,变得有些像李威连记忆中那片荒芜、贫瘠的大海。

上海,这个城市的名字中就有一个"海"字。但是很多生活在上海的人,终其一生也未必见到过真正的海。

李威连在去金山石化厂当学徒工后,才第一次见到大海。上世纪八十年代初的金山,烟囱和厂房被包裹在鳞次栉比的农田和荒地中间,往东就是一望无际的杭州湾。李威连在这里形成对大海的直观印象,以至于当他几年后踏上香港的土地时,着实惊讶于香港海那澄碧的色泽。他曾经以为,全天下的大海都像他在金山所见到的那样,海面辽阔、波涛汹涌,颜色则是青中带黑,在灰色的长天之下,呈现出一种混浊的冷峻。

他非常喜欢这种苍凉的味道,去了香港以后也念念不忘。1998年重返上海后,他就一直想找机会再来金山看一看海,但始终被杂事纠缠,直到1999年春节之前,他才在整整15年后,再度站到了这片海岸上。

第一次崩溃就在毫无预兆的情况下,突然发生了。

在众目睽睽的谈判现场,他突然失去了英语能力。虽然只是片刻工夫,虽然在场有中外双方的翻译和陪同,使他勉强掩饰了过去。但是那一整夜,他在恐惧中受尽了煎熬,黎明时分,他忍无可忍地走出了宾馆房间,不知道将向何处去。

当一声尖利的呼喊冲破头脑中的黑雾时,他发觉自己被人用尽全力从背后抱住。他这才清醒过来,发现自己正站在宾馆楼顶的边缘,只要再跨前一步,就将化身为青黑色波涛中的泡沫,在无边无际的绝望中载沉载浮,直到永远……

他含糊地向阻止了自己的人道谢,踉踉跄跄地往楼下走。

女人却紧跟上来,话说得气喘吁吁,似乎比他还要狼狈,"是我呀,我是宋采娣呀,你还记得我吗?"

就这样,她成了世上唯一一个看见过他最失态时样子的人。她在无意中窥见到了他的真相,那个失魂落魄的、虚弱、肮脏、充满耻辱和罪恶感的真相。

她成了他无法摆脱的魔障,尽管她本人对此完全不能理解。她只以为自己交上了天大的好运,攀上了一根做梦都不敢企及的高枝。至于她那个唯唯诺诺的丈夫,在享受着由见不得人的关系所带来的全部好处的同时,曾经对李威连隐晦地表示,这是他们夫妇在向他报恩。

多么无耻。

过去他用各种荒唐行径逃避内心的伤痛,但是直到那一刻,他才觉得自己真正可以称为"堕落"了。讽刺的是,他竟然感受到了从未有过的心平气和。

至少,在最绝望的时候,他有一个地方可以躲了。

雨又下大了。天星小轮颠簸着破浪前进。李威连坐在右舷,面朝着九龙的方向,港岛的灿烂灯火在夜雨的冲刷中或明或暗,很快被抛在身后。李威连始终没有回头,他只看见海上的骤雨,犹如最猛烈的痛苦倾泻而下,就像他看到那个视频时的心情。

周峰死了,李威连从而不需要再与他面对面。从听到周峰死讯的那刻起,李威连就把关于这对夫妻的一切回忆封锁起来,假使真相永远没有机会澄清,不如就此抛下吧。

然而,他抛不下。大雨中的宁静海面,仿佛带来地狱最底层的咒怨,又让他看见周峰的脸,宋采娣殷勤地给他夹着菜,整个人都贴到他身上来了,周峰坐在旁边咧着嘴,仿佛戴着小丑的面具……和宋采娣最初发生关系后,他开始有意冷落她,直到某一天周峰对他说:"采娣想请你去家里玩。"当时他有些吃惊,想看看周峰说话时的表情,但是从奔驰的后座望向前方,他只能看到黑黑的后脑勺……后来每次当他痛苦到极点的时候,也总是周峰主动提出:"要不去我那里?"他盯着在驾驶座上方的那个后脑,渐渐习惯了把这当作周峰的另一张脸……

周峰带着模糊不清的面目死去,耻辱却没有随之泯灭,必将缠绕他终生。

雨水从舷窗外打进来,他右边的肩膀和手臂很快就湿透了。他记起曾经读到过的一本书,里面这样写着:撒旦最喜欢雨中的宁静海面。

他闭上眼睛——李威连,你就是撒旦,你就是魔鬼。

那是他永生难忘的一天,大雨倾盆下的杭州湾海面,孤绝地如同洪荒之外,仿佛被抛弃在整个世界的边缘。从那天以后,他就疯狂地爱上了雨中的海面,爱上这如同死亡的孤寂,此后不管他走到何方,他的心从未离开过那里。

他已经有三年多没有见到她了。这三年里他花费了多么巨大的努力忘却她——他拼命工作、学习,他倾注全部真情追求汪静宜,只有他自己知道,他所做的一切都是为了摆脱对她的思念。

这是一种爱恨交织的思念,比单纯的爱更有力更持久。

三年过去了,他以为自己已经成功地忘记了她。他对汪静宜的爱大胆而热烈,富有年轻人的激情,当他们相拥在一起展望未来时,他对自己的人生充满信心。

一场意外的事故击垮了他的所有期盼。

他不得不向他憎恨的母亲恳求帮助,他不得不带着伤痛的躯体和残破的心灵远走他乡。健康、前途、学业和爱情一齐抛弃了他,这年他二十一岁。

在等待去香港的那段日子,他的心沉沦到最深重的黑暗里。

金山石化的厂办医院靠近大海,当时算是整个金山地区水平最高、设施最完善的一所医院。受伤之后他一直住在这里,即使后来他提出赴港申请,厂工会仍然以他"舍己救人"的事迹为由,特别优待他继续住院。

他在海边住了将近半年,看着大海从六月的波光粼粼变到十一月的阴森可怖,一如他的心情。十二月初,他终于拿到了赴港的批准,很快就能启程了。

就在出发的前一天,她来了。

那天从一早就开始淫雨霏霏,上海深秋季节的冻雨让人冷到骨头里，阴寒随着雨水遍地流淌，从每一条门缝和窗隙间渗入，躲无可躲。午饭过后，雨越下越大，海面上方灰沉黯淡，天地间一片迷茫。

她到的时候全身都湿透了，活像一只落汤鸡。从上海市区到金山，她肯定冒雨赶了大半天的路，手中虽然握着伞，还是从头到脚滴着水，很快就在站的地方汇成了一个小小的圆形水洼。

他坐在床边看着她，很长时间一言不发。三年不见，她的面容变化非常大，湿发凌乱地黏在额前，他敏锐地注意到了上面深深的皱纹，厚厚的黑色棉衣裤裹在身上，像只粗鄙的大布口袋，当初的优雅装扮和曼妙身段亦荡然无存，他突然意识到，她已经是一个多么衰老的女人了！

尖锐的刺痛从后腰的伤处直蹿到心上，他大大地喘了口气。

——你来干什么？

——我、我来看看你。

她怯怯地回答，下意识地抬了抬右手，他这才看到她提着一大网兜的东西，水果、罐头，还有别的什么，塞得鼓鼓囊囊。

——谢谢，你太客气了。

她凄婉地笑了笑，把网兜放在旁边的木桌上。

——听说你要去香港了？什么时候走？

她依旧站着，他也没有请她坐下。

——明天。

——明天？这么快……威连，你一去香港，我这辈子就再也见不到你了。

她抬起手遮住微微张开的口，声音颤抖。

——哦？我还以为我们早就一辈子不再见了。

——不是的！威连，我真的不知道你受伤，我……

——你怎么样？

她愣住了，许久都不再说话，好像就要哭泣，最终只是死死地盯着他看。

——就算早知道我受伤，你也不会来的。这又不是你第一次逃避，我一点儿不觉得意外。倒是你今天来看我，我确实没想到。你来干什么？来看我的笑话对不对？看我过得有多惨？还是想最后对我说几句虚情假意的话，从今往后就不用再受良心的谴责？

残酷的话语从他的嘴里滔滔不绝地涌出来，她已然面无人色，却不流泪也不反驳，始终一动不动地站在那个小水洼中央，听着、看着。她是逆来顺受？还是无言以对？他看不懂她此时的表情，她的眼中分明燃烧着熊熊烈火，不像悲伤倒像喜悦，不似离恨却如狂恋！他受不了了，一直被强压在心中的孤独、绝望和恐惧就要喷薄而出，他多么想质问她，为什么要承认那些根本不存在的指控？他们本应携手抗争，她却率先退却了，懦弱得让人不敢相信，留下他独自承担一切。

他狠狠地咬了咬牙，继续说下去！

——现在你全都看见了，看见我成了什么样子！就算去了香港，我的伤也未必能治好，也许从此真成了瘫子，我今年才二十一岁……如果不是因为你，我一定在好好地念大学，怎么会跑到这种地方来当学徒工？更不会受这样重的伤！我没日没夜地学习、参加自学考试，还剩四门课就可以拿到本科文凭了，现在也全完了！如果不是你，我根本不用这样艰难地生活！还有……

他说不下去了，还有爱情，他整整三年的真情付之东流，也都没有了。

——今天你来看我，我很感谢你的好心。可是在我最痛苦、最失落、最无助的时候，你又在哪里？那时候你为什么不出现！不要再假惺惺了，你这副虚伪的样子太叫人恶心。你还是快走吧，既然早在三年前我们就没关系了，今天又何必多此一举地跑过来呢？你说得对，我去了香港以后咱们这辈子都不会再见了，这正是我希望的！

他说完了，窗外的雨声立即闯进屋来，还有大雨泼溅在海面上激起的回音，周围哗啦哗啦地响成一片，可又是多么静啊！

她抬起头，泪水温柔地铺满面颊。

——威连，别担心，你一定会好的，一定会的。今天能看到你,我也就放心了,我……走了。威连,你自己多保重。"

他不记得她是如何离去的,很久以后他才看见,那个小水洼中央只剩下一对混浊的脚印。这时他感觉脸上湿湿凉凉的,抬手去抹,发现自己竟流了一脸的泪。

怎么会这样呢?即使是在火车站送别父母和兄姐的时候、在得知自己丧失高考机会的时候、在听医生宣布很可能终生瘫痪的时候、在收到汪静宜的绝交信的时候,他都没有掉过一滴眼泪,今天这是怎么了呢?

他想,大概是因为海上的大雨吧,他向窗外望出去,这片海滩荒瘠得没有一棵树、一片草,更没有一个人影,只有从乌云翻滚的天空中不断坠落的雨水,在海面上汇聚成无边无际的迷雾。

他就这样爱上了雨中宁静的海面,他就这样变成了一个魔鬼……

"先生,先生!"

李威连猛地睁开眼睛,对面的长椅上,不知什么时候坐了一对白人青年,金发女孩正在用英语轻声唤他,一双碧眼中满是关切。

"先生,你没事吧?"她端详着他,有些担心地问。

他按了按太阳穴:"没事,我只是有点儿晕船。谢谢你。"

"晕船啊……"女孩松了口气,"今天的风浪是有些大。不过,"她朝外面望了望,"马上就到岸了。"

李威连点点头,对两个年轻人微笑:"是的,快到岸了。"

第二十八章

雨水一滴接一滴落下，雨声在深夜中如此清晰。这片雨云肯定是追随着他，一路从香港来到上海。不过登陆上海之后，它的力量减弱了许多，从大弦嘈嘈变成小弦切切，此刻大约已经停了，荡起回声的只是从屋檐上流下的积水吧。

李威连端坐在"双妹1919"的窗下，这时已近凌晨，偶尔有一抹昏黄的车灯从窗外射入，又被窗上的水迹幻化出点点破碎的光影，在漆黑的店堂里一闪而灭。

从二楼不时传来断断续续的呜咽哭泣，但任何声响都不能打断李威连对往日的回忆，他的整个身心都跟随着那刚刚逝去的灵魂，在永恒的死寂中沉醉下去，仿佛再也等不到晨光降临。

暑假后的头一堂英语课，身着墨绿色长袖连衣裙的女教师走进初二班级的课堂。她在讲台前站定，感受着满堂天真而好奇的眼神，心中又紧张又喜悦。她才刚回沪不久，在乡下的年月里她几乎失去对人生的希望，真没想到今天还能重新讲起英语，甚而执掌教鞭……如获新生的激动使她的呼吸急促、喉头发涩。

女教师开始上课了，最初的几句话说得不怎么流利。

是她太敏感了吗？为什么有一双清朗的目光从她的脸上一掠而过，令她莫名地紧张，好像做了错事被人发现似的。怎么可能？满屋子才十多岁的小顽童们，他们的整个小学时代在无秩序中度过，不可能学到什么真正的知识。

她调整好情绪继续上课。她所钟爱的优美语言本来就融化在血液之中，最初的滞涩过后，她渐渐挥洒自如。突然，她又感觉到了那双目光，这次却充满了坦白的快乐，女教师的心跳加速，不动声色地搜寻起目光的主人……她看见了，那个坐在最后排窗边位置上的男生，就是他！在她眼里他还分明是个小男孩，却又有着出类拔萃的相貌和气质。

接下来女教师一边上着课，一边体会着时刻存在的隐秘互动，觉得不可思议。下课时她布置了抄写单词和句子的作业，离开课堂前她朝男孩望去，他已经埋下头，很认真地书写起来。

他根本没有按照要求做作业，而是用英语写了一篇小散文，描述了女教师的第一堂课。遣词造句还有些生涩，但天赋的语感令女教师惊叹不已。她认真地批改了这篇小文章，在后面给他留了下一篇写作的题目。

从此以后，这个学生的英语作业都是独一份的，女教师则在课堂上拥有了一个秘密的小知音。

秋风刚刚吹了几个晚上，人行道上就铺了厚厚的梧桐树叶。女教师穿着黑白相间的大提花毛衣和驼色的呢料长裙，在满街灰头土脸的行人中更显得风姿绰约。她辨认着门牌号码，慢慢朝弄堂深处走来。

前头传来哗啦啦的水声，女教师停下脚步，诧异地端详着在露天水斗前卖力洗衣服的男生。

"老师！"他也发现了她，叫了一声就愣在那里，捏着湿衣服的手忘记收回来，被冷水浸得通红。

"我来家访，家里有人吗？"女教师对他温柔地笑着，尽量亲切地说话。其实她已经了解了他的身世，知道他的父母在他念初一的时候就远赴香港，将他一人留在上海，也明白了他的家族和袁家，乃至她自己的家庭之间那种曲折的蔓连。因此她又对这个男孩子生起了天涯同命的怜惜之情，她今天是特地来看看，这个仅仅十三岁的小男生是如何独自生活的？

男孩的双眸不是一般中国人的棕黑色,而是清澈的黛蓝色。他就用这样一双很特别的漂亮眼睛看着女教师,轻声回答:"老师,我家里只有我。"

这坦率中略带羞涩的模样让女教师心中一颤,她情不自禁地拉过男孩红彤彤的手:"没关系,老师来看看你就行。"

这个家出乎意料地整洁,男孩请老师在桌边坐下,倒了一杯热水放在她面前:"老师,请喝水。"

"你家原来就这一间房吗?"

"原来有两大间,爸爸妈妈走的时候,政府给换成了这间小屋子,说足够我一个人住了。"

女教师环视着四周,墙上挂着一家五口的黑白合影。她的目光在那位母亲美丽绝伦的脸上停留许久,她的瞳仁想必也是黛蓝色的,只是比男孩的要浅,在黑白照片上也显得与众不同。

"你长得很像你的妈妈吧?"

他低下头没有回答。其实女教师想问的是:你妈妈怎么舍得把你一个人扔在这里,她怎么会这么狠心?

她转了话题:"衣服都是你自己洗,那吃饭怎么办呢?"

"我自己也会做饭的。"他每次都是注视着她才说话,多么好的教养……但是女教师的心中酸楚难当,他才和自己的女儿一样大啊,她真想把男孩搂到怀里,给他一个最温暖的妈妈的拥抱。

她没有这样做,而是说:"你的英语非常好,课堂上学的程度不适合你。以后每周日你去我家,我给你做特别辅导。"

"真的?"男孩的眼睛放出光来,"太好了!老师,谢谢你!"

第一次辅导时她准备了许多好吃的,男孩还没有摆脱拘束,吃得并不多。就在那次辅导时,她拥抱了他,她本以为这会是纯粹母爱的释放,实际上却体验到另一种奇妙的滋味,女教师感到了强烈的内疚,在以后的辅导中,她再也没有拥抱过男孩。

她命令自己像一个真正的母亲那样去关心他,怜爱他,教导他。男孩是聪明绝顶的,很乖巧地配合着女教师,让她觉得自己的一切苦心都在产生最好的效果。

432

唯一的麻烦是女教师的女儿,这女孩自从发现男孩每周来家的规律后,就千方百计地在这段时间赖在家里。后来连女教师都不知男孩耍了什么花招,女儿不再骚扰他们的相聚。不过女教师还是在课堂上看到,女儿时不时向男孩投去毫不掩饰的迷恋目光。

女儿和男孩一起升上初三,不知不觉中他已经长大了许多,越来越讨人喜欢了,前一刻他的神情还是小男生的稚嫩和青涩,下一秒他的笑容里就流淌出些许男人的魅力,这种含而未发的诱惑令她莫名心惊。

寒假前的期末考试就要到了。女教师正在办公室里准备试题,女儿哭哭啼啼地跑进来:"妈妈,妈妈!他昏过去了!"

女教师的脑袋嗡地一声,好不容易才问明白,一贯体育成绩优异的男孩在运动会上跑完一千五百米以后,竟然趴在跑道边剧烈呕吐到晕过去。她赶去医务室打听,原来男孩是得了急性肺炎,已经送医院了。

下班后她直接去了男孩的家。

"你不是一向身体很棒的吗?这是怎么弄的?"女教师急痛攻心,劈头盖脸地质问躺在床上的男孩。

"老师……"他叫了她一声,听上去非常虚弱,"我很快就会好的,绝对……不会耽误期末考……"

"谁在跟你说期末考!"女教师坐到床边,俯下身去看他苍白的脸,"家里的米放在哪里?我给你煮粥。今天来不及了,明天我给你带些肉松来,还想吃什么告诉我,我来做……"

"老师……"他又低低地叫了一声,带出一点撒娇的味道来。女教师的心软成一堆,东张西望地正打算起身做事,手却被他一把握住了。

他的手心有点烫,应该是热度还没退净。这点热度迅速蹿遍了女教师的全身,她竟然像少女般瞬间绯红了双颊,女教师简直无地自容,连忙把他的手送回到被窝里。

整个礼拜,女教师每天下班后就来照顾男孩,给他做饭烧菜

433

洗衣打扫房间，一直待到男孩睡熟了才走。他确实体格强壮，再加有人悉心照料，恢复得相当快。虽然医生嘱咐他继续休息一段时间，男孩还是返回学校参加了期末考。

就是在期末考前的最后一次周日辅导课，男孩主动伸出双臂，紧紧地拥抱了她。最初天旋地转般的沉迷后，女教师彻底清醒过来。她立刻用最严厉的方式赶走了他。该结束了！尽管心痛如绞，但她相信这是绝对正确和必须的行动。

她怎么也没有想到，那么乖巧、聪明的他竟然用一张白卷向她抗议。虽然他最后还是认了错，虽然他刚刚生过的那场大病成了最好的借口，女教师却不得不向自己承认，错误已经酿成了。

她所面对的不是一个泥坯，而是一个活生生的生命。从他的身上，她一心想要寻回的是自己失落的青春和梦想，是这个世间所不具备的美与高贵，是艺术和人性的至高境界。她是如此溺爱这个学生，想把他塑造成心中最完美的形象，但她却忽略了最重要的一点：他是活的，就不能全由她做主。他们之间的关系，更不是由她一个人，而是双方共同定义的。

她太低估男孩了，孤独使他过早地成熟，也缔造出了极端的性情。她越是精心打造他，他就越敏感、越孤高、越执著。

女教师只能乞求上帝给自己悬崖勒马的机会，同时盼望着岁月流逝，男孩总会长大成人。她幻想着到那时，他将毫不犹豫地离开，留给她一个光彩照人的背影，她也就能告慰自己的良心。

幸好，再没有什么破格的事情发生，他们相安无事，像一对真正的师生那样相处。高一、高二、高三……周围的世界早几年残酷疯狂、晚几年喧嚣纷乱，唯有他们得天独厚。每周日上午的辅导课不分寒暑，风雨无阻。

男孩真的长大了，越来越多情窦初开的女生们围绕到他的身边，目光中充满痴迷，他却好像全都视而不见。毕业考在即，女教师觉得，是时候和他谈一谈离别了。

没想到，尚未开口已心如刀割。她克制住自己的软弱，用开玩笑地口气问他，打算把哪一天定为最后一课的日子。

他不回答,随着年纪增长,那对眸子中的蓝色渐渐隐去,变得越来越黑。她害怕看这深不可测的黑,那里面好像有着能直接吸走她魂魄的力量。

"没有最后一课,只有下一课。"他终于说。

"等你上了大学,我就再没什么可以教你的了。"

"大学也没什么可以教我的。"顿了顿,他又说,"如果你不给我上课,我就再也不说英语了。"

她又气又急:"威连,你不可以这样任性!"

"不是任性,而是……不能。"

"什么?"

他摇了摇头,那表情仿佛在说你懂什么,你什么都不懂,接着笑起来:"学校里都在搞临别赠言呢。老师,你有什么愿望要对我说吗?只能有一个。"

她本可以随意应付一下的,但离别之痛忽然将她的心牢牢攥紧,这或许就是最后的机会了,即使她的心意不配为人所知。

她终于说了出来:"不管我今后还会不会给你上辅导课,在我死的时候,你要陪在我的身边,好吗?"

很长时间他都没有做声,似乎在努力思考着什么。

最后他抬起眼睛,沉静地注视着她:"假如这样能够使你开心,好的,我答应你。"

就在今天,他实现了好多年前许下的诺言,只是这样的告别方式,绝非当初所能想象。刚才他守在尹惠茹的身边,紧握着她的手,眼看她咽下最后一口气的时候,他甚至不能确定,自己守护的还是原先的那个人吗?

尹惠茹是在李威连出发去香港的一个星期之后,从华海中学跳楼自杀的。为什么要等一个星期,李威连后来猜想,大概她是想确定他已安全抵港,然后再心无挂碍地离开这个世界。1984年他们在海边的倾盆大雨中诀别时,李威连认定她是个自私、懦弱的女人,多年之后重返上海,当他看见徒留其身永失其魂的她时,他才痛心疾首地发现，她是那样勇敢，远远超过他的想象。

他举起手帕擦去泪水。李威连痛恨流泪，在从小到大屈指可数的几次哭泣中，他绝大部分的泪水都是为了她而流。

好在，这终归是最后一次了。今天他是为了解脱而流泪，这既是他的解脱，也是她的解脱。他们终于都熬到头了。

一个人影出现在店堂后首的门前。

李威连把手帕叠起来放好，在黑暗寂静的店堂里待了这么久，他已经完全适应了这个环境。他对那个人影点点头："是你啊，请过来坐，我们是应该好好谈谈了。"那人似乎有些犹豫，李威连冷冷地笑了："还是开个灯吧，小心绊倒。"

"啪"，随着一个极轻微的声响，最靠近李威连的墙上，那盏青铜支架半透明云石灯罩的老式壁灯放出幽暗的黄光，刚好照亮他身边一米见方的有限空间。

那人穿过黑黢黢的店堂，走入这小块光晕中。

"你们姐妹俩确实长得非常像，"李威连注视着她说，"不过，现在我即使在黑暗中，也绝对不会认错了。你知道是为什么吗？"

她在桌前站着不说话。李威连微仰起脸打量着她，黯淡的灯光下这张脸青白似鬼，红肿的双眼旁泪痕斑斑。一抹戏谑的浅笑浮现在李威连的唇边，他慢悠悠地说："不知道吗？告诉你，你们俩的气味不一样，文悦身上的气味清清淡淡，有点儿像青苹果，而你却散发着一股酸味，活像一只腐烂到底的苹果！"

"你！"邱文忻气得脸色更加惨淡，她用颤抖干涩的声音反击，"你为什么不守在上面？跑下来干什么！你想逃跑是不是？"

李威连唇边的笑意更浓了："我都已经守了一天一夜，怎么？你还不打算放过我吗？"

"你居然还笑得出来！你这副样子怎么对得起刚过世的妈妈！"

他的脸色骤然改变："我陪她到了最后一息，不仅对得起她、也对得起我自己的良心！现在我是不是在她身边，对她根本就没有意义了。哼，其实早就没什么意义了……我奉劝你一句，邱文忻，不要时时刻刻抬出你的母亲来，除非你对她根本就没有做女儿的敬意！"

邱文忻哑口无言，胸口一个劲地起伏。李威连向她抬了抬手："坐下吧，你不累，我看着都累。今晚我们要谈的内容很多，一时半刻是谈不完的。"

"我和你没什么可谈的。我还要上楼去……"

"不，楼上有文悦陪着就行了。你坐下！"他略微提高了声音，无形中的威严令邱文忻全身一震，不由自主地在他对面坐下来。

现在灯光直接照到她的脸上了，李威连仔细端详了一会儿，才说："你们不仅彼此长得像，也很像你们的妈妈。年龄大了以后就更像了……正如我记忆里她的样子。"说到这里，他的嗓子哽了哽，随即又恢复了冷淡的口吻："不过，这些都只是表象，你们是截然不同的女人。"

"你到底要说什么？"她很不耐烦。

李威连盯着邱文忻的眼睛："说说我是怎么把你和文悦区分开的。"

"这有什么可多说的？你刚才不是已经……"

"邱文忻，"李威连打断她，"我们第一次见面是在什么时候？你还记得吗？"

邱文忻畏缩地瞟了他一眼，没有回答。

屋檐下的雨声越滴越慢，积水快要流尽了。正是黎明前最黑暗的时候，连窗外透入的车灯光都几乎绝迹，只有一小团鬼火般阴暗跳动的黄光笼罩着他们。

"1997年我回上海后第一次来这里，底楼还开着家服装店。我去楼上找人，头一个遇见的不是文悦，而是你。对吗？"

李威连的叙述很平缓，却在阴森的店堂里引出令人胆战心惊的回音，往事的灰色帷幕被一点点撕开，狰狞可怖的真容渐渐显现……

"我记得非常清楚，起初我们两人都愣住了。那一刻我确实感到悲喜交加，心情复杂得无以言表，然后我就主动向你打招呼，我说的是——文悦，你好。"他再次停下来，逼视着邱文忻，而她已如坐针毡，眼神中充满恐惧。

"可是，我的问候好像让你受了极大的惊吓，你转身就跑，嘴里嚷着：'文悦，是他、是他！'就在我摸不着头脑的时候，文悦惊叫着跑下楼来,扑到我身上号啕大哭。我好不容易才让她平静下来,她向我讲述了我离开上海后所发生的一切,领我上楼去看……"

李威连闭了闭眼睛,片刻后睁开,里面再没有悲痛,只有最阴冷的寒光:"当时我确实没有心情去想别的,但等我平静下来以后,却对你的表现产生了极大的疑问。更有趣的是,文悦也没有想要向我介绍你。为什么会这样?难道你我不是在1997年才初次相遇的吗?在华海中学与我做同学的一直是邱文悦,而你,是在你们的妈妈跳楼之后才从乡下来上海照顾她的,可是为什么,当你第一次见到我的时候,就好像完全认识我是谁?"

邱文忻紧咬牙关,垂首一言不发。

"文悦是没有心计的人,但在这个问题上,她的嘴倒很紧。当然了,我也没有多追问,因为我不愿让你们产生任何不安,毕竟……你们和你们的妈妈,都是我一心想要善待的人。况且我有信心找出真相,为了达到这个目的,我也必须让你们,尤其是你,对我不抱戒心。"

李威连往前倾了倾身子,那抹鄙夷的微笑又出现在他的嘴角:"我慢慢发现了,要辨认清楚两个极为相像的双胞胎,最有效的办法就是尽量同时和两人在一起,比较她们之间的一切相似与不相似之处。我这样做了,也彻底分清了你们两个。从长相到气味,从头到脚,由外至内……邱文忻,你知道我有多么厌恶你吗?"

邱文忻惊恐万状地瞪着李威连,想要起身逃离,却又没有这个胆量。

"不,这不重要。"李威连缓缓地摇了摇头,"重要的是我终于能够确定,我并不是在1997年才第一次见到你,而是在许多年之前!邱文忻,你我是老相识了,对不对?只不过正如我厌恶你一样,你同样也厌恶我,更准确地说,你恨我!至于你到底是在哪些时候取代了文悦,我无法回忆清楚了。但的确有好几次,当我在这里见到'文悦'时,曾经感到十分困惑。当我又记起这种古怪的现象都发生在寒、暑假时,就全明白了。邱文忻,一定是你们的妈妈不舍得把你一个人留在乡下,趁着假期把你接到上海来玩。你来了之后基本上从不出门，因为乡下丫头根本无法适应上海的环境。于是你穿着姐姐的衣服从早到晚留在家里，看到我在你们家中出入。你向文悦打听我的情况，她多半劝你不要多管闲事。你是不是还去质问了你妈妈？未必……你这个人心思阴险、心计奸诈，你从来不会光明正大地表达意见！"

"你胡说！"邱文忻歇斯底里地叫起来。

"住口！"李威连一声低喝，立即让她泄了气。他的面孔因为切齿痛恨而扭曲，"先别忙着叫，我还没有说完！你——邱文忻，你虽然不敢坦白地向你妈妈，甚而向我表示反感，但你却一直在暗中窥视我们，还趁着你姐姐不在家的时候，故意跑到我面前来试探我，把我弄得一头雾水。如果仅仅是这样也就算了，但你的内心太恶毒，你发疯似的嫉妒我，嫉妒你妈妈对我的特别关爱，更嫉妒我光明的前途，因为这些都是你永远也得不到的！"

他盯着邱文忻，一字一句地说："所以就在我面临高考的关键时候，你给华海中学的校长写了匿名信，把你妈妈和我一起告了！"

"那又怎么样！"犹如被人扯下了最后一块遮羞布，邱文忻狂乱地嚷起来，"是你们伤风败俗，不要脸！就许你们做，不许我告发吗？"

"我们做什么了？！"李威连厉声质问，"你究竟是看见了？还是听到了？你说啊，你现在就把我们做的伤风败俗、不要脸的事情一桩桩一件件都说出来，让我也听听，你到底知道些什么！"

没有回答。李威连冷笑："你说不出来的。事实就是，我们什么都没有做！"

邱文忻又嚷起来："可是你们想！我知道的，我看得出来！"

"想又怎么样！想又不犯法！"李威连摇着头说，"所以你写在匿名信中的一切，都是你编造的对不对？那些所谓的伤风败俗、不要脸，全都是你想象出来的……或者说你只是把自己在乡下所见所闻的肮脏事迹搬上来而已！可是结果呢？你不过是亲手葬送了你的妈妈！"

"她活该！你也活该！你们都活该！"邱文忻捂着脸痛哭起来。

"你说！你的匿名信究竟是怎么写的？为什么你妈妈不为她自己辩解？为什么她轻易承认了那些无耻的中伤？到底是为什么？"

"为了……为了让你坐牢！让你去死！"

"你就这么恨我吗，邱文忻？"李威连不可思议，"你真的那么迫不及待地想把我置于死地吗？是的，你肯定觉得我所受的处罚还太轻了，所以不久之后你又做了更加卑鄙和恶毒的一件事！"

"威连……文忻……你们在吵什么呀？"从店堂后面的黑暗中传来怯怯的问话，邱文悦摇摇晃晃地走进昏黄的光圈。

邱文忻好像捞到了救命稻草，从座位上一跃而起："阿姐，就是他，就是他！姆妈刚刚咽气，他就翻脸不认人了，要跟我们算总账，他、他要逼死我！"

"威连，你？"邱文悦愣愣地看着李威连，悲伤和劳累使她的脸都有些浮肿。

李威连用略微和缓的语气说："文悦，你来得正好，坐。"他又看了邱文忻一眼："急什么，今天不把该说的说完，你是走不掉的。"

黄色光晕晃了晃，一副欲灭未灭的样子。再次开口时，李威连的声音已经相当沙哑了："这件事情必须同时对你们俩说——就是邱文悦做伪证的事。文悦，我知道那不是你，对不对？那个向派出所民警诬陷我扑灭煤气害死袁伯翰的人，不是你而是她！"

双胞胎姐妹相互对视，真的如同照镜子一般，一模一样的形容憔悴，神色萎靡而绝望。

"于是，你们的妈妈只能赶紧带着文悦去派出所圆场，从而更觉得对不起我……"李威连靠回到椅背上，对着黝黑的半空看了许久，才低声说，"但她终究还是你们的妈妈，所以宁愿以死谢罪，也不肯对我说出真相。你们三个人一起隐瞒，瞒了我这么多年。好吧，只要她活着一天，我就忍一天……现在她去了，我才能和你们说个明白！"

邱文悦流着泪哀求："威连，看在死去的妈妈的分上，你就别……"

李威连把寒芒闪耀的目光投向她们："我可以不再追究，但是邱文忻，你必须回答我一个问题——那天你究竟看见了什么？关于袁伯翰的死，你到底还知道些什么？！"

"我什么都没看见！"邱文忻捧着脸号啕大哭。

"威连……"邱文悦也痛哭起来，哆哆嗦嗦地朝李威连伸出双手。

李威连长长地叹了口气，闭起眼睛。

过了许久，两个女人的哭泣声渐渐低落下去。邱文悦站起身，绕到李威连的跟前："威连，你也很累了吧，要不要去睡一会儿？"

李威连摇摇头，示意邱文悦坐在自己身边。

"文悦，这些年'双妹'经营下来，赚了不少钱吧？"

"赚钱？"邱文悦傻傻地张开嘴，邱文忻却抢着说话了："没钱！这么个破店能挣什么钱？还老要贴钱给你、供你玩乐……"

"贴钱给我？"李威连冷笑了一声，"邱文忻，经营这家店的开支和收入，我不用看账都能估算出来。更别说前后两次装修，所有的钱都是我出的，房子是你们自己的，不需要付房租。十年下来，你们起码积攒了几百万的纯利。"

"那都是我们姐妹的血汗钱！"邱文忻紧张得声音乱颤，"你想干什么？"

"钱呢？"

"你管不着！"

"哦？"李威连微微挑起眉毛，"至少我作为投资人，有权要求返还本金和利息吧。"

邱文忻更慌张了："什么本金？什么利息？你、你当初给钱的时候也没说过啊……"

李威连厉声打断她："你现在就回答我，家里的钱在哪儿？！"

"威连，"邱文悦原本一直依偎在他身旁，这时也胆怯地抓着他的胳膊说，"威连，我们去年刚买了套新房子，在古北。这里太旧了，还开着店，我们以后老了肯定不能住这里的。"

"原来是这样，倒也对……"李威连抬起眼睛，竟然对邱文忻淡淡地笑了笑，"肯定是你的主意，规划得不错。"

邱文忻有些不知所措："给……姆妈办事情还要很多钱的。"

李威连没有理睬她，又转向邱文悦："文悦，你们很快将会继承

441

一笔遗产,也可以说是一笔遗债。"

两姐妹一起愣住了。

李威连干脆利落地说:"尹惠茹的名下有一套房产,她死后根据法律将由你们姐妹二人继承。但这项房产不属于你们,它是我的!我已经联系了律师,今天早上十点钟就会到,你们要立即签署一份文件,明确这项房产的归属权。"

"什么房产?"邱文忻追问。

他只说了两个字:"逸园。"

她们同时倒抽了口凉气。

店堂里陷入诡异的死寂。磨砂玻璃的窗外,隐隐地有些白光透进来,黎明就要到了。

"要是……我们不签呢?"终于,邱文忻打破沉默。

李威连回答得倒很轻松:"那你们就得承担剩余的七百多万贷款。也许不一定动到你们打算养老的新房子,把'双妹'卖了的话,勉强能凑齐吧。"

"那怎么能行!我们还要靠'双妹'吃饭的!"

半戏谑半藐视的眼神又在他的脸上出现了:"知道就好,所以还是签了吧。文忻,你从十几岁起就和我作对,始终得不偿失,这次为什么不改变一下策略呢?也许你我可以尝试互利互惠?"

邱文忻低下头不吭声了。

邱文悦轻轻摩挲着李威连的胳膊说:"威连,你还要拿七百多万出来啊?"

"他有的是钱!"邱文忻恶狠狠地说。

李威连注视着她说:"你太高估我了……还有件小事要拜托你帮忙。"他指了指对面的墙壁,那里已从一片闷黑中透出淡淡的亮色来:"这幅油画是我拿来挂的,请你帮我送到画廊去,他们会收的,低于两百万不要卖。"

"你肯定能超过两百万?"

"假如不是金融危机,完全可以拍到四百万。现在也管不了那么多了……我只要两百万,多卖的钱归你。"

邱文忻哼了一声:"算了吧,姆妈的事情你就打算一毛不拔了?"

"文忻!"邱文悦叫起来,"侬勿要再逼伊了。"

李威连从左腕摘下手表放到桌上:"听说常有阔老板来'双妹'捧你们的场,找个识货的吧,限量版的劳力士,至少值二十万……够了吗?"

邱文忻拿起金表走了。

窗外透进的光线越来越亮,照在两张憔悴不堪的脸上。邱文悦低声问李威连:"文忻手里有钞票的,你何必再给她金表去卖?"

"她不会卖的。你妹妹是个嗜钱如命的吝啬鬼、守财奴,她会把那块表藏起来,隔一段时间拿出来看看、擦擦……"李威连轻轻地笑了,带着无尽的凄楚,"其实她是对的,这种东西越放越值钱。"

邱文悦更加困惑了:"你不是还要钱用吗?干嘛给她?"

"就给她留个纪念吧,纪念我们刚才的谈话,一次非常成功的谈判。从小到大我送了你多少礼物,这次也送她一件。"

他们相视苦笑,为了让邱文悦不打扰自己和尹惠茹,整个中学时代李威连都用父母留在家里的小东西收买她,重返上海后更是经常送她各种礼物,已经成了习惯。过了一会儿李威连又说:"毕竟文忻尽心尽力地照顾了你们妈妈二十多年,即使她这么做是出于良心不安,我也应该感谢她的。"

"威连,"邱文悦怯生生地说,"刚才你问文忻匿名信的事,我告诉你,其实她写的是,如果学校不查办你,她就把你们的事掀出去,让全上海的人都知道。我也不晓得她哪来这么大的恨,可我当她也就是说说狠话,她不会连妈妈都想害的。而且,当时妈妈并没有承认。"

"没有?"李威连露出真正惊讶的表情。

邱文悦肯定地点了点头:"没有。妈妈为了这事还打了文忻一记耳光,从小到大她从来都没有打过我们。她把文忻关在家里好多天,后来一直到你去了金山,妈妈才把文忻放出来。"

"是这样吗……"李威连皱起眉头思索着,"那么就是校长骗了我!因为只有说你妈妈先承认了,才能让我甘心接受处罚。我懂了。一切都是为了学校的名誉。所以为了安抚写匿名信的人,校长让我当了替罪羊。难怪我一直想不通,为什么最后你妈妈没事,只有我被……"说到这里,他突然住了口,靠到椅背上轻轻地笑起来,神情中竟多了几分释然,"这样也好。"

出于忠诚,也出于卑微的自我牺牲的愿望,当年他没有多加思索就接受了惩罚。有一点邱文忻并没说错,所有的罪他们都在心里犯下了。既然现实中没有他们共同的位置,那么他将自己打碎了送上她的祭坛,至少是另外一种证明爱的方式。后来他恨,是以为她辜负了他。

她没有辜负他,只是晚了三年而已。她用这三年远远地守候着他,直到确信他获得了真正的自由。他们没有做任何"伤风败俗"的事情,却为了彼此"粉身碎骨",如果这也算罪,那么就是吧。

假如未曾化身为两个罪人,二十多年过去,也许他们早就彼此相忘,而不会像今天这样牵绊到死。所以说,这样也好。

是罪,最终成全了他们,成就了生死不渝的爱。

"威连,"泪花闪现在邱文悦的眼里,"姆妈最后的时候,她一定认出你来了,我看见的,她好像要对你说什么……"

"是吗?也许吧……文悦,今后就是你们姐妹俩相依为命了。还好有文忻管着家,如果是你一个人,我倒担心你会被人骗。"

邱文悦狐疑地端详着李威连,他的脸上有种疲惫至极的平静,她突然全身冰凉:"威连,你不会要抛开我们吧?你以后不打算再管我们了吗?啊?威连!"

他温柔地回答:"当然不会,只要我活着就不会不管你们的,放心吧。"

熹微的晨光中,梧桐树叶随着清风窸窣摇摆,早起的环卫工人打扫着街道。下了一整晚的雨,直到凌晨才停,路面上还湿漉漉的,空气中飘散出清新明媚的芬芳,温度却开始快速升高,到底是夏天了。

第二十九章

"飞扬，等等我。"

在这个舒爽的初夏之夜，戴希抱膝坐在自家的小阳台上，脑子里反复盘旋着这句话。不知不觉夜就深了，小阳台上凉风习习，发梢扫过她的眼角时，酥酥麻麻的，不经意地带下一抹湿润。

同样的话她说了好些年，仿佛早已成了她的专利，今天，这句话却被别人抢去了。

戴希抽了抽鼻子，把眼泪擦在手臂上。两条小臂都已经潮乎乎了，夏夜的清风一吹而过，丝丝缕缕的凉意沁入肺腑，被痛楚挤得满满的胸膛终于开启了一条狭窄的缝隙，戴希深深地呼吸着清新的空气，觉得自己哭够了。

孟飞扬回复了那条短信后，戴希再没有犹豫，就接受了去研发中心的新任务。这究竟是个冷静的决定，还是赌气的行为，她并没有想得很清楚。自从回国以后和孟飞扬之间波波折折，时至今日似乎已到了一个必然的转折点，不论向左还是向右，彼此都要做个决断了。

但，终究还是不舍呀。

戴希对孟飞扬的怀恋随着离别的临近而日益增长，还掺杂进越来越多的埋怨与不解——她似乎已经忘了，当初是她在自家楼下与他分手，没有期限地中断了他们之间的联系；她也不体谅他通过童晓辗转送达的关心和歉意。戴希一厢情愿地等待着孟飞扬再次向自己低头认错，就像过去一样。

可是这次不同，戴希的心中突然产生了极大的恐惧，真的就这样分开了吗？她无论如何要去见一见孟飞扬。

戴希赶在六点之前来到了孟飞扬的公司楼下。她等啊等啊，下班的人流才刚刚变得稀疏，她就在人群中发现了他。

孟飞扬穿着白底条纹的长袖衬衣，领带已经摘掉了，领口微敞。戴希远远地看着他，他比上一次看见时黑瘦了些——每年一到夏天他就会这样，她的心里酸酸暖暖的，戴希不由自主地向他走去……

"飞扬，等等我。"

戴希猛地停下脚步，一个瘦小的姑娘疾步走出电梯门。孟飞扬应声回头，他的目光掠过戴希所站的这一侧，戴希的心狂跳起来，他看见我了吗？看见了吗？

柯亚萍已经跑到了孟飞扬的身边。也许是幻觉吧，戴希似乎看到，孟飞扬的脸上交叠起异常复杂的神情。只是瞬间之后，他若无其事地对身边的姑娘露出笑容："我这不是等着吗？你急什么？"

柯亚萍娇俏地低下头，像所有恋爱中的女孩一样焕发出令人心动的妩媚。孟飞扬轻轻揽了揽她纤细的腰身，两人肩并肩向前走去，消失在戴希的视线之外。

回到家里，戴希就在小阳台上坐到现在。也许是眼泪流得够多了，戴希渐渐平静下来，她脑子里空空如也，干脆盯着远方的夜空看。这片黛蓝色的明净夜空里，只点缀着些微的星光，多么像无垠广袤的心灵空间，犹如一个强大的磁场吸引着她……

手机突兀地响起来，戴希慌忙去看——不是孟飞扬，而是一个陌生的号码。

她很失望，可某种模糊又强烈的预感让她按下接听键。

"喂？"

"你好，戴希。"

手机差点儿掉在地上——是他！

"你……好。"就像第一次在公司接到李威连的电话时那样，她语无伦次了。

电话那头稍停了停："你最近好吗？"

李威连没有报自己的名字，显然他认为不必要了。

"……我很好。"应该马上问候他的，这些个日日夜夜里她多么盼望能向他问个好，但是此刻戴希张口结舌，变成了傻瓜。

李威连用一如既往的沉着口吻说："我想请你帮一个忙，可以吗？"

"当然！"戴希的头脑开始飞速转动，兴奋和紧张让她的脸发烫。

他又稍微停了停，才说："戴希，你上次在香港汇丰银行开立的账户，我需要借用其中的一部分钱。"

"借用？"戴希不解，"那本来就是你的钱啊！"

他显然无意与她多谈，只简明扼要地说："请你尽快把其中的四十五万美金转到我指定的账户中，账号细节我马上发到你的手机上。当然，如果你不愿意也不必勉强……"

"没问题呀！"戴希冲着手机嚷起来，"为什么转四十五万？我把五十万全部转给你好吗？"

"戴希！"他的声调突然严厉了许多，"我说得不够清楚吗？"

"清楚的……"

"那就照我说的做！"

戴希小声嘟囔："是。"兴奋感消失了，她记起了锥心的歉疚之痛——是我伤害了他，才让他陷入今天这样的困境……

"戴希，"又是很短暂的沉默之后，李威连说，"非常感谢你。"

戴希说不出任何话了。

"转账完成后你给这个手机发条信息，我确认到款后也会给你信息，就这样，祝你一切顺利，再见。"

电话断了，就如它开始得一样突兀。

又过了十来秒钟，一条短信跳出来，是他所说的账号信息。

戴希朝着手机屏幕发了很久的呆。

她曾经设想过很多遍该如何再次面对他，但是万万没有想到，他们竟然会以这种形式重新开始对话——为了一笔钱。

这笔钱，戴希从没有一秒钟觉得它属于过自己。在发生了那许多变故之后，这笔五十万美金更是让戴希如芒在背，她不知道该如何妥善处置它。现在问题解决了,哦,不对,只解决了百分之九十。

戴希把陌生的手机号保存起来,在姓名栏里输入——咨询者 X。他现在一定非常非常需要钱,能帮上他的忙,多好啊。戴希微笑了,有些时候钱还蛮可爱的。

李威连在处理这笔钱上始终霸道的态度,让戴希捕捉到了他最微妙的心理。对她来说,李威连赠予她的从来就不是有数值的金钱,而是一件无价之宝。

"戴希!你好啊!"

戴希刚踏进 AirBus 的舱门,正要沿着过道朝后挤,就听见有人和自己打招呼。

"啊,Gilbert!你也在这班飞机?"戴希惊喜地向端坐在公务舱里的 Gilbert Jeccado 点头致意。

"还有我呢,哈哈!"张乃驰从 Gilbert 身边探出头来。

"哦,Richard,你好!我……"戴希为难地瞥了一眼身后开始拥堵的人群。

"我们待会儿见,戴希!"Gilbert 笑容可掬地向她摆了摆手,"下机后来找我,咱们一起去办公室。"

戴希答应着往经济舱去了,张乃驰还在频频回顾。

等他回身坐好,Gilbert 满脸奸笑地看着他:"怎么啦?她现在可是我的人事经理哦!Richard,你要是对她感兴趣,当初就不该推荐给我嘛。"

张乃驰把两手一摊:"我是忍痛割爱啊,哈哈!"

Gilbert 做出无法相信的表情,闭上眼睛不再理睬张乃驰。

飞机升空了。十来分钟后,张乃驰松开安全带,不甘心地嘟囔了一句:"她这么痛快就同意到北京工作,蛮出乎意料的。"

"嗯,为什么呢?"Gilbert 仍然闭着眼睛。

张乃驰略一迟疑:"呵呵,她有男朋友在上海,不过……也许他们分手了呢。"

Gilbert 皱了皱眉,他对张乃驰经常这样吞吞吐吐地说话很不以为然，但是戴希并非 Gilbert 关心的重点，所以他直接转换了话题："听说 William 回到中国了？"

"是吧……"张乃驰的脸色立即阴沉下来，"好像是在上海，具体在干什么就不清楚了。"

"唔，他会有所行动吗？"

"行动？你指哪方面？"

Gilbert 猛地睁开眼睛："当然是针对你我的！你以为他会那么容易就善罢甘休？"

"肯定不会！"张乃驰铁青着脸说，"可他现在还有多少能量呢？我听说姓尹的痴呆老女人刚刚死掉，William 要把'逸园'留下的一笔烂账搞定，估计也得费九牛二虎之力……哼，他现在最多就是在暗地里耍耍手段，给我们制造些麻烦罢了。"

"什么样的麻烦？"Gilbert 毫不放松。

张乃驰咬牙切齿地回答："不就是让公司里他的那些马仔们，尤其是那个 Mark，天天和我作对！"

"哈哈哈哈！"Gilbert 大笑起来，边笑边摇头，"Mark 和你各自分管贸易的一块，怎么跟你作对法？"

"当然不至于直接作对。可谁知道他有没有暗中和我的客户接触？William 走之前把所有客户包括中华石化都交代给他了，现在他要在我的地盘上插一脚也不是没可能！"

"原来都是你的臆想啊……"Gilbert 又一次闭上眼睛。

张乃驰皱起眉头思索了一会儿，忿忿不平地说："Gilbert，你的研发中心相对独立，你原先和大中华区的这些人也没什么关系，所以大家对你还挺客气，可你知道这些日子他们是怎么对待我的？"

"怎么对待？"

张乃驰一下子语塞了，憋了会儿才说："总之就是不合作、不尊重的态度！"

Gilbert 再次爆发出一阵大笑："不、不、不……他们这样对待你肯定不是 William 的授意……"

张乃驰瞪着 Gilbert，不明白他的意思。

Gilbert 好不容易才止住笑，擦着迸出的眼泪说："他们这样对待你是因为，你从来就是 William 最照顾的人，现在他倒台了，他们就不把你当回事了，哈哈哈哈！你这叫自作自受！"

张乃驰气得脸色发青，偏又找不出话来反驳。

Gilbert 意犹未尽，继续感叹："Richard 啊 Richard，我太同情你了！William 在西岸化工时，你觉得受他压制日子难过，现在他滚蛋了，你的状况好像也没多大改善……你说你到底要怎么样才好呢？"

"我……"张乃驰的脸色由青转白，把脑袋向 Gilbert 凑了凑，"Gilbert，不瞒你说，我早就对在西岸化工打工不耐烦了，只是苦于没有合适的时机跳出去啊。"

犹太人拨弄起手指上的绿宝石戒指来："自己干，是个好主意，可是亲爱的 Richard，你的条件成熟了吗？再说你费尽心机才把 William 赶走，现在急着走也太不划算了……"

"当然不能白白地离开！"张乃驰拍了拍座椅扶手，"Gilbert，这些天我也看明白了。你说得很对，西岸化工上上下下都把我看成 William 的人，他离开之后，我在这家公司的前途并不乐观。虽然 Philips 把贸易分了一部分给我，可他对我的信任程度很有限。其他人呢？什么 Mark、Raymond 之流除了亦步亦趋地奉行 William 原先的做事方法，还能有什么新鲜的创意和大胆的突破？总之我对西岸化工大中华区是失望透顶了！"

Gilbert 不置可否，微笑着等待张乃驰的下文。

张乃驰把声音压得更低，却越说越快，很显然这些话在他心中盘桓已久："打工是没有出路的，William 就是前车之鉴，Gilbert，你刚才提到时机，这才是关键！而我认为，现在正是最佳的时机。"

"哦？你真的决定了？"

"决定了！"张乃驰义无反顾似的点头，马上又鬼祟地笑起来，"不过要讲究策略。Gilbert 啊，可惜你不懂中国人的一句成语：明修栈道，暗度陈仓！否则解释起来就容易多咯。"

犹太人的灰眼睛都快眯成两条线了："伟大的古老文明都是相通的。你的意思是不是说，暂时留在西岸化工，利用它的平台和资源做你自己的事情？"

"哗！Gilbert，你简直太……"张乃驰极尽夸张地竖起大拇指，"原先William盯得太紧，虽然中华石化一直掌握在我的手里，我也没能够为自己操作些什么，现在好了，Philips毕竟对情况不熟悉，活动余地就大多了。我完全可以继续代表西岸化工和中华石化接触，碰到真正好的贸易机会就拿过来自己做，这样绝对既安全又高效！"

"哈哈！"Gilbert耸了耸肩，什么都没说。

张乃驰明白他还在斟酌，可自己已是箭在弦上，必须一鼓作气说服Gilbert："客户那边也有这样的意思，已经多次给我暗示了。"

灰眼睛里终于冒出隐隐的亮光："客户？暗示？"

"嗯。中华石化国际贸易公司新上任的总经理，姓郑。从今年年初我就一直在拉拢他，现在已经相当熟了。他最近接连对我抱怨西岸化工做生意规矩太多，以前William在的时候，做事情就缩手缩脚，他很希望能有所改变。但是Gilbert你想，西岸化工的操作是受到严格流程控制的，即使想出办法做手脚风险也极大。而这位郑总作为一位新晋升的实权派，所谓嫌西岸化工缺乏灵活性，就是他期待的私人利益无法达到罢了。那么，怎样才能解决郑总的问题呢？通过我们自己的公司和他交易，不就容易多了？"

"我们？"

Gilbert的灰眼睛成了透明的金刚钻，闪得张乃驰直心慌，不过他还是勇猛地说出了最关键的内容："是的，Gilbert，我们！咱俩联手成立一家公司，把中华石化利润最肥厚的订单拿过来自己做。只要客户渠道在我手里，咱们这样保证万无一失！"

"听上去确实很诱人，"Gilbert总算表态了，"可是Richard，既然你这么有把握，为什么不自己单干，而要和我分享利益呢？西岸化工的平台我并不比你多占优势，客户又是你的……"

张乃驰推心置腹地说："你可以提供资金保障啊！做贸易没有大笔资金根本运作不起来，而这正是我最欠缺的，却又恰恰是你的长处！Gilbert，咱们可以取长补短，就像这次一举击败William一样，你我就合作得很默契，为什么不能把这样的合作延伸出去呢？"

"等等！Richard，你怎么知道我能提供资金保障？"Gilbert满脸诧异地瞪着张乃驰。

"你不能吗？！"张乃驰把眼睛瞪得比Gilbert还要圆。

小老头终于扑哧一乐，拍拍张乃驰握紧的拳头："好啦，Richard，先谈到这里，剩下的旅途就让我们好好休息、养精蓄锐，等到北京之后还有的是时间慢慢聊。"

Gilbert说到做到，问空姐要来毯子往身上一盖，两分钟之后呼噜声响起。张乃驰哭笑不得地坐在旁边，装了一肚子冷热不匀的尴尬。

不过张乃驰心里很有把握，犹太人动心了。Gilbert的家族与意大利西西里的黑手党组织有千丝万缕的联系，曾经企图以大中华区的化工贸易作为平台，干为黑手党洗钱拿佣金的勾当。鉴于李威连在这一领域的地位和能力，Gilbert暗中试探过拉他合伙开公司，结果当然是被李威连拒绝了，这也是他与李威连面和心不和，后来千方百计要把李威连搞下台的隐蔽原因。现在李威连这个最大的障碍扫除了，张乃驰又主动抛出绣球，犹太人根本没有理由拒绝，他现在的犹豫只不过是一贯的多疑谨慎，也是为了在今后取得更有利的谈判位置而故作姿态罢了。张乃驰越想越安心、越想越得意，耳边的呼噜声好像催眠曲，他居然也慢慢睡了过去。一觉醒来，空姐已经开始做飞机降落前的准备了。

下飞机后，戴希随二人的车一起前往西岸化工北京办公室。别克商务车驶上机场高速，宽阔笔直的道路两旁松柏成行，头顶上天空湛蓝，已经是下午五点，阳光依旧灿烂夺目，和上海的潮湿闷热相比，北京六月的气候还挺宜人。

戴希被两位绅士让到副驾驶位，Gilbert和张乃驰坐在后排谈笑风生，心情简直好得无以复加。戴希正在庆幸他们没多少工夫理睬自己，手机响了。

电话来自上海，是从希金斯教授家打来的。

"喂，教授？"戴希有些紧张，自从李威连出事之后，她就借口工作忙，有段时间没和教授联系了。在目前的状况下，和任何人谈起'咨询者X'都使戴希难以忍受，她觉得，自己已经犯了不可原谅的错误，如果不能得到李威连的许可，今后就再无权涉及他的案例，哪怕为此不得不放弃硕士学位的课题研究，她也在所不惜。

"戴希，是我，你好吗？"

戴希松了口气，是教授的中国妻子Jane。

她们寒暄了两句，Jane的声音听上去闷闷的，戴希忍不住问："Jane，你的嗓子怎么了？"

"哦，这两天有些感冒。"Jane说起话来确实有些疲乏，"戴希，你最近有时间吗？我想约你见个面。"

戴希很抱歉："哎呀，Jane，真不好意思，我在北京出差呢。"

"什么时候回来？"

"至少两周……Jane，有什么事？你着急吗？"

"倒也不是很着急……"

话虽这么说，戴希还是听出了明显的焦虑和……悲哀？怎么了？这可不像戴希印象中那个始终淑雅从容的女子。

"Jane，我们可以在电话里谈吗？"

"也许……"她好像愈发不安了，"其实我是想问问你公司的、呃……公司同事的一些情况？戴希，你工作的西岸化工里有没有一位……总裁……是叫李威……"

"William？"也许戴希的声音响了些，从后排传来的欢声笑语戛然而止。

在骤然降临的诡异寂静中，戴希听到电话里传来吞吞吐吐的话语："对不起，戴希……这样谈话对你不太方便吧？或者还是等你回上海再说吧。"

"好的，Jane，假如你着急的话，晚上再给我电话。"

戴希挂上电话，片刻之后，从她身后传来张乃驰矫揉造作的话音："戴希？是不是有William的新消息？我们大家可都很惦记他啊。"

戴希回过头去："不是，是一个大学同学向我打听咱们公司前段时间出的事。"她迎着张乃驰怀疑的目光怅然微笑："个个都喜欢听八卦，真没办法。"

汽车继续在高速公路上疾驶，只一会儿工夫，夕阳已把深绿色的树冠染成金色,天空依旧透亮辉煌。而此时的上海,才停了大半天的细雨又纷纷扬扬地飘飞起来,暮色渐深了。

假如这时戴希能看见林念真泪流满脸的样子,就会明白她那古怪嗓音的真正由来。她从桌上拿起一张照片,虽然很小心,眼泪还是滴在上头,又被她用颤抖的手轻轻擦去。纤细的手指滑过已略微泛黄的黑白图像,四个模糊的人像犹如悄然浮现于水面之上的倒影,在岁月的涟漪中悠悠荡漾、分离、聚拢、扭曲、变形……

那是连死亡也带不走的纠缠,总有一天还会找上他们。

就在昨天傍晚,童明海和童晓在家中郑重其事地等候一位客人。

初夏的晚风还有微薄的凉意,童晓家的小院子里支起小圆桌和三把竹椅,桌上放着一把紫砂壶、几只紫砂杯,壶里是沏好的香片茶。地上点着盘蚊香,初夏的石库门老房子里,蚊子已经肆虐了。

童晓从小就很喜欢夏夜的纳凉时刻,当然今夜不同凡响,这一点可以从桌上那套再度华丽登场的瓷杯看出来。父子俩早早地吃罢晚餐,就坐在院子里耐心等候,刚到七点,铁门上响起轻轻的扣击声。

童晓冲过去打开门,他立刻认出来,她就是几个月前与自己擦肩而过的女客人。微冥的暮色照着她的脸,童晓的心怦怦跳起来,这样美丽和高雅的容颜,会使男人紧张。

她在竹椅上坐下。童明海从屋里提出热水壶,忙活着泡雀巢咖啡。最初略显尴尬的气氛过去了,童明海清清嗓子:"咳、咳,林女士,专门请你来跑一趟,真不好意思。"

"哪里话,是我麻烦您帮忙的,应该是我不好意思才对。"

"唔,那就闲话少说了。"童明海父子对视了一眼,"林女士,你要找的张华滨的下落,我们查到了。"

童晓把两张照片并排放到桌上,一张是他在华海中学找到的张华滨的高中毕业照,还有一张是张乃驰走进办公楼时的照片,是前些天童晓用手机从街上偷拍的。

她只扫了一眼那张放大的旧照片,就把目光移到近照上。她伸出左手,轻轻拿起这张照片,童晓注意到,那只白皙的手在不易察觉地颤抖。过了好一会儿，她才重新放下照片："是他。"

童明海说："他现在的名字叫张乃驰。"

"张乃驰……"她低声重复这个名字，抬眸微笑，"从照片上来看，他现在的生活还不错吧？"

童晓父子再次交换了眼神，仍然是童明海开口："算是吧。张乃驰目前在一家美国大公司里任高级管理人员，日常生活挺奢侈的。"

"嗯，"林念真点点头，迟疑了一下又问，"那么他的……家庭呢？"

"在2002年的时候，张乃驰和沪港两地知名旅游家薛之樊的女儿薛葆龄结婚。"童明海在桌上摊开一张报纸，"薛老几个月前刚刚去世，这是报上对追悼会的报道。"

这篇报道占据了报纸的四分之一版面，正中就是追悼会的大幅照片：巨幅挽联之下、重叠的花圈花环前，张乃驰和薛葆龄并肩而站的身影十分清晰。

童晓一刻都不敢放松地观察着林念真，看她匆匆浏览了报道的文字，目光就落在照片上，从张乃驰和薛葆龄的脸上轮番扫过，她看了一遍又一遍，脸上始终波澜不惊。

"他们两个看起来挺般配的。"她终于说了这么一句。

"呵呵，是啊。"童晓插嘴了，"可惜薛小姐先天不足，听说有遗传的心脏病，结婚多年也没生孩子。"

"……没有孩子啊。"林念真显然被触动到了，情不自禁地叨了一句，随即又绽开温婉的微笑，"真是太感谢你们了，这些信息很宝贵，一定花费了不少时间和精力吧。"

童晓再次抢在老爸前面开口："啊，没啥，没啥。其实查起来不太费劲，呵呵，之前就和这位张总打过交道，熟得很……"

"童晓！"童明海忍无可忍。林念真倒微笑着问："这么巧？你们很熟？是因为公事还是私事？"

童晓立即回答："当然是公事！张乃驰供职的西岸化工去年底在老洋房'逸园'里举办了一场年会，有个日本人暴死当场，和他有非常密切的关系！"

"逸园？！"林念真的脸色大变。

"嗯，林女士，你没听说过这件事吗？"

"……大概经过倒是听说了，不过不很详细。"林念真垂下眼睑，"其实我早就知道，'逸园'不是个吉利的地方，哪家公司会用它做总部办公室呢？……可是日本人的暴死怎么，怎么会和他……张乃驰有关系？"

童晓瞥了眼老爸，童明海虽然虎着脸，倒没有要制止的意思。童晓决定单刀直入。

"日本人是自杀，已经定案了。不过呢，导致他自杀的原因和西岸化工这家公司确实有很密切的关系，而且不仅仅是和张乃驰的关系，他们的前公司总裁李威连也牵涉其中。"

林念真瞪大眼睛，张了张口，却没有发出声音。

小院里突然安静下来。从院门外传来弄堂里纳凉的邻居们的大声谈笑，遛弯的狗狗吠个不停，孩子们欢叫着练习自行车技……这些声响细细碎碎地潜进小院，还掺和进两三只临危不惧的蚊子的嗡嗡。市斤生活的平凡、鲜活和热闹只不过一墙之隔，而此刻他们要面对的，却是另外一种截然不同的人生。

父子俩等了很久，林念真始终垂睫不语，像是在思考，又像是在回忆。

童明海低沉地开口了："林女士，你上次来请我帮忙寻找张华滨的下落，说是受朋友之托。当时我也没有多问，今天是不是可以请你告诉我，这位朋友是什么人？"

林念真终于抬起眼睛，目光中有种含混不清的东西——不是质疑，更像是某种彷徨和犹豫，正如人们在揭开内心最宝贵的收藏时，那种进退维谷而又忧心忡忡的状态。

童明海直接提问："林女士，你所说的朋友和'逸园'有关系吗？我猜想，她应该也是一位女士吧？"

林念真微笑了："童先生，您猜出来了。"

童明海轻轻吁了口气："袁佳，她……还好吗？"

"很好。"

她的回答简单而明确。童晓惊异地发现，在老爸那张严肃有余的老脸上，竟也浮现出了颇为温情的笑意，只听他喃喃地说："那就好，那就好啊。"

林念真的眼里掠过一抹悄然的感动："您这样关心袁佳，她知道了也会非常感激的。童先生，请你们允许我解释一下——我的朋友、袁佳、她现在生活得非常幸福，在经历了许多的人生波折之后，她对目前平静的生活状态很满意，并且希望能够一直这样生活下去……本来她对过去的事和人，都已经不愿再回顾了，更不希望这些东西打扰到她今天来之不易的宁静。然而在她的心中，始终还有一桩疑虑，时时令她不安，假如不能解开这个疑问，她这一生绝不可能获得真正的安宁。而更重要的是……她需要为逝去的亲人求得一个解释。这就是她在得知我有机会来中国后，拜托我帮忙的原因。"

一阵清风吹来，林念真抬起左手轻轻拂去飘在面颊上的发丝。

"……过去的生活曾经带给过袁佳巨大的创伤，她用了相当长的时间才恢复过来，重新享受到人生的乐趣。因此当旧事重提的时候，她在心理上仍旧有着很重的阴影和顾虑，担心重新被卷入情感和命运的旋涡。所以她一方面想要寻觅真相，一方面又刻意和过去的一切保持距离，这是她在生命重新展开后的微薄意愿……童先生，假如我的谨慎令你们感觉不快，实在是情非得已，希望你们能够谅解。"

童明海沉闷地回答："林……女士，你不用担心。我们完全理解。"

林念真在竹椅上向他轻轻躬身，以此致谢。

三人都静了一小会儿，童明海又问："林女士，除了张华滨的下落之外，袁佳想要了解的另外一件事，是关于袁佳的祖父、袁伯翰的真正死因，对吗？"

"是的。"

"嗯，不过要查清楚这件事，远比找到张华滨困难得多。想必林女士也了解过，这桩案子当初我负责时就一波三折，最后始终留着疑问。说实话，事情虽然过去了这么多年了，我却也和袁佳一样，始终耿耿于怀。去年年底在'逸园'发生的日本人自杀事件，又把我们的注意力引到这栋房子上面。你来之前，我和童晓就重新开始了中断好多年的调查,而你又提供了张华滨这条线索,我们顺藤摸瓜有了不少新发现……"说到这里,童明海略一沉吟,便加重了语气,"林女士,我们认为张乃驰、李威连和袁佳三人之间的关系,以及他们和'逸园'这栋房子的关系,是解开袁伯翰之死的关键,无论如何都不能回避。"

在童晓父子的目光中,林念真喃喃自语:"李威连……他和张华滨在一起工作……他们都在'逸园'……"

童晓忙说:"根据我们调查的结果,张华滨1987年到香港后,先是靠打短工、在小酒店里当服务生混饭吃。直到1991年,他通过李威连安排进入西岸化工公司工作。李威连当时在西岸化工已经工作了三年多,因为业绩出众非常受公司器重。后来李威连一路升迁,做到大中华区总裁,张乃驰始终跟随着他,做到了产品总监。至于'逸园'嘛,据查是在2002年,李威连以大中华区总裁的身份决定,将总部办公室迁入'逸园'。从那以后,'逸园'就成为他和张乃驰在上海的办公地点了。"

"原来是这样……"

童明海接过话题:"不过林女士,张华滨怎么会认识李威连的?至少从他们在上海的户籍和成长情况来看,两人之间似乎没有什么交集。袁佳倒是从小就认识张华滨,他出生后不久就被寄养在袁佳的外婆那里,但是袁佳又声称和李威连完全不熟悉,偏偏他们三人都曾在华海中学就读……"

林念真打断童明海的话:"那么童先生,你们找到答案了吗?"

童明海示意儿子:"你来说吧。"

"好的。"早在心中预演过许多遍,童晓胸有成竹,"林女士,根据我们的调查,袁佳生于1963年,出生前后父母相继去世,她由外婆赵阿珍抚养。1967年袁佳四岁的时候,才一岁多大的张华滨被其父张光荣送到赵阿珍那里寄养,直到1977年赵阿珍过世,差不多十年的时间里,袁佳和张华滨始终在一起长大。1977年赵阿珍去世前,将袁佳托付给了祖父袁伯翰,张华滨则被张光荣领回,两个孩子才分开。1978年袁佳随袁伯翰迁入'逸园'居住,并且转学到了华海中学读高中,而张光荣恰好也在华海中学找到代课教师的工作,1978年开学时,张华滨作为教职员工子弟进入华海中学读初一。也就是说，其实仅仅过了一年不到的时间，袁佳和张华滨又以另外的方式聚在一起了。

"李威连表面看上去背景和这两人毫无交叉点，然而事实并非如此。

"李威连和袁佳同岁，也是1963年生人。他的父母都出身于以前上海的名门望族，1949年之前这两大家族均在上海拥有相当规模的产业。李威连母亲的家族和袁伯翰的家庭是世交，两家人之间常来常往。我们知道，这种家庭里过去是仆佣成群的，我们的调查正是从这个角度找到了突破口。赵阿珍，她就是将李威连的母亲从小带大的保姆！后来人们对她的'阿珍姆妈'的称呼，似乎就是当初主人家的叫法。

"我们继续追查后发现，1963年年初李威连尚未出生，父亲就被下放到甘肃。他的母亲独自在上海抚养两名子女，自己又即将生产，在山穷水尽的时候，她向老保姆赵阿珍求援。善良的赵阿珍二话不说赶去帮忙，李威连就降生在这位曾经哺育过他母亲的老保姆的怀抱中。赵阿珍在李威连的家里一待好几个月，直到她自己的女儿要生孩子，她才返回枫林桥。可怜的女儿难产死去，赵阿珍悲喜交加地迎来了外孙女——袁佳。"

童晓停下来，说的话并不算多，他却有些口干舌燥。端起紫砂杯、抿一口香片，童晓偷偷瞥了眼林念真。夜色渐浓，弄堂里的路灯光在小院的上空晕开，斜斜地落在她的面庞上，无声无息地掩去几许岁月的痕迹，令她看上去如此贞静。

"赵阿珍是李威连母亲家的保姆这一事实，也解释了为什么袁伯翰的儿子会爱上赵阿珍的女儿。两个本来社会阶层相差悬殊的人，由于家族的历史背景而结缘，又因为新中国的社会环境而相爱，才能有机会走到一起。

"……后来碰上忙不过来的时候，李威连就会被母亲带到枫林桥赵阿珍那里，拜托阿珍姆妈照顾，在枫林桥一放就是好几天。当然他的情况属于临时代管，和张华滨那种长期寄养并不一样。李威连在徐汇区上了幼儿园和小学，不过'文革'期间学校管理很不规范，李威连常常无课可上，这种时候母亲也会把他送到赵阿珍那里。看起来他的母亲似乎不怎么喜爱这个小儿子，总是设法摆脱他。

"总之，把这些情况综合起来，我们完全有理由相信，李威连和袁佳、张华滨从小相识。1975年秋季，李威连率先进入华海中学读初中，1978年秋季，袁佳和张华滨也相继进入华海中学，按理说因为从小认识的关系，他们三个在学校里应该比其他孩子更亲密许多。但奇怪的是，我们访问了不少华海中学那个年代的教师和学生，大家都说没有相关印象。

"但有一点可以肯定的是，三个孩子之间的关联从未真正中断过，否则张乃驰和李威连就不会在香港重逢并共事至今，李威连不会刻意选择'逸园'做公司总部，袁佳更不会在二十多年之后还念念不忘地寻访张华滨的下落。

"1981年袁伯翰在'逸园'中猝死，李威连就牵涉其中。当时袁佳曾经作证，说并不认识李威连，现在看来她分明是撒谎了。她为什么要撒谎？她和李威连之间到底发生过什么？我们认为，必须把袁佳、李威连和张乃驰三者间的一切调查清楚，才能真正明确袁伯翰死亡的来龙去脉。"

童晓结束了他的长篇汇报。小院再度陷入寂静，夜更深了，弄堂里纳凉的人们都散了吧，偶尔还有窸窣的声音响起，大概是躲在某个门洞下相拥的恋人的絮语吧。

童明海问："林女士，对童晓刚才说的调查结果，你有什么意见吗？袁佳……她有没有谈起过和张华滨、李威连之间的往事？"

林念真抬起眼睛，声调平缓而悠长："童先生，这些事情我并没有听袁佳提起过。但既然你们是通过缜密的调查得出来的结果，想必都是事实吧。假如当年袁佳就说了谎，那么直到今日她依然不肯提起三人间的过往，一定是有充分的理由。我不建议向这个方向多追究。"

童明海皱起眉头："不追究的话，可能袁伯翰之死就永远不能真相大白了，难道袁佳情愿如此？"

"是的，我想她情愿如此。"林念真的回答很轻柔，但字字入耳，好像带着特殊的力量。

童明海长叹一声："好吧，那我们也许就爱莫能助了。"

林念真轻轻地点了点头:"无论如何,您帮忙找到了张华滨的下落,就足够让袁佳欣慰了。真的非常非常感谢!"

她又一次抬起左手,拂去被晚风吹到额前的碎发。

"都这么晚了,真不好意思,打搅到现在……我该走了。"

童明海阴沉着脸:"天晚了,让童晓送你出去吧。"

童晓和林念真并肩朝弄堂外走去。

"送到路口就行,我自己可以打车。"林念真说。

童晓突然说:"林女士,李威连出事了。你知道吗?"

她停下脚步:"出事?什么事?"

"他因为性丑闻从公司辞职了。"

"性丑闻?"

"是,他和司机老婆上床的视频给曝光了,这件事挺复杂的,也是疑团重重,要是你……哦,我是说袁佳想知道的话,我们可以另约时间,我来详细说一说。"

林念真沉默片刻,才注视着前方说:"不必了。既然袁佳在好多年前就否认与李威连相识,我想她不会再要了解更多他的情况。"

童晓回到自家小院,童明海坐在桌前闷头抽烟。

"呵呵,一晚上没抽,憋坏了吧。"童晓在老爸身边坐下。

白色的烟雾后面,童明海的眼神很明亮:"唉!她还是这个样子……"

"她?"童晓笑了笑,"爸呀,有些事勉强不得,咱们要尊重当事人的意愿不是?"

童明海哼了一声:"尊重?真不明白这两个人是怎么回事?"

"两个人?不是三个嘛?"

童明海重重地吐出一口烟:"那个姓张的我不认得。袁佳和李威连这两个人,当初可都把我给气得够呛。嘿嘿,折腾到了今天居然还没完!"

童晓撇撇嘴:"我看您还挺爱被这两个人折腾的。"

第三十章

戴希在北京每天都很忙碌,两周多的时间转眼就过去了。又到了周末,戴希却比平时更忙。时近七月,各大高校的毕业招聘和企业推介活动全集中在这段时间,戴希作为西岸化工的人事代表,不仅要赶大型招聘会的场子,还要为新成立的研发中心组织专门的毕业生推介会,简直忙得不亦乐乎。

星期天中午将近十二点,北京化工大学昌平校区的小礼堂里走出一大群学生,叽叽喳喳地四散而去。早晨在此举行的西岸化工专场毕业生见面会相当成功,一直等到所有人都离开,戴希才感到肚子饿了。

同来的还有两位北京同事,三个人一起收拾干净现场,整理好今天收集到的简历,就一起有说有笑地朝操场边走去。

"戴希,中饭咱们就去学生食堂解决吧!回市区的话至少一个小时。"

"好呀,我都快饿死了!"

"戴希,你怎么上哪儿都背这么个大包,里面到底装了什么宝贝啊?"

戴希笑着挤挤眼睛,正打算卖个关子让他们猜猜,手机响了。她放缓脚步看短信,突然轻呼:"哎呀,我不能和你们一起吃饭了。有个朋友正好在昌平,约我见面呢。"

同事点头叹息:"大美女走到哪里都有饭局,那么你就自己回市区了?"

"没问题！周一公司见！"戴希忙不迭地向他们挥手告别。

她直接跑到学校的北门，立刻就看见李威连站在一棵大槐树下。北京六月正午的太阳很热烈，却并不灼人，时时拂过的清风带来一阵又一阵惬意的清凉。戴希不自觉地放慢了脚步，树荫落在他的身上，把那张轮廓分明的面孔遮在幽深的暗影中，使她一时间分辨不清他脸上的表情……

她终于又来到他的面前了。

"你好，戴希。"

"你好，William。"

现在戴希能清清楚楚地看到李威连的脸了。她目不转睛地盯着他，很想看看他的样子是否有些变化，可又陡然地意识到，在他的身上自己的观察力是如此匮乏。除了酝酿于心日益增长的亲切和同情之外，她对他这个人的认识仍然缥缈如初，捉摸不定。

戴希低下头，她还是无法把现实中的他和咨询者X合并起来。虽然明明是一个人，虽然他们之间已发生了许多碰撞，但是在心灵的世界里她与他有多贴近，在日光照耀下的现实中她与他就有多遥远。她有那么多想对他说的话，此刻却一个字都无法启齿。

"今天早晨你讲得不错。"等了一会儿，李威连才开口讲话，他肯定也想了很多。

"你也在听吗？"戴希微笑着反问，时至今日，他们之间的交流模式似乎还维持原状——总裁和下属。就这样吧，只要他喜欢。

"是的，上车吧。"

戴希这才注意到树下停着的那辆黑色沃尔沃，她看了一眼李威连。

"先去吃饭。"他说。

戴希一下子站住了："去哪儿吃饭？"

"不知道，慢慢找吧。"

戴希犹犹豫豫地朝汽车迈步，这下完了，只要和他在一起，马上就会把吃饭忘到九霄云外去的，可是肚子好饿……

李威连为她拉开车门，等她在副驾驶座上坐好才说："戴希，你

463

这样是不对的。"

　　正午的阳光透过树叶,在李威连的脸上变成点点线线的金光,戴希很意外地看到,他微笑了:"因为我犯过两次错误,你就对我失去了信心。戴希,假如你真的是心理医生,这种态度会让病人自暴自弃的。"他从后座拿过一个纸袋,递给戴希:"三明治和咖啡,就坐在车里吃吧。"

　　三明治很香,咖啡还是热的。戴希把脑袋探出车外,朝站在车后的李威连问:"你呢?你不吃吗?"

　　李威连摇摇头,仍然沉默地站着。

　　戴希从侧视镜里看着他,忐忑和疏远的感觉终如浮云散尽……

　　她吃饱了,李威连让她坐上驾驶位。

　　"你来开车吧。"

　　"行,去哪儿?"

　　"随便。你想去哪儿就去哪儿。"

　　他们就这样上路了。戴希发起愁来,要不要直接开回市区呢?可他的意思显然不是。她瞥了眼身旁,李威连一言不发地注视着前方,戴希什么都没再问,就往高速公路方向开去。

　　公路上面罕见的通畅,今天的天气实在好得叫人欢喜,蓝天和白云似乎能疏解最沉重的愁绪。戴希拿定了主意,全神贯注地开了很长一段时间,身边的人始终悄无声息。她悄悄地看了他好几次,只看见黑色睫毛下的重重阴影。

　　"控制好速度,戴希,你总是有超速的倾向。"

　　就在戴希认定李威连已经睡着的时候,他突然说话了。

　　"在美国开惯快车了吧?"

　　"我……也不是。"戴希握着方向盘的手心里开始冒汗,"上次在香港,我也这样开的。"

　　李威连直了直腰:"上次我醉得厉害,根本不知道你是怎么把我弄回酒店的。你车开得很不错,但是要注意这里不是美国。假如在美国,倒是可以给你买辆保时捷。"

　　"要那个干什么?"不知为什么,他的话让戴希有点恼火。

"等我不能动了，让你带我去兜风。"

"什么？"戴希以为自己的耳朵出故障了。

她没有等到回答，只有持续的静默。

肯定是听错了，戴希告诫自己不要胡思乱想，他们已经出发将近一小时了，前方的路牌上写着——怀柔。

"大概还要开一小时呢。"戴希说。

李威连"嗯"了一声，还是没问目的地，看样子他确实不关心去哪里。

收费站前排了十来部车，戴希把车停下："我保证不超速，你睡一会儿吧。"靠近了看时，她无法对他眼睛下的青黑视而不见。

"我也很想，不过估计是做不到。这两个多月我每天都无法入睡。"

"你原来吃的药呢？"

"扔了。"

戴希当然理解他为什么会这样做，她从后座上拖过自己的双肩大背包，掏出个小药瓶："你可以试试这个，应该比原来的更好。"

李威连看着瓶身上的英文："从你爸那里弄来的？"

"是。"戴希继续从包里往外掏药瓶，一个个递给李威连，"还有其他几个品种镇静和抗焦虑的药，不过，吃之前你要先问过我，比较安全些。另外还有……"原来戴希的大背包是个连维生素都包括在内的迷你药房。一直等到通过收费处，重新上路时她才唠唠叨叨地把里面的内容介绍完。

李威连掂了掂背包的分量，微微挑起眉毛："真够重的。戴希，在你的眼里我就这么脆弱吗？"

"不是你脆弱……"戴希轻声回答，"是我只能做到这些。"

"可你并不知道会在北京遇到我？"

戴希笑笑，前方的道路出现了瞬间的重影，她连忙眨一眨眼。实际上，这些天她不论去哪里都背着这个大包，上海、北京，没有任何区别。在戴希的心中早就等待着这样一次相会，只要能见到他，就绝不可以错失机会，她必须要为他做些什么，哪怕所做的微乎其微。

李威连没有追问下去，而是疲倦地闭起了眼睛。他到底有多累？

戴希不敢问，她只能聚精会神地驾驶。

之后的一个小时车程，他们再没有交谈过。直到戴希把车开进停车场，李威连才问："这是哪儿？"

"红螺山。"

"你想爬山吗？"

"我无所谓的……"戴希跟着李威连往山上走去，"这里离市区比较远，我想大概人会少些，还有空气比较新鲜吧。"

人确实比较少，但周末绝佳的天气，沿着山势盘桓而上的登山步道上，仍然到处都有游人的身影。好在山道两旁参天的古松和苍劲的紫藤，还是隔绝了尘世的喧哗，耳边只有山涧淙淙和鸟鸣啾啾，以及从远方山巅传来的寺院钟声。

走了一小段，左前方出现一股蜿蜒而下的山涛，轻盈地飘洒进入小小的碧潭。潭后的岔道上怪石嶙峋、草木葱翠，野趣森浓。

李威连带头拐上岔道，现在他们两个绕到山涧的后方，前方步道上时不时有登山游人的笑语，隔着水雾一晃而过。

"你怎么想到来这里？"李威连问。

"上大学时来北京玩，同学带我去过上面那个寺庙，我就记住了。"戴希有些发窘，"你说随便走，我也想不起别的地方。这里不好吗？"

"很好。可惜的是……我大概不能爬山。"李威连四下看了看，就在一块稍微平坦些的山石上坐下了。

山中本来就清凉，这里又背阴，戴希觉得浑身凉飕飕地很舒服。但是她看见李威连的额头上密布着汗珠，心里顿时一颤——严重失眠让他的体力比她想象的还要差，戴希非常懊恼，恨恨地说："都是我不好，我老是犯错……"

李威连的神态倒很松弛："你怎么犯错了？"

戴希愣了愣，她分明感受到一种审慎的质疑，一种含蓄的责备。

"你有什么要向我解释的吗？戴希。"

两个多月过去了，她终于等到了这个时刻。可是她能够解释什么呢？戴希的眼前出现了孟飞扬和柯亚萍并肩离去的背影。

"我无法解释。"戴希抬起头来，眼前有些模糊，"我只能说所发生的绝非我的本意……真的非常、非常对不起。"

李威连静静地看了她一会儿:"戴希,你有责任把事情讲清楚。一个人不能生活在阴谋中而不自知,这是很可悲的。"

戴希没有回答。

他等了片刻,又说:"那么我该怎么办呢?假如你都不能解释的话,我是否还能继续信任你?"

戴希咬着嘴唇,他永远都这样尖锐,不轻易放过别人,也决不放过他自己。

突然,她就开始说了——

"我在斯坦福读书的时候,有一个也是来自中国的学姐,比我大两岁,专业是斯坦福最牛的航空航天。你想象不出她有多么优秀,不仅学业出类拔萃,长得也特别美,性格开朗大气,还是各种社会活动的中坚分子。在斯坦福的那几年里,我一直把她当作偶像来崇拜,所以,当我听说她在宿舍里自杀时,简直不敢相信自己的耳朵。她是用塑料袋套在头上,窒息而死的。死得那么坚决,那么利落,就像她平时的为人一模一样……后来我才知道,她已经被重度抑郁症折磨了好多年,可是她的外表那么阳光,连我这个心理学专业的都看不出有任何异常。直到我回忆起一个细节:她听说我的专业后,每次和我聊天时都会谈起心理学,还向我提起《挪威的森林》那本书,说到小说的女主人公直子,脑子里的那根弦突然就断了……我这才意识到,她是在向我发出求助的信号,却都被我忽略了。

"这件事情发生以后,我迟迟无法从内疚和自责中走出来。我对希金斯教授谈起我的感受。他告诉我,就像所有生理疾病的医生一样,心理医生同样有许多无能为力的时候。世界是残酷的,人心又太脆弱。如果我永远抱着一颗悲天悯人的心,多愁善感地看待所有病例,那么,从事这个行业,对我来说将是一件非常痛苦的事。而且,过于投入情感,会使我失去客观性和自我觉察,还会造成很大的咨询风险。"

终于说出这段无比艰涩的话,戴希忽然发现,心中已成死结的地方松动了。当初,她带着这个死结从美国回到中国,原以为这辈子都不可能解开。

她说:"你第一次面试我的时候,就曾经问过我,为什么要放弃心理学。当时我没有回答。"

"你现在回答了。"

"是的。"戴希看了看李威连,而他只是沉默地注视着她,"我不应该为你做心理咨询,从一开始我就该拒绝的。可是我……被我的助人情结操控了。"

"什么情结?"李威连问。

"就是——我无论如何都不愿意眼睁睁地看着别人受苦,而不去做一些什么,就像对我的那个师姐一样。所以,即使我们在现实中的关系,早就突破了心理咨询的界限,是行业规范所严格禁止的,我都一意孤行地往前走。但事实证明我错了,我根本就没有能力处理这么复杂的局面。我在其中掺杂了太多的私心,我以为是在帮你,其实是我自私。"顿了顿,戴希才用勉强平抑的语调说,"是我辜负了你的信任,我不配。"

等了好一会儿,她才听到他说:"脑袋里面全都是理论,还一套一套的。戴希,你真是我遇到过的,最呆的书呆子。"

戴希愣了愣。他是在嘲讽自己吗?似乎又不太像,听起来竟是那么温柔。

"不过有一点我很欣赏你,戴希,你始终都是真诚的。所以,让我也真诚地告诉你一些事。知道我为什么要给你五十万美金吗?"李威连突然换了话题,也换了语气。

戴希快听不懂他的话了。怎么又扯上钱了呢?她真讨厌谈这个。

"给你那笔钱是因为,我从来就没有信任过你。"

在戴希震惊的目光中,李威连平静而倦怠地说着:"第一次拿到你的简历时,你作为希金斯教授研究生的身份令我很感兴趣。我决定把你招入公司,希望你能对我有所帮助。可我要展现给你的,毕竟是我个人最隐私的秘密,必须要确定你是否百分百可靠,所以我对你展开了一系列的考查:在'双妹1919'的会面是第一次,香港之行是第二次,我有步骤地向你暴露自己的部分隐秘,并观察你的反应,从而判断你的可靠性……我本以为一切尽在把握,我是进退自如的。万万没想到,你已经从希金斯教授那里拿到了我的案例,并且相当敏锐地把我和案例联系了起来。这让我很惊讶也很担忧,因为我最隐私的弱点被你全盘掌握了!戴希,这个世界上你是唯一的一个人。坦白说,如果不是因为巧合,我绝不会允许这样的事情发生,你还远远没有达到让我如此信任的程度。我必须防范由此带来的风险,给你那笔钱就是出于这个目的。"

戴希目瞪口呆。

"还不明白?"他淡淡地笑了笑,"如果你是某件阴谋中的一个环节,或者有什么人想要获取你手中的秘密,能够给你开出的条件无非就是金钱。但是我绝对可以肯定,不会有人出的价码比五十万美金更高,何况我还许诺给你今后的升迁和发展。戴希,从利益的角度来说,你只要拿了我的钱,就没有任何理由再背叛我。"

山涛的流淌之声轰然响起,变得震耳欲聋。戴希瞪着李威连,刚刚过去的两个小时中,她好像已经熟悉了对面的人、一个实实在在的人,突然之间这个人又如幻影般破碎开来。

"我是个精于计算的生意人,而且几乎从不失手。"李威连注视着她,自嘲地摇了摇头,"不过这次我却失算了,五十万美金也没有替我买到保险。"

愤怒和委屈冲向头顶——信任,这就是她视如瑰宝的信任,她甚至不惜为此伤害孟飞扬的感情,原来只是自己的一厢情愿!

戴希扭头就走。山涧中飞溅而出的水珠泼到她的面颊上,好像冰凉的泪滴。她咬了咬牙,又返回去。

李威连仍然坐在山石上,不动声色地看着她去而复返。

戴希问:"就因为生意失败,所以你把钱要回去了,对吗?"

"我的损失惨重,根本无法挽回。"李威连轻描淡写地回答,居然还微笑起来,"再说,我也没全要回去嘛。"

"是你自己不让我全部转账,我从来就不想要那些钱!"戴希气坏了。

"也不想给我治病了?"

戴希愣了愣："……我还有资格吗？"

他没有回答。她看着他的眼睛，过去她根本不敢直视他的眼睛，因为那里面的吸引和隔膜同样强烈，使戴希望而生畏。但是此时此刻，在这双眼睛里戴希只看到令她心疼的坦诚。

五十万美金买不到的，五万美金更不可能买下。他们达成共识了——信任是无价的，也是脆弱的，但更是真实存在的。

戴希又往前走了两步，站在李威连跟前："我有个建议。"

"说吧。"

"我想建议你重新恢复在希金斯教授那里的心理咨询。按照我的理解，你原先终止了咨询，一方面是认为教授以一个西方人的立场，无法在文化层面与你充分沟通，另外一方面还是担心隐私泄露所带来的风险，你不想出一点差错……不过，现在情况发生了变化。文化缺失的部分，我可以为教授做补充。至于现实中的风险，实际上已经发生了。所以，你……"她又说不下去了，觉得言辞枯涩。

"所以，我决定破罐破摔了。"李威连用略带戏谑的口吻接上话题，我明白你的好意。戴希，但是我不会接受你的建议，我也不打算再做任何心理治疗。"

这一点完全出乎戴希的意料，那么，今天他特意来见她，又是为了什么呢？

他接着说："你今天带来的药物，其实有一些我过去曾经使用过。但后来我把它们都停掉了，除了安眠药。因为药物使我变得迟钝、麻木、浑浑噩噩，最重要的是，它们使我失去愤怒的力量。"

戴希更加不解了……愤怒的力量，他指的到底是什么？

"戴希，你真的以为，心理学可以解决我的问题吗？心理咨询就能避免我遭受的那些打击吗？假如真是那样，那么戴希，你就必须为我今天的处境负全部责任。可是很显然，你根本负不起这个责任。我也并不想责怪你。因为你和你的心理学，至多只能负部分、间接的责任。就像你刚才所说的，面对世间一切不幸，心理学所能做的太有限，绝大部分时间，都只能充当罪恶的见证。"

"不是这样的！"戴希有些发急了。

"哦，那么请你告诉我，心理学可以解决社会不公、阶层对立吗？可以解决族群撕裂、舆论霸凌吗？可以消除这个世界中无处不在的仇恨、欺压、剥削、凌辱、诬陷还有背叛吗？"

"当然不能。心理学不处理现实中的具体问题。它是内省的学问，就像宗教或者哲学……它确实抓不了坏蛋，也干不了革命，所以除了心理学之外，我们还需要人类学、社会学、政治、经济、道德、法律！可是，心理学能够让人直面不完美的环境，接受不完美的自己，心理学可以让人……让你，不那么痛苦。"戴希结结巴巴地辩解着，她知道自己的学识和经验都无法和对面的人相匹敌，她更知道他的表情虽然冷淡，内心却处于愤怒的雷霆万钧之下。

戴希的话音落下很久，李威连才长长地舒了口气，露出微笑："戴希，你一定在成长的过程中得到了最好的呵护，所以才有这么健康的心态。我为你感到高兴。但我经历了太多的社会阴暗面，也曾竭尽全力让自己变得强大，以为这样就可以获得光明。可是我错了，黑暗并没有放过我，甚至连我自己也成了罪恶的一部分……因此，戴希，你还是应该留在书斋中研究理论，抓坏蛋、干革命这种血淋淋的事情，你就不要去考虑了。至于治疗，我并不需要。痛苦就痛苦吧，没什么大不了的。"

在鸟鸣、风动、钟敲和泉涌的合奏中，山间的寂静一如午后紫藤上的阳光，使人忘却尘世的种种。

戴希说："你说得不对。我不是与世隔绝的，我当然知道阳光下面也有罪恶，可我就是觉得，死的不应该是我师姐那样的人……"

李威连没有再说话，只是温和地看了戴希一会儿，就站起身来："三点多了。我们返回吧，估计进市区时要堵。晚上我还约了朋友吃饭。"

他们并肩绕过山涧，沿着步道向山下走去。戴希默默地整理着心绪，渐渐平静下来。她发现，每次和李威连的长谈都要耗费巨大的心力，就像在打仗，但结束了又会依依不舍，似乎还有很多很多的话想对他讲。

"你去过西藏吗？"李威连突然问。

"没有"

"想去吗?"

"当然啦。"戴希困惑地回答。

李威连稍微放慢了脚步:"七月是很合适的季节,去川藏高原旅游一次吧。你现在就提前申请假期,一周就够了。"

"可我……"这也太莫名其妙了,戴希问,"你也去吗?"

"不,但是你要陪另一个人去。"

"谁?"

李威连头也不回地说:"你先申请假期。等假期落实了我再告诉你具体任务。"

"好吧。"看来他真是当惯总裁了。

"不知道 Gilbert 会不会批?"戴希又有些担心,"这段时间我的工作特多。"

"他会批准的。Gilbert 一向热衷于表现他的人情味,而且总是对女性特别优待。"李威连完全恢复了平时掌控一切的状态,边走边说,"戴希,你和他相处得还不错吧?"

戴希点点头:"嗯,他总是笑容可掬的,每次见面都要夸我好几遍,搞得我浑身起鸡皮疙瘩。"

李威连朗声大笑起来:"Gilbert 也不是对所有人都如此,戴希,你应该感到荣幸……其他人呢?对你好不好?"

"其他人?"戴希思索着,"前段时间 Carrie 和我合作得也蛮好,她人挺实在的……还有就是 Richard……"

李威连猛地停下脚步,盯着戴希问:"他怎么样?"

戴希被他吓了一跳:"没怎么!其实他和我没直接的关系,就是他老和 Gilbert 在一起,所以我经常会碰上他。"

"他们常在一起?"

"嗯,这次来北京的飞机上他们都坐一块儿。"

李威连没有再说什么。

很快就到了停车场,戴希刚往驾驶座这侧走,就被李威连叫住了:"回程我来开车。"

坐上车后，李威连递给戴希一个文件夹："路上你看看这个，有什么问题就问我。"

那是一份在香港注册公司的流程文件，还有代理机构的介绍。戴希看完了，愣愣地瞪着李威连的侧脸。

"手续很简便，你只要把材料准备好寄给代理公司就行了。十个工作日就能注册成功。"

"我？"

"是的。戴希，你要在香港成立一家贸易公司，注册资金就用账号里剩下的五万美金。"

"我为什么要在香港成立公司？"

"因为我需要。"

"哦。"好像这个理由就足够充分了，戴希又看了一遍文件，"公司叫什么名字呢？"

"你想吧。一个英文名字、一个中文名字。"

进入北京市区的路段果然拥堵，将近六点了，他们仍然堵在北四环上。高楼顶上的广告牌在夕阳余晖中反射着金光，天色渐渐变得暗沉。

李威连摘下上车后就一直戴着的墨镜，揉了揉太阳穴。戴希扭过头去，一瞬不瞬地看着他。

"戴希，我的脸上有公司名字吗？"

"如果……我把这些任务都完成了，你还会考虑心理治疗吗？"

"你在和我谈条件？"

她不说话，就是坚定地瞪着他。

他终于向她转过脸，微笑着说："别为我担心，没事的。"

戴希深深地叹了口气，和李威连谈条件是不可能的。

六点三刻，李威连总算把车开到了戴希住的建国饭店门前。

"戴希，你帮了我很多。"停下车后，他说，"起码今天晚上我可以好好睡一觉了。谢谢。"

他的车重新启动，慢慢滑入长安街上的滚滚车流。难以形容的不舍在她的心中化开，好像浓郁的巧克力的滋味，又香甜又清苦。

怎么可能不为他担心呢？况且经过这半天的时间，他对戴希而言已经完全改变了。曾经分离的心灵和现实真正融合，现在让戴希牵挂的是一个最具体真实的人——一位朋友。

进入七月后，上海的气温逐日升高，这几天最高温更是攀升到了将近三十七度。早上九点刚过，张乃驰涨红着一张俊脸，怒气冲冲地闯进西岸化工的办公室。

二十八层开放办公区的隔间后探出一双又一双诡异的目光——到底是谁踩了咱公司头号帅哥的尾巴了？

张乃驰大步流星地走到 Mark 的办公室前，后者也刚上班不久，办公室的门大敞着。

"Richard？"虽然张乃驰一副来者不善的模样，Mark 压根没当回事，随口打个招呼，"早上好啊，有事找我？"

"当然有事！"张乃驰站在门边亮开嗓门。

"哦？来，进来谈。"

"用不着进去谈，我就问你一件事！"

Mark 无奈地朝门外扫了一眼："怎么啦？"

"你说，你为什么三番五次插手我的客户？！你到底什么意思！"

——哇，这是公开宣战啊！二十八层公共办公区的耳朵们全竖起来了。

Mark 皱起眉头："Richard，什么叫插手你的客户？我怎么插手你的客户了？"

"当然是中华石化！"

"中华石化？"Mark 上下打量着气势汹汹的张乃驰，毫不客气地反驳，"中华石化是西岸化工的客户，有谁说过是你一个人的资源了？"

"你！"张乃驰简直痛心疾首，"你这是破坏合作基础，扰乱公司的正常运作！我表示无法接受！"

Mark 又去拉门："哎呀，Richard，你火气太大了！有话好好说嘛，你肯定是误会了。"他硬拽着张乃驰，才把办公室的门关上了。

转过身来，Mark 对张乃驰微微一笑："Richard，我现在负责西岸化工的销售业务，怎么可能不和中华石化打交道？但是这和你的业务范围并不冲突，你太敏感了吧。"

张乃驰仍然横眉立目："可你和中华石化高层的联络也太紧密了吧？重组之前只要是来自中华石化的订单都从我这里过，如果西岸化工能够供货就做销售业务，如果咱们自己没有这类产品或者价格、利润等不具备吸引力，就由 William 根据市场状况来决策是否要转做贸易。现在呢？你老是单独和中华石化接触，很多订单信息我根本看不见，你自己就报价了，我怎么知道你是不是把原来可以做贸易的机会都硬性做了销售？！Mark 我提醒你，你这样是很危险的！这样做虽然可以增加你个人的销售业绩，但是对西岸化工的整体利益没有任何好处，甚至有可能造成损害！"

Mark 靠在桌前，架起胳膊耐心地听张乃驰发完牢骚，才伸手拍拍他的肩膀："我还以为出什么大事了呐！你真的是多虑啦！你说的都很有道理，但毕竟公司经过了重组，William 也离开了，现在不可能再按老规矩办事。我主动和中华石化贸易公司联络，只是为了提升对他们进行销售的效率，毕竟中华石化是大中华区最重要的客户之一嘛。呵呵，还请你理解我的心情哦。"

"要我理解你？"张乃驰把眼睛瞪得溜圆，"你怎么不多理解理解我？"

Mark 满脸正经："我理解！我当然理解！唉……咱们都是 William 一手提拔上来的，再怎么说也是同袍兄弟，西岸化工不过是个平台，为了公司业绩挫伤朋友情谊，这种傻事我不会干的。我是刚刚到这个位置上，难免有些顾此失彼，还请 Richard 你海涵。不过我心里有数，Richard，你完全不用担心贸易的机会减少！"

张乃驰阴沉着脸，显然 Mark 的表态不能令他满意。

Mark 往他跟前凑了凑："Richard，我这里正好有个中华石化的消息要通报给你……"

"什么消息？"

"中华石化马上要采购一大批 HDPE，是个超过一千万美金的大单。为了避免引起市场上价格波动，他们先期只找了两家关系最密切的大供货商秘密询价，其中就包括我们。可是 Richard 你也很清楚，我们公司今年调整生产线，HDPE 的产量大减，根本满足不了中华石化的订单需求，所以我只能忍痛放弃这项销售业务。据我探听到的情况，另外那家供货商的价格远远高于中华石化的期望，肯定也做不成这单生意。Richard，这不正是你做贸易的绝佳机会吗？我知道你和中华石化的郑总关系不错，赶紧去跟他联络联络，摸摸情况，如果西岸化工能接下这个单，估计郑总还会对你另眼相看呢！"

张乃驰转了好一会儿眼珠，脸色终于慢慢清朗起来。他对 Mark 倨傲地点了点头："郑总早就对我谈起过这笔业务了，根本用不着你给我递消息。现在既然你明确表态了，销售部门接不下来，那么当仁不让就归我来操作了。"

Mark 十分洒脱地做了个请的手势。

张乃驰似笑非笑地哼了几声，朝门口走去。站在门边，又强调说："Mark，我希望今天达成的共识能够指导我们今后的合作，碰上这类接不下来的业务不要硬撑，早点找我商量。"

Mark 重新架起胳膊，满面笑容地目送着张乃驰关门而去。

"Gilbert！ Gilbert！"张乃驰一路叫唤着冲进 Gilbert 的办公室，直接推门而入后才发现，犹太小老头的大腿上还坐着一个人。

"噢！"女人惊叫一声捂住脸。

Gilbert 拍拍她的屁股："快出去吧。"她应声跃起，经过张乃驰的身边落荒而逃。

"Richard，什么事嘛？门都不敲！"Gilbert 这才愠怒地瞪了张乃驰一眼。

张乃驰目送那女人的背影闪出门外，冲 Gilbert 讪讪一笑："Gilbert，你也太夸张了吧？她好像是新来的实习生？小心可别惹上麻烦！"

Gilbert 点起雪茄，不以为然地哼道："要警惕的从来就不是女人，而是敌人，尤其是敌人中间的……小人。"

张乃驰的面色变了变，Gilbert 满脸狡黠地问：“亲爱的 Richard，你这么鲁莽地打搅我的好事，莫非是要带给我什么爆炸性的消息？”

"绝对是爆炸性的！"张乃驰往桌前一倾，神神秘秘地说，"Gilbert，上次提的合作，你考虑得怎么样了？"

"唔？"Gilbert 含笑不语，对着阳光端详自己的手指。

张乃驰恨得牙痒，他竭力克制自己，依旧保持着灿烂的微笑："亲爱的 Gilbert，眼下就有一个绝妙的生意机会，或者你先听一听？"

"我洗耳恭听。"

张乃驰下意识地压低声音："中华石化有一张上千万美金的 HDPE 订单，原先是打算给西岸化工做的。但是我们公司存货量远远不足，价格与中华石化的心理价位也差之甚远，Mark 已经决定放弃了。我和中华石化的郑总联络过，他表示对西岸化工相当失望，我趁机向他吹风：中华石化把价格压得这么低，像西岸化工这样的大公司肯定做不下来。我劝郑总还是考虑向信得过的贸易公司询价，因为贸易公司具有多方面的渠道和灵活的操作方式，倒是完全有可能以中华石化要求的价格供货。"

Gilbert 频频点头，看着张乃驰慢条斯理地说："哈哈，Richard，我猜你所说的贸易公司就是指你自己的……"

"我们的！"张乃驰激情洋溢起来，"Gilbert，别再犹豫了，大胆地干吧！多好的赚钱机会，难道你就舍得眼睁睁看着它溜走？"

"他们把价格压得那么低，你怎么就肯定能赚钱？"

"哎呀！"张乃驰胸有成竹地猛拍桌子，"Gilbert，我好歹也在大中华地区做了十来年化工贸易，这点把握还是有的！价格确实低，但不是不能做。目前中国是 HDPE 在全球最大的市场，通常下半年是 HDPE 的淡季，所以绝大部分的生产商在每年的最后一个季度都会压缩产量，在此之前要把积压的货品全部处理光，因此价格谈判的空间很大。郑总明确对我说了，中华石化刚好就是在八月到九月需要这批货，所以我们完全可以趁这一两个月的时间差，从各家生产商那里拿到极低的报价，再转手卖给中华石化，我估算过，当中的差价相当可观。"

Gilbert 深不可测的灰眼睛盯在张乃驰的脸上："问题是，假如中华石化下半年需要大量 HDPE 的消息透露出去，你还能拿得到那么好的价格吗？"

张乃驰得意扬扬地说："Gilbert，你指出的确实是这笔生意的关键所在。别担心，对此我已经和郑总达成初步的共识，假如中华石化把这个单子给我的公司做，就不会再自行向其他厂商询价，以免引起市场上的价格波动。当然了，郑总明白其中的利害关系，给我做他能拿到实际的好处，于公于私他都不会自己拆自己的台。"

"嗯……"Gilbert 的瘦脸上皱纹都堆到一起去了，"呵呵，Richard，看样子你是稳操胜券啦！那么，我能为你做些什么呢？"

张乃驰摆出相当诚恳的表情："Gilbert，作为一家刚刚成立的公司，如果没有雄厚的资金实力就无法从银行取得诚信担保，也不可能让生产厂商报出满意的价格来！所以嘛……Gilbert，现在是万事俱备只欠东风，就看你的了！"

Gilbert 挑起眉毛，盯着手指沉默了。张乃驰真如百爪挠心，毕竟说动犹太人投资是成功的关键因素之一，他还必须耐心等待。

好不容易等得像一个世纪都过去了，Gilbert 向张乃驰投来意味深长的目光："亲爱的 Richard，资金不是问题。但是我有两个条件。"

"什么条件？你说！"张乃驰差点儿从椅子上蹦起来。

Gilbert 慢条斯理地说："第一，你要安排我和中华石化的郑总见面，我必须亲自核实你所说的这个生意机会；第二，公司股权结构和出资额成正比，当然啦，你作为具体运作人可以适当多占些份额，这个我们以后具体再谈，但是最后的利润分配必须基于股份数进行。"

张乃驰愣了愣，额头上爆出几根青筋："Gilbert，假如公司要进入实际操作，我很可能要离开西岸化工，这也是我要冒的风险啊！"

"这点我不否认。"Gilbert 耸耸肩，"所以我说了你可以适当多占些份额。但我要拿出的是真金白银，况且你也清楚这些资金的背景，风险大收益也大，我认为这是非常合理的。当然啦……你也可以尽量多注入自有资金，占据更多的股份嘛。"

张乃驰狠狠地咬了咬牙："OK！"

回到自己的办公室，张乃驰把门锁好，拿起桌上的电话。

"葆龄啊，是我。"他的声音婉转动听，似乎充满情意。

对面的回应却冷若冰霜："有事吗？"

"呵呵，向你问个好嘛，这两天身体怎么样？"

"谢谢关心，我很好。"话虽这么说，张乃驰还是能听出薛葆龄精神不佳。

"葆龄，去亚丁的行程定了吗？什么时候出发？"

"明天。"

"哦，都安排好了？你身体不好，要多多准备应付各种意外情况噢。"

"多谢费心，全都安排好了！"薛葆龄的口气愈加不耐烦。

张乃驰还不肯罢休："你明天几点的飞机？葆龄啊，我去送你吧。好歹我现在还是你的丈夫，你上高原撒我丈人的骨灰，我就算不能一路陪同，送一送还是要的嘛。"

薛葆龄抬高声音："真的不用了！"

"真的不用？"张乃驰的脸上绽开恶毒的微笑，"我明白了，一定是有其他人陪着你，总比我这个丈夫更讨你喜欢……"

电话中传来"嘟、嘟"的忙音，薛葆龄挂机了。

张乃驰仰面朝天坐到椅子上，伸直两腿往桌子上一架。向西的窗户上遮阳帘低垂到地，大片阴影笼罩了他的全身。

479

第三十一章

因为室外太热,下午两点多的时候COSTA咖啡馆里就几乎满座了。戴希来得比较早,才占到一个靠窗的沙发位。

坐下之后戴希面朝窗外发了一小会儿呆,从窗口望出去,似火骄阳下的大片草坪绿得耀眼,好像能看到一股氤氲的热气悬浮在半空之中。

艳阳下的草坪、掩映在绿树丛中的西洋小别墅的白色阳台、隔着窗户能隐约听见的蝉鸣,这一切都带给人无法言表的宁静和不尽遐思。和着室内轻柔飘荡的旖旎香颂,戴希的心中涌起强烈的思念之情——逸园,也不知道在这一个盛夏,那里的一草一木又在吐露着怎样的芬芳、牵引着怎样的情怀……

她从胡思乱想中猛醒过来,看看手表,已过了约定的见面时间二十多分钟。戴希叹了口气,从包里拿出笔记本电脑,谁知道还要等多久,不如再熟悉下旅行的资料。

这是一条从四川成都出发,途经川滇藏高原抵达世外桃源之地——稻城、亚丁的旅行线路。为了这次旅行,戴希已经预先申请好假期,启程的日子就定在7月18日。

这几天她一有空就看看,对整条路线算是有了初步认识。但是直到此刻,戴希仍旧对自己即将展开的旅途感到不可思议,怎么会对李威连言听计从?戴希自己也解释不清。也许是曾经上下级关系的余威?也许是她对他的现状抱有真挚的歉意?也许是她对咨询者X深入肺腑的同情？……也许都不是，只不过他的希望、困扰、悲喜和命运，伴随着醇厚的魅力全部深深印刻进她的心，让戴希愿意为他付出力所能及的帮助，也从他那里得到最美好的信赖回馈，以及一点点新鲜神秘的刺激。

跨越川滇藏高原的旅行，一路上翻越多座雪山，领略融合了汉、藏风情的高原美景，直抵"蓝色星球上最后一片净土"，这个过程该有多么震撼人心啊！当然，这绝不是一次简单的游山玩水。

"你是……戴小姐？"

戴希赶紧抬起头，映入眼帘的是一张苍白的俏脸："我就是戴希。你是薛小姐吧？请坐。"

薛葆龄整整迟到了四十五分钟，却没有半点抱歉，娇小的脸上阴云密布，戴希一边在心里暗暗叫苦，一边还得主动赔笑："外面很热吧？要不要叫杯冰咖啡？"

"我的心脏受不了咖啡。"

"哦，那来杯冰茶……或者冰水？"

"我从来不喝冰的东西。"薛葆龄打开大大的 GUCCI 挎包，取出一条纯羊毛披肩围上。

我的妈呀……戴希扬手喊来招待："那就要杯热柠檬茶？"

"就热水吧。"

热水端上桌，薛葆龄抿了一小口，就软软地靠在椅背上。戴希发现自己的脑袋也开始发涨了，因为李威连交给她的任务就是陪这位"病美人"上高原！

"戴小姐，William 说你会陪我去四川？"薛葆龄的精神虽然萎靡，充满敌意的目光却始终在戴希全身上下徘徊。

"呃……是的。"

"他为什么叫你陪我？"

"我……"戴希真有点生气了，难道大旅行家的女儿连起码的礼貌都不懂吗？她立即反问，"他没有告诉你原因吗？"

薛葆龄微微怔了怔，才说："他说你学过医科……戴小姐，你是医生吗？"

"实际上我的专业是心理学,但也学习过医科的常规课程,比普通人更多些这方面的知识吧。"

"哦,是这样。"薛葆龄点点头,"他想得还真周到。"

大家都沉默了。看看薛葆龄憔悴黯然的模样,再想想李威连的再三嘱托,戴希心软了:"薛小姐,既然你的心脏有问题,为什么一定要去川藏高原旅行呢?这样肯定会有危险性的。"

薛葆龄瞥了戴希一眼,有气无力地回答:"为了实现我父亲的遗愿,多大的风险都必须承担。戴小姐,William跟你说起过我父亲的身份吗?"

"说过,薛小姐的父亲是一位了不起的大旅行家。"

"我父亲一生遍游全球各地,但是他最喜欢的地方就是我国川藏地区,也就是香格里拉。在他去世之前,留下的遗嘱中特别提到,要将自己的骨灰撒在世称'香格里拉之魂'的亚丁……爸爸说,那里是离天堂最近的地方,是他为自己选择的长眠之地,是灵魂所在、心安之处。"

薛葆龄说着眼圈就红了,娇喘微微,显得更加弱不禁风。

戴希忙说:"薛小姐,我查过去亚丁的路线,虽然从成都出发海拔一路升高,有利于循序渐进地适应高原,但那是针对健康人而言的。你的心脏本来就有问题,再要翻越多座雪山的话,对你真的会很艰难。相对来说,从云南的中甸到稻城的线路,一路上景色固然要差些,但途经的海拔比较低,路程短很多,我认为更适合你的身体情况。所以我想建议你,还是选择后一条路线。"

"戴小姐,是William让你来当说客吧?"薛葆龄酸楚地笑起来,"他都跟我说过好多遍了……但是,我不可能走那条线路的。"

"为什么?"

薛葆龄悠悠地叹了口气:"因为我的旅游公司一直想经营从成都到亚丁的特种旅行线路,这也是我父亲的遗愿之一,所以此行我还要顺便考察沿途状况。另外,据我的旅游公司成都分社那里来的消息,今年七月中旬往稻城的公路开始修缮,路况很不好,常常会发生塌方,所以我只能选择从成都出发。"

"哦,"戴希想了想,"如果只能如此的话,就要尽量把准备工作做得充分些。"

"这倒没问题,我公司在成都的分部会负责全部行程,在成都当地安排肯定十分周到。"薛葆龄若有所思地注视着戴希,"那么说William,他真的……没时间陪我去吗?"

戴希含含糊糊地嘟囔:"我也……不太清楚。"

晚上戴希在家整理行李时,接到了李威连的电话。

戴希简单汇报了下午见面的情况,最后说:"我试着劝过了,她还是坚持要走成都的路线。"

"葆龄太任性了……不过还是要谢谢你。"

戴希刚想说话,门铃响了。

"是快递。"戴希签了字,抱着纸盒继续和李威连说话,"不知道哪儿来的……"

"我给你的。是旅行的一些必需用品,时间比较紧张,我怕你来不及备齐。"

纸盒里除了抗高原反应的常用药物外,还有数码相机、手电、对讲机和一个氧气袋。

"进入山区后手机经常会接不通,有对讲机可以预防万一。另外,氧气袋不能带上飞机,要放在托运行李里。"李威连很仔细地解释着。

等他讲完,戴希犹豫了一下说:"William,今天我听她的意思似乎是——如果你肯陪她去的话,也许她就会听……"

"我绝对不会陪她去的!"李威连斩钉截铁地回答,顿了顿又说,"从成都走有从成都走的好处,只要注意绝不在海拔四千米以上地区多停留,就应该没太大的问题。戴希,不要有负担,谢谢你能这样帮我,我希望你可以充分享受这次旅行,那一路上的景色会让你终生难忘的,千万别错过了。"

"我知道了。"

"戴希,"挂断电话之前,李威连再次强调,"记住,绝不要在四千米以上的地区多停留。"

"戴小姐,你和薛总很熟啊?"

戴希和薛葆龄一行刚从成都出发,随行陪同的东亚旅游公司成都分社的邵春雷经理就开始唠叨个不停。

戴希把头转向车窗外,没有理睬邵春雷。这个矮矮胖胖、一口川普的饶舌男人让戴希印象不佳,她尤其讨厌他那对嵌在圆脸盘里、暗含叵测的小眼睛。

按原计划应该在早上八点出发。因为薛葆龄不舒服起来晚了,一直耽搁到九点,邵经理安排的丰田越野车才开出凯宾斯基大酒店。邵春雷是薛葆龄的部下,也是本次旅行的全程策划者,除了确保旅途的安全顺利之外,他还要向薛葆龄介绍沿途的食宿行等情况,让她根据这些第一手资料做出公司开发这条旅游线路的决策。

丰田车上一共四人。司机是个藏族小伙子,名叫扎吉。从成都至亚丁的路线沿途要翻越多座雪山,只有从小适应高原环境的藏民才能驾驭,因此这条线上的司机都是藏族人。

初初看来,邵春雷还蛮尽职的。丰田车启动之后,他就像个专职导游似的,妙趣横生地介绍着沿途的风光,并且一再强调这是已故薛之樊老人最钟爱的旅行线路。可惜他的谈笑风生没有得到积极响应,薛葆龄在膝头上搁着一个黑色的大包,上车之后就一动不动地扶着它,随着汽车的行进,她那张苍白如纸的脸上哀戚愈浓……戴希多少猜出了薛葆龄和李威连的关系,看着薛葆龄无助失落的可怜样,她的心里很不是滋味。

唯一令人振奋的是天气很好,开出成都将近两个小时后,车子进入绵延起伏的山区。公路两侧林立的山峰越来越雄伟,阳光将蓝天照得澄澈透亮,点点金辉晕染了层峦叠嶂里的浓浓绿意,使车窗外掠过的每一处景致都宛如缤纷的明信片。

七月下旬正是旅游旺季,丰田车在盘山公路上蜿蜒前行时,旅游大巴和大小货车在前方后方均排成长龙。盘旋的山路上各色车辆前后相接,令这山峦旷野中充溢着赶集似的热闹情景。

"川藏这一带旅游现在是一天比一天热啊,呵呵,薛总您看看,咱们公司真得抓紧开这条线,否则生意都让别人做掉了!"邵春雷高声说。

热的不仅仅是游兴，还有天气。随着山路曲折向上，碧空一尺一尺地迫近，云卷云舒之间，抽出牵牵绊绊的霞丝，比上海所看到的更细更轻更薄，莫不是云彩也被阳光稀释了？戴希脱口而出："离天近了，太阳也近了，所以天气也更热了吗？"

邵春雷爆发出一阵大笑："哈哈哈，上海来的小姐啊，海拔越高气温越低，不过昼夜温差也大，所以你现在才感觉热！到晚上可别喊冻坏了哦！"

戴希的脸上发起烫来，连忙掉头看看身旁的薛葆龄。这个夏日山野的明丽之旅，未能给她苍白的脸色增添半点光彩，薛葆龄的整个人都好像冰封在哀愁之中，她冷冷地搭腔："这么多人和车，倒让我觉得还在上海似的。如果一路都是如此，那么爸爸笔记里描写的出尘绝世之美，又到哪里去寻找呢？"

邵春雷愣了愣，随即讪讪笑道："呃……中国嘛，哪个地方不是一出名就人满为患？九寨沟、张家界、丽江……和那些地方比，稻城和亚丁还算好的，毕竟海拔太高。再说，一路上也就是这段路况不错，后面的路可就没这么好走了。上海小姐。"他朝戴希偏偏头，特意加重语气说："要做好思想准备哦。"看来他已经认定戴希是娇生惯养、毫无野外经验的城市女孩了。

因为赶时间，他们没有在第一站雅安多停留，丰田车就沿着秀美的青衣江向西，驶入二郎山脉的崇山峻岭之中。似乎是为了证实邵春雷的话，随着前方的山势渐趋险峻，薄丝般的云雾也开始变得灰暗厚重，纷纷在山巅缭绕聚集，给绿意盎然的山岭覆上一层阴霾。

驶过长达四公里的二郎山隧道时，眼睛无法适应蔓延不绝的阴暗，圆圆的光点在戴希眼前闪动了很久。邵经理操着公鸭嗓子介绍阴阳两重天的隧道奇观，噪音使车内的狭小空间愈显压抑。

戴希感到身旁的薛葆龄在微微颤抖，她伸出手去，轻轻握住薛葆龄搁在膝头的右手，盛夏季节，这只手却冻得好像在冰窖里，戴希对着暗影中的惨白面孔温柔地微笑，悄声安慰："别怕……"

隧道终于到了尽头。刚回到蓝天之下，眼前的景致大为改观，先前涓涓流淌的河水骤变为汹涌咆哮的怒川,在如刀劈斧凿而成的峡谷中奔腾。两侧的山峰高耸入云,云际边缘白雪皑皑,高原雪峰初露峥嵘!

路况果然比之前差了,紧靠峭壁的狭道上到处堆积碎石,司机扎吉倒显得熟门熟路,丝毫没有减缓车速。尽管对司机有信心,始终紧盯着车窗外的戴希还是开始紧张。只不过半天的时间,她目睹大自然风云变幻,就已体会到雪域高原那雄浑之美中深蕴的苍茫和凶险。

川藏高原的山水之所以可贵,就因为它被险恶包裹、被荒芜阻隔。除了世代在此繁衍、以最坚忍的勇气生存下来的藏族人民外,所有的外来者在这里都望而却步,大自然在此展现出的无上尊严,轻而易举就能将人类的狂妄击得粉碎。

阳光,一切都有赖于阳光。刚刚在艳阳照耀下如诗如画的景致,是多么令人神往陶醉。此刻不过压上几许阴霾,山间的草场和湖泊就由明净转成晦暗,狰狞的大片黑褐岩石凸显在峰峦之上、一道道无底的深壑仿佛是来自史前的裂痕,还有那直指苍穹的冰峰,纵然是世间罕见的壮美,但翻卷的阴云烘托出万般肃杀,带着藐视苍生的极端冷漠。

俯瞰山道上跋涉的车队,即使成群结队,也不过是簇拥在一起壮胆而已。戴希暗暗心惊,在离天越来越近的征途上,她深深感受到了人的渺小。灵魂所在,心安之地……至少到现在为止,戴希没有体会到心安,却倍感灵魂的迷惘和孤独。

戴希注意着身边的薛葆龄,她的神色更加萎靡不振了。

"薛总,大渡河和泸定桥总要去看一看吧?这段峡谷平均深达三千米,比美国科罗拉多大峡谷还深呢。"

"嗯,"薛葆龄勉强答应了一句,"现在海拔多少了?"

"两千多米吧。"邵春雷回答,"您感觉还好吗?"

薛葆龄没有说话,从包里掏出心脏病的药丸吞下。

大渡河泸定桥边聚集了不少游人,峡谷中水流湍急、水声轰隆,人们忙着观赏拍照。薛葆龄只稍站了一会儿,就对戴希说头晕得厉害,由邵经理陪着返回汽车。

戴希多拍了几张照片，落在后面。人群中有几个全身冲锋衣裤、整套驴友打扮的年轻人，彼此用上海话高声谈笑着。戴希走到他们身边，用上海话问："你们也去稻城吗？"

"稻城和亚丁阿拉已经白相过了，现在是去成都。侬要去亚丁啊？"一个男青年很自豪地说。

"嗯，"戴希笑着点头，"可惜路不好，否则这次我还想去香格里拉呢。"

"路不好？"男青年搔搔头，"还可以啊……阿拉就是从中甸过来的，还徒步了一大段呢。"

回到丰田车里，薛葆龄的状态更差了，戴希向邵经理询问今天剩下的行程安排。

邵春雷为难地说："下一站是情歌之乡康定，过康定之后到新都桥。今天本来定在新都桥过夜，但是我们出发晚了，薛总身体不舒服，要不今天我们就早点在康定休息，明天再去新都桥吧。"

"康定海拔多少？"戴希问。

"两千九百米，比新都桥的三千四百米要低。另外康定的旅馆条件好，是四星级。"

戴希看了看薛葆龄："你说呢？在康定过夜应该对你好些。"

薛葆龄无力地点点头，这一天的旅途还没结束，她对戴希的依赖就大大增长了。

康定县城就是真正的藏区了。背靠壮丽的横断山脉，从市区中任何一条窄小的街道上抬起头，都能望见远处壮美神圣的冰峰雪岭。但环顾四周，县城里面的建筑简陋、市景肮脏杂乱，宽袍大袖的藏民和牛仔套衫的汉人彼此间杂，都是日晒风吹的黝黑面孔，顶着或长或短一律乱糟糟的头发，驾着牛车和摩托在旅游大巴与越野车中穿梭往来。

据邵经理说，他们定下的已是整个康定条件最好的宾馆了。本来给戴希和薛葆龄分别安排了房间，但是薛葆龄临时提出要和戴希一起住，戴希当然没意见。进房间一看，条件差强人意，两张床中央隔一个床头柜，倒也干净整齐，好在房间面积大、墙上还装饰着藏族风味的壁画，色彩斑斓、图案质朴，使人心情略微放松。晚饭就在宾馆的餐厅吃，薛葆龄压根没吃几口，就先回房休息了。

邵经理很热情地提出陪戴希在县城观光，戴希做出一副不以为然的表情："这么破烂的县城，我才没兴趣看呢。"

邵春雷笑着揶揄："呵呵，到底是大上海来的小姐啊。"

等邵春雷和司机扎吉的身影都消失不见，戴希溜进宾馆的商务中心。手机的确没信号了，去餐厅吃饭前她就留意到，商务中心的电话可以打长途。

这是李威连要求的，每天安顿好之后戴希都必须给他打电话，还得避开薛葆龄。戴希拨通李威连的手机，才振了一遍铃，他就立即接起来："戴希，一切都好吗？"

电话里他的声音听起来很切近很清晰，戴希连忙向他讲述了一整天的经过。

"今晚上住康定……"李威连迟缓地重复了一遍，"那你们明天白天必须翻过四、五座海拔接近五千米的雪山，才能在晚上赶到稻城，不知道葆龄能不能受得了？"

"如果行程太紧迫，我们可以在中途找个地方过夜吗？"

"绝对不行！"李威连严厉的语调中饱含忧虑，"戴希！你听我说，明天你们要尽早出发，别由着葆龄瞎折腾，拖也把她拖上车。你们已经在服用高山反应的药物了吧？"

"嗯，吃了两天了。"

"翻越雪山时她肯定会有高原反应，就给她使用氧气袋。即使途经景点也不要停留，走得越快越好，特别是理塘，千万注意不能贪图景色，那个高度即使对健康人也是有危险的。戴希，当然这样会影响到你的游览……只能请你原谅了。"

"我没事……"戴希低声嘟囔，那一瞬间她真的很想对他说说自己的不安，说说一路峻岭重重所带来的巨大压力，以及萦绕在心头那吉凶难卜的惶惑感，但她没有说这些，却提起了另一件事，"对了William，我今天碰上几个上海的驴友，他们是从云南过来的，说中甸到稻城的路况并没什么问题。"

电话那头骤然陷入沉寂，等了好一会儿戴希轻唤："……William？"

"哦，"李威连如梦方醒，再开口时他的语气变得十分柔和，"戴希，我知道了。今晚临睡前吃一片安眠药，让葆龄也吃一片。"

回到房间，戴希蹑手蹑脚地插卡开门，却见薛葆龄斜倚在床头，枕畔一盏孤灯，幽暗的黄光从仿酥油灯格调的灯罩中淡淡地晕出。

"葆龄，我还以为你睡了。"

"你去哪儿了？"薛葆龄问得倒干脆。

"我？去街上逛了逛。怕影响你休息，可马上睡觉对我又太早了。"

薛葆龄的笑容有些勉强："戴希，有你在我真觉得安心不少。"

"哎呀，这也没什么的。"戴希不好意思了，"明天要赶很多路，还是早点休息吧。你自己有安眠药吗？你要没有我这里有……"

"戴希，像你这个年纪的女孩，很少有这么会照顾人的。"薛葆龄依旧紧盯着戴希，"是因为你学习心理学的缘故吗？"

"呃……其实我现在的工作和成为心理医生的理想已经相去甚远了。"

"哦？为什么呢？"

"研究心理学有两种主要的方式。"戴希低声说着，眼神不觉怅惘起来，"一种是穿着白大褂在实验室里做动物实验，成天和猴子、小白鼠打交道，从大量的数据中分析大脑的运作机制；还有一种则是作为心理医生接触不同的实际病例，通过对心理病人的治疗来总结经验，从中提炼理论。我的教授认为我更适合做前一种研究，但我自己喜欢后一种。结果就……"

沉默片刻，薛葆龄点点头说："我明白了。戴希，你应该当一名真正的心理医生，你非常有天赋。"

戴希回报给她微笑："葆龄，睡觉吧。"

"嗯，我给爸爸上个香。"

薛葆龄下床走到写字台前，薛之樊的骨灰盒端端正正地摆在上面。薛葆龄点起一支香，握在手中默默祷祝，又鞠了三个躬，才将香轻轻吹灭。

"你知道吗？戴希，其实我心里面一直都很怨恨他。"

"啊？"戴希的心里咯噔一下。

"他是一位大旅行家，戴希，你肯定能想象得出，这就意味着他一生中大部分的时间都在旅行，我童年的记忆中几乎没有多少与父亲共处的时光，直到他进入老年，身体条件不再适合长途旅行的时候，我才能陪伴他度过人生的最后几年。"

薛葆龄的声音中充满悲戚，在早早降临的夜中荡起空泛的回响："我的母亲是个大家闺秀，为了嫁给奔放不羁的父亲，她和娘家闹翻，以天生病弱的身子陪伴他游历世界，生下一双儿女后又留在家中独自抚养我和哥哥，这样的生活对母亲来说无疑十分艰辛，父亲却从未因此而改变过自己。甚至我哥哥由于心脏病早夭，母亲悲痛欲绝的时候，父亲还在非洲的乞力马扎罗山下流连。母亲随后发病猝亡，都只有我一个人陪伴在她的身边。那时候我真的非常恨父亲，恨他的自私和绝情。后来我自己挑选丈夫，就想找一个和父亲截然不同的人，我希望我的丈夫殷勤、体贴，哪怕不那么风采卓绝、不那么具有男子气概，也总比老是远在天涯海角、鞭长莫及要强得多。可是呢……父亲却不喜欢我选择的人，觉得他除了相貌之外一无所长，觉得他见识浅薄、为人虚伪，虽然在我的坚持下不得不同意了我们的婚姻，却从不肯给我丈夫好脸色，而这……也必然影响到了我们的夫妻感情。直到父亲去世，现在我和丈夫终于连貌合神离都维持不下去，我的幸福就这样活生生地被葬送了。戴希，你知道我心里有多么怨啊……"

两行清泪悄无声息地从薛葆龄的面颊淌下，她却凄楚地笑起来："生活常常充满讽刺。后来我父亲偶然遇见 William，和他一见如故，我从没见过父亲对一个后生小辈说过那么多的溢美之词。父亲是真心实意地喜爱 William，甚至还很遗憾地表示，自己没福分拥有这样一位出色的儿子、或者女婿……"

戴希垂下眼睑——生命就是这样阴差阳错、又别无选择。

薛葆龄还在说着："不过现在我才算真正明白，父亲为什么会那么喜欢 William。归根结底他们是相似的人！尽管都那样才智超群、风流倜傥，轻而易举就可以让女人心生爱慕，但在他们的内心只有自我,从不顾及他人。是的,他们就是这样的,我父亲,还有 William,他们就是这世上最最自私自利的人。"

薛葆龄吞下戴希的特效安眠药,很快便沉沉睡去。

关上最后一盏灯,戴希钻进被子。周围是那么安静,在上海永远体验不到这样的万籁俱寂,因为城市的夜空中充斥着人们的欲望,只有在这里,群山遮蔽凡尘、高原摒弃杂念,当生存成为唯一的渴求,自然界将人类作为亿万苍生的平凡一员纳入胸怀时,耳边才可能听到寂寞的歌唱,与血液流淌全身的旋律融为一体。

恍惚之中,戴希仿佛回到了太平洋的东岸。几年前一个夏日的凌晨,在实验室里完成通宵的工作,驾车沿着海岸线飞驶时,戴希也曾经听到过这种无声的歌咏。一轮圆月高悬在平坦如镜的海面上,清冷的月光仿佛有了生命,就要追逐着潮涌奔上沙滩。有那么一瞬间,澎湃不绝的潮声在戴希的耳边突然消失,无边无际的大洋和天空中间渺无一物,她好像看见洪荒初现、寰宇分流,整个世界陷入最原始的荒凉,天地间只有她一个人,无知无欲地等待着——灵魂沉睡千年后的一朝觉醒。

她驾车奔下高速公路,才转过一个弯,没有尽头的疏林中就出现一座长方形的板房,突兀奇绝地伫立在路边。

若隐若现的歌声从板房里传出,就要驶近板房时,戴希突然发现,在它的侧面还停着一辆轿车。看见这辆车比板房本身更令戴希惊讶。她猛踩油门,板房就在她一掠而过的时刻烟消云散,那辆轿车却岿然不动。

有个人!有一个人站在车旁!他就是我们跨越生死界限、走过永恒的孤独,千方百计都要与之团聚的人吧,他是谁?

她扭过头去,正好在同一时刻,那个人也向她转过脸来,她看见了!她就要认出他来了,真的……是他吗?!刹那间,戴希的眼前出现大片白光,好像电视里播放的核弹爆发,那吞噬一切的强光使戴希瞬间目盲,她再也控制不住汽车,只能任由它带着自己向前冲去……

戴希满头冷汗地睁开眼睛,梦中的场景如退潮的海水,顷刻便没入意识的最底层。她把手臂举到眼前,微弱的荧光在漆黑中闪现——

5:45，难怪露在被子外的皮肤立刻感到寒意。

6点半刚到，戴希就不管三七二十一，把薛葆龄从床上扯起来。7点15分，丰田车上路了。

天色和昨天截然相反，阴沉沉的空气中夹带水汽，有种呼吸不畅的沉闷。山路狭窄潮湿，不断遇到塌方遗留下的乱石和泥泞。远方的群山和雪峰全部躲到浓云之后，随着山道的盘旋爬升，很快从丰田车的一侧就只能看见弥漫的云雾，这些云雾宛如白色的迷墙，好像随时都能探进车窗来。戴希心里明白，丰田车轮碾压的山道外沿离开陡峭的绝壁不过几十公分，扎吉却丝毫未曾减慢车速，在每一堵迎面扑来的白墙前急速转弯，继续向上方飞驶。

邵经理仍然像昨天那样兴致勃勃："我们现在翻越折多山去新都桥。呵呵，折多山顾名思义，就是九曲十八弯，曲折多多。哎哟！"丰田车一个急转，邵春雷光顾着扭头和戴希她们说话，后脑勺重重地撞在车窗上，痛得龇牙咧嘴："扎吉，小心点啊，撞死人啦！"

虽然天色渐亮，阳光始终无法穿透云层。又颠又晃了将近一个小时之后，薛葆龄已经面无人色。

"我喘不过气来……"她斜倚在戴希的肩上，讲话都很费劲了。戴希取出氧气袋，她立刻抱过去猛吸。

"可以让扎吉把车开得稳些吗？"戴希问，颠簸得实在太厉害，戴希也觉得心跳加剧，头晕恶心。

司机非常果断地回答："马上要下雨，这段路就更难走了。"

邵春雷赶紧打圆场："我们已经盘过四千两百多米的垭口了，下坡就到新都桥，那里海拔比较低正好吃午饭，薛总再坚持一下。"他又看了眼戴希："戴小姐，你准备得还挺充分。"

总算颠进新都桥镇，昏黑到极致的天空突然变得明亮，暴雨倾泻而下。邵春雷让扎吉把车停到路边的小饭店前。

这里海拔降低了些，薛葆龄吸了段氧气，精神稍有好转。她扔下氧气袋，抱起装着父亲骨灰的黑包，跌跌撞撞地随戴希走进饭庄。

"唉，新都桥可是摄影爱好者最向往的乐园啊。可惜今天天气太差看不清，否则真是世外桃源般的美景啊，草原、牛羊、溪流……"

"啪！"一声钝响，邵春雷左手打伞、右手高举氧气袋，在大雨中边说边跑，一不留神脚底打滑摔了个结结实实，氧气袋被甩出去好远。

戴希惊呆了。还是扎吉反应迅速，冲到大雨里扶起邵春雷，后者哇哇叫疼，显然摔得不轻。戴希也冒着雨去捡氧气袋，立刻就看到氧气袋的密封口摔破了。虽然心头一紧，戴希的脸上仍竭力装出若无其事的样子，用毛巾包住氧气袋破损的部分回到小饭店。

小店中，邵春雷斜趴在长椅上哀叫连连："我的腰，我的腰！唉哟，痛死啦……"

"我给你看看？"戴希说。

"啊，不用！"邵春雷摆手，"戴小姐，等雨小一些，你们还是赶紧上路吧。"

"我们？"

泥水顺着衣裤滴滴答答，邵春雷狼狈不堪地叹着气："我这是闪了腰啦，肯定不能再陪薛总往前走了。我、我得赶紧找个跌打医生治治，哎哟哟……"

薛葆龄和戴希大眼瞪小眼，都看到了彼此目光中的忧惧。戴希试探着说："我们现在也可以和邵经理一起返回成都。"

"啊？不用啦……薛总啊，你们吃完中饭就跟着扎吉继续行程吧，别因为我耽搁了大事情。"邵春雷痛得直抽气，还不忘用眼睛斜觑薛葆龄怀里的黑包。

"接着往前走吧，今晚赶到稻城，明天……就可以去亚丁了。"薛葆龄的气息虽然孱弱，神情中却有种单纯的执著。

戴希的心又软了，她完全能理解薛葆龄的心情，甚至暗暗地有些抱怨李威连了——陪人家走一趟又怎么样，现在你自己不也天天牵肠挂肚的。

胡乱吃了些东西，看到雨势渐弱，他们再次上路了。现在前排只剩下司机扎吉一人沉默寡言地闷着头，只顾疾速地开车。山路比前一段更加颠簸，没有灿烂阳光的映衬，高原牧场的风光再难寻觅。雪峰一座连一座矗立在前方，仿佛是难以逾越的屏障。行云流转、气象变幻,苍茫群山呈现出最原始的奇峻和伟岸,冷然俯瞰着脚下蝼蚁般渺小的人类。现在没人给戴希她们介绍所经的垭口名称和海拔高度了,但是越来越稀薄的空气和心脏上的压迫感无须解释,她们进入到最艰巨的一段旅程了。

"戴希……氧气袋呢?"薛葆龄按着胸口,气喘吁吁地问。

戴希把氧气袋往自己背后藏了藏:"葆龄,袋里的氧气不多,咱们省到海拔最高的地方再用。来,靠在我身上休息吧,免得头晕。扎吉车开得很快,我们马上就能翻过去的。"

薛葆龄现在对戴希几乎言听计从了,乖乖地闭上眼睛,靠在戴希的肩头。

雨还是下个没完没了。戴希瞪大眼睛注视着前方的路牌,瓢泼雨水浇在上面,几乎辨不清字迹:高尔寺山,4412米——第一座,她在心里暗暗计数,好样的葆龄,我们闯过一关了!

丰田车的前后又出现一辆辆的大货车,扎吉不得不把速度放慢。颠簸和摇晃稍有好转,但戴希发现自己的呼吸也开始艰难,太阳穴一下下跳得难受。她取出止痛片吞下去,强迫自己把注意力转向窗外,又一幅路牌从头顶掠过:剪子湾山,4659米——第二座了。他们还在一路朝上,山道向着云端延伸,仿佛直达天际。伴随着艰涩的呼吸,狂跳的心脏反而平缓下来,每一记搏动都异常滞重,神智变得时而模糊时而清朗,现在戴希完全懂了——循着这条路是真的可以上天堂的。

大雨中的路牌在戴希眼里扭曲变形,汉字上拖曳着长长的水痕,和奇异莫辨的藏文难分彼此:卡子拉山,4718米——第三座!戴希握紧薛葆龄冰凉的手:"我们已经翻过最高峰,从现在开始都是下坡路。葆龄,放松些,很快就没事了……"

理塘到了!

第三十二章

丰田车刚进入理塘境内，大雨就消失得无影无踪，头顶上重现如洗的碧空，连薄纱般的云丝都寻不到。一弯巨大的彩虹如七色天桥，横亘在雪峰之巅，又仿佛是通向神仙境地的巨大拱门。彩虹之侧，灿烂阳光毫无阻挡地挥洒而下，在一望无际的碧绿草场间流转舞动，紫色、粉色、金黄色的野花犹如碧玉上镶嵌的珍宝，还有大大小小的蓝色湖泊，在金光照耀下无不折射出钻石般晶莹的光芒。黑色的牦牛群、白色的羊群和棕黄色的马群，错杂散落在这五彩缤纷的画布上，背衬着更加高耸入云、遥不可见的神山，让人产生一种错觉，仿佛自己已经远离高原，回到了平坦的田野上。

"葆龄，快看啊……多美。"戴希轻声唤着薛葆龄。

薛葆龄睁开眼睛，迷茫地注视着车窗外旷世绝伦的美景，好一会儿，惨白的脸上绽露出一丝微笑："我看见了，这才是、是爸爸笔记里写的……归宿，离天最……近的地方。"

"不要说话，葆龄。"戴希每讲一个字都十分艰难，平原只是幻象，她们依然身处海拔四千米之上，半悬在危难的高空中。

丰田车终于驶入了理塘镇。扎吉放缓车速，这个藏族小镇街面横平竖直，出奇地干净整洁，大概到了这样的高度，肮脏都会无处容身。

"小姐，我们在这里吃晚饭。"整个路途上都没有说过话的扎吉，突然开口了。

戴希费力地挺起腰，车窗外果然是一爿接一爿的商铺饭馆，身着艳丽藏袍的本地藏民三三两两地或站或坐，满面春风却步履蹒跚的少数游客穿行其中，真是好一派热闹慵懒的市景。

"几点了？"戴希嘟囔着看手表。呀，不知不觉已经5点半了！可是周围的阳光如此绚烂，难怪她完全没意识到已近傍晚。

脑袋好涨好晕，根本没有半点食欲。戴希喘了口气，问薛葆龄："葆龄，你饿吗？想不想吃饭？"

葆龄闭着眼睛摇摇头。

戴希对着前方说："扎吉，我们都不想吃晚饭，可以继续赶路吗？"

扎吉似乎犹豫了一下："小姐，我要吃饭啊。"

"那也是。"戴希觉得有理，毕竟开了这么久的山路，体力消耗太大，去稻城还有上百公里的路程，应该让司机吃个饭、歇一歇。可这里是李威连一再强调不可久留的理塘啊……她一时没了主意。

丰田车继续向前，路边错落排列着一层或者两层的藏式土屋。平整的水泥屋顶、雕花的木窗棂，繁复靓丽的花纹正如昨天戴希她们在康定宾馆所看见的一样。一些身披黄袍的喇嘛从车窗外经过，手持转经筒，每遇到山民便合掌躬身，互道："扎西德勒。"

"这里就是长青春科尔寺。"扎吉说。

戴希昏沉的头脑肃然警醒，迎面果然是一个寺院的围墙。石块层叠的玛尼堆上经幡随风飘扬，鼻子里已经能够闻到一股藏香和酥油混杂的特殊味道。

扎吉把车平稳地停在寺院前。

他回过头来："邵经理说，请两位小姐游览这座寺庙，这是我们藏族最神圣的庙宇之一。"

戴希看看薛葆龄："你能行吗？"

薛葆龄只管抱紧那个黑包，轻轻点了点头。

戴希搀扶着薛葆龄下车。站到地面，刚打算迈开脚步，便发现双腿如灌了铅般沉重，又像踩在棉花堆上似的漂浮，真是举步维艰。

"我去吃饭。"身后传来扎吉的叫声，戴希根本转不动脖子，只能听着丰田车的马达声呼啸远去。

寺院门前的白塔不过几步之遥,戴希扶着薛葆龄,费了九牛二虎之力才挪到门前。也许是看惯了游人的狼狈模样,周遭的藏民并未向她们投来异样的目光。好不容易跨入院门,她俩终于站在主殿跟前,殿内喇嘛咿呀讼唱之声飘荡出来,殿内四壁上五彩斑斓、华美绝伦的唐卡也已隐约可见了,戴希却一阵心惊胆战,再也无法跨前半步了。

不仅仅是自己的呼吸急促、头痛欲裂,靠在她肩上的薛葆龄此时犹如千钧重担,压得戴希再难支撑。更令戴希恐惧的是薛葆龄发出的喃喃低语:"长青春……永怀恋……爸爸、爸爸,你说过这里、这里有永恒的……爱,在哪里?在哪里?……你指给我看,爸爸……"

"葆龄!别这样,你振作些!"戴希吓坏了,极度紧张中她只觉得天旋地转,竭尽全力才能把软瘫下来的薛葆龄扶到殿门前的台阶上坐下。

戴希跪在薛葆龄的身边,血色正迅疾地从这张苍白而娇俏的脸上褪去。薛葆龄半躺在戴希的怀中,目光涣散地望向台阶上方,寺院最高处的佛舍仿佛耸立在登天路途的尽头,金灿灿的阳光将它映出遗世绝尘的至美。

"戴……希,我的心、心好痛……"薛葆龄握紧胸口,发出痛苦的呻吟。

戴希手足无措,除了紧搂着那不停颤抖的娇小身躯,戴希连呼喊的力气都几乎丧失了。

"葆龄!葆龄!你、你别……"戴希拼命叫着,声音却小得可怜。

薛葆龄的呼吸越发微弱,唇边却溢出淡淡的笑意:"爸爸……我看见、你了……"她伸出手去,仿佛要抓住什么:"这里真美……你没有骗人,带我、带我走吧……心安之地……永恒的净土……"

"葆龄!"戴希绝望地抬起头,眼前人影晃动、时近时远形同鬼怪,并无一人上前相援。她想大声呼救可是喉咙被堵住了——眼泪模糊了戴希的视线,她什么都看不见了……

"快把这吞下去!"

是谁在说话?戴希迷迷糊糊地摊开手掌,怎么手心里出现两颗黄豆大小的深茶色圆球?

"快吃！"又是那个陌生的低沉嗓音，却令戴希无限信赖。她毫不犹豫地举起药丸咽下去，靠在石阶上，戴希眼前的迷雾徐徐散去。她看清了——不知何时出现的一个魁梧身影，正一手托扶着薛葆龄的头，另一手持牛角状的水壶，小心翼翼地向她的嘴里灌着水。

戴希扑过去："她怎么样了？"

转向她的是一张黑黝黝、轮廓分明的脸："放心吧，这水里有药，她很快就会没事的。"他的双眼被大大的墨镜遮住，笔挺的鼻梁和刚劲的唇线构成一张沧桑的面孔，乌亮的长发整齐地披在肩头。戴希愣住了："你……是谁？"

"我叫次仁。"藏巴汉子并不多话，扭头继续给薛葆龄喂水。戴希看着薛葆龄刚才已死气沉沉的脸，正缓慢而神奇地焕发出生机来。

"葆龄！"戴希差点儿喜极而泣，"你没事啦！"

"要马上离开这里，否则她还会有危险。"次仁说，他瞥一眼戴希，"你自己能走吗？"

"行！"戴希忙说，"可我们的车还有司机……"

次仁双臂一振，薛葆龄已被他稳稳地抱起来："我送你们，到稻城还要将近四小时，必须抓紧时间赶路。"

次仁的车竟是辆经过改装的路虎！戴希给薛葆龄裹上毛毯，每隔半小时就喂一次牛角水壶里的水。戴希自己也吃了次仁给的面包和酥油茶，体力恢复了不少。真是奇妙啊，睡袋、被褥、小冰箱里装着食品和饮料，以及一个急救包，这辆路虎里简直什么都有。

开出理塘之后，天色很快暗下来。两侧的群山逐渐掩入暮色，浓重的雾气从山道旁的峭壁深渊中升起来，几乎遮去小半条山路。路虎的车速比丰田更快，每次急转弯都好像要冲出悬崖，又好像要撞上山岩，但如此惊险的路况并不使戴希慌乱，她倚靠在后座上，身边是面色如常昏昏欲睡的薛葆龄，自从成都踏上旅程，戴希的心头一次像此刻这样安逸平静。

因为刚上车她就发现了，前挡风玻璃上垂挂着一个木制十字架。这种印第安人用来崇拜四季之风的特殊十字架，她只在一个人的汽车上看见过。

"我们安全了，葆龄。"戴希伏在薛葆龄的耳边说。

夜更深，群山消逝在漆黑的旷野深处。如盖的苍穹之上点缀着无尽繁星，星光指引着前路，远方那片稀微的黄色灯光就是稻城了。

次仁一直把薛葆龄送进宾馆房间，才向戴希她们告别。

"明天可以稍微起晚些，我们9点出发，去亚丁。"站在房门口，灯光下次仁深邃的双眸中血丝混浊，雪域高原在赋予藏巴汉子阳刚气质的同时，也磨砺着他们的身心。

"谢谢你，次仁！"戴希由衷地说。

"不客气。"他的微笑中流露出最质朴的羞涩，"……他是我的兄弟，应该的。"

房门刚关上，床头柜上的电话就响起来。

戴希并不意外地接起来："你好，William。"她的眼睛湿润了。

"你好，戴希。"是她的错觉吗？李威连的声音里竟有种罕见的激动，"你们一切都好吗？"

"好的。"

"葆龄呢？"

"她也挺好的，已经恢复过来了。"

"她能听电话吗？"

戴希把话筒递给薛葆龄："葆龄，William要和你说话。"

她悄声走出房间，把房门在身后轻轻关上。充满藏族风情的旅馆大堂中空无一人，鹅卵石子铺设的地面别有情调，墙上的两盏酥油灯摇曳生姿。

戴希在石墙边坐下，从正方形的窗口望出去，漫天星光好像与视线齐平，几乎触手可及。

前台上的电话响了好几遍，一个年轻的藏族姑娘才掀起帘子钻出来，拿起电话："喂？找谁……唉，是你叫戴希吗？"

"我？"戴希接过电话，藏族女孩睡眼惺忪地抱怨："这么晚了还不睡。"

"戴希，要给你打个电话真不容易。"

戴希轻轻地笑了："让葆龄说个痛快嘛。"

499

"她已经睡了，"李威连的语调恢复了平静，但那亲切温柔的口吻是戴希从未听到过的，"你也该睡了。我只是想再谢谢你，戴希，今天多亏了你。你也好吧？"

"嗯。"

"都怪我考虑得不够周到，"他迟疑了一下，"如果早做安排，你们根本不会遇到今天这样的险情。"

"你也没想到会这样吧？"戴希问。

"确实没有。"李威连承认，"好了，一切都过去了。戴希，从现在开始你可以真正享受这次旅途了。怎么样，还喜欢高原吧？"

"喜欢。"

"那就好好玩玩，多拍些照片，带回来给我看。"他的语调突然变得惆怅，"有几年没去了……"

"等你治好病再来玩嘛。"

李威连明显地愣了愣，随即在电话那头笑起来："戴希，你不需要这样时刻提醒我的！好吧，从明天起我就不再和你通电话，不打搅你们的旅行了。快去休息吧，晚安。"

到达亚丁之后，戴希真正懂得了"灵魂所在、心安之地"的含义。从稻城到亚丁，美景无处不在，根本勿须刻意选景，只要目力能及的地方，便是明净安然、炫美绝伦的仙境。

次仁找来熟识的牧民，亲自牵马将戴希她们送入白云之巅、林海深处。当她们跨过如茵的草场，沿着澄碧的河川，穿越遍布云杉和红杉的原始森林，与无数绚丽斑斓的野花丛擦身而过，偶遇牦牛、野驴甚至羚羊的倩影时，喧嚣的尘世彻底退出心灵的疆界，肉身仿佛已化为清风，无声无息地融入到自然之中。

淙淙水声如天籁一路相随，她们终于到达薛之樊所选定的安眠之地——牛奶海、古老的冰川湖、雪山环绕下的一颗晶莹的水滴。仙乃日、央迈勇、夏诺多吉，三座藏传佛教的神山倾心相守，洁白无瑕的雪峰在一泓碧波中轻轻荡漾，这样出世绝俗、这样纤尘不染、这样宁静安详，唯有"极乐世界"才能形容。

当风将薛葆龄双手捧出的轻烟涤荡而尽时，戴希走到她的身边。
"葆龄，走吧。"
薛葆龄没有动，她的眼圈红肿着，神情却并不悲哀，金色阳光从湖面折射出来，为她增添了几许淡雅的容光。
"戴希，你知道吗？我母亲和哥哥都安葬在香港的家族墓地里，只有父亲，选择长眠在这个远离家乡和亲人的地方，我一直在想，难道他不觉得孤单吗？现在我懂了，父亲他从来就是孤单的，他的心就像这个碧湖，深藏在高原雪峰之中，要了解他、接近他，就必须翻越重山险隘，甚至要冒着生命危险……"说到这里，薛葆龄"扑哧"笑了，"像我父亲这样的男人，他害怕的不是孤独，而是被误解。如果没有人能够真正理解他，他不在乎孤立于整个人世之外，只与山水做伴。"
"……真的没有一个人懂他吗？"戴希问。
"有的。"薛葆龄悠然长叹，"戴希，虽然我怨恨他不关爱母亲，但自从母亲去世之后，父亲的生活中就再也没有出现过其他女人。儿子早夭，我这个女儿又先天不足，父亲有一百个理由再娶妻生子，但是他没有，他选择孤独地度过一生，现在又要孤独地长眠在此。戴希，我觉得我终于能够触及他的内心了。"
面对着神山圣湖，沐浴在最清澈的阳光中，薛葆龄高声道别："别了，最最亲爱的爸爸！愿您得到永恒的安宁！"
回到稻城，她们在原来的旅店休整一天后，次仁会把她们送往中甸，从中甸就有班机飞往全国各地了。
吃过晚饭，金灿灿的夕阳还很亮丽。这座由藏式民居改建的旅馆，整体都是石块垒成，绿萝和紫花开遍石砌的窗台。夕阳在窗台内外轻盈流转，给五色藏式土布铺就的卡垫画出深浅不一的光圈。
薛葆龄和戴希盘腿坐在卡垫上，闻着酥油茶和咖啡混杂的特殊香气，正在熏熏欲醉时，房门被人"咣当"一声推开。
戴希瞪着来人——哇，好一个青春洋溢的藏巴美男！高高的个子、黝黑的皮肤，尤其是那双明亮的眼睛，好像盛着户外最后一抹夕阳，他露出洁白的牙齿笑了："你们就是李叔的朋友吧？"

李叔？戴希和薛葆龄摸不着头脑，还好次仁紧跟着踏进屋子："薛小姐、戴小姐，他是我的儿子巴桑。"

她们赶紧和巴桑打招呼，藏巴帅哥大概二十出头的年纪，紧身牛仔裤绷着修长的双腿，黑色T恤外罩夹克背心，乌发束成马尾，那身材气质比之时尚杂志上的模特也不差分毫。戴希偷偷冲着薛葆龄扮了个鬼脸，李威连突然冒出来的这个大侄子，倒和他挺般配的。

巴桑可比他爸健谈多了，一坐下就和两位美女聊开了。原来次仁叫他去找扎吉，巴桑一路追赶，在康定逮到了正返回成都的扎吉。据扎吉说，他完全是根据成都旅游社邵春雷的吩咐，才把戴希她们扔在理塘的。所以很显然，邵春雷是蓄意将戴希她们送入绝境的。

听完巴桑的叙述，薛葆龄已经好转的脸色又变苍白。戴希问她："葆龄，你要问问邵经理吗？"

"不必了……"薛葆龄深深地吸了口气，"什么都不用问了。"

巴桑很关心她们："薛小姐，身体好些了吗？"

"好多了。真是太谢谢你们了，救了我一命啊！"她指了指搁在桌上的牛角水壶，"今天我还在喝这个，身体一天比一天舒服，比美国的心脏病药都管用。"

巴桑开心地大笑起来："肯定比美国的药管用。李叔告诉过我，全世界就咱们藏区的高原最高，你们想啊，我们世代防高原病的秘方，当然比其他地方的强多啦！"

戴希犯了职业病："咦，这么神奇的药方，为什么不做商业化生产呢？可以造福大家哦。"

"不行。"一直沉默的次仁突然说。

巴桑解释："这是咱们祖先留下来的秘方，里面有好几种药材都生长在五千多米的雪山上，每配一次药就要攀登好几座雪山，还要到悬崖峭壁上去采药，非常非常危险，几乎每次采药都会有人摔伤甚至丧命！"

"所以这种药隔几年，等全部药材都凑齐了才能配一次，"次仁接着说，"是我们最最珍贵的救命药，不到万不得已绝对不用，不是至亲好友也绝不能给。"

"哦！"戴希恍然大悟，"那这次……"

"李叔的朋友嘛！"巴桑让戴希看他的眼角，"要不是李叔，当初我这只眼睛就瞎了，所以他就是我们的亲人！"

原来，前些年李威连曾邀请过一批欧美合作方来中国川藏旅游，与担当向导的次仁一见如故。后来次仁带着巴桑去尼泊尔朝圣，不慎卷入当地的暴乱，巴桑的眼睛被流弹击中，等他们好不容易逃到加德满都时，巴桑的病情已经很危险了。次仁束手无措时想到了李威连，抱着死马当活马医的心情求人给他发了封邮件，想不到李威连立即就回复了，还迅速通过西岸化工印度公司的关系打通了各种环节，安排巴桑住进当地最好的医院，又从印度新德里请到最优秀的英国眼科医生，紧急飞到加德满都给巴桑动手术，保住了巴桑的眼睛。

淳朴的藏巴汉子不擅言辞，但对救助过自己的人，他们绝对会以命相报。李威连在康定和戴希通话时意识到情况的危急，连夜联系到了正在中甸的次仁。次仁二话没说，立即上路，在千钧一发的危难之际救下了薛葆龄和戴希。

夕阳沉入山坳，酥油灯点起来了。无边的寂静再次降临，戴希的心中满怀留恋，她知道很快就要和这样空灵而纯洁的寂静告别了。

次仁一直把戴希和薛葆龄送到迪庆机场。她们在这里乘坐同一航班前往昆明，再从昆明各自转飞上海和香港。

从舷窗望出去，脚下的雪峰一座接着一座，几乎要插入弥漫的云海。飞机似乎从未飞得这么低过，天和地也从未贴得这么近过。

"戴希，看了一周的山了，还没看够啊？"薛葆龄坐在戴希的内侧，轻声问。

"原来一直仰望，现在改成俯视嘛……视角不同！"

"你很可爱，也很聪明。难怪他会这样信任你。"薛葆龄突然来了这么一句。

戴希假装没听见，继续俯瞰群山。

"戴希，你能给我做一次心理咨询吗？"

"现在吗？"这回戴希不能再装了，有些紧张地转过头来。

薛葆龄坦然地微笑："别紧张，我只是想和你谈一谈我和 William 之间的事。

"我和张乃驰从认识到结婚，William 都起了不少作用。他是我丈夫多年的好友，又是他的老板，有段时间我去日本东京留学，William 想了许多办法送他去东京出差，我这才被张乃驰感动，最终决定嫁给他。然而我的婚姻不受祝福，父亲始终不肯接受这个女婿，后来我又发现丈夫出轨，我觉得自己真是太不幸了，而 William 就是造成我不幸的元凶之一，如果不是当初他瞎起劲，我根本不会和张乃驰结婚！

"我想报复，不仅要报复我丈夫，也要报复我父亲，更要报复 William。我的报复计划就是——和 William 发展婚外情。我知道我丈夫对 William 怀着很复杂的感情，既离不开他又忌恨他，所以我一旦投入 William 的怀抱，必然会对我丈夫造成巨大的打击。而我父亲呢，口口声声希望 William 是他的儿子或者女婿，那么好吧，我就把他搞到手，您老人家该满意了吧？

"现在回想起来，我的想法真够荒唐。但在当时，我完全沉湎其中，根本分不清好坏是非。我很容易就得到了 William 的日程安排，趁着一次他去新加坡出差时，我和他住进了同一家酒店，装作不经意地遇到了他。我们一起去酒吧，我喝得半醉，向他哭诉对婚姻的失望，很自然地倒在他的怀里。后面的事情顺利得出乎我的意料，那次出差结束，我就成了 William 的情人。

"我以为是我引诱了他，我以为这一切都是为了报复——我大错特错了。不久之后，我就发现自己对 William 的感情与日俱增，这太可怕了，因为我很清楚，我对 William 的爱情比我的婚姻更没有指望。

"戴希，我知道他从来就没有爱过我。如果不是因为我的病弱，如果不是因为我的不幸婚姻几乎是他造就的，按照 William 的个性，他大概早就把我给甩了。可偏偏他不能、准确地说是不忍甩开我。而我已经被爱蒙蔽了神智，我就是利用他对我的同情和怜悯，不顾廉耻、没有分寸地拼命纠缠他。

"后来,我甚至开始盘算摆脱婚姻。有一天,我终于鼓起勇气对William说出了我的爱情,谁知却引来他的勃然大怒!我从没见过他发那么大的脾气,以至于被吓得心脏病发作,当场晕厥了过去。醒来时我发现他守在我身边,满脸痛惜和憔悴。还好他知道我的包里一直放着急救药,而且我们当时正在香港,William认识我的家庭医生,立刻把他请过来,才使我度过险情。

"因为这次意外,我们在香港又多待了两天,William百般细心地照顾我,绝口不提我昏倒前我们之间的争吵,好像那一切根本就没有发生过。但我能清晰地感受到他内心的波澜,他越是表现得轻松坦然、温柔细致,我就越能看出他的痛苦和挣扎。我恐惧地等待着,等待他做出最后的决定。

"第三天William要飞去悉尼开会,我的身体已经基本恢复,可以开车送他去机场。我看着他办完登机手续,就要走进安检门了,他回过身来像是要和我告别,在那一瞬间我看见了他目光里的冷漠——这不过是一次最平常的分开,我却立时陷入生离死别一般的绝望。我泪流满面地向他扑过去,死死地抱住他,语无伦次地求他不要抛弃我,只要能够继续我们的关系,让我做什么我都愿意。

"他好像早就料到我会这样,很冷静地带我到机场的咖啡厅坐下。他对我说的话简短明确,直到今天还时刻萦绕在我的耳边。他说:'和女性交往,我始终坚持的原则只有一条——当我发现某个女人能使我感到愉快时,我就开始这段关系;当我发现我不再能使某个女人感到愉快时,我就结束这段关系。葆龄,你很聪明,我相信你能够懂得我的意思。所以我们的关系是否可以维持下去,并不取决于我,而是你。'

"就算被冰水从头顶浇到脚底,也不会令我像当时那样彻骨寒冷。既然他如此明白地拒绝了我的爱,我实在应该当机立断的啊。可我做不到,我发了好一会儿呆,脸上的泪渐渐干了,这时候我听到他说:'快登机了,我要走了。'

"我记得我立刻朝他露出笑容,我说:'William,和你在一起是我生命中最快乐的时光,我希望能尽快再见到你。'

"他已经站起来了,又向我伏下身,一边亲吻我的面颊一边说:'那就让我们把所有的不愉快都忘记吧。'

"我承诺抛开爱情,这才换得了和他继续交往的机会。我确实再没想过和 Richard 离婚,而是学会了以麻木不仁的心态对待婚姻,这样一来,日子反而过得容易起来。

"人一旦放弃妄想就会知足常乐,从此再和 William 约会时,我也用不着强颜欢笑了。William 对我的态度放松了许多,我们相处得反而比过去更亲密了。他渐渐有兴致和我交谈,我提出让他陪我去看演出、打高尔夫、做 SPA,诸如此类的无聊事情,他不太忙的话偶尔也会答应,心情愉悦地和我一起浪费时间。他开心的时候真是迷人啊,起初我还常常困惑,究竟是他力图使我愉快还是我在力图使他愉快,后来我想通了,既然连爱都不能提,还纠结这些无关紧要的问题干什么呢。

"我们的关系终于被我丈夫察觉到了。碍于种种原因,当然最主要是 William 的权威,Richard 不得不咽下这杯苦水,最多只敢旁敲侧击、含讥带讽地说上几句,也全被我当成了耳边风。我一方面鄙视丈夫的怯懦,一方面也惊讶于自己的无情,毕竟我也曾经爱过他的呀——难道爱情真的如此不堪一击?或者是 William 把我也训练成了铁石心肠?

"虽然我没有对 William 说起 Richard 的反应,但他还是很快就知道了。我们的好日子又面临了巨大的威胁,当我再找 William 约会时,他开始变得很烦躁,找出各种理由来拒绝我。我真的又急又恨又怕,我不管,我就是要千方百计地缠着他,反正我学乖了,再不说爱不爱的傻话,只要他陪着我就好,或者干脆做出楚楚可怜的病弱模样来,让他无法狠下心来脱身。我眼看着 William 的情绪时好时坏,体会着他内心中的矛盾,一边心疼一边痛快——我们就这样别别扭扭地维持着,直到前不久 William 遭到那桩可怕的打击。

"这个打击是怎么来的?从表面上看只是 William 和司机老婆的丑闻,可是我心里清楚,还有其他人在这件事里充当了关键角色。

"是我的所作所为促成了那一切。难道,这就是我所谓的爱情吗?

我先是背叛了自己的丈夫，然后害苦了自己的情人，还都是以爱的名义……

"William出事之后，我只想尽快结束名存实亡的婚姻，希望能对William尽量做出补救。但是很长时间都联系不到他，后来我想尽一切办法才打听到，他离开美国后会先去香港。我查遍了香港五星级酒店的预约信息，终于确定了他的住址，就立即赶过去见他。

"那是个周末，雨从早晨起就没完没了地下，我在酒店大堂里一直等到将近十点，才见到他匆匆走进来。尽管他手里拿着伞，身上的衣服还是湿了大半。除此之外，他的样子看上去还不错，并没有特别萎靡或者颓唐，但不知为什么，一见到他，我的心就碎了。

"他在进电梯之前看见了我，连一丝意外的表情都没显露出来，很平静地示意我一起上楼。

"在电梯里他说：'没想到你会来，我房间里已经有人在等了。'

"我愣住了，就在这时电梯停下来。他跨出去，回头注视着我说：'如果不介意的话，你可以一起来……'

"我什么话都说不出来，电梯门就合拢了。我根本不知道自己是怎么下到底层大堂的，突然我就站到了瓢泼大雨中。六月的香港白天闷热异常，夜雨却冰冷刺骨，我好像又听到那天他在机场讲的话，我浑身战栗地瘫倒在遍地雨水中，失去了知觉。

"醒来时我发现自己躺在酒店客房的大床上，几年前的情景仿佛又重演了。屋子里有股清冽、淡雅、略带苦涩的木质香味，我知道他在我的身边。但我又立刻意识到，相似的场景中游荡着截然不同的气息——这次他并没有守在床边，而是远远地坐在窗前的沙发上，背衬着维港对岸已经阑珊的灯火，脸孔黑黢黢地沉没在阴影中。

"'你醒了。'他看到我挣扎着要坐起来，才抬了抬手，'别动，你现在必须绝对静卧。经验真是一件可怕的东西，在让人从容不迫的同时，也使人变得无动于衷了。你看葆龄，这次你发病我就能有条不紊地处理，一点儿都不慌张地坐在这里等你醒来，还能有心情喝了点威士忌。'

"我看见他手里的酒杯，在以夜色为底的窗玻璃上折映出闪烁的光点。我回想起了昏倒前他说的话，又试图支起身来。

"'你太不听话了，葆龄。'他这才很无奈地离开沙发，坐到我的身边来，温柔但坚决地把我按回床上，'不许动……你要找什么？'

"我是想找他在电梯里提到的——女人的痕迹。其实我心里也明白，他就是故意那么说来刺激我的，但我还是忍不住地嫉妒，想要亲自验证根本就不存在那么一个人……

"他必定立刻猜出了我的意图，唇边掠过一抹嘲讽的轻笑。他说：'刚才等着你醒来的时候，我一直在想，人就是这样变老的，越来越经验丰富，也越来越麻木无情，直到变成朽木一块，就到退出舞台的时候了。我很期待我的这个时刻早日到来……那未尝不是一种解脱。'你呢葆龄？难道你还没有对此情此景、对我们之间发生的种种、对我这个人感到厌倦吗？'

"我太虚弱了，虚弱得连眼泪都没有力气流，只能半死不活地盯着他看，过了好久才想起来回答他：'我……不厌倦，和你在一起我很、很愉快。'

"我的话引得他笑起来，随后他也躺到床上来，把我紧紧地搂在怀里。

"'经验的另一个好处就是让人明察秋毫。葆龄，你在撒谎，我从来就没有令你真正愉快过。'

"我无法回应，就把脸贴在他的胸前。房间里没有开灯，生离死别的悲恸凝聚成团，比前几年在那个明亮宽阔的机场更强烈百倍，我却不像当初那样手足无措了。William 说得真对啊——经验使我们成熟，也使我们丧失激情。

"他搂着我，用温情脉脉的语调说出下面这段话：'葆龄，我应该向你坦白，我很喜欢你，你柔弱、浪漫、别有风情。和你相处时还有一种异样的罪恶感和危机感，这些都给予我极大的刺激，所以葆龄，并不是你单方面地纠缠我，我又何尝真正企图摆脱过你？葆龄，假如你今天来找我，是对我的现状抱有愧疚的话，那实在大可不必。我们的关系会带给你什么，又会带给我什么，就算我不能未卜先知，也多少有些思想准备，可我却任由其发展，因此今天的这一切全是我咎由

自取。反倒是我，应该对你表示歉意，为了满足自己的私欲而一再辜负你的真情，我绝不是值得你珍惜的男人。葆龄，我们分手吧。'

"虽然我们的关系在过去几年中数度波折，但这是 William 头一次正式提出分手，我了解他的脾气，明白一切终于走到了尽头。他所说的理由完全出乎我的预料，却根本无从反驳。至少这次我没有流泪，也不再试图挽回什么，我把头埋在他的怀中，深深地呼吸着他身上好闻的味道，反而觉得心中安定，很快便昏昏沉沉地睡着了。

"第二天清晨我醒来时，William 不在房间里。我看到身边的床单上，仍然只有他斜躺的折痕，他应该是在我睡着之后就立即离开了。"

第三十三章

一口气说了太多话,薛葆龄靠在座椅上轻轻喘息起来。戴希重新将视线转向舷窗外,云海深处,雪峰壮丽的身影已消失无踪。她的心刚刚跟随着薛葆龄的叙述,经历了无可名状的跌宕起伏,现在所剩下的只是淡淡的怅然若失。

在刚才的故事中,尽管时不时地出现"爱"这个字眼,但是戴希知道,那只是薛葆龄的障眼法,在她和李威连、张乃驰这三个人之间的种种纠葛中,并没有爱的位置。

从一个心理医生的角度,戴希所看到的是一个忠诚而温顺的女儿,一次又一次试图摆脱她那高高在上的父亲,从他的精神控制下独立出来。她先用叛逆的婚姻,再用任性的出轨,来向父亲发泄怨恨,报复父亲对母亲、对自己的疏忽和冷漠。

从普通人看来,像薛葆龄这样锦衣玉食长大的"公主"能有什么烦恼呢?无非就是在美甲的款式上纠结一番罢了。事实却是,心灵的痛楚无处不在,并不会因为财富、地位的不同而有本质上的区别。

所幸在神山圣湖旁,戴希看见了父女间的和解,天堂与尘世的最后一次勾连。薛葆龄最终还是走出来了。

至于张乃驰,只不过是把婚姻当做了谋利的途径,这一点戴希并不感到意外,令她诧异的是李威连在处理这段纠葛中的进退失度。他明明不爱薛葆龄,对她的全部关爱只是出于同情和内疚。但他最了解张乃驰的为人,为什么非要把薛葆龄送到张乃驰的手上呢?在薛葆龄反过来纠缠他的时候,又不当机立断,一次次陷入薛葆龄以"爱"为名的要挟中。时至今日,在明知自己遭遇的巨大打击与张乃驰脱不开干系时,他却反而毅然决然、坚决地和薛葆龄分手了。

戴希突然发现,李威连的行为更像是专门针对张乃驰的?可是他这样做,不就等于在身边埋下一枚定时炸弹吗?还非得引爆了把自己弄到遍体鳞伤才肯罢休。现在就连戴希也想骂李威连是疯子了,还是个特大号的!

"你在想什么?"戴希的思路被打断了,薛葆龄在她的耳边轻声问,"是不是觉得我很傻,很贱?"

薛葆龄笑了:"在生死边缘走了这一趟,我想通了,和William这样的男人相爱,并不是我所能承受的。就像那天我在牛奶海边说的,我爸爸的心孤立于人世之外,其实William的心又何尝不是如此?要接近他、了解他、陪伴他,就必须翻越崇山险隘……"

戴希接下去说:"……克服高山反应,冒着生命危险……"

她们俩齐声大笑起来,在公务舱空姐惊诧的目光中笑到前仰后合。好不容易止住笑,薛葆龄擦去眼角的泪,气喘吁吁地说:"我是心有余而力不足,虽然心还会痛,毕竟那个死结打开了。"

谢天谢地。戴希大大地松了口气,向薛葆龄还以微笑——薛之樊的女儿到底还是有一颗慧心的。放过李威连吧,他比你惨多了。当然,最重要的还是放过你自己。

在昆明机场,薛葆龄和她在候机厅里拥抱告别时说:"戴希,我暂时不会回上海了。我要在香港待一段时间,专心把爸爸的旅游笔记整理出来。请你见到William时,把邵春雷的事情都详细告诉他,并且转告他,上海的一切全凭他做主,不论他打算采取怎样的行动,我都没有任何异议。另外,我会请律师正式向我的丈夫提出离婚,这完全是我个人的决定,与William无关。"

八月初上海迎来了今夏第一场台风。经过一个昼夜的狂风暴雨,人民公园中已经被炽烈骄阳烤得垂头丧气的小草,披着满身晶莹挺起腰来。雨后的清风里,满园的香樟和广玉兰舒展开碧绿的枝叶,光彩亮泽地近乎透明。游人从树下经过，总免不了被叶片上滴落的水珠沾湿头发。水滴洁净清凉，还带着植物沁人的芬芳，像是炎炎夏日中不期而至的礼物，叫人禁不住心生欢喜。

绕过一池粉红、珠白，在微风中娇柔摇曳的荷花，眼前突然冒出一栋玲珑剔透的玻璃房子来。玻璃房门前晃动着三三两两的人影，其中一个身着浅蓝色连衣裙的圆脸姑娘正在一个劲地东张西望。

"啊，William！"她看见沿着鹅卵石小道走来的人，兴奋地绽开满脸欢笑，大声叫起来。

李威连也看见了她，几步就赶到她的面前："Lisa，你好。"

他微笑着搂住 Lisa，与她轻轻碰了碰面颊，又后退半步打量她："Lisa，你怎么不早告诉我！"

Lisa 的脸上飘过一片红云，情不自禁地摸摸自己隆起的肚子："唔，本来打算告诉你的，可谁知就出事了……"

李威连点点头，将手搭在 Lisa 的肩上："当时不说也就算了，后来给我邮件的时候怎么也不提？要是早点让我知道，这次我就可以从美国给你带……唔，原装奶粉，对不对？"

"真的不用了！"Lisa 的脸涨得更红了，只有幸福的准妈妈才有这样的好气色，她眼睛闪亮地看着李威连，"Raymond 发动了部门里的所有经理，每次出国都给我带奶粉，我家里的进口奶粉已经堆成小山了！"

"是吗？看来 Raymond 还不错。"李威连瞧了瞧玻璃房子，"Lisa，你怎么想到要和我在暖房见面？"

"这不是暖房，是当代艺术馆！"

"哦，艺术馆……而且还是当代的……看来我真有些落伍了。"李威连狡黠地问，"Lisa，你要在公园里呼吸新鲜空气，我完全能够理解，可为什么要来艺术馆呢？"

Lisa 把头一扬："胎教啊。怀宝宝的时候要多多欣赏优美高雅的事物，才能让宝宝长得秀外慧中！"

"问题是参观艺术展需要不停地走动，你行吗？"

"怎么不行，医生再三嘱咐要保持一定的运动量。"

"好吧。"李威连伸出右臂让 Lisa 挽上，这才向艺术馆里走去，"那我们就慢慢地逛吧。"

"大暖房"里空调温度适宜，光线在通透的建筑体上柔和地流动着。户外树影婆娑，茵茵绿色仿佛与室内新颖雅致的陈设融为一体，整个艺术馆中不过寥寥数人，气氛幽静而祥和。

艺术馆共分为三层，全部打通的玻璃结构，极具现代感和艺术气息。李威连和 Lisa 沿着底楼月牙形的发光坡道缓缓向前，边走边聊。

"宋采娣一直被拘留在看守所里。孙律师已经去过三次了，但好像没什么进展。"

"律师那里的情况我已经了解了。"李威连说，"宋采娣的所谓自白漏洞百出，警方根本不会相信她的话。他们一直在用自己的方式持续调查，但调查进度对外保密，孙律师也探听不到任何消息。"

Lisa 皱起眉头："William，假如宋采娣说的是假话，那她岂不是把所有的罪都揽到自己头上了呢？……她、是不是想保护什么人……"说着，她悄悄地瞥了眼李威连。

"想保护我吗？"李威连毫不介意地说，"我与周峰之死没有任何关联，也不需要任何人的保护。宋采娣需要关注的只是她自己。不过，我通过孙律师转达的话并未产生效果，宋采娣还是一口咬定她的那套说辞。"

两人都沉默了一会儿，李威连问："Lisa，周峰的儿子现在怎么样？"

"乡下的外公外婆把他接走了。"Lisa 闷闷地回答，"周峰一死，周建新就再没去上过课。学校的老师还去他们家找过他，可是很快连宋采娣都进了看守所，周建新就彻底没人管了。周峰的父母早都去世，宋采娣的父母把建新带到乡下去住了。"

"他的精神状态怎么样？对于父母的事情他是怎么想的？"

"这个……"Lisa 对李威连的问题显然没有思想准备，"我也不知道，我没和那个孩子交谈过。"

"没关系。"李威连平静地说，"Lisa，如果你有他们在乡下的住址就给我，我让孙承去跑一趟。从现在开始你不必再管周峰的事情，我自己会处理。"

　　Lisa答应着,他们已经看了一大堆奇形怪状的装置和雕塑展品,有泡沫塑料做的汽车、金属搭起的巨大海藻、播放着倒置画面的成排液晶屏,还有牛皮加铁丝绑成的椅子……好不容易欣赏完这些叫人费解的艺术作品,两人继续朝二楼的画展区走去。

　　迎面就是一幅硕大的油画。淡灰的底色上,半颗人头、几只眼睛、赤裸女人的上半身,还有一条大腿和一根胳膊的怪异组合……支离破碎的画面传递出某种奇绝的美感,一摊鲜红色凸显在画面的右上方,好似泼溅的血水,又如迸裂的心脏,起到画龙点睛的作用,使观者心悸神伤。李威连盯着这幅画看了好一会儿,才猛醒过来:"Lisa,我们看别的去吧。"

　　"怎么啦?"

　　他低头向她微笑:"你最好和肚子里的宝宝打个招呼,像这种画就不要看了。"

　　Lisa转了转圆溜溜的黑眼珠:"我的宝宝压根就没在看这些。它一直都在看你呀!"Lisa抿着嘴笑:"今天的胎教对象才不是这些怪里怪气的艺术品呢!"

　　"Lisa!你怎么敢?!"李威连瞪着Lisa,一脸严肃,"假如我今天还是你的老板,你绝对不会这样跟我讲话! Lisa,你让我深刻体会到了什么叫做世态炎凉。"

　　Lisa根本没被他吓住,反而把头轻轻靠到他的肩上:"William,要是我说更喜欢现在不当总裁的你,你会生气吗?"

　　"生气又有什么用?反正我也不是了。"

　　他们相视而笑,Lisa更紧地挽住李威连的胳膊,犹豫了一下,才轻声说:"William,我找到Maggie了。"

　　"哦?"他只是很平静地应了一声,并没有发火。

　　Lisa明白他允许自己说下去了,她的心中五味杂陈:"她离开西岸化工后时整个人都崩溃了,先回香港蒙头睡了三天,随后就飞到美国佛罗里达她姐姐的家里,在那里她不上网不开手机,与世隔绝失魂落魄地过了整整一个月。六月初的时候他们家的一个老朋友Dick去佛罗里达玩,也在她姐姐家里住了几天。这个 Dick 大学时代曾经追求过 Maggie,当时的 Maggie 没看上他,Dick 就和另一个女同学结婚了。前不久 Dick 的婚姻触礁,刚刚办完离婚手续。结果,这两个失意的人共同回味往事、唏嘘不已,一下子就找到了同是天涯沦落人的感觉,越聊越投机……呵呵,就这样 Maggie 总算是走出了阴影,也找到了心仪的另一半。William,她和 Dick 订婚了。"

过了好一会儿,李威连才淡淡地说:"哦,那倒要恭喜她了。"

Lisa 硬着头皮说下去:"在这样的状况下,Maggie 才能获得勇气,反思她对……你所做的事情——于是,她给我打了电话。William,她向我坦白了一切,你想知道吗?"

"挑关键的说吧,我们的时间并不多。"他的回答很冷淡。

Lisa 喘了口气,尽量简明扼要地说:"Maggie 说视频和邮件与她无关,她只是给张……Richard 提供了一份文件,是她从你的一个快递里面偷偷复印出来的。"

她从包里取出一个信封:"她让我把这个转交给你。Maggie 说其实她也不清楚这份文件的真正含义,但是你一定会明白。"

李威连拆开来看了看,神色如常地抬头:"她还真是神通广大。"

他目光里的痛楚让 Lisa 不忍卒睹,可又憋不住想为朱明明解释几句:"William,Maggie 说她不敢乞求你的原谅,她只想回答你那天最后质问她的话,她说你没有任何对不起她的地方,你一直都对她太好太好,是过度的痴心妄想令她疯狂,才被险恶的坏人利用了。"

"痴心妄想?"李威连重复了一遍,随即恍然大悟地苦笑起来,"这也太令人啼笑皆非了。"

"William,难道你真的不知道 Maggie 她心里想的?"

李威连紧蹙双眉,目光在那块鲜红色上徘徊良久,才低沉地说:"她怎么想的我并不关心,我只能告诉你我是怎么想的。对于你和 Maggie,我的态度始终一视同仁,我把你们视为真正的同事、助手和朋友,而不是其他。因为这样的关系会更持久、更对等、更稳固。可悲的是,我仍然无法令每个人都满意。"

"William,"Lisa 轻声说,"我想 Maggie 现在也一定懂了。原先她固执地认为,你不理睬她的唯一原因是忌讳公司里的舆论,所以特别忿忿不平。"

"公司里的舆论?"李威连露出嘲讽的笑容,"Lisa,你觉得我是在乎这些的人吗?"

两人都沉默了,他们在一幅又一幅油画前经过,那些笔触奇异、构思诡谲的画面无一不呈现出迷离、困惑和孤独的效果。

"艺术家们好像都不快乐。"最后,Lisa下了结论。

"不快乐的人才会成为艺术家。Lisa,你把因果关系搞反了。"李威连说,"你累了吧?楼上好像有个咖啡厅,要不要去坐坐?"

"不去了。"Lisa又往李威连的肩头靠了靠,"怀孕期间戒咖啡,William,我得回公司了。"

"好,我送你。"

"William,你要我给Maggie带什么话吗?"一边朝外走,Lisa一边小心翼翼地问。

"有。"李威连不假思索地说,"Maggie知道是谁一手炮制了那份邮件,她应该把这个事实反映给警方。"

Lisa困惑地问:"警方也关心西岸化工内部的斗争吗?"

"Lisa,他们关心的是周峰之死!"

"哦……对啊!好,我一定叫她去作证。"Lisa幡然醒悟,这时两人已走到"大暖房"的门边,她停下脚步,仔仔细细地端详了他一遍,踌躇再三,却只双眼潮湿地问出一句,"William,我还能为你做些什么吗?"

李威连轻轻扶住她的臂膀:"生个漂亮的宝宝,不要浪费了这一个多小时的胎教。"

他们的身影消失在玻璃门外的绿荫下。三楼咖啡厅最靠里的座位上,朱明明将脸埋入臂弯,过了许久才重新抬起头。从这个位置能够清楚地观察到所有的参观者,但是现在已经看不见那个曾经令她魂牵梦萦,却再也无颜面对的人了。

朱明明从包里取出小圆化妆镜照了照,眼线糊了,腮红也深浅不匀。她对着小镜子稍稍补了补妆,长长地吐出口气。Lisa是够交情的,虽然还要等待一段时间才能了解到今天的谈话内容，朱明明却并不感到忐忑，她好像已经一字不漏地听到了他们的全部交谈。

不论李威连是否要求，朱明明都会实施自己的计划，这是她走向全新生活之前，必须要还的一笔债，必须要了的一个心愿。

转了转左手中指上的钻戒，朱明明拨通手机，用娇嗲的粤语说："Dick，我的事情办完了，你来接我啊。"

"哎呀，Richard！你怎么说走就走啊！"

Mark站在张乃驰的办公室门口，声若洪钟地说着。周围经过的几位忍不住窃笑——明眼人都能看出来，Mark是在故意报复张乃驰前不久公开宣战的无理行为。

"呵呵，是Mark啊……决定得是有些仓促，没来得及和大家打招呼。"张乃驰慌忙搁下手中的电话。他已经有好几天没在公司里出现了，今天一早九点不到就溜进来整理东西，本想神不知鬼不觉，偏偏又被Mark抓个正着！张乃驰只得堆出一脸虚饰的笑容。

"Richard，你太不够朋友了！只管自己大展宏图，把兄弟们都扔下不管！"Mark以牙还牙，不仅把着门高声谈话，还往走廊里又退了半步，"快给我老实交待，离开公司后打算去哪里发财啊？"

"呃……先歇歇，歇一段时间再说……"

"得了吧！你老兄宏图大略，怎么会歇下来浪费时间……不想说就算了，到时候别忘了我们这帮兄弟就成。"

"确实不是……"张乃驰又尴尬又愤恨，腋下湿漉漉的，身上那股Armani的迷情水味道更浓了，他无心恋战，托起整理好的纸盒向外就走，"Mark，不好意思今天还有些事情，我先撤了。改天再来请大家吃饭。"

Mark施施然让到旁边，微笑着发出感叹："唉，百无一用是书生啊！你看现在的商界强人，什么美国的盖茨、乔布斯，中国的李嘉诚，哪个是读过书的？像我们这种人，手里的硕士、博士文凭反而成了负担，到头来还不是一个打工仔的命。比不上你啊Richard，说走人就走人，没有负担倒有魄力！"

前台离得并不远，张乃驰却好像在跋山涉水，还要勉为其难一路保持自信的笑容。Mark 的话掀开张乃驰最后的遮羞布，引来一道又一道暗暗嗤笑的目光，假如能把手里的纸盒换成手枪的话，张乃驰肯定会毫不犹豫地向 Mark 的胸膛发射子弹！

本来他可以走得很光彩很从容的！

Gilbert 和郑武定的会谈达到了预期效果。虽然郑总保持了语焉不详的一贯作风，但是犹太小老头在中国混了几个月，也明白其中真意，又兼有张乃驰在旁解释周旋，Gilbert 最终还是确信了他所说的生意机会，并把张乃驰期盼已久的资金陆续投入到他的公司中。

筹划了这么久，条件终于成熟了。张乃驰兴奋的心情无法形容，接下去要做的事情还有许多，继续留在西岸化工已经没有意义，他向 Philips 正式提交了辞职申请。

可是老天爷好像故意和张乃驰作对，就在他踌躇满志地等待着 Philips 的最终决定时，公司里突然兴起了关于他的流言蜚语，核心内容则是一桩保守了将近二十年的机密——张乃驰最初是如何通过学历造假、身份造假等一系列非法手段进入西岸化工的！

当张乃驰从 Gilbert 那里辗转得知这条流言时，颇有点儿五雷轰顶的感觉。他立刻就认定——这绝对是李威连所采取的最最卑鄙无耻下流的报复行为！二十年前的秘密除了他们这两个当事人之外，就只有天知地知了。现在这个时候来翻他张乃驰老账的人，除了一败涂地、怀恨在心的李威连，还能有谁？！

过去他们共同维护这个秘密，不仅仅是为了张乃驰的前途，李威连也在其中牵扯颇深，可是今天李威连已然身败名裂、灰溜溜地离开西岸化工了，所以他才会不惜使用如此卑劣的手段！

张乃驰气得暴跳如雷，在 Gilbert 面前又无法做出合理的解释，着实失态。总算最后 Gilbert 看在眼前利益的分上，暂时放过了他，还不痛不痒地劝道："Richard，反正 Philips 这两天就会批复你的辞职申请了，对你的历史西岸化工肯定不可能再多追究，况且你今后也不打算打工了，又何必这么在意呢？"

话虽如此，可对于张乃驰来讲，本来是风光无限、名利双收地主动离职、另谋发展,现在变成了丑事败露、仓皇出逃,实在令爱面子的他无法接受。Philips很快找他谈话,没有半点要挽留的意思,极其冷淡地批准了张乃驰的辞职。今天这么一走,所有的猜疑和鄙视就在自己的背上生了根——西岸化工,对张乃驰已成不堪回首。

电梯上的数字缓缓跳动,陷落的感觉使他渐渐平静下来。李威连!张乃驰咀嚼着这个名字——你终究也落到这个地步,只能在暗中耍些阴损的手段!你就等着瞧吧,我马上要在广阔的天地里实现抱负!而你将再也无法操控我、蔑视我、迫害我了!

电梯稳稳停在B2层,张乃驰冲着敞开的电梯门充满怨毒地笑起来。他不知道,这一次他还真是错怪了李威连。散播人事机密只是一个悔恨中的女人自发采取的行动,李威连对此一无所知,否则依照他那么高傲的个性,绝对会否定这种小气的举动。

刚把车开出车库,张乃驰的手机就声嘶力竭地叫起来。

张乃驰皱着眉头瞥了眼号码,套上蓝牙耳机:"跟你说过多少遍了,不要再直接给我打电话!"

电话那头传来哆哆嗦嗦的川味普通话:"老、老板……我这两天可是度日如年啊,总觉得有人盯着我!"

"你神经过敏吧!"张乃驰没好气地斥道,"谁盯你?盯你干什么?!真是吃饱了撑的,我在开车,要挂了!"

"张老板!"对方哀求,"你答应我的钱什么时候给我?我、我想拿了钱去避、避风头……"

"钱不是早汇到你账户了?"

"还有一半没给……"

"喂,你脑子出问题了吧?事情没办成还想要全额付款?做梦吧!"

对面的话音越发慌乱:"老板,你可不能赖账啊!事情没办成也不赖我啊,我全是按计划的呀!"

张乃驰强按着性子,一字一句地说:"你给我听清楚了,事情没办成就是没办成,找借口是没用的。钱我绝不会给,你也不用再给我来电话了!"

"老板，你这样可就……就逼人太甚了！"对方突然强硬起来。

张乃驰反倒乐了："你打算怎么样？"

"要是、要是有人找上我，我可不会替你背黑锅！"

张乃驰大笑起来："行啦，没有人会找上你的，就算找上你，他们也没有证据，所以你千万别自乱阵脚，知道吗？听我一句话，好好当你的旅行社经理，别再胡思乱想。你要是还想诬告陷害我，那就更没可能了！我和你什么关系都没有，根本就不担心。好啦，我很忙，不能继续陪你聊天了，再见！"

他狠狠地按断电话，把手机往旁边座位上一扔，不再理睬疯狂闪烁的拨入信号。

开过两个路口，张乃驰突然又捡起手机，拨了个电话。

"喂，陈律师吗？我是张乃驰。你今天有空吗？"

"怎么，有事吗？"

张乃驰咬了咬牙，线条优美的嘴角隐现沉痛的皱纹，使这张英俊的脸不期之间就显老了好几岁。不过疲态稍纵即逝，他又露出轻浮的微笑："就是关于葆龄提出的离婚要求……"

"哦，你考虑好了吗？"薛家的这位陈律师永远是一副公事公办的嘴脸，让张乃驰思之作呕。

"考虑好了……嗯，我同意。"张乃驰倾听着自己的声音，很不错，没有半点波澜。

陈律师比他还要冷静："哦，那好，你什么时候有空过来一趟，就把文件签了吧？"

"我马上就能过来。"

"可以，我在事务所里等你，半小时内你能到吗？"

"没问题，但还有一件小事。"

"请说。"

"我签字后，薛葆龄承诺给我的赔偿金多久能到账？"

陈律师坚冰一样的语气里终于出现了松动，却分明含着轻蔑："薛小姐开具的转账支票就在我手上，只要你一签完字，我当场就可以给你。"

张乃驰再次扔下电话，猛踩油门强行超越了前面那辆帕萨特，气得车上的司机拼命揿喇叭。张乃驰对那人竖起中指，此时此刻内心的波涛汹涌，仍然令他亟需一个发泄的渠道。

薛葆龄居然死里逃生！当张乃驰得知这个消息时，确实吓出了一身冷汗。本以为万无一失的计划，戴希竟然会出现在薛葆龄的身边，然而张乃驰左思右想，还是无法推断出究竟是什么原因导致自己功败垂成——难道还是李威连？！

不，张乃驰安慰着自己，绝不会是他！李威连再厉害也不可能凭空猜测出自己的计划，至于戴希嘛，李威连的隐私资料正是从她这里泄露出来的，根据张乃驰对李威连的了解，他肯定不会再相信戴希，所以张乃驰得出结论：这一切都是巧合，薛葆龄幸免于难的唯一解释就是运气太好，或许是她那个死鬼老爸在冥冥中保佑女儿吧……

薛葆龄后来的举动更使张乃驰坚定了自己的判断。她请陈律师给张乃驰送来离婚协议书，还答应支付二百万离婚赔偿金，虽然这个数目大大低于张乃驰的期望值，但他没有马上就严词拒绝，反而斟酌起来。薛葆龄察觉到邵春雷的异常了吗？她发现了什么？又发现了多少？这些问题让张乃驰寝食难安，眼下正是急需用钱的时候，如果同意离婚，二百万虽少却可以救急，如果不同意离婚，很难预料薛葆龄接下去又会怎么做？

张乃驰生怕夜长梦多，这几天来接连发生的状况终于使他痛下决心。薛之樊的一纸遗书令张乃驰无法从离婚中获益，才使得他对薛葆龄萌生了最残忍的念头，如今阴谋落空，又有被人抓住把柄的巨大风险，二百万就二百万吧，张乃驰决定拿钱走人！只要和中华石化的生意能成，获利岂止千万，谋大业者应该懂得取舍之道。

张乃驰把爱车雷克萨斯开得风驰电掣，他现在有太多的事情要忙，只要一想到即将到来的成功，巨大的财富仿佛就在眼前不停晃动，简直唾手可得……张乃驰感到浑身上下热血沸腾、多年的压抑一扫而空！

他的效率果然很高。这天忙到中午一点，张乃驰已经办完了离职手续、签署了离婚协议、看了三处酒店公寓后初步选定了今后的落脚点，又赶去房产中介那里谈妥了售房合同的细节——正赶上政府房产调控"越调越涨"的好时机,他的小别墅卖到一千三百万人民币的高价。张乃驰心满意足,从西岸化工拿到的离职费,加上自己的积蓄和薛葆龄的二百万,再有这笔房款,总额达到三百万美金。虽然他的启动资金还嫌单薄,但毕竟也是真金白银的投入,Gilbert多少该收敛起那副施舍要饭的嘴脸了。张乃驰哼着歌又发动了雷克萨斯,今天简直太顺利了,趁着这个好势头他打算再办一件要事。

果真天遂人愿,张乃驰刚把车开到孟飞扬上班的办公楼下,就看见他和柯亚萍两人并肩穿过斑马线,正要往楼里进。

张乃驰赶紧摇下车窗,探头出去打招呼:"嗨,飞扬,好久不见啊!"

孟飞扬和柯亚萍一齐应声望过来,张乃驰把车靠到他们身边的街沿上,抬头再看,柯亚萍两手紧紧攀住孟飞扬的胳膊,面孔僵硬,连嘴唇都发白了。

"哦,刚才没看见……柯小姐,你也好啊?"柯亚萍的模样让张乃驰心中暗笑,不自觉地在语调里增添了几分甜蜜。

"你好张总。"还是孟飞扬不卑不亢地回答了,"这么巧?是过来办事吗?"

"对,专程来找你啊!"

"我?"孟飞扬瞥了眼身边更加局促不安的柯亚萍,"现在吗?"

"是啊,可以吗?不需要很长时间。"张乃驰的笑简直可以用灿若桃花来形容。

柯亚萍惊慌失措地跑进楼里去了,孟飞扬和张乃驰到旁边的Wagas坐下。

"饿了,饿了!"张乃驰一把抓过菜单,"飞扬,你要点什么?"

"我吃过了。张总很忙啊,这时候还没吃午饭?"

张乃驰一口气点了意大利千层面、凯撒色拉、咖啡和黑森林蛋糕,足够两三个人吃的分量,这才朝孟飞扬摇头叹息:"事情太多,真没办法,我一个人就是三头六臂也忙不过来啊!"

孟飞扬淡淡一笑,没有接这个话题。夏天过半,他确实黑瘦了些,却也显得更加精干,双眸深处的沉黯揭示出某种内心的隐痛,但神态举止都显著地成熟了。

凯撒色拉端上了桌，张乃驰埋头吃了好几叉，又喝了口咖啡，饿得发虚的眼神重新聚焦，他盯着孟飞扬连看几眼，意味深长地笑了："飞扬，最近和柯小姐相处得不错？"

"她是我的同事。"

"哦……哈哈哈哈！"张乃驰边笑边冲孟飞扬挤眼睛，"不必解释，不必解释！我又不是替戴希来监视你的。"

戴希，这两个好听的音节如清风拂面，从满屋馥郁的香气中一闪而过，就激起那双眸中的隐痛如暗流突涌，飞溅出锐利的火花。

张乃驰怕被火星烫到似的缩了缩脖子，旋即再次露出笑容："星期一我在公司看到戴希拖着行李，她又去北京出差了吧？"

闪耀的明火被硬生生地摁灭，孟飞扬面无表情地回答："我很久没和戴希联系了，听说她很忙，常常不在上海。"

"唉！都是我不好啊，那时太多事了，不应该把戴希推荐给……啧啧，戴希太可爱了，这样的女孩面对的诱惑就是会比较多，心思也更活络些……"

"张总，你找我什么事？"孟飞扬打断张乃驰。

"哦！对咯，飞扬啊，我需要你的帮助！"张乃驰立刻摆脱了惆怅的情愫，换上意气风发的神色，"来，看看这个。"

他从登喜路的皮夹中抽出一张名片，递到孟飞扬手中。

"这么说您离开西岸化工了？"孟飞扬接过名片。

"打工没前途，有合适的机会就自己出来做了。"张乃驰向孟飞扬凑了凑，"飞扬，我非常看好你的才能，怎么样？来和我一起干吧？我这家公司打算专做化工行业的国际贸易，恰好是你熟悉的领域。公司的投资背景很有实力，眼前就有非常好的生意机会，只缺有实操经验的人才……飞扬啊，这可是我对你第二次盛情相邀了，考虑考虑？"

"这……"孟飞扬显得很意外。

"飞扬，我真的急需你这样的人才啊！"张乃驰使劲加重语气，"咱们是自己人，我也不瞒你——为成立这家公司我筹划了很久，现在是资金、客户、单子样样不缺，供货商也有一大堆现成的。可是飞扬你知道，外贸生意有很多环节，光靠我一个人根本不可能，而现在手头就有个超大单，时间非常紧，我到哪里去找又有行业经验又能干又可靠又能立即到位的人呢？至于条件嘛，你随便开就是了。在这个时机加入，你也能算创始人之一，怎么样？飞扬，你现在是日本公司里的贸易课长？年薪三十万、四十万？咳！这样怎么能留得住戴希那样的……"

"张总！"孟飞扬的话音不高，却带着利器划过空气的回声，"我必须上去开会了。您的建议我会认真考虑的，考虑好了就立刻给您答复。"

张乃驰意兴阑珊地开着车，和孟飞扬会面时他有些得意忘形，没能掌握好交谈的火候，以至于效果不佳。在目前的情况下，张乃驰确实非常需要若干名具有相当经验的助手：向供应商询价、向客户报价、谈判、和银行联络、做单证、联系船运……张乃驰相信孟飞扬一个人就能顶下所有这些事情，最关键的是他憎恨李威连，而这，恰恰是他们天然的合作基础。

正在懊恼中，孟飞扬打来电话。张乃驰接起来一听，真是喜出望外——孟飞扬答应先利用业余时间帮忙，还说好不拿报酬，等头单生意做成后再做进一步打算。

"这样也好，这样也好！呵呵，大家都有个回旋余地，飞扬，你可是帮了我的大忙了！放心吧，半年后你就会明白，自己刚刚做了一生中最正确的决定！"

扔下电话后，张乃驰几乎就要仰天大笑了。

第三十四章

亲爱的华滨,你在香港一切都好吗?上海刚刚刮过一场强台风,路边的大树倒了许多,今天早晨我去上班时,马路上的积水还来不及排干净,只好蹚着水过人民广场。虽然穿的是裙子和塑料凉鞋,不怕弄脏。可是到研究所的时候,小腿上还是沾了梧桐树叶,脚趾缝里掺进沙子,脚底下又黏又滑……

哎呀,我写这些干什么呢?可是华滨,我听说台风是从香港刮过来的,所以心里就一直惦记着,你们那里会怎么样呢?风大雨猛的时候千万别走在大树底下,还要小心躲开电线杆子,上海就出了件事故,一根高压线给风刮断了,湿漉漉地垂在树梢上,幸亏让环卫工人及时发现,否则后果不堪设想呢。

华滨,你到香港有三个多月了,生活应该安顿下来了吧?平常的衣食住行都怎么样?你和威连在一起住吗?他待你好不好?他会帮你找工作吗?你过得开心吗?

华滨,我现在才知道,我有多么舍不得你离开。从小到大我们都在一起,可是我已经整整三个月没有看见你了,心里成天空落落的,同事们都笑我,说要给我介绍男朋友,我脸红了他们就说我害羞,其实他们不知道,我是因为思念而难过……

华滨,我想你,非常非常想你。

有空的时候给我来封信吧,随便写些什么都行。华滨,走的时候带的钱够用吗?你走之后我又重新开始攒钱了,只是不知道能不能找到机会给你。

"圆规"应该是2009年夏季最后的一场台风了吧。不记得从什么时候起,气象台预报台风时不仅有编号,还使用多姿多彩的名字,给肆虐的自然现象增添了几分情趣。可当他们年轻时,这种幽默感还像笼中的画眉,再动听的婉转啾鸣,都只能在心灵的一寸见方中欢歌。

乌云在黄浦江上翻卷了大半天,且聚且散,始终难以成形。风刮得还算有些气势,江水比平时更加混浊,雨却总也下不来。

张乃驰新租住的这套酒店公寓,可以眺望黄浦江两岸。为了这个位置他多花了不少钱,但心甘情愿。每次站立在落地大窗前凭栏俯瞰,张乃驰都能感受到野心的潮汐随着江水汹涌澎湃,想象中的成功转化为生动的画面,在脚下蜿蜒而过,给人确切和实在之感。

精确的头脑、坚韧的决心,这些都是属于李威连的。张乃驰缺少它们,因此更需要借助具象来证明自己的豪情。

可是今天的江景让张乃驰不安,他心烦意乱地倒在床上。江面上的狂风刮了整夜,风声突破紧闭的双层玻璃,在他的心头激起一阵阵尖啸,即使用被子蒙住脑袋,仍然不依不饶地击打着他的太阳穴。

用"圆规"来命名台风,古怪中有股冷笑话的意味。围绕着原点,画出一个又一个圈圈,其实隔空看去,那不过是些大大小小的零蛋,偏又以暧昧不明的姿态相互嵌套,谁也离不开谁。莫非他们,就是这样的三个圆圈圈?

谁能告诉他,1987年夏末,从香港刮到上海的那场台风,又叫做什么名字?

那个年代的国际平信,远远落后于台风的速度。当张乃驰、当时还叫做张华滨的他,在香港北角渣华道的一间陋室中拆读这封上海来信时,别说是信中提到的台风,就连两周后的另一场也已过境而去了。

信从外湿到内,蓝黑墨水晕开一团又一团,娟秀的字迹差可辨认。张华滨读得十分乏味,虽然她对他情真意切。此刻他坐在大敞的窗户前,却依旧热得汗流浃背,没有心绪品鉴爱情。日光灯招来密密匝匝的蚊子,摇头风扇吹出的热风打在赤裸的臂膀上,闷热的湿气全部凝成涩涩的水渍,等他从头到尾读完一遍信后,那张薄薄的纸上都好像能拧出水来了。

来信的最后一段打动了他,他懒懒地从书桌上捡起一支圆珠笔,又从笔记本上撕下一张纸,开始写回信。刚开个头,隔壁卧室里的响动引起他的注意,女人轻漫的笑声很快又被风扇和蚊子合奏的嗡嗡搅散。张华滨舔了舔嘴唇,突然,一种奇怪的触感从左脚跟升起,他险些喊出声来,猛地抬起双脚,直勾勾瞪着两只蟑螂成双作对,在夹脚拖鞋上逡巡而过。

"香港确实很富裕、很繁华,可是我的生活糟糕透了!"

张华滨强忍着全身的痉挛继续写信,蟑螂不仅令他反胃,也刺激了他的泪腺。他满含委屈的热泪,把面对现实的失望和怨忿涂抹在纸上。

"李威连说的全是骗人的!过去他老是吹嘘他妈妈在香港当老板,可我来了才知道,他家就开了间很破烂的服装厂,哪是什么大老板!他把我骗到香港来,就是让我来给服装厂做苦力的。我住的地方也很差,又脏又小,根本没法和上海的房子比。只有吃饭还可以,也就是跟着李威连一起在服装厂里吃。来香港三个月了,那些漂亮的高楼大厦我一次都没进去过。"

卧室的门开了,张华滨慌忙用笔记本盖住写了一半的纸。

"好用功哦!"屋子太小,女人嬉笑着从他背后走过,丰满的屁股擦到张华滨的脊背。因为出多了汗,她头上那股力士洗发水的香味浓得扑鼻。

他的身心还来不及对这一切做出反应,眼前的灯光被遮住一半。李威连从女人的手上接过白色汗衫,一边往身上套,一边问:"你在做什么?"

张华滨咽了口唾沫:"看书……"

李威连拖了把椅子在对面坐下来。服装厂里最漂亮风骚的女工阿美还在他身边流连,被他往门外一推:"你去洗澡,我们有事要谈。"

他的目光轻轻在书桌上滑过:"上海来的信吗?"

"呃……"笔记本只盖住了信纸,却遗漏了信封,张华滨有点做贼心虚："是、是袁佳……她问我过得好不好？"

"你怎么说？"

"我……还没回。"

"还是多写点好的吧，别让她担心。"

在李威连的注视下，张华滨习惯性地垂下眼睑。

"……你是不是觉得很失望？"李威连好像总是能看穿他的心思，"或许在埋怨我把香港说得太好了？感到上当受骗了？"

"我没有……"

"有也很正常。"日光灯闪了闪，这个楼里的电线年久失修，夏季用电高峰一到，电压就很不稳定，常常会跳闸。

李威连把风扇调大了一档，原本浸湿的信封干了一些，电扇吹过时，信封轻飘飘地滑向桌沿，被他眼明手快地抓住，又小心地放回桌上，并没有多看一眼。

"其实我刚来时状况还要差，现在已经不错了。为了你我才向阿美租了这半间屋子，三年来我都睡在厂里的裁床上。不过你放心，一切都会改善的，我们不会永远过这种日子。香港是个自由的世界，只要肯奋斗，任何人都有机会出人头地。你看看这个，我用红笔圈出来的。"他从沙发上拿过一堆报纸，交给张华滨，"有几家酒店招门童，你可以去试试。刚到时你连最简单的广东话都不会说，所以我才让你先在阿美这里住三个月，否则一出去就会碰壁。"

张华滨在信中所写的多为谎言，到达香港三个月，每天在工厂里苦干的都是李威连，只有唯一的一次，李威连因为劳累过度，引发了腰上的旧伤，才让张华滨去帮了两天的忙。但张华滨依然感到难以忍受的困窘，花花世界的霓虹近在咫尺，却又遥不可及，人生中最强烈的失落莫过于此。

"她在上海过得挺好？"

"啊？哦，你说袁佳啊，她是挺好的。研究所的环境好，工作轻松，工资也算高的了。"

李威连轻轻扬起眉毛："复旦大学的高材生嘛……真没想到我们三个人里，只有袁佳大学毕业了。"

他在日光灯越发晦暗的光线下微笑起来,这种自嘲而又自傲的笑容独具魅力,张华滨曾经想要模仿,却始终难得其神。

"可是这里有更美好的未来,我们一定会成功的。到时候如果袁佳愿意,咱们就把她也接到香港来。"

终于跳闸了!电车的叮当、汽车的呼啸和人声嘈杂一齐从窗外扑入,骤然降临的黑暗吸走电扇最后一丝可怜的风,这件漆黑的屋子更像个欲望蛰伏的巢穴了。

那个时刻,即使名叫袁佳的聪慧女孩在,也未必能分辨得清贪婪和信念的区别——或许他们本就是一体的。

亲爱的华滨,自上次来信之后,又有好几个月没得到你的消息。转眼就到了冬天,上海降温很快,我没及时戴手套,右手烫伤的老地方就长出冻疮了。香港应该不太冷吧?但你还是要多注意冷暖,走的时候没多带衣服,现在就得在香港买了。那里的东西肯定比上海好,可能也贵得多吧?你千万别太节省,我给你寄了个包裹,有新织的毛衣、围巾和手套。假如实在缺钱用,也可以把那根项链卖了,虽说是个纪念,但你过得好才最要紧。

上个礼拜我去了趟枫林桥,咱们家的旧房子要拆了,我在那里待了大半天,想了很多很多我们三个人小时候的事情,忍不住心酸。婆婆和爷爷都不在了,威连和你又去了香港,上海就只剩下我,一个人独自守着过去,真不知道还要守多久?

本来以为分开久了会慢慢习惯,可是华滨,为什么我越来越想念你,几乎每天晚上都会梦见你,我好像变得爱哭了……

威连待你不好吗?我想,他自己在香港从头拼搏,也很辛苦,你要多谅解他。我特地给他也织了条围巾,你替我送给他,谢谢他照顾你。

"咚咚咚!锵锵锵!"舞狮队又是敲锣又是打鼓,两只浑身披着金毛的狮子摇头晃脑,跟着面前的彩球亦步亦趋进入怡东酒店。

围观的人们起劲地鼓掌喝彩起来,孩子们在金狮靠近时双手捂着耳朵，受惊似的一边躲一边笑。

　　不下雪的香港，酒店大堂里纷纷扬扬飘下碎纸，落在乳白色的大理石地面上，好像长出一层金彩的霜花。身穿全套暗红色制服的张华滨肃立在门边，脸上挂着不知所以的尴尬笑容。两个西服革履的老外在大堂里转悠，看见酒店职员就塞上红包，总算来到门口了，其中的瘦高个仔细看一看张华滨的胸牌，说："Hi, Richard, 恭喜发财！"他的粤语相当正宗，张华滨双手接过红包，过了很久都不敢打开看。

　　Concierge 后面的值班房不大，靠墙的桌上开着一盏台灯，张华滨伏在灯下奋笔疾书，已经过了午夜，他把黑色立领上的纽扣松开，扭一扭僵直的脖子，制服是绝对不敢脱的。一根黄澄澄的金项链从领口处滑出来，那是离开上海时，袁佳花光积蓄买给他的。

　　包裹收到了。香港的冬天一点儿也不冷，我如今在一家酒店上班，平常都穿制服，你寄来的毛衣、围巾和手套没什么用，我收起来了。当初带来的钱确实太少了，虽说是你攒了好几年的工资，可是和这里的物价根本没法比。金项链的样子太土，还是卖掉换钱实惠，既然你不在意，过一阵子我就去办。香港人真有钱啊，过年时酒店老板发个红包就好几百港币，我现在什么都不想，就想发财，钱是最最重要的！

　　李威连还挺有本事的，在一家美国大公司找到工作了。他安排我去夜大学上课，可我在酒店里工作时间长，业余再学习特别累，但他对我一点都不体谅，好像嫌我吃他用他的。其实我现在自己也挣生活费，他不过替我付了学费，唉！寄人篱下的日子真不好过。

　　你织的围巾我没有给他。自从在美国大公司上班以后，李威连的穿着打扮就和香港人一个样了，他不会看得上那么土的东西。酒店附近有许多名品店，你肯定想象不到一件衬衫能值几千块！这么贵的衣服就穿在每天在我酒店出出进进的那些人身上。

　　我发誓，有一天我也要过上这样的生活！无论如何，我都要做到！

从铜锣湾的游艇俱乐部出发一个多小时后,Gloria's Dream 就航行在香港外海了。这艘顶级游艇是西岸化工在游艇俱乐部长期租赁的,公司职员们梦寐以求能够登上她出海,这和在怡和大厦里拥有一间独立办公室几乎是同等的殊荣。

Gloria 的白日梦有多么浪漫无稽呢?快看她轻盈的洁白身躯像莲花盛开在碧海之上,尾翼拖曳的长长泡沫犹如晚礼服的裙摆——那是浪花吗?不,那是漫溢的香槟和红酒,化作成千上万美金的昂贵海浪,以金钱的名义华丽绽放。

然而奢侈没有尽头,五彩斑斓的宝石又开始下一轮争奇斗艳,女人把欲望从身体的最底处晒出来。华衫轻薄如翼,在欲求不满的皮肤上显得沉重多余。

她们在笑声里混合着海风的淡淡腥味,撩拨得人既烦躁又慵懒。

"你叫什么名字?啊?多么漂亮的人儿……你告诉我呀,不要害羞……"

披着黑鬈发的女人喝得醉醺醺,双颊绯红地半趴在吧台上。她向柜台里的张华滨伸出右手,情意绵绵的目光在他脸上来回游荡。

张华滨犹豫不决,甲板上的欢声笑语听起来就在耳边,随时会有人闯进来。

"Julia,你怎么跑到这里来了?"

听到这个声音,她触电似的从吧椅上弹起来:"William,你一直都不理我,我只能躲起来……"

"你不是找到伴了吗?"他轻轻捋着她的头发,"你喜欢他吗?"

张华滨面红耳赤地低下头,心中好像有匹野马在奋蹄狂奔。

"我喜欢……可我更喜欢你!William,我最喜欢你了!"她确实喝得太醉了,李威连大笑起来,把一摊烂泥似的女人拖拽出去。

璀璨星空下的 Gloria 是没有梦的,她把梦遗散在大洋深处,化作一片片沉浮的光点。返航的游艇中寂寂无声,所有人都睡熟了。

"记住那个叫 Julia 的女人了?"

张华滨从昏沉的状态中猛醒过来,慌慌张张地把几页材料塞到吧台下侧。

李威连在柜台前坐下:"给我杯冰水。"摊开双手揉了揉面孔,放纵的青黑色印记就融化在他的手掌心里。

"她是公司里负责人事的,到时候会帮忙。"默默地喝掉半杯冰水,李威连突然说,"我给你的材料你都背熟了吗?"

"有空就在背呢……"或许是太过疲惫了,张华滨的头皮一扯一扯地作痛,"为什么一定要我冒名顶替?"

"哼,没有身份、没有学历,你怎么进得了西岸化工?"李威连紧握着玻璃杯,低沉地说,"弄到那些我花了不少钱,你可别当作儿戏!就一次机会,只许成功不许失败。你的英语还是不太行,今后我每天晚上抽时间帮你练习。"

他是一边服侍人一边苦背材料的,现在还要被指责……恶气灌满了张华滨的胸膛。

港岛的灯火辉煌越来越近,命运的起承转合依旧难以捉摸——Gloria,你就快要梦醒了吗?

记忆之虹升起在维港的夜空中,比眼前的一切都更真实更温暖。

"等你也进了公司,就立刻写信让袁佳去深圳。你们俩只要在深圳登记结婚,我就能托人帮她尽快办好来港手续。她一个人在上海等了你四年,够久了。"

华滨,亲爱的华滨……每次写下你的名字,我的笔都会抖得厉害,你是不是也看出来了?我的字简直不成样子。好几年没有当面叫过你,虽然在梦里喊了一遍又一遍,可我还是害怕真的再见到你时,我已经张不开口了。

华滨,等你的来信真是折磨人啊。我知道你非常忙,要上班还要学英语和商业,你在为将来努力拼搏,而我却不能陪伴在你的身边……我真不应该再抱怨你信来得少,可是华滨,这几年我就靠等待和思念活着,你能理解吗?每次收到你的来信都是我最快乐的节日,虽然只有薄薄的一张纸,却够我翻来覆去地看上好多天,可惜这样的日子太少太少,我把你的来信都收在饼干盒里,每封信里夹一片收到那天摘下的树叶，前一片还是绿色的，后一片就变黄了……

华滨，就算没有时间多写信，给我寄几张你的照片好吗？你一定长得更帅气，也打扮得更洋派了，我好想看到你现在的样子。随信附上我的近照，前两天是爷爷的祭日，我去"逸园"附近走了走，就在房子前面照的——我想让你看看，这几年来上海没有太大的变化，可我老了，是没有尽头的等待把我催老了……

上几封来信你都提到，不愿意一直当门童，希望威连把你弄进他的大公司，可他老推托说条件还不具备。怎么说呢，华滨，和威连相处是不容易的，你要学会忍耐。我记得婆婆早就说过，威连的心地是最最善良的，可他的个性又实在太强，他对人不管是好还是坏，都能要了人的命。最近我常想，要是当初你留在上海的话，就算过得平平淡淡，我也可以守着你爱护你，现在一切都只能靠你自己了。

是我太没用，没办法帮到你——我永远、永远爱你。

又一轮台风临近了。

下午四点的中环，所有的高楼大厦亮起最绚烂的灯火，似乎要合力穿透那压顶而来的万钧黑云。狂风卷起海面上的巨浪，船只都已泊入港湾，下锚、落帆、系紧缆绳！能躲就躲吧，这将是一场摧枯拉朽、扫荡一切的剧烈风暴。

躲在飘逸栀子和柑橘清芬的会议室里，熄了灯，面向维港的一排五个圆窗像电影胶片的格子，一帧一帧叠画出狂飙下的迤逦、激流里的痴狂！

"Richard，Richard……下班时你陪我回家好吗？我一个人不敢走。"

中葡混血出亮白的肤色，那一对深陷的褐色眼睛，贴近看时大得叫人发怵。眼神直白而狂放，配合胸前两颗呼之欲出、频频跳动的圆球，她此刻扮出的小儿女状实在太造作。

对面的男人略显拘束地伸出双手，进入西岸化工才不足两个月，如此大胆的调情于他还是相当生疏、相当忐忑的，但他不愿放弃任何机会，虽然紧张得面孔僵硬，窗外的疾风暴雨、室内的庄重奢华、女人的如画娇颜，以及她所意味的财富和地位……所有这一切都像强效催情剂，使他血脉贲张。

"可是不行啊……我还要去深圳。"

西岸化工中国代表处在年初时升级为分公司，总部就设在深圳。现在改名为张乃驰的他，是中国分公司新近招收的销售专员，为了将他聘进公司，刚被提拔为中国分公司销售总经理的李威连和远东大区人事总监针锋相对，一直闹到区域总部才取得胜利，也算是西岸化工上半年的一桩大事件。

在怡和大厦出入的这一个多月中，张乃驰度过了一生中最令他兴奋的日子。距离金字塔的尖端还有无限多级的台阶，却已是展望得到的未来。他的野心、他的虚荣、他的欲望全部找到了生根发芽的土壤。更重要的是，他发现自己年轻英俊，拥有充满魅感力的资本。

"哎呀，还去什么深圳！刮台风呢，飞翔船都停开了！"她撒娇地说。

"William 安排的啊，培训一结束就得去深圳。"

"反正 William 还在美国开会，你就借口台风再拖几天嘛……"她更紧地贴上他的身体，维港上空的翻云覆雨仿佛从圆窗侵入，挟裹来最狂妄的激情。

"啊！"他一把推开她，慌慌张张地翻看 BP 机，"我要回个电话！"

"Richard，就在这里打嘛……"

他充耳不闻，直接冲出会议室，从自己的办公桌上拎起电话。

"你已经到深圳了？"

"我……还没有。"张乃驰使劲咽了口唾沫。

"为什么？你不是中午就该出发的吗？"电话里传来播报航班信息的声音。

"William，香港都挂八号风球了，深港之间停船。"

"这算什么理由？不能坐船就乘大巴去！袁佳明天中午就到了，

要是见不到你她怎么办？"

——他总是这样，永远这样，居高临下指挥一切，而我却没有选择，只能服从！粉红色的幻觉破碎了，无力感蚕啮着身心，张乃驰却不敢不吭声："……知道了，我过会儿就出发。"

"可恨的是从洛杉矶到广州和香港的航班全部延误，我还不知道什么时候能起飞。"

张乃驰大吃一惊："你不是还有三天的会议吗？"

"不，我把事情都提前办完了。偏偏现在只能坐在机场里干等，该死的台风！"李威连轻轻地咒骂了一句，"看这个情形，我最早也得后天才能赶到深圳。"

张乃驰的额头突然渗出了冷汗："你也要赶去深圳？"

"嗯，明天中午你接到袁佳以后，跟她打个招呼吧，说我要晚一两天到。"

"可是你、你们不是……"张乃驰几乎语不成句，"你们俩见面不会尴尬吗？"

"当然不会。"

张乃驰冒着大雨坐上出租车，催促着司机朝长途巴士站一路狂奔。

根本不需要打开紧攥在手中的信，里面的字句他能倒背如流：

最最亲爱的华滨！这是真的吗？你真的要和我在深圳团聚了吗？我真的很快、很快就要见到你了吗？天哪，我一定是在做梦，一定是想你想得发疯了！啊，不，不，这不是梦，也不是发疯，是苦尽甘来，是有情人终成眷属……华滨，写到这些我的脸都红透了。你千万别笑话我啊，这些天我又哭又笑的，满脑子就只有你的笑脸、你从小到大的样子。华滨，我知道你一定不会嫌我胡说八道的，你就是我在这个世界上最亲的人啊！

前天我向科长交了辞职报告，只说想去深圳闯一闯，同事们都很吃惊。也许在他们眼里我就是个怪人吧，工作好几年也不交男朋友，快三十岁了突然又要辞掉这么稳定的工作，孤身一人去特区。他们哪里知道，我的心花在朵朵怒放，我比全天下的人都幸福！

离出发还有一个月的时间，可我只用了一天的时间就打包好行李。我等不及到深圳的那一天了，我真的等不及了。

出租车在巴士站前停下。张乃驰拉着行李往巴士站跑，疾风卷着骤雨扑面而来，他一阵手忙脚乱，薄薄的信纸飞旋着从手上脱离，转眼便碾入雨水和车轮汇成的横流中。

张乃驰眺望前方，台风肆虐的天际横亘着一抹猩红——深圳，大陆！他曾经发誓要远离的地方，今天却被逼迫返回。他付出巨大代价、忍受无尽委屈才争取到的远大前程，难道尚未开始就已面临终结？！

张乃驰觉得自己被人利用了，原来李威连在他身上所倾注的心血通通目的不纯——袁佳，一切的一切都是为了她！

袁佳，在记忆的深处，这个名字确实令张华滨感到过由衷的亲切和慰藉。然而今天的他已不复是往日，他换了名字、改了身份、变了心肠！短短一个多月，张乃驰看到了女人带给自己的无限可能，李威连能够享受的、谋求的，他也完全有能力去享受、去谋求！是的，通过女人！他才二十五岁，他还如此英俊，他不该屈从于李威连的操控，他绝不可以束手就缚！

台风一过，万里晴空。

早上五点不到，张乃驰被锲而不舍的门铃吵醒。他揉着惺忪的睡眼，摇摇晃晃打开客房的门。

"袁佳呢？袁佳在哪里？"

李威连风尘仆仆地站在门前，左右脚边各一个箱子，手里还捧着什么，张乃驰没看清。

"我不知道……"张乃驰低下头。

"什么意思？"对面射来平生仅见的凌厉目光，比刀锋更尖锐。

"我在火车站等了一整天，也没见到她。"

"你没有去找吗？"

他抬起头来，还委屈地扁了扁嘴："怎么找啊？我给上海的研究所打了长途电话，人家说她一个月前就正式离职了。我还去火车站登记了寻人启事，她只要一看见，就能根据电话和地址找到这里，又不是三岁小孩子……"

　　张乃驰的脸上遭到重重一击，张口结舌地呆住了。有什么东西破开，哗啦啦地掉了一地。

　　"我去找她，你自己看着办吧！"

　　过了好一会儿，张乃驰才感到脸上火辣辣地疼。用手一抹，鼻下和唇边都是血迹。看看手指上的鲜红，张乃驰歪扭着嘴干笑起来，还抬起脚来向旁边踢了踢，满地滚的都是包着彩纸的圆球——瑞士最好的巧克力。

　　此后很长一段时间里，张乃驰都等待着李威连进一步的行动。然而奇怪的是，李威连并没有继续追究，甚至再也不曾提过袁佳的名字。

　　袁佳……

　　十年的光阴须臾而过，就在张乃驰以为那一声呼唤连同回音都已湮没的时候，李威连以西岸化工大中华区总裁的身份做出决定：将大中华区总部定址于上海的"逸园"。

　　往事的沉渣泛起，张乃驰的脸上再度感到那阵尖厉的刺痛。

　　李威连从来就没有忘记过！

　　这是一场与生俱来的搏杀，而袁佳就是那道将他们紧紧牵系，永不分离的锁链。

　　但毕竟十年已逝，岁月锤炼着良心的同时，也锻造着邪恶。既然斯人已经无迹可寻，守着一栋空屋又能怎么样？何况张乃驰从不相信鬼神。最终，他还是凭借着"逸园"一举击溃了李威连，这恐怕就是命运的反讽吧。

　　张乃驰终于攀上了迄今为止的人生最高峰，李威连的阴影虽然还在，但对张乃驰的影响力已几乎消减为零，可为什么偏偏就在这样的时刻，那道已被他驱除了将近二十年的目光，突然又像噩梦一般袭来，如影随形地缠绕在他脑海中，怎么也摆脱不掉。

　　张乃驰发出一声凄惨的呻吟，奋力将蒙在头上的被子掀开，瞪大布满血丝的双眼，无神的目光在风起云涌的半空徘徊——那片浓重的黑雾眼看就要逼到窗前了。

"张总！张总！"有人在敲门。

"噢，稍等……"

张乃驰翻身下床，匆匆洗了把脸，披上睡袍开了门。

外面的屋子开间颇大，一侧全是落地玻璃连成的内阳台，三张黑色金属办公桌颇有艺术性地摆放成夹角的式样。张乃驰把这个大客厅改造成了公司临时的办公场所，还专门请人看了风水，门口的雕花木屏风上悬着个大葫芦，据说是求财最好的保障。

"飞扬，来得这么早？"

窗前的长桌上，打印机"吱吱呀呀"地吐着纸。孟飞扬在近旁的电脑前忙碌着，头也不抬地回答："工作日时间不多，只有周末可以多做些。张总……"他瞥了一眼张乃驰："你脸色不好？"

"唔，这两天睡得不太好。"张乃驰摸摸后脑勺，"我好像对台风有点心理障碍……外面风大吗？"

"还好吧。我总感觉最近这些年台风小了很多，也许是高楼建多了，把风都挡掉了。"孟飞扬把座椅转了个向，面对着沙发上的张乃驰，"我把询价的情况跟您汇报一下？"

他把打印机刚吐出的那堆纸稍稍整理了一下，递给张乃驰："两家北美厂商、五家欧洲厂商，还有三家亚太的厂商，一共十家的报价都收集好了。"

"哦，效率很高嘛！"张乃驰的脸色稍微透亮了些，"怎么样？价格还行吧？"

"根据咱们事先定下的策略，每一家都只让他们报了五分之一要货量的价，还是离岸价，这样他们就无法推断出货物的最终走向……您看，除了两家报价稍贵些之外，其余的还行，而且显然都有还价的空间。"

张乃驰直点头，把手里的那沓报价翻得刷刷响："好，太好了！八月份本来就是一年中 HDPE 的最淡季，价格特别疲软，这些厂家急着出清积压货品，绝对是买方议价的大好时机！"

"确实如此。"孟飞扬同意,"另外在询价过程中我也特别留意了,市场上对中华石化的这批巨量订单确实一无所知……呵,保密工作做得真好,要不然那些厂商绝对要坐地起价。"

"那当然!我和中华石化是什么交情?否则也没魄力自己出来做,这不就是明摆着让咱们赚钱嘛。"

台风确实渐渐离境而去,窗外浓云转淡,天空初露清朗的碧蓝。张乃驰仰靠在沙发上,短暂的走神后,突然直起腰:"咦?这些报价怎么都是一个月期限的?"

"这不是惯例吗?"

"那不行!"张乃驰猛地把报价单甩在茶几上,"飞扬,我给你个任务,你必须要将这些厂商的报价至少延长到两个月后!"

孟飞扬吃了一惊:"那就得到十一以后了……为什么要这样?"

"哎呀,飞扬!我告诉你,中华石化这批货是专供某国家大部委的,必须确保供货的及时和可靠,如果货源得不到保障,连中华石化都吃不了兜着走,所以中华石化特别要求,我们这次报价的有效期必须延长到十一长假之后,相关部门才能进入采购程序,同时安排下属企业做具体的生产计划。飞扬!所以你给我弄来的这一堆报价完全没用啊!不行,这样不行。你赶紧再做一轮询价,让供货商延长报价有效期!速度要快,中华石化那里等着呢!"

"这我恐怕办不到。"孟飞扬说,"张总,一个月的报价有效期是行业惯例,不仅供货商不可能延长,我们更不应该答应中华石化这样过分的要求。如果他们在一个月内无法做出决定,一个月后我们可以再次报价。"

张乃驰从沙发上蹦起来,在屋子里来回直转,孟飞扬默默无语地注视着他的身影,表情十分复杂。

张乃驰突然停住脚步,朝着孟飞扬站定。背后的窗外层云舒卷,天色愈加清亮,反而令他的脸陷入逆光的黑暗。

"飞扬,你也和中华石化打过交道,应该了解他们的作风——他们是非常霸道的客户,朝南坐的。"

孟飞扬沉默着点了点头。

"没办法啊,谁让人家是超级航母呢?"张乃驰耸了耸肩,"就算是西岸化工,为了做成与中华石化的生意,许多时候也不得不放下身段、修改规则、委曲求全……甚至要冒相当大的风险!"

"风险?"孟飞扬重复,天赋和经验共同赋予他的商业敏感,正在使他嗅到越来越清晰的不祥的味道。

"咳!"张乃驰又一屁股在沙发上坐下,推心置腹般地压低声音,"飞扬,我就坦白对你说了,中华石化的这个订单条件的确比较苛刻。除了报价有效期长之外,他们还要求我们必须'实盘'报价……"

"实盘报价?!"孟飞扬叫出声来,张乃驰赶紧安抚地拍了拍他的肩膀:"呵呵,飞扬,怎么啦?吓成这样?中华石化要我们报实盘,才说明他们确实想把单子交给我们做。再说中华石化的标准合同条款我了如指掌,本来就没什么异议,报实盘也很正常嘛。"

孟飞扬的额头爆出青筋:"张总!报实盘是很正常,问题是不允许撤销、不允许更改、在报价有效期中一旦买方确认就必须履行合约,这样的实盘怎么能报两个多月?万一在此期间供应商的报价发生变化……"

"所以才要他们也延长有效期嘛,飞扬,咱们可以通过背对背合约来规避风险。"

孟飞扬阴沉着脸思索了片刻,才又说:"如果供货商不肯采纳背对背的条款呢?以我的经验来看,他们延长报价有效期的可能性非常小。"

"这……"张乃驰愣了愣,忽然不耐烦起来,"飞扬,连这点魄力都没有还做什么生意!赚钱从来就是要冒风险的,而且要把不可能变成可能。如果事事都循规蹈矩,我就留在西岸化工了,根本没必要出来单干!"

短暂的寂静之后,孟飞扬站起身:"张总,看来我不适合在您这里工作,是我能力不足,我先走了。"

"唉,你!"张乃驰始料未及,等孟飞扬走到门口才反应过来,一把揪住他,"别走啊!飞扬,你这人真是……有不同意见大家商量嘛,别意气用事!"

他硬拽着孟飞扬在沙发上坐好，调整了语气说："飞扬，你的担心我理解，可是生意还是要做的。从你这一轮收来的报价看，这单生意如果能成，我们绝对大赚。这样吧，你帮我把供货商分成三批，接下去我亲自和他们交涉，让他们按背对背原则报价，风险要尽量规避，我也不会蛮干的，呵呵。"

孟飞扬离开张乃驰家时，已接近傍晚。阴凉的晚风吹得很惬意，他沿着窄小的街道漫无目的地游走，醒过神来时才发现，外滩的长堤就在眼前了。

前方不远处的那对恋人亲密相拥着，女孩个子很苗条，直直的黑色长发披下来，随着轻捷的脚步左右摆动，姿态是如此甜润自然，却触痛了孟飞扬的眼睛。

"那样美妙的夜晚，那样的夜晚，只有在我们年轻的时候，才会出现。"

他下意识地跟随着他们，又好像是被记忆的脉络牵引，他是多么不愿回顾那些心弦颤动的瞬间，又多么陶醉在这旧日重来般的一刻之中——

"飞扬，你爱我吗？"

"这个问题还是留给你自己来回答吧……我知道你能够读懂我的心，亲爱的弗洛伊德小姐。"

有一天你会读懂我的心吗？我最最亲爱的戴希……

孟飞扬从衣兜里掏出响个不停的手机。

"亚萍，我完事了，就回来。"

"好的……"柯亚萍的声音听上去总有些怯生生的，"我等你回来吃饭。"

她对孟飞扬的眷恋中始终掺杂着歉意和感恩，以及十分真挚的仰慕之情，这是最让孟飞扬为之感动、也为之不安的地方。

第三十五章

又一次站在"双妹1919"的门前,透过黑色木格门框中镶嵌的磨砂玻璃,似乎能看见门后有模糊的人影晃动,再凝神细辨一下,原来只是自己的影子反射出的光华流转。

黄铜门把上仍然挂着那个熟悉的小木牌—— CLOSED。

戴希深深地吸了口气,恍惚间冬夏更迭,这扇门倒像已等待了她整整半年,在一百多个日夜里矜持地保持着静默—— CLOSED。

"戴小姐,请进。"门开了,女人换上了件短袖藏青的素色旗袍,浑身上下没有半点花纹。侧身微笑时,眼角的皱纹丝丝可见。

咖啡的浓香如故,阳光中的微尘却散落无痕,只因乳白色的遮阳布幔齐齐垂下,挡住了窗后的夏末骄阳,也将梧桐缝隙里跳动的街景化作一曲清凉、幽静、寂寞、淳厚的歌。

和"逸园"一样,这个地方仿佛也能把时光的断影雕琢成壳。

……他在哪儿?

戴希站在空无一人的店堂中央,四顾茫然。邱文悦撇下她向店后去了。原本黑黢黢的吧台后方透出光亮,有人在说话。

"哎呀,它吃得很香呢!"

"嗯,让它再吃一会儿。"

"小心、小心……"

"你别动,我来。"

戴希循声而去,经过厨房旁的穿廊,朝向"逸园"的后门敞开着。

邱文悦站在门边，李威连正慢慢向前倾身，两人似乎都屏住了呼吸。戴希蹑手蹑脚地凑到他们身后，李威连的动作突然一滞，从他的跟前冷不防窜出去一个淡黄色的小身影。

"呀，它跑了！"邱文悦跺着脚叫起来。

等戴希探出头张望，逃跑的小狗已经飞奔过了马路，一头扎进"逸园"围墙边的灌木丛中，黄色的小尾巴摇一摇，就不见了。

"算了，让它去吧。"

李威连转过身，像见到老熟人似的朝戴希点点头："你来了。"

"文悦说这两天一直有只流浪小狗在周围转，我怕它被人害，想把它抓起来。可惜它警惕性太高……大概是被虐待过，失去了对人的信任。"回到靠窗的座位坐下，李威连端详着戴希，"你晒黑了。"

"高原的紫外线太强，回来都快一个月了，还是没变白。"

戴希想起薛葆龄的话——他看上去并不特别萎靡或者颓丧，可一见到他的样子，我的心就碎了。

是的，他的憔悴不在脸上，都埋在心里。不论外表上多么精明、多么强势，在戴希的眼里，李威连始终就是一个病人。实际上，了解得越透彻、探索得越深入、接触得越紧密，就越对自己失去把握。他总在细致入微地观察她，而她却在他专注的眼神里日渐惶惑。

"我给你发的亚丁照片，你看了吗？"她终于想到要说什么。

"非常漂亮，我很喜欢。谢谢你，戴希。"

戴希又词穷了，多亏邱文悦端上咖啡："戴小姐，今朝辰光勿巧，否则就请侬尝尝阿拉的新菜式了。"

用上海话和戴希亲热寒暄——邱文悦大概把这看成自己的待客之道了，至少在"双妹"，她是可以自信地认为，她和李威连是这里共同的主人。

"新菜式？"戴希有点好奇。

李威连朝邱文悦不露痕迹地使了个眼色，等她乖乖地走开后才说："戴希，你看看店里有什么两样？"

戴希左顾右盼："嗯，好像中间那排桌子的摆法和原来不同。"

"怎么不同？"

"少了两个桌子……哦，换到靠门这一侧了！"

"还有呢？"

"还有？上层台布的花色好像也变了，我记得原来是亮亮的粉金色，现在这种浅灰色素多了。"

下层雪白的桌布上覆浅灰色的绸缎，这种搭配确实很素净，也相当高雅。

"用素色是因为家里刚有人过世，当然，也是为了换一种格调。"

"哦，那么桌子换方位是为什么呢？"

"夏天午后的阳光比较强烈，原来两张桌子的方位正好被西侧的光线照到，会让客人感觉不适。另外，现在摆放的位置头顶上就是古董壁灯，女客人很喜欢这种柔和的光线，可以使她们更加自信。"停了停，他又说，"这样摆还有个好处，店堂中央能显得更宽敞一些。"

"哦！"

"菜单也全都调整过了。"李威连意犹未尽地补充，"增加了好几种套餐和甜点，并且稍稍涨了点价。"

戴希总算意识到是怎么回事了："这些都是你想出来的吧！"

"是的，"他的语气里有一种慵懒的得意，"这家店开了十多年，我除了给钱从来都没过问过，实在没有时间。这几天抽空研究了一下，发现经营餐馆还是门大学问。现在做的这些小调整，起码可以带来25%的赢利增长。"

"这样啊……真不错。"

是的，真不错，如果有趣的琐事能够帮他放松，调整情绪……戴希皱了皱眉，情况真有这样乐观单纯吗？李威连真的会把注意力投入到设计菜单这一类鸡毛蒜皮的事情中去吗？

一直以来，戴希把"逸园"看作一个瑰丽庄严的迷宫，而"双妹"就是通向迷宫核心的隧道，如今隧道被修葺得更加圆润光鲜，迷宫却依旧重门深锁，以李威连的个性，他怎么可能甘心接受这一切，并坐在这里若无其事地讨论桌布的颜色？

她打开挎包，把里面的东西掏出来，小心地摆到桌上。

"公司章程和印鉴，一周多前从香港寄过来的，你看看。"

这才是他们今天见面要办的正事。李威连很仔细地一件一件看过去，最后才抬起头来："戴希，我有个问题，你为什么要给公司起这样一个名字？英文名字CarpeDiem，中文名字直译成凯蒂，你不觉得很古怪吗？"

"可我把填好的申请表都发给你看过，你也没说什么呀？"

"我并没有说名字不好，只是好奇你这样起名的动因。"李威连靠到椅背上，说话的态度很从容，但眼中的光彩热切而执著。

"CarpeDiem，我挺喜欢它的拉丁文原意。"

"珍惜岁月、及时行乐……意思确实很好，作为贸易公司的名字却相当怪异。贸易公司是最逐利的机构，金钱才是唯一的目标，而你却要让它关注时光和生命的意义。"

他的笑容不像在讥讽，倒像是在纵容她的鲁莽和单纯。

"戴希，经营一家叫做'珍惜时光'的贸易公司，让我感觉像开了家银行，却给它起名叫小白兔。"

"小白兔银行？"戴希被他说得哭笑不得，"童话世界里的吧……"

"是啊，存的都是胡萝卜。"

这就是他最蛊惑人心的魅力，洞察和幽默交糅在一起，既高高在上又亲和细腻，令人情不自禁地忘却自身。

"公司有个隐晦的名字也挺好，容易迷惑他人。"李威连总算给出了肯定意见，"戴希，我给你的CarpeDiem公司注入了一笔资金，你现在就用网上银行查询一下吧。"

"这里有无线网吗？"

李威连把双臂交叉在胸前："前天刚开通的WIFI。"

"好吧。"没必要再表达对他计划周全的佩服了，戴希干脆地取出笔记本电脑，开机、上网、进入查询页面、输入密码……

"嗯，我看见有一笔资金入账了。个、十、百、千……"戴希数着零，突然倒抽一口凉气，直勾勾地盯着对面的人，"是……一千五百万美金？！"

"当然不是胡萝卜。"他居然还淡淡地笑了笑。

从最初的五十万，到五万，到现在……一千五百万美金。

戴希的心在恐惧中缩成一团,她握紧双拳注视前方,等待他的解释。

李威连轻轻地舒了口气:"不要这么紧张嘛。戴希,做生意都需要资金,我只是融了一笔款。"

"怎么融的?"

"你对这也感兴趣吗?"

"是的。"

"嗯,确实也应该告诉你,毕竟公司是以你的名义注册的。"他略作沉吟,却转向另一个话题,"戴希,也许你还不知道——'逸园'是属于我的。"

戴希确实是头一次听到,但却一点儿也不觉得意外,如果"逸园"不是李威连的,那么还有谁配拥有她呢?

"逸园"是有灵魂的,光凭财富占有不了她,还必须付出肺腑之爱。

"十年前,我花了两千万人民币买下'逸园',当然大部分是贷款。直到一个多月前,我才最终还清了全部贷款,其中也包括从你的账号里转出的那四十五万美金。现在,'逸园'完完整整地为我所有,而她的市场价值已接近两亿人民币。"

钱的数额一旦过大,就会让人对它失去感觉。李威连的话好像轻风拂过戴希的耳边,远不如面前的咖啡香气来得真实。

"……我就是用'逸园'融的资。"

戴希的心跳快得难受,她不曾对融资、生意这类事情产生过真正的兴趣,但今天不同,今天他们谈的是他视若至宝的"逸园"啊!

她调动起自己最肤浅的金融知识:"你是……把'逸园'抵押给银行了吗?"

"不是,通过银行最多只能借到抵押物价值五分之一的钱,也就是四千万人民币左右吧。我把'逸园'抵押给了澳门的抵押借款公司,其实就是黑社会背景的高利贷。只有他们能一下借出这样大笔的资金,也只有他们有魄力接'逸园'这样的标的物。当然了,为此我必须承担以日利率计的极高的利息。"

"高利贷……"戴希喃喃重复,这个词语嚼在嘴里干巴巴的,实在叫她难以下咽。

"这类公司的主营业务就是为赌徒们的疯狂豪赌提供巨额资金,因此他们对抗风险的能力远胜于银行,他们具有成熟成套的操作流程和机制,绝对不担心借出去的钱会收不回来。"

"……他们会怎么做?"

"你是问假如借款人到期不还钱吗?首先就是没收抵押物,另外还有各种暴力逼迫手段,比如威胁、殴打、绑架,甚至杀人等等。"

戴希抬起头,李威连的面庞在视野中渐渐模糊,使他原本极富男性气质的俊朗轮廓也变得温柔起来。

"冒这样大的风险借款,你要达到什么目的呢?"

他没有立即回答她的问题,而是将目光转向窗外。

太阳西斜,白色棉麻的遮阳布幔上透出温馨的浅黄色,午后四点多的"双妹"里是这样宁静,静得仿佛能听到窗下梧桐树叶的婆娑声,听到三十年前那个男孩跑上楼梯的脚步声,听到年华似水,听到白驹过隙,听到一个欲语还休的爱字终成惘然……

"为了对我自己有个交代吧。"

"我不懂……"

"或者这么说,为了了结过去。戴希,心理学上是不是有个很重要的理论,人的一切心理疾患均来自于人生的早年。而我和自己的早年、过去的确纠缠得太久了,是到了该告别的时候了。"

他说得很对,心理学上确实有这样的观点。然而戴希不敢对他说,心理学的另一个观点是——过去是生命的一部分,过去孕育着现在,未来反哺着过去,我们只能以今日的智慧去解释、理解并最终学会接受过去,任何人都不能将过去挥刀斩断!

"戴希,"也许是她的脸色太难看了,李威连又用极温和的语调对她说,"别担心,一切都在计划中,你要相信,做一笔包赚不赔的生意对李威连并不难。如果我没有百分之百的把握,可以在三个月内赚回全部本息,我是绝不会赌上'逸园'的。'逸园'是我奋斗了二十年,付出了自己的整个青春年华和全部事业成就,甚至搭上了家庭才得到的。对今天的我来说，'逸园'就是我的全部，我的生命。实际上，如果只是需要一笔巨款来实现我的计划，或者说重振旗鼓，我完全可以把'逸园'卖掉，可我怎么舍得了'逸园'啊……我只怕一旦让她脱手，这辈子就再也买不回她了。所以戴希，相信我，今天你听到的只是一个过程，结果早就注定了。"

也许只有李威连，才能够如此平静地谈论一桩上亿人民币的豪赌。戴希又听见了那个熟悉的、咨询者Ｘ的独特口吻——一种表现为绝对自信的病态。

明明是押上了命，他却说得好像修改菜单上的标价。

此刻戴希的心中只剩下怜惜，她从未像现在这样深切地感知到他那无奈的悲凉，和企图割裂过去的狂热决心。戴希当然相信他，李威连的计划一定会成功，咨询者Ｘ本来就是天底下最精明的商人。尽管如此，对戴希来说，他仍然是需要她帮助的……病人。

"明白了，"戴希问，"那么我该做些什么呢？"

"很简单，我们要操作的是一次单纯的进出口贸易。首先，CarpeDiem公司将使用这一千五百万美金从全球分批购入某种化工产品，然后转手卖给中国国内最大的石化企业，整个买卖过程必须在今年十月底之前完成。买入合约我基本上已经谈妥了，所有的具体环节也都由我来实施，你要做的就是在我准备好的文件上签字盖章，根据我的指令划拨款项，仅此而已……听明白了吗？"

戴希点点头。

"我可以把这个交易的详细内容给你解释一下，不过……你也不太感兴趣吧？戴希？"

"我就签字好了。"

李威连摇头微笑："看你的样子倒像要签卖身契。戴希，真的没那么可怕。有一点你必须记住，借款的人是我，和高利贷公司打交道的人也是我。即使今后出了什么问题，这笔借款与你、与CarpeDiem公司都没有任何关系。这是两件完全分离的事情，懂吗？之所以用你的名义成立公司，也就是为了达到这个效果。"

李威连花了将近三个小时的时间，耐心地为戴希上了堂国际贸易的基础课。直到邱文悦来叫他们吃晚饭，戴希才在几份刚刚读懂的合约上签完字。

暮色如霭，当遮阳布幔拉起时，黄白的路灯光从窗外斜斜地散落进来，将店堂中央新空出来的三角形区域画得如许清冷，恰似一颗没有着落的心。

这天下午最心满意足的人是邱文悦，因为戴希尝到了她的新菜式。

新菜式是柳橙汁香烤银鳕鱼、鹅肝煎牛肉和奶油蟹粉菠菜汤，这三样一人一份，都盛在洁白如玉的陶瓷皿里。还有一大盘配着黄芥末酱的玉子寿司放在中间分享。样样都是精雕细琢的美味，却又散发着令人感动的家常气息。

家，吃饭时戴希反反复复想着这个词。下午李威连谈到更换台布颜色时，很自然地说起家里有人去世。似乎可以理解为，他是把这里当成家的。那么，他又把"逸园"当成什么呢？还有美国、香港……他曾踏足过、生活过、奋斗过、流连过的地方，都是家？又或许都不是家？

晚饭后戴希告辞，李威连陪她走过"逸园"和"双妹"之间的夹弄，去街上打车。弄堂里除了他俩再无第三者，屈指可数的几盏路灯将他们的影子拉得很长很长。前方的尽头横贯着喧嚣的大街，凝固的街灯和流动的车灯在那里汇成凄迷的光河，只不过几十步的距离，却又遥远地仿佛隔着一道忘川、整个人世。

"戴希，离国庆长假不到一个月了，你有什么安排？"

"我……还没想过。"

李威连停下脚步，静静地环顾四周。

"怎么了？"戴希问他。

"戴希，你有没有听到狗叫声？"

"好像没有……"

"大概是我心里老想着那只小狗的缘故。也不知道它还在不在附近，有没有碰上什么危险……"

萦回良久的问题像迷雾遇上晨曦，戴希的心头豁然开朗——

549

不，他从来就不曾有过家！她注视着李威连掩映在灯影下的面孔："William，要是有可能，养一只小狗吧。"

"为什么这么说？"

戴希的声音有些发颤："……只是建议，心理医生的建议。"

他想了想："好吧，我考虑考虑。我是不是也可以给你一个建议？"

"嗯，你说。"

"长假期间去旅行吧，走得尽量远些，现在安排还来得及。"

"不会又要我去西藏吧？"

"当然不是。"李威连笑了，"去哪里和谁去是你自己的事，我只不过建议你——离开。"

"离开？"戴希狐疑地看着他，"你不再需要我了吗？"

"长假期间不需要。"

"哦……爸妈倒是提过，想和我一起去三亚玩。我从美国回来后就一直很忙，还没有好好陪过他们。"

"很好的主意，去吧，戴希。离开上海，什么都不要挂念。等你再回来的时候，一切就都结束了。"

坐上出租车，戴希隔着后车窗望向幽深的小弄。孤单的身影仍然肃立在弄口，背后是无穷无尽的暗黑，好像随时就要把他吸入其中。这一刻戴希分不清何为真实何为虚幻，"逸园"犹如一座神秘的宫殿，在黑夜中闪耀着幽光——也许来自太平洋彼岸的鬼魅精魂已经在那里欢聚歌唱了。

距离国庆长假还有一个多星期，就有不少人开始休假。高井株式会社的办公室里一天比一天清静起来。

孟飞扬坐在自己的电脑前发愣。这两天他的工作比较轻松，本可以利用闲暇多去干干张乃驰那里的私活，但自从上次讨论报价后，张乃驰就再没有叫孟飞扬去过寓所。孟飞扬给他打过几次电话，张乃驰好像都很忙碌，匆匆几句就挂断了。谈到给中华石化的报价，张乃驰说他自己都处理好了。

"飞扬，放心吧。一切尽在掌握中哦，哈哈！"在最后一通电话里，张乃驰高声笑着说。

孟飞扬连忙问："张总，供货商的报价呢？他们都答应改成背对背条款了吗？"

"呵呵……当然啦，我亲自出面去谈的嘛。"

"那最好了。"孟飞扬低声喃喃。

"飞扬，你国庆假期会去旅游吗？"

"我？"孟飞扬一愣，虽然他自己没有长途旅游的计划，但考虑到柯亚萍因为家庭关系好几年不曾旅游过，孟飞扬确实在盘算该请她出去玩玩。这两天他向柯亚萍提出了厦门鼓浪屿、安徽黄山和青岛几个方案，正等着她做决定呢。

"怎么？安排旅游了？"张乃驰似乎挺着急。

"哦，还没定，就是去也就三四天吧。"孟飞扬问，"张总，你的意思是？"

"呵呵，我这个要求多少有点难以启齿啊。"张乃驰又换上圆润动听的语调，"飞扬啊，真不好意思，中华石化方面对我说了，要这批货的部委十一长假期间不休息，会加班审核供货报价，一旦客户确认，中华石化会立即给我们开具信用证，我们必须要在二十天内交货。到时候我可缺不了你这员干将啊，咱们公司这头单生意的成败就在此一举了。所以飞扬，我只好厚着脸皮请你这个假期留在上海咯，你没意见吧？"

孟飞扬嘘了口气："没问题，我待命好了。"

"好，好！哈哈哈，飞扬，等这笔生意成功我一定请你和柯小姐去夏威夷，或者马尔代夫，咳，哪里都行啊……"

电话挂断很久，张乃驰略显神经质的笑声还在孟飞扬的脑海徘徊不去。孟飞扬并非看不透他虚张声势的自信，也并非不厌恶他利欲熏心的疯狂。参与在张乃驰的生意中，孟飞扬有自己深层次的目的，但他天性温良谦和，在一切内幕纠葛、积怨、斗争和利害关系尚不明了的情况下，即使是对张乃驰这样一个毫无好感的人，即使心里明白对方完全是在利用自己，孟飞扬还是希望能够尽人事——毕竟，对方给予了自己相当程度的信任。

孟飞扬心烦意乱地浏览着网页，右下角的QQ头像闪个不停。打开一看，有人在向他抱拳拱手，孟飞扬正没好气，劈手就回了一句："你小子死而复生啦？"

这位QQ昵称"黄马褂"的老兄是孟飞扬在伊藤株式会社共事过的一名业务员，曾经很臭气相投过一阵子。去年年底伊藤破产倒闭，两人这才分道扬镳，各自找了新东家上班。黄马褂没有继续做贸易，而是跳槽到一家日本化工公司当销售去了。

"哎呀，这是什么话。半年多没联系也不能全怪我吧？"黄马褂在QQ上反唇相讥，"哦，只许你忙着泡妞，就不许我为了建立小康之家奋斗啊？小子，给你瞧瞧这个！"

QQ对话框里跳出一张色彩靓丽的男女相拥图片。孟飞扬瞪大眼睛："黄马褂，你怎么COS起陈冠希了？旁边那是谁COS的阿娇吗？"

黄马褂忍无可忍地在QQ里怒吼："喂，这是我的结婚照好不好！！！！！！"

"恭喜你啦，呵呵。"孟飞扬笑了，"哥们儿，我真是打心眼里羡慕你啊，居然还玩闪婚。"

"哪里，哪里……结婚嘛，不就是这么回事。我这叫做拎到篮里就是菜，不像你哥们儿，青梅竹马、两小无猜、白首偕老、天长地久……"

"行啦，你抢我的台词啦。"孟飞扬的心头涌上一阵酸涩，他把它强压下去，这种滋味真他妈的只有自己才能尝得出来……

黄马褂在QQ上发来亮晶晶的邀请函——10月2日在马勒花园别墅举办婚礼。"哥们儿你可一定要赏光啊，务必携女友赴宴啦，让咱也见识见识海归女硕士的风采……"

"两人出席就是双份礼金啊，你小子打的算盘我还不清楚？"

"帮帮忙啦，为结这个婚我已经彻底破产啦，哥们你还不赴汤蹈火解救兄弟一把？反正我这次把旧单位、新单位、小学、中学、大学，连幼儿园里的同班都请上了，基本上就是一场赈济救灾大联欢……"

等等！孟飞扬突然猛拍了一下键盘，紧张地接连打错字："黄马褂，你们公司的 HDPE 存货还多不多？我这里想要个一千吨的报价，你看是节前要还是节后要合适？"

黄马褂目前所在的日本化工公司正是给张乃驰报价的公司之一，孟飞扬当初是通过张乃驰的关系去要的报价，直接走的对方公司上层路线，就没有通过黄马褂。但是现在他忽然想到，可以从黄马褂这里间接探听一下供货方的情况。

"孟飞扬，你小子不要这么工作狂好不好？现在咱们谈的是风花雪月……"

"风花你个头！你销售没指标啊？怎么，嫌一千吨的量太少？"

"不是嫌少，是我没货供给你。哈哈，跟你透露一下，本人今年的指标都完成啦，咱们公司已经没有 HDPE 可卖咯，脱销了！"

孟飞扬的心一阵狂跳，怎么回事？张乃驰这里不过是要了报价，按道理说没有确认的订单是不可能算销售额的……

"运气这么好？提前一个季度完成全年销售额？居然还是没人要的 HDPE？马褂兄，你是不是热昏了啊？"

"这不叫热昏，这叫运气来了挡也挡不住。最近也不知怎么回事，HDPE 成大热门了，都是几千吨、几千吨的要货……结果还让一家从没在市场上出现过的香港贸易公司抢先得手了。"

"从没在市场上出现过？这么神秘？"孟飞扬的心简直要从喉咙口蹦出来了，"你可要小心啊，会不会有猫腻……"

"没事啦。本来我也有些担心，可那家公司都是直接和我们大老板接洽的，议价、谈判、签约、付款，所有的步骤完成得既专业又迅速，银行方面也配合得好，划款那叫一个干脆，所以我们差不多是按最低价把货全卖了。我觉得啊，从资金实力和专业水准来看，这家香港公司肯定大有来头，只不过很低调罢了。"

孟飞扬犹犹豫豫地敲打键盘："那么说你们公司的 HDPE 一点都没有了？"

"没了，工厂已经安排停产检修了。生产线恢复运作起码要到十月底。"

黄马褂的QQ头像还在闪个不停，孟飞扬已经从桌前一跃而起，直接关断了电脑电源，往公司门口冲去。

"飞扬，你去哪儿？"

"我有点急事！"他头也不回地进了电梯，撇下柯亚萍在楼道里发呆。打车到张乃驰寓所的楼下，孟飞扬拨了个电话上去："张总，你在公司吗？我想过来一趟。"

"哦？我半小时后要出……"

"我现在就上来！"

张乃驰确实是一副马上要出门的打扮，无时无刻都保持着赴宴般的穿着和心情已经成为他的一部分，甚至是最关键的一部分了。随着对张乃驰愈来愈深入的了解，每次孟飞扬见到他如此光鲜的样子，总会在一种无伤大雅的轻蔑感中泛起隐约的同情——当一个男人必须凭借外表来证明自己的存在时，又何尝不是一种真正的悲哀。张乃驰在中华石化这张异常苛刻、风险极大的合约中押下全部赌注，可观的利益当然是最大诱因，急于证实自己的冲动恐怕也在推波助澜。

"怎么了？飞扬，什么事这么急着找我？"张乃驰笑容可掬地发问，眼神像平时一样闪烁不定。

孟飞扬开门见山："张总，我想看看供货商修改后的报价。"

张乃驰打量了孟飞扬好几秒钟："你不相信我的话？"

"请您给我看。"

张乃驰的脸色在沉默里瞬息万变，最终又恢复到虚饰的笑容里："呵呵，你还真够谨慎的。"他从自己的抽屉里取出一个文件夹，放在孟飞扬的面前："都是原件，你看吧。"

孟飞扬先翻出黄马褂所在日本公司的报价单，如果黄马褂的话属实，那么这家公司决不会对外报价。他一字不漏地审阅这张薄薄的纸。

奇怪，报价有效期真的修改成了两个月，承诺的价格维持第一次报价，数量是三千吨……难道黄马褂在骗人？

孟飞扬的眉头越锁越紧，再看看、再仔细看看……忽然，他的目光牢牢黏在报价单末尾的一行小字上："此报价为有条件报价，最终价格、数量以及购货条款将根据客户确认报价时，供货方的具体供货情况而定。"

"唉……"一声难以扼制的长长叹息。什么叫做一纸空文，恐怕这就是了。

可是……难道他看不出来？他毕竟是在这行里跌打滚爬了那么多年的呀！

孟飞扬将难以置信的目光投向张乃驰，这张脸光滑标致得如同一副面具。谁又能想到，面具覆盖后的灵魂有多么空洞、多么虚弱？一心想登临绝顶却不意滑向悬崖边缘，有多少人一遍遍重复地走上这条路，孰悲？孰憾！

张乃驰用堪称明媚的笑容迎向孟飞扬："怎么样？这下放心了吧？"

回到高井株式会社，孟飞扬在办公桌后呆坐良久。在张乃驰那里看到的所有供货商最终报价，要么根本不同意延长报价期，要么就是和日本公司一样耍了所谓"有条件报价"的花招。可是，张乃驰向中华石化报的却是铁板钉钉的实盘！一旦中华石化确认了订单，张乃驰就必须按报价交付，而他的供货方却存在无穷多的变数！

孟飞扬把双肘搁在桌上，两手抱住脑袋。要不要告诉张乃驰局面有多么可怕？在他的盘子里至少有三千吨HDPE已经是镜花水月了……现在只能心存侥幸地希望，日本公司的情况仅仅是个例，其他供货商还有可能履约，但愿如此……

孟飞扬的脑子里乱糟糟的，也不知道下一步该怎么办，也许再和黄马褂聊聊，多打听些情况吧。

黄马褂已经下线了，但QQ窗口里还留着他在孟飞扬离开后说的一句话。

"有意思的很，那家香港公司的名字叫凯蒂，跟个小姑娘似的。英文名字更怪，叫做CarpeDiem……都什么玩意儿啊？"

CarpeDiem，CarpeDiem……孟飞扬的脑海中突然一片空白。他不自觉地闭上眼睛，再睁开时，电脑屏幕在他眼前变得花花绿绿，好像蒙上了一层薄纱。

缓缓走到过道里,孟飞扬取出手机。在过去的几个月中,他曾经无数次地凝视那个号码,又无数次地移开目光。就在这一看一弃之间,热血冰冻、心力溃散。但是今天他没有丝毫迟疑,按下去,把手机贴紧耳朵,聚精会神地等待那个全世界最动听的声音,像一只灵巧的小手般探入自己的怀中。

"喂?"

"戴希……是我。"

"……我知道。"

"很久不见了……你好吗?"

"挺好的,你呢?"

"也挺好的。"

沉默,还是沉默,假如这沉默能延续到天长地久、延续到你和我都灰飞烟灭的那一天该有多好啊!

孟飞扬率先打破了沉默:"戴希,国庆假期怎么安排?"

她好像有点小小的意外:"我吗?哦,要陪爸妈去海南……"

"呵,挺不错啊。戴伯伯和伯母都好吧?代我向他们问个好。"

"好的。"

"戴希,等你旅游回来,我想和你见个面。可以吗?"

"……可以。"

"那我到时候约你。"

"行。"

"就这样,再见。"

"再见。"

孟飞扬靠在楼道的窗边,想抽支烟,在衣兜里摸了摸又放弃了。鼻子里的馨香尚存,就不要破坏这恬淡的余味吧,留住此刻,便能留住一生了。

就如同那个彻夜等待后的清晨,他所听到的那句话——"也许等我找到弥补过失的办法,也许……"

孟飞扬在过去几个月中苦苦找寻的也就是——弥补过失的办法。

然而今天，就在他终于发现这个办法的同时，却也幡然醒悟到，她已经不需要他来弥补过失了。

"飞扬……"

耳边响起柯亚萍怯生生的招呼。

孟飞扬抬起头，一个瘦小的身影无声无息地潜入他的视线。刚才她肯定在一边偷听，她就是这样卑微而怯懦地爱着他，并且用这种方式赢得了他的理解。

孟飞扬向柯亚萍伸出胳膊，把她揽到怀中："亚萍，对不起啊，国庆我有事儿，咱们不能出去旅游了。"

柯亚萍没有吱声，只是用一双惊魂未定的眼睛瞪着他。

"不过那几天也有咱们忙的。10月2日老同事结婚，你得陪我一起去。然后3日、4日两天，咱们一起去看房展会吧？"

"房展会？"柯亚萍轻轻攥住孟飞扬的衣服。

孟飞扬点点头，把她的手从衣服上拉下来，握进掌心。

连他自己也没有想到，这一刻自己的心竟会如此平静。

第三十六章

据说，人的记忆相当不可靠。

第一个对记忆形成破坏的因素是，时间。我们每个人都体验过时间流逝带来的忘却，许多曾经以为会刻骨铭心、永志不忘的经历，若干年后蓦然回首，竟发现彼人彼物、彼情彼景早已是一片模糊。

心理学家解释说，忘却是人类为了维护心理健康而形成的一种天然的防御机制。如果一个人能把自己从小到大的全部体验记得一清二楚，那么他的理智早晚会淹没在记忆的汪洋大海中。

除了忘记，另一种记忆损伤称为变形，或者扭曲。也就是人对头脑中的事实进行篡改，从而使记忆无法确切地还原所发生的事情，如同对一张照片进行 PS，去真存伪之后保留下的是虚构、是想象、是创造、是谎言，唯独不是——真相。

蜕变成谎言的记忆对我们还有意义吗？

心理学家又解释说，实际上这个扭曲的过程是人们下意识的选择，深层次的原因可能是对某一事实的特别重视，或者抵触、拒绝等等……于是在头脑里对记忆进行改造，可笑的是改造者本人往往浑然不觉，反而言辞凿凿地坚称那一切都是："我亲眼看见的、亲耳听见的，甚至亲自做的……"

正因为人们常常不自觉地撒谎，所以对证人证言的采纳必须谨慎。谙知其中奥妙的人甚至能刻意对他人的记忆进行植入、抽取等等改造，达到连记忆的拥有者都深信不疑的效果，靠测谎仪根本测不出来。

为什么要谈及这些？

或许是因为——往事的帷幕正在一层一层掀开，接下去的故事将在记忆的岛屿间连番穿梭，一路承载起越来越重的情感负荷。

人生的小船在命运的惊涛骇浪中起伏颠簸，指引方向的只有这些或真或假的记忆，在铺天盖地的狂风暴雨中放射出迷离又犀利的光芒。

他们能够平安驶达彼岸吗——这些亦善亦恶的人、这些可怜人，他们最终都能够得到拯救吗？

张乃驰越来越认定，自己的记忆出了问题。

黄浦江在窗下静静地流淌，浦江两岸的壮阔江景一览无余，澄澈蓝天仿佛伸手可及，多么难得的好天气啊，整幅碧空之上连一丝云都没有。

落地长窗前，张乃驰却陷入深深的绝望中。如果说过去几年里他是常常被噩梦侵扰，那么这些天他就是日夜生活在噩梦之中。

在张乃驰的记忆里，1991年的那个台风之夜分割成两个部分。前半段的每个细节他都能丝丝入扣地回忆起来，后半段却像一场酒醉后的绮梦，似真似幻，既迤逦缠绵，又如杜鹃啼血般哀婉绝望，而这，就是袁佳存留在他心中最后的形象。

前一半的记忆从深圳火车站的站台开始。

自上海方向来的火车直到傍晚才进站，晚点了整整四个小时。刮了一天一夜的台风毫无颓势，倾盆大雨不停地泼洒在站台上下，雨点落地有声。铁轨好像浸在一条浅浅的河里，"河水"的色泽青中带黄，满眼皆是铁锈、泥沙、果皮和纸屑漂浮其中。

风雨交加的傍晚黯色沉沉，等啊等啊，终于一抹刺眼的黄光穿透雨幕，绿色车皮的火车啸叫着停下来。

总算结束了耗尽体力的长途旅行，乘客们拥挤成一堆纷纷掉出车门。张乃驰站在远处犹豫着，不知该不该迎过去。那么多衣衫不整、面容憔悴的人浑身散发臭气，连踩下的足迹和经过的空气都立时变得肮脏，他都想要掉头逃跑了。

"华滨……"一声颤抖的轻轻呼唤，听不出有多少喜悦，倒像是被无限多的不安和愧疚谱成了曲。

稍不留神，袁佳已经瑟缩地站在他的面前。四年不见，张乃驰对她今日的模样倒也不生疏，到底是她有心，不断地寄照片给他，也就把年华流转、青春易逝于悄然中潜移默化了。此时落入他眼底的女子清丽未改，烫得微卷的长发披在肩头，又添了几分成熟的韵味。

可终究还是变了。

张乃驰是从袁佳的眼神，而非从她的容貌中体会到这种变化的。四年未见的崭新形象，不属于她却属于他！只不过短短的一瞬，他就从她的目光中读到了惊喜、赞叹、热爱、惶恐和……自惭形秽。那道深深的鸿沟就在她迟疑的身影前划下，从此再也无法逾越。于她，是不能；于他，则是不愿。

张乃驰只象征性地向前踏出一小步，锃亮的 BOSS 皮鞋在满地污迹中小心地寻到一片净土，便再也不肯挪动了。

"姐姐。"

从小到大他就是这么叫她的，今天叫来却似乎有了点特别的味道。他又向她绽开极富魅力的笑容，这是他在香港练就的新本领——如同空乘面对旅客时的职业化笑容。张乃驰把这种笑容像阳光般洒向每一个对面的女人。

就在这一叫一笑之间，袁佳被张乃驰展臂拥住，与他肩并肩向出站口走去。走着走着，袁佳也笑了，但是她的笑里饱含凄楚，像本能地回应，而没有半点发自内心的欢愉。女人是最敏感的，也许在她隔着人群远远看见他的第一眼，心中便已了然，只是心的冷却需要一个过程，何况这颗心在爱火中燃烧了那么多年，总得先烧成了灰烬，才能随风四处飘散吧。

张乃驰拦下一辆出租，向深圳市内最豪华的五星级酒店驶去。1991年的深圳比当时的上海繁荣很多，出租车窗外的市景灯火一经雨水渲染，越发显得不真实。

他俩真不像一对久别重逢的恋人，彼此始终默默无语。张乃驰在心里排练着、默诵着今晚的台词，这些台词实在太残忍，他还需要积攒胆气。而袁佳呢，只管把炙热的脸孔贴在他的肩头，她的左手紧握着他的右手，出租车的音响里播着叽里呱啦的广东话，也许是在讲什么笑话，司机时不时爆出一阵大笑。就在这粗犷的笑声中，张乃驰感到肩上凉凉湿湿的，像是漫天的大雨从窗缝里漏了进来。

直到进了酒店房间，张乃驰问袁佳先休息还是先去餐厅时，她才对他说了见面后的第一句话："先把它们放好吧？"张乃驰刚刚注意到她提起的大竹篓，里面有些可疑动静，还飘出一股淡淡的腥味。

"这是……"

"六月黄，你和威连从小都爱吃这个，我想香港吃不到，就带了些来。放在哪里？"

"放、放冰箱吧。"张乃驰低下头，不敢再看那张突然间光芒四射的脸。

在酒店餐厅的小包房里，张乃驰点了一桌子菜。从对面射来的贪恋目光里仿佛有着燃尽一切的激情，使他越来越坐立不安。张乃驰一杯接一杯地喝起酒来，想把自己灌醉，醉了就能逃离抉择、逃离贪欲、逃离罪恶、逃离……良心吗？

"华滨，别喝得太急了。"她仍旧伸出左手，轻轻握住他的酒杯，用最温柔殷切的口吻说，"你要对我说什么，就说吧。"

台风之夜的前半段记忆里，最后的清晰内容就是他自己的一席话。张乃驰说了很多，从刚到香港的窘境起，说到酒店值班房里的低声下气，说到夜大学上课的辛苦，又说到在新公司中环境的倾轧、奋斗的艰辛……他也不知道袁佳听进去了多少，只记得她那双会说话的眼睛自始至终凝注在自己的脸上，眼波婉转澄澈，无喜亦无悲。

终于说到最关键的部分了——他编造了一个富家女与自己热烈相恋的故事，充满感情地描述起对方国色天香的容貌、万贯家财的背景、欧美名校和渊博家世共同培育出的才华、气质和风度，尤其是愿意为他付出一切的痴情……张乃驰是把未来企图俘获的猎物，打算一步登天的梦想全部端了出来。连他自己都有些信以为真了，仿佛仅隔着一个罗湖口岸，那繁花似锦又浪漫高贵的玫瑰色人生就等待着他，而他却不得不在这个乱糟糟的深圳羁留,只为了接待她、安顿她……这个身份蹊跷的"姐姐"吗?

袁佳一声不响地听完了,小包间里的金色灯光也盖不住她惨白的脸色了。经过一天一夜的长途旅行,她的眼圈本来有些发青,这时倒泛出微微的粉红色,也跟喝了酒似的。

张乃驰快醉倒了,嗫嚅着说出最后的台词:"姐姐,明天我就带你去看房子,先找个合适的地方住下。工作嘛不急,慢慢再找,你英语好肯定能有用武之地……我、会常来深圳看你。"

"华滨,不急的。"她双手托抚他的面颊,凉凉的好舒服,"唉……刚才忘了件事,吃饭前应该把'六月黄'交给这里的厨房蒸,现在就好吃了。"

"明后天也行的。"

"明天、后天吗?"她微笑起来,"本来想亲手蒸给你们俩吃的,怕这里没有镇江醋和黄酒,我也特地带来了呢,真可惜……"

前半段的记忆到此结束,随后的半段记忆在张乃驰脑中只剩下零碎的残片、黑暗中闪着白光的影像,犹如晚春的丁香花树,在暗夜里静静地落英缤纷。

他肯定是醉了,丁香的馥郁又把他从沉醉中唤醒。迷离的醉眼里,那一整片洁白跌宕起伏地吸引着他的双手,还有顺着肩膀垂落的漆黑长发,像一条蜿蜒的黑色小河从柔软的田野上流过。他把脸深埋入田间沟壑,用力咬下去,随着极轻微的一记呢喃,花香从舌尖、鼻腔一起涌进肺腑,他再也无法克制浑身热血的奔涌,倾尽全力注入这片雪白的土地,随后便又醉得昏沉了。

这并不是唯一的段落,在他的脑海里偶尔还会浮起另一幅画面。

她坐在桌前书写着什么,台灯映出她镜中的面容,这张他从记事起就熟悉的脸,此刻却美得让他陌生。

夜还很深吧,为什么她已经打扮得这么整齐漂亮?昏暗里扑入眼帘的又是叫人失神的洁净,她换上了崭新的白色连衣裙。他好像知道花香从何处而来了……就是从这身白裙上的淡紫色碎花间飘出的。

她写完了,叠起的纸端端正正放在灯下。她又抬起双臂把秀发向上拢起，端详着镜子里自己的面容。就在这时，她好像发现了他从背后投来的目光，却没有回头，而是对着镜子展颜一笑，正如前一刻的花香吸走他全身的热血，这一刻的笑容又带走了他的整个魂魄。

风声和黑暗铺天盖地而来，夜晚走向尽头。

第二天醒来时，屋里剩下张乃驰一个人。留在桌上的纸里面，她只写了一句话："我走了，不会拖累你，祝你幸福。姐姐。"

他捧着这张纸看了半天，胸口涨得发痛，眼睛却是干涩的。把信撕成碎片后，他去退了房。袁佳什么都没带走，所有的行李都还在房间里，这令张乃驰很是为难。最后他决定去火车站，把行李送到失物招领处，又特意去登记了寻人启事。寻人启事只是为了对李威连有个交待，根据张乃驰对袁佳的了解，她必然是一去不复返了。给上海研究所的电话更是装装样子。

张乃驰不去想袁佳会怎样生活下去，反正他没有说过一句要赶走她的话，纯粹是她自己要走，想必也考虑清楚了利害关系。颇令他庆幸的是，当初多留了个心眼，从没在信中向袁佳透露过"美国大公司"的确切名字，她对他现今"张乃驰"的身份更是一无所知。

那是1991年，作为内地居民的袁佳即使反悔了，要想在没有直接线索的情况下找寻香港的亲友，是难于上青天的。

何况张乃驰相信，袁佳绝对不会反悔，她是典型的外柔内刚的性格。按故去多年的婆婆的说法：佳佳是个打碎了牙往肚子里咽的傻丫头，和她那苦命的妈妈一模一样……

如果说他的心中还有不安，这些不安仅在后半段记忆的混沌中若隐若现。丁香的芬芳、纯白的笑容，两个片刻带给他虽死犹生的悸动，也使他从此再不敢回想。

还有竹篓里的六月黄，实在叫他手足无措。本想和其他行李一起扔进火车站，不料一失手竹篓倾覆，青春幼嫩的大闸蟹们在站厅里四处乱爬，数量比他想象得还要多。他挤出人群，心绪分外茫然。自那以后不久，李威连就带着他重闯大陆市场，由南往北杀回上海，持螯大啖的享受却就此与他无缘。张乃驰再也没有吃过大闸蟹。

这是美好的回忆？还是可怕的回忆？这是不愿记起的回忆？还是

永难忘却的回忆？

　　张乃驰呆望着自己落在玻璃窗上的影子，曾几何时，他对李威连常持的怀旧情思颇不以为然，但是这些天来，他倒有些理解李威连了。

　　再多的物质也填补不了心灵的空洞，野心和抱负只能起一时的兴奋作用，赌得越大、斗得越狠、算得越精，就越被如履薄冰的孤独包裹。丁香花雨纷纷落下，伊人只余梦中倩影。张乃驰抱着微痛的良心躲入噩梦，倒比眼前CBD的财富胜景更令他感到安全，他在皮椅上似睡似醒地缩成一团，直至电话铃声如丧钟般鸣响。

　　"早上好，Gilbert？"他有气无力地打了个招呼，假期在即，犹太人提前两天回了罗马。

　　"Richard，你在干什么！"

　　张乃驰腾地坐直身子，犹太人在当地时间凌晨一点打来国际长途，显然不是要问候他。他还没来得及开口，带着意大利口音的英语像飞弹连连袭来："那位郑总究竟是怎么承诺你的？啊？他真的许诺只向我们一家公司询价吗？你知不知道他到底想干什么？"

　　"我不、不明白……"张乃驰完全蒙了。

　　"不明白就让我来告诉你！就在昨天，欧洲近十家最大的化工企业全部收到了来自中国的HDPE询价，要货量每家几千吨不等。而这位来自中国的大客户，正是你所谓绝对掌握在手心里的中华石化！"

　　张乃驰张大了嘴："什么？！……这不太可能吧？"

　　"怎么不可能！"Gilbert气急败坏地嚷着，"我刚到罗马机场就接到了朋友的来电，之后我一直在证实各方面的信息，现在我可以百分百确定地告诉你，中华石化的询价行为确凿无误，而且绝不仅仅只面向欧洲的供货商。你可以去问问那几家给我们报价的北美和亚太厂商，他们有没有刚从中华石化直接收到询价要求？"

　　张乃驰的汗水不知不觉就从额头淌下来，眼睛里一阵发涩。

　　"哼，这就是你掌握的客户关系！这就是你发誓能够大赚一票的好生意！"假如能够沿着电话线穿越时空，只怕此刻Gilbert已经用双手掐住了张乃驰的脖子，"你知道现在市场是什么状况吗？供货商都乐得发了疯，一向在这个时段滞销的 HDPE 成了紧俏商品，本来大家的存货都不多，所以全都打算坐地起价，短短几个小时里面 HDPE 的报价已经上涨了 20%，而且还有进一步暴涨的趋势！Richard，我们的这笔生意彻底没戏了！"

"没戏了……"张乃驰喃喃，"不会的，肯定不会的。"

Gilbert 厉声说："好吧，你要是不相信我，就自己去找郑总证实吧。我看他是把你给耍了，Richard，今后你还是少跟他打交道为妙。好在我们报的是虚盘，就等着看他们的进一步反应吧。"

"是，是的……"

电话断了好一会儿，张乃驰的脑袋里还满是犹太人尖利的叫声。更可怕的是 Gilbert 还不知道，张乃驰已经向中华石化报了实盘！价格、供货量和有效期都无法再变更，更不可能撤回！这是他瞒着 Gilbert 私下操作的，因为犹太人绝不会同意他这样孤注一掷的疯狂行为，老谋深算的 Gilbert 万万不肯承担如此巨大的风险。

张乃驰把所有的宝都押在郑武定的身上，因为他坚信老郑是和高敏一样的人物，在丰厚利益的驱使之下，必定会和自己沆瀣一气。

怎么会出这样的差错！自己报的是实盘，供货商那里一旦出问题，后果张乃驰连想都不敢想。他哆哆嗦嗦地按下了郑武定的号码。

对方接起来了："喂？"

"郑总，是我，乃驰啊……"虽然竭尽全力控制，张乃驰的声音仍如风中秋叶般摇摆不定。

"哦，是张总啊，最近好吗？"

"好，挺好的……咳，郑总，关于那批 HDPE 的事……当初您和我谈妥只向我们一家询价的，可现在听说市场上……好像……"

"市场上怎么了？"

张乃驰咬着牙说："好像许多供货商都接到了中华石化的直接询价？"

"哦，你是说这个啊。"郑武定的语调波澜不惊，"这是集团公司的决策，要求扩大询价范围，保持招标过程的透明公正嘛，我们贸易公司当然要大力支持的。"

张乃驰真不知道自己该哭还是该笑了:"可是郑总,您这么一来市场都沸腾啦!"

"你的说法不准确,是中华石化使市场沸腾了——这不是很寻常的事情嘛,没必要大惊小怪。"

"当然,当然,中华石化的市场地位谁不清楚!可是郑总,我们之前不是有过共识吗?为了避免供货商大肆提价,由我的贸易公司以相对隐蔽的方式询价,如今中华石化一出面,全球市场上的HDPE价格大涨,刹都刹不住啊,郑总!"张乃驰最后的这声呼唤,实在有点垂死挣扎的味道了。

郑武定丝毫不为所动:"他们要涨就随他们去涨吧,市场经济嘛。"

"不……郑、郑总!"张乃驰凄切地喊,"可我已经按照您的吩咐报了实盘,那里面的价格可是很低……的呀!"

"哦?是这样……"郑武定沉吟了片刻,才说,"这很好啊,这样你们的价格就更加有竞争优势了嘛。对了,我再给你通个气,客户方面对你的报价很感兴趣,国庆期间随时有可能确认订单,一旦他们确认接受你公司的报价,你就准备着签合同交货吧!"

淋漓的冷汗模糊了张乃驰的双眼,郑武定的态度显然说明了什么,但张乃驰从耳朵到头脑都拒绝去理解,只是拼命握住手机不放,像溺水的人拼命抓住最后一根稻草:"郑总,我的……报价是基于原先的市场价格,现在全球价格波动,我……可不可以撤回报价……"

"你说什么?张总,你开什么玩笑!好歹你也在这行里干了二十多年,不会连实盘报价意味着什么都不懂吧?"郑武定猛然提高声音,似乎对张乃驰相当不满,顿了顿,又气呼呼地说,"张总,你可别忘了,你的报价中承诺了合同总额60%的违约保证金!除非你现在就想付几百万美金的罚款,那么报价随便你撤!"

张乃驰的脊背上一片冰凉。他大口大口地喘息着,却什么话都说不出来。

"我马上要开会了,国庆假期还要和客户一起加班,制定订货方案。我们再联络吧。"

电话从张乃驰的手中掉落,轻飘飘地砸进厚厚的羊毛地毯,没有半点响声。落地长窗外,刺目的阳光从浦江对面的高楼幕墙上反射过来,使他的眼前一片漆黑。

  长三角地区的农村现代化程度已经相当高了,很难看到真正意义上的乡野。公路一直延伸到村镇的深处,在交通便利、资讯发达的同时,也破坏了乡村生活纯朴自然的原味。当我们的车一路扬尘飞土,驶经大片平整单调的工业开发园区,又路过许多散落无序的简陋小型加工作坊,眼睛被无遮无拦的焦土和烈日灼伤,只能在蒙着灰沙的路边河沟中寻觅一丝残留的田园之色时,我不禁要质疑——这样的发展对人们的心灵,对孩子们的想象力,对人与自然和谐共处的领悟又有什么益处呢?

  八月流火的乡间人迹罕见,孙承律师开车越过横跨在小河上的石板桥,总算在桥头的这侧看见一块歪斜的石碑——吴下乡。石碑下趴着一只土狗,正在半片阴影中无精打采地伸着舌头。

  "就在这里附近。"孙律师瞧了眼车载 GPS,"前面不远应该到周建新的家了。"

  他身边坐着位年逾六旬的男士,鼻子上架一副金丝眼镜,显得文质彬彬。听到孙律师的话,他才停下在平板电脑上的奋笔疾书,也朝车窗外头看去:"来之前我查了资料,吴下乡地属苏州工业园的整体规划里面,所以大部分农田都被陆续征用了。年轻人转产进了工厂,老农民则利用剩余的小幅土地种植高产值的经济作物,生活比较富庶。只是……孙律师你看看,这里的自然环境本身仍然给人相当贫瘠的感觉,好像人们在获取金钱的同时,却把周围的一切忘记了。"

  孙律师缓缓驾驶着汽车,笑着说:"可能还来不及吧,刚才我们经过的园区就很挺括嘛。"身边的男士摇了摇头,没说话,只是在平板电脑上又写下一段话:

  毁坏曾经的家园,在废墟之上重建现代化厂房、公路,以及从远处移植过来的树木,这些小树纤细得令人担心它们存活的能力。我们的国家处处可见这种情景——无根的发展，与祖先、历史、传统文化的联系被活生生地扯断，人的灵魂因而感受到失落、彷徨……

一个急刹车差点让他把平板电脑甩出去。一群人气急败坏地朝石板桥的方向冲过来，刚才还昏昏欲睡的土狗乱窜乱吠，狗叫混杂在声嘶力竭的哭号中，火热的艳阳照耀下一切都变了形，但是在人们簇拥环抱中那张少年煞白的脸，却像镜面一般奇异地反射出明晃晃的亮光来。

等平板电脑再度为它的主人当起忠实记录的载体时，傍晚已过。沉没的夕阳仍然悬在半空中，半轮浅灰色的月亮刚刚在另一侧的天空升起。空调在头顶嗡嗡地叫着，隐约的抽泣声从紧闭的房门外挤进来，少年仰面朝天地躺在床上，两只眼睛一眨不眨地睁着，天花板上的顶灯开了，一只飞蛾绕着它不停歇地舞动。

今天下午他被送来医院抢救时，年迈的外祖父母围在身边号啕恸哭，痛心疾首。但当孩子状况稳定下来之后，我询问他们事发的前后经过，两位农村老人却什么都说不清楚。孩子的舅舅、舅母与他们共同生活，也表示周建新来乡下之后就很少与人交谈，一有机会就跑去网吧上网，常常彻夜不归。大家都把这种现象归咎于家庭的巨变、父母先后出事给孩子造成的不利影响。可是周建新的表弟却断言，周建新本来就性格古怪，过去偶尔到乡下来玩时，就沉默得让人害怕。表弟说——他从来不和大家交朋友，也没有人知道他在想什么。

输液以后，周建新脱离了危险。苏醒后，面对亲人们的关怀，他很不以为然，甚至极不耐烦。青少年可能由于一时冲动而采取轻生的行动，但在死里逃生后往往会感悟到亲情的可贵，对人生的留恋。可是从周建新的神态举止中，我们只能观察到冷酷、厌恶和蔑视。最后他竟然对着流泪的外婆大声呵斥，把亲人全部赶出病房，他的自我中心和利己人格暴露无遗。

而当周建新面对孙律师时，又显露出十分刻意的自我防范。听说是孙律师开车将他及时送到医院后，他也没有表达一丝一毫的感谢。对孙律师所有的问话，他都非常警惕，回答得过分小心，渐渐一言不发，以最冷漠的姿态拒绝交流。当然，从心理学的角度分析，这恰恰是周建新缺乏自信、意志力薄弱的表现。

孙律师避开了，现在我要试试突破他的心理防线。

——我将和他探讨死亡这个话题。

这个周建新不认识的男人走进病房，不慌不忙地在床边的椅子上坐下。他自我介绍是孙律师的朋友、大学的心理学教授，姓戴，是孙律师特意请来为周建新做心理关怀的。

周建新像什么都没听见，仍然一动不动地仰躺着。戴教授并不在意，自顾自地讲了起来。他从人们对死亡的恐惧谈起，能够从容赴死的人很少见，往往具有超越普通人的勇气。戴教授说，那些在门外哭泣的人不了解周建新，认为他是受到刺激后才会吞药自尽，他却理解周建新，他还希望周建新能够向他分享在死亡线上徘徊的感受。

"死是很酷的事情……他们都是笨蛋！"

周建新突然有反应了。心理学家的话引起了他的共鸣，他开始和对方交谈起来。

不出我所料，他果然有强烈的交流渴望，对于死亡这个话题，他有着超常的兴趣。他很可能经常访问一些以死亡为主题的网站，青少年们很容易被这类内容吸引和蛊惑，沉溺其中后就会对生命失去敬畏，把杀人和自杀都看得如同游戏一般。

三言两语之后，他就开始主动向我提问，他最关心死亡来临时意识的活动——什么样的死才能让人感到最大的恐惧？

我回答他，当然是清醒地迎接死亡最令人恐惧，如果像他这样服用药物，意识首先模糊，知觉就变得迟钝了。再比如他的父亲周峰，因为陷入沉睡状态而发生撞车事故，根本没有时间察觉到自己面临死亡的威胁，所以周峰的死是迅速和无意识的。从某种角度来说，周峰的死甚至可以称为是幸运的。

"爸爸是个胆小鬼！"周建新恶狠狠地说，"让人欺负了却不敢吱声，活得这么窝囊还不如去死算了！稀里糊涂的死对他很合适，要不然他会吓破胆子的！可是……"他迟疑了一下，眼神突然闪烁不定，"当时他车上要是还有别人，而那个人是清醒的，他眼睁睁地看着撞车，自己就要这么完蛋，会不会害怕极了？"

"这是有可能的。不过考虑到撞车的瞬时性，这种恐惧持续的时间也不会很长。"

"是这样……"周建新好像努力思考了一阵子，才咬牙切齿地说，"那么他现在应该感到恐惧了！"

周建新怨毒的语气让我震惊，他对于自己父亲的死亡毫不悲痛，却对效果的缺失深感遗憾，所有的注意力都围绕在仇恨之上，对其他一切都漠不关心。我决定对他做出进一步的引导。

"如果说到对死亡的恐惧，你妈妈现在所承受的恐惧应该是相当巨大的。"心理学家观察着周建新，用平缓的语调说，"而你今天的行为一旦传到她的耳朵里，肯定又会给她增添更大的压力。"

"那也是她活该！"周建新突然失控地嚷起来，"她是个不要脸的女人！爸爸的死都是她的错，她应该为爸爸偿命！可她还在公安局里拖拖拉拉的，我不明白，她为什么不去死呢？她死了对大家都有好处，她还活个什么劲！"

多么自私、无耻和任性的言行，连最起码的人性都丧失了，这是典型的变态心理特征。在这样的心理驱使下，人的行为偏离将有多么可怕呢？

"所以你就用自己的行动来提醒她？催促她去死？"心理学家突如其来地直接发问。

周建新愣了愣："……她会明白我的意思吗？"

他竟然默认了我大胆的假设！正常人根本无法理解的思维在他身上一再显现，人格缺陷导致了最诡异的逻辑。

"这我可不敢下结论……"戴教授回答，"但假如今天抢救不及时，你自己就会先送命。你不觉得这种方法太冒险吗？毕竟——我认为你并不想死。"

"我当然不想死！"周建新气呼呼地辩驳，"可也我不怕死！"

"你怕的！而且我还知道，今天你确信自己绝不会死。"

心理学家自信的话语中饱含无形的气势，周建新有些畏缩，又有些不忿，不由自主地反问："你怎么知道？"

我是怎么知道的？因为他醒来后的冷静完全不符合人之常情，既然他没有必死的决心，为什么会对自己的生还毫不庆幸呢？除非他从一开始就确知自己死不了！

"新一代的安眠药药效虽强却不致命，过量服用只会让你长睡不醒，也许睡上一个星期但却不会死。单单靠吃安眠药自杀早就行不通了。周建新，你从哪里搞来这种特效安眠药的？你家里的这种药应该都让公安局收走了，你手上怎么还有这么多？"

他没有回答，我也不需要他回答。他对这种药物的深刻了解已经说明了很多，还企图利用手中的药物来胁迫他的母亲。警方迟迟不肯定案，所以他对她的认罪效果非常不满意，他要逼她用更激烈的方式揽下罪责。他认定周围的人全都愚蠢闭塞，没人能够察觉出他的动机和手段来。但是这次他的运气不好，孙律师和我恰巧在事发之时来到吴下乡。镇医院识别不出化验结果中的特殊成分，而我一眼就能认出这种美国产的新型安眠药。

心理学家离开病房时，周建新冲着他的背影声嘶力竭地叫起来："我才不想死！那个害了我一家的人还没有死，我活着才能报仇，他必须要死，我妈也必须要死！他们都得死！"

我事先为去吴下乡做了很多准备工作，孙律师也提供了大量的背景资料，因此在见到周建新前，我已对他的心理特征做了一定的描绘。这次见面证实和丰富了我的许多设想与判断，周建新具有鲜明的人格缺陷：漠视生命，心中充满仇恨、冷酷、自私、乖戾，所有这些都构成完整的犯罪心理。

我愿意向警方提供这些报告，以作为案件调查的辅助材料。我也希望能够继续跟踪周建新这个案例，为他做出完整的心理分析。不论案件最终的结果是什么，我们都能清晰地看到父母亲在伦理道德上不适当的态度，将会对子女的人格形成带来怎样巨大的影响。这是整个社会都应该引以为鉴的。

戴希在和爸爸妈妈一起去三亚旅游时，从爸爸那里读到了这份报告。直到此刻她才第一次知道，为宋采娣辩护的孙承律师在案件发生后不久，就联系到了戴教授，邀请他以心理学专家的身份介入案件调查，分析周峰儿子周建新的心理状况。这不是警方授权的正式调查，只是学术性质的辅助研究，但到今天的进展已远远超过了预期。

戴希猜测，李威连一定早就读到了这份文件，她也认定，邀请心理学家参与调查本来就是他的意思。

戴希不敢想象的是，李威连看完这份文件时的心情——一颗尚且年幼的心灵已堕落为罪恶的渊薮，甚至很有可能就是这个孩子，亲手犯下了杀父的罪行，他还想逼死自己的母亲……

谁应该为此承担责任？戴希真心希望，李威连不要执著于这个问题。

第三十七章

多么舒爽而富丽的秋夜。

天高云淡、星疏月圆。满街的梧桐树叶苍翠如昔,红枫已展露娇颜,盛装出游的人们在华灯霓虹下簇拥、穿梭,直把秋夜从静美点染成绚烂。

唯有"逸园",依旧沉睡在与世隔绝的酣梦里,对近在咫尺的火热人间无知无觉。在五彩斑驳的秋夜里,"她"是最黑暗的一处,也是最明亮的一处。

可是今夜,怎么会有一个影子,悄悄潜入到"她"几乎无人光顾的寂寞梦境中?怎么还会有另一个影子,静静地等待在那片暗香浮动的草坪上?仿佛为了今夜的相逢,他们都已经等待了好多好多年……

今夜,我又回到了你的面前——"逸园"。

我曾经的家园,你比我记忆中的任何时刻都更美丽,就像被真爱滋润的女子般容光焕发,又带着欲拒还迎的娇羞。是谁?用他的生命之泉浇灌你,又用至爱之火将你点燃。

你肯定认不出我了,我早就失去当初的容颜,一起失去的还有青春和爱情,这三样人世间最脆弱的东西,我留不住其中的任何一个,更留不住你。

"逸园",我和你,我们都曾焚身以火,我们都得到了重生。你今天的绝世光彩令我自惭形秽,也让我倍感欣慰。我是应该放心地向你告别了,可是为什么、为什么我的心会再度在离别之痛中战栗?

是你吗?是你终于回来了吗?我找寻、等待了二十年的人,二十年不算太长,却已是我的半生。在无数次寻寻觅觅、失败失望之后,我相信只有等待,依靠等待我们才能重逢。

你看见她了吗?——"逸园",你看见她今天的模样了吗?你喜欢她今天的雍容华贵吗?当然她已不再年轻,她今日之美乃是历尽沧桑的。可是正因为在她的身上凿刻着哀痛、懊悔和一次次错失的伤痕,我才要倾尽所有夺回她、装扮她、珍爱她,守在她的身边,在她的怀抱里缅怀过去,铭记那永不再来的时光。

啊,我明白了,都是你这聪明绝顶的家伙在捣鬼呢。可是想一想,这世上除了你,除了你还有谁能做到这一切?谁还拥有这样的智慧、决心、魄力……以及疯狂。不过,要说起我记忆中关于你的第一个片断,却只是个傻乎乎地呆立在母亲身边的小男孩。那一刻,我完全被她的光芒照花了眼——我听见婆婆叫她露丝小姐,她却让我喊她玫瑰阿姨。

Rose,玫瑰……我的妈妈。

是的,你的妈妈——我这一生所见过的最美丽的女人。在那时的枫林桥,我家周围全是歪歪扭扭的破房子,从天到地都好像涂了一层厚厚的灰漆,从我这小女孩的眼睛看出去,张张脸孔都愁眉不展,每一个身影都在重荷之下佝偻着。因此当我看见玫瑰阿姨时,真像见到灰暗天地间升起的一抹七彩霞光。

其实她身上的衣服式样和大家的一样丑陋,褐色的天然卷发不得不梳成密实的发髻,把诱人的芬芳牢牢封锁。虽然如此,她的眼睛却比闪电还要亮,她的微笑摄人魂魄,她的举止里有我从没见过的神韵。

但在那个年代里，即使女神般的玫瑰阿姨也是忧伤的。婆婆拉着她在桌边坐下，叫我去倒水。我动起脑筋来，从五斗柜的抽屉里找出家里仅有的四只提花玻璃杯，倒了满满的一杯热水捧过去。她伸手摸了摸我的头发，笑着说谢谢，可她的眼圈却是红红的，面颊上还有湿漉漉的光。我大吃了一惊，怎么这样美丽的阿姨也会哭呢？

记得吗？那天她是为了你在哭泣呢！

记得，当然记得。其实那不是我们第一次见面，婆婆说过从出生起，妈妈就常把我送去你们家，直到几年后你多了个"弟弟"，才去得少了。只不过，婴幼儿期的记忆早就沉没在你我生命海洋的最深处，无从寻觅罢了……还是说回你对我的第一个清晰印象吧。大约是我那天的狼狈样子使你从此记忆犹新：头上脸上青一块紫一块，右手缠着厚厚的纱布，血迹一直渗到最外层。呵呵，其实是为了争夺一把西瓜刀，我和比我大八岁的哥哥大打出手。妈妈难得带回家一个西瓜，哥哥却不肯分给我吃。当时他抓着刀柄，我抢不过来，就扑上去死命握住了刀身。妈妈尖叫着冲过来分开我们，血顺着我的胳膊流下来，滴了一地，哥哥不得不放开手，最后还是我抢到了那把刀。

嗯，婆婆要和玫瑰阿姨讲悄悄话，把我打发到外间，让我领着新来的"哥哥"和"弟弟"一起玩儿。可我很为难呀，这个小哥哥怎么老是哭丧着脸呢？华滨还小，只会好奇地绕着你转圈。我问你手上的伤疼不疼，你也不理睬我。我只好坐在你身边，用自己的左手拿起筷子，自说自话地安慰你——右手坏了没关系呀，你可以跟我学着用左手，吃饭、写字都没问题的！

你这温柔的左撇子小姑娘。就是聪慧善良的你，还有最最慈祥可亲的婆婆把我从冰冷的沮丧带回温暖的阳光下。那天妈妈离开时，把我留给了婆婆，我和哥哥姐姐层出不穷的争端让她筋疲力尽，她求婆婆照管一阵我这个最不听话的小儿子。太阳落山的时候我看着妈妈远去，层层叠叠的灰色破房子间，她那金色的背影慢慢消失在夹道里，好像抽走了我的心——明明是哥哥的错，残酷的惩罚却落在我的头上。总是如此，永远如此！我并没有哭闹，心头撕裂般的痛楚让我完全忘记了手上的伤。

　　从那时起，妈妈就开始持续不断地遗弃我……嗯，或许用遗弃这个词太严重，但至少也是逃避吧。她似乎在哥哥姐姐身上耗尽了母爱，再没有多余的可以分给我。幸运的是，我在枫林桥找到了另一个家。

　　可是头一天在"新家"，你就出了事故！你这骄傲的小男孩，给我上了男人死要面子活受罪的第一课。就因为家里有我和婆婆，你死活不肯在家里方便，一定要去弄堂口的公共厕所。真是天晓得，那是个多么可怕的地方呀，苍蝇蚊子像乌云一样罩在上头，臭气连隔着三个拐角的我家都闻得到。可你固执极了，我只好捂着鼻子把你领到厕所附近，就赶紧逃回家。

　　没多久你回来了，脸色白得像纸。婆婆招呼大家吃晚饭，你坐在小凳子上，连一眼都不看桌上的饭菜。我以为你是右手疼，握不了筷子，就拿把勺子往你左手塞，可你还是什么都不吃。

　　我是被公共厕所里横行的蟑螂和爬在墙上的蚰蜒吓坏了，还有满地的脏水污垢，必须不停地挥手才能赶开冲到脸上的苍蝇。那天晚上我是恶心地吃不下饭，还有种生平头一次体会到的凄凉，充斥了小小的胸膛。夕阳下妈妈的背影越走越远，最后化成一个金色的光圈。她一路走去连头都不回，难道她就这样狠心地把我抛弃了，永远抛弃在散发恶臭的困苦现实中吗？我感到了绝望的滋味……绝望的七岁男孩甚至用一颗幼稚的心想到了死，呵呵，有点夸张是不是？然而哪个孩子生来不是脆弱和感情用事的呢？或许这才是最本初、最真实的我。

　　还好我并没在哈姆雷特式的困惑中辗转多久，一股沁人的馨香就将我唤回天真烂漫的童年——是栀子花！你怎么能猜出我是被厕所的脏臭熏坏了呢？总之你从婆婆种的栀子花上采了小小的一朵，又用双手把娇嫩洁白的花瓣托到我面前，笑吟吟的可爱脸蛋顿时帮我忘却了一切悲苦。就是从那一刻起，我才把枫林桥真正当成了自己的家。

婆婆种栀子花是拿出去卖的，每年夏天就靠这个挣点儿钱。本来我家窝在一大堆破房子中间，一年四季阴湿霉暗，大夏天也晒不到太阳。可是栀子花没有阳光长不好，婆婆只好带着我把栀子花一盆盆搬到弄口去，在那里守着，等太阳快下山时再搬回来。但自从你来了家里，我们就再不需要搬进搬出了。你像只灵巧的小猴子，几下就能爬到屋顶上，还能在连成一片的碎瓦和油布屋顶上跑来跑去，把栀子花盆顺着屋檐摆成一排，让它们在屋顶上好好地享受阳光和清风。你在屋顶上手舞足蹈，我抱着华滨在屋顶下又叫又笑又跳，即使现在想起来，那情景都会让我欢喜得落下泪来。这是最美好的回忆……属于我们三个人的、纯真无邪的童年……

纯真无邪的童年……自从那个人出现以后，就再也没有了。

那个人！……实际上，我对他的记忆倒是比对你的更久远。也许是因为他每次出现都趾高气扬、轻佻浮夸，也许更因为我害怕他终有一天会带走我最亲爱的弟弟，对于这个人，我心底里的憎恶从记事起就从未停止过。我知道婆婆也不喜欢他，但又盼着他来，毕竟只有他才能带些钱来补贴家用，还有那个年代奇缺的奶粉、麦乳精、火腿、香肠之类的食品。我总记得隔一阵子就听婆婆念叨："我家里这三个小囡，都是生来命苦的，再不想法子弄点好吃的给他们，就太作孽了。"

偏偏那一次他来，碰上了来接你回家的玫瑰阿姨！

……不久以后妈妈又把我送到了枫林桥。多么巧合啊，那个人也来看望儿子，而过去的几年里，据说他最多一个季度才会出现一次。他们进门后我们就被赶出来，我只好无聊地玩起滚铁环的游戏，你们俩在旁边跟着看，就这样从弄口滚到弄尾，再从弄尾滚到弄口，整整一个下午过去了。一个星期后妈妈来接我，那个人再次出现，同样的情况重演了一遍。晚饭时分，婆婆的煤球炉上飘出少有的肉香，只是我们这三个小孩被婆婆带在屋外，另支起张小木板吃晚饭，炒菜里有一年到头都难得的肉片，可我根本咽不下去。

这以后妈妈越来越经常地把我送到枫林桥，有时干脆在婆婆这里把我一扔就是几个星期，而她却改成每隔一周来看看我，我的景况竟然变得和被寄养的张华滨相似起来。不过她每次都来去匆匆，送一点东西给婆婆之后就离开了，往往连话都和我说不上一句。她带来的食品倒是很不错，有鱼有肉，这样一来，我们差不多每周都有机会改善伙食。

后来我想过，或许是婆婆提醒了妈妈，她和那个人会面时就特意避开了我。我回家时还发现，哥哥姐姐也都分享到了那些难得的美味。当时的我并不明白究竟发生了什么，我只是本能地觉得，正是因为那个人的出现才使妈妈更加忽略我，把妈妈对我仅有的一点关爱都夺去了——我从心底里憎恨他！

我知道……渐渐地你就变了，你的变化叫我又心悸又心酸——本来你这个哥哥出现后，华滨更喜欢赖在你的身边，你也对他很好，稍微走远一点的路，原先都是我抱他，后来就是你背着他。唉，就连这些也都变了，你再不肯带着华滨玩男孩子的游戏，不懂事的他缠着你多闹了几次，你居然动手打了他。

我已经记不清他是怎么惹恼了我，也许只是那双和他父亲一模一样的眼睛让我厌恶之至，我正在帮婆婆生煤炉，手里握着一根烧得滚烫的铁钎，想都没想就朝他的身上挥去——我犯下了让自己后悔一辈子的罪过！是你毫不犹豫地挡在我们中间，通红的铁钎在你的手上冒出白烟。我惊呆了，你疼得立刻迸出泪来，尽管如此，你还是拼命护着弟弟，字字如锥地冲我喊："大的欺负小的，算什么男子汉！"

你可知道你这句话的力量？就是这句话从此奠定了我和张华滨的关系，一直到今天！

我知道，我知道你恨的不是华滨，而是那个人。可我不能让你迁怒于无辜的弟弟，这不仅是为了华滨，更是为了你，为了我们三个。你和华滨都是对我最重要的人，我的心愿正像婆婆最后的心愿一样：即使我不在了，也要你们好好的，永远开开心心地在一起。

婆婆！她的白发、她的皱纹、她粗糙宽厚的双手、她微瘪着嘴的笑容……假如没有她，我的童年不知还要惨淡多少。是婆婆用慈爱为我弥补了亲情的缺失，是她和你共同给了我一个温暖的家。所以当她离去的时候，我的整个世界好像都垮塌了。

婆婆离开的时候身边只有我们这三个孩子。玫瑰阿姨要离开上海了，那时婆婆已经得了重病，她就请玫瑰阿姨帮忙，辗转联系上了还在劳改农场的爷爷，要把我的将来托付给他。当时允许爷爷返城的正式通知还没下达，他匆匆赶回上海，和婆婆见了最后一面后又被迫返回农场。婆婆很快卧床不起，玫瑰阿姨已经和你的爸爸、哥哥姐姐去了香港，孤身一个留在上海的你干脆搬来我家，和我一起看护婆婆，照顾华滨。两个十二岁的孩子，共同担负起了一个家庭的责任。自从玫瑰阿姨离开后，那个人就再没出现过，对儿子、对婆婆全都死活不管了。

婆婆真是心疼我们啊，明白自己已然不治，她生怕拖累了我们这几个孩子，坚持不肯看病不肯吃药，很快便连水米都不能进了。弥留的时刻，她把我们三个叫到床边，用瘦得像薄纸片似的手轮番抓住我们。那是个滴水成冰的寒冬,我家那终日不见阳光的破房子像个冰窟,从婆婆身上散发出浓烈的濒死气息更把这冰窟变成了阴森的墓穴。

最后的时刻,婆婆抬起了许久以来都无力举起的手臂,枯树枝般的手指从我们幼嫩的脸上划过,细碎的噬噬声破开冻结成块的空气。最小也最受宠爱的华滨站在前面,然后是你,最后……才是我。

"我的小囡……都这样好看,聪明……你们要永远好好地……在一起……"婆婆的声音越来越弱,可她的手仍然抬得高高的,泛白的眼珠里一抹微茫执著地闪耀,迟迟不肯熄灭。枯枝终于抚上我的脸,一遍又一遍,婆婆是要把无尽的怜惜和眷爱都倾注给我……突然,她脸上的慈爱凝固了,生命最后的微风突破苍老的唇扉,她咽了气。

婆婆就这样永远离开了我们。呆了好一会儿,华滨率先哇哇大哭起来,他的哭声也唤醒了我的悲恸,我俩一起扑在婆婆冰块样的身躯上号啕不绝。只有你,不曾落下一滴泪。后面几天我过得稀里糊涂,除了哭就是哭,哭累了便睡。是你找来了几位好心的邻居帮忙,总算把婆婆送进了火葬场。由三个小孩送葬的婆婆走得那么凄凉,却又有着令人动容的、别样的体面。

回到再听不到婆婆慈祥呼唤的家中,却不像想象得冰冷彻骨,是你早早生起了煤炉,放上了开水壶。华滨哭得饿了,还能吃到邻居送来的饭菜,也是你替他在煤炉上热好的。那天晚上,睡到半夜时我从梦中哭醒,眼前伸手不见五指,耳边一起一伏的柔缓呼吸,是九岁的小弟弟正在酣眠。我觉得心里好受些了,刚要擦净流在腮边的泪,突然瞥见通往外屋的门缝下有一缕细弱的光。

我爬下床,悄无声息地打开房门。在外屋中间用两把椅子搭起的小床上,你蜷缩成一团,闭着眼睛不停地发抖,一只小手电滚在枕边,已经放不出多少光了。我还以为你病了,连忙去拉你的手,手是凉的,并没有发烧。你把眼睛睁开了,却是通红通红的。

威连，威连，你怎么了呀？我慌了神。

婆婆走了以后，我连着几天晚上无法睡觉，一合眼脑子里就全是婆婆临终的模样。婆婆死后我一直没有哭，不是因为冷漠，而是因为我的心已经让悲哀击打得麻木了。妈妈彻底抛弃了我，代替她给我关爱的婆婆也离我而去，那几天我努力担当起一家之主的职责，按婆婆的心愿照顾你们，可我自己却连哭泣都无力做到。那天晚上你来到我床边时，我正在身心崩溃的最后时刻。所幸……我还有你。

是你爬上了我的小床，刚满十三岁的女孩搂着同样刚满十三岁的男孩，模仿着姐姐甚至妈妈的口气柔声安慰，终于让我把郁塞在胸口的泪水全部倾倒出来，因为有你温暖的双手环绕，我的热泪才不至于冻结在绝望凄苦的寒夜。那个晚上，我不知道自己在你的怀里哭了多久，直到安宁地沉入漆黑的睡眠。

那也是我们三个亲密相聚的最后一夜吧。第二天早晨，消失了许久的那个男人又出现了。虽然我和华滨哭得天昏地暗、难分难舍，他还是无情地拉开我们，把华滨带走了。又过了一阵子，爷爷总算等到了正式回沪的许可，还在"逸园"里争取到了一间小屋的居住权。就这样，在寒假快结束的时候，我也离开枫林桥的家，跟着爷爷住进"逸园"。

那天我们是一起走的，你回自己的家，我和爷爷去"逸园"。你帮我提着行李，跟爷爷和我坐上同一辆电车。电车走走停停，冷风不停地从窗缝里灌进来，车上的人们全把脖子缩在厚厚的棉衣里。离开枫林桥之后，铅灰色连成片的破屋斜墙渐渐见不到了，街道两边的梧桐树伸着光秃秃的枝干，被树枝挡在后面的房子整齐了许多，但也都是蓬头垢面的。

爷爷把车窗摇下来，寒气顿时冲入电车，他让我把头探出去——看，那栋白色的大房子就是"逸园"，咱们的家啊！哦，我还没来得及看清楚，就被售票员叫骂着揪回车里。

电车停在"逸园"的大门口，我和爷爷下了车。我转身向坐在车里的你招手，你一个人站在车窗前，突然奋力拉下车窗。售票员又冲过来了，可你连睬都不睬她，只是拼命把头伸出窗外，你的目光紧紧盯住我们的方向，但却分不清是在看我和爷爷，还是在看"她"——这座兀自矗立在晦暗世界中的破败宫殿？

"袁佳……再见！"电车开出去很远，寒风还送来你的叫声，那样清脆、那样坚决，真像是要击破苦闷人间的一句呐喊！

是的，袁佳——今夜我们终于再见了！

"是谁在那儿？"

影子从侧门翩然而入，踏过青草的双脚却似走在荆棘之上，每一步都无比艰难。她的踯躅前行惊动了在夜色中伫立良久的另一个影子，他从丁香树下跨出来。

她站住了，却没有回答。

无风的秋夜，一钩细细的上弦月隐在浓云之后。"逸园"庞大静谧的身影挡住了星光，也遮去了不远处的城市霓虹、万家灯火。

相距咫尺，他们沉默相对。等待了太久，似乎等待本身已成为习惯，真等到时反而不知该如何是好了……

轰！一朵金花在头顶綮然怒放，紧接着是千树万树的银柳如瀑而下。刚刚还被"逸园"的憧憧黑影覆盖下的草坪，转瞬便亮似白昼。国庆的焰火正在燃放，接连不断的巨响震颤了大地，秋夜的静美不复存在，头顶上已然是琼楼玉宇、火树银花的天宫。

于是……看见了。在好似摄影棚里的强光下，两个人的脸庞都苍白如纸，但又毫发毕现地展露出最本真的模样。

"你是……"

多么难得啊，在李威连的声音里竟也有了些许不确定。他又向前迈了一步，细细打量出现在眼前的这个陌生女人。

她还是什么都没说，只是抬起双眸承接住他探询的目光。

李威连向她伸出右手，她会意，垂眸微笑间也递出自己的右手。

在又一束绽放的焰火照耀下,被铁钎烙下的半圆型伤疤酷似今夜的月牙儿。他把这只手紧紧握入自己怀中:"袁佳。"

"威连。"

可是……他依然不停端详着她:"你的容貌为什么完全改变了?"

"只要伤痕不变,你就能认出我来,对吗?"

是的,只有伤痕不会变,因为它深深地镌刻在你我的心上。

右手被他牢牢攥住贴在胸前,她便抬起左手,轻轻抚上他的面颊。他微微闭起眼睛,低垂下脸孔任她温柔抚摸。

"你的容貌虽然改变,倒是青春长驻了,而我却老了。"

"怎么会?婆婆早说过,威连长得像妈妈,会越长越讨人喜欢,将来必定是我们三个中最好看的。真的是这样呢……"

无数朵红绿相杂的菊花在头顶次第绽放,破空之声淹没了她后面的话语。当李威连再次睁开眼睛时,只为她所熟识的忧伤男孩瞬间老去,目光中重现锐利和沧桑。

"袁佳,今夜你为什么来?"

"我……来看看你、你们。"

"是吗?既然几个月前已经到上海,为什么又等了这么久才来?"

她惊问:"你怎么知道的?"

他将她的手缓缓放开:"1998年我正式回到上海时,就把寄存在龙华殡仪馆里婆婆的骨灰安葬到了青浦的墓园里。从那以后,每年清明前后我都会去……也只有我一个人去,这样整整十年。今年是第十一年,清明我却没能去成,六月底的时候,为了安葬另一个人我才去了墓园,在婆婆的墓地前我看见了三盆花。袁佳,那是只有你我才会献给婆婆的花——栀子花,并且是不多不少的三盆!从那时起,我就知道你回来了,就开始等待你。但你……还是让我等到了现在。"

在七色纷呈的绚烂天幕下,李威连的目光穿越现在这张叫做林念真的女人的脸,向他记忆中的袁佳提出质问:"自从1991年你在深圳消失,到今天已经十八年了。你肯定准备好了回答我的问题:十八年前你为什么离去,今天你又为什么回来?"

是的,为了今天的相遇她准备了很久,并不畏惧回答他的任何问题。不料启齿之前,潮水般的心痛仍然哽住了她的喉咙。

第一节焰火表演接近尾声,各色繁花不间断地升空、绽放、凋谢……仿佛要集合起所有转瞬即逝的辉煌,与永夜抗争到底。多么像袁佳,她在那个台风之夜里倾尽毕生之爱盛放,昙花一现后便永远地凋零了。

"那天我在火车站没有找到华滨,心里又急又慌,就独自一人出了站,在街上漫无目的地走。天已经全黑了,风很大,雨也很大……我越走越害怕,头脑都混乱了。突然,我好像看见对面的马路上有个熟悉的身影。我以为是华滨,就喊着他的名字冲过马路,两道黄光扑面而来,我觉得自己像一片羽毛一样飞向半空,随后就什么都不知道了。"

焰火燃放暂歇了,大半个夜空都被硫磺燃过的烟雾笼罩着,寂静降临,两人重新回到沉黯的黑夜中。

过了好一会儿,他才又问:"后来呢?"

"后来……等我恢复意识,已经是整整一个月之后了。我听人们告诉我,那个晚上我撞上一辆飞速行驶中的轿车,被送到医院时已经奄奄一息了。虽然经过急救,但仍处于重度昏迷中。由于当时深圳的医院水平有限,第二天我就被转到了广州市最大的医院,在那里又经过两次脑部手术,才渐渐从昏迷中苏醒。虽然清醒了,我对一切都丧失了记忆,连语言和行动等各项基本功能也几乎减弱成零,我当时的状况只比'植物人'略好一些吧。发生车祸时我身上什么都没带,没有钱、没有身份证明,我自己又不能表达,接下去怎么处置我就成了个大难题。这时候,有一个好心人挺身而出,他就是撞倒我的那辆出租车上的乘客——一个美国人。"

"美国人?"

"是的,他是在香港参加完学术会议后,顺道来中国大陆旅游的……结果就碰上了我这件事。他觉得自己应该承担部分责任,他本身也是脑神经外科的专家,恰好能够对我进行对症治疗,于是他在当地美国领事馆的协助下,为我这个'无名氏'办理了出国手续。就这样,出事两个多月后,我被担架抬上了去美国的飞机……没想到一去就是十八年。"

"原来如此……"他的声音无比苦涩,"难怪我先在深圳、后来在上海,一次又一次找你,始终失望而归。不过我一直坚信,你是躲在某个地方生活着,只是不愿意再见到我们。所以,最后我决定改变策略,守在'逸园'的旁边,我想——你早晚都要回到这里来的。"

她悠长地叹息着:"我在美国治疗了半年以后,才慢慢恢复了记忆,身体机能也逐步正常。尽管如此,心灵上的创伤却殊难痊愈,我又花费了十多年的光阴,才能重新拼合起破碎的心,才敢于以今日的面孔来见你。"

随着一声尖啸,银紫色的牡丹劈空而放,焰火又开始了。

他用双手托起她的脸,她不得不闭上眼睛,焰火太亮了……

冰凉的水滴落到"她"的脸上,和她的泪汇合在一起。男人用尽全身的力量,将这有着一张陌生面孔的女人拥入怀中。他好像还在说着什么,却被焰火的轰鸣盖住了。

"你没有说实话。"

她听清的竟然是这样一句话,诧异地抬起头。

明暗交叠、绚彩纷呈的天幕下,李威连的脸突然显得有些狰狞。

"假如你是因为在火车站没等到张华滨,自己一个人在深圳街头徘徊,那么你的身边肯定带着所有的行李,就算你把行李暂存了,至少也要背个装了钱和身份证的挎包!袁佳,这么拙劣的谎言是骗不过我的。你们在火车站见面了,对不对?不仅见面了,你们之间一定还发生了什么……"焰火燃放的间歇,他咬紧牙关的声音听得这样真切,"袁佳,告诉我真相!"

她把头低下去,片刻之后,又下定了决心似的抬起来:"你说得对,威连,我们见面了,然后,是我自己决定离开的。我独自走上深圳的街头,徘徊了一阵子,才发现忘记带随身的背包,我想返回宾馆,但人生地不熟,心里又急,横穿马路时就……"顿了顿,她露出凄婉的微笑:"相信我,威连。这就是真相。"

"好吧,就算你回答了第一个问题。现在你要回答我的第二个问题:你为什么回来,又为什么等了半年的时间才出现?"

"我是跟着我的丈夫来中国的。"

"你的丈夫是不是姓希金斯，David Higgins？"

"你早就知道了？"她惊讶地盯住他惨白的面容。好一会儿，才从这张脸上挤出一丝悲怆至极的笑容："那是另外一个可笑的故事，你不会感兴趣的。可是袁佳，你还没有回答我，为什么回来？"

"我想念中国，想念上海，想念'逸园'，记挂着孤孤单单留在殡仪馆里的婆婆……"

"你已经来过'逸园'了？"

"只在围墙外经过。也许是近乡情怯吧，真来了却不敢多看'她'一眼。不过，今天我都看见了。"

她情不自禁地握住他的手，两张脸庞齐齐仰起，璀璨夜色映得"逸园"如玉般晶莹剔透，满天繁花似乎替她戴上一朵灿烂的花冠，今夜的"逸园"多像一位盛装的新娘，她不禁喃喃自语："她多美啊，美得真像是一场梦。如果爷爷能看到，该有多开心啊……"

"所以，我可以乞求你的原谅了吗？"

"原谅？"

"是的，为了爷爷的死。"他果断地抽离了自己的手，顿时她觉得双手空落落的，无所寄托、无所依绊。

"……那只是个意外，早就有结论了。"

"不要再自欺欺人，袁佳。如果没有疑点，你我怎么会从那桩意外之后就再也不联络了？当初不就是因为解释不清，我才无颜面对你？不就是因为心存怀疑而又不忍心怀疑，你才没有勇气面对我？事实证明逃避是最愚蠢的，我们就这样白白错失了大半个人生。袁佳，二十多年过去了，现在我就可以告诉你，我已经找到了当年真正诬陷我的那个人！事发的整个过程她都从对面的窗口亲眼目睹到了，可以确凿无误地为我澄清！"

固执的小男孩又回来了，让她感到既亲切又怅然。

"威连，真的不必了。今天和你一起站在这里，知道是你一直悉心呵护着'逸园'，什么样的疑问都不存在了。"

他低下头，似乎在静候又一阵狂烈的焰火过去。金花银叶如细雨纷纷落下，在他的目光里执著地闪耀着。

"袁佳，你太善良了。不论遇到什么样的伤害，你就只会承受、忍耐，最多是逃避。当初对怀疑害死了爷爷的我是这样，而今对另一个伤透了你的心的人，你还是这样。好吧，你不愿意做的事情，就由我来做吧！"

"你要做什么？"

"我要了结这一场恩怨。"

袁佳翕动着双唇，似乎想说什么。但是焰火表演进入了最后的高潮，雷鸣声此起彼伏，她只能等待一切重归静默，才拼尽全力问出来："威连，是不是他对你做了什么不好的事情？"

"我不会告诉你的，你最好也什么都别问。"

"可不可以……可不可以……"

李威连轻轻地摇了摇头："袁佳，有些事情一旦开始，就无法停止了。假如现在中止的话，就只能是我死。我是可以为你去死的，袁佳，如果你希望如此，那么现在就告诉我吧！"

她再也无法开口了。

李威连用突然变得平静又惆怅的语气说道："袁佳，你还记得吗？中学时代你最喜欢读俄国小说，而我呢，却把全部课余时间都用来背英语小说。在这一方面，我们从来没有同步过。不过，这些天我突然有了许多空闲，多年来头一次，我决定读一读你推荐的书，用这种方式来准备和你的重逢。"他注视着她的眼睛："袁佳，我终于读完了你最爱的那本书——《卡拉马佐夫兄弟》，并且和你一样爱上了它。今天机会难得，我想做一件我最擅长，却从来没有为你做过的事。袁佳，我背一段书里的话给你听吧？"

她多么想立即逃离，但是来不及了。

"'……我不愿有和谐。我宁愿执著于未经报复的痛苦。我宁愿执著于我的未经报复的痛苦和我的未曾消失的愤怒，即使我是不对的。和谐被估价得太高了，我出不起这样多的钱来购买入场券。所以我赶紧把入场券退还。只要我是诚实的人，就理应退还，越早越好。我不是不接受上帝，只不过是把入场券恭恭敬敬地退还给他罢了。'"

袁佳泪如雨下。

李威连珍爱地捧起她的脸："虽然你不肯说，但是我知道你为什么来找我。袁佳，你不是来替他求情的，你是来给我送通向天堂的入场券。你知道吗，袁佳？这么多年来，你和'逸园'一直是我活下来的动力。但是很抱歉，今天我要让你失望了。陀思妥耶夫斯基说：'无力爱人的煎熬就是地狱。'我选择留在地狱里。"

最后的时刻到了，整个天空都被鲜红的蔷薇花占满，持续了将近一分钟，终被黑暗彻底吞噬。同时被吞噬的还有袁佳，她踏着遍野血色，头也不回地离去了。这一次，是真的永诀了吧。

夜空中硝烟弥漫，星月俱无踪迹。极盛之后，落寞才是永恒。

"逸园"空荡荡的大草坪上，只剩下一个蹒跚独行的黑影。李威连摇摇晃晃地走着，来到丁香树冠下时，他好似再也支撑不住了，斜斜地靠上树干。

嗯，那是什么？

一只黄色的小狗蜷缩成团，紧靠在树根处，一动不动。李威连艰难地伏下身去，小心翼翼地探手去摸，它不躲也不逃，用悲戚的眼神胆怯地望望面前的陌生人，又温顺地低下头，全身还在不停地打着哆嗦。

"原来是你啊。"

他认出来了，它就是那只流浪小狗，看样子是让刚才那场焰火给吓傻了。

也不管小狗的毛脏得都打了结，眼睛旁、爪子边沾满黑乎乎的污物，李威连一把将它抱入怀中，轻轻地抚摸脆弱的小身体。

它好像稍微缓过来了，在他的爱抚下发出低低的哼声，挪动着小脑袋一个劲往他胸口钻。

"嗯，不怕、不怕，都过去了。"抱它的男人微笑着说，泪水却止不住地淌下来，一直掉到小狗的鼻子上。

第三十八章

同城焰火,各样情怀。

在离"逸园"并不算远的马勒别墅花园里,焰火把在大草坪上举行的花园婚礼推向最高潮,宾主俱已微醺,欢声笑语盖过了焰火的轰鸣。新郎新娘在众人的起哄声中,不得不一次又一次相拥亲吻,满脸又幸福又尴尬的笑容。

"他们这样真好,真让人羡慕啊。"

柯亚萍呆呆地望着场中央的新人,轻声说道。

此刻她和孟飞扬正远远地站在一片柏树之下,孟飞扬还沉浸在璀璨即逝的惆怅中,一下子没反应过来:"你说什么?"

柯亚萍指了指前方:"我是说他们……唔,终于能够相伴一生了,多么幸福。"

"哦,是啊。"

"飞扬,其实我一直觉得,那些轰轰烈烈的爱情都是故事,真正的爱情就是两个人平平淡淡地过日子,相伴相守,和和睦睦地度过一生,到老到死都在一块儿,这才是最大的幸福。你说是吗?"

"呃……是吧。"

她那神采灼灼的目光让孟飞扬略微有些不自在,他含混地应了一声,又抬头仰望夜空。硝烟逐渐散去后,黛蓝的天空上重现黑云,几点星光无精打采地忽闪着。刚刚还那样激动人心的辉煌,一旦消失就好似从未存在过。

可是我们会记得——那曾经有过的绽放。

孟飞扬看了一眼身边的柯亚萍,纤细的身影是这样平凡,神情中还有种平常罕见的恳切。他向她微笑了,是的,绵长隽永的当然是爱,共度一生更是难得的幸福。然而,假使无法共度一生呢?爱,难道就不存在了吗?

孟飞扬知道,在自己的心中还保存着一份最深挚的情感,一种可以为之献出生命的激情。这甚至都不能被称为爱情,更像是对自我、对存在、对胸怀中一切美好的证明。

孟飞扬的手机恰逢其时地喧闹起来,现实一如潮水退却后裸露出的砂石海滩,污浊、粗砾、望不到尽头……

孟飞扬向柯亚萍使了个眼色,接起电话:"喂?"

"飞扬!哈哈哈哈!节日快乐!"

伴随着尖利的怪笑,张乃驰在电话那头扯着嗓子叫喊,一听便知醉得不清。

"节日快乐。"孟飞扬皱起眉头说。

"刚才的焰、焰火看了没……太美啦!哈哈!"

孟飞扬把手机拿开一些,耳朵都让他给震聋了。

"张总,你有事吗?"对于张乃驰的生意成败,孟飞扬现在有种强过以往的莫名关注。

"有!当然有!飞扬,你赶紧过来一趟,来!我们的生意成功啦!哈哈哈哈!"

怎么回事?孟飞扬的心顿时收紧了。

"好,我马上过来!"

商住两用的客厅里黑黢黢的、弥漫着一股浓重的酒气。刚刚落幕的焰火好像还在玻璃窗上残留着姹紫嫣红,一踏进这间屋子,孟飞扬就明白自己的担心纯属多余,不由在心里对自己苦笑,终究还是太在意了……

"不许动!"

角落里响起一个阴阳怪气的声音。孟飞扬猛地转过身,长沙发隐在最暗处,上面模糊可见一个人形,手里还平端着根长长的东西,似乎在向他瞄准。

"张总？"

"说！是不是你把我们的商业机密泄露出去的？！你给我老实交待！"

"您说什么？"孟飞扬有点摸不着头脑，又对张乃驰的这种做派异常反感，于是冷冷地问，"对不起，我可以开灯吗？"

"咚！"张乃驰手中的高尔夫球杆落地，在茶几脚上砸出一声脆响。

"飞扬，我完了！"他捧着脸哀号。

"您到底是怎么了？"

"全球的主要供应商都收到中华石化的直接询价了，要货量有两千吨的、三千吨的，还有五千吨的！这几天HDPE价格疯涨，已……已经比我们给中华石化报的价都高50%啦！"

"是吗！"孟飞扬头一次听到这个消息，震惊之余赶紧细想：先抛出巨额利润的诱饵；鱼咬钩后果断扫货断其后路；再全面出击引爆市场；猎物终遭前后夹击无处逃生！

是了，就是这一整套堪称完美而又狠辣至极的手段。难得的是步步为营操作精准，当然，眼前这个蓬头垢面、已大失往日风采的男人的贪婪和愚蠢，才是计划得以顺利实施的关键因素。

那个幕后操纵者太了解自己要绝杀的对象了，或者说他太了解人类的弱点——永无止境的贪欲和狂妄之心。

孟飞扬想起了有川康介，仅仅一年不到的时间里，他目睹日本人被杀于无形，今天几乎一模一样的事情在他的眼前重演，只不过换了伎俩、换了演员、换了牺牲品，结局却没有任何改变。

不曾改变的还有狙击手的冷静、精确和凛冽如钢的杀气。

张乃驰瘫倒在沙发上，痛苦不堪地辗转呻吟："我们报的是实盘啊……从现在到报价失效还有整整八天！照这个势头HDPE还会不断上涨，而中华石化随时会确认我们的报价……到时候我们就必须要按实盘交付……这太可怕、太可怕了！"

孟飞扬发觉，自己现在的心情和当初看着有川康介垂死挣扎的时候十分相似：对其人其品的鄙视和厌恶、冷眼旁观中的淡漠，以及一点点莫名的同情……我们都毫无抵抗能力地败给了同一个人——只是输在不同的方面而已。

他默默估算了下价格："按原价交货的话，公司要赔将近一千万美金了。"

"如果不交货，违约赔偿金也差不多！！！！！"张乃驰声嘶力竭地喊起来。

"哼。"孟飞扬发出一声冷笑，他实在没什么别的可说了。

他想告辞了。

"飞扬，飞扬！"就在这当儿，张乃驰饿虎扑食似的一头扎到孟飞扬的胸前，双眼圆睁，口沫飞溅，"我想不通，我怎么也想不通！中华石化这么要我，对他们到底有什么好处？！现在 HDPE 涨成这样，他们也拿不到便宜货。难道就打算从我这里捞违约金，去补贴货价上涨的差额？可是这样操作，时间上也来不及呀！我不懂，我真的不懂，我和他郑武定无仇无怨，他干什么这样处心积虑地要搞死我呢？啊？你说啊！"

张乃驰双手揪上了孟飞扬的衣服领子，孟飞扬厌烦到了极点，正要把他扯开，张乃驰又把手缩了回去，继续自说自话："除非……除非中华石化这个订单根本就是假的！那他就不单单是耍了我，他是把全世界的化工厂商都耍了！卑鄙！无耻！这是毫无商业信誉的恶劣行径！我、我要向媒体、外国媒体曝光！我、我要让中华石化在全世界供货商面前把脸丢尽！"

"别再胡扯了！"孟飞扬忍无可忍，"张总，事情都到了这个地步，你还是好好想想自己的退路吧。据我所知中华石化的订单是确实的，而且他们一定有办法能及时拿到便宜的货！难道你还没看出来吗？这根本就是一场布好的局，和逼死有川康介的那出戏如出一辙。恐怕还是那只黄雀，早就等在后面了！"

孟飞扬甩手而去，剩下张乃驰大张着嘴呆坐在沙发上，犹如一座蜡像。夜越来越深，为节日特别燃起的彩灯也一盏一盏熄灭了，窗外的浦江夜景归入沉寂，屋里屋外的黑暗终于连成一片。

唯有两只血红的眼睛，像牢笼中的野兽的双眼般放出最疯狂的光。

与其说是孟飞扬的一番冲动之辞提醒了张乃驰，倒不如说是他让张乃驰彻底放弃幻想，被迫直面心中最深的恐惧。

10月8日。

离开家之前戴希照了照镜子，三亚之行使她比节前晒得更黑了，这下李威连又会怎么说呢？

他多半只会淡淡地扫上一眼，不予任何评论。可仅仅是对这一瞬间的畅想，便令戴希的心在胸膛里如小鹿般突突乱撞起来。身为心灵的探索者，戴希已经能够捕捉到发生在自己内心的这种震荡。自我克制也开始令她感到了痛苦，戴希以年轻人才有的勇敢姿态迎向这种痛苦：不妄想，亦不畏惧。她知道自己面对的谜题有多么沉重，唯有真诚才是她的武器，戴希会坚持不懈地握紧它。

痛苦不重要，甜蜜也不重要，重要的是他们彼此间始终如一的坦诚。李威连把信任放在比爱更高的位置上，戴希愿意尊重他，因为他是对的，还因为尊重他就等于尊重自己心中的情感。

这份情感纤细、诚挚，无从表白，因而更加珍贵。

初秋差不多是上海最好的季节了，净朗空气中的欲望显得寡淡，街道两旁的法国梧桐再过一个月就会发黄、凋落。在前往"双妹1919"的路上，戴希好几次抬头仰望，却看不到半点枯败的迹象，茵茵的绿色冠盖恬静得能引人入梦一般。这一枯一荣，本就是春风和秋风携手涤荡起的一场梦吧。

今天，"双妹1919"的铜门环上没有挂小木牌。

戴希推门而入，店堂里坐满了客人，就连最里面的靠窗位上也有人了。

"对不起没位了！"褐色旗袍束领上是一张死板的脸。

"……我找人。"戴希昂起头，越过邱文忻的肩膀往后看。

"侬要寻啥人？"

"李威连，"盯着对方的眼睛，戴希特意理直气壮地补充，"是他叫我来的！"

邱文忻脸上的表情实在很难形容，和戴希对视了足足几秒钟，她才怒气冲冲地回答："伊不来各得，伊去对过大房子了。"

"大房子？哦！"戴希转身要走。

"里厢走啦！对过只有小门开呃。"

戴希几乎是被邱文忻推到对着"逸园"的夹弄上，一抬头，隔着弄堂就能看见"逸园"围墙上的小小边门。两棵高大的香樟并排而立，把黑漆铁门挡在背后，走到近前才能发现它微微侧露着一条窄缝。

"双妹"的后门重重地关上了，"逸园"的侧门却在戴希手指的轻触下开启。踏进去，脚下是一条狭窄的鹅卵石铺就的小道，两旁栽着密密的翠竹，好似探秘于林间幽径，两三个转折后，猛然一座颇有规模的花房伫立在跟前。

陌生人到花房就以为此路不通了，却不知穿过花草丛才是别有洞天。"逸园"主楼后侧的穿廊与花房相连，实际上这里才是直通主楼的捷径。

"逸园"作为西岸化工大中华区总部时，花房曾是员工休憩的最佳场所。西岸化工撤走时把咖啡机和桌椅都搬走了，可是今天戴希在这里看不到丝毫萧条、寥落的迹象，两米多高的木架上爬满藤萝，文竹、铁树、散尾葵绿意盎然，洁白的茉莉和黄色的菊花开得正酣，馥郁浓厚的香气在整座花房中萦绕不绝。

从玻璃穿廊通往"逸园"大厅的门也虚掩着，空旷的大厅里落满从各扇花式玻璃长窗透进的彩色阳光，于一片静谧中悄然变换着形状。在没有一件家具的大厅里，时间成了唯一一样可以感知的东西，如行云如流水，无声无息地流淌……

"汪！汪！"

"戴希，拦住它！别让它跑出去！"

戴希一惊，就见一个黄色毛团奋勇地朝自己冲过来。戴希赶紧挡住门，小狗来了个急刹车，扭头又往回跑。

"Lucky！Lucky！你再不听话！"李威连从楼梯上跑下来，小狗显然没把他的呵斥放在心上,朝他挑衅地晃了晃尾巴,绕着大厅的墙根继续飞奔。

"戴希,帮我抓住它!"

"啊?我……"戴希慌了手脚,这辈子还没抓过小狗呢。

李威连一边盯着绕圈子的小狗,一边压低声音对戴希说:"它脚上有伤,跑不了多久。你故意去抓它,把它往我的方向赶就行。"

"哦。"

小狗看看李威连没有追赶的意思,果然减缓了速度,戴希立刻发现它走起来一瘸一拐的,右前爪上还拖着根白布条。

戴希故意大摇大摆地向小狗走了几步,它站在原地相当警惕地看着她,却顾此失彼,没注意到李威连已从另一侧迂回到它的身后。

"我来抓你啦!"戴希大喝一声,朝小狗猛扑过去。它应声向后高高跃起,刚好落入李威连的圈套。

戴希惊喜地叫:"抓住啦!"凑过去一看,小家伙嘴里发出懊恼的"呜呜"声,虽然身子乖乖地趴在李威连的怀里,尾巴还十分不甘心地来回直晃。

"你自己说说该不该打?"李威连高高抬起巴掌,待落到小狗的脊背上,却变成极尽爱怜的抚摸。

戴希依稀认出了这只黄毛狗:"呀?它就是那天你要找的流浪小狗?在哪里抓到的?"

"闹了半天它就躲在这个院子里,那棵丁香树下。"

小狗被李威连摸得眯缝起眼睛直哼哼,一副陶醉享受的样子,梳理干净的黄毛蓬松亮泽,确实叫人爱不释手。

"好可爱的狗狗,它好像还很小吧?"

"嗯,才两三个月大,而且是只品种很不错的 golden retriever,估计是不小心走失的。"李威连抱着 Lucky 朝楼梯走去,"戴希,你来得正好,还没和它折腾完呢,需要你继续帮忙,先上楼去我的房间吧。"

"我见过的金毛犬都很听话的呀,它怎么这么皮?"

"它叫 Lucky。"

"哦,Lucky 啊!"戴希觉得这名字真棒,而且一听便知是个小公狗啦。

和底楼大厅一样，二楼也是空荡荡的，所有的房门都紧闭着，只有李威连的办公室大门敞开。

"小时候的 golden retriever 都是魔鬼，长大以后才会成为贴心的天使。至于 Lucky 嘛，它基本上是魔鬼中的魔鬼，黑帮老大那个级别的。我现在只能祈祷它日后会突变成圣母级别的天使。"

戴希笑出了声，他们进了原来的总裁办公室，房间还保持着戴希最后一次离开时的样子。当初搬离时她和叶家澜、Lisa 一起做了主，把这间办公室里所有的东西都归为李威连的私人物品，原封不动地保留下来，由 Lisa 通知李威连自行处理。没想到误打误撞还真省了麻烦，朝向椭圆形大阳台的窗户半启着，窗下的那盆棕竹越发葱翠欲滴了。

不过在李威连的那张特别宽大、气派又典雅的办公桌上，原先的整洁已荡然无存，而是搁满了大大小小的水盆、纱布、绷带、剪刀、药膏、狗食盘子、小狗玩的塑料骨头……李威连把 Lucky 放到桌子中央的空处，一只手还紧紧地握着 Lucky 的后脖颈："戴希，你帮我摁住它。"

戴希连忙把四脚朝天的小狗按住，李威连从桌上拿起个小药水瓶："它被殴打过，身上有不少伤，眼睛也发炎了，一天要给它点三次眼药水。可是这个小东西实在太不听话，每次都要和它搏斗。"

眼药水点好了，Lucky 一骨碌翻过身来，嘴里发出呼噜呼噜的声音，还在摇头摆尾地表示抗议。李威连又解开它右前爪上的绑带："这处的伤口很深，刚给它敷上药裹好纱布，一会儿工夫它就把绑带咬开了，从早到晚我要给它绑十几次！"

"为什么不用胶布呢？"

李威连细心地打着结："我怕它会把胶布咽下去。"他打了个活结，戴希不解："为什么不打个死结？你可以用剪刀剪开的。"

"打死结的话 Lucky 会乱咬，说不定又要把伤口碰坏。"说着，他又把打好的结小心地拉松了些。

戴希看得有些失神，今天的李威连在她眼前呈现出从未有过的样子——是哪里变了呢？戴希想不清楚。

"怎么才能不让它咬呢？"李威连抱着胳膊想了一会儿，突然说，"戴希，请你倒杯咖啡给我，咖啡壶在茶几上。"

戴希连忙去茶几上倒来满满一杯。出乎她意料，李威连将刚打好的结又松开，还把绑带的两端放进咖啡杯里浸了浸，这才重新系紧。

Lucky 早就百般不耐烦了，李威连刚一放手，它立刻低下脑袋去啃绑带，啃了两下骤然停止，好像受了极大委屈似的，冲着李威连愤怒地咆哮："汪！汪！汪！"

李威连大笑起来。

"是我太笨了，居然没早点想到这个主意。"他扔了个小皮球给 Lucky，安抚它说，"宝贝，和我作对可没那么容易。你怎么来的？是邱文忻告诉你我在这里？"他问戴希。

"是啊，她好凶的。"

"呵呵，我和 Lucky 都是被她赶出来的。不过 Lucky 也确实有点过分，它起码打碎了二十几只杯子、盘子，糟蹋了三十来份蛋糕，还骚扰了不少胆小的女客人。所以现在邱文忻规定我和 Lucky 在营业时间必须回避，还要求我赔偿她的经济损失一千八百八十八元人民币。"

"太夸张了吧？"

"不睬她。我跟她说我没钱，欠着！"李威连拍了拍闷闷不乐地叼着小球的 Lucky，"Lucky，爸爸是个穷人，所以你一定要乖，否则爸爸可养不起你了。"

戴希垂下眼睑。她所熟悉的李威连像个战士，始终穿着隐形的盔甲，光芒四射又咄咄逼人，令所有人望而生畏。但是今天的李威连脱下了盔甲，他的锐利不再、光华尽敛，却因为平易真实而富有了愈加动人的魅力，戴希比过去任何时候都更不敢看他了。

"戴希？"

她抬头，看见他的微笑——"Lucky 自己会玩，我有话要和你谈。"

在正对着棕竹的长沙发上坐下，远远的大班桌上 Lucky 玩着蓝色的小球，通身黄毛被阳光照得金灿灿的。

他沉默了一会儿，才说："戴希，你父亲，戴教授还在继续对周建新进行心理干预吧？"

"是的，爸爸说不论案件结果如何，他都会一直跟踪周建新这个案例。"

"我的看法是，即使周建新犯了罪，也仍然是个受害者。任何孩子原本都是无辜的，是我们这些成人在他身上施加了罪恶和仇恨，如果要惩罚，首先也应该惩罚我们。戴希，这几天我一直在想，人生就像是许多个循环的组合。你以为自己在拼命向前，可是停下来仔细一看，却发现又回到了原点。今日的自己，只不过是曾经自己的影子，多添了几条皱纹而已……戴希，正如你在天星小轮上背诵给我听的那段话，你还记得吗？"

"于是我们逆水行舟、奋力前行，却……"戴希没有背下去，阳光的映照下那多添的几条皱纹尤其触目惊心，使她不愿再继续。

李威连并不催她，只是沉浸在自己的思绪中："逆流前行，我确实曾努力过好几次。母亲抛下我离开上海时，我就试了第一次；因为和英语老师的关系丧失高考机会，我再次尝试重新开始；受重伤后被迫去香港治病，在那里拼搏奋斗、谋职求生，这是第三次……每次都很艰难，每次都有过成功，但是最终呢？"他轻轻地叹了口气，语调十分平静："所有的成功都转瞬即逝，直到今天我收获的仍然是失败，戴希，我是个彻头彻尾的失败者。"

失败者吗？也许吧……每个人对成功、失败的标准都不尽相同。真正令戴希难过的是李威连谈话时的超脱口气，多少年了，他就是用这种方式固守着自己的孤独，绝不妥协。

"这次我还是可以选择重新开始、逆流前行，但意愿和勇气都有些匮乏……我恐怕是真的老了……好，不说这些了！"李威连改换了话题，"戴希，在资金方面还有些后续的事务要麻烦你。"

又是准备好的文件夹，早已端端正正地摆在茶几的一侧，戴希伸出左手就能拿到。他的精准和整洁如故，而且越发自然、不露痕迹。

第一页上是一个银行账户的信息。

"戴希，CarpeDiem 公司的生意做得很成功，两周内买方支付的货款就会全部到位，应该是这个数。"

他在纸上写一个数字，示意戴希看过后，又写下第二个数字。

"这个数就是我要还的高利贷本息合计，你收到货款后就立即如数划款到这个账号。根据我和抵押贷款公司的约定，只要钱一划过去，'逸园'的抵押就失效了。"

"好，你放心吧，一定办到！"

戴希热忱的样子引得李威连微笑起来："戴希，前两个数字相减之后就是我们的纯利润，大约一百万美金……合七百万人民币吧。对这笔钱我有两个用处。"

"嗯，你说。"

他把文件翻到下一页，那上面是另一个银行账户的信息。

"请你先把其中的五百万人民币转到这个账户里——是孙承律师的事务所账号。这五百万是我给宋采娣和周建新母子今后的生活费用，周峰案件的律师费我已经另付了，不在这里面。"

他看出戴希有些疑惑，便解释说："现在周峰案还未水落石出，周建新又是未成年人，所以我委托孙律师代管这笔钱，根据需要和宋采娣协商使用。如果最终宋采娣能够洗清嫌疑，孙律师就会把钱直接转给她。"

Lisa 说过，周峰家有套位于市区的三房两厅公寓，再加上这五百万，应该能够维持一个小康之家的生活水准了吧。戴希的心里很不是滋味，这个家庭和孩子心灵所遭受的劫难又何止是五百万能够弥补的呢？但是她也明白，李威连已经竭尽所能，人人都可以指望他、责怪他、苛求他，唯有他必须承担一切，这公平吗？

"我可以往下说了吗，戴希？"

"哦，好的！"

李威连把文件翻到下一页，却迟迟不开口。戴希看不见文件上的内容，只看见他的手在纸面上轻轻拂动，浓浓淡淡的阴影遮在面颊上，令他显出一种爱惜和怅惘交织的复杂表情。戴希意识到，他马上要说到一件至关重要的事情了。

"戴希，这份文件是我签署的'逸园'赠予声明，你要帮我交给一个人。"

"赠予?"戴希接过文件一看,不禁叫出了声,"林念真!"

"是的,希金斯教授的中国夫人,你和她挺熟的吧?"

"我不明白……"

"这个……还真是说来话长了。戴希,'逸园'的最后一位主人叫袁伯翰,他有一位在世的孙女叫袁佳。我和袁佳是从幼年就开始的、最好的朋友。"

"袁佳……"戴希重复着这个名字,多么动听的名字,像早春雏菊一样纯真而娇柔,她在哪里?

"袁伯翰生前最钟爱的就是孙女袁佳,他一直致力把'逸园'要回来,还想让袁佳继承下去。可是,袁老先生还没来得及留下任何遗嘱就意外猝亡,袁佳的身份无人证明,她的权利更得不到主张——结果袁佳被袁氏家族剥夺了'逸园'的继承权,对此我有不可推卸的责任。因为正是我,间接造成了袁老先生的死。这么多年来,把'逸园'夺回来还给袁佳,始终是我最大的心愿。今天,我终于做到了。"

戴希还是不明白:"可是希金斯夫人?"

"她就是袁佳。"

"她是?!"

李威连笑了笑:"至于袁佳如何变成了希金斯夫人,戴希,假如你对此很感兴趣,就自己去找希金斯夫人了解吧。这是她的隐私,我无权向他人谈及。总之,她才是'逸园'真正的主人。你只要将这份赠予文件交给她,她就可以去办理相关手续。咱们还剩下的两百万人民币,你也一并交给她,以此来支付'逸园'过户所需要的手续费、税费等等。"他轻轻地靠到沙发背上:"好,都说完了。戴希……谢谢你。"

蓝色小皮球滚到李威连的脚边,Lucky歪歪扭扭地跑到沙发前面,一边推搡着小球转来转去,一边故意在李威连的裤腿上来回嗅,想要引起他的注意。这个小家伙虽然调皮捣蛋,但已对李威连产生了深深的依恋,才这么会儿工夫没理它,它就失落了。

李威连却一动不动,这一刻的他是与世隔绝的。

转赠声明的内容简单明了,才占去一页A4纸中间很小一部分,周围留着大片刺眼的空白,看得戴希的眼睛又胀又痛。

"……Jane,她会接受吗?"

戴希以为李威连大概听不见自己的问题,但他立即回答了:"我估计她不会。重要的不是她是否接受,重要的是我给了。"李威连把目光从窗前摇摆的树叶上收回来:"戴希,我活到今天这个年纪,明白了一个道理:人生中的结果并不重要,重要的是过程。因此我一点不在意希金斯夫人是否接受'逸园',对我来说,当把这份声明交给你的时候,我的心愿就达成了。现在我真的感到……很轻松。"

"明白了,可你为什么不自己交给她?"

"我和她应该永远不会再见面了。"

戴希没有再问一遍为什么。

"戴希。"李威连注视着她,问,"你帮了我这么多,我可以为你做些什么呢?"

这个问题让戴希始料不及。

"戴希,我与人相处时有个原则,就是绝不欠人情。必须是我给予对方的多于从对方那里得到的,只有这样,我才愿意把关系维持下去。可是我想来想去,在你这儿似乎出现了例外。"

"那又怎么样?"戴希没好气地反问。

他对她的无礼一笑置之:"又不能再给你钱,况且我也没钱了。"

"对了,你继续去做心理治疗啊!"戴希想起来了,"这是我帮你忙的交换条件!"

"你还真是执著啊,戴希。谈到心理治疗,我确实还有一些话要对你说,一些必须向你坦白的真相。"顿了顿,李威连才说,"事实上,我到希金斯教授在斯坦福的心理咨询室去,真正的目的并不是做心理治疗。而是——为了寻找袁佳。"

突然间,一直以来困扰着戴希的谜团就像阳光下的肥皂泡,碎裂成了五颜六色的光影。

李威连继续说着,很显然这些话他已经思考了太久,今天无论如何都要说出来:"十八年来,我一直在断断续续地寻找袁佳,经历了无数次的失望,我却始终不肯死心。去年年初的时候,我雇佣的一个私家侦探送来一条信息：斯坦福大学的心理学教授希金斯的中国夫人有可能是我在找的人。我立即赶到斯坦福，远远地观察了希金斯夫人。她的外貌和我记忆中的袁佳完全不同，但她的气质中又有着令我心悸的熟悉感，我不知该如何是好了。我害怕假如直接去与她相认，一旦遭到拒绝，就再也不能挽回了。可我又无论如何不愿意放弃。必须找到办法证实她的身份，而且是要在不惊扰她的情况下，给我和她都留下充足的回旋余地。结果我绞尽脑汁，想出了一个这辈子最糟糕的主意。"说到这里，他自嘲地笑了。

"我预约了希金斯教授的心理咨询。语言障碍的问题是真的，已经折磨了我很多年，但我早就放弃治疗它了。可是要面对最权威的心理学专家，我知道我必须拿出真正的问题来，否则会被他一眼就看穿。但是我也做了充分的准备，我专门阅读了希金斯教授的著作，研究了他的建立在社会心理学上的精神分析理论。于是，我按计划在心理咨询的过程中袒露我的隐私，因为在这个世界上除了我本人之外，只有一个人知道这些往事，那就是袁佳。我指望着教授会与他的中国夫人探讨我的案例，那么袁佳，如果教授的夫人就是袁佳的话，她就一定会认出我来。可是，我大错特错了。我既低估了教授的职业操守，也低估了教授的专业水准。几次咨询之后，我没有等来袁佳，却发现自己已经被教授剖析得体无完肤了。继续下去的话，我很快就会在他的面前彻底失控。我并不是真的想做心理治疗，为什么要遭受这样的折磨呢？于是我决定暂时放弃，再另想办法。戴希，后面的事情你基本上都知道了。"

是的，现在她全都明白了。李威连从来就没有想要她做心理咨询，只是想通过她接近希金斯夫人。却不料戴希通过希金斯教授的档案材料认出了他，使他感受到了现实中的巨大风险，才企图用金钱和心理咨询的行业操守来制约她。这也就是为什么，他们之间的心理咨询从未真正开始过。

"戴希，应该是我向你道歉。是我利用了你的信任，对不起。"

戴希垂下眼帘，什么都没有说。不，她并没有生他的气，对于他的自负和精明，她一点儿都不感到意外。但她从咨询者 X 的档案中，从一次次与他的长谈中，分明听到了潜意识迸发出的求助的呼喊，早就脱离了他那自以为是的强悍意志的操控，无比真切。

"所以，我不能兑现本来就不存在的约定，也不需要任何心理治疗。戴希，我对你再也没有价值了。而做一个于人无益的人，对我而言是真正的耻辱。很小的时候我读过一个童话，说的是非洲的大象，它们一旦年老体衰或者患了重病，就会主动脱离象群去自生自灭。这个故事给我留下了深刻的印象，戴希，这也是我必须坚持的，既然我无法为你做得更多，那么就只能从你的面前消失了。"

她终于听懂了这番长谈的最终指向——他是在与她诀别。正如他已经和袁佳诀别了一样！李威连把一切都安排好了。接下去他会怎么样？戴希不敢想。但有一点她可以确定，他将会去到一个暗无天日的黑暗所在。

不，绝不可以！她情不自禁地握紧双拳：我必须要做点什么！我还能做什么？！

"我不接受你的歉意。"戴希抬起头，直视着他说，"除非你做我的第一个病例，完成我们之间的心理咨询。"

李威连皱起眉头："我说过了，没有所谓的心理咨询。并且，你不是已经决定放弃心理学了吗？"

"我是打算放弃心理学，但不是像现在这样！我把咨询者X的课题搞砸了，我还违背了心理咨询的专业规则，泄露了病人的咨询材料，如果我就这样离开心理学，今后一辈子都会感到耻辱的。因为我玷污了我的理想，当了可耻的逃兵。"

"那你想怎么样？"

"我想……从哪里跌倒就从哪里爬起来，我一定要做完咨询者X的案例！"戴希用最坚决的语气说。

李威连看着她："你在逼我？"

"就算是吧。"戴希的声音发颤了，"是你欠我的。"

过了好一会儿，李威连才说："为了满足你的助人情结，我就非得去受那些罪吗？"

才不是受罪呢。戴希在心里说，是让你得到陪伴、倾听、疏解和安慰，得到所有这些你迫切需要，却一直都在固执拒绝的帮助。

"我不是在逼你，我是在恳请你再给自己一个机会……相信我，会好的。真的。"然后她低下头，盯着面前的浅灰色文件夹，不知道看了多久，直到封面在她的眼里悄悄改变了形状。

"唔？Lucky呢？"

戴希抬头看时，李威连已叫着Lucky的名字匆匆走出房间。她忙从沙发上跳起来，也跟到走廊里。

小皮球滚到了楼梯边，李威连站在二楼的楼梯口为Lucky挡着道，默默地看着它玩耍。等戴希走到身边，他说："中学时代我每周来袁老先生这里上绅士课程，他很喜欢我，一直悉心培养着我。其实在老先生对我的厚爱里还隐含着一个心愿——他希望撮合我和他最心爱的孙女袁佳。可惜在这点上，老先生一厢情愿了，袁佳与我各自心有所属，所以我们俩在他的面前表现得十分疏远。尽管如此，我和袁佳暗中却保持着最亲密的友谊，她是真正能够理解我的人，也是我最忠实的同盟军。

"高考前我和英语教师的关系遭人诬陷，使我的前途遭到重大打击。那年九月的一天，我在厂里接到袁老先生的传呼电话，约我周日来家里谈谈。袁佳已经上了复旦大学，'逸园'里再没人给我偷偷打开边门，我是从正门按铃进入的。谈了一会儿后我才发现，袁老先生约见我的目的就是要表达对我的失望。我再三重申自己的清白，袁老先生却说我的错误不在于是否真的做了什么，而在于向内心的软弱屈服。他说真正的绅士应该将自己奉献给价值远大于个人的崇高目标，而不是像当时的我，牺牲得毫无意义。那时候我真的不理解他的话。我可以忍受外人对我的非议，但袁老先生就像我的亲爷爷一样，他这样不分青红皂白的训斥真是伤透了我的心。于是我们就用英语争吵起来，越吵越凶，吵着吵着，老人家突然捂住胸口倒下去。我吓坏了，还好他神智清楚，让我找出保心丸来给他吞下。慢慢缓过来之后，老先生便执意要赶我走，因为袁佳马上就要回家了，他不希望孙女见到我。我心里也赌着气，就断然离开了。可就是我这一走，酿成了大祸。那天保姆离开时忘记关厨房煤气的火，袁佳又晚到家半小时，阴差阳错,袁老先生死得不明不白。再加上邱文悦、文忻姐妹自相矛盾的证词,号称从'双妹'二楼看见了我在'逸园'穿廊里的经过,哦,袁老先生当时就住在由穿廊改成的小屋里。她们的话更是把我拖进百口莫辩的境地。

"从那时起我就背负着杀害袁佳爷爷的嫌疑,再也无法和她坦然相见了。后来她又因此失去了'逸园',我就暗暗发誓,不彻底查清袁老先生死亡的过程,不替袁佳把'逸园'夺回来,我就永远不再见她!事情的经过就是这样……戴希,我的故事很乏味吧?"

这段并不冗长的叙述似乎耗光了他的精力,李威连看上去十分疲惫。

戴希连忙否认:"一点儿不乏味。你说吧,我都喜欢听。"

他摇了摇头:"不早了,我陪你下楼,你该回家了。"

"可是你……"戴希不肯动。

"我今天不太舒服。"李威连说,"耐心些,再给我一点时间考虑吧。"

他没有断然拒绝,所以就有希望!戴希感到受了莫大的鼓舞,几乎是欢快地回答:"好的!"

刚要迈步下楼,李威连突然指着自己的鞋面呵斥:"Lucky!"原来Lucky啃不了自己爪子上的绑带,就报复地扯开了李威连的皮鞋鞋带。李威连皱了皱眉,似乎费力地想弯下腰,却又面带痛楚地停住了。

"你怎么了?"他的样子让戴希紧张起来。

"是我的腰伤……"

"哦,你别动。我来!"

戴希走下两级楼梯,回过身来帮他系鞋带。光可鉴人的黑色皮鞋上沾满了Lucky的口水,碰上去黏糊糊的。戴希想笑,偏偏泪水也要向外涌。恰在这时,她的头顶感觉到柔缓而有力的抚摸,正与那个夜晚她在昏暗的宝马车中所感觉到的、至今仍记忆犹新的抚摸一模一样。

戴希不由自主地抬起头,他沉默地看着她,目光却与她记忆中的那次迥然相异。当时她从他的怀抱里挣脱出来,然而今天,她只想以最本真的姿态投入他的怀中。

这也是头一次她为李威连做事,他没有说谢谢。

戴希几乎无法自持了,她好像听到从身后的楼梯下传来什么声音:"有人来了吗?"

她没来得及说完这句话,更没来得及转身,就被李威连用力拥入怀中。这个拥抱更和她在香港机场所得到的截然不同,不再克制、得体,相反却像倾注了全部的生命、热血和激情。

"戴希,为我做个见证吧!"旋即她被猛地推倒在楼梯上。刚才还行动不便的李威连像一头发怒的猎豹,从她的身边直冲而下。

从楼梯上传来连串的闷响,在戴希的惊叫声中,两个男人互相撕扯,顺着楼梯接连翻滚一直坠落到地面。

戴希飞奔下楼,却立刻滑倒了。整个楼梯下都是湿滑的液体,从通往穿廊的门一直流过来,汽油的味道扑面而来,一股火苗已经蹿过半个大厅。

"戴希!快灭火!"李威连声嘶力竭地喊着,他和张乃驰扭打在一起。张乃驰手里握的尖刀放着明晃晃的光,Lucky冲着他们拼命地狂吠。

戴希跌跌撞撞地朝穿廊右侧跑去,她还记得,灭火器在那里!

灭火器喷出雪白的泡沫,可是被汽油引燃的火龙仍在迅速蔓延。

"戴希!"又是一声嘶喊。戴希猛回头,闪着寒光的刀子正打在她手中的灭火器上,刀身已被血染得通红。

戴希扔下灭火器,不顾一切地朝倒在不远处的李威连扑过去。

"都去死吧!"张乃驰疯狂的叫声在她的头顶响起,戴希的眼前一黑,有什么拦在了她和砍下的刀刃之间。

"小希!"

戴希脑海中最后的印象,是圣洁的莹白大厅里熊熊燃烧的红色火焰,Lucky的叫声,还有孟飞扬变了形的脸。

第三十九章

从十月中下旬开始,上海的天空就始终阴沉沉的。蒙蒙细雨总在不经意中飘飞天际,淅淅沥沥地一下就是一天,秋意渐浓之时,夏日的余韵越走越远,只有不落雨的秋夜依旧静美。

"梧桐更兼细雨,到黄昏,点点滴滴。这次第,怎一个愁字了得!"

华海初级中学的教学楼里传来朗朗的诵读声,孩子们的嗓音清脆悦耳,烘托不出半点词句中的愁绪。还未到词中描述的黄昏时分,细雨乍歇的操场边,梧桐树叶上积聚的水珠不停落下。塑胶跑道上水泽斑斑,跳远用的沙坑里黄沙已结成一团团的泥泞。

期盼已久的下课铃终于响起,学生们欢笑着涌出教室,早把几百年前女词人的闲愁抛到九霄云外去了。

这次第,是要等他们经历了爱恨别离之后才能领悟的。

从初一年级的教室里跑出几个男孩,把书包像沙袋似的在头顶上抛着,打打闹闹地冲到操场边。沙坑里的积水让他们很失望,别的孩子都走了,只有一个皮肤白白的男生不甘心地留下来。他把书包挂在单杠上,独自一人站到湿漉漉的跑道顶端,深吸口气就开步跑!他的身姿很灵巧,速度飞快,脚下溅起连串的水花,最后一步用足力气蹬踏——"啪!"

男孩子重重地摔倒在沙坑旁,骨碌碌滚了三滚,才龇牙咧嘴地撑坐在一个小水塘里。

"摔疼了吗？"

多么好听的声音！男孩子抬起头，俯向他的美丽面庞从没见过："……老师？"

她向他露出温柔亲切的笑容："我不是老师，是过去华海中学的毕业生——你的校友。"

"哦！校友阿姨好！"

男孩子忘了疼，腾地从地上跳起来，滴滴嗒嗒的脏水顺着裤腿往下淌。美丽的阿姨向前微倾着身子，体贴地捏了捏他的衣角："这么湿的跑道不能运动的，知道吗？"

他拼命点头，脸涨得通红。男孩害起羞来："阿、阿姨，我要回家了……"

"嗯，小心点。"

"阿姨，再见！"

男孩接过她递来的书包，一溜烟地往校门跑去。她痴痴地望着孩子的背影，时光停滞在那瘦小却生机勃勃的身影上，几番叠印、渐渐幻化出心底最深处的眷恋——是那两个男孩一高一矮，肩并肩朝前走着，走了几步他们一齐驻足回望，绽放出同样青涩又明朗的笑容，她看得眼花缭乱了，她的心醉了，她情不自禁地想叫住他们，等等我！可是突然，他们又分别转了个身，彼此向着相反的方向走开去。她愣住了，不知该跟上谁的脚步，就在犹豫不决的瞬间，跑道尽头升起黑色的迷雾，把他们都吞没了。

头顶上的梧桐树叶沙沙作响，她仰起脸，一束夕阳透过树叶的缝隙投射过来，把面颊上两颗莹润的水珠映得通透。

"林女士，你好。"

林念真应声回头，童明海从操场的另一头匆匆走来。老人鬓边的白霜似乎较之前更浓重了些，不过腰板依旧笔直，步履亦矫健如飞。

"唉，华海中学，我和这所学校可打过不少交道啊！"与林念真握手时，童明海一边感慨，一边仔细打量着她，神情中充满慈祥和关切，"今天林女士特地要约在这里会面，是不是因为袁佳？我记得她在这里上过三年的高中。"

她垂首沉默，片刻之后，抬起头向老人含泪微笑："童叔叔，是我……我是袁佳。"

纵然是意料之中的事，童明海还是愣了愣，随即长叹一声："唉！你这孩子……"

"对不起，一直没跟您说实话。"

"唉，告不告诉我有什么要紧？要紧的是你过得好，还有你爷爷的心愿……不管怎样，今天能看到你好好的，我也就放心了。"

"可惜的是'逸园'又遭了一次劫难，实在令人心痛。"不知什么时候童晓来到两人身边，冷不防插了这么句话。

话一出口，如利箭穿空而过，带在呼呼的风声。

"他疯了。"林念真果然被狠狠地射中了，脸色惨白，身躯在秋风中止不住颤抖，"没有人可以毁了'逸园'，她是有生命的——毁坏'逸园'就意味着，毁坏自己的灵魂。"

童明海嗔怒地瞪了一眼儿子，童晓保持沉默。今天的他穿着全身笔挺的警官制服，显出平日少有的干练和严谨。

林念真从飘摇不定的状态中振作起来，殷切地向父子俩致谢："我听说多亏童警官及时赶到，才救了'逸园'，救了他……们。谢谢您，童警官，童叔叔，真的非常感谢你们！"

童明海又叹一口气。

童晓却注视着她说："袁佳女士，张乃驰的精神病司法鉴定结论出来了。鉴定委员会确认被鉴定人在实施危害行为时，已患有精神疾病，由于严重的精神活动障碍，无刑事责任能力……也不知道这算不算好消息。"

"严重的精神活动障碍，无刑事责任能力……"

她自言自语地重复着，连嘴唇都变得惨白，脸上亦浮现出似笑非笑的神情。童明海不由紧张起来，六十多年的人生经验告诉他，人只有在伤痛到极点的时候，才会有这种冷漠与激动交织的古怪表情，显然在她的内心深处，针锋相对的情感正在剧烈碰撞。

"袁佳，你……"老人担忧地叫她的名字。

"哦。"她恍然梦醒一般，长舒了口气，脸色渐渐舒朗起来。命运的苦果在口中来回咀嚼,那滋味毕竟还是会淡去的,"这么说,他在犯下那些……罪行的时候,自己也并不清楚自己在做什么。这么说的话,我的心里倒是好受些了……"

"而且也可以免于相应的刑事责任了。"童晓耐人寻味地又追了一句。

"童晓!"童明海简直忍无可忍了。

林念真反倒完全镇定下来,看看满脸怒气的父亲,又看看神清气爽的儿子,声音低沉但口齿清晰地说:"丧失理智、生不如死,他已经遭到最严厉的惩罚了。"

一语之间,情仇俱散。是宽容还是弃绝,这秘密将永远封存在她的心中。

"袁女士,你去看过'逸园'的现状了吗?"童晓说,"还算万幸吧,大火虽然把底楼大厅烧成一片黢黑,楼梯也受损不小,但因为扑救及时,'逸园'的整体结构没有受到影响,二楼基本上完好无损,今后修复的难度应该不太大。"

"太好了……真是多亏了你们。谢谢!"

"袁女士太客气了。其实这回还应该特别感谢一个人——对面咖啡厅'双妹1919'的老板娘邱文忻。呵呵,这个邱文忻特别爱从'双妹1919'的二楼卧室偷窥'逸园'里的动静。事发那天她正看得起劲,头一个发现张乃驰在底楼大厅里泼洒汽油,她立即打了110和119,所以火刚燃起不久消防车就赶到了。如果等我们把张乃驰制服以后再开始救火,恐怕灾情还会严重许多。"

"哦,是这样。"

她的耳边似乎又响起那个固执的声音——袁佳,有人从窗口看到了你爷爷死亡的经过,过去她没有说真话,现在她可以为我澄清!

"袁佳,关于1981年你爷爷去世时的情况,邱文忻还可以提供进一步的证词……"

"不必了。"她打断童明海的话,"童叔叔,我已经知道爷爷所厚爱的人并没有辜负他,爷爷的在天之灵可以安息了。"

童明海父子略感困惑地互相望了望。

林念真温婉地向他们点头:"童叔叔、童警官,今天请你们二位来,其实是想谈谈……我、李威连和张……华滨,我们三个人的过去,但愿能对澄清事实有所帮助吧。"

她从手提包里取出一样东西,递到童明海面前:"童叔叔,你还……认识上面的人吗?"

这是一张些微泛黄的黑白照片,但人像依旧清晰。紧紧相偎的一老三少,都有着那个贫瘠年代中最朴素的衣着和最纯净的表情。

童晓一眼就认出了那两个男孩,小时候的他俩都出奇漂亮,只有眉目如画才能形容。两双忧伤的眼睛何其相似,同样被孤单包裹起的严肃表情,使这两个少年看上去像一对真正的亲兄弟。

就连他们自己也没想到吧,有朝一日会成为你死我活的仇敌。

照片中央的小姑娘倒是笑得很开心,细长的眼睛弯成月牙儿的形状,没有刘海,露出明净高阔的额头,眼角眉梢尽是恬淡温柔。

这一刻她肯定是最幸福的,因为最爱的亲人们都围绕在身边,坐在前面的是外婆,左边站着哥哥,右边站着弟弟。

"婆婆六十岁生日那天,在威连的提议下,我们一起去照相馆拍了这张照片。第二年婆婆就去世了,我把它从枫林桥家里的墙上取下来,带到'逸园'。后来爷爷也过世了,我又带着这张照片离开'逸园'。三十多年过去了,唯有它始终陪伴在我的身边。"

只有一次她险些失去它,那个风雨之夜她倒在深圳街头,血红的雨水横流,冲脱了紧攥在手中的照片。是救下她的美国人小心地收起了照片,也是靠着它,属于袁佳的往事才被慢慢唤起,而彼时,她已经两世为人了。

童明海的声音有些发涩:"袁……佳,你的样子怎么变了这么多?"

容颜不再,微笑却恬美如初:"童叔叔,是女人老得快吧。"

"哦。"童明海的心颤得厉害。就在刚才,丝丝缕缕的白色从她随风轻拂的秀发间探出。是的,照片中那个天真秀丽的小女孩,以及他记忆中那个端庄温柔的姑娘——袁佳老了,老得认不出来了。

"童叔叔,童警官,你们已经知道了,我和李威连、张华滨是从孩提时起的好朋友。我们三人在枫林桥共同度过艰辛而充满友爱的童年。外婆是在1976年初严寒的冬季永远离开的，从那以后我们才不得不分开。我跟着爷爷住进'逸园'；华滨被他爸爸领了回去；威连的父母兄姐在他上初中之前就搬去香港，只剩下他一个人留在上海生活。

"分离之后，我们各自的景况有了很大的区别。威连从小就很自立很能干，独自生活得井井有条，而且他每周日都会到'逸园'来接受爷爷的教导，所以我和他一直有机会见面。反而是华滨最可怜，自从被张光荣领回以后，华滨连吃饭都变得有一顿没一顿，更别说其他方面的关心和爱护。华滨那时还在念小学，没有我和威连管着，成绩很快变得一塌糊涂，还跟着张光荣沾染上了不少恶习，逃学、撒谎、打架偷东西……那时我们三个经常偷偷约在威连的家里见面，每次华滨都要向我们哭诉，抱怨他爸爸的种种恶行。我记得那些时候威连总是很沉默，偶尔还会教训华滨几句，他小小年纪就有种天生的威严，华滨一直很怕他。

"我们就这样保持着不为人知的友谊。很快三年过去了，威连顺利升上华海中学的高中，我也从外校考了进去。'文革'结束后张光荣越来越落魄，凭着一些文娱方面的特长，好不容易混到华海中学当上代课教师，把华滨也弄进了华海中学，我们三个又在华海中学重聚了，我大概是其中最兴奋的一个，两个男孩子却没什么特别的喜悦。在这个过程中我发现了，男孩长大后会变得相当深沉，会隐藏真实的内心，注意力也渐渐跨越眼前的小圈子，投向更加远大的目标。而我这个女人却只会濒于情感，在爱的樊笼里兜兜转转……

"当时威连定下了规矩，在学校里我们不能表现出任何相互熟识的迹象，只能定期在他家里悄悄聚会。虽然心里对他的规定很困惑，但我和华滨都已经习惯了对他言听计从。而不久之后发生的张光荣意外死亡事件，恰恰证实了威连的先见之明。

"1979年，严冬。当时张光荣酗酒越来越严重，上课时都常带着酒气。校长找他谈了几次话，如果他的情况再不改善，只怕连工作也保不住了。因为生活极不如意，张光荣把郁闷全都发泄到华滨身上，平日里对他非打即骂，华滨对父亲的憎恨也与日俱增，好几次聚会时，他都哭着给我看他手臂和胸口的伤痕，我伤心地直落泪，威连却冷冰冰地说：'这种人还不如死了好！'他说话时冷酷的样子让我害怕，更令我胆战心惊的是华滨眼中随之而现的凶光。

"张光荣是在那年期终考试的前几天出的事。事发的当天傍晚，我们三个又约在威连的家里见面。华滨功课太差，威连一直在帮他补习，而我负责给大家做饭。每次看着两个男孩狼吞虎咽地把饭菜消灭，就是我最大的快乐。可是那天，我和威连一直等到晚上九点多，华滨才惊慌失措地出现。他告诉我们，张光荣喝醉了酒，失足跌下华海中学的沙坑，现在生死不明。我正急着想出门喊邻居去救人，却被威连阻止。他让我和华滨都待在家里，自己先去看看情况。威连大概半小时左右就回来了，他说自己爬下沙坑看了，张光荣已经没有呼吸，肯定是死了。这下我和华滨都没了主意，只能全听威连的。

"为避免不必要的麻烦，在威连的安排下，我和华滨装作什么都没发生似的，各自回家睡觉去了。第二天中午张光荣的尸体被发现，公安局经过勘察，确认张光荣是失足跌落后直接摔断脖颈，当场死亡。张光荣本来就令大家厌恶，所以他的意外死亡没有引起任何疑问和悲戚，很快就被淡忘了。但从那以后，根据威连的吩咐，我和华滨再没去过威连的家。

"华滨从此摆脱了他的流氓父亲，被一户印尼华侨家庭收养了。这户人家的女主人是位小有成就的钢琴演奏家。张华滨跟着这家人过了几年舒服日子，还学会了弹一点钢琴。"

童晓听到这里乐了，忍不住插嘴："呵呵，如果不是他在去年公司年会上晒琴技，也就不会发生有川康介企图用艾滋毒血玻璃片扎他的诡异情节了。"

林念真又是凄婉一笑："可惜华滨的命不好，三年后那家人接连生了两个儿子，对华滨的关爱一下子全转移到自己的孩子身上。又过了一段时间，这家人举家迁回印尼，也没有带上华滨。再后来，华滨在瑾江饭店工作时碰上了一些不如意的事情，就以去印尼探亲的名义申请出国。其实，印尼的养父母根本不愿接纳他，华滨只是找了这个渠道去香港投奔威连。从那以后，他们俩就一起在香港奋斗，具体的情况我就……不清楚了。"

林念真结束了她的追述。童明海父子一时无言，心中滋味杂陈。

"我们三人的过去就是这样。如果没别的事，我先走了……"她轻声说。

"好，好！"童明海猛醒，"有事我们再和你联系。"

林念真没有动，却微笑着伸出左手。

"哦对不起！"童晓把照片背面朝上送回到她的手中，"'最要紧的是我们首先应该善良，其次要诚实，再其次是以后永远不要相互遗忘。'袁女士，我也很喜欢陀思妥耶夫斯基。"

她轻轻摩挲着自己写于三十多年前的这行字："我现在才懂得，要做到这三点是多么的不容易……"

"袁女士，还有个小问题。"

"什么？"

童晓问道："袁女士，你爷爷死去的那天，你比平时晚到家半小时。据弄口的传呼电话说，你曾打电话回家过，而你却否认了。我只想再和你证实一下：那个电话是你自己打的吗？你确实是因为电车开得慢才晚到家的吗？"

即使在童晓一瞬不眨的注目下，林念真的脸上也看不到丝毫波澜。她的回答确切而简明："当年是我撒了谎。我是因为和张华滨约会才迟到的，电话也确实是我打回家的。但是爷爷意外猝亡，我不想让华滨牵连在里面，所以没有说实话。"

"是这样……"童明海不禁有些发愣。

面对老人踌躇的模样，她最后一次抱歉地微笑："真的很对不起，童叔叔，瞒了你这么多年。"

"其实她该对不起的是李威连吧。"等林念真的背影完全消失在教学楼后面，童晓才说，"这么说来，袁老先生的死他们三个都有责任啊！就为了她和张华滨的奸情，却让人家李威连一个人背了黑锅。"

"怎么说话呢！"童明海又是一脸的没好气。

童晓朝童明海歪了歪脑袋，老爸到底还是偏心袁佳。

"估计李威连心里是很明白的,他也乐意给袁佳打掩护。你听她今天说的话,这也不是头一回了!"

没必要再追究下去了……在不知不觉中,童晓发现自己的心也隐痛起来。

照片上三个孩子清纯的面孔栩栩如生,叫人更难接受往事里的无尽悲凉。命运何其残酷,在他们的身上施下一道又一道魔咒,环环相扣、纠结缠绕,究竟是罪还是罚?

"我怎么不知道你还看俄国人写的书?"

童晓叹了口气:"老爸,你儿子可是个文艺青年哩。"

"那书叫什么名字?"

"《卡拉马佐夫兄弟》。"

童明海拧着眉头,沉默了。

夕阳已经完全落下,童晓看着父亲的脸,浓重的暮色和老人面庞上的悲悯糅合在一起,黑与白的界线不再那样分明。

"爸,周建新已经承认了是他将安眠药放在周峰的杯子里。大约从半年前开始,就有不明身份的人往他的邮箱里发李威连和宋采娣发生关系的视频,还写了很多侮辱和激怒他的语言,使他对自己的父母以及李威连均恨之入骨。正是在这些邮件的蛊惑下,周建新渐渐产生了杀心。案发前一个多月,那个神秘的发信人开始更加频繁地与他联络,他们交流的内容逐渐集中在如何实施谋杀上。是神秘发信人建议周建新给他父亲下药,并说这是最万无一失的方法,既可以同时杀死李威连和周峰,又可以伪装成车祸。周建新决心按照神秘发信人的办法实施谋杀。在他们商定的谋杀日期前一天,神秘人送了个快递给周建新,里面就装着一瓶李威连平常服用的特效安眠药。

"西岸化工的原人事总监朱明明作证说,炮制邮件者正是张乃驰,而神秘人怂恿周建新作案的日期又恰好在邮件发出当天,说明神秘人很可能也就是张乃驰。他是想同时达到杀周峰灭口和害死李威连的目的。办案小组当前最关键的任务就是确认神秘发信人的身份。但是周建新把来往邮件都删除了,快递单据也扔了,追查线索比较困难。不过,根据朱明明和其他西岸化工内部人员的证词,张乃驰和周峰的关系一向不错，张乃驰的妻子和李威连也有暧昧关系，因此周峰和张乃驰勾结向李威连实施报复计划，是完全符合逻辑的。"

童明海点点头："虽然张乃驰已经被鉴定为精神病，但假如能够证明他就是周建新杀父的教唆犯，至少对于周建新的量刑判决，还是相当有参考意义的。"

"是的。李威连应该也有类似的怀疑，所以他为宋采娣母子聘请了最好的律师，还请来心理学专家对周建新进行心理干预。我认为，他这样做并不单单是出于对周峰一家的愧疚，恐怕他早就猜出真凶另有其人，只是没有证据罢了。"

"那么……袁佳呢？"

是啊，袁佳呢？今天她又所为何来？硬生生剥下结了大半生的旧疮，撕破命运强加的伪装，难道她不痛吗？

肯定是痛彻肺腑的吧。但是为了今天的孩子和当年的孩子，为了相似的命运和罪恶，为了救赎，为了原谅，她勇敢地揭开心中埋藏的最后一道秘密。

就让我们竭尽所能，去拯救那些依旧在彷徨和挣扎的灵魂吧。

"姐姐！"

她一踏进门，他就认出她来了。袁佳愣住了，但他晶亮的眼神犹如儿童般纯净，就那么热切地望着她，还向她伸出双手："姐姐！"

她笑了，热泪随即滚落，舌尖品到咸涩的滋味，笑容却更加甜润。

"华滨，华滨。"她坐到他的身边，相隔了整整十八年，她又一次和他靠得这样近，几乎能看清他那每一根漂亮的睫毛。他还是和她记忆中一样好看呢，小麦色的皮肤就是不容易显老，剃了个板刷头，更显得轮廓分明，眉清目秀，眼角虽然也有了皱纹，都还是细细的，在笑意中若隐若现。

"华滨……"她忍不住又叫了一声，理智丧尽之后，他回归了本初的模样，正如她记忆中那个最可爱、最心疼、最舍不得的小弟弟——不论世事如何变幻，甚至可以不谈善恶、不讲恩怨情仇，他就是她至今仍然深爱着的人。

袁佳从来不认识张乃驰,就像张华滨也茫然不知有林念真的存在。今天他和她执手相对,仿佛十八年前深圳的相聚重新来过,只是这一次,他不会再伤她的心了吧?

"姐姐,你怎么哭了?"张华滨歪着脑袋打量了她半天,探手去抹她面颊上的泪。袁佳含泪向他微笑:"华滨,姐姐变了吗?"

"没有啊,姐姐不就是这样的吗?一点儿没变。"

她的泪滂沱而下,那次经过"逸园"门前时,痴呆的尹惠茹也一眼就认出了袁佳。当容颜蒙蔽了理智时,陷入混沌的他们反而用心灵的慧眼辨别出她的本来面目。

袁佳无限爱怜地整理着张华滨的条纹病员服:"华滨,在这儿住得习惯吗?过得开心吗?"

"哦……还好。"他也跟着扯扯衣襟,"姐姐,我喜欢这件衣服,好看!你觉得呢?"

"好看,我的华滨穿什么都好看。"

——你肯定想象不到一件衬衫值几千块!这么贵的衣服就穿在每天在我酒店出出进进的那些人身上。我发誓,有一天我也要过上这样的生活!

你争取过了,也得到过了,对吗?所以你今天无忧无虑,像一个孩子般心满意足。

袁佳从脖子里拉出一条项链,轻轻掀开心型的坠子,捧到张华滨的眼前:"华滨,你看看这个,知道他是谁吗?"

"唔?"他才看了一眼就说,"那不是我嘛!"

她又笑了,眼泪却更迅急地淌下:"是和你一模一样呢,可他不是你,他叫Eric,到明年就满十八岁了。"

"哦……"张华滨不感兴趣了,只是专心地给袁佳抹着眼泪。

"我答应过他,在他年满十八岁的时候就告诉他父亲的情况。所以我才回到中国,所以我才想要找到你,华滨,华滨,我该怎么对他说,怎么说呀……"

因为坐落在郊区，市精神病院有一个很大的院子。秋风瑟瑟中，黄叶已经开始飘飞，一片一片，掉落在黄灰色的大草坪上。偌大的花园里人影稀疏、清静寂寥，病人踪迹不定，医生和访客都是来去匆匆，越发使这里有种脱离了繁华俗世的感觉。

一棵高大的桉叶树下，林念真和戴希面对面坐在石桌两旁。

"戴希，替我谢谢你的爸爸，给他做了这样周到的安排。"

"Jane，别客气了。"

"你怎么样？戴希，伤都好了吗？"林念真伸出手，轻轻拂过戴希的额头，靠近发迹线的地方，一块淡褐色的疤痕清晰可见。

"嗯，早没事了。"

"这个疤应该会退掉的。"

"退不掉也没关系，我可以用刘海遮住它。"戴希笑着说。

"这么漂亮的额头，还是不要遮住的好。"

"嗯，让它时刻提醒我自己有多笨咯。"戴希头上的伤是昏倒时撞的，她为此懊恼了好久，觉得自己实在太没用了。

林念真像是看穿了她的心思："戴希，你很勇敢，也很坚强，比我当初强多了……"

"Jane，你和教授什么时候回美国？"

"大后天。"

"这么快？"

"是啊，快到年底了，一年的交换学者项目结束，David必须要回去。"她的目光迷茫，似乎又看向久远的过去，"况且，我在上海也没什么牵挂了。"

戴希垂着头，源源不断的悲伤从心底翻涌起来，堵住了她的喉咙。

"戴希，还是没有他的消息吗？"突然一阵秋风，把林念真的声音吹得缥缈不定。

"没有……"戴希抬起头来了，"只知道他去了美国，可是任何人都联系不到他。"

那天在"逸园"里受伤最重的是李威连，但他只在医院里待了两天，接受了初步的急救治疗后，就坚持出院，直接登上了去美国的飞机。陪同他前往美国的除了雇来的特别看护之外，只有小狗 Lucky。

从那以后，再没有人得到他的任何消息。

"他就是这个脾气。那时候在金山石化受了伤，我是直到他去香港之后才听说的。他这个人呀……有时真叫人生气。"林念真像在嗔怪又像在眷念，"记得爷爷过去常说，威连天生贵气，在他的个性中，本来就有绅士最重要的特征：自律、自尊和对完美的追求。要把他培养成绅士是最容易的。所以我一直都认为，威连不会被任何事情打倒。我相信，他一定会好起来的。"

静了片刻，戴希说："Jane，还有件事，是……他托我办的。"

戴希打开挎包，薄薄的一张纸放到石桌上，她必须用手按着，才能不让它被簌然而过的秋风吹走。

"那天在'逸园'，William 让我把这个转交给你。"

林念真看着这张纸，很久不置一词，端丽的面容犹如雕塑一般沉静安详。

戴希又从包里取出一张银行卡，大喘了口气："还有一笔钱，也是他让我给你做、做手续费……"

"戴希。"林念真打断她，"别再说了。这些你都收好，我不要。"

"Jane……"戴希像在哀求，却不知道是为了谁，为了什么。

林念真把那张纸轻轻递回戴希手边："原来你也习惯用左手，我刚刚才发现。"

戴希说不出话来，她只觉得伤心，肝肠寸断般的伤心……

"'逸园'再珍贵也不过是一栋房子。她只对真正爱她的人才有价值，而我，是不会去爱一栋空房子的。"

巨额财富、数载情思，就这样被毫不留恋地捐弃了。枯黄的秋叶飘落到石桌上，是要与那张白纸同归尘土吧？

站在孟飞扬家的楼下，戴希有些神思恍惚。最后一次离开这里时，还是大年初三的下午，孟飞扬拖着行李箱送她到小区门口，通道上的鞭炮和烟花残迹已经扫干净了，但路边花坛里的残雪中依旧点缀着红红绿绿的碎屑，很喜庆、也很肮脏。

他在她的唇上印下最后一吻，看着她上了出租车。车子开动了，戴希隔着车窗向后望去，孟飞扬穿着姜黄色羽绒风衣的身影在一片灰暗中熠熠生辉，很快就被车窗里凝结起的雾气遮去了……

来开门的是柯亚萍，却直愣愣地瞪着戴希不说话。

"你好，我找……孟飞扬。"戴希只好说。

柯亚萍干脆把目光都移开了，稍微偏过身子站到门边——请进的姿势，抗拒的表情。

就在戴希进退两难之际，孟飞扬出现在门前："戴希，你来了。"

孟飞扬的家里收拾得相当整洁，还添了一些戴希不曾见过的小东西：窗台上的几盆仙人掌开着粉红色的花，进门过道的墙上竖起了一面S型的宜家风格穿衣镜，沙发上多了几个印着碎花图案的靠垫……"田螺姑娘"的心思和劳作使这个简陋的小家散发出温馨气息，也深深地刻下了她的个人印迹。戴希想起春节假期里孟飞扬专门为自己做的整修：时近冬令，想必厨房里的热水龙头、洗手间里的新暖风机都可以派上用场了。虽然自己始终没机会享用，至少那份感动实实在在地保留下来，并未落空。

孟飞扬和柯亚萍在厨房里低声交谈，戴希独自坐在沙发上，对面书桌上的电脑开着，屏幕闪闪发亮。就是在这台电脑上，戴希收到西岸化工发来的入职邮件，也是在这台电脑上，她把咨询者X的自述读了一遍又一遍，在不知不觉中将他深深地装进心里……

往事历历在目，每个片段都让戴希确信，自己真实地爱过，也同样真实地被爱，他们从未辜负过彼此，也从未辜负过自己的心。

"戴希，要喝什么吗？"孟飞扬架着右臂走过来，"茶还是咖啡？"

她扑哧笑了："好帅的酒店招待。"

"嗯，五星级酒店滴！"孟飞扬一本正经地点头，在戴希身边坐下，目光落在她的额头上，"这块疤还没退啊。"

戴希不觉抬手遮了遮额头："都盯着这个看，真讨厌！"

"好、好，不看了。"孟飞扬嘴里这么说，眼睛却不肯挪开半分，盛不下的怜惜、不舍、疼爱，点点滴滴都要溢出，"唉，要是我能再

620

早点到就好了……"

"飞扬！"

两人不约而同地沉默了。10月8日假期结束，孟飞扬从早上开始就不停地给张乃驰打电话，始终无人接听。到下午，在公司里上班的孟飞扬再也坐不住了，直接冲到了张乃驰的寓所。他所见到的是一片狼藉，撕碎的文件、砸烂的杯盘、遍地的污迹……尤其令孟飞扬触目惊心的是：乳白色的墙纸被利刃划得支离破碎，依稀可以辨认出三个血红的字涂满了一整面墙——李威连！

孟飞扬的心顿时抽紧了，本能地抓起手机连拨戴希的号码。对方无法接通，孟飞扬的头脑里乱哄哄响成一片，打车直冲西岸化工，得到的消息是戴希请了半天假，吃完中饭就离开了。她会在哪里？为什么打不通手机？大约就是心有灵犀吧，在西岸化工楼下团团乱转的孟飞扬突然记起来：有一个地方的手机信号不畅——"逸园"！

"逸园"紧闭的正门又耽搁了孟飞扬不少时间，等他好不容易摸到边门时，这扇小门已经被张乃驰大大地推开了，花房里、穿廊中一路滴下的汽油给孟飞扬指出了方向。就在张乃驰高举尖刀刺向戴希时，孟飞扬及时赶到，千钧一发之际，他不假思索地将自己的肩膀顶在了张乃驰的刀刃之下。

李威连挣扎起来，两个受了伤的男人一起和握着凶器的疯子搏斗。所幸孟飞扬在"逸园"墙外时已经觉察到了强烈的杀机，给童晓打了电话。差不多在同一时间，邱文忻从"双妹1919"的楼上观察到了异状并报了警，几路人马在十分钟内先后赶到，这才制服了张乃驰，扑灭了熊熊燃烧的大火。

戴希轻轻碰了碰孟飞扬吊在脖子上的右臂："还疼吗？"

"呵呵，男人皮糙肉厚的，没事儿！再过两个礼拜就一切正常了。"孟飞扬低下头看了看，"再说，现在这样才是标准的招待姿势嘛，对不对？"

戴希勉强笑了笑，突然想起柯亚萍来："……她呢？"

"哦，买菜去了。"

"飞扬，"戴希眨眨眼睛，"和她，你开心吗？"

孟飞扬微笑地看着戴希,她问话的意思只有他才能懂,她的心情也只有他才能体会。因此他没有直接回答她,却反问:"戴希,听戴伯伯说你辞职了?"

"嗯。"

"这样也好,有什么新打算?是要跳槽还是……"

"我还没想好。"戴希低下头。

"小希,"孟飞扬又一次用好多年来习惯的方式叫她,"小希,去做你真正想做的事情。只要你开心,我就开心。"

她一直以为是自己在呵护他的快乐,事实却是他在包容她的理想。这就是她最好的飞扬哥哥,远比她所以为的更成熟、理智和坚强。

他们望进彼此的心中,这一刻如此珍贵,足可告慰青春。

又过了好一会儿,孟飞扬伸出左手捏了捏戴希颈间的丝巾:"还记得吗?CarpeDiem……"

细腻滑润的丝绸质感十足,从他的手指间一掠而过。这块火红色的爱马仕丝巾是孟飞扬送给戴希唯一的一件奢侈品,那时他俩对着丝巾的介绍兴奋地研究了好半天,戴希尤其喜欢其中提到的古罗马诗人贺拉斯的名句:CarpeDiem。

亲爱的,请把我的祝福永远系在颈间——珍惜年华。

柯亚萍买菜回来时,戴希已经离开了。柯亚萍没有多问什么,只是默默地洗菜做饭,自孟飞扬受伤起,她每天都这样悉心地照料着他,从医院到家,无微不至、任劳任怨。

孟飞扬的右手还没好,弄不了多久电脑。和过去戴希常住在这里的时候一样,电脑不设开机密码,方便两人同时使用。孟飞扬和戴希都以为,只有这样才能证明他们彼此坦白,互相之间毫无秘密。如今回忆起来,孟飞扬总会不无苦涩地想,他们曾经是多么天真啊。

真正的秘密从来就不是锁在电脑里面的,它躲藏在心的最深处,除了自己,任何人都无从挖掘。

晚上九点半刚过,他们就上床了。柯亚萍先帮着孟飞扬洗漱,然后收拾他的内衣,整理洗手间,等到她自己洗完澡钻进被窝,一个多小时都过去了。

孟飞扬面朝左侧躺着，右臂彻底痊愈之前，他还得把这个睡姿维持一段时间。柯亚萍小心翼翼地从他身上伸过手去，想关上他那一侧的床头灯。

"亚萍。"

她身子一软，又忙撑起："哎呀，弄疼你了吗？"

孟飞扬嘶嘶地吸了口气："疼啊……你关灯干什么？"

"啊？那怎么办？"柯亚萍有些发慌，"我还当你睡着了。"

"没睡，我等你呢。"

"等我？"

床头灯光斜斜地照在他的脸上，柯亚萍突然意识到什么，脸刷地红了。她在孟飞扬的注视下嚅嗫起来："……你想干嘛？伤还没好透呢。"

"是胳膊没好透，可别的地方好好的啊。再闲就该闲坏了。"

"那也不能，多不方便……"

"我没觉着不方便。"

孟飞扬目不转睛地盯着柯亚萍，她半推半就地依偎进他的怀抱。

他只能用左臂半撑起身子，这姿势到底还是很勉强。试了一回，他轻声问："要不你在上面？"

"还是等以后吧。"柯亚萍躺在他的左臂弯里，"今天就这样，好不好？"

"嗯……"孟飞扬把她的手放到自己火热的欲望上，只能如此了，因为他不能也不愿向她解释清楚：今天他有多么想要、多么想、多么想。

他终于在她的爱抚下释放了，如期而至的虚脱感让澎湃的心潮归于平静。关上床头灯，他们分开躺好，几分钟后柯亚萍低声说："飞扬，中介给我推荐了一套两室一厅的房子，离这里不太远，明天我们一起去看看吧。"

"好。"

柯亚萍的呼吸渐渐均匀绵长，孟飞扬却在黑暗中大睁着眼睛。既然已决定给出完整的感情，那么今夜，只有今夜，他允许自己在思念中沉醉。

　　……有研究证明，那个器官的功能和状态能够最真实地反映男人的生理年龄。

　　……太监嘛，他们只有作为人的年龄，没有作为男性的年龄！

　　从今以后再不会有人对他说出这样的话了。

　　他今后的人生将平淡而扎实，等到退休，他或许会成为另外一个老柯。他将不再是那个怀着朴素的正义感的年轻人，就因为看不惯领导和海关官员之间的权钱交易而从大型贸易公司辞职；也不再会为了逞英雄而一时冲动，匿名举报海关的贪腐行为，并企图同时阻止有川康介的商业欺诈……结果他失去了工作，又引发一连串意想不到的变故，他并不为此后悔，却终于决定要统统忘却。

　　作为一个人他必然会成熟、会衰败、会老朽，但他的男性年龄将永远为挚爱的女孩留存起来，不论生理年龄到了六十、七十还是八十岁，他都会记得那个姑娘说过的最触动他心弦的话语："我只希望，最后能够由我一个人来验证，你的男性年龄达到了一百岁……"

　　孟飞扬感到，有什么温热的东西顺着眼角缓缓流下，无声地渗进枕头里。

　　你知道吗？我已经一百岁了……

　　在这个万籁俱寂的夜里，孟飞扬向珍藏在心中的戴希告别：

　　"最最亲爱的弗洛伊德小姐，在心灵的世界里自由飞翔吧——愿你幸福。"

第四十章

这天晚上十点多,戴希接到来自香港的国际长途。

"喂,葆龄?"

"戴希,你睡了吗?"薛葆龄的声音听上去很不安,也很悲伤。"逸园"的事情一出,薛葆龄就在香港得到了消息,待她心急火燎地赶到上海,李威连已飞往美国,张乃驰则在看守所里彻底发了疯。

生命中两个最重要的男人以如此惨烈的方式终结了争斗,也终结了和她之间曾经的血肉相连。薛葆龄在为他们痛心疾首的同时,不得不再次认识到,这两位过客真的从此远离了自己的生命。

事实虽然早就摆在眼前,要死心仍然殊为不易。

在上海徘徊两天之后,薛葆龄失魂落魄地返回香港,开始通过自己的渠道四处寻找李威连的下落,至今无果。

"我没睡,还早呢。葆龄,有什么事吗?"

"戴希,我想问问 Richard 的情况……"

"他……还好吧。你有时间可以来上海看看他,这里医院的条件还可以的。"尽管张乃驰的住院费用都从薛葆龄的账户里支出,她却一直没有来看过他。

"还有希望恢复吗?"

"……听我爸爸说,希望很渺茫了。"

从电话那头传来长长的叹息,再开口时,薛葆龄的嗓音有些发紧:"虽然他……今天落到这个地步,我心里还是挺难过的。"

戴希沉默着。对于今日的张乃驰来说,丧失理智究竟是喜还是悲？戴希没有能力做出判断。

隔了一会儿，薛葆龄又问："William呢，戴希，你有他的消息吗？"

"没有。"

每次和薛葆龄通电话都要重复这个问答，来来回回之间，无力和心痛的感觉不减反增。

"戴希！我……倒是听到一些情况。"

"啊？什么情况？"

"戴希，我告诉过你今年六月William从美国回来，是先到香港再回上海的。我本以为他来香港只是处理一些财务上的事情，可前两天我的家庭医生无意间说出，那次William请他帮忙打听过一位著名的外科专家，还专程去拜访过。我连忙和那位老医生取得联系，刚刚和他见完面。他说、说……"

"葆龄，你快说呀，到底怎么回事？"

薛葆龄的声音十分低沉："原来他就是二十五年前给William动腰部手术的医生，William是来找他复查的。老医生说，William当初的伤情非常严重，虽然二十五年前的手术很成功，但随着年龄的增长，脊椎老化和劳损越来越厉害，William的情况很有可能突然恶化，检查的结果证实了这一点。William必须立即接收新的手术，否则很快又将要面临瘫痪的危险。老医生还说，当年他就对William印象特别好，所以一再叮嘱他要注意保养，过有节制的生活，才能避免情况加速恶化，可是William显然根本没听话。老医生还说，就William目前的状况看，即使马上动手术，恐怕结果也不乐观。"

电话挂断很久了，戴希还坐在电脑屏幕前发着呆。

他是怎么说的？——做一个于人无益的人，对我是一种真正的耻辱。很小的时候我读过一个童话，说的是非洲的大象，一旦年老体衰或者患了重病，就会主动脱离象群去自生自灭。

所以，他那么急着离开上海不是为了躲避麻烦，而是为了拒绝耻辱。

他又说——这次我还是可以选择重新开始、逆流前行，但意愿和勇气都有些匮乏了。

总是独自面对一切,他到底还是累了。

戴希晃了晃脑袋,不,不想这些了!现在她有份很重要的东西要看——希金斯教授刚刚发给戴希的邮件。

　　　　回到美国的第二个星期日,我的咨询室里迎来一位特殊的贵客。一到美国Jane就开始四处寻找她,还算顺利,没有花太多时间就得到了她的联系方式,更令人惊喜的是,她和丈夫、女儿一家就住在旧金山市区。Jane本来打算登门拜访,但是和她联络之后,老太太坚持要亲自访问我在斯坦福的研究室,于是我们俩在这个星期日郑重其事地等在研究室里,迎候她的到来。

　　　　李夫人,Jane口中的玫瑰阿姨,这位年近八旬的老妇人自己驾着车来到斯坦福。虽然从咨询者X和Jane的叙述中,我对她的美貌和风度已有充分的思想准备,看到她时我仍禁不住发出由衷的赞叹。

　　　　完美的女性,岁月丝毫不能减损她那高雅的仪态与风采,满头白发更衬托出时光雕琢的美丽。一见到她,我便认出了那双和咨询者X一模一样的眼睛,儿子全盘继承了母亲的相貌和气质,这并非简单的相似,而是一种从外表到内在的深度契合,一种灵魂上的酷肖。联想到这对母子之间一言难尽的复杂关系,这样的契合与酷肖却令人情不自禁心生感慨,而此后的交谈也从更多的侧面加深和诠释了这种特殊感受。

　　　　李夫人已经知晓了发生在上海的事情,虽然很多细节还有待证实,但她对咨询者X目前的艰难处境极其担忧,也至为关切他的现状。但令人遗憾的是,事发之后咨询者X始终没有和她联系,连李夫人也猜测不出他会在哪里。

　　　　李夫人非常伤感地告诉我和Jane,虽然过去她和这个小儿子的关系并不亲密,还曾经分开过相当长时间,但在他去香港之后,母子关系有了很大改善。最近这些年,咨询者X在美国建立的家庭已经成为李夫人生活中最大的快慰,一直到今年四月之前,李夫人还常常兴致勃勃地来往于加州和纽约之间，去长岛看望心爱的孙女 Isabella，并且按照儿子的再三嘱咐，坚持和 Isabella 说中文，培养她对中国文化的兴趣。

当得知咨询者 X 突然离婚的消息，李夫人十分震惊，更令她难以接受的是，儿子竟然是因为丑闻败露而被迫离婚，还断送了奋斗多年、来之不易的大好前程。五月的一天儿子来到母亲这里，李夫人在盛怒中要求他解释，结果母子二人发生了二十多年来不曾有过的激烈争吵，咨询者 X 夺门而去，从那以后就再没和李夫人通过一次话。

说到这里李夫人的眼圈红了，她说她最舍不得的还是未满十岁的 Isabella，儿子的私生活混乱她早有所闻，但她对儿子的精明很有信心，的确没想到他会闹到这样不可收拾的地步。

我和 Jane 保持着沉默，等待李夫人自己慢慢恢复平静。不久之后，李夫人果然询问起咨询者 X 所患心理疾病的状况——为什么？她急迫而痛切地追问：为什么他非要那么作践自己？

此前 Jane 已经在电话里向李夫人介绍了大致情况，因此我很坦率地告诉她，鉴于咨询者 X 来访的目的并不单纯，而且单方面中断了咨询，所以我对他的精神分析进行得既不完整，也不深入。我只能说，咨询者 X 在童年时期就经历了巨大的心理创伤，其后的成长过程中，时代和环境变迁所造成的压力累积叠加，最终形成了他在人格上的扭曲和病态。所以他的种种行为，都可以被看作是在巨大的内外部压力下，为了维持相对平衡的精神状态，避免彻底崩溃的畸形手段。换言之，咨询者 X 放任自己沉沦于过度的受难中，是为了获得类似于鸦片止痛的麻痹效果。我预计对咨询者 X 的治疗将会相当困难，很可能要持续漫长的时间。但是无论如何，治疗开始得越早越好。

李夫人专注地听完后，请求我重复咨询者 X 自述里关于她的段落，尤其是她将咨询者 X 抛弃在上海，自己和丈夫以及另外两个孩子移居香港的内容。我照她的要求又讲了一遍，李夫人沉默了很久，却说出令我讶异的话，她说："这是谎言。"

李夫人说，当他们一家终于争取到离开上海的许可时，她肯定是想把三个孩子都带上的。但是就在收拾行李做准备的时候，最年幼的儿子，当时才十二岁的咨询者X主动向父母提出，要独自留在上海生活。李夫人非常吃惊，但咨询者X的态度十分坚定，这个小儿子一贯和母亲关系冷淡，与哥哥、姐姐更是矛盾重重，只要在一起就吵闹不断，所以李夫人常年将他寄养在别处，他突然提出这种要求，也是有一定逻辑的。尽管如此，要把这么小的孩子一个人抛在上海，李夫人还是犹豫再三，毕竟是自己的亲生儿子啊。这时她的大儿子和女儿发表意见，他们都很不喜欢这个小弟弟，不愿意和他一起生活，既然他自己要留下，为什么不顺水推舟呢。李夫人的丈夫在咨询者X出生前就被下放，对父亲来说，这个小儿子完全是个陌生人，彼此都没什么感情。

最终事情就这么定下来，李夫人阖家移居香港，唯独留下了咨询者X。此后将近十年中，母子间除了一年两三封信件和汇款之外，再没什么联系。如果不是1984年咨询者X因伤去香港治疗，或许他们将从此不相往来。

"教授，你说被母亲遗弃是造成他心理疾病的重要原因之一，但我可以发誓，我从来没有主动抛弃过他。"李夫人流着泪问，"他为什么要说谎？为什么要把遗弃的罪责强加到我的身上？他是不是非常恨我？"

我无法立即回答她，扭曲的事实背后掩藏着深刻的心理动因，需要极为谨慎地挖掘和验证。

"我想他是为了婆婆，为了我……我们……才主动要求留在上海的。"Jane说，就在我和李夫人都没有注意到的时候，她也悄悄地落下泪来。

短暂的寂静充满压迫感。

高贵的老妇人泣不成声："我的孩子，当年他还那么小……我可怜的孩子……其实我一直、一直都是最爱他的啊……"

李夫人的话使我对咨询者X的内心世界有了进一步的认识。遗憾的是，如今连她也找不到他，这未免叫人很为他担心。到目前为止唯一的线索是大约一周多前,咨询者 X 给女儿 Isabella 打过电话。Isabella 告诉奶奶,爸爸一如既往地在电话里和她聊天,用中文给她讲故事和朗诵诗歌,这次讲的故事 Isabella 尤其喜欢,是关于小王子驯服狐狸的美丽童话。

电脑屏幕由亮转暗,屏保的蓝色小图标落寞地飞了一阵子,干脆隐身不见。屋子里最后的亮光湮没,在书桌前坐到现在,夜晚降临时戴希没有拉上窗帘。现在从她背后的窗户透进淡淡的夜光,又由漆黑的电脑屏幕反射回来,使戴希能够看到自己的眼睛,阅读了这么久,仍旧亮晶晶的。

她读到许多谎言,把他的生命涂抹得如同一幅层层叠加的油画。

八十岁的老母亲说,我已经这把年纪了,没必要再欺骗任何人。从而,他由被抛弃变成了主动选择的弃绝,真相就是如此,母亲还在辩解,而他已经沉默了。

在现实生活中他几乎担当起所有,在心灵的世界里却像个无赖一样撒谎逃避。他深深地藏匿起自己最脆弱的一部分,以浮于表面的倾诉取代了说不出口的绝望。

所以他才会坚持说,并不存在心理咨询的约定,我也不需要任何治疗。

"锁起来。"

李威连离开上海的那天,邱文悦抱着 Lucky 赶到机场。他还无力说话,却艰难地吐出三个字:"锁起来。"

飞机起飞之后邱文悦才明白,他是要她把"逸园"锁起来。因此警方的调查刚一结束,邱文悦就把"逸园"原封不动地锁上了,黑色的大铁链在门环上绕了一圈又一圈,锁上大门,锁上边门,锁上所有的门。闻风而至的媒体和看热闹的人们在附近逡巡许久,始终只能从围墙外远眺"逸园"那超凡脱俗的洁白立面。

很多人觉得不可思议,因为从外面根本看不到丝毫损伤。无论内部如何遍布疮痍、空寥衰败,只凭一句——锁起来,"逸园"维持了最后的自尊。

李威连又何尝不是如此?

锁起来，用外在的风华颠倒众生，又用超脱的姿态自我欺骗；撑下去，一边掌控一边放纵，把体力、智力和心力全部发挥到极致，直到谎言破灭、身心俱朽的那一天。他奋力攀至巅峰，再如陨石般直线坠落。因为只有这样，他才可以对自己，也对所有的人说：你们口口声声的爱都是谎言，唯有背弃才是真相。

这就是在累累创伤下扭曲的人格为他所指出的——人生的终途。

然而戴希知道，他其实是不甘心的。

已不知是第几回了，她与他彼此孤离，却交谈了整整一夜。每当这样心灵相通的夜晚之后，她又总会为自己感到深深的遗憾：虽然拥有了他最宝贵的信任，却无法带给他一分一毫的真实安慰。

打开写了半年多的研究报告，戴希将今夜的所思所想整理成文，落笔在报告的最后。然后她创建了一封新邮件，收件人是 David Higgins。

"亲爱的教授，"戴希写道，"随信附上咨询者 X 的案例研究报告，我知道它的内容并不完整，亦欠缺深度，对患者心理疾患的形成原因有很多主观推断的成分。之所以会这样，患者自我陈述的模糊不清当然是一个因素，但更主要的原因还是本人的研究能力有限，经验不足并且缺失自信。一直以来，我无法确定自己是否有能力驾驭心灵的阴暗面，不论是他人还是自身的，正是这种恐惧让我在黑暗的心灵世界前裹足，使我倾向于放弃。

"但是咨询者 X 的案例给了我活生生的感受，让我深切地体会到心灵沉沦的痛苦。围绕在他身边的人和事，更让我认识到了当代中国普遍存在的焦虑，和由此带来的扭曲的心理状况。咨询者 X 的案例由语言障碍所引发，我看到的却是，在这个病例中，英语并不仅仅是一门外语，而是象征着被剥夺的自由和尊严，求而不得的忠诚与奉献，是我们在人生中所向往的一切美好，是咨询者 X 孜孜以求的爱的幻影。事实上，在今天的中国，它还可以是一套体面的住房，是一次变美的整容手术，甚至是一台最新款的苹果手机……在过去的岁月里，我们失去得太多了，所以才要拼命追赶，为此我们情愿陷入竞争、恐惧、猜疑和被猜疑当中，我们愿意付出任何代价去获取权力、地位和财富，因为我们相信，只要有了这一切，就会得到幸福。

"然而，我们不仅没有如愿以偿，反而变得前所有未的孤独。

"使情况更加恶化的，还有整个社会的不理解、不宽容。对于心灵的痛苦，人们或者视而不见，或者加以曲解，用'变态''矫情''自作自受''意志薄弱'等等字眼来施加进一步的伤害，仿佛这样就可以使自己立于不败之地。

"因此，假如像我这样的专业人士都没有勇气去面对、去理解并帮助咨询者X这样的人，那么又让他去依赖谁呢？

"心灵的阴暗面不足为惧，因为我们可以彼此相助。

"今天我依然无法肯定能治愈咨询者X，但我至少应该付出努力，去倾听他的诉说、了解他、陪伴他、安慰他，帮助他恢复信心，让他明白自己绝非孤立无援。

"教授，要做到这些我还有太多需要学习的东西，所以我想请求您，重新接纳我做您的学生，为成为一名真正的心理学专业人员继续学业。"

电脑屏幕上反射出淡淡的红色，戴希背后的窗户朝向东方，她知道，快要日出了。

当此黎明来临之际，戴希闭起眼睛，将额头靠在紧握的双拳上，学着记忆里他的样子——为他，也为所有沉沦在痛苦中的心灵祈祷。

轻轻的一声"滴"，教授的回复这么快就来了。

只有两个单词："WELCOME BACK."

中午时分升温很快，从太平洋上吹来的海风没有早晚那么凉了。冬季的太平洋上空云层舒展，雪白的云丝拉得老长老长，尾端渐渐变成灰色，在远方沉入海平面。海水的颜色也明显比夏天深得多，层涌的青黑色中仿佛时刻孕育着狂烈的风暴。

驾车驶过半月湾向海上凸出的深褐色岩岸时，戴希打开车窗，让带着咸味的风一路灌进来，汽车沿着公路向海滩盘旋而下，面孔突然粘上冰凉的水滴，初来乍到的人会误以为是头顶那朵乌云里飘下的细雨，其实这里的冬季极为干燥，几乎从不下雨。

飞入车窗的水滴是风卷起海水脱离广袤母体，飘逸的姿态里尽是掩不住的张惶——这一走就再也回不去了。

守着地球上最辽阔的海洋，却没有半点潮湿的感觉。阳光四季充裕，加州人笑口常开，绝少流泪。戴希觉得，想哭的时候只要看一看这片没有尽头的蓝色海水，就会发现自己的泪微不足道，实在不值一流。

大洋的气势压过了所有创伤。

戴希的心情很好，又因为怀抱着期待而骨骼紧张，握住方向盘的手心里全是汗，车速时刻控制不住。

……等我不能动了，让你带我去兜风。

戴希急踩刹车，停在一棵巨大的古松之下。细碎的阳光在道边的木牌上跃动不止，戴希抬起手，指尖上流过细润的触感，枫木的清香盈盈。

木牌上指示，沿着这条林间小道一直向前，是一所私立脊柱外科医疗中心。即使从未听说过它的名字，只看坐落的位置，就能猜测出这所医疗中心超一流的水准。

还有五分钟的车程，戴希决定从现在开始步行。今天她要到这里来找一个人。

医疗中心保护病人的隐私，不亲自造访就打听不到任何消息。戴希倒是可以请希金斯教授帮忙想想办法，但曾经犯下的错误教会她谨慎——如果他不愿为人所知，那么就是不愿为人所知，任何好意也不能成为违背他意愿的理由。

曾经，他也是这样小心翼翼地寻找、接近袁佳，现在戴希完全能够体会他当初的心情。

越走越近了，前方的大片草坪沿着斜坡向下摊开，连绵的绿色背后隐约透出洁白的屋顶。虽然是十二月底的冬季，加州的阳光仍然毫不吝啬地挥洒着，晒得头顶微微发热。戴希张开双手合成一个取景框，把纯白色建筑的圆形屋顶装入其中，见到的就是以假乱真的"逸园"。

戴希启程赴美之前，负责代管"逸园"的邱家姐妹专程来告诉她，上海市政府沿用历史建筑保护条例，计划出资对"逸园"进行修缮，但需要获得房主的授权，并承诺一定程度的公益开放。她们怎么也联系不上李威连，只能来找她。戴希将情况写成邮件，发到了Lisa给的邮箱地址，始终没有得到回复。

就在昨天上午，一份由律师认证的文件送到了戴希在斯坦福的研究室，正式授权上海市政府修缮并管理"逸园"，仅限于非营利性的保护、纪念和展览用途，产权方保留年度审计的权利，为期3年。3年后，在双方均无异议的情况下，产权方将把"逸园"无偿转让给上海市政府。

授权文件分别以中、英文手书而成。戴希还是第一次看见李威连写的中文，不禁大为惊喜，远远超过了授权书的内容所带给她的震撼。她心想，是时候把与他交谈的语言由英文改为中文了。虽然听他说英语是一种莫大的享受，但是她相信，中文会让他们之间的交流更加深入、更加隽永。因为，那里面有属于他们共同的文化的根，叶落归根的那种根。

戴希在绿草如茵的小山脊上坐下来，仰面朝天躺下，等一等，她要再等一等。

闭起眼睛，光消失了，代之以变化万千的黑暗。青草散发着清新的香气，从皮肤的每一个缝隙里渗透进身体内部。海浪拍击沙滩的闷响隔着身后的陡崖传过来，单调而沉重，周遭因此显得出奇宁静。调节呼吸，心跳慢慢和波涛协调一致，奔涌、回落，无始无终，这节奏亘古不变，与天地万物生灵的心脉吻合。也必然与他吻合。

所谓息息相关。

有很多事情要告诉他：西岸化工大中华区的新总裁将在元旦后正式上任；Lisa生了个七斤多重的男宝宝，刚刚办过满月酒；Gilbert从公司辞职了，有流言说他卷入了张乃驰的生意中遭到巨大亏损，被意大利黑手党追讨欠款走投无路；宋采娣的嫌疑排除已经回家，对周建新的诉讼正在按程序进行，孙律师找到了更多周建新受到蛊惑、被教唆杀人的证据，心理学家的分析报告也会成为辩护材料的一部分……

很有可能这些他都已经知道了，但戴希还要说的一件事，肯定是他从未听过的。

是袁佳告诉了戴希这件往事：1981年初夏，住在对面石库门小楼里的女人来到"逸园"，流着眼泪向如同师长的袁伯翰诉说，说自己因为软弱、因为濒于情感而使一个无辜的少年受到牵连——袁伯伯，您是校长的老同学、好朋友，您去向校长说说好话吧，千万别毁了他，他是那么聪明而良善的孩子，他还那么年轻……袁伯伯，求求您了，我发誓我们之间是清白的。只要您肯去说情，让我做什么都行。

早就了解内情的袁佳也在一旁偷偷落泪，她看见爷爷的脸色因为愤怒而涨得通红——他不懂，难道你也不懂！谁会管你们是不是清白！只要你动了情，就已经犯了罪，对那个孩子的罪！

他痛斥女人，而她只是默默地流泪，不做一句辩解。最后，爷爷长叹一声——好吧，我就拉下一张老脸去试试，但是你要答应我，从此再不与他见面。

这就是戴希要告诉他的，只需要达到一个目的，她要他明白：他们都是那么爱他，没有条件无所保留地爱着他，只是他自己不知道罢了……

那么，这算不算心理治疗的一部分呢？戴希不着急回答。包括他们在"逸园"最后一次谈话时，那个悬而未决的问题——她都还要等待他的决定。当时，他对她说：耐心些。

好的。

等待总是漫长，时间需要消磨。只有在过程中我们才能明了心迹，才能排除万难。所以，为了不留遗憾，在通向目标无限趋近的时刻，我们会有足够的耐心，慢慢来。正如希金斯教授曾经分享给她的诗人里尔克的话："耐心对待所有尚未解决的事情，努力去爱问题本身。"

努力去爱……

"汪！汪！汪！"

戴希猛地睁开眼睛，还是没来得及躲开热乎乎的舌头。眼皮和额头上湿了一片，戴希跳起来，小狗早已身手敏捷地跃开，歪着脑袋瞥一眼戴希，全身黄毛被阳光镶了一条金边。

多么熟悉的金黄色，多么熟悉的淘气表情！是它吗？才两个多月不见，它居然长大了那么多？戴希的心快要跳出来了："Lucky？"

"嗷呜！"小狗欢快地回应她，往地上一滚，冲着戴希四脚朝天。

"真的是Lucky！"戴希扑过去，手指刚刚触到Lucky的肚皮，它又一跃而起跑开了，兴奋的欢叫声在空旷的草坡上回荡。

戴希站起身，眼睛里果然干干的，天地如此静美，实在没有理由悲伤。

Lucky跑了几步停下来，回头看着戴希，好像在说："等什么呢？快来呀！"

是，我来了。

戴希笑着跟上Lucky，朝加州明媚的阳光里走过去。

请允许我来到你的身边，陪伴你。

让我们再试一试逆流前行。

—全文完—

图书在版编目（CIP）数据

流金/唐隐著. -- 上海：上海文艺出版社，2023（2023.6重印）
ISBN 978-7-5321-8150-6
Ⅰ.①流… Ⅱ.①唐… Ⅲ.①长篇小说－中国－当代
Ⅳ.①I247.5
中国版本图书馆CIP数据核字(2023)第017460号

发 行 人：毕　胜
责任编辑：江　晔
装帧设计：付诗意

书　　名：流　金
作　　者：唐　隐
出　　版：上海世纪出版集团　上海文艺出版社
地　　址：上海市闵行区号景路159弄A座2楼　201101
发　　行：上海文艺出版社发行中心
　　　　　上海市闵行区号景路159弄A座2楼206室　201101　www.ewen.co
印　　刷：上海盛通时代印刷有限公司
开　　本：890×1240　1/32
印　　张：20
插　　页：2
字　　数：576,000
印　　次：2023年4月第1版　2023年6月第2次印刷
ＩＳＢＮ：978-7-5321-8150-6/I.6448
定　　价：88.00元
告 读 者：如发现本书有质量问题请与印刷厂质量科联系　T:021-37910000